U0529987

绿 宝 石
Fall into your light

仙官有树

狂上加狂
Kuang Shang
Jia Kuang
著

上册

北京联合出版公司

仙台有树

不许妄念生死，我会一直陪在你的身边……

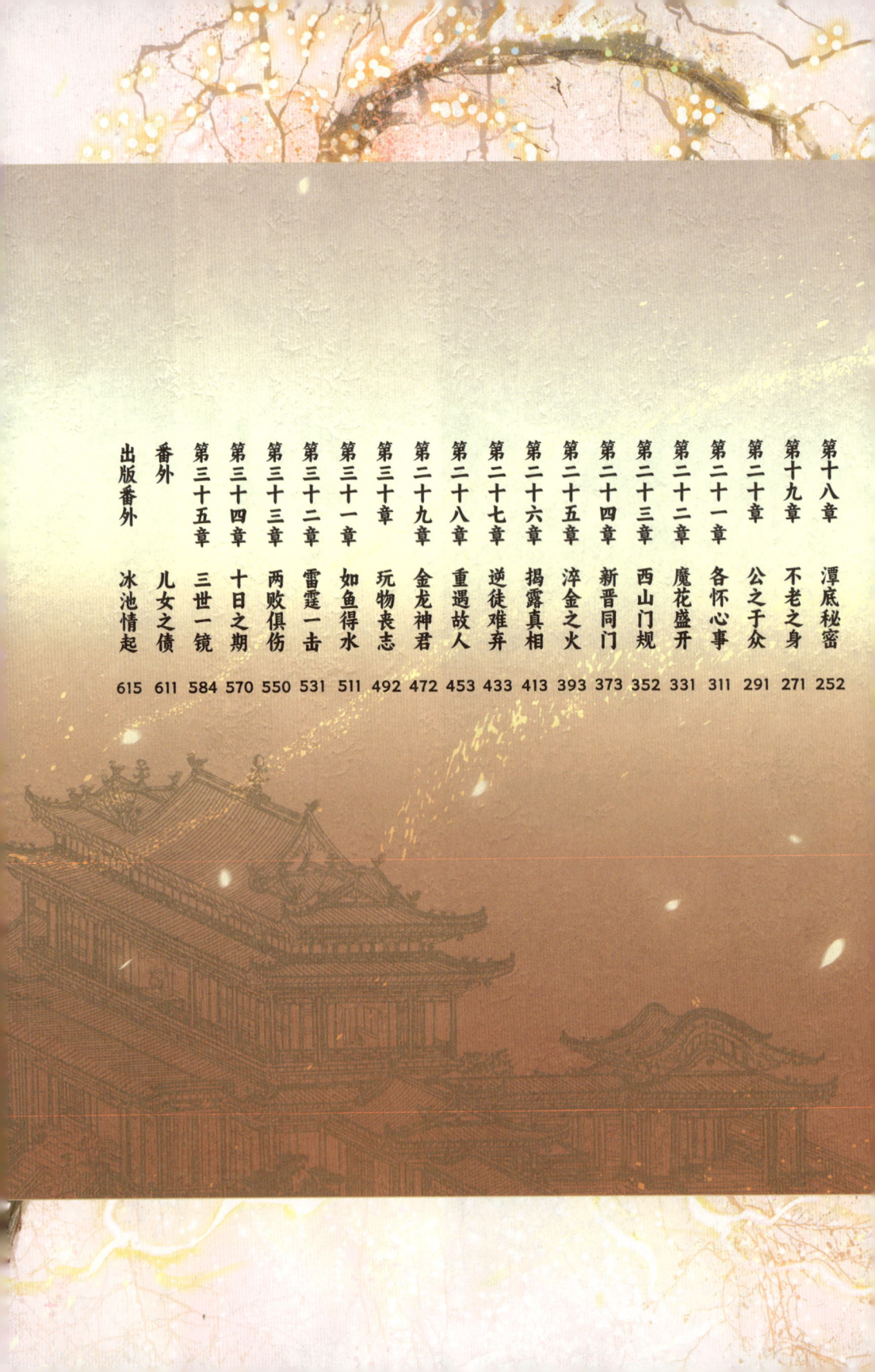

第十八章	潭底秘密	252
第十九章	不老之身	271
第二十章	公之于众	291
第二十一章	各怀心事	311
第二十二章	魔花盛开	331
第二十三章	西山门规	352
第二十四章	新晋同门	373
第二十五章	淬金之火	393
第二十六章	揭露真相	413
第二十七章	逆徒难弃	433
第二十八章	重遇故人	453
第二十九章	金龙神君	472
第三十章	玩物丧志	492
第三十一章	如鱼得水	511
第三十二章	雷霆一击	531
第三十三章	两败俱伤	550
第三十四章	十日之期	570
第三十五章	三世一镜	584
番外	儿女之债	611
出版番外	冰池情起	615

目录

第一章	抱回女婴	1
第二章	千金神医	12
第三章	拜师学艺	23
第四章	西山鸟鸣	34
第五章	灵泉秘密	45
第六章	师徒相认	56
第七章	嘴硬心软	67
第八章	夜半歌声	78
第九章	初试身手	92
第十章	守关秘密	102
第十一章	探访地穴	112
第十二章	欺师灭祖	132
第十三章	李代桃僵	152
第十四章	世外仙源	172
第十五章	水下溶洞	192
第十六章	灵泉附身	212
第十七章	伤感离愁	232

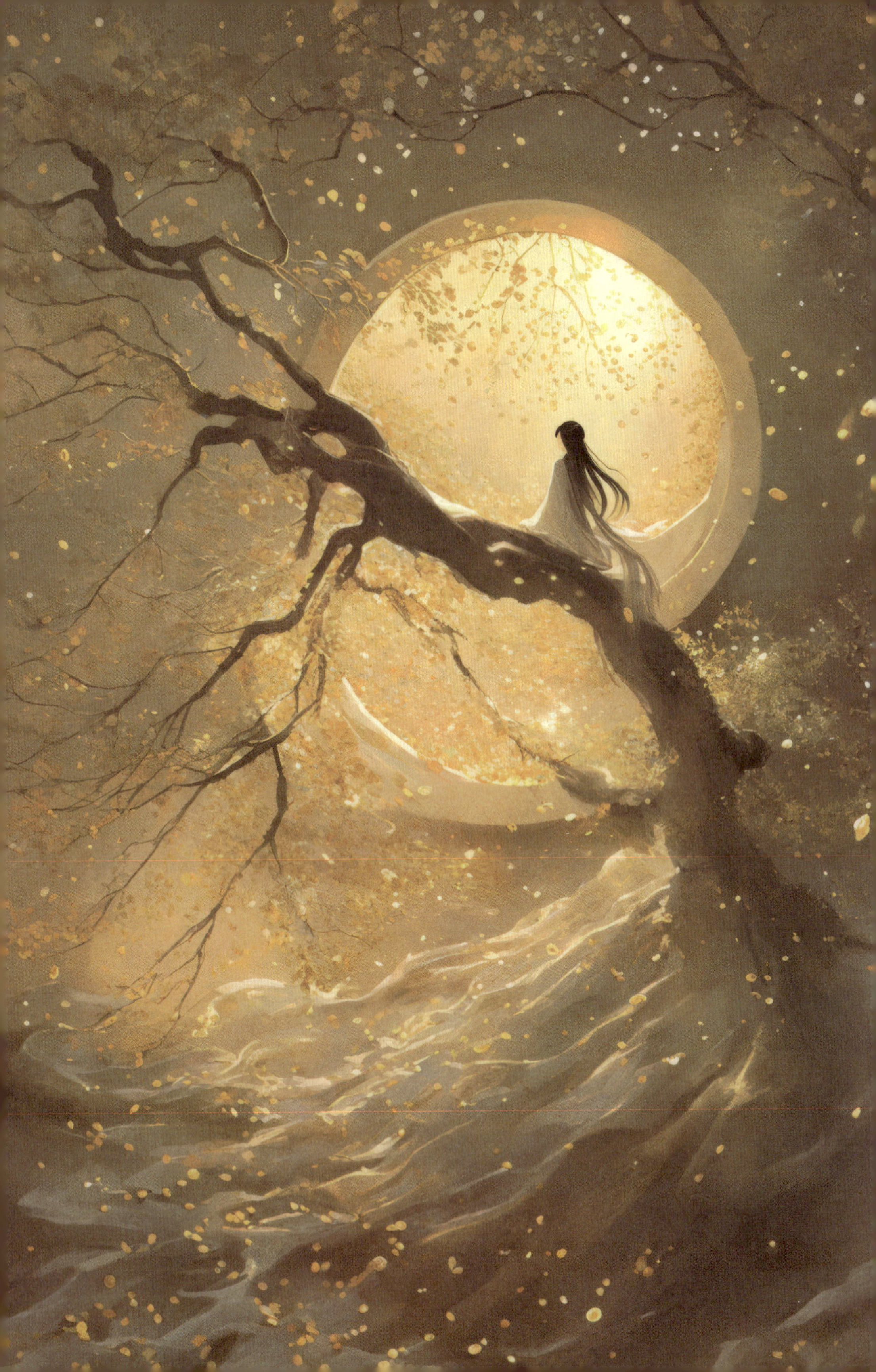

第一章 抱回女婴

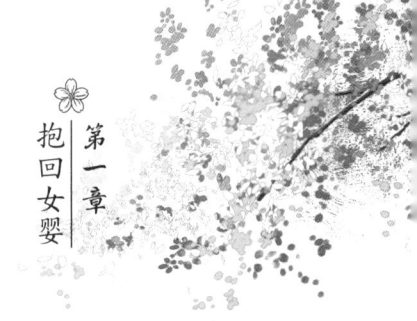

绝山的最高处是斩仙台，斩仙台上有一棵树。

高山上有树，原也没什么奇怪的。可偌大的一座山，遍野光秃秃，只有这么一棵半死不活的古树，就透着无尽的诡异。

绝山之下绝峰村的村民们对此习以为常，虽然二十年前，绝山还是满目苍翠。

村头闲坐的老人们常说，这叫"独山养仙树"，那古树成了精，升了仙。既然是仙树，岂能与那些凡草俗树共居？自然要独占一个山头。

说那棵半死不活、叫不出名字的古树是仙树，也是有确凿缘由的，二十年前就有许多叫不出名字的门派弟子前来绝山探察。

据老人们说，他们似乎是想要摧毁那棵老树，可惜几个有裹挟雷霆、震毁天地之神力的大能，最后都身负重伤而逃。之后，便再无人敢尝试去摧毁那棵树了。

从此，绝山似乎有了鬼打墙，终日山雾弥漫。偶有上山者，居然会在秃山里迷路，转上个把时辰也只是在山脚下打转。

这么邪行的地方，让人望而却步。

不过，有一伙黑衣人似乎不死心，最近每年都要来一次。虽然上不去山，但是他们会在山脚下雇用一些村民，填埋他们带来的黑色箱子。

那些箱子怪异极了，似铁非铁，表面满是黏糊糊的黑色油泥，还微微蠕动，似乎下一刻就会融化成一摊黑水。

填埋的时候，那些黑衣人禁止村民用手触碰箱子，只让他们用特制的铁叉去推箱子入坑。村东的吴老三曾经不小心用手摸了一个箱子，整个手掌都被腐蚀掉了，从此变成了"吴一手"。

这差事透着无尽的凶险，就算酬金丰厚，村民们也不愿意干。

可总有一些人如被摄魂了般，呆头呆脑，被人驱使着去山上。

村民们猜疑他们是被摄魂了。每到这个时候，村里人都躲在家中，不敢去田间劳作，生怕被这些邪魔外道抓去。

可就算是这样，还是有些不知情的外乡赶路人被抓去搬箱子。

如此一来，那仙树的名头不免有些被抹杀，又有人说那树是不祥之物，害得绝山成了邪魔之地。

若有孩童不听话，大人便吓唬他们"若再哭喊，就将你扔到绝山上去！"这话一出，再顽劣的幼童也吓得钻被窝，紧闭了嘴巴。

虽然村落穷了些，但人人身强体壮，耄耋老者甚多。相较之下，村东木匠薛连贵家的病丫头跟同龄的孩子比，就显得格格不入了。

薛家夫妇成婚多年，一直无后，好不容易十六年前得了个女儿，却是个天生的病秧子，风吹大些，都能折断她的小腰。

夫妻俩对这个独女爱如掌上明珠，轻易不肯让她出门。

薛木匠的媳妇巧莲正在腌制酸萝卜，抬头看见自己的女儿冉冉正踮脚往院墙外望，似乎在看那群疯闹的孩子，便走过去，扶着她说："乖囡，外面都是群野小子，仔细给你撞了，你若想出去玩，叫你阿爹带着去河边摸鱼，可好？"

薛冉冉依依不舍地收回了目光，又默默咽了下口水，眨巴着一双明澈若秋湖的眼，乖巧道："阿娘，我又不是小孩子了，不想出去玩。"

巧莲越过矮墙头一看，发现领头的那个丁家胖小子手里捏着枣花酥，心里顿时如明镜。

她家的冉冉乖巧又听话，就是天生嘴馋，平日里总要捏些零嘴儿打牙祭，若是看见些时鲜的吃食，一双大眼睛能目不转睛看个半日。

那个胖小子拿着富人家才有的精致糕饼，惹得薛冉冉嘴馋了。

巧莲见状有些为难，只能说："乖囡，那糕饼只有县城里才有卖的，等你爹给丁财主干完活，赚了钱就买回来给你吃。"

薛冉冉这时已经坐回凳子上，抓了抓自己刚刚梳好的抓髻，懂事道："阿娘，那很贵吧？我方才迎风已经闻到味儿了，是红枣里加了绵糖，再配揉了猪油的面皮子，用六分的炉火烘出来的。等秋天下了枣子，娘买一小包绵糖，我也能做。"

巧莲笑着捏她的脸："难不成真长了个小狗的鼻子，闻闻味道便知用什么做的？你是听谁说的做法，拿来唬娘？"

薛冉冉见娘不信，也不再说话，笑着过去帮娘装萝卜入坛，然后捏了一块萝卜，一边咬一边道："阿爹昨日不是割了一片腊鸭肉嘛，今晚就吃萝卜炖腊鸭吧？"

巧莲一把夺过她手里的萝卜块道："可不能贪嘴吃生的，你肠胃弱，仔细闹了肚子，晚上炖出鸭肉，你也吃不进嘴了。"

别人都纳闷他们夫妻俩身强体壮，为什么生出了病孩子。只有巧莲心知肚明，这冉冉是她十六年前在绝山的那棵枯树底下捡来的。

那日，她也不知怎么了，午觉睡了一半，起床后觉得胸闷，便去山上转。云里雾里的，像被牵引着，她竟然转到了山顶上，远远地就听见了娃娃的啼哭声。

雪白、小小的一团缩在树下，半睁的大眼睛里噙满了泪珠，委屈得哇哇哭，将巧莲的心都给哭碎了。

也不知是什么人这么狠心，居然将这么一个白嫩可爱的小婴儿扔在了仙树下。不过巧莲觉得这是上苍的垂爱，可怜她夫妇多年无子，所以赐给了他们一个女儿。

薛连贵也觉得老婆说得对，对于老婆抱回的这个女婴喜欢得很。只是后来夫妻俩才发现这娃娃天生带着体弱之症，隔三岔五就要闹病，再不然就是昏睡得睁不开眼，为此夫妻俩求遍了附近的郎中，花费了不少药钱，也不见娃娃好转。

日子久了，夫妻俩也算是经验丰沛，自己摸索了一套养病娃娃的法子，总算是将纤弱的苗苗养大了。

这娃娃捡来的时候，右手心带着红色的胎记。薛木匠问过村中的老秀才知道，这个胎记的纹路像是个"冉"字，所以干脆给她起名叫"薛冉冉"。

不过，等薛冉冉长到一岁的时候，手心的那个胎记就慢慢消失了。

许多孩子的胎记会随着长大而慢慢淡化。薛木匠夫妻俩不甚在意，只是一门心思赚钱养女儿，清贫的小日子也算其乐融融。

巧莲娘俩正说话的工夫，矮墙外有人喊："婶子，我特意买了糕饼，给冉冉一块尝尝？"

巧莲转头一看，原来是那吃糕饼的胖小子的哥哥——丁家二郎。

丁家是村里的富户，这二郎在镇上的书院读书，马上就要考取功名，前途无量。他跟县里举人家的女儿定了亲，可是三不五时地回村撩拨她家冉冉。

巧莲知道，自己的这个女儿虽然瘦弱，可模样实在生得好，细眉秋波、肌肤赛雪的，在村里十五六岁的小姑娘里也是出挑的。可惜这种不堪一折的细腰病柳体态并不招农家老把式待见，若是村里务农人家找媳妇，恐怕看不上薛冉冉这样不能做活的体态。

不过丁家二郎读了几卷书，眼光自然与农夫不同，他就跟赶不走的苍蝇似的，这一年里，紧盯上薛冉冉了。他还找了村里保媒的婆子透话，那意思是，成亲了以后，再抬薛冉冉入门做小。

巧莲当时一口回绝了，叫婆子给丁家二郎过话，她家冉冉不想高攀富户，请二公子另选娇娥。

不过这丁家二郎偶尔回村时，总拿吃的撩拨薛冉冉。幸好薛冉冉虽然嘴馋，但也不是眼皮子浅的小姑娘，看见这丁家二郎就远远地躲开。

所以丁家二郎隔墙喊话，只得了薛家婶子一记白眼，就眼见着她带冉冉回屋做饭去了。

丁家二郎有些不甘心，却也只能拎着糕饼悻悻离去。

这天，外出上门给人打家具的薛木匠很晚才回来，一进门就紧张地关上了院门，上了木闩，然后拉着给他开门的巧莲入了屋子。他看了看睡在小屋里的女儿后，又将老婆拉到自己的屋里，小声问道："你还记得抱冉冉回来时是什么日子吗？"

巧莲眨巴着眼睛迟疑道："你当时说，要将她当作自己的女儿，免得村里人以后嚼舌，让孩子知道了身世难过，便让我先回娘家假装怀孕，然后过了一年多才抱着女儿回村的。我们将孩子的年龄减了足足一年，所以捡冉冉的年日……应该是她今年的生辰再往前推十六年零十个月，是庆庚年九月初九。"

薛木匠听了，一拍大腿，又刻意压低声音道："我就模模糊糊觉得应该是这个月份……你知道吗？这次来的那些'黑袍子'凶神恶煞地到附近的村落挨家挨户打听有没有人在庆庚年九月从仙台山上看到什么孩子。"

巧莲一听也直了眼，急得忍不住打转道："这……这是冉冉的亲人寻来了？要接走孩子？"

薛木匠也担心这一点，所以他今日在丁财主家做木工活，听到这个消息后，连工钱都没结就急匆匆地赶回来了。

牵扯到儿女时，一般做母亲的更拿得定主意。

巧莲很快就镇定下来，斩钉截铁道："又不是猫狗，他们想丢就丢，想要走就要走？九月的山上有多冷！那么小的孩子，连个襁褓皮子都没有，就那么扔在树下，我看是畜生才做得出来！我们家虽然不是大富大贵的人家，可对女儿爱如珍宝，她就是我的命！谁若想要，得先杀了我！"

薛木匠原本心乱如麻，为人厚道的他还寻思着，若是人家父母真的来要，若不给的话，岂不是断了冉冉与亲人的联系？可如今听了媳妇的话，他也觉得有道理。他们夫妻俩含辛茹苦十六年，将女儿养这么大，岂是别人说要就给的？只是想着女儿过两年就要嫁人，薛木匠的心里都酸涩得想要掉眼泪呢！

夫妻俩再次回到小屋里，看着床头睡着的女儿。

再过几天，她就要到十七岁生辰了，清秀的脸儿，睡得香甜，也不知梦着什么了，正勾着嘴角笑呢……

✿✿✿✿✿✿✿

薛木匠夫妻俩并不知道，这一场无端的是非，在几日前就酝酿开了。

那群入村搜人的黑衣人，乃魔修魏纠的门人，也是每年都要来绝山埋箱子的那伙人。

就在两日前，几个黑衣人恭谨地站在山脚下，对一位身着黑纱描金长裙的艳美女子道："屠长老，整座绝山似乎被什么灵力环绕，我们绕着山转了一圈，压根儿不能进去。"

那个黑纱女子微微眯起了眼："你们又不是第一次来，雇些村民进去就行了，他们没有灵力根骨，不会被灵罩阻隔，再加上摄魂咒让他们失了五感，可以勉强到半山腰。"

领头的黑衣人为难道："弟子正是如此行事，可是……以往那些人只需要在山脚埋下盛着怨水的箱子，并不需要上山。而今他们入山之后似乎遇到了鬼打墙，已经在迷雾里绕了足足一日，却只是在山脚下转悠，压根儿上不去啊！"

这黑纱女子名唤屠九鸢，乃魏纠座下的长老。听了这话，她猛地一挥衣袖，刮起的阴风一下子将十几名弟子吹倒在地："一群蠢货，今年就是转生树成果之年，二十年前，沐清歌被剥魂根骨，一缕散离魂寄生在树上。若是没有足够的怨水灌溉树根，恐怕果子里孕育出的也是个不堪一用的废人。我们尊上如今即将到达元婴化神阶段，急需转生的沐清歌补益，必须让转生树结出可用的灵果！"

说话间，那些被吹飞的弟子似乎被什么无形的力量控制，悬在半空中，圆瞪着眼睛纷纷发出痛苦的嘶吼。

屠九鸢将手握成拳，黑雾乍起，接着猛地一收，似乎将什么力量从那些弟子身上抽离了。弟子们如同被剥骨抽筋一般重落在地上。

"我已经用祭骨咒将你们的根骨灵力都剥离了，这样你们就可以没有阻碍地进去打探情况。就算没有根骨灵力，用龙骨制成的罗盘也足以打破障眼咒到达山顶，相信你们能比那些村民懂得应对，待埋好了箱子，我自有法子恢复你们的灵力。"

这些轻飘飘的话，简直是糊弄刚入门的凡夫俗子的。

祭骨咒是对触犯门规的弟子最恶毒的惩罚，从来没有听说过有人被剥离根骨灵力后再恢复过来的。就连当初搅和得仙修界大乱的女魔修沐清歌身中九重祭骨咒之后，也再无还手之力。

自从沐清歌陨灭，如今魔修第一人乃他们赤门的尊上魏纠，其修为远超当年的沐清歌。

可怜当年叱咤风云的女魔修重生，也不过是成为增添尊上修为的"人参果"罢了。

不过惦念这枚"人参果"的，显然不光是赤门。就连自诩"名门正道"的几大门派也派出人来，在山上设下了灵盾，不许他人染指转生树。

被打落散魂之后，在转生树上重新降生之人便如投胎转世，与前尘无干，正邪未分，便于重新养育、教导。

沐清歌是天生至阴的灵魔体质，灵性入魂。

许多名门正派虽然没有明说，但其实也想得到这个仙树灵童，从小养起，为己所用。毕竟三百年一次的天地雷劫将至，许多快要飞升的大能都需要帮他们渡劫的奇才弟子。沐清歌的转生之身用来做这件事刚刚好。

想到这儿，屠九鸢的心里舒服了很多。

她与沐清歌曾经是同门师姐妹。眼看着师父偏爱沐清歌，让沐清歌独得真学，早早结丹，而自己处处不及这个小师妹。嫉妒之心，时时煎熬着屠九鸢。

而现在，沐清歌是树上的一颗果，果熟落地时，也不过是她凄惨重生的开始……

想到这儿，屠九鸢阴恻恻地笑了。

她捏着方才从那几个弟子头上拽下来的几根头发，放入手中的青铜小炉，默默念咒。不多时，她就与那些上山的弟子通感，用自己的五感代替了他们的五感。

牺牲了几个弟子，果然很有裨益，他们可比那些村夫好用多了。

也许是设下的灵盾年头太久，这次，她居然可以毫无阻力驱使着木偶般的弟子们一路上了山顶，并借助他们的眼睛清楚地看到山上的一切。

可看到树下一地风化的碎片时，她愣住了——难道灵果一早就掉落了？

她驱使山上的弟子再抬头，看见树上结着一颗硕大的果时，又略觉心安。可就在这时，突然一阵疾风掠过，她头皮一紧，转眼间就被人拽下了几根头发。

下一刻，屠九鸾也失五感，为人驱用。

其余的弟子则恭谨地跪下，齐声呼喝："尊上与天齐福！"

来者着一身乌袍，虽然长得有三分女相，可是那高大的身材外加狭长凤眼里的阴冷之气，不容人错认，这是个满身杀气的男子。

他就是赤门尊上魏纠。

魏纠慢慢捻动长指头，缠绕住屠长老的头发，已经将山上的情形看得一清二楚。他驱使山上的弟子捡起果壳碎片，用了个返溯咒，一下子推演出来这果儿乃是庆庚年掉落的。

魏纠勾起嘴角，弹指燃尽了指尖断发，冷冷地吩咐道："派人下山去查，将所有庆庚年出生的孩童都给我找出来！"

屠九鸾此时五感归位，连忙跪下施礼道："尊上，那早早掉落的转生果里的灵童会不会已经不在绝山附近了？"

魏纠眯着狭长、透着寒光的眼，冷笑道："转生果未熟便落，已经冒了极大的风险，若是灵童离转生树太远，绝无生存的机会，她就在附近，给我细细地找！"

赤门的门人遍布各地，势力甚大，尊上一声令下，附近几个村镇的人尽被筛了个遍。只是这一找，虽然寻来几个出生年份相当的少男少女，可无一个有转生树的灵力气息。

魏纠听完弟子的回禀，将目光转向了绝山的山顶。那棵树上还长着一颗果，那果生长迅速，似乎马上就要结成。

当年那一役，他也在，自然清楚与沐清歌同归于尽的还有她的胞妹沐冉舞。

双魂入树，结成二果，倒也合情合理。

现在有一果早早掉落……虽然天资平庸的沐冉舞掉落的可能性更高些，可是魏纠为了避免后患，觉得还是要查得仔细些才万无一失。

"沐清歌……"魏纠轻启薄唇，轻轻念着她的名字，邪气十足的眼睛里透着势在必得的光。

他修习的是吞魂噬灵的魔道，能无限放大自身贪婪的本性。对于一直求而不得的沐清歌，魏纠更是入魔。

想到这儿，魏纠的眼里隐隐透出嗜血的红光，原本长相华贵的他此时竟让人不敢直视。

薛木匠夫妻俩打定了主意，决定这几日守在家中，等那群邪魔外道的徒子徒孙走了，躲过了这场风头再说。

幸好他们夫妻俩长了心眼儿，当年没有立刻将孩子抱回村里，所以真有人来敲门时，他们只是按以前跟村里人的说辞说了女儿虚假的生日。因为生日推迟了一年，户籍上写得清楚，跟庆庚年不贴边，村里人又都可以做证，所以完全没有破绽。

那些黑衣人闯进院子，看见病恹恹、瘦小不堪的薛家女儿后，便懒得再看第二眼。毕竟眼前这个小丫头毫无灵慧之气，凡夫俗子一个，就连修仙入门都不够格，又怎么会是转生树上转生的灵童呢？

只这一次之后，便再无人上门来问。

虽然薛木匠夫妻把女儿的生辰说晚了一年，但薛冉冉从小体弱，本来长得就比同龄的孩子显小些，自然也没有人猜疑。

不过村里有五个庆庚年生的孩子，据说都被那黑衣人用刀划破了手指头，将血滴入一只黝黑的香炉里了。

薛木匠打听回来后脸都白了。他家冉冉身娇体弱，若是真被划上这么一刀，没有十天半个月都养不回来。

后来，那群黑衣人折腾了一圈，硬是不死心地将周围村落所有庆庚年生的孩子都给带走了。虽然美其名曰这是看看他们有没有仙根道骨，可这种迟迟活不见人、死不见尸的掳人行径简直目无王法。

有的村民死活不干，最后却被那些孔武有力的魔修弟子打成了半残，只能眼睁睁地看着他们捉走自己的孩子。

薛冉冉不知道这几日自己的爹娘为何像霜打的茄子，娘亲更像受了惊吓一般，卧床躺了两日。不过娘亲生病，她这个做女儿的理应尽孝。薛冉冉让爹帮忙烧热炉灶，给娘做了她以前见过的芝麻薯饼。等芝麻薯饼热腾腾地出炉后，冉冉端着盘子，放在小桌子上让爹娘吃。

巧莲看女儿做的糕饼很精致，不知道她是在哪里学的，一边夸赞一边问她。

薛冉冉也不知道，只捏着糕饼一边满足地咬一口，一边嘟囔道："吃过一回就会做了。娘，你说我上辈子会不会是饿死的，所以才总是想吃的？"

巧莲使劲朝地上啐了一口："呸呸，小姑娘家家，说什么生生死死的？我看你上辈子是馋死的才对！"

说完她一愣，发现自己倒提起生生死死了，而她的乖小囡扑哧一声笑了出来，还特意咬了一大口芝麻薯饼解馋。

巧莲与女儿说笑一阵，紧张了几日的心情放松下来——那些"黑袍子"这几天都不怎么来村里了，风头应该是过了。

巧莲夫妻俩打定主意，待过了冬，积攒些盘缠，他们一家就回和宁老家去，远远地避开这是非之地。

巧莲做此打算后，一家人便开始做出远门的准备。

🙵🙵🙵🙵🙵🙵🙵

日落时分，绝山的山顶正有人幽幽地凝望着山下炊烟袅袅的村落。

那人身材高大，身姿挺拔如松，裹着一件半旧的青袍，略显落魄，披散的长发半遮着脸，只是那张脸竟然看不出五官，好像覆盖了一层惨白的假皮，看着十分阴森。

虽然绝山有灵盾，但是不知为何没有挡住这人和他的两个随从，三人就这么一路畅通无阻地到了山顶的树旁。

立在那人身后的一个豹眼熊腰的男子名唤羽臣。此时，羽臣陪着他的主人已经吹了半个时辰的冷风。他忍了又忍，还是忍不住小心翼翼地提醒道："主人，要不要将此事通禀其他门派？"

他说的"此事"，指的是转生树上已经结出灵果，可是那果子竟然不知什么时候掉落在地，只剩下果壳碎片。

这棵树是万年而生之树。当年他的主人苏易水以血开祭，交出结丹，损耗了一半的修为才让此树可以续接残魂，化虚无为肉身。

对于主人这般自损的行为，羽臣不甚理解。因为主人如此这般，竟然是为了让臭名昭著的女魔修沐清歌转生！

虽然苏易水曾经是沐清歌的弟子，但当初是女魔头沐清歌贪恋苏易水的容貌，一心强迫本是蜀山弟子的他转投到她座下，又强迫他改修魔道。他的主人未曾仙修时，乃是当时权倾一时的平亲王的外室子，虽然不能入宗祠族谱，可因为是平亲王心爱的女子所生，自小也是养尊处优，哪里能被一个女子呼来喝去？

没想到主人十六岁决定修仙，隔断尘俗之后，如花般的少年竟然落到了声名狼藉的女魔修手中。好在主人乃天纵奇才，天资聪颖，就算修为不及沐清歌，也后来居上，甚至叛出师门，协助正道反杀了这个邪佞的女魔头。

想当年，沐清歌被修仙三大门派合击，身中九重祭骨咒，毫无还手的余地，最后被剥离了根骨，打散了灵力，落得魂飞魄散的下场。要不是主人手下留情，留了她的一丝残魂引附在转生树上，以后世间恐怕再无魔修沐清歌了。

可恨那女魔头在垂死之前居然动了动手指给主人下了个咒，还是融面咒，害得仙人之姿的苏易水被封印了容颜，从此只能用面纱遮面。

临死前还做刁童恶作剧似的勾当，女魔头的恶毒可见一斑！

也许是为融面咒所累，主人偶尔以真面目示人，总是引来惊呼或者嘲讽。他在往后的岁月里，说话也越发少，除了筑基炼丹，大部分的时光就如现在，面对虚无的山野，一人默默伫立。

记忆里那个温雅的少年，似乎在沐清歌伏法之后便如换了人般，死寂得让人害怕。

也许就是想要解开这恼人的咒，所以主人才执着让这女魔修重生吧？

不过十七年前，当羽臣和妹妹羽童陪着主人来到绝山上时，突然发现树上结了果。可惜当时三大门派又派人前来毁掉转生树，主人阻止了他们，与几位大能恶斗了一场。

因为消耗内丹助沐清歌转生，苏易水的功力大不如从前，可是他那随时震碎元神与对方同归于尽的架势也让人难以抵挡。毕竟世人都知，当年三大门派能够取胜，苏易水厥功至伟，若是死在三大门派手上，正道之名也会因为卸磨杀驴而毁于一旦。

最后，那几位大能实在被苏易水缠斗得烦，又看着昔日容姿绰约的他面容模糊，实在可怜，于是决定顺坡下驴，开明大度地与苏易水约定——让沐清歌得以在树上重生，以便苏易水解咒。

但是三大门派言明在先，解咒之后，沐清歌的生死便由不得苏易水来管了。

从此，绝山被下了禁咒，任何人不能靠近。只等十年后，转生果瓜熟蒂落。

不过，因为那树曾经用苏易水的结丹灵血浇灌，虽然有灵盾，却只能阻挡一些居心叵测之人，并不能阻止苏易水上山。

但是这么漫长的岁月里，苏易水一直没有再来。直到今日，他们路过此地时突然发现灵盾转弱，绝山似乎有被人闯入过的迹象，这才上山来看一看。

这一看可不得了！羽氏兄妹这才发现，这转生树居然不知何时落果了，而果子里转生的女魔修也不知去向。若重生的沐清歌魔性不改，又无人拘束，岂不是又要天下大乱？

而立在山上半晌的苏易水这时才吐出几个字："还有一颗……"

羽臣听了这话，回头一看，诧异地发现方才看着还有些秃的树上真的还结着一颗果。他忍不住揉了揉眼，发现那果是结在几片蔫叶子的后面，也许他先前看得不仔细，才没有发现？

可是那果生长的树梢明显跟十年前的不一样啊！难道……这树结了两颗果？

一旁一直默默伫立的女子是羽臣的亲妹妹，名唤羽童，也一直追随、服侍苏易水。见此情形，羽童试探道："当年沐清歌罪大恶极，不过与她同修的胞妹沐冉舞却是心善至纯之人，跟她姐姐的品性截然相反。可惜如此良善之人也逃不过沐清歌的毒手，最后在绝山一战里与沐清歌同归于尽……"

说到这里，羽童顿了一下，似乎一下子想到了什么："当时沐冉舞协助三大门派，想用噬魂锁锁住沐清歌的元神，可惜被沐清歌反制，拉入了噬魂锁里，会不会她们的残魂就此缠绕在一处，所以同在转生树上转生，结出了两颗果子？"

羽童当时年幼，还未筑基，对沐冉舞的印象实在是少得可怜。沐冉舞虽然品性良善，可是跟她那天赋甚高又异常貌美的姐姐比，真是平庸得让人记不起样子。

让人想不通的是，这树上若结了两果，那先早早落地的转生之人是沐冉舞还是沐清歌呢？

当羽臣说出疑问时，一直在风中伫立的苏易水依旧没有说话。

倒是羽童紧抿着嘴唇愤愤道："没见过杜鹃鸟占了别的鸟雀的巢穴吗？杜鹃幼崽一旦出壳，就会将原主的鸟蛋都挤落出巢穴。转生树的灵力有限，若是长了两颗果，势必均分灵力。现在自然是势弱的被挤掉了。"

就在十七年前，羽童曾经陪着师尊一同来过绝山，已掉落的那果子曾生长在树的西梢，而现在，西梢的果子没了，生在东梢的那颗几乎看不见的果竟然一下子长得很大。

很明显，沐清歌挤掉了胞妹的残魂，独自霸占了灵树。毕竟沐冉舞无论是资质还是慧根，都远远不及她的姐姐沐清歌。可怜那沐冉舞，时辰未到就掉落下来，恐怕连肉身都没有结成就风化消散了吧？

想起沐冉舞单纯、善良的样子，羽童颇有些于心不忍。

就在这时，默立许久的苏易水难得吐出个长句子："灵犀宫好久没有收徒了，你们去附近的村落收些弟子吧。"

羽氏兄妹俩听得一愣。灵犀宫是女魔修沐清歌当年自创的门派，入派不看根骨慧根多少，只收孤儿，无论男女，都要看容貌是否清俊，这等条规简直将女色魔本性暴露无遗。她当初能收到苏易水这样天资出众的徒弟，完全是瞎猫撞到了肥耗子。

后来女魔修伏诛，这乌烟瘴气的灵犀宫也就后继无人了。

不过女魔修倒是给她的那些孤儿徒弟留下了不少金银，加上她那些所谓的徒弟大部分毫无魔修的修为，三大门派自诩正派，也不好让他们一并跟着伏诛，担心自损了正道名头，就让他们拿了钱财各自谋生去了。

如今苏易水却要以灵犀宫的名义重新开山收徒，这着实让羽氏兄妹摸不着头脑。

不过苏易水不肯再解释，只轻点脚尖，青袍翩然，从山的另一侧飞速下去了。羽氏两兄妹也赶紧御风而行，紧随着主人离去。

这几日山上风云暗涌，可是村中依旧岁月静好，村里人照旧日出而耕、日落而息。

巧莲做出搬家的决定之后，就开始张罗着将家里的几亩地长租出去。

村里的房子不值钱，倒不如先留着，待风声过去，他们再看看要不要回来。

可是偏偏这时，节外生了枝丫。

薛连贵这天去丁财主家结算木工的工钱时，那丁财主的婆娘却挑刺说薛木匠的手艺不佳，打的那张柳木饭桌的桌面都裂开了，所以耍赖不给工钱。

丁财主家的二儿子成婚在即，打的是整套的家具，薛连贵足足干了一个多月，现在丁财主家却不给工钱。现在别说启程上路，就连家里的油盐柴米都有些紧张了。

薛连贵是个倔种，他当初就跟丁财主说过，那桌子的木材不好，有些潮气，若是用来打家具，恐怕要开裂。可是那丁财主贪图省些木料钱，直说这木材还可用，不肯再买。薛连贵无奈，只能依着东家的盼咐做出了木活。没想到丁家婆娘转过头来却死不认账，还指使自家的长工打了薛连贵两个耳光。

其实这丁家婆娘是有意的。自己的二儿子前程似锦，好不容易攀上了县里的一门贵亲，可他偏偏被薛家的病秧子迷了魂，见天嘟囔着将来要纳薛冉冉为妾。这要是让举人小姐知道，岂不是要气得悔婚？

丁家婆娘觉得二儿子被病秧子的细腰迷走了魂，所以决定给薛家点教训，让他们知道富贵人家的门不是那么好进的，叫小蹄子趁早死心，少来勾搭她儿子。她这才找碴儿亏工钱，还借机会教训了薛木匠一顿。

巧莲知道了，气得脸颊通红，破口大骂："瘟才养的，也太缺德了！怪不得先前都没人肯去他家接工。"

第二章 千金神医

薛连贵此时也缓过神来，那张柳木桌子上不得台面，丁家用来成婚的家具都是上好的红木，只有那张桌子看起来是给下人用的，丁家婆娘偏偏拿来大做文章。难道下人没桌子吃饭，还能耽误他家儿子成亲？

很明显丁家是有意做套，早就想抵赖工钱了。薛连贵后悔极了，当初女儿冉冉也劝他别去接活，可他看丁家给的工钱高，到底没禁住诱惑，接了这恶心人的差事。

薛冉冉一直在旁边听着，看爹娘气愤难平，便劝慰道："爹，丁家那种恶人，还是不必跟他们费口舌，权当给他们家白打了副寿材吧。"

不过薛木匠夫妻显然没有听进女儿细声细语的劝慰。

巧莲性格泼辣，自家男人吃闷亏的事情如何忍得？她看了看家里快要见底的米缸，实在是忍不住了，撂下饭勺，急匆匆解下围裙就往村中主事的里长家走。她想要找里长陪着她前去丁家评理，讨要工钱。

薛连贵不放心，让女儿自己在家先吃饭，他也急匆匆地随巧莲一同出门去了。

薛冉冉怕爹娘吃亏，连忙一边换外衫，一边朝院子里喊："娘，你若非要去，千万别跟他们吵，只诉苦，说些揭不开锅的软话，再单夸他家二儿子的品德甚好，定然能在乡试风评过关！"

可惜气头上的巧莲并没有将女儿的话听进去。丁家的老二，色坯一个！她疯了才去夸他！

薛冉冉换完衣服时，爹娘已经出门，她急忙出门，也想跟去。

可刚出门一抬头，她便看见一个穿着洗得发白的青衫的男子立在她家门前。

那男人身形高大，矮小的薛冉冉只能仰着头看他，发现他戴着一顶帷帽，厚厚的面纱将脸遮挡得严严实实。此时男子似乎也在低头看她，清风拂来，伴着篱笆旁一阵秋菊香气，吹得面纱撩动，却看不清他的脸。

薛冉冉一时定住，好半天才缓过神来。她笃定他不是村里人，连忙后退了几步，警惕地看着他。

显然他是在等人，只是不知在等谁。

就在这时，隔壁的黄婆婆用一桶喂猪的泔水从自家院子里赶出个膀大腰圆的汉子："前些日子刚来我们村掳人，今日又变了花样来诓骗！啊呸！什么成仙得道、长生不老，我们家个个长寿着呢！"

羽臣并不知前些日子魏纠的门人刚来村中作过乱。他陪伴主子在深山隐逸修炼，久不来村镇，却不料世人变得更加刁毒。他不过进去跟这婆子讨要些水喝，随便问问村里可有想要拜师修习道法仙术的少年郎君，还没等话说全，那老婆子就抡起桶来泼泔水了。

他修道多年，可慧根浅了些，虽然默念了避水诀，可是火候欠佳，酸馊的泔水迎面泼得酣畅淋漓。

羽臣虽然有满身武艺，但是习武之人的骄傲又不允许他去揍村里的无知老妇，于是只气得哇哇怪叫，将眼睛瞪大，一把夺过那木桶，一掌将它拍得粉碎。

这等蛮怪之力吓得黄婆婆连忙关门上闩，不敢继续出声叫骂。

薛冉冉也吓到了，正想扭身回院里时，却被一个身材高挑、浓眉英目的女子拦住了去路。

她抱拳对薛冉冉道："小姑娘，请问能借用你家的水桶让我兄长洗一洗脸吗？"

就在这时，满身泔水味的大汉也走了过来，瞪眼看着薛冉冉，仿佛她若说半个"不"字，他就会像拍水桶一样，将她拍个稀巴烂。

薛冉冉沉默了一下，点了点头，说："水缸就在院子里，请诸位自便。"

待那大汉朝着院里走去时，薛冉冉转身拔腿就跑。既然自己的家里进了恶人，她只能赶紧去里长那里，让他组织村里的青壮年打跑这些人。

可惜她还没跑几步，一双腿就像不受控般，自动往自家的院里移动。待她入门，那院门仿佛被风吹动般，又自动闭合了。

薛冉冉有些难以置信地看了看自己的双腿，方才它们全然不听自己使唤了，犹如中邪般……

此时，那个戴着帷帽的高大男人已经立在了她家的院子里，似乎正用冰冷的目光盯着她看。

薛冉冉感觉自己方才为怪力所控，吓得不敢动，顺着墙根慢慢移动，然后拿起她爹惯常坐的木条凳，殷勤地对那男人道："这位爷请坐，我给那位爷舀些热水洗脸吧……"

说完，她立刻挽起衣袖，利落地入了厨房，揭开锅盖，从大铁锅里舀出热水。

一旁的羽童倒是颇感意外地挑了挑眉，方才主子用异术牵引着这小妮子入了院子。按理说，这乡下毛丫头应该吓得大喊大叫，可没想到这小姑娘只是转了转湿漉漉的大眼睛，便立刻回过神来，殷勤周到地拍起了主子的马屁。别的不说，看似瘦弱的小丫头，胆色倒是异于常人。

趁着这小丫头舀水的工夫，羽童问道："小姑娘，多大了？"

薛冉冉小声回道："快十六岁了……"

待热水打来，羽臣迫不及待地洗去满脸的泔水，小姑娘则退到一旁，小心翼翼地打量着他们。

幸好这些人与先前的黑衣人有所不同，并没有逼人断发切手一类的。不过那大汉似乎被泔水开胃了，洗完脸之后又开始嚷嚷着饿，问薛冉冉家里可有吃的。

羽臣并不想吓这小姑娘，他原本就不是修仙的体质，当初在军中效力的他正年少，因为被平亲王挑选出来保护苏易水，便长留在小主子身边。后来，他更是毅然带着年幼的妹妹陪着小主子一同修仙。

初时他不入其门，到现在二十年的时间里，也只勉强学了些皮毛，离辟谷断食的阶段还远，一日三餐定时得很。

凶脸的大爷喊"饿"，薛冉冉只好又端上刚刚做好的饭食，看着大汉跟那位一脸英气的女子坐下来吃。

饭香味一起，薛冉冉……也饿了。她十分不耐饿，若是生死已定，她绝对要做个饱食鬼，绝对不能空着肚肠去饮孟婆汤。

既然不能出去寻爹娘，饭菜全让他们吃了岂不是更亏？

想到这儿，薛冉冉转身入厨房抽出一双筷子，添了一碗饭，略带腼腆地坐下来跟他们一起吃。

虽然小姑娘看着秀气，四目相对时，还会冲人不好意思地笑，却将一双竹筷子用得行云流水。炒青豆的碗里拢共就那么几块薄薄的腊肉，全被小姑娘手疾眼快地夹到自己嘴里了。

饶是羽臣也没有抢过她，他觉着这小姑娘是故意的，便拿眼瞪她。可惜薛冉冉吃饭时从来都是专心不二，待吃得渐入佳境时，压根儿不看旁人。

以苏易水的修为，早就不必三餐应食了，他并没有上桌，只是伫立一旁，看着院落一角种植的石竹。

这个月份并不是石竹开花的时节，院子里的这片石竹却长得嫣红绚烂，异常繁茂。

苏易水慢慢转过头来，问道："这花是谁种的？"

羽臣看着闷头吃饭的小丫头，出声提醒道："哎，问你呢！"

薛冉冉的脸埋在大碗里，她闷声道："我种的……"

爹爹做木工活，很累眼睛，所以她特意种了石竹花，留着晒干给爹爹泡茶喝。

苏易水看了一会儿那绚烂的花儿，转过身来，朝着薛冉冉走去。他慢慢蹲下，与坐在小凳上的薛冉冉平视。

被人这么看，饭自然吃不下。薛冉冉乖巧地将手里的大碗举到高大男子面前："这位大爷，您要吃吗？"

她注意到这个男人接碗的手很漂亮，修长的手指甚至泛着如玉一般的莹莹白光。有这么一双好看的手的男人，不知模样该是如何俊逸赛谪仙……

就在这时，一阵大风袭来，终于将男人的面纱撩起，虽然只是刹那的工夫，却足够让薛冉冉看清他的脸。

这应该是小孩子噩梦里才会出现的吓人的妖怪的脸，看不清眉眼、鼻梁，模糊的一团里只有一张嘴和下巴。

薛冉冉的身子不由自主地往后仰，若不是被那怪脸男人伸手揽住，她就摔下小凳子了。

似乎嫌吓唬小姑娘吓得不够，那男人居然慢慢摘下了帷帽，将模糊、恐怖的脸彻底露出来，逼近薛冉冉道："怎么，我长得很吓人？"

薛冉冉知道自己此时该识趣些，挑拣些好听的话说，可她嚅动了一下油汪汪的小嘴，想夸这张脸，都没有下嘴的地方。

不过这难不倒薛冉冉，她定下神来，挑拣那张脸上还算看得过去的部位，诚恳道："大爷的下巴棱角流畅，嘴巴也好看得让人舍不得眨眼，离吓人还远着呢！"

此话一出，羽臣嘴里的饭都喷到妹妹羽童的头上了。就算他对苏易水忠心耿耿，也说不出这马屁味十足的违心之言。

被融面咒封印的脸实在是恐怖吓人，他和他妹妹平日都是小心翼翼的，不提及容貌一类的话语，而苏易水平日里也不轻易以真面目示人。没想到今日主子一反常态，竟然拿这被毁的脸去吓唬一个黄毛小丫头。而那丫头说出这违心之言时，眼神诚恳得都能漾出澄湖秋水来，说得跟真的似的！

苏易水似乎被马屁拍得舒服了，松开手，慢慢站了起来，说道："生平知己难遇，看到我的样子还不害怕的人更少……我在西山修行，既然你我有缘，不如我就收下你，随我一同修习仙道吧……"

薛冉冉赶紧摆手道："我生下来身子就不大好，又是凡夫俗子一个，哪堪修习这等绝学？"

苏易水不紧不慢地反驳："身子弱，才更要修习仙道，延年益寿又永驻青春。你看，我的下巴和嘴是不是显得很年轻？"

这下，连羽童都半张嘴巴了。她的主子从年少时起就是寡言之人，就算没有中融面咒，也给人一种有礼却疏离之感。当年那女魔修隔三岔五地逗弄他，也不见他露出寻常少年般大悲大喜的表情。可他如今对个黄毛小丫头如此多言，怎么看都不像她清冷如冰的主子啊！

薛冉冉没想到怪脸男竟然拿自己的违心恭维来堵自己的嘴，被堵得不知如何回绝的时候，突然听到了拍门的声音。

只听巧莲在门外急促地喊："冉冉，快些开门！"

薛冉冉听到爹娘回来，如释重负，赶紧跑过去开门。可开门一看，巧莲正哭着搀扶满脸是血的薛连贵准备进门。

方才她拉着里长去评理，那里长初时说话评理还像样。可丁财主的婆娘用话敲打，暗示自己的二儿子在县里书院说得上话，而里长的儿子今年要入书院，她二儿子正可以帮忙。里长听了这话，竟然言语退缩，直说家具打坏了，的确不该给工钱，然后便借口他家的母狗要下崽子，急匆匆地走了。

这下巧莲气炸了心肺，径直跟丁财主的婆娘吵开了。

丁家人口旺，最后几个膀大腰圆的表亲侄儿围拢过来便要打巧莲。薛连贵为了护住妻子，又生挨了一顿好打。

幸而巧莲突然想起女儿临出门前的叮嘱，恍然开了灵窍，高声呼喝："快来看啊！丁秀才的爹娘要打死人了！这样的人家能养出什么好儿子，可怎么过乡试风评？"

她这一喊，才让丁家人堪堪住手。

毕竟丁家二儿子考学在即，这几天乡里要下来官员，查访这些考生的品行作风。若是丁家真闹出人命来，岂不耽误了儿子的前途？

丁财主被巧莲这么一呼喊，心里一激灵，生怕自己的婆娘一时糊涂，将儿子的大事耽误了，这才悻悻地甩了三串钱给巧莲。

虽然讨回了工钱，可是薛连贵被打得不轻。

巧莲又恨又悔，恨的是丁家满门畜生，悔的是没有听女儿的话，若是早拿捏丁家的要害来说，又怎么会让自家男人受伤？她便这么一路哭着搀扶丈夫回来，哪里想到一开门就发现自家院子里站着几个凶神恶煞的人，其中一个……居……居然看不出眼睛和鼻子！

巧莲一口气没上来，眼睛一翻，竟昏了过去。薛冉冉只有两只手，扶着母亲气力都不够，更搀扶不住也吓得双腿发软的爹爹。

幸而那个叫羽童的女子过来，帮着薛冉冉搀扶住了她母亲，并帮着她将两个人送回了屋里。

薛连贵虽然吓得失魂，但是见三个人似乎并无歹意，便勉强定下神来，问女儿："冉冉，他们……是什么人？"

薛冉冉扭头看到那怪脸男已经戴好了帷帽，暗松了口气，又怕爹爹说错话，连忙出声提醒道："爹爹，他们都是仙长，来收徒增寿的……"

听女儿这么一说，薛连贵的脸更加惨白了——这群折寿的怎么又来了？难不成他们知道了冉冉也是庆庚年生的？

就在这时，巧莲被喂了口水，也低哼着要醒转了来。薛冉冉怕母亲再昏过去，连忙解释说这些仙长是来喝水、吃饭的。

羽童觉得在此叨扰多时，便掏出了个钱袋，在里面翻翻拣拣。她寻思着方才那一顿饭，腊肉都进了那小姑娘的嘴，粗茶淡饭的，也不用多给饭钱。

结果掂量了半天，她总算是捏出块细碎银子，放到桌子上，算作吃饭的饭资，然后便打算离开。

转生果马上就要落地，听说魏纠带着门人也在此地出没，若是那转生的沐清歌落

16

入魏纠手里，只怕主人解咒的事情又要泡汤了。所以这几日，她要抽时间守住绝山，不可让灵果有闪失！

当然，主人解咒之后，那沐清歌的生死便不重要了。羽童希望她能立刻气绝身亡，别再坑害自家主子了。

可是苏易水似乎并不想走，看到那个薛连贵似乎被人打断了腿，他便伸手替木匠将断骨接上，然后将手覆盖在伤处上。

薛连贵原本疼得钻心，谁想到这怪人用手覆盖住伤处后，他居然觉得伤处暖融融的，不消片刻就不觉得痛了。

这样的神通，的确是仙人才有的！

惊喜之余，薛连贵小心翼翼地向这怪人谢恩。不过苏易水只是淡淡地说："我不过是暂时麻痹了你的痛觉，三日之后，你还是会觉得痛的。不过，断骨已经接上，只要固定将养，等断骨长合，也就没有大碍了。"

一旁的羽臣听了木匠夫妻的遭遇，不禁气愤填膺，开口说："要不要我替你们教训下那丁家恶霸？"

薛连贵已经十足后悔了，连忙摆手道："不必，我们也要搬家离开这里了，还是不要节外生枝的好。"

就在这时，巧莲也幽幽醒转过来，听女儿在一旁小声解释，总算是有了精神。

可是出乎羽童意料的是，向来看淡人事的苏易水今日似乎平易近人得很，三言两语间就走起了江湖批命先生的路数。听说他们要回和宁老家，苏易水直言她家的女儿乃福薄之相，恐怕命数在几日之间，只有修习养生仙道，才可长寿。

若是平时，夫妻俩听这些言之凿凿的鬼神之言，一定会信上几分。

可是先前有恶徒到处寻找庆庚年生的孩子，现在这个长相怪异之人又千方百计地收自己的女儿为徒，怎么看都不像好事。而且女儿命数只在几日，也太玄了吧？怎么听都是诅咒之言！

所以巧莲一口回绝，言语客气地准备撵他们出去。

苏易水倒也没有多言，只留下一句："你们若后悔了，可以去永城西山找我，我叫苏易水。"

说完这句，他就领着两个随从翩然离去——若不看脸，单从背影看，他当真是个身姿如松、宽肩窄腰的英挺男子……

巧莲发现自己竟然看着那个男人的背影出了神，连忙收回心神。她这是怎么了？总是不自觉地盯着那怪脸男看……

苏易水出了薛家，羽童问道："主人，要不要我留下来守住转生树，免得灵果有闪失？"

可是苏易水淡淡道："不必，我们云游太久，也该回去了……"

不过临出村口的时候，他们正好撞见丁家的马车也准备出村。

丁财主刚与那薛家夫妇闹了一顿，虽然迫着乡试风评给了木匠工钱，可心里老大不痛快。因为今夜县城里有应酬的夜宴，他赶着领儿子去吃酒，顺便招待一下已经到了县城准备考察考生品行的官员们。

这会儿，他坐在马车里低声呵斥着儿子："男人的前程最要紧，这个时候，你怎么招惹薛家的病丫头？待以后功名在身，她连给你做丫鬟都不配！一家子的泼货，等这事儿过了，我他娘的半夜点了薛家的房子！"

那二儿子打哈哈道："我不过随便撩逗一下，爹怎么和我娘一样当真了？那种货色，总是没话找话地勾搭我，就是个玩玩过过瘾的轻浮丫头。爹，您别气坏了身子，一会儿还要跟那些乡考的官员饮酒呢！"

虽然苏易水与那辆马车相隔甚远，可是仙修之人，耳力原本就异于常人，虽然隔着一条乡道，他也听得清清楚楚。

羽童在一旁看得分明，主人轻抬手指，快速作势画了空符弹向那辆马车。

那是仙修入门之咒，叫"心口如一"咒。中了此咒之人，三个时辰内绝不会说出违心之言，都是真真切切的心里话，所以才叫"心口如一"。

那对丁家父子要去迎考官，少不得说些阿谀奉承的话，他们中了此咒，也不知会闹出什么要命的笑话来……

很显然，这丁家父子让主人很不痛快。

羽童再次诧异，一向不爱多管闲事的主人今日真的是撞邪了啊！

再说薛家三口。巧莲打算过冬再走，可如今他们得罪了丁财主一家，倒是不宜耽搁，早些上路才好。

虽然只讨来三串钱，可若节省些，在沿路村镇卖些自带的木桶、木凳，再接些木工零活儿也足够用。

所以巧莲准备好了路上的吃食，收拾了几个简单的行囊，薛连贵也将自己的木工工具都搬上了驴车，找了条粗锁，紧锁了院门后便急匆匆地上路了。

不过他们走到临近县城时，碰到了从县城回来的乡人。他们正津津有味地说着清晨去县城西市时听来的新鲜传闻。

据说，昨夜丁家父子托人花银子去了县里老爷们的夜宴。

可父子俩不知在家里喝了几两烧酒，入席之后就开始满嘴胡言。

那丁财主听亲家举人老爷跟别人夸赞未来女婿的学问时，他竟然笑着说自己的二儿子就是个不学无术的混子，当初几次应试都是请人代笔，一路靠银子铺垫的。用如此骄傲的口气抖搂出儿子作弊的丑闻，直让人听得面面相觑。

而丁家老二更是"醉"得口无遮拦，竟然问县老爷他身边的小妾是从哪里买的，身材如此丰满、婀娜，若是能让他睡几次就好了。

总之，那丁家父子二人全不说人话，让未来亲家举人老爷羞愧得都要钻桌子底下了。

最后，丁家父子二人被恼羞成怒的县太爷命人用乱棍打了出去。如此场合犯了众怒，这丁二公子的前程和姻缘都堪忧了。

薛木匠和巧莲闲听了一嘴，顿觉解气。可是丁家就是破船也有三斤钉，他们还是要出去躲一躲才好。

家里的老驴年事已高，拉不了太重的车，所以一路上的大半时间里，都是薛冉冉和腿受伤的爹爹在车上，巧莲在下面拉着驴儿往前赶。

因为那位"苏仙长"的神通，薛木匠前三日并未感到疼痛，直到第三日起，那腿才如针刺一般疼了起来。不过薛木匠顾不得腿疼，因为他的女儿冉冉在离开绝峰村一日之后突然病倒了。

薛冉冉也不发烧，只如被抽干了水分的花朵般萎靡下来，一张蜡黄的小脸迅速消瘦下去。

因为薛冉冉以前从来没有这般过，巧莲吓坏了，急忙在临时落脚的地方请郎中。可郎中来看时，直说她的脉弱得都快摸不到了，估计也快要油尽灯枯了，让他们夫妻早早准备后事就行了。

说完这话，郎中连出诊费都没收，拎起药箱子便匆匆走了。

可怜薛冉冉也听到了郎中的话，却笑着安慰爹娘道："爹娘莫要伤心，我这病一直……一直拖累你们，若是就此走了，你们也能轻省，我这辈子……没有什么不好的，有你们做我的爹娘，我已经知足了。"

夫妻俩无助地看着费力安慰他们的冉冉，抱头痛哭。就在这时，巧莲突然想起那怪脸的仙长曾说女儿将不久于人世。虽然当时她并未放在心上，可此时却如抓到了救命稻草一般，恰好走了两日到了永城，夫妻俩连忙打听当地人西山怎么走。

结果那郎中说，巧了，西山就在不远处，而且山上的确有位仙长神医，名唤苏易水。

听了这话，巧莲彻底放下了疑虑，与丈夫一起急匆匆地驱赶驴车前往西山。

到了山脚下时，巧莲看了看颇为陡峭的山路，正准备背着女儿爬上去，那位戴着遮面帷帽的苏神医居然正立在山下的茅亭中，仿佛正在等人。

巧莲顾不得他模样吓人，连忙扑过去磕头，求神医救命。

苏易水走过去，看了看躺在驴车里的薛冉冉，掏出一个瓷瓶，让巧莲将它灌入冉冉嘴里。

不消片刻，那张蜡黄的脸上竟然泛起了一丝红润，仿佛吸到了水的花儿一般，重现几分生机。

苏先生果然是神医，虽然模样丑了些，但其作为也让人感激。

薛冉冉觉得那水甘甜极了，缓过气来便问："这是什么药水？"

苏易水隔着面纱淡淡道："树根泡的水……"

薛冉冉其实是想要套问出药方子，谁能想到这位神医这么狡诈，说出这么敷衍的话。

苏易水表示，喝药治标不治本，若想薛冉冉康健，必须将她留下。

因为女儿的病体，薛木匠夫妻俩操碎了心，如今好不容易寻到了门路，像是看到了希望的曙光。可若就此让他们留下心爱的女儿，夫妻俩自然不能答应。

女儿的实际年龄已十六了，男女之大防，不能不防。所以，要留下女儿也行，他们也得留下来，分文不取，跟在苏先生身边做家奴仆役表示酬谢，也能陪着女儿养病。

可惜苏先生一副公事公办的样子，只说自己喜欢清静，不喜外人留在山上。他们若不想留下女儿，可以自便，不过需留下一两黄金的药钱，算作方才的诊费。

巧莲一听，顿时傻眼，嘟囔着从没有听过这么离谱的诊费，先生可是要坐地起价，漫天要钱？

苏易水似乎懒得跟村妇争辩，也不再要钱，转身就上山去了。

巧莲一见人走了，立刻跟在后面急切地喊人。可是人家苏神医健步如飞，片刻的工夫就不见人影了。

薛连贵拦住了巧莲，小声道："别喊了，人家被你惹生气了。你看那先生长衫陈旧，洗得发白，大约也是不好糊口的，好不容易接一单，想多要些罢了。"

巧莲急得一拍手："我岂不知是这个理？可是那要价太离谱，总要让人还个价啊！怎么他一言不发就走了呢？"

巧莲想要上山，可不知道为何，就是绕不进去。最后他们只能带着女儿回到落脚的客店。

听掌柜的说，能去西山求医的都是大富大贵的人家，而且人家苏先生特别挑剔，并不是每个病人都看，每年只出诊三次，无论病情轻重，每次出诊的诊费都是黄金百两。

巧莲听傻了，不由得问，这般天价，哪里还会有人寻他看病，那岂不是钱多人傻？

可是掌柜的用一副看乡巴佬的表情看她道："还没人？简直抢破了头！黄金有价，神医无价啊！你若不信，明日便是苏神医今年出诊的日子，你去看看便知。人家苏神医破例给你女儿出药，还只收一两黄金，那可真是难得发了天大的慈悲呢！"

巧莲被掌柜的夹枪带棒地嘲讽了一番，顿时有些心神不宁。

第二日，一家人干脆又赶着驴车到了西山脚下。但是这次他们连山墙根都没挨上，山脚下的大路小桥都被各种华贵的马车堵得水泄不通。

据说，前来求医问药的王侯权贵甚多，光是论资排辈，就将许多人挤出排列的队伍了。

这次只有那个跟随在苏先生身边的大汉羽臣下山了，他看了看递呈上来的一摞拜帖，看似随意地抽了三张，念了名字，便让其他人散去。

这下子，没抽到的人不干了。其中一个华服豪仆气呼呼道："我家公子乃当朝宰相林大人之子，为何你却给些平乡小吏看病，绕过了我家公子？"

羽臣板着黑脸道："我家主人看病，讲究福荫厚重，若是黑心奸佞之人，就算再好的医术也医治不好。"

那林丞相是有名的奸相，陷害过不少忠良。此话一出，有些排不上号的人气也全消了，不管怎么样，这位苏先生可真够硬气的，居然这般不留情面地下权贵的面子。

林家的仆从却气炸了，从京城里出来的豪奴脾气本来就冲，听了这话，直言乡野村夫敢污蔑当朝大员，当时便伸手要去抓人。

可他的手还没有碰到羽臣，便看见羽臣的衣服上泛起金光，那豪奴哀号一声，竟然满地打起滚来。

都说这位苏先生是在山上修行的仙长，就连陪在他身边的两个仆役也得了仙缘，并非凡人。

如此显了一番神通之后，羽臣便转身上山。

被他点了名字的人可以畅通无阻地上山，可是其他人若想上山，就被一道无形的墙阻隔在外面，怎么都进不去。

这下子，第一次来求医之人完全被震慑到了，而那轿子里的丞相之子也出言训斥了家奴，大意是，不得对仙长出言不逊，这次不行，下次还可再来求医。

看来这位苏先生的医术当真了得，就连丞相的儿子也不敢出言得罪。

在远处观望、听着人群议论的巧莲彻底服气了，她这才知道自己到底错过了多么千金难求的神仙郎中。

眼看着女儿这日晨起时又有些精神萎靡，巧莲恨不得卖身救女，想要跪下再恳求那位神医。

待求医人群散去后，她迫不及待地领着女儿要入山。可是他们走到山脚下时，这山仿佛被罩子笼罩住一般，他们怎么都进不去。

如此绕了几圈，眼看就要日落，薛冉冉忍不住爬下驴车，试着往前走了几步，却轻而易举地走了进去。

眼看着爹娘进不去，薛冉冉想了想，道："娘，你陪着爹爹在山下等我，我去去就回。"

巧莲几乎从没有让女儿离开过身边，更何况是在这么邪行的山上，如何放心让她一人前往？

可是薛冉冉笑道："那几位高人若是想拘我，爹和娘都不是他们的对手，我看苏先生不像坏人，我们已经得罪他在前，他肯让我上山，已经是格外开恩，请娘放心，我去去就回。"

巧莲知道，这孩子虽然体弱，可从小到大看事情都通透得很，而且她说的也在理。眼看着冉冉昨日喝药之后变得嫣红的脸颊今日又是一片蜡黄，巧莲也无计可施，唯有死马当作活马医，让女儿先上山再说。

于是薛冉冉辞别了母亲，一个人上山了。

说来也奇怪，薛冉冉入山之后，无力的身体轻盈了许多，闷闷的胸口也呼吸顺畅了，就好像网中的鱼儿重新入水一般，通体说不出的舒服。

她深深呼吸了几口气，然后拎起裙摆，顺着蜿蜒的山路，一路攀爬上去。

这山跟绝山不同，到处翠绿，看得人心旷神怡。

虽然山上的岔路甚多，可薛冉冉越走越明晰，仿佛梦里曾经走过同样的路，她竟然没有走错，就这么顺畅地来到了山顶。

等到了山顶，看着依着绝壁而建却有些破落衰败的屋舍时，薛冉冉总算明白看似绝尘出世的苏高人为何执着于赚取钱财了——要在高山上维护、翻建陈旧的宅院，的确要花费很多金银。

不过，看着这衰败、不甚讲究的荒院，真不知道苏先生的金银都花到哪里去了。

那个英眉女子即羽童一早便等候在屋院前，看到了薛冉冉，便对她说："主人正在给人看病，你可以在东屋等候。"

说完，她便将薛冉冉领到了与一处花园相邻的屋舍。

薛冉冉从小在村里长大，并未见过什么太好的屋院。不过从到处结满蛛网的房梁屋角看去，也能察觉到这屋子之前修建得精致、典雅，窗边挂着的旧帷幔都是细纱精绸所制。就连丁财主似乎也舍不得用这么精细的面料做衣裳呢！

可惜这些布料年头太久，褪色严重，散发着岁月衰败的气息……虽然能看出地面和桌子都有人定时打扫，但是山上那么多房屋，仅靠主仆三人打理，显然有些力不从心。

不过，跟破旧不堪的屋舍相比，此时桌上摆的一盘糕饼着实吸引人，一个个精致小巧得像盛开的樱花。

薛冉冉早就饿了，看着糕饼有些想吃，可又不好乱动，只能眼巴巴地看。

羽童倒是好心提醒了她："……我家主人早就辟谷，我和哥哥虽然未达仙境，但是也尽量一日只吃一餐，这糕饼是蜡做的，不能吃，只是摆在这儿，免得桌子太空。"

薛冉冉佩服地点了点头。很显然，羽童这个管家婆虽然花钱锱铢必较，但也很有些高雅的追求，万一山上有访客，摆一盘蜡做的糕饼也可以撑一撑面子。

第三章 拜师学艺

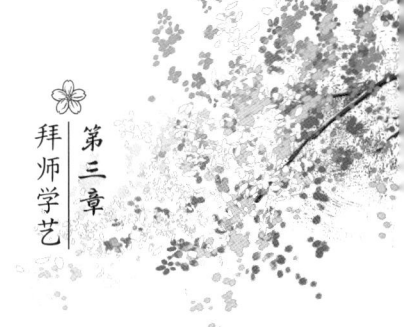

就在这时,薛冉冉的肚肠开始打鸣,她只好摸出自己腰间带的南瓜子充饥。羽童这才后知后觉,从厨房里抓来一把花生给她。

看薛冉冉专心剥着花生,羽童在一旁默不作声。

当日从绝峰村出来后,主人折返绝山,从那棵转生树上折下了一根树枝,还挖了一截树根。回到西山,他将树枝扦插在花园里,并用灵水助这树枝生根——如果她猜得不错,这个小女孩就是转生树上先落地的那颗灵果。

未熟的灵果离开绝山转生树太远,肯定灵气不济,所以主人引来一枝转生树。

当初引魂入树时,主人损耗了自己的结丹,同时献祭了腕血,所以与转生的灵果也是一息相通。当在村里遇到这小姑娘时,主人凭借气息认出她来也很有可能。而且她的名字里也有一个"冉"字,会不会就是转生的沐冉舞?

想到她不会是那个女魔修沐清歌,而是曾经帮助过主人的善良妹妹沐冉舞,羽童的心里一松,对她的态度也很温和。

主人吩咐过不可多言。羽童向来谨小慎微,自然守口如瓶,在哥哥面前也未提过这小姑娘的蹊跷。

"没吃够?要不要我再抓几把出来?"一向仔细过日子的羽童难得大方,出声问道。

薛冉冉摇了摇头,问:"这花生是怎么烤制的?有一股特殊的烤香味,我怎么烤不出来?"

羽童笑了笑:"就是普通的花生,不过前些日子有些受潮,我怕浪费,怪可惜的,就趁着主人炼丹的时候,顺手用炼丹的鼎炉孔烘烤一下,味道还真不错!"

薛冉冉恍然点头。作为馋嘴的小姑娘,她对用炼丹鼎炉烤花生的做派很欣赏,如此接地气,虽然那苏仙人面容模糊,她心中也平添几分好感。

就在这时,一个高大的男人穿着一身素雅白袍,从花园的小径翩然走了过来。薛冉冉发现他走路没有脚步声,仿佛逐浪前行,果然是仙人之姿。

想到自己的娘亲昨日还怕他讹人钱财,薛冉冉知情知趣地先替娘亲道歉。

苏易水挥手让羽童退出屋子后,缓缓坐下,隔着遮面的薄纱细细打量着眼前的小姑娘——那精瘦的样子,就像个饿鬼、病痨,连原本勉强算清秀入眼的容貌都略有折损。

他悠悠开口道:"这里的屋舍院落,你可还满意?"

这么个破山陋屋，有什么让人满意的？

薛冉冉不敢说心里话，只能尽量选能夸的地方，恭维道："您一看就是品位高雅之士，屋梁的雕花很精致！"

然后苏易水语气平平地说道："这屋院乃他人修建，我不太喜欢这浮夸奢靡之风。"

薛冉冉打小不太与外人接触，对这类能将话题说死的场面也不太好把控，只能干笑两声，从腰间摸出个袋子，掏出一把自炒的南瓜子问："苏仙长，您要吃吗？"

苏易水并没有接，只淡淡道："我已辟谷三年……山上的屋舍虽然破陋些，但是过些日子会叫人修缮。你尚无根基，必定要食人间烟火，我已经叫羽童多采买些米肉来，你每个月也可以领三两银子给你爹娘补贴家用……"

这般丰厚的待遇，当真击中薛冉冉的七寸。她生来好吃，可惜家里贫寒，一日三餐也多是萝卜青菜。

方才她路过厨房，的确看到羽臣在往山上搬运东西，院里悬挂的火腿、腊肉如过年的挂鞭一般喜庆。还有瓜果成筐，烟火气十足，跟她臆想中的修真一道吸取日月精华、渴饮甘露凝霜的日子迥然不同。

这让薛冉冉不禁心里一松，最起码在山上能吃饱饭。

最重要的是，他说他会每个月给她补贴三两银子，若是她能赚取家用，岂不是大大缓解了父母的困窘？

只是这般丰厚的待遇叫薛冉冉心里略微没底，她试探道："为何这般优待？您是准备要我做些什么？"

苏易水淡淡道："入西山的弟子，向来会得到优待。我开山收徒，不止你一人，过后几日，你会看到你的同门。"

这下薛冉冉更安心了，也许苏先生真渴望传道授业呢，若是弟子不止她一人，起码以后也会有伴了。

薛冉冉知道自己的病一直拖累家里，就连这次从村中离开，也是因她而起。现如今有了机会，能替爹娘分担生计，她是很愿意冒险留下的。

如此一来，入灵犀宫为徒的事情最终敲定。

那日，薛冉冉下山跟父母商量了一番。巧莲倒不稀罕那三两银子补贴，不过想着苏先生能医好女儿的病，只好忍痛将她留在山上。

于是夫妻俩在距离西山不远的镇子里暂时租屋安置下来。薛冉冉说师父恩准她每月下山一次，可以跟父母团聚，木匠夫妇心里更加安定一些。

羽童将薛冉冉安排在花园一侧的屋舍里，这里种满了各色奇花异草，其中还有一株半死不活的树。

据羽童说，这是师父从一棵古树上折下来的，用千年灵参泡水浇灌，才勉强落地扎根。

薛冉冉的屋舍紧挨着这棵小树。羽童指了指一口乌漆墨黑的大缸，说那里面都是灵水，吩咐薛冉冉每日要给这蔫树浇水。

虽然苏易水收薛冉冉为徒，可是似乎并无教授本事的兴致，只是亲自带着她入了西山屋舍的大堂。

大堂上落灰的匾额依稀可见"灵犀宫"三个大字。

据说，灵犀宫的开山师祖名唤沐清歌。她还在时，这里广收门徒，热闹得很。而灵犀宫的门规戒律用飞龙走凤般的洒脱字体写在整面墙壁上。

因为娘亲巧莲曾经给村里的学堂做过两年伙饭，薛冉冉不用交束脩，凑趣学了些字，勉强能看懂门规。

只是这门规当真邪行，教人有些看不懂，譬如可以不修心性，但不可不注重颜面、衣衫，每日须着华美锦服，打扮好看，以悦师尊。再譬如三餐可少，不可不精，遍尝人间百味才可修习大道精华，免得元婴结成，丧失味感，不再识酸辣滋味，空留遗憾。诸如此类不着调的门规洋洋洒洒几大条。

薛冉冉虽然不修道仙术，却觉得这灵犀宫的门规有些南辕北辙，若一门心思当个纨绔败家子，不需学习便可条条符合门规戒律。

她正仰头看时，突然听到身后低沉声音道："都能做到吗？"

不知何时，师父站在她身后出声问道。

薛冉冉连忙后退几步，很上进地回道："弟子一定努力做到！"

可是苏易水不甚满意，即便隔着面纱，薛冉冉也能感觉到他略显挑剔的眼神。

薛冉冉低头看了看自己洗得有些褪色的裙子，再想想自己病得干瘦的样貌，的确有违首条门规，立刻说道："我明日便换好看些的裙子……"

可是师父冷声道："墙上的门规，条条狗屁不通，你连这一点都没看出来？"

苏易水虽然面目模糊，但言谈举止都是超逸绝尘的仙人做派，这突然蹦出的"狗屁"仿佛玉盘装屎，违和得很。

不过薛冉冉从善如流，瞪大眼睛，恍然道："师父高见，弟子方才也这么觉得，却少了师父的远见，那……弟子该听从哪条门规？"

可惜师父似乎觉得她不受教，只冰冷地又打量了她一会儿，转身拂袖翩然离去。

吃晚饭时，薛冉冉跟羽氏兄妹同桌吃饭，看着满桌子的肉菜，排场实在堪比地主老财家。

羽童一边叹气一边碎碎念："主人为了迎新徒入山，破例吩咐我多买些肉菜米粮。冉冉，你当感谢师父。不过，我看你这么瘦，应该也吃不了这么多……若吃不下，我就先拨出些吊在水井里，明天还可以再吃一顿。"

她说这话时，无人应答。

薛冉冉原本是充满希冀地伸筷品尝，哪想只吃第一口便顿住，有些讷讷的，不知该说些什么才好。

这满桌的饭菜都是羽童烧制的。羽童心疼饭菜太多，而薛冉冉心疼好好的菜品都被浪费了。

很显然，这位女管家也跟着主人辟谷，有些丧失人间味觉，做出的饭菜不是少油就是没有断生，难吃得很。

但是羽臣好似并不嫌弃胞妹的手艺——有油水的饭菜太好吃了，哪有工夫说话！他许久没碰肉菜，也不管生熟，吃得那叫"风卷残云"。

薛冉冉挑嘴，实在吃不下，也不好放下碗筷下桌，便无话找话，说了方才跟师父学习灵犀宫门规的事情。

提到门规，羽臣却满脸羞愧道："主人虽然出身富贵，可生平奉行节俭，更是早早辟谷，半脱凡胎，压根儿不屑于金银之物。若不是因为我们兄妹俩不上进，依旧摆脱不了凡胎积俗，主人又何必给那些人看病，赚取金银养我们？"

说完，他又恶狠狠地啃光了一只肥腻的鸡腿。

羽童觉得得提醒一下主人新收的小徒，免得她被灵犀宫昔日主人留下的规矩带坏："灵犀宫以前的师尊入魔，不是什么好人，你师父为人与她截然相反，你可不要学了那个坏师尊！"

薛冉冉听了，同仇敌忾地不住点头——依着她看，岂止师尊不是东西，她那个没脸的师父也不是什么好人，平白给她出了考题，用入魔师尊的旧门规考验她的品行，害得她险些没过关。不教本事、入门就考试的师父狡猾、可恶得很！在灵犀宫为徒，会不会前程堪忧？

❀❀❀❀❀❀❀

还好，初入灵犀宫的"菜鸡"徒弟不止薛冉冉一个。

西山灵犀宫虽然许久没有开山收徒了，但凭借仙医苏易水的名号，收徒弟之事一传开，一呼百应。

收徒的场面虽然人声鼎沸，可是最后收的也不过三个徒弟而已。

其中两个少年都比薛冉冉大。大师兄名唤高仓，据说习武出身，长得高挑、英挺，是个浓眉大眼的少年郎。二师兄姓白，叫白柏山，虽然长得细瘦了些，却透着斯文儒雅之气。

除了两位师兄，薛冉冉还添了位三师姐，叫丘喜儿。她跟薛冉冉一样，都是别人治不好的病秧子，家里支付不起药钱，原本是想叫她等死。被苏易水垂怜，收她入山门救治。

听说丘喜儿有胸口痛的毛病，不过长得倒是白胖可爱。薛冉冉原先还疑心苏先生收自己这么个病秧子做什么，现在一看，原来师父有收集病秧子的癖好，大概是用来提高医术一类的吧？

三人以年龄来分辈分，并没有按着入山门的顺序论资排辈。不过他们该唤羽臣和羽童为何，便有些犯难。

苏易水说："他们二人也算与我一同修真，算是同门师兄妹，就是你们的师叔。"

羽氏兄妹表示万万不可，就算有一天他们真的升天做了神仙，还是要在苏易水面前端茶奉水的，怎么可乱了纲常，称呼主人为师兄弟呢？

争执一番后，苏易水有些懒得谈这些俗务，挥一挥袖子，上山顶打坐去了。

而剩下的大大小小商量一番后决定各论各的，小字辈们管羽臣、羽童叫大师叔、二师叔，羽氏兄妹依旧管苏易水叫主人。

选了个日子，四个小徒弟一起下跪奉茶，给灵犀宫开山门主的画像行了拜师礼，便算成礼了。

虽然灵犀宫已经易主，但是昔日师尊的画像并没有撤下。

薛冉冉磕头的时候，偷偷抬头看了看那高悬在明堂上的入魔师尊画像，竟然是个美艳里透着轻灵之气的女子。她一身火红的衣裳，骑在一只白虎之上，玉足高跷，半挂着只绣鞋，还拎着个大酒葫芦，怎么看都举止轻浮、浪荡。

这样的女酒鬼为何会教出像苏易水那样一板一眼的徒弟呢？

薛冉冉觉得师父苏易水清心寡欲得倒像清修的和尚，与灵犀宫的旧日门规格格不入。

教出这么一个不合心意的徒弟，开山师尊又入魔，早早不在了，也难怪灵犀宫门庭冷落，一年不如一年。

师兄师姐都是初入山门，薛冉冉虽然年龄最小，但是入门时间比他们早几日，所以她轻车熟路地带着他们熟悉灵犀宫各处，还着重介绍了满墙的"狗屁门规"，让师兄、师姐引以为戒，万万不可奉行。

三师姐丘喜儿一脸惋惜地看着那一条条旧规，嘟囔着："嘻，没赶上好时候……"

二师兄白柏山颇为博学，他有家人曾修真入道，熟知西山的往事传说，此时倒是绘声绘色地给师兄妹们讲起本门前尘。

据说，那女魔修本事甚大，却欲壑难填，妄想称霸三界，私开魔界大门，引来魔子灭世。此举因为正道诛伐，西山一战震动四野，三大名门联合诸多正道之士，费尽天荒之力才让这女魔修伏诛。如今，灵犀宫只不过顶了个昔日名头，内里早就换样子，重归正道了。

丘喜儿听了，叹了口气，道："都是二十年前的事情了，那沐清歌好歹算是我们师祖，就算她曾经做错过事情，我们的言语不可不敬。"

不善言辞的大师兄高仓点了点头："我娘说，不可妄议长辈。我们是来学本事的，什么正道魔道，师父是什么道，我们就是什么道！"

薛冉冉也紧跟着点头，但她跟丘喜儿一样，觉得还是旧门规好些。

前些日子她陪着二师叔羽童下山采买时，看见二师叔为了三文钱的差价，跟菜贩磨了足足一盏茶的工夫。由此可知，门风已定，如今的灵犀宫第一条门规就是——当省则省。

为此，她在饭桌上都不敢多吃，生怕自己因为太浪费而被赶下山。同时为了自己敏感的舌头，她还毛遂自荐，接下了准备一日三顿饭的差事。

羽童原本就不耐烦做厨房的差事，以前她都吃些粗饼就着野果子，糊弄着充饥。毕竟要脱离凡胎肉身，又岂可纵容自己的口腹之欲？既然薛冉冉喜欢做饭，便让她做些自己爱吃的算了。再过几年，孩子们也得开始练习辟谷，修身养性。吃食一类，趁着能吃时，做些自己爱吃的吧！

新徒入门之后，要选择修习的路子、方向。

一般来说，仙魔两道，入门时并无二致，只看修习的路子。

大部分人修习的是筑基结丹、元婴历劫飞升的内修路数，可是这讲究先天的体质与机缘。

若是天生奇才体质，比如苏易水，那是一日千里，飞升之路不算遥远。

可若是羽臣这类凡夫体质，一味强修，虽然可以勉强延年益寿，但是往往逃脱不了生老病死。

于是，一小部分人另辟蹊径，走修习炼器服丹的路数，炼制仙丹帮助自己提升成仙。这类修习往往不挑剔体质，不过失败的概率甚高，往往熬得胡须苍白才堪堪入门。还有像始皇帝那样的，一直练到死也不见章法。

最后就是类似邪魔一类的歪道了。譬如以形补形，靠吸取他人的筑基结丹来填补自己的修为，民间所谓采阴补阳的路数多是此类。

不过也有正道之人修习用别一种法子：抓捕为祸人间的魔修，吸取他们的灵力以提升自己的修为。这也不失为正义之法。

苏易水对四个新收的弟子采取放养之策，只看他们自己想学什么就是了。

其中两个男徒弟很快明确了练气筑基的路数，他们的天资尚好，走这条路也容易些。

三徒弟丘喜儿的体质略差些，但也算可塑之才。

只有薛冉冉跟仙道无缘，内虚空荡得能听到回音。就连羽童都诧异，原来还有比她哥哥更加不适合仙修的废物体质。

羽童为此很是失望——好歹薛冉冉是灵果里降生的灵童，没想到体质比前世的沐冉舞更废，大约今世也要一路平庸下去。想到她早早被挤落下树，这体虚也算是落地生根，改不了了。

研究了一番后，薛冉冉和丘喜儿两个小姑娘决定走炼器服丹的路子。

最起码薛冉冉觉得守在热烘烘的炉子边，边摇扇炼丹边打打瞌睡很惬意，比打坐辟谷或者打打杀杀强上很多。

既然决定走炼丹一路，那么就要认炉。丘喜儿领到的是一只新铜炉子，三爪金盖，盖顶是只铜龟，气派得很。

而到了薛冉冉这里，师父的家底似乎已被掏空了，她只分到一只年头久远的乌黑铁丹炉。

薛冉冉疑心这丹炉曾经被烧坏过，因为炉底有很明显被修补过的痕迹。

对于师父的偏心，丘喜儿很不好意思，提出要跟薛冉冉交换。不过薛冉冉觉得新旧无所谓，反正她是被断定的废物，也不好霸占新丹炉。

到了试炉的时候，两人炼制的是入门的清心丸。这类丹药对祛除打坐时产生的躁气很有效用，而且配方简单，只须按方配药，看住炉火便足够了。

三日三夜后，丘喜儿炼出了两颗闪光发亮的丹丸。

薛冉冉也很用心，大眼睛紧紧盯了炉火三夜，熬得双眼通红。到了天明时分，她终于可以开炉取丹了。

不过开炉的时候，一旁的丘喜儿顶着热气，抽动鼻子闻了一下，诧异道："好香啊，怎么跟我的味道不一样？"

薛冉冉满心爱怜地看着自己第一次炼制出的两颗丹丸，有些迫不及待道："我们俩的丹丸正好给两位师兄服用，帮助他们消除打坐的疲劳。"

练气筑基修炼的过程很辛苦，两位师兄跟随大师叔羽臣在草堂打坐了三日，正好需要丹丸补身。

丘喜儿仗着腿比薛冉冉长，先跑到了斯文二师兄的面前，将自己的丹丸殷勤地递给了二师兄。

白柏山谢过三师妹后，接过了丹丸便用水服下。

而后到的薛冉冉将自己药盒子里的一颗丹丸递给了大师兄高仓。

跟一口吞下丹丸的二师兄不同，高仓大口嚼着丹丸，似乎久久舍不得咽下。

薛冉冉有些迫不及待地问："怎么样？有什么感觉？"

高仓终于依依不舍地吞咽下去，道："带着一股子鲜味……有些像汤汁肉包子……"

薛冉冉的小脸微微松垮。服用清心丸，原本该是平心静气、助益辟谷啊！怎么大师兄还吃得开胃了呢？难不成……因为她摇扇的时候肚饿，心里想着充满汁水的肉包子，才让丹丸的味道有了偏差？

到了晚上吃饭的时候，刚刚从草堂打坐回来的二师兄只喝了一碗稀粥打发肠胃。可大师兄好似饿虎下山，竟然将满桌子的菜全吃光了，还大喊肚饿，最后半夜竟然偷偷爬起来，站在存放食物的廊下啃起了风干的生火腿。要不是师父及时发现，为他点了昏睡穴，大师兄很可能因为不知饱足，吃得胃胀而亡。

而高仓如此贪婪，显然是跟肉包子味的清心丸有关。

打坐三日的成果算是被那颗丹丸毁得彻底，高仓不但没有消减凡尘俗欲，反而被勾起了吃念，无法自控。

当苏易水让羽臣将高仓抬走时，薛冉冉耷拉着脑袋，主动走过来跟师父承认错误。

苏易水问她要剩下的那颗丹丸。他捻下一小块，稍微嗅了一下，便放入口中。那碎块入口即化，苏易水身子突然一僵，将剩下的丹丸扔得老远。

就算看不清他的五官，薛冉冉也隐约觉得他眉头突起老高，应该是在……皱眉吧？

✺✺✺✺✺✺✺

薛冉冉难过地蹲下，捡起被师父扔在地上的丹丸。起身的时候，她抿着嘴唇，已经做好了被师父骂的准备。

可苏易水沉默了一会儿，突然转身走了。

薛冉冉却一点儿也不觉得轻松。她从小体弱，一直拖累爹娘。现在好不容易寻了个学本事的出路，又一无是处，这怎么不让人情绪低落？

一旁的丘喜儿并不知小师妹难过，只替她长出一口气，小声道："看样子，师父懒得跟你废话，赶紧回屋躲着去吧。"

薛冉冉默默将剩下的丹丸装入盒子里，准备寻机会再配药比对，看看自己这次哪里出了错。然后她便乖乖回屋，脱了小褂子，钻入被窝继续睡觉。

可是窗外的月光晃得人睡不着，她心里惦念着吃撑的大师兄，也不知他现在怎样了。

翻来覆去想了一会儿，薛冉冉觉得吃胀肚的大师兄清早醒来时也许会想喝些清淡的粥养胃。于是她蹑手蹑脚地爬了起来，准备去厨房煮细粥。

谁知还没走到厨房，她就远远看到一个黑乎乎的人影站在里面。

薛冉冉心里一惊，以为大师兄又偷跑过来了。走近时她才发现那个锅灶旁举着碗吃剩饭的人……居然是她的师父……

犹记得前日，她还听二师叔羽童骄傲地提及，主人的修为已经脱尘出世，从三年前起就彻底进入了辟谷期，偶食花瓣甘露，吸取日月精华，已经许久未食用人间烟火了。可是羽童嘴里那位谪仙般的人物，现在吃得一口接着一口，那叫一个香……

"您饿了？要不要我给您做些热饭来吃？"薛冉冉忍不住开口问。

直到她说话，沉浸在火腿炒饭里的苏易水才惊觉身后有人。他飞快地转头，有些愠意地看着身后的小姑娘。

那颗清心丸太霸道了！他不过闻了下味道，又浅尝了一口，初时只觉得入口之后心潮翻涌，平复下来后并不觉有什么不妥。可是到了入夜打坐的时候，安坐在香草蒲团上的他，满脑子想的都是年少时的一段往事。

曾经的师父沐清歌带他逛京城的长街。一路景象繁华，店铺林立，锦旗随风飘动……

街上的哪家甜水好喝、点心香糯，一向耽于享乐的女魔修都知道得一清二楚。她买了一路，也带着他吃了一路，边看他吃边坏笑道："吃胖点儿，你变难看了，我就放你走……"

那长街上肆意的笑声划破了孤夜的静寂，在盘坐着的他的心头如野草般生长，鼻息间，似乎又嗅到了那时满街的香气。一股说不出的躁动，在寂静的夜里潜滋暗长。

苏易水觉得心静不下来，便想在月光下走一走，谁想到不知不觉便来到了小厨房。

再后来，他就走了进来，看到了灶上的一碗已放冷的火腿炒饭，鬼使神差地便拿起吃……

这一吃，竟然如长河决堤，一发不可收，结果却被这病丫头撞了个正着。

薛冉冉也是好心，生怕师父三年未食汤米的肠胃凉着，想着替他热热饭。

可没想到，下一刻，苏易水突然出手恶狠狠地钳住她单薄的肩膀。

薛冉冉来不及呼叫，只觉得钳着自己的宽大手掌似乎马上要将她的肩膀捏碎。

就在她疼得呼喊出声时，突然发现师父靠过来的脸像被热水冲开的封蜡消融一般，隐约出现了如剑般的眉宇和透着幽夜冷光的眼眸。

薛冉冉顾不得肩膀疼，低声喊道："师父……您的脸……"

就在这时，苏易水突然撒手，急急后退了几步，然后冷声道："大半夜不睡觉，你到这儿干什么？"

此时他的五官已经变得甚是清晰了。

就如薛冉冉臆想的，苏易水的容貌就如他的身姿仪态一般惊为天人，就算夜里看得不够清晰，也能看到他高挺的鼻梁和寒芒阵阵的星眸。

只是……原本三十多岁的人，为何脸上依旧带着几分十八九岁少年的俊逸之气……这二十年的时光，似乎在苏易水的面容上定格了。

薛冉冉顾不得欣赏师父的英姿，只惊喘着问："……师父……您吓死我了。"

苏易水淡淡道："天黑，看不清人，以为你是盗贼，明日我会让羽童给你拿些药膏，免得落下瘀青。"

薛冉冉听师父是认错了人，略略心安，同时边咳嗽边提醒："那个……师父，您长脸了……"

苏易水借着月光望向一旁的水缸水面，皎洁月光下，果然看到了久违的面容……

他微微一愣，又深深看了一眼捂着脖子的小姑娘，紧锁剑眉，长袖翩然，转身离去。

薛冉冉愣了好一会儿，这才泡米添汤，然后回自己的被窝睡觉去了。

第二天一大早，苏易水戴起了一副由乌木制成的面具，堪堪露出一张嘴，似乎依旧是一副羞于见人的样子。他特意将薛冉冉叫到茶堂，问她有没有跟师兄、师姐提及他露出容貌的事情。

薛冉冉老实地摇摇头。那是昨日深夜才发生的事情，而她又不跟师姐丘喜儿他们同住一屋，没机会说话。今天一早，饭还没吃，她又被叫过来，自然也没有传话。

苏易水点了点头，淡淡道："门规第一条，不许跟任何人提及、议论我的容貌，只当昨晚之事没有发生过。"

薛冉冉虽不知师父为何这般嘱咐，但也乖巧地点头。她可是每月能领三两银子的徒儿，对师父当对老爷一般敬重。既然师父老爷发话，她不问缘由，照做就是。

苏易水吩咐了之后，又看了她一会儿，似乎心情又不大畅意了，只冰冷地说道："出去吧。"

不过，薛冉冉的同门们似乎没有学习到这第一条新门规。

吃晚饭闲聊的时候，丘喜儿不无遗憾道："我们师父的气质多好，可惜容貌不佳，如今又戴着黝黑的面具……据说，修真能让人永驻青春，师父再提升修为时，会不会变得能入眼些？"

她小时就听闻西山上有神医，这都多少年过去了，恩师居然长得如此丑怪，可见仙术驻颜有些浪得虚名。这也让自认为相貌不够美艳的丘喜儿自觉前途无望，若是不能成仙，最起码修炼得青春貌美，也不辜负守在丹炉前扇风的无聊时光。

他们说话的工夫，薛冉冉正在吃饭。昨日因为清心丸闯了祸，害得她接连两顿都没有吃好，今日她亲自下厨做了蜜糖排骨，还有好喝的鱼汤，现在吃得正欢实。

听了师姐艳羡的话语，薛冉冉不以为然道："容貌又不能当饭吃。"

一旁正在夹菜的二师兄白柏山打趣道："你的丹丸倒是能当饭吃，小师妹，下次准备炼出什么口味的丹丸啊？"

听了这话，薛冉冉的表情一垮——大师兄现在还卧在床榻上休息呢。因为自己闯了祸，她的那只破丹炉被羽童收走了。听羽童的意思，师父让她先练习打坐，什么时候能心无旁骛、摒弃杂念，再开炉炼丹。

而恢复青春容貌的恩师似乎甚是吝啬见人，居然去了西山北侧的一座山洞闭关，据说最近一个月都不打算下山了。

恩师尚且如此用功，做徒弟的岂能偷懒？于是除了吃饭、打水，剩下的时光里，他们都是跟羽氏兄妹盘腿打坐。

丘喜儿梦寐以求的美貌还没有影儿，就似乎要盘成罗圈腿了。

一天，几个小辈正跟羽臣练功，突然挂在庭院树上的几只铜铃作响。

羽童跟他们说过，这些铜铃连接山下的灵盾，此时响个不停，便是有人闯山了。

按理说，凡夫俗子并不能越过灵盾上山，可是那些铜铃响着响着，居然被震碎了一地。很明显，有人闯山成功，已经直入山门了。

羽氏兄妹互相看了一眼，纷纷起身，正准备往山下去的时候，来者已经到了眼前。

来人是几个身材高挑、身着月白长衫的男女，看着年岁应该在二十左右，可是从他们转瞬间便跃上山顶的速度看，他们绝非凡夫，大约也是修仙之人。

为首的是个眉间画着红色除邪灵符的男子，他头戴羽冠，面露倨傲，抱拳说道："在下九华派座下大弟子卫放，奉师尊之命，请苏先生前往绝山降魔。"

这九华派就是当年围剿女魔修的三大门派之一，也是当年差点儿削平绝山山头的那一伙人之一。当初他们与苏易水相持不下，加上无法毁掉那棵转生树，只能暂时约定等待灵果果熟蒂落时再决定转生女魔修的去处。

眼看这二十年已到，算一算日子，也该是灵果掉落之时，所以三大门派约定一同前往绝山。

可谁想到，绝山已经被魔道魏纠的门人占据，旁人压根儿进不得，若就此僵持，难免一场恶战。所以九华派的开元真人便命人来请苏易水，也算是请个帮手。

不过羽臣对这些正道众人并无好印象，只是敷衍地抱了抱拳道："主人已经闭关，大概一个月后才能出关，还请诸位回去吧。"

卫放还没说话，他身后的师弟们倒愤愤不平开口道："连我们九华山的面子也不给，苏易水是不是太狂傲了？"

卫放也不甚满意，冷冷道："当初是你家主人百般阻挠，说要解开融面咒，诸位尊上才留下了那棵转生树。如今引来了魔修魏纠，你家主人却缩着不露头，也不提解咒的事情，难道他真想就此一辈子不要脸，做个无脸飞升的神仙？"

这话简直是骂人。

羽臣脾气火暴，忍不了这个。他一个"霹雳掏手"，就想给那人一拳。

卫放乃九华派大弟子，修为远在羽臣之上。就在羽臣袭来时，他转手捏了个冰诀，朝着羽臣身上一挥。

下一刻，羽臣被寒冰封住，动弹不得。

第四章 西山鸟鸣

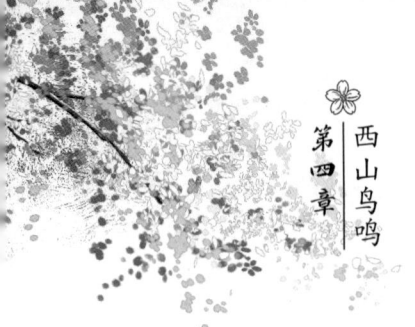

九华一派五行主水，门下的弟子自然是将冰水之术用得出神入化。一看大师兄封住了莽汉，余下的弟子纷纷哈哈大笑。

"苏易水就教出这种废物，也好意思跟我们挥拳叫板？"

这教后赶来的几个西山小徒弟激愤不已。

大师兄高仓正要冲过去，就被身后的小师妹薛冉冉拦住了。师叔未出半招，就被冻成了冰坨，他们这些刚入门的"菜鸡"又能啄到什么好米？

高仓以为小师妹害怕了，只瞪圆眼睛道："士可杀，不可辱！这群浑蛋都欺负到我们头上了，我们岂能做缩头乌龟？"

薛冉冉小声道："大师兄，你的弹弓不是用得出神入化吗？"说着，她低头从腰间掏出了之前被师父扔在地上的丹丸，用指头捏碎，搓成几个小球，然后递给大师兄，又指了指他腰间的弹弓。

这弹弓原本是高仓用来打鸟玩的，看小师妹拿出她炼制的丹丸，高仓立刻心领神会。

他吃了这玩意儿，可是足足瘫在床上哼了一天一夜！于是高仓连忙举起弹弓，将小师妹的清心丸弹了出去。

高仓出身兵武世家，他的弹弓可是特制的，劲儿大得很。

那几颗小丹丸不偏不倚，正落入那些哈哈大笑的九华派弟子嘴里。那丹丸入口即化，那些弟子就算吐也吐不出来，而且那滋味……也太好吃了！

那几个人咂巴了几下嘴，然后瞪眼道："臭小子，你射过来的是什么？"

就在这时，薛冉冉不慌不忙地从腰间解下了零嘴儿口袋，掏出一把香肉干，跟喂狗一般撒在地上。

卫放挑了挑眉，不知道那个瘦小的姑娘此举为何。

就在这时，他身后的几个师弟却瞪圆眼睛，鼻翼不停地动着，最后一脸忍耐不住的样子，突然弯腰去捡拾那些掉落在地的肉干吃。那一个个饿鬼投生的样子，哪里还有半点儿名门正道弟子的威严？

丘喜儿忍不住拍手笑道："哪儿来的一群野狗，怪不得乱吠，原来是饿了找食吃！"

卫放也惊呆了，连忙低声呵斥。可是那些师弟跟中了疯魔一般，继续低头捡肉干吃，有些嘴巴沾染了泥巴也不管不顾，活似流民饿鬼一般。

这也让随后而来的三大门派中的空山派和飞云山派两大门派的弟子错愕不已。

卫放知道师弟们着了道，九华派的脸今天算是被这些师弟丢尽了。他只好铁青着脸，将几个满地找食吃的师弟点了昏睡穴。

今日若是不能找回颜面，他身为九华派第十代大弟子，如何有脸回去见师尊？想到这儿，他竟然噌的一下拔出宝剑，气势汹汹地朝着高仓他们扑去。

可那剑光所至处，忽然一股热浪激开，一下子将他反震了回去。与此同时，被冰封住的羽臣也消融了桎梏他的冰雪，"哇呀呀"怪叫着反手抓住了卫放的衣领子，用一股怪力将他扔得老远。

就在这时，闯进山门的众人都听到半空中响起余音不断的清冷声音："西山不迎远客，苏某闭关，就不招待诸位了。"

那声音真切极了，从半空中一点点逼近，仿佛人在耳旁说话，直教人汗毛竖立。三大门派的弟子忍不住倒退几步。他们清楚，说话的人并不在附近，这是修为极高之人所用的千里传音之术。

想那苏易水年不过三十有六，在动辄几百岁的修道之人中，他只能算是毛头小子，可是他的修为进度大大超越常人。虽然最近十几年传言苏易水的修为一直没有得到很好的恢复，所以他才隐居不出。没想到他今日露出的这一手教这些门派稍有头脸的弟子望尘莫及。

尤其是九华派的弟子，竟然暗暗庆幸当年沐清歌将苏易水从九华派带走了，不然师门里有这等天赋异禀的小字辈，自己何时能够出头？

苏易水显然还未出关，再次利用千里传音之术发出刺耳长啸，一下子将不请自来者震到了西山的山门之外。

空山派此番前来的是个三十多岁、容貌秀美的女子，可惜的是，她的右脸脸颊上有一道醒目的倾斜疤痕。

这脸有疤痕的女子被震出山门之后，运气提神，立在树梢，也用灵力朝西山顶传话道："易水，我们来此并无恶意，我的师尊也请你出面共同抵御魔修魏纠，你总不希望当年的悲剧重演吧……九华派的弟子有些莽撞无礼，我在这里替他们跟你道歉便是！"

说完这话，她又深深看了一眼西山那被苍翠的树木遮掩的山头，指望苏易水回答她。

可她等了许久，山顶都空寂无声。这女子面露说不出的怅惘，转身带着空山派弟子匆匆而去。

羽臣当初跟主子一同修行，现在也算高仓、白柏山他们的师叔。可恨他这个当师叔的今日没有发挥好，差点儿在小辈面前丢了面子。尴尬之余，他一边抖落身上的水，一边清了清嗓子，高声骂九华派的弟子"狡诈可恨"，竟然偷袭他，害得他一不小心着了道。若是爷们儿,就回来跟他当面锣、对面鼓,大战三百回合。

薛冉冉很贴心,立刻附和道:"师叔,你看他们小,让着他们罢了,回头我给师叔熬好喝的红豆沙甜汤,免得师叔着凉。"

下高台的梯子递送得好,自然能博得师叔欢心。羽臣满意地冲薛冉冉笑了笑,得意地又抖了抖满身的水,自去冥想室苦练修为了。

晚饭时,羽臣和羽童都不在,几个小辈一起吃晚饭。

晚饭照例是薛冉冉烧的,鲜咸适口的狮子头让人赞不绝口。

吃饭间,白柏山继续卖弄他搜刮来的仙修奇闻,问几个师兄妹,白天跟三大门派对峙时可发现什么蹊跷之处?

丘喜儿的娘亲是镇子里保媒的媒婆子,丘喜儿很通人情世故、男女之情趣。她转了转眼珠,立刻神秘兮兮道:"那个空山派脸上带疤的女子居然叫我们师父'易水'……我怎么听着有些'那个'啊!"

二师兄立刻用赞许的眼神看向三师妹:"你们知道吗?那个脸上有疤的女子就是空山派的大长老温红扇,空山派和九华派甚是交好,俩门派的门生时常一同历练修为。

"我们师父曾经是九华派的弟子,与那位温红扇交往甚密,当初俩人差点儿结为仙侣。"

薛冉冉很爱听这种师辈八卦,咬着一块炸糕问:"那怎么没成?难不成是嫌弃我师父没有脸?"

白柏山熟稔西山仙史,不以为然道:"你当我们师父一直没脸?以前'易水仙君'的名头多么响亮,谁人不知?有多少女子想要与师父结为仙侣!甚至有些男子也曾……总之,我们师父的魅力大得很!"

满桌人听得眼睛晶亮,丘喜儿有些发急,连忙道:"那后来呢?"

白柏山先是朝着灵犀宫宗祠方向抱拳作揖,跟先师尊告一声歉,然后压低声音道:"我们那曾经的师尊女魔岂能容他人染指自己看中的徒儿,只这么手起刀落,就将温红扇的脸给划破了,大好的仙侣之缘分,就这么一拍两散……"

薛冉冉不禁倒吸一口冷气,觉得那位前师尊沐清歌若真是如此行事,也未免太极端了吧?难道她不知强扭的瓜不甜?无端冲散别人的大好姻缘,难怪最后落得魂飞魄散的下场。

"都听饱了?"

就在四人凑在一处分享恩师情史之际,他们身后突然传来冷冷的声音——二师叔羽童不知何时横眉立在他们身边。

多嘴的白柏山立刻将脖子缩了回去。

跟粗枝大叶的大师叔相比,对什么都斤斤计较的二师叔羽童可不好糊弄,若是被她挑到错处，山上山下挑十担水的苦差事是脱不掉的。

不过羽童这次仅是瞪了他们一眼，然后对薛冉冉说："主人让你去山顶。"

苏易水闭关已有半月，不知为何尚未出关就要她前去相见。薛冉冉赶紧喝了一口水，便跟着羽童朝着山顶走去。

通往山顶的路都是石阶，若是以前的薛冉冉，爬不了几步便会累瘫。自从她在西山拜师，也没见师父再给她喝树根灵水，而她除了打坐，日常也不过是给窗外那棵移栽过来的小树浇浇水罢了。也许是山里的水土养人，她从小到大都没这么自在、康健过。

羽童并没有使用御风之术，也许是为了让薛冉冉锻炼下筋骨，就这么一步步地陪着她一起登上了山顶。

不过，到了最后几级的时候，羽童并没有上去，而是让她一人前往。

到了山顶，薛冉冉顺着石路来到了洞口。刚到洞口，她就闻到山洞里似乎有浓郁的煎药气味。她探头看过去时，苏易水正坐在洞口旁的石椅上烹水饮茶。

不过薛冉冉的注意力都被在茶炉旁缩着的一小团白绒猫儿吸引了："师父，哪来的猫儿，好可爱啊！"

那猫儿不知为何，在薛冉冉说完之后，咧嘴叫了一声，虽然表情甚凶，可是入耳之时便是奶声奶气的"喵"声。

苏易水瞟了一眼犹自逗凶的奶猫，指了指对面的桌子："得了些好茶，坐下饮一杯吧。"

也许是在山上独处的缘故，苏易水并没有戴假面，一头乌黑的长发甚至没有束冠，只如乌黑的瀑布一般倾泻下来，直垂腰间。美人淡妆浓抹总相宜，露出眉眼的师父也是如此。在别人身上略显邋遢的披头散发，到他身上却成了如诗般的写意。

薛冉冉先前听二师兄讲述那些师辈的恩怨故事还略觉夸张。现在再看剑眉星眸、俊美得一塌糊涂的师父，她又觉得，为了争抢这等尤物，失心疯地在别人脸上划一刀也很有可能。

她在感慨之余，心里再次认定，容貌不仅不能当饭吃，有时候还能让人迷得癫狂了——真是百害而无一利啊！

薛冉冉并不觉得自己在仙修一道上会有什么大的建树，不过是求个祛病消灾罢了。将来她变得康健，就会下山跟父母团聚，再嫁个老实本分的郎君。

她要找的郎君想来也会是个敦实的后生。像师父这么俊的，她要不到，也不敢要！不然还要担心刀子划脸，饭都吃不香甜了！

薛冉冉嘴馋，但从来不会伸手跟人要吃的。既然师父是供在仙桌上的"蟠桃"，她这样摸不到桃毛的，自然连惦记都不会。

不过虽然吃不着，偶尔看看还是赏心悦目的……

她看着师父的脸，一时走神，顺手抱起了桌子上那只朝着她耀武扬威的小奶猫，一下下顺起毛来。

　　那猫儿虽然心有不甘，奈何被揉捏下巴、肚皮的滋味太销魂，于是叫声渐停，只举着爪子，眯着眼享受起来。

　　苏易水并没有出声提醒小徒儿的失态之举，只由着她盯着他的脸走神一会儿，才用长指顺势将一杯黝黑的茶汤推到她面前，淡淡道："喝了它。"

　　薛冉冉猛地回神，有些不好意思地端起茶杯，可是刚一入口，那比汤药酸涩百倍的滋味顺着舌尖直冲天灵盖。她直觉地想吐出来，可是苏易水长指翻转，优雅地在她的脖子下轻轻一点。

　　薛冉冉控制不住，咕嘟一声便将怪味茶汤全咽了下去。

　　从小就看重吃的女孩子，就算再饿也从来不肯委屈了自己的嘴。毕竟粗茶淡饭经过精心调制，也能呈现食物本真、甘美的滋味。萝卜青菜，也可一样八吃！

　　可是她方才喝的那茶汤是什么啊？该不是刚从粪池里捞出来的吧？

　　薛冉冉想吐却吐不出来，只睁大眼睛，委屈的泪珠稀里哗啦掉了下来，惹得她怀里的猫儿都忍不住去舔她的眼泪。

　　可是舔了一下，那猫儿似乎也被药味冲到，"喵呜"一声，快步逃得远远的。

　　苏易水知道这茶汤难喝，可没想到她竟然这般挑嘴，居然难过得哭了。

　　虽然曾迷得天下女子趋之若鹜，可苏仙人显然不会哄女子的手段，皱眉看了她片刻，便起身从一旁的柑橘树上摘下了一个橘子，然后递给哭天抹泪的徒儿。

　　薛冉冉虽然脾气好，可此时实在难忍，便不接橘子，只哽咽着委屈道："您给我喝的是什么？"

　　苏易水的手僵在那里。最后，他蹙眉慢慢替她剥了橘皮，又将分好瓣的果肉重新递了过去："里面加了几味草药，至于是什么，你还是不要知道的好。"

　　薛冉冉这下更浮想联翩了，从各种甲虫、蛇蜥，又一路想到了蜘蛛、臭虫，心里更加惶恐不安。她嚅动嘴唇，怯怯道："师父，您是恼我的丹丸破坏了您的三年辟谷，所以在惩罚我吗？"

　　苏易水慢吞吞地将果肉递到她嘴边，又硬塞进她嘴里，平静地说道："这汤药对你有益，算不得罚。"

　　方才的那杯汤药里加入了晒干的千年黑蛟龙蜕——蛟为深渊水兽，身上有浓重的水腥味，用水兽龙蜕熬出的水，喝下去之后可以遮蔽身上的五行灵气。

　　她是从转生树上落下来的灵童，虽然她的养父母故意混淆视听，错报她的生年，但只要跟转生树有渊源的人见了她，一定会认出她身上的木华灵气。喝下这杯黑蛟龙蜕熬煮的药水，这个早落的果子才可泯然于众人，再不会被人辨认出来。

　　只是这药水的副作用略大，譬如刚开始几日，身上会有一种挥之不去的水腥味。此时薛冉冉就觉得身上的气味难以忍受。

苏易水倒是没有嫌弃，居然还能面不改色地坐在她身边喂她吃橘子。

薛冉冉回过神来，再不肯让他喂，可接过橘子也没胃口吃。

"你……在炼制那清心丸时，心里都想了些什么？"苏易水突然开口问道。

薛冉冉扛过了起初的腥味，终于能平复心情，说道："……就是想了肉包子……"

"还有呢？"

薛冉冉想了想，发现自己在他澄明若水的目光里，竟然不由自主地说了心里话："我还想着……师父到底是什么样子，是不是像您的举止仪态那般好看……"

苏易水听到这儿，没有申斥她孟浪，只是平静地问："我的样子，你可满意？"

薛冉冉腼腆地点点头——岂止满意？有这般貌美、有谪仙气韵的师父简直三生有幸！

苏易水也满意地点了点头，对她道："记住我同你说过的话，不要与外人说起我恢复容貌的事情，也不要说我叫你到山顶做了什么。"

薛冉冉已经习惯了师父处处神秘的做派，只老实地点头。

虽然师父不承认他在责罚她，可事实大抵就是如此。从西山顶下来后，一向乐观开朗的薛冉冉从来没有这么丧气过。

为什么好吃的红豆饼入口都是生鱼鳞的味道？

怕身上的味道熏到师兄们，薛冉冉干脆休了病假，躲在自己屋子里不出来。

可是没过两日，高仓、丘喜儿他们先受不住了。

丘喜儿隔着窗对躲在被窝里的薛冉冉道："小师妹，你再不出来做饭，我们几个都要夭折在成仙的路上了。你知道吗？二师叔连着三顿给我们吃萝卜了，而且那萝卜都被烧得透着苦味，让人实在不能忍啊！"

薛冉冉闷声道："厨房里有食材，二师叔做得难吃，你可以做给师兄们吃啊！"

丘喜儿一想到薛冉冉烧的红烧狮子头和杏仁炒甜菜就拼命地吞口水。她总不好说，自己的厨艺比二师叔羽童更不靠谱吧？

幸好如此三日后，薛冉冉一觉醒来时，突然发现自己身上的异味散了。她在自己的零食坛子里摸出了地瓜干，津津有味地吃了一捧后，惋惜地叹了一口气。

听说结丹之后，元婴飞升之人都辨不出酸甜苦辣。那样断绝所有欲念的长生不老，到底哪里好呢？她不过三日辨不出舌尖美味，就觉得痛不欲生了。那些飞仙大能会不会看着人间烟火气时心生后悔之情呢？

不过薛冉冉"摸鱼"的日子也到头了。因为师父从山顶出来了，他提早出关，前往绝山。

看来那三大门派大闹一场还是有用，苏易水到底决定亲自出马，前去绝山会一会魏纠。

绝山是薛冉冉的老家，能回去看看也很不错。在临出发前，她还抽空下山见了爹娘。

虽然只是在山下歇脚的草棚子里短暂地相会，但是这次相会更显珍贵。

巧莲和丈夫薛连贵在附近的村镇租了铺面，每日晨起卖早点豆花，薛木匠早晨帮着磨豆子烧火，白天还走街串巷接些修补木器的零活儿。虽然辛苦些，但这可比在绝峰村时赚得多了。

巧莲一个月才能见一次孩子，来时拎的几个包裹都塞得满满当当的。什么新做的花袄子、加了新棉絮的被子、各色果脯肉干的零嘴儿应有尽有，还有她自己做的方便存放的咸菜丝炒肉，外加直冒黄油的咸鸭蛋。若是伙食不好，配着这些，也能吃两碗干饭。

因为不知山上的伙食怎么样，巧莲生怕她的乖小囡在山上饿着。

当听到薛冉冉说要跟苏先生一同去绝山时，巧莲夫妇也想跟去。

不过薛冉冉说，师父此番还要带着他们学习御风之术，一路都是步行前往，大约会很辛苦。而且同门年轻的孩子这么多，若只有她带父母，恐怕师兄们看了会腹诽的。

巧莲听了，又是一阵心疼，若不是看着女儿如浇了仙露的小苗一般，脸颊变丰润了，个子也长高不少，她真想拉着女儿立刻回家。

于是巧莲偷偷叮嘱女儿，修仙学道，千万别太认真，反正将来还要下山嫁人。若是累了，就跟师父求情，自己出钱，半路租借匹驴子歇一歇脚。

巧莲说着又将女儿特意从二师叔那儿领的三两银子塞回她怀里，让她出门在外别委屈了自己。

薛冉冉自然不肯拿。可巧莲有些恼："我和你爹有手有脚，如今赚的钱足够花，老话说得好，穷家富路！你身上多揣银子，我和你爹也能放心些！"

如此，薛冉冉只好收下。不过她也不会花，以后还要攒钱给爹娘盖大房子。

薛木匠夫妻进不了山，薛冉冉只能自己拎着一堆东西回去。包裹太沉，她上山的脚步就渐渐慢了下来。

幸好高仓和白柏山两个师兄"正好"下山溜达，便帮着师妹拎东西。

这年少男女在一处，就算没有眉眼传情，也会产生些暧昧情愫。

山上除了"铁公鸡"二师叔，只有丘喜儿和薛冉冉两个女孩子。丘喜儿虽然不丑，但有顽症心疾，嘴唇微微泛紫，身段也不够轻盈。而身体恢复了些的薛冉冉唇红齿白，一双明眸顾盼生情。如此窈窕少女，无论是不是君子都想要求一求。

高仓懵懵懂懂，只是觉得看到小师妹的时候，心里就很高兴，说话也不由自主地抬高音量。而白柏山熟稔人情世故，虽然跟丘喜儿嘻嘻哈哈打成一片，可每次卖弄完仙史典故，也会特意看薛冉冉有没有露出崇拜的目光。

现在有了在小师妹面前献殷勤的机会，两位师兄都卖力得很。

高仓撸起袖子，露出了结实饱满的肌肉，活似抖尾公鸡一般将所有包裹全扛在身上，在薛冉冉的前面走得脚下生风。

白柏山则在小师妹身旁，时不时讲些他们练功时的笑话，逗得小师妹抿嘴笑。

两个少男夹着一个妙龄少女在山间嬉笑追逐的画面实在养眼。

最起码让立在半山腰的羽童恍惚中觉得好似又回到了二十年前，灵犀宫漫山遍野都是俊俏少年郎时的光景。感慨之余，她不由得自言自语道："西山安静太久了，连鸟儿也好久没听见如此爽朗的笑声了……"

立在她身前的主人也正望向山下——贴心的女徒儿正掏出自己的手巾给那满头大汗的师兄擦汗呢！

◙◙◙◙◙◙◙

按理说膝下徒儿们相处融洽，足以慰藉为师者。不过，当高仓他们笑容满面地登上山顶时，却发现戴着黑木面具的师父立在山路中，目光森森地看着他们。

欢乐的气氛顿时消散，他们赶紧鞠躬向师父请安。

不过苏易水的嘴巴似乎也被融了，他挡在路中间，半晌不说话。

高仓和白柏山偷偷互相望了一眼，不知师父是不是生气了。

薛冉冉站在两位师兄身后，只能踮着脚，越过师兄们的肩膀看师父。

现在师父倒是不戴帷帽了，但是总戴着一副遮盖住大半张脸的黝黑面具，紧抿着嘴唇，也看不出喜怒。

就在三个小徒弟忐忑之际，苏易水缓缓张口问两个男弟子："薛冉冉下山探望母亲，你们也跟去做何？"

高仓憨直道："我们怕小师妹累着，所以特意帮她提东西。"

苏易水点了点头："同门相助……很好，只是若功课勤勉，你们现在本该脚下有些功底，何至于上山时走走停停，如此缓慢？去，将手里的行囊换成二十斤的沙包，如此上下二十次。"

听了师父的话，两位师兄一起哀号。

西山虽然不高，但是非常陡峭，上下一次很费功夫。可是师父现在让他们背着沙包上下二十次，他们很有可能累死在半山腰。

薛冉冉在一旁听着，总觉得两位师兄的飞来横祸跟帮自己拿东西有关。于是她在旁边小声求情道："是我不好，求了两位师兄帮忙的……"

虽然两位师兄其实是不请自来，但他们是出于好心，薛冉冉想替师兄求情。

不过苏易水严肃地说道："哦，还有你，整日钻厨房的时间比进丹房时间还长，我记得自己收的是徒弟，不是厨子。去！将丹修药方抄上三遍。若是出发前抄不完，就把纸笔带着，等上路时，边走边写！"

那丹修药方厚厚的一册，抄上一遍，要花费三日。

这下子徒弟三人全都闭了嘴，灰溜溜地上山，然后各自领罚去了。

虽然初始被罚，薛冉冉低落了一下，但是仔细一想，又觉得师父说得很有道理。

师姐丘喜儿已经开始炼制更高一层的安气丸了，而她现在连丹炉都摸不到！如此一想，认罚也心甘情愿。薛冉冉一边抄写一边背药方，正好温习功课外加练字两不误，所以写着写着，她的心情倒是变好了。

正准备行囊的羽童路过书斋时，听到小女娃在哼着绝山小调，那清亮绵软的声音甜得人耳根冒糖。

羽童笑着望向窗内，只是那女娃单手托腮潇洒运笔的样子，让她一时间有些恍惚，觉得眼前情景似曾相识，可久远的记忆里又摸索不出是哪一段……

到了吃晚饭时，爬山的两兄弟气喘吁吁，跟跄着入了饭厅，艰难爬上饭桌。

薛冉冉写字太多，拿筷子的时候觉得手腕有些酸，幸好今日是二师叔羽童主厨，就算少吃几口也没有遗憾，只闭眼吞几口白米饭，应付着果腹就是了。

可惜有人似乎不能将就。

苏易水自从山顶闭关归来，并没有恢复辟谷的修为，已经接连几顿与他们同食了，而且每一顿饭量都不少，菜色上的讲究也很多。譬如鱼不可与鲜物同食，切肉时不要顺着肉的肌理乱切等等。

可今日不是薛冉冉做饭，羽童泣鬼神的厨艺愣是将一盘青菜炒成焦色。

不辟谷时，苏仙长也挑嘴得很，只吃了一口就不肯挨盘尝试，看着满桌子的菜问薛冉冉："哪个是你做的？"

薛冉冉咬着筷子怯怯道："师父，您不是嫌弃我不用功，不让我入厨房吗？"

苏易水被小徒弟提醒，顿了一下，从那副遮住大半张脸的乌黑面具上也看不出悲喜。他放下筷子，起身大步出了饭厅。

羽童很是懊丧，自言自语道："怎么办？我不会做饭，主人若不辟谷，这一日三餐吃不顺畅，我可该怎么办？"

薛冉冉现在很怀疑苏易水以前之所以辟谷，是被羽童的厨艺逼出来的。不过看二师叔那么难过，她还是柔声安慰了下，也许师父是想着要去绝山与魔修魏纠一决高下，心有忧思，才食欲不振。

一旁的羽臣听了，冷哼一声道："若是主人当初没用结丹引魂，白白耽误了二十年，就是十个魏纠也比不上！"

丘喜儿听了，紧张地问："那就是说，师父现在打不过魏纠，那……咱们去岂不是送死？"

羽臣一拍桌子："怎么会打不过？你这是小看师父，大逆不道！他可是十六岁便结丹的仙修奇才！而且修仙是正道，就是降妖除魔普度世人！在邪魔面前，岂能贪生怕死？"

薛冉冉在一旁听直了眼。她当初拜师学艺，不过是为了保命，若是早知道修仙还要跟人搏命，她拜师前真该好好考虑一下。娘说她以后还要下山嫁人的！

苏易水虽然摒弃了灵犀宫的旧门规，但当薛冉冉拜师时，他强调了一点：西山门槛好进却难出。

一朝拜师，除非被师父逐出师门，不然绝无半途而废的道理。至于半路打退堂鼓会有什么后果，师父没说。当时他们在草堂树下打坐，一条带毒的蛇突然爬到了草垫子上。师父轻弹了下手指，那条毒蛇便瞬间被挫骨扬灰，消逝在清风中……所以薛冉冉觉得，若想半路反悔叛逃师门，大约要跟那条蛇一样，连做碗蛇羹的机会都没有。

不管怎么样，降妖除魔之路，任何人都不能退缩。

苏易水似乎也清楚自己是以卵击石，并不急着去送死，磨蹭到快要月底了才出发。

也不知他那些千金药费都花在什么地方，出行时，甚至连驴车都没有。

似乎看在两位女徒弟体弱的分儿上，路过村镇的时候，他终于买了匹马，让两个女徒弟坐在马背上歇歇脚。

至于其他人，都是背着行囊，戴着斗笠，顶着风雨前行。

薛冉冉随身的大水囊里是师父给她熬煮的树根茶，就是她刚到西山时一两黄金一杯的那种。每天晨起时，寡言的师父都会及时提醒她喝药。

薛冉冉不由得有些感动，觉得师父虽然平日为人严苛，但还算体恤徒儿，将来他与人对决，万一马高蹬短，出了意外，她这个做徒儿的定然会病榻尽孝、坟前拔草、立牌烧香，不离不弃！

苏易水看起来倒是悠闲得很，不像去降魔，倒像风水先生在探察龙穴阴宅，一路上时不时掏出一只生锈的罗盘看。

路过一片槐树林时，苏易水顿住了脚，让他们在这林边安营扎寨，歇息一宿。

入夜后，苏易水从林中散步出来，便叫正在火堆边烤红薯的薛冉冉过来。然后，他便带着薛冉冉再次进入夜幕笼罩的槐树林。

听着林中夜枭咕咕怪叫的声音，看着苏易水一直不肯停下的脚步，薛冉冉心里还是有些发毛的。

毕竟孤男寡女，就算是师徒两个，夜里共入林中也有不妥。就在薛冉冉想着如何措辞跟师父说回去时，苏易水顿住脚步，转身取下了面具。

此时圆月高挂，清冽的月辉透过林间倾洒进来。看着他俊美的脸，薛冉冉突然觉得心里一松，同时感慨：原来样子好看还是有用的，最起码作奸犯科的时候，会让人觉得没有那么可恶。

就在她直眼看师父、胡思乱想时，苏易水掏出了一个锦袋，对她说："替我将这些种子种在林中。"

薛冉冉接过袋子，将几十粒扁圆的种子倒在手里，却看不出这是什么植物的种子。

不过师父吩咐了，她照做就是。

苏易水吩咐她把种子分别种在八棵树下后，便挑了一块大石头盘腿坐下，看样子是要吸取月辉精华。

不过他并没有闭上眼，只是看着那少女一边用树枝挖坑埋种子，一边碎碎念。

"都好好地睡觉喝水，要快些长大！"她嘴角挂着甜笑，煞有其事的样子，好似在照顾一群无依的孩童。

就在埋下最后一颗种子站起身时，薛冉冉突然发现原本坐着的师父不知何时立在她的身后。害得她转身时撞到师父宽宽的胸膛，鼻尖微微发疼。

"师父……"她揉着鼻尖软糯地叫着。

苏易水低头看着她眼角泛红的样子，沉默了一会儿，眼神专注得似乎要涌出什么。可最后，他又是什么都不说，转身走了。

在林中埋下种子的第二日清晨，他们又启程出发了。

因为一路走走停停，并没有急切赶路，赶到绝峰村时，他们走了足足五日。

平日里略显清静的村落最近热闹如城镇。

除了三大门派以及魏纠的弟子，其他大小修仙门派也来了不少人。

当年的沐清歌掀起仙修、魔修两界的万丈波澜，如今女魔修将再次转生，自然牵动人心，诸位大能都想知道转世的灵果有没有洗心革面、改邪归正。若是她落地之后，选择与魏纠同流合污，那真是辜负了上苍给她的转生机会，诸位正道人士一定会合力让她伏诛。

也许是果熟蒂落在即，绝山仙台自动形成一道非常霸道的护盾，谁也靠近不得。众人不知那灵果何时落下，只能在山下守候。

但是村子屋舍就那么多，虽然许多大能不缺钱财，但来人太多，又分门别派，彼此不肯同居一屋。后来的租借不到屋子歇宿，便只能风餐露宿，幕天席地。

不过苏易水的徒儿是木村人，再加上当初巧莲走得急，屋子还没租出去，所以他们理所当然地去薛家居住。

到了家门口，薛冉冉发现原本紧锁的大门被打开了，似乎有人住进了自己家的院子。

第五章 灵泉秘密

薛冉冉有些讶然。当她想要推门进去的时候，苏易水却扯着她的衣领子，让她站在他背后。

等苏易水推开大门，薛冉冉踮脚越过师父的肩膀一看，竟然是空山派的弟子们坐在她家院子里。

那个脸上有疤的温红扇看见苏易水推门进来的时候也一愣。因为苏易水戴着面具，她自然一时认不出。可是看到他身旁的羽臣、羽童二人，再细看他的身形，她也认出了他。

温红扇声音有些颤抖，轻声道："易水，你终于来了。"

薛冉冉这时站到师父身旁，看着满院子的空山派弟子，想到这位温仙长差点儿成了自己的师娘，兴师问罪的情绪稍减。她偷眼看了看身旁的师父，想知道他是不是想要跟温仙长叙叙旧。

不过师父戴着面具，看上去一脸木然，似乎并不想主动打招呼。

倒是温红扇一脸忍不住的惊喜，道："你怎么知道我在这里？找我何事——"

就在这时，隔壁的黄婆子热情地赶来，拉着薛冉冉道："哎哟，冉冉，你怎么回来了？你爹娘在哪儿？"

薛冉冉客气地跟黄婆子打了招呼，说明只自己回来后，问："黄婆婆，请问，我家怎么进了人？"

提到这儿，黄婆子有些尴尬，不过想到薛冉冉年纪小，好糊弄，便笑着道："最近有许多人要来租屋，给的金银不菲。我寻思着你家屋院空着怪可惜的，便替你家将屋租出去了。回头我见到了你娘，再给你娘屋钱……人家温小姐不喜有外人打扰，你这是要回来几日？我家的空屋子也租了人……要不跟婆婆同住一屋？"

薛冉冉年纪虽小，可聪明得紧，更是会察言观色。她一听便明白了——这位温红扇出高价租屋，黄婆婆已经无屋可租，便动起了她家院子的心思，擅自劈开锁头，将屋子租给了空山派弟子。

想通了这一点，薛冉冉说话也不甚客气了，微笑着问黄婆子："我娘临走的时候，好像并没有嘱托婆婆帮忙照料屋舍租赁吧，那么粗的门锁，婆婆没钥匙，是怎么打开的？"

黄婆子被问得语塞，一时想不出话来。

羽臣当初来这村子时，曾经受了这婆子一桶泔水，这时便不甚客气道："擅闯他人房屋，触犯了王法。我看，不是将租金还人这么简单吧？"

就在这时，一直沉默的苏易水开口说话了："温姑娘，屋主回来了，还请你带人挪步吧。"

温红扇方才在一旁听了个大概，也知道了那黄婆子私自将别人的宅子租给了空山派。如果是这样，也好解决，大不了再给屋主一份银子就是了。可她万万没想到，那个屋主小姑娘没有开口，苏易水倒是先开口撵人了。温红扇知道自己会错意了，苏易水压根儿不是来找自己的。

这滚烫的心头被泼了盆冷水，温红扇紧抿了下嘴唇，转头对薛冉冉道："小姑娘，实在对不住。这样吧，我们已经住下，实在不好再挪动，不如我将原来的租金翻倍，算作补偿。"

薛冉冉觉得不好插手师父的感情旧账，决定将"烫手山芋"传到恩师手里。于是她乖巧地回道："我倒是无所谓，不过师父如今也没有地方住，我这个做徒弟的原该将自家的屋子让给师父和师叔、师兄他们住的……要不，您问问我师父，愿不愿意与您同住一院？"

有情的男女因为误会斗气是常有的事。以前薛冉冉在村里没事趴墙头的时候，经常看到村中少男少女斗嘴的情形。若有误会，解开便好。她这个徒儿自然要贴心地帮师父引线搭桥，最好能让曾经的有情人共叙前缘，成就仙侣佳话。

路已经铺好，只等师父点头来个顺坡下驴。

没想到当温红扇充满希冀地看着她师父的时候，戴着面具的男人只冰冷地说："羽臣，送客！"

羽臣向来唯主子之命是从，于是挥手冲着满院子空山派的人道："请诸位挪步，去跟那个私闯民宅的婆子要租金去吧！"

薛冉冉偷眼看了看那位温姑娘，只见她脸色苍白，全然是希冀破灭的样子，讷讷道："易水，你还是不肯原谅我？我……当初也并非故意骗你……"

苏易水并没有再开口，显然连多说一句都不肯。

这时，温红扇身后空山派的弟子不服，开始起哄："明明是我们先来的，凭什么给你们让屋子！"

可是温红扇说道："都给我闭嘴，随我出去！"

狠狠捡拾起空山派长老的威仪后，她铁青着脸带着一干弟子头也不回地走了。其中一个弟子则拽着黄婆子的衣领子，去她的院子讨要银子去了。

薛冉冉也不理那嚷嚷着"乡里乡亲不给面子"的黄婆子，将大门闩好后，便轻车熟路地先回自己的屋子。

那些空山派的弟子也许是认为花钱了，便拿这里当了客栈，折腾得满地狼藉，也不收拾一下。

薛冉冉自小爱干净，不太愿意跟别人共用被褥一类的物品。可是如今她的被子已经给人睡了，少不得要拆洗被面、床单，免得留下什么腌臜臭气。

苏易水坐在院子里的藤椅上，看着自己的小徒弟系着围裙、挽着衣袖，忙进忙出，一会儿扫地、一会儿洒水，又过了一会儿，抱出一堆要洗的被单子。

只是她刚刚养得稍微有肉的小细胳膊拎着捶衣棒在大盆里洗床单还是吃力些。

方才苏易水派羽臣和羽童去绝山下打探情况去了，而高仓他们一起打扫师父要居住的屋舍。师父跟小师妹倒有一样的习惯，不习惯住外人留下气息的屋舍，需要认真、仔细地打扫。

看小徒弟捶洗半天，苏易水闲适地开口问道："你将床单、被面都洗了，今晚盖什么？"

薛冉冉抬头抹了抹汗，道："娘给我带了件厚袄子，我晚上盖袄子睡。"

她说到这里，顿了顿，问师父："我将两个屋子里的被单都洗了，师父，您今晚是不是没有可盖的了？"

虽然师父在永城西山时好像不怎么睡觉，不过大战在即，师父定然也想好好休息。想到师父并没有什么避寒的衣服，她连忙起身回屋，拿出自己的小花袄，递给苏易水："要不，今晚您盖这个吧。我还年轻，抗冻，和衣而睡就行。"

面对弟子尽孝，苏易水并不领情，他略显挑剔地看了看那粉红色透着土气的袄子，声音平平道："你的意思是我很老？"

嗯……该怎么回答才不伤师徒之情？

若是按凡夫俗子的年龄来算，师父应该三十六七岁了吧？

对修真之人来说，超越凡人生死，三四十岁只是堪堪入门的年龄，可以说正值青春年少呢。而且师父驻颜有术，想要冒充十八九岁的少年也没有问题，的确是跟"老人家"沾不上边。

薛冉冉从小就讨人喜欢，很有长辈缘。但是她发现自己似乎无论如何都讨好不了师父，师父总能见缝插针，挑出她的言语错处。

就在她想着怎么在不触犯第一条门规的情况下夸赞师父长得年轻貌美时，师父却起身道："走吧，去附近的集市买些被子回来。"

听到要逛集市，丘喜儿喜出望外。于是几个小徒弟简单收拾了一下，便跟着苏易水出门了。

镇子上的集市卖的都是临近几个村的土特产，但是略显贫乏的货品也阻挡不了众人逛街的愉悦。

这些少男少女都是买些吃吃喝喝的。薛冉冉作为怀揣三两银子的"大户"，却有些舍不得银子，大部分时间都是看着别人吃。

苏易水在路过一家成衣铺子的时候停了下来，对跟在他身后穿着粉红色花袄的薛冉冉道："让裁缝量一量身，做件新衣服。"

薛冉冉觉得师父这又是在抽冷子出考题，考验她是否奢靡、浪费，立刻对答如流道："师父，我的衣服够穿了，不用做新的。"

　　透过面具，挑剔的目光上下打量了一下眼前土气的女娃娃，苏易水平静地说："换些素的，看得闹眼睛……"

　　被师父嫌丑，薛冉冉只好闭了嘴。可自己的衣服多好看，是娘特意给她扯的花布料做的呢！

　　年轻的小姑娘自然喜好带些颜色的。眼见着薛冉冉扎在花花绿绿的布堆里出不来了，苏易水似乎实在忍不下去，便亲自下场给徒儿挑起了布料子。他摒弃了那些乡村艳俗的颜色，单选了匹月白的布料子，又越过裁缝殷勤献上的衣服样子，径自提笔画出了要做的长衫样子，吩咐裁缝照着这个来做。当然，为师者一视同仁，高仓、白柏山还有丘喜儿他们也依着样子各自做了一件。

　　因为苏易水出手大方，即便他带着诡异的面具，那裁缝也可以视而不见，满面带笑，拍胸脯保证多找些针线婆子，第二日下午就能将成品送到村中府上，让他几位高徒穿上新衣。

　　除了衣服，还有女孩子的发簪一类的小物，都是苏易水亲自挑选的。只是那些小物的价钱令人咋舌。据卖货的掌柜说，这些乃是从京城里进的金贵东西，只是这里地方小，没人识货，一直都没卖出去。

　　薛冉冉默默地看着师父挥金如土的样子，觉得昔日灵犀宫宫规后继有人了。师父虽然嘴上不怎么挑剔，但其实很好地继承了女魔修的奢靡之风。他讲究起来的时候，衣食住行无一不精。二师叔含糊地说过，他是王爷的儿子，是富贵金汤泡大的，也难怪一点儿也不肯将就呢！

　　当然这种大逆不道的话，她可不敢说，只能在心里默默嘀咕几句。

　　　　　　　　　　◎◎◎◎◎◎◎

　　当新衣送来时，薛冉冉不得不佩服师父的素雅品位，样式看着简单的月白袍子，穿到身上时便有翩然如仙之感。她不自觉地摘下了头上戴着的粉花发钗，重新梳了头。她只梳了简单的发髻，配上新买的玉簪子，再揽镜自照，骤然觉得自己仙气飘飘，修为提升不少，此时开炉子定然能炼出不老金丹！

　　不过，身形胖乎乎的丘喜儿甚是不满，因为略胖的她并不适合这种宽松写意的月白袍子，怎么调整都穿不出薛冉冉那种纤瘦轻盈的效果。

　　丘喜儿十分好美，有些不想穿袍子。但是二师叔说了，明日他们要去绝山与诸位同道会合。到时候，每个修真门派的弟子都会统一着装。主人既然给他们定做了衣衫，那就得穿戴整齐，别丢了永城西山仙修的脸面。

　　那天他们去集市，二位师叔则去打听了一圈消息，回来简单说了一下绝山下的情形。

那些名门正道里，有人想出了处理沐清歌的方法。据说，空山派有处落龙渊，曾经用来囚蛟龙，一旦落入其中，再用铁索禁锢，很难逃脱。

空山派的掌门温师太率先放话，谁也别想贪图沐清歌那点儿修为。虽然沐清歌已转生，算是上天给了她一次机会，这一世尚未犯错，处死她有些师出无名。但为了避免沐清歌再祸乱天下，待她落地，众人便合力拿下她，将她囚于落龙渊，永世不得超生！

其他门派对温师太的建议似乎不太感兴趣，应和者寥寥无几，每个人都打着自己的小九九。

魔修魏纠更不会搭理温师太。他的门徒已经占据了绝山的西北，而三大门派占据东南，两大阵营各据一方，大战一触即发。

听了师叔们的话，一众小徒弟有些紧张得睡不着觉。

第二日寅时，天色还未大亮，绝山顶上突然传来了崩裂的轰响。只见一道灵光冲天而上，激开了层层阴云。

这动荡声颇有震天动地之势，下一刻，在村里寄宿的仙侠修士们纷纷从房里跃出，脚尖轻点，默念御风诀朝着山巅疾驰而去。不过，其中有修为尚浅、飞身经验不足的毛头之辈，脚上的布鞋绑得不紧，一时甩飞的鞋子也纷纷落下，甚是壮观！

羽臣和高仓觉得大战在即，热血开始沸腾，哇哇大叫着也要飞身上房。

可是苏易水喊住了他们，又转头问薛冉冉："早饭做好了吗？"

刚刚从被窝里爬出来的薛冉冉昨夜是和衣而眠，生怕夜里需要上山手忙脚乱。可听了师父突然要早饭吃，她"啊"了一声，赶紧点点头。

自从二师叔羽童做了几顿怪味饭，不知怎的，做饭的活计又莫名转到了薛冉冉身上。

薛冉冉一向是在晚上临睡前打点好第二天早上的吃食，待清晨起来时，热热清粥和小菜就可以吃饭了。

于是，在满村的呼喝声此起彼伏、漫天飞舞着各色仙侠时，薛家小院内，永城西山派师徒七人围坐在一张桌子旁，吸溜着热粥，剥着五香蛋……

羽童的定力向来比哥哥好，可眼看着主人不急不慌的样子，也忍不住提醒道："主人，若是我们去得迟，那转生的沐清歌被魏纠掳走，又或者她伏法，您岂不是再无法恢复容貌……"

薛冉冉却知道师父已经恢复了容貌，根本不急。而且她觉得这般甚好。身为正道，不来的话，难免被人诟病，可若冲锋在前，难免又有性命之忧。师父这般从容、沉稳，不当出头鸟，展现出做人、做仙的厚重、踏实，让人百般佩服！于是她殷勤地给师父夹了小菜，让恩师多吃一点儿，一会儿走路上山，丹田也暖和些。

可大师兄高仓满腔修真热血，急切得暗地里给薛冉冉使眼色，暗示她让师父吃快些，若是去晚了，岂不是连魔道的头发丝都摸不到？

薛冉冉尽量将眼皮往下垂，假装没看见，闷头吃起了自己那碗加了虾碎的热粥。

好不容易吃完早饭，苏易水才从容起身，带着穿了一身新衣的弟子们上山打架。

丘喜儿有些不舍地看着自己的衣裳，虽然样子不好看，但到底是金贵布料子做成的，一会儿若溅上血洗不掉，该怎么办？作为刚入门的"菜鸡"，她和薛冉冉都毫无御敌之力，只有怀里揣着的师父给的隐身丸，若是场面失控，她俩吃隐身丸溜之大吉就是了。

怀里揣着隐身丸，薛冉冉稍微安心些。她对老家绝山上的那棵蔫树有些好奇，更好奇那位入魔师尊沐清歌转生为人又会是什么样子。

待一行人到半山腰时，喊杀声已经震天了。只见身着黑袍的赤门门生漫山遍野，已经占据了大半个山头，看来他们对落地的灵果势在必得。

三大门派的高手也齐齐上阵，与一个身着金丝黑袍、长相阴柔的男人在空中缠斗，场面激烈得很。

羽臣在一旁讲解，那个大杀四方的男人便是魔修魏纠。他即将进入结成元婴的阶段，是魔修界百年来修为最高之人，擅长使用一对麒麟魔刃双钩，那利钩所到之处，血肉横飞，灵力溃散。

在折损十几位得力大弟子后，三大门派全都退缩，一时有些进退维谷。

九华派的卫放一只胳膊被那钩子扫过，已经血肉模糊，不能动了。而九华派掌门开元真人站在队伍前列，看着空中的缠斗，面沉似水。

就在这时，卫放无意中扭头看见了姗姗而来的苏易水他们，立刻兴奋地朝着落在山头的魏纠喊道："魏魔头！你的克星苏易水来了！"

魏纠等待绝山的灵盾消失很久了。

可灵盾消失时，他带着弟子上山，早早埋伏的名门正道纷纷杀上前来，如蟑螂臭虫般，虽然无足轻重，但是让人厌烦透顶。终于将他们杀退时，却突然听到了这么一嗓子，他高挑眉毛，循声望去，果然看到了宿敌苏易水。

当年他想要拜在沐清歌门下，曾经跪在永城西山的山门前求告一天一夜。可是沐清歌只看了他一眼，便以"无师徒之缘，不可强求"将他给打发了。

转过头来，沐清歌却千方百计将别的山门弟子苏易水强行收到自己门下，这给当时满腔热情的他迎头浇了一盆凉水。

人们都道沐清歌喜好收留貌美孤儿为徒，可他魏纠无父无母，容姿更无可挑剔，为何沐清歌看向他时却遮掩不住厌弃之色？

而那苏易水压根儿不是孤儿，是曾经权倾朝野的平亲王的私养儿子，养尊处优的贵子一个，却让沐清歌垂青照拂，更倾囊相授！

可见再高的修为也难脱世俗扒高踩低的那一套！

因此本就偏激的魏纠心结愈甚，辗转投到赤门修行魔道，这一路卧薪尝胆，甚至做了弑杀恩师、夺他修为之举，就是为了早日结元婴。因为他要让沐清歌看一看她当初究竟错过了什么样的奇才，更要让沐清歌悔不当初。

不过沐清歌在受到三大门派正道围剿的时候就会后悔吧？收下苏易水那样的逆徒，真是自掘坟墓！

现在听九华派弟子喊的那一嗓子，难不成世人以为他魏纠的本事在苏易水之下？

想到这里，魏纠不由得仰天长笑，然后飞身跃起，直直朝着苏易水袭去。

麒麟双钩寒芒阵阵，裹挟着千钧凌厉袭来，若被击中，全身筋骨震碎，根骨灵力也要折损大半。

而苏易水并无迎敌之势，不慌不忙，迎风而立。

当魏纠袭来时，他也不躲闪，只是从怀里掏出一块乌木的方牌，高高举起。

周遭之人难免替苏易水捏一把汗，羽臣更是要瞪眼冲上，替主人挡住致命一击。

谁承想，魏纠看清那牌子上繁复的雕花后竟然急急顿住，翻身收手，低声皱眉问道："你手上的可是阴界灵泉的密钥？"

他这话一出，众人闻声色变。

阴界灵泉以前不过是修真界的传说，但是当年沐清歌愣是将传说变成了现实，她不但闯入阴界，寻到了灵泉，还释放了魔子祸世。

阴界并非凡人所提的亡灵之地，而灵泉蕴藏着无尽极阴的灵力之源。当年陪着沐清歌一同进入阴界的苏易水便因此灵力大涨，时年不到十六的他快速结丹，修为之神速让人侧目。此后有不少人想要从他的嘴里探知阴界灵泉的秘密，可惜苏易水对此绝口不提，再加上后来隐居，外人见不到他一面，也无从问起。

对魔修中吸取他人灵力提升修为的人来说，愿意用一切来换取通往阴界灵泉之门的密钥。

而魏纠一向走求快的邪魔歪路，他自然千方百计寻访过这能一日飞升的秘境。可惜随着沐清歌伏诛，那密钥的下落也就成了悬案，再无人探访过灵泉。魏纠在上古竹籍里看过阴界密钥的图样，所以一看苏易水手中之物，他立刻顿住了。

当初沐清歌魂飞魄散之际，只有苏易水在她身边，若是他从沐清歌的身上得了这密钥，也合情合理。

听到魏纠的质问，苏易水平静地说道："正是，若无此物，世人穷尽一生也不可能探寻到阴界之门。"

魏纠死死盯着那牌子，慢慢笑开，眼里闪动着邪光："姓苏的，你拿出这物，是要跟我做交易吗？"

苏易水将密钥握在手中道："我今日来，是想让魏门主立个魂誓，只要魏门主答应，我便将此物赠予阁下。"

此话一出，不光魏纠有些错愕，其他门派中人也纷纷色变。

一向沉得住气的九华派掌门开元真人气急道："苏易水，你疯了吗？"

若魏纠真的找到了阴界灵泉，结成元婴，便再无人可敌，到时候岂不是邪魔称霸修真之界？如果三界大乱，正道何以翻身？

魏纠觉得其中有诈，便警惕地问："你要我立什么魂誓？"

苏易水沉声道："鱼与熊掌不可兼得，魏掌门若是想要探访阴界，那便不可再动转生树上结出的灵童分毫。你须立誓，现在立刻带着你的人撤离绝山，以后也不能伤及转生树灵童的性命，更不可用来练功补益，如犯下此誓约，便引天劫灭顶，不得超生。"

修真之人不可随便立魂誓，因为立誓便会入魂为契，所言即成真。

苏易水逼魏纠立誓，显然是逼他放弃马上落地的灵果。

若是拿别的来换，魏纠根本不屑一顾，可是阴界灵泉实在是诱惑力太强了。

沐清歌虽然灵力至阴，但无法跟那上古密地媲美。而且他知道转生树结出的是二果，先落地的那一果虽然赢弱，但毕竟分走了些灵力，且那灵果下落不明，遍寻不到踪迹。只怕夺了后落地的灵果全部灵力，也无法满足他结成元婴所需助力的条件。

若是苏易水所言为真，当然是得了密钥最好。

至于沐清歌，魏纠清楚自己对她其实更多的是别的心思，对修真之人来说，此后岁月漫长，最不怕的便是等待。他只立誓今日放过她，以后也不伤她性命，可要做些别的事，就不受魂誓制约了！不过……那密钥是真的吗？

就在魏纠质疑这密钥是真是假时，苏易水从容道："我也可以立魂誓，保证这密钥是真的，你若执意再缠斗，我立即便将这密钥碾成粉末。"

魏纠不禁动容。传说阴界灵泉是虚无之门，若无这密钥，遍寻人间也不得入内。所以他坏笑着沉吟了一下，便挑眉说道："你若所言皆真，那本座也会说到做到。"

眼看着这买卖要做成，三大门派的人却不干了。

空山派的掌门温师太向来脾气火暴，她厉声道："苏易水，想你也是正道楷模，怎么如今却做起与虎谋皮的勾当？同魏纠说什么废话！还不快些上前将他诛杀！"

不说那些名门，就连羽臣和羽童也不能理解，主人怎么一点儿都没有昔日拔刀亮剑的气势，起大早赶晚集不说，现在还跟邪魔外道讨价还价，真是有些说不过去。

不过薛冉冉觉得恩师刚柔并济，这兵不血刃之法真是太高妙了！她方才看得清楚，这个魏魔头实在是吓人，一对钩子像钩猪肉似的把人开膛破肚，师父若跟他对阵，岂不吃亏？

眼看着那个空山派的老婆婆激将叫板，让师父去送命，薛冉冉忍不住抬高嗓门道："你们三大门派联合起来都打不过人家，怎么我师父想法子救你们，你们却不领情？若是能诛杀，你们倒别退啊，都快吃午饭了，还不见收场，若是双方谈和，岂不就可以皆大欢喜地下山吃饭了？难不成我师父是堵河堤的沙袋，随便你们拎、提，哪儿漏便往哪儿堵？"

师父可千万不能冲动地冲上去，不然他们这些西山弟子岂不是无根野草，也要交代在西山上了？

薛冉冉虽然自认为说话的声音很大，但她的嗓音向来柔细，说话也带着少女的清甜稚气，让原本嘲讽意味十足的话变得柔软、委屈了很多，直将温师太堵得脸颊发红，头穴跳动。

其实薛冉冉道出了众人心知肚明的事实。当初三大门派都去找苏易水，也是希望苏易水能冲锋在前，挡一挡魏纠的锐气。待打到大半时，魔道气势衰竭，三大门派齐上，一举击退魔道，到时候三大门派降妖除魔的佳话便可再次传世了！

可惜苏易水容貌被封印之后羞于见人，在西山窝得太久，性情也变了许多，今日竟然对冲锋的要求一口回绝。后来眼见他带着徒弟们来了绝峰村，众人心里宽慰，觉得他虽然性情变古怪了，但不失为正道之士，到底没有袖手旁观。

谁想到今日灵果坠地，到了决一死战的时刻，苏易水姗姗来迟不说，居然还文谈，绝不武斗。现在各大门派抓沙袋堵河堤的心思被这个女娃点破，实在有些下不来台。

飞云和九华两派的掌门也甚是不满，奈何眼看着山顶紫霞不断，若是魏纠不走，苏易水又不动手的话，那么他们就要眼看着魏纠屠尽三大门派的弟子，再携走沐清歌。

至于那个阴界的传闻，谁也不知详情，但是当年沐清歌探访那处密地后，不也一样被他们诛杀了吗？

眼前最要紧的是弄走魔头魏纠，不可跟他搏命，然后从长计议。毕竟各大门派里也有结元婴在即的大能，飞升渡劫前可容不得闪失啊！

开元真人开口解围道："东西在苏易水手上，他若愿给，自有他来承担造成的后果。温师太，你也不必太动气了。"

温师太冷哼了一声，瞪了那软绵绵拿话语嘲讽她的女娃娃一眼，只能冷哼着看魏纠和苏易水划空割血，立下了魂誓。

立誓之后，苏易水将手里的那个牌子扔给了魏纠。

魏纠没耽搁，别有深意地看了戴着面具的苏易水一眼，挥手便命手下飞身下山，一路怪笑着离去了。

一时间，绝山之上，除了正道人士，就剩下一地的血腥和残尸了。

待魏纠离开后，开元真人看了看其他修真掌门铁青的脸色，引着话道："易水，你曾经也算是我们九华派的弟子，虽然中途被女魔头掳去，误入歧途，但你本性纯良，今日为何要做这纵虎归山之举？"

他方才还劝慰温师太，现在又首先出言引火，显然是引着诸位正道口诛笔伐一下这个与虎谋皮的苏易水。

面对曾经的师父,苏易水还是如平常般平静无波,只淡淡说道:"打不过,为何要送死?"

此话一出,众人再次愕然。想想也是,苏易水当年将结丹祭树,后来又因为护树而与三大门派的长老恶斗一场,当时似乎受了不轻的内伤。此后他常年不露面于人前,但是经常派羽臣和羽童花费重金寻访一些万年丹参奇药炼丹补气,这都是亏了元神之兆啊!

就算打不过,也很少有人会当着这么多人的面坦诚地讲出来啊!这种示弱的话,让身后的高仓他们低声捂脸哀号。

这话一说开,若是众门派再苛责苏易水不卖气力、不去搏命就毫无立场了。毕竟他们这几大掌门人都惜命地及时退下来了,如何苛责别人不去送死?

不管怎样,上山的道路总算是干净了。

几个掌门人如今都想得到那转生的灵童,所以温师太瞪了苏易水一眼,便领着弟子温红扇他们率先上山去了。而其他门派的人也顾不得跟苏易水争辩,纷纷御风,朝着山顶飞去,一时间又是甩掉的鞋子漫天飞舞。

等他们走了,一直沉默的羽童抖着嘴唇问道:"主人,这么多年,您一直没有同我跟哥哥讲,难道您的内伤还没有痊愈?"

二十年的时光里,羽臣和羽童陪伴苏易水的时间并不长,大部分时间里,苏易水都是独自在西山的山洞里闭关。

羽童虽然按照他的吩咐定时去各地选买药材,可并不清楚主人用它们来做什么,只是知道赚来的药费花得很快,所以过日子也要节俭些。可是今日主人当着这么多人的面径直说自己打不过魏纠……他是何等骄傲之人,如果不是身体到了极限,怎么会如此痛快地承认?羽童想到这儿,心里一阵难过。

羽臣听了妹妹的话,也恍然醒悟。想到方才他还觉得主人怯战,顿时自责起来,扑通跪倒在地,哽咽道:"主人,是我们没有照顾好您!"

如此阵仗下,四个徒弟也老实地跪下,心里五味杂陈。

白柏山有些懊恼自己拜师前没有做足功课。今日这阵仗才让他开了眼界,明白山外有山、人外有人的道理。以前他只觉得西山名头响亮,如今才知,自己的师父在众位修真大能的面前,什么都不是……

薛冉冉心里着实替师父难过了一会儿,她这些日子听闻了许多师父的光鲜事迹。天纵仙才,年少得志,若是因为受伤就此消沉,的确让人唏嘘。

看着一地下跪的门徒,苏易水只简单说道:"上山吧。"

当他们一路御风快走,终于上山时,只见转生树下果然掉落了一颗硕大的果子。

先上去的诸位修真弟子都未敢靠前,警惕地看着那果子。

就在苏易水踏步到了山顶时，那果儿突然迸射金光，壳子缓缓裂开了。

众人一时被晃得睁不开眼，而这时，空山派一位女弟子的白斗篷突然被人扯了下来。待众人回过神来时，才发现那斗篷已经裹在出壳少女身上。

从果壳里转生出来，自然无人间绵帛裹身。可就在这转生少女出壳的一瞬间，竟然可以操纵灵力，扯下了那女弟子的斗篷裹身。

她这一出手，顿时令众人忌惮，同时又心中一阵激动：不愧是至阴体质，就算魂散转生，还是灵力不散，若是能收为己用，当真是裨益无穷啊！

第六章 师徒相认

薛冉冉站在师父身后，被晃得睁不开眼。待光亮散去时，她定睛一看——好俊的姑娘！

这果熟蒂落的灵童，落地便是十六七岁少女的模样，眉眼如工笔描绘，就算不用胭脂着色，也美艳得不可方物。

丘喜儿看了，忍不住叹息道："世间竟然有这般美艳的女子……"

薛冉冉赞同地点了点头，同时发现这个灵果少女长得跟西山正堂挂着的那幅师尊画像上的人有五分相似。说是五分相似，是因为她觉得这位姑娘美则美矣，但……总是少了几分那画中人肆意张狂的洒脱气质。不过师父嫌弃她品味乡土，她倒没资格对这么美的姑娘品头论足。而且画像通常画人不太准，看来眼前这位就是她的师尊沐清歌转世！

再说那少女，裹好斗篷之后便抬头环顾四周，待看清周遭的诸位后，竟然缓缓施礼道："诸位，好久不见。"

温师太见了，冷声道："你被打得魂飞魄散，还能带着前世的记忆转生，可真是不简单啊！"

刚刚降生的少女苦涩地笑道："当初我是因为误修了魔道禁忌的移魂术而走火入魔，一时犯下了许多过错，被诸位师尊教训一顿也是应该。在这树上寄生二十年，每时每刻我都在忏悔自己的罪行，也感念易水给了我转生的机会，所以这次我一定会痛改前非，好好弥补我曾犯下的过错。"

这话说得很在理，最起码前世嚣张极了的沐清歌是绝对说不出这样谦卑的话，看来她如猢狲被困在五指山下经年，总算是悔改受教了！

不过，仔细想想，没有修习移魂术以前的西山沐清歌，虽然为人不羁，生性散漫，伤风败俗的小错不断，却并非十恶不赦之辈。而且她曾帮助曾经的小皇子，如今贵为真龙天子的大齐皇帝苏域登基。

当年沐清歌突然出手，帮助苏域也就是苏易水的小叔叔打了樊爻大战，彻底扳倒了当时势头正劲的平亲王，奠定了苏域坐上龙位的根基。所以，虽然修真界谈起沐清歌人人色变，可是那凡间庙堂之上还供奉着沐清歌的金身塑像，美其名曰"战娘娘"，接受着世人的香火供奉。

不过，这个沐清歌向来耽于享乐，金银不够用了，她就去巴结权贵，甘于搅入红尘纷争。这也很符合她的为人。

这种攀附权贵的举动，犯了修真界的禁忌，让人不齿！

已经飞升的大能药老仙曾经感慨，沐清歌若是少贪恋红尘，精专一些的话，老早就可以结为元婴，飞升入仙了。

而沐清歌性情大变，走向毁灭的不归路，的确是因为从阴界灵泉归来后修习了移魂术。

众人守了几天几夜，可不想看沐清歌痛改前非的戏码。

温师太的义女兼大弟子温红扇冷声开口问道："你说你痛改前非，也要有个让众人信服的理由，如若不然，今天你休想离开绝山。"

沐清歌看向温红扇的脸颊时，面带愧色，轻声说道："我愿折损灵力，修补温姑娘脸上的这一道疤痕。当初我实在不该妒火攻心，划伤你的脸……"

听她这么说，温红扇突然脸色一变，死死瞪着沐清歌，不再说话。

开元真人倒是这群人里还算和善的，他微微笑道："沐姑娘若有心悔改，再好不过，我们正道修真之人，本就以渡人为本。不过，为了让诸位安心修真，姑娘最好拣选出一位，重新拜师入门，也算是方便正道监管，考验你的品行，才可见你的真心啊！"

他这话，正是其他诸道的意思。听了开元真人说出这话，其他人纷纷附议。

沐清歌听了这话，点了点头，缓缓道："既然是开元真人的提议，我自当遵从……"说着，她抬眼打量了一圈，慢慢将目光落在戴着乌黑面具的高大男人身上。

他虽然半遮面具，可身形、气质出尘，若是曾经入她心的话，想必转生一回也不能忘。

沐清歌百感交集地看着苏易水，轻声道："易儿，是我不好，封印了你的容貌。如今我打算与过往恩怨一笔勾销，就此替你解了封印可好？"说着，她轻轻抬起手，作解咒之势。可她解咒完毕，苏易水并无什么变化。

就在沐清歌眼睛露出些许不安时，他那副黑面具突然裂开，碎成两片掉落下来。

再看那露出面容的男子，眉如墨画，眼含星河，高挺的鼻子显得脸颊轮廓分明，看着他才明白什么叫"深情一眼过万年"……

虽然在场的许多人都见过苏易水的真容，可是二十年时光荏苒，除非修为出神入化者，大家都或多或少地老了一些。譬如当年跟苏易水年龄相仿的温红扇，现在眼角已显现了些许细纹。

可眼前这个穿着半旧长衫的男人满面都是不容错认的青春。这不能不让人羡妒，甚至觉得融面咒也不是全无益处，说不定有驻颜的功效呢！

薛冉冉默默立在苏易水身后，突然觉得自己在看一场莫名其妙的大戏。别人可能不知，但她十分清楚，师父苏易水老早就恢复了容貌。可他并不说破，还配合着这个转生的沐清歌演绎了一场恩怨化解的感人大戏。

这内里有什么不足为人道的蹊跷？

薛冉冉闭紧嘴巴，看破不说破，还是不要影响人家与前师父的团圆时刻了。

但是作为看官的她总觉得那沐清歌看苏易水恢复容貌，轻吐了一口气后，表情松懈了很多，莫名又变得自信了些。看来就算曾经风光无限的女魔尊转生一遭后也有些许不自信，生怕自己折损了慧根，再没有前世的灵力。

其他大能见此情形，心中一喜，百年天劫将至，有几位掌门就要元婴渡劫。所以沐清歌是不是真心改邪归正不要紧，要紧的是这样的魔修体质能不能在天劫将至时诚心护法，替自己挡过天劫的致命一击。

如今沐清歌解开了她临死前给苏易水下的咒，便说明沐清歌挂在树上二十年，灵力恢复得不错，是个可用之才。于是，他们一个个争抢着要看押这女魔头。

沐清歌听闻他们旁若无人的议论，全拿自己当猫狗一般，倒也不恼，只是语气轻柔道："我已转生，与前尘往事一笔勾销。若是诸位不放心我，怕我再误入魔道，不妨我自愿拜到苏易水门下，相信他的品行与本事，诸位都放心得下。"

看来沐清歌十分感念苏易水当初手下留情，将她的残魂引到转生树上，这辈子她便要结草衔环，成为他座下的弟子。

这话一出，众人脸色顿变。盼了这么久的"人参果"，方才又折损了那么多弟子，岂不都便宜了苏易水？

就在这时，苏易水缓缓开口道："西山庙小，我已经新收了几位徒弟，实在分不开精力再教导别人。而且，你曾算是我的师父，再入我门中，岂不是乱了门规纲常？"

这话一出，众人顿时松了口气，心想，这姓苏的小子在西山蛰伏多年，却比当年更通时务了，最起码很有眼色地不来蹚这浑水。

沐清歌似乎没有料到苏易水会一口回绝自己，不禁脸色微变。她不由得疑惑地转头看向转生树——因为树的灵力在最后的时日里尽数被灵果吸尽，曾经半死不活的蔫树现在完全呈现出焦炭样的枯败之色，压根儿看不出曾结下多少个果……

她回过神来时，扭头看向苏易水所说的新收弟子——就么参差不齐的四个，没有一个是透着灵气的样子。

两个男徒弟勉强可入眼，两个女徒弟都是灵根不扎实之相。尤其是其中一个微胖的丫头，嘴唇发紫，似有心疾。至于另一个小丫头，纤瘦了些，一副风一吹就倒的样子，但面色红润，嘴唇粉嫩，带着几分稚气可爱……

等她想张嘴说话时，苏易水却转头看向身后的徒弟们，问道："你们饿不饿？"

薛冉冉用力点了点头。她早就饿了，只等着认亲之后í桌认亲宴。

苏易水转过头来，朝着诸位抱拳，说道："我的徒弟们筑基尚空，年纪小，禁不住饿，那么便向诸位告辞，先走一步了。"

说完，他便带着几个愣头愣脑的徒弟随从，长袖翩然，一路下山去了。

沐清歌的眼睛渐渐瞪圆,她在他身后凄楚地喊了一声:"易儿!"

可惜,昔日逆徒还是逆徒,那"易儿"恍如没有听见,依旧头也不回地下山去了。

沐清歌紧握拳头,好半天才吸一口气。将情绪控制住后,她再次微笑着看向诸位掌门大能:"既然永城西山不肯再收留我,那么清歌就只好麻烦诸位再给我一次修正道的机会了……"

说到这里,沐清歌扫了一下那几位掌门,突然目光一顿,落在开元真人慢慢展开的折扇上。

她想了一下,开口道:"开元真人的为人,诸位最信任不过了,我愿投拜到开元真人座下,洗心革面,重回正道。"

这话一出,其他两大门派的师尊都有些不快。

三大门派里,数九华派弟子众多,声势浩大。若是沐清歌投到九华派门下,岂不是更显得其他两个门派人丁凋落、毫无建树?虽然众位正道之士,最终是要脱离俗尘的,但是在未飞升前的百年时光里还是要在俗世里讨生活的。眼见九华派日益强盛,其他两派心有不甘,一时又是一番理论与争吵。

沐清歌清楚,开元真人要对付另外两个门派的掌门,有的是软硬法子。所以她压根儿不必去管开元真人如何说服他们。她将目光掉转下山崖,远远地可以看见苏易水正带着他的随从与弟子们一路从容下山。

他……甚至连头都没有回。

沐清歌使劲咬住了嘴唇——这到底是哪里出了错?为什么一切都跟她先前想的不一样?

⁂⁂⁂⁂⁂⁂⁂

沐清歌默立了一会儿,三大门派终于分出了章程:沐清歌平日里由九华派看管,若她敢轻举妄动,九华派当立刻诛杀之!否则就由两大门派接管。而其他两大门派的大能如遇天劫,九华派当派弟子全力相助。

如此分派,皆大欢喜。

就在空山派和飞云山派的人终于散尽后,沐清歌才转身微笑着看向开元真人。她瞟了一眼他手里的折扇——那上面画着的是一幅芭蕉卧虎图,一只白虎正卧在几片芭蕉叶下乘凉。

这扇子的扇面是沐清歌当年亲手画的,被当今天子——那时还是小皇子的苏域——拿走了。

修真界与人界,乃井水不犯河水。

当年沐清歌搅进龙子夺位的旋涡已经是大大不妥。而苏域贵为天子,就算感念沐清歌出手相助之恩,想要来救助她,也不好亲自下场招惹众位未来的大能仙人。

但是昔日恩人重生,又要沦为阶下之囚,他做皇帝的怎么能袖手旁观?

开元真人能拿到这把扇子，显然是受皇帝所托，同时暗示沐清歌，开元真人会替皇帝照应她的。所以她方才看了那扇子一眼，立刻心领神会，选了九华派来"监管"自己。

果然，众人走了以后，开元真人便一脸笑意地掏出了皇帝的手信递给了她。

沐清歌接过信，慢慢看了起来。信里大概的意思就是，开元真人乃陛下信任的高人，他一定会照顾好"战娘娘"沐清歌。

开元真人向来做事圆滑，他暗地里与大齐的朝廷也多有联系。难怪三大门派里，独独九华派山门修得最气派，弟子也是遍布天下，实力超群。

看着信里言之切切，沐清歌心里更是有底了。

看看，一切比她想象的还要顺畅些。沐清歌的确声名狼藉，可是只要她愿意，用心些，不再白白浪费与生俱来的天赋，便可站在权力之巅俯视众生！

想到这儿，她裹紧了身上的披风，在风里缓缓松了一口气——能重活一次可真好。她一定会步步为营，活得……比沐清歌……还要精彩！

众位大能在绝山山顶如何分配"人参果"暂且不提。

再说早早离场的西山一派。师徒们下山第一件事便是去城镇里寻酒楼吃饭。

以前苏易水容貌被封印，为了不吓着人，羽氏两兄妹陪着他偶尔下山时，很少前往城镇热闹的场合。一来，这不符合仙修之人离群索居的习惯；二来，也是怕苏易水被那些俗人嘲讽。可今日主人的封印终于解开，他再也不必戴着帷帽或者戴着面具遮掩了。

羽童心里替主人高兴，再加上几个徒侄儿起哄，她当下决定钱袋子出血，挑一间气派的酒楼吃个青春不老宴。

薛冉冉在山顶上时就饿了。待一样样摆盘精美的菜肴端上桌子时，她两只大眼睛烁烁放光，频频举箸，夹菜、喝汤、吃饭一气呵成。

而丘喜儿吃得有些食不知味。她只愣愣地看着容貌赛潘安的恩师，最后捂着胸口，一口吞下应急的丹丸抢救发颤的心脏。恩师竟然这般青春貌美！让人如何守住芳心，潜心修真？

当她看得入痴时，苏易水突然抬头，一个眼神投递过来。

只那么淡淡的一眼，竟让犯花痴的丘喜儿冷得打了个哆嗦，心跳得更加厉害，这次不是心悸，而是受了惊吓。她再不敢抬头无礼地看师父，只学师妹薛冉冉的样子，闷头吃饭。

薛冉冉的肚肠填饱三分之后，便将少女该有的矜持捡拾起来，不再自顾自地吃喝，而是殷勤地给师父和师叔他们布菜添汤。

不过，师父似乎根本没有动筷，他老人家的辟谷期来去几乎无迹可寻，似乎从山上下来之后，他只是在绝峰村里薛冉冉下厨时吃过她亲手做的饭菜。剩下的时光里，苏易水偶尔会喝些水，倒没见过他吃路上采买的东西。

不知这是不是吃了她炼制的"贪食丸"的后遗症，师父似乎只愿意吃她亲手做的东西。

薛冉冉受宠若惊的同时，也觉得肩上责任重大。最起码吃下顿饭时，就算在路途上，她也要想办法给师父做些温热能入口的吃食。

吃完饭，薛冉冉乖乖接过师父递来的药水袋子，在他的注视下喝了大半袋子的树根水，然后启程折返永城西山了。

出了镇子，没走太远，羽童便低声对苏易水说："主人，后面有人跟着我们……"

苏易水并没有接话，不紧不慢地带着徒弟们在乡野小道上散步。显然他老早就发现有人尾随了，不过一直不动声色而已。

薛冉冉在绝山上见识了什么叫血雨腥风，自然不会认为偷偷跟在后面的会是师父的仰慕者。她小声对苏易水道："不如我们折返回去吧。"

苏易水这时倒开口了，他低头看着小徒弟问："为什么？"

薛冉冉低声道："在绝山上时，那个魔头魏纠答应得太痛快了。人性本贪，本事大的人更不屑做取舍选择，若是可以，鱼和熊掌都会收入囊中……您先前给我们授课的时候不是曾说过，魂誓虽然可靠，但也有个致命之处，那就是魂誓的一方若不在人世了，立下的魂誓便会自动解除……"

听小姑娘细声细语地分析着，羽童和羽臣也猛然顿悟：那个魏纠对沐清歌势在必得，又怎么会轻易放弃？只是当时他忌惮苏易水与其他大能联手，所以假意同意，先将阴界密钥弄到手再说。然后等苏易水与三大门派分开，便可以下手将他除掉，就算彻底解除了桎梏魏纠的魂誓。

就像薛冉冉所说，如果现在回到城镇，说不定能跟其他还没有走的仙派会合，让魏魔头投鼠忌器。

想到这儿，羽童急急道："主人，我们赶快回去吧，若是有人阻拦，您只管先走，我和哥哥为你们断后！"

可是苏易水只是深看了薛冉冉一眼，然后继续举步向前。

离他们不远处，是那片来时经过的槐树林。

薛冉冉记得，师父带着他们在这片树林边歇宿过，而师父经常独自一人去林中散步，后来还带着她入林中埋过一些叫不上名字的种子……

就在这时，有几个身着黑衣的赤门门徒突然现身，手持赤火烈伞攻向苏易水。

赤门属火，他们的伞中装有机关，里面除了助燃的昆仑山黑油，还夹带着控伞者的灵力，普通的火焰便被加持成三昧真火，若被燎烧到，顷刻间血肉就会化为焦炭。

所以，这火，近身不得！

就在这几个门徒操纵火伞朝着苏易水逼近时，苏易水起手捻诀，引来一旁河渠的水，以水墙相抗。

起初那水墙还像样子，丈高八尺难以逾越，可是不到一盏茶的工夫，那墙便渐渐单薄起来，也越发矮。

修真之人都明白，这是内丹不足、灵力接续不上的缘故！苏易水果然是一捅就破的纸老虎，完全不堪一击！偷袭者们心中一喜，越战越勇！

就在苏易水的长袍袖口被三昧真火燎灼一半时，他一边皱眉一边对身后的羽氏兄妹和徒弟们吩咐道："马上进入林中，各自寻一棵缠着粗藤的大树爬上去，没有我的命令，谁也不准下来！"

说话间，他单手抱起了薛冉冉，脚尖轻点，飞身蹿入林中，然后跃上一棵几乎被紫藤覆盖的大树。

放下薛冉冉后，他让她抱紧粗枝丫坐下，又转身飞跃到相邻的另一棵树上。

而丘喜儿被二师叔羽童抱上了树。大师叔和其他两位师兄纷纷爬上树，严阵以待。

薛冉冉惊魂未定，定睛看着这片树林。此时夕阳余晖铺满树林，自然看得清清楚楚。

林中的地面爬满了密密麻麻的紫色粗藤，还有许多已经爬到树上。

可是前几日她跟师父步入林中时，这里压根儿没有这么多粗藤啊！

薛冉冉所在的树甚高，立在高处看得分明，被紫藤攀爬的大树分别在树林的各角，共有八棵。而那地上的粗藤也不是杂乱无章地生长，反而好像是图绘，当藤蔓与八棵大树相连，就好像……像算命先生摆摊儿所绘的伏羲八卦图！

只是他们师徒加在一起一共七人，即使各自占据一棵大树，也有一棵没有人据守，显得空荡荡的。

不对，那棵空树上也有东西。那白绒绒的一团，不正是师父在西山山洞里养的那只白猫吗？它什么时候也跟来了？

此时，那白猫攀爬到树梢最高处，扯开嘴"喵呜"，像山大王般威风凛凛。

就在薛冉冉往四处张望时，腥风顿起，赤门的门徒已经如潮水般涌来，将整个树林围得水泄不通。

看来他们想瓮中捉鳖，关门放血！

魏纠的声音回荡在树林的高空中："易水兄，你可真会躲啊！进了林子不出来，是准备当缩头的王八吗？"

看来魏纠已经知道苏易水受了很重的内伤、修为受损的事情，现在便要杀了他解除魂誓！

他想到自己安插在三大门派中的暗探回报——苏易水在他走后，竟然当着众人的面，承认他内损严重，根本不敢跟他动手的隐情。魏纠恨得牙根直痒痒。当年他屡屡败在苏易水手中，难免心有忌惮，压根儿不会想到现在的苏易水是纸糊的老虎。想到自己被他三言两语诓骗，魏纠立了魂誓，下了绝山，若不将苏易水碎尸万段，此恨难平！

魏纠收到了暗探回报之后，立刻折返，要在半路伏击西山这些乌合之众。

✦✦✦✦✦✦✦

这样的时机真是天时地利难得一遇！魏纠自然要把握住，除掉积年心魔。

而试探之后，苏易水果然失了以前横扫四方的威风，虽然察觉到赤门教众尾随，却连几个赤门的普通教众都难以招架太久，最后竟然带着几个弟子窝囊地躲入林中。

魏纠派人试探出了苏易水的底子，倒是生出了猫儿逗鼠的闲适心情，要好好地折磨一下这个昔日骑在他头上的小子。他决定亲自现身，准备当着苏易水的面先将他的那些"弱鸡"弟子一个个掐死，再折断他的四肢，吸干他残存的灵力！

魏纠朝着林中走了几步，突然看到林子中央盘踞的满地紫藤。他先是眯眼细看，又突然脸色大变，低叫一声："不好！"随即要撤出林子。

可是来不及了！他的手下已经踩到了紫藤。

下一刻，原本静寂趴伏的藤蔓突然如窜动的蟒蛇一般，快速移动起来。整个林子瞬间变成了铁桶围成的八卦迷阵，将所有的闯入者拦截在不同的位置，难以增援彼此。

魏纠皱眉大喝："用火烧藤！"

那些门徒立刻用火伞朝着缠绕自己的藤蔓喷火。可是那些火似乎助长了这些诡异植物的长势，顷刻间，原本胳膊粗的藤蔓竟然如树干一般粗壮了！

这些植物乃是火生属性！难道是……传说中带有魔性的缚仙藤？此物遇火生得更旺……

魏纠猛然醒悟，想要门徒赶紧收住三昧真火，却已经来不及了，只听到被粗密的藤墙隔绝的不远处传来门徒们凄惨的号叫声，还有一股股皮肉烧焦的糊味。

很显然，他们没有烧死藤蔓，却将自己早早地烧煳了。

魏纠迅速抬眼四望，很快发现树林各角的八棵大树。他知道这八棵树就是阵眼所在，想要出去，就要先摧毁阵眼。于是他飞身掠起，朝着无人的那棵大树袭去。

他急于破阵，自然是选个好下手的。西北角的大树无人，最好下手。

可谁想到他刚刚挨近那棵大树，那树梢间突然蹿出雪白的一团绒毛，定睛一看，居然是只猫儿。

看来苏易水排布藤阵不够人手，这魔藤需要依附活人驱动，也不知他从哪里捉了只猫儿充数。魏纠心里冷笑，凭借灵敏的身手躲开了数不清的藤蔓袭击，然后挥舞双钩，想要拦腰斩断那棵大树。

这些藤蔓依附着八棵大树而生，只要树断，藤蔓自然会枯败，掉落。可是就在双钩快要挨近树干时，他猛然听到头顶一声霹雳暴喝。

魏纠抬头一看，顿时脸色大变——那只猫儿竟然张大嘴巴，在暴喝声里变成了只吊睛白虎，朝着他猛扑来。他连忙施展了移位术，快速避开白虎致命一击。

而那白虎扑空之后，再次蹿跳上树，引颈猛喝，将整个树林的地皮震得山响。

魏纠低叫道："庚金白虎！沐清歌的坐骑……竟然一直在你手上？"

当年沐清歌嫌弃马、牛一类的坐骑太俗，曾经只身前往西天玉峰，降伏了这只庚金白虎。其实这虎虽然有虎形，却是上古异兽，靠吞噬生灵为生，凶悍无比，曾跟沐清歌参与樊夂大战，一战成名。

想到这虎的凶悍，急于脱困的魏纠自然不再与它纠缠，转头看向坐着个清秀小姑娘的大树。

不过，那小姑娘看他瞪过来，居然不慌乱，脸上还有一种跃跃欲试的微笑……不能不让人生疑。而且那小姑娘笑得……竟然有些眼熟，只是魏纠一时想不起来自己曾经在哪见过她。

他天生疑心病很重，见薛冉冉笑得太灿烂，反而透着诡异，干脆转身朝着苏易水所在的大树袭去。

当他扭身之时，自然看不见身后的小姑娘微笑的表情瞬间垮掉，她双手拜佛，嘴里念念有词。

老天保佑，她就是怕这魔头过来才故意朝他笑的。虽然师父吩咐她，只要不下树，就会有藤蔓保护，但凶巴巴会开肚囊的魔头冲来，还是很吓人的！只是魏纠又朝师父扑去，不知道师父是否有把握接住他这雷霆一击。

苏易水一直闭目在正北方的大树上盘坐，左手单指朝天，右手二指顺地，手腕不停翻转，俨然是操控着藤蔓攻击。

魏纠这雷霆一击使出了八分灵力，意在立刻击毙苏易水，剪除后患。毕竟现在的苏易水今非昔比，哪里有以前的神通？魏纠苦修二十年，有十足的自信，就算是三大门派的掌门也未必能接住这致命一击。

可就在他的钩子挨近时，苏易水猛然睁开双眼，从怀里掏出了一根长长的擀面杖。

薛冉冉就在相邻的树上，自然看得分明，那根擀面杖好像是她娘亲给她捎带上山的。怪不得她临下山前烙饼时找不到，原来被师父揣在怀里了。

魏纠的双钩霸道极了，可是苏易水不慌不忙地以擀面杖相迎，一个巧劲儿用擀面杖卡住钩子后，就如放风筝之人快速收线，将双钩缠绕到擀面杖上。这看似轻巧，但是需要持续的灵力加持，才可与这麒麟双钩抗衡，否则只是一根普通木棒子，早就被钩子钩断，哪里会成为双钩克星！

魏纠用力回扯双钩，一时与苏易水相持不下。这时，他发现苏易水身上也缠绕着紫藤，苏易水正吸取整个树林紫藤的灵力与他抗衡，睁开的眼睛也呈现入魔的紫光。

姓苏的杂碎！竟然人藤合一，操控紫藤吸取他的灵力。连他这个魔修都不屑于借助魔物加持的邪魔外道，亏苏易水还是一个正道楷模，竟然沦落到借助魔藤打斗的地步！

这些紫藤的生长往往需要十几日的工夫，而且对风水、光线的要求极其苛刻。姓苏的到底是有多深的城府，老早就一步步地设计，不断示弱，引着他入这个早就设好的陷阱。魏纠终于全想明白时，但已晚了。

苏易水快速收链之后，已经将魏纠扯到了身旁。

魏纠擅长远攻，他以前跟苏易水交过手，深知不可近苏易水的身。一丈之内，全是苏易水的天下，挨得近了，想要翻身很难。

不得已，魏纠只能松开双钩，想要后撤。可是周遭生长迅速的藤蔓此时已如蛟龙盘绕，一下子就将魏纠缠住了。就算魏纠用灵力震碎了几根，马上又有源源不断的新藤缠缚上来。

这种消耗太过持久，就算是元婴马上要结成的魏纠，也有些接续不上。因为那些紫藤好似长着细细的须脚，如针一般扎入他的身体，不断吸取他的灵力……

感受到灵力下降得飞快，魏纠有些慌了，咬牙大喊："苏易水！若是别人知道你私养魔藤，你的清誉可就全毁了！"

可是恍如入魔的苏易水压根儿不肯收手，魏纠源源不断的灵力全被他通过藤蔓吸入自己的体内了，一时间，他的发冠震裂，长发漫天飞舞，俨然如邪神临世，可他脸上依旧没有一丝表情。

直到魏纠要被紫藤覆盖全身时，他才冷然开口道："二十年前，我就对你说过，离我远些，不然我会……弄死你。"

苏易水说这话时，眼皮低垂，目露鄙夷，语气就跟踩死个蟑螂一般无足轻重。

这种发自骨子里的轻视刺激得魏纠愤恨地咬牙。可他清楚，姓苏的不是在吓唬人！这些紫藤应该就是传说中的寄仙藤，若是被这魔物缠住，最后很有可能被吸成干尸。

别人都认为苏易水为人周正，清高不染，甚至不屑于与成为反王的父亲平亲王为伍。但是魏纠总觉得这家伙邪邪的，让人忌惮得很。如今落入苏易水的陷阱，他马上就要成为干尸。为今之计，只能金蝉脱壳，献祭自己的一半结丹，看看能不能脱困。

想到这儿，魏纠恨得要死，只能咬牙念咒，将大半结丹逼出，化作带有灵力的人形，让紫藤缠绕。他自己则默念遁地诀，快速一缩，遁地逃之夭夭。

眼看就要结成元婴之人，却被迫献祭大半结丹，经年修为毁于一旦，此中的恼恨简直无法用言语形容。但这办法果然管用，起码保全了自己的性命。

魏纠狼狈不堪地从地下钻出时，回头看着那紫光隐现的树林，伸手便捏死了凑过来跟他说话的弟子，吸取他们的灵力来补充自己空虚的内丹。

"苏易水！我同你势不两立！"

屠九鸢立在一旁心惊胆战，看着灰头土脸的尊上，一阵心疼。

且不说魏纠磨牙喝骂，脏话连天，发毒誓要将苏易水碎尸万段，再说那藤蔓遍地的树林子里，魏纠仓皇逃跑后，夕阳余晖也收了最后一抹。当林子渐渐笼罩上黑暗时，那些紫藤仿佛失了水，迅速萎靡，顷刻间便消失了。

羽臣他们从树上滑落下来时，惊魂未定，不过高仓一脸惊喜地道："师父，您真是太厉害了！可惜那三大门派的人不在，不然看谁敢说您窝囊！"

白柏山一脸惊魂未定。他从小痴迷于修真，自然懂得比高仓他们多。方才魏纠高喊"魔藤"，若他所言为真，苏易水岂不是私养了正道明令禁止的魔物？他不禁问出口。

苏易水淡淡道："万物生长，各有其用法，是魔是仙，皆由心定。能救人一命的，岂会是魔物？"

这话说得模棱两可。白柏山识趣，便没再问下去。

不过苏易水很明显走了修真的第三条路。他利用那紫藤吸取了魏纠大半修为，倒是很好地填补了长久以来内丹的空虚，这样大补的极品可是千金都买不来的啊！

第七章 嘴硬心软

薛冉冉虽然年纪小，可是以前被爹娘拘在院中时就喜欢趴在墙头安静地琢磨墙外走来走去的人。

师父显然不是她能琢磨清楚的。她觉得师父真是深不可测，让人防不胜防。很明显，他利用这次灵果降生的时机，精心编织了一张大网。苏易水是狩猎的蜘蛛，而魏纠是一头撞入网中的肥美肉虫子。也难怪当年那个沐清歌落得那般凄惨的下场。若是苏易水立意要算计什么人，一定是草蛇灰线、伏脉千里吧？

想到这儿，薛冉冉突然觉得胸口发闷，幽幽叹了口气。她刚叹完气，就看见师父正冷冷地看着她。

"你在想什么？"

薛冉冉迟疑道："就是觉得师父真是太……聪明了！"说完这话，她觉得语气不够真诚，准备扬起笑脸，大拍一下师父的马屁。

可是师父似乎不甚高兴，举步转身，长袖翩飞地出了树林。

薛冉冉摸了摸自己的抓髻，有些不确定师父是不是生气了。不过，她想到自己种下的种子万一祸害了路过的客商就不好了。

但是师父消气之后跟她解释了一番："那物生命极短，一旦枯萎，便不会再萌芽。而且它的种子很难结出，三百年才会结下一颗。"

薛冉冉听了，松了一口气，又纳闷道："师父，您为何让我来种？"

苏易水将树根水递送到她嘴边，淡淡道："你的命格很旺植物，你家院子里的花不就开得很好吗？"

薛冉冉乖乖喝下了树根水，觉得师父所言在理。她从小到大种的花花草草还有菜蔬，的确都长得出奇地好。

不过，喝完树根水，她的嘴角挂上了褐色的药汁沫。苏易水掏出了巾帕替她擦拭，薛冉冉不好意思地往后躲了一下。

苏易水语气平平地说道："女孩子邋里邋遢的，像什么话！别动！"

薛冉冉只好一动不动，任由师父给她擦嘴。只是她的目光有些无处安放，只好呆呆地看着师父的俊脸。

那如画般的脸这般近看，真是让人心情为之一畅。苏易水倒没说什么，只任由自己的小徒弟发呆地看他。只是他低垂的眼眸里似乎酝酿着什么，却又一时看不清楚。

师徒二人坐在大石上，看起来关系融洽。可丘喜儿远远地看着小师妹和师父的背影，总觉得有些怪怪的。

　　师父为人清冷，有时给他们上课，随手指一指古籍，让他们自己看，而他一个字都不会多说。他对小师妹倒是会多说些，可若说师父独宠小师妹，也不对，因为有时候师父对小师妹又格外严苛。最起码，小师妹到现在都没再碰过丹炉呢！哪像她，都已经开始更高一阶的修行了。

　　一举伏击了魔修魏纠后，接下来的路程就轻松顺畅很多。
　　白柏山很担心魏纠到处宣扬师父私用魔藤的事情，所以在河边汲水时跟几个同门闲聊起来。
　　薛冉冉听了，笑着道："我觉得是那魏纠会更担心些。"
　　丘喜儿不明白，问道："他担心什么？"
　　"担心师父会宣扬他失了大半修为的事情啊！"薛冉冉一边灌水袋一边歪头说道。
　　白柏山听了小师妹的话，有些恍然：魏纠不择手段，树敌甚多，现在他被掏空了大半修真家底，当然要捂紧，绝不会主动露出自己空虚的底子。

　　回到西山时，薛冉冉终于可以沐浴更衣，躺在床上舒服地睡觉了。可她没躺一会儿，怕冷的丘喜儿就披着厚毯子敲她的房门，跟她同挤一个被窝。
　　薛冉冉从小没有姐妹陪伴，对这种同盖大被的小姐妹秉烛夜谈之举有些陌生，又觉得新奇。
　　丘喜儿这两天一直心绪不定，忍不住跟薛冉冉聊起这两天经历的波澜壮阔。
　　虽然下西山不到半个月，但丘喜儿对自己的师门以及师父都有了全新的认识。尤其是在绝山看到转生的前师尊沐清歌后，她内心已经演绎出一套完整的儿女恩怨话本子。大约就是入魔师尊沐清歌垂涎英俊弟子，就算转世重生，也不肯死心。不过，沐清歌那般貌美，是个男人都很难把持住不动心。也不知师父苏易水是天生冷血，还是因修炼去除了欲念，当初面对如此美人师父都能下得去狠手，可见无情便是无敌。
　　想到那日在镇子上吃饭时师父瞟了她一眼，丘喜儿在温暖的被窝里忍不住打了个冷战。
　　听薛冉冉好奇地问，丘喜儿费力描述了一下："就像……就像被猛兽……不，比猛兽还恐怖的什么盯着，好像下一刻师父就要将我锉骨扬灰……"
　　说着说着，丘喜儿想到了师父在树林里与魏纠抗衡时的铁血手腕，后知后觉地吓哭了。
　　薛冉冉虽然无法感同身受，但还是抱紧了肉墩墩的师姐，柔声安慰。同时她想到，她的确有几次看师父发呆时，发现师父看她的眼神有些莫测高深。可见师父很介意别人垂涎他的美色。于是薛冉冉一阵后怕，暗暗提醒自己，不可再无礼地多看师父。

回到西山的苏易水，又要在山顶闭关一个月才能出来，大约消化掉魏纠的灵力结丹，也需要花费些许工夫。

其间，那三大门派几次派人来寻，却发现原本轻易能够突破的西山灵盾骤然变强，怎么都无法突破。

九华派的卫放自绝山之行后，便很瞧不起苏易水。可几次都不能闯入西山，他不能不纳闷：那个苏易水明明弱得不敢跟魏纠一战，为何他的护山灵盾却越来越强呢？

虽然山下来人不肯离去，执意要等到苏易水出关，西山上却清净得很。

那只白虎从树林出来后，又变回了猫儿的模样，而且似乎饿得很，平日就钻入山林里不见身影，隔三岔五还叼着几只野鸡进入厨房，然后朝着薛冉冉喵喵叫。

薛冉冉后来才明白，这小老虎是叫她帮它拔鸡毛。

她起初有些怕它，但是发现它乃讲究吃喝的同道之后，便平添好感。她把鸡毛拔得特别干净，还会贴心地用刀切块，让它可以一边躺在围廊晒太阳一边吃。

薛冉冉也学它的样子，拿着一盆自制的杏仁核桃酥，从废旧库房里搬出把摇椅，在庭院里消磨无聊的光阴。

跟其他三位同门功课满满、晨昏苦练不同，薛冉冉借口三餐需要做饭，很能偷懒。大部分时间里，她都能手脚麻利地做好餐饭，然后待在自己的小庭院里，浇浇花草、小树，再吃吃酥饼，晒一晒太阳。

话说师父吩咐她照顾的那株小树，在他们这次回来后长得好似快了很多，那浓郁的枝丫已经蔓延开来，远远看去，好似一把绿茸茸的小伞。薛冉冉每次躲在树荫下，都能睡个香甜无比的午觉。

师父闭关前，吩咐他们自行入书斋寻书修炼。

不过，二师叔羽童不准他们乱闯，都是先将书拿出来分给他们。

有一天，羽童有事，便吩咐薛冉冉去书斋取书。她想，这几个徒侄儿里，就薛冉冉手脚最麻利，应该不会碰坏主人的器物。

薛冉冉这是第一次入师父的书斋。据说，这里也是前师尊的书斋，里面的古籍无数，大部分都是竹简，还有羊皮的。

薛冉冉搬来大梯子，爬上高高的书架，按照二师叔给的书单将那些书挑拣出来，一眼瞄到了书架上雕刻的老虎纹路。

这大约也是前师尊的手笔，雕刻的就是庚金白虎玩刺猬球的情形，那老虎尾巴还高高跷起，如把手一般，甚是逗趣。

也不知怎的，薛冉冉一时手痒，想拽拽老虎的尾巴，可她刚拽了两下，就听到书架最高处传来"咔嗒"一声。

薛冉冉以为自己碰坏了书架,暗叫"糟了",连忙爬上去看,却发现几本书的后面居然有个暗格,里面落满灰尘,看来一直无人动过。

出于好奇心的驱使,她伸手从暗格里取出了个油纸包,打开一看,里面是一本不知用什么材质的纸制成的书,封皮上面洋洋洒洒写着两个大字——玩经。她认得这字体,跟大厅墙壁上的宫规一样,看来是沐清歌亲笔编纂的。

薛冉冉佩服地点了点头,不务正业的前师尊果然与众不同,光是"玩"都能汇集成经,她还真是个会玩的人呢!

抱着虔诚观摩的心态,薛冉冉翻开了第一页,只见索引里"玩"的种类真是五花八门,有吃食烹饪,有名酒精酿,有赏玩奇物,还有名山趣洞。

吃食里记录的都是沐清歌享受美食的心得。譬如京城生记的水煎包,作料配百味斋的陈醋半勺、辣油三滴即可;八公山豆腐需用芫荽烫食,方能体会豆味鲜美……诸如此类,美食配餐的讲究甚多。

前师尊生怕自己总结出来的吃食经验失传,煞有其事地编纂成书,准备传给徒子徒孙啊!

薛冉冉津津有味地翻看几页以后,一眼看到其中有一项叫"凶兽"的,寻思着是不是记录了庚金白虎的驯服法子,便按着索引翻到那页。

可翻到那页一看,薛冉冉再次傻眼,这插画上画得惟妙惟肖的美少年……不正是她师父苏易水吗?而插画旁有煞有其事的一番批注:"此物凶猛,不喜葱蒜,睚眦必报,逗引须谨慎,若夸容貌昳丽,杀气最盛,须得徐徐逗引,若以海盐腌渍的龙眼干安抚,可平三分怒气……"

薛冉冉看着看着,扑哧一声笑了出来。该说不说,前师尊还真是够损的!想来师父苏易水那时不过是十六岁的少年郎,而沐清歌就这么逗弄少年,明知道他避忌别人谈论他的容貌,她偏偏迎难而上,还编撰入了册子……也难怪师父恨她至极,最后叛出师门!

不过,这么说来,师父也有偏爱的小零嘴儿,不知道这个海盐腌渍的龙眼干究竟怎么个美味法……

薛冉冉也算是会吃的,可是依旧想不出那是什么味儿。

◎◎◎◎◎◎◎

这书显然是前师尊的私物,藏匿在此,一直无人发现。薛冉冉觉得自己若拿出来揣在怀里,一旦被师父发现,只怕她立刻被锉骨扬灰。所以她闲看了一会儿,便依依不舍地放了回去,准备以后有机会再来拜读大作。

因为那《玩经》里关于吃食的篇章很对薛冉冉的胃口,所以她记住了几个方子,试着去做。尤其是里面有一种酒叫"误天仙",据说其酒味甘美得让人不想升仙。

薛冉冉有些好奇，便寻来酿酒的米粮，还买了红曲、酒坛等物，试着酿造了些。虽然这酒酿造过程繁复，须拿捏温度与湿度，但是薛冉冉失败了几次后便掌握窍门了。

爹娘在镇上开小吃摊，薛冉冉寻思着，自己若是酿出些来，可以让娘亲去卖，若是能多卖些钱，爹娘也就不必那么辛苦了。

当然，她也顺便做了些海盐腌渍的龙眼干，只是试了几次，味道并不好，又试着调配些蜂蜜进去，总算压住了海盐发涩的味道。

一天，小老虎吃完两只鸡，便心满意足地跳到薛冉冉怀里，一人一虎瘫软在摇椅上，不一会儿就睡意蒙眬。

闭关出来的苏易水举步来到院子时，看到的便是摇曳的枝丫下少女抱猫睡得脸蛋松软的情形。

苏易水走路无声，迈开长腿走到椅子旁，那小老虎警觉地抬眼看了他一下，便轻扫下尾巴跑开了。

在蒙眬间，薛冉冉觉得脸有些痒，待她微睁开眼时，才警觉恩师驾到。她连忙爬起来，迷迷糊糊地说："师父，您找我有事？"

苏易水依旧一身素衣，伸手替她捡掉落在头顶的树叶，问："这个时辰，你不应该在草堂打坐吗？"

听师父这么问，薛冉冉这才惊觉自己偷懒被抓包了，她讷讷道："今晚要吃酱香鸭和香菇包，所以我早回来一会儿准备食材……"

苏易水淡淡道："你是不是觉得自己身子变康健，就不必做功课了？"

薛冉冉连忙晃起"拨浪鼓"，摆手道："弟子不敢，只是……弟子真不是修仙的体质，便想着先背一背丹丸药典，再修炼其他的，免得下次炼丹再出错……"说到最后，她觉得为偷懒撒谎太可耻，倒不如老实说出自己不长进来，也省得耽误师父的时间。

于是她咬咬牙，老实道："我娘说，我修真，强身健体就好，不必真修出什么长生不老……将来我还是要下山侍奉爹娘的。"

苏易水平静地问："所以，你的志向也是如此，只求数十年的苟活，将来下山嫁人生子，重复你爹娘的生活？"

这不就是大部分人的愿望吗？虽然听着平淡乏味些，但没有什么不好的。不过师父的话里似有苛责之意，她决定再点缀些远大的志向："当然，我还要多赚钱给爹娘，给他们翻盖大些的房子。"

苏易水依旧直直地看着她道："那你将来可要找个有钱的人嫁，若是嫁个王爷、皇子，便一朝遂愿了。"

薛冉冉觉得自己可没这个福气。不过，听师父这么说，她还有些不好意思地笑了起来。

苏易水似乎懒得看少女含羞带笑，板着俊脸道："既入我师门，怎么能没有上进之心？你若再这么怠懒，可以立刻卷铺盖走人。"

薛冉冉连忙小声认错。她跟其他徒弟不同，若是被逐出师门，怪病再犯，可就只有死路一条了。

苏易水点了点头，让薛冉冉给他沏一杯清茶。

薛冉冉入屋沏茶的时候，突然瞟了一眼蜜糖罐子，里面有她依着《玩经》腌渍的龙眼干。于是她抓了一把放入碟中，配着茶一起用托盘送出去。

师父今日明显是来找碴儿的，她得将他老人家安抚好了。

不料苏易水看到那碟子里挂着细盐粒的龙眼干时，半晌也不说话，只是语调骤然低沉，冰冷道："这是哪儿来的？"

薛冉冉不敢提那大逆不道的《玩经》，便小声道："曾经吃过，我便试着做了。师父，您要不要尝尝？"

苏易水将茶水一口饮下，却碰都不碰那龙眼干一下，然后便一言不发地转身离开了。

薛冉冉有些落寞地将龙眼干放入嘴里，一股子咸甜味道在舌尖蔓延开来……这东西其实并不好吃。

前师尊虽然已经重生，可是她一定不知道，昔日的"凶兽"徒儿已经换了口味，这等能消减三分怒气的果干已经不管用了。

第二天早晨，薛冉冉做饭时从帮厨的二师叔嘴里听闻了这两天山下不断来人的缘故。

原来那个"人参果"沐清歌最后决定投到九华派门下。

这九华派是三大门派里实力、声望顶尖的。沐清歌做此选择，其他两大门派也无话可说。

而身为沐清歌的新师父，开元真人很有样子，他做的第一件事情就是派卫放护送沐清歌来西山，亲自讨要属于她的法器和坐骑。

不过，因为之前苏易水一直闭关，所以开元真人讨要物件的信件没法送达。卫放他们又进不了山，只能将拜山的帖子放在西山山门前的石头上。

苏易水出关的时候，羽童便将帖子呈递给了师父。

对九华派一副急吼吼要替沐清歌继承整个西山的架势，羽氏兄妹很不屑。

撇开苏易水和沐清歌之间的恩恩怨怨不提，当年沐清歌可是当着西山弟子的面说过，灵犀宫将来是由苏易水继承的。这二十年间，一直是主仆三人经营这里。

沐清歌虽然转生，但是她当年托付之后便不是灵犀宫的宫主了，现在她又回头要东西，难免有出尔反尔的嫌疑。

苏易水倒不置可否，让薛冉冉他们将小老虎和一些大小法器，还有一把金光闪闪、缀满宝石的长剑，送下山去。

薛冉冉这些日子喂食小白老虎，喂着喂着便生出些感情，想到以后见不到它了，心里还有些依依不舍。所以，下山的路上，她抱着小老虎，贴着它的毛绒耳朵小声嘀咕着，以后不许抓老鼠吃，若是没人替它拔鸡毛，也不要太挑食了，吃完东西别忘了找块湿抹布擦擦爪子……

丘喜儿在一旁提心吊胆地看着，生怕小师妹太絮叨，惹恼了庚金神兽，一口将她的脑袋咬掉。

不过，若不知情，那白虎看着可真像只奶猫，老老实实地趴在薛冉冉怀里，偶尔还伸出舌头舔她的脸。

待到了山底下，薛冉冉才发现，那个沐清歌居然也来了。看来她在九华派受到了很好的待遇，被一众弟子簇拥，看着并不像被软禁的囚犯，反而像娇养的贵客。

白柏山在薛冉冉旁边小声道："都说我们这位前师尊善于逢迎权贵，当初扶持当今陛下登基，立下汗马功劳。所以，她虽然触犯了仙修的禁忌，私开魔界，差点儿酿下大祸，但是在皇城宫里是一等一的贵人呢！"

说这话时，二师兄的话语里带着遮掩不住的羡慕。毕竟修真之人并非都能升天，可是一朝得了权贵的恩宠，却是立刻可得荣华与惬意。

沐清歌在九华派里如此如鱼得水，也一定是有人在背后给她撑腰。这么看来，重活一世的沐清歌并非一败涂地，完全可以顺势重起啊！她身边还有几个看着眼熟的人。

薛冉冉认出，那几个好像是之前来西山求医却惨遭碰壁的人，好像是……什么林丞相的家仆，而跟着他们的那个高瘦白面的书生该不会是当初前来求医的林丞相的儿子吧？

那位高瘦的林公子一脸恭敬，冲着沐清歌一口一个"师父"，看来刚转生的沐清歌已经神速收了位权贵弟子傍身，快速地适应了二十年后的一切……

看到送东西下来的是苏易水的徒弟们而不是苏易水时，沐清歌明显露出一抹失望之色。

薛冉冉他们知道这位是自己的前师尊——西山以前的主人，所以即使跟卫放这些九华弟子不对付，他们也没有出言挑衅，规规矩矩地将东西给她就是了。

别的东西还好，只是到了给那庚金白虎的时候，沐清歌的手刚伸过去，那老虎突然炸毛了，朝着沐清歌恶狠狠地"啊呜"了一声。

明明是奶猫的身体，可突然嘴巴变大，虎啸声震天响，真让人猝不及防。

九华派众人不由得纷纷后退。沐清歌似乎强忍着没有退后，只是面带强笑，看着那庚金白虎，略带遗憾道："当年我跟这虎定下了魂誓，它才成为我的坐骑。现在看来，二十年前我被击散元神时，这魂誓已解。它本是山野灵兽，无拘无束才对，现在不愿跟我，我也不强求了……"

那小老虎听了这话，也不理众人，甩着尾巴，扭身便入山林里抓鸡吃去了。

别人还好，薛冉冉听了这话很高兴，看来以后她还能跟小老虎一起在院子里相依偎地晒太阳。

沐清歌虽然不要以前的坐骑了，但对其他的都不客气地照单全收，尤其是对着那把金光闪闪的宝剑，一副很看重的样子。据说，这剑乃是当今皇帝当年给她特制的剑，名贵得很。

不过，她看了看几个西山弟子拿下来的东西，轻声问道："怎么没有九转玄铁丹炉？"

✦✦✦✦✦✦✦

几个下山的小字辈从来没听师父提起过九转玄铁丹炉。

所以，白柏山听了沐仙师的问话，抢先应承下来，然后赶紧转身跑上山，询问师父是不是落下了什么炉子。

苏易水难得有闲情逸致，正在庭院的溪水凉亭边调试琴弦。听白柏山来问，他却所问非所答道："东西，是你小师妹亲手给出去的吗？"

白柏山恭谨道："您吩咐了让小师妹送，她自然一样不差地送到了。不过，她拿的那些东西里，并无什么丹炉啊！"

苏易水用长指拨动着刚刚修好的琴弦，发出幽古清音，然后垂眸说道："告诉山下来人，那丹炉是我当初从雪峰采炼陨石玄铁补炼而成的，只是借给沐清歌的，并非她之物。我不愿给，别人就拿不走。"

白柏山记住了师父的话，又一路飞奔，跑下山去。

白柏山上去问话的时候，沐清歌一直同剩下的三位弟子聊天。虽然刚从树上掉下来，但沐清歌十分健谈，对人情世故老练，倒是符合她的经历。只三言两语间，她便盘问清楚了苏易水几位新徒的家世与根基。

薛冉冉说得不多，每当沐清歌问起她时，她只作被沐清歌容貌迷倒的样子痴痴傻笑。倒不是她的家世有什么说不得的秘密，而是她心眼多，感觉沐清歌跟师父的恩怨纠葛太多，如今敌友未定。若是这位沐清歌魔性不改，拿了她的家人做要挟，胁迫她谋害师父，该如何是好。

当高仓见她不说话，迫不及待地要替她作答时，薛冉冉适时地打断了大师兄，指着山路旁的柿子树，笑问道："沐仙长，您口渴吗？要不要我给您打几个柿子下来吃？"

沐清歌微笑着摇摇头，倒是多看了这个叫薛冉冉的小姑娘几眼。

苏易水的几个徒弟里，应该只有这个小姑娘有些脑子，长得也不错……心念流转间，她突然伸手握住了薛冉冉纤细的手腕，眯着眼细品她的脉象与灵力。

不过，一握之下，空空如也，听不到回响，也没有什么灵木气息……这姑娘就是个资质平平、无甚过人之处的凡夫俗子一个。苏易水就是以有这几个歪瓜裂枣为借口，一口回绝了她，不肯与她再续师徒之缘……

她记得自己在魂飞魄散前，分明听到了苏易水肝胆俱裂的那一声"清歌"……为何再次相见时，他却一副冷漠的样子呢？是不是他知道了那先掉落的灵果……

想到这儿，沐清歌深吸了一口气。她曾委婉地问过九华派师尊开元真人，但他对树上结下多少灵果的事情并不知晓，更何况一直隐居的苏易水！

还未熟透的果子，早早在十六年前就被挤掉了，可见"她"毫无生存意志，如今全无踪影，也该不在了。她只需要努力地经营好自己的一切就好了。

想到这儿，沐清歌心里稍安，只是当听到白柏山的传话时，眼眶里似乎有什么东西在打转。盈盈泪光，让人同情。

一旁的卫放听了，瞪圆眼睛："你们西山派也太狂傲了，要知道这丹炉可是要给当今陛下炼丹之用——"

他的话还没说完，沐清歌一个犀利的眼神递送过去，卫放立刻知道自己失言了，便悻悻闭了嘴。

既然遭到了回绝，沐清歌也不再提丹炉的事情，转而说起思念西山旧日屋舍，想要上山走走看看。

可惜沐清歌重游灵犀宫，去后山看一看昔日她亲手栽种的冰莲的要求，苏易水也一一回绝了。

可怜白柏山这么爬上爬下地传话，累得实在直不起腰，最后还要气喘吁吁地斟酌措辞，看怎么传达师父的话才能不伤了沐仙长的心。

已经拿回了皇帝赏赐的宝剑，沐清歌也就不再多说什么，只是温言嘱咐几位西山小字辈照顾好西山灵犀宫的那一池荷花，便随着九华弟子翩然而去了。

世人都知，沐清歌最喜欢荷花，据说她曾为了收集罕见的冰莲，入雪山瑶池屠龙抢夺，痴迷得很！所以她这么嘱咐，也是合情合理，完全是舍不得昔日爱物的口气。

回去后，薛冉冉跟二师叔一起洗菜切肉闲聊时，二师叔却微微叹了口气。

很少有人知道，当初沐清歌之所以修造荷池，完全是为了苏易水。当年他心火太盛，把持不住早早练成的结丹，差一点儿就要崩裂而亡。幸好沐清歌寻觅来一池瑶池冰莲，更是亲自加持，与他泡在荷池足足七七四十九天，替他慢慢引回走火入魔的心脉。

说到这里，二师叔不得不承认，沐清歌虽然行事怪诞、荒唐，可是对自己的弟子们是一等一的好。可惜她不走正路，最后酿成大祸，就此身败名裂。

薛冉冉听二师叔这么说，这才恍然。

先前她还有些纳闷，沐清歌为何临走的时候独独提起那池莲花。现在想来，她不只是留恋西山花草，其实也是指望勾起苏易水的回忆，想起她的好，挽回曾经的师徒之情吧？

薛冉冉吃完饭，在山中散步，还特意绕到后山看了看那荷塘。

如今已经是快入冬的时节，荷花老早就凋谢了，一片枯败，也看不出这荷塘有何让人念念不忘之处。她看了一会儿，挽起了裤腿，打算拿着泥铲在池塘边试着挖段莲藕。

自从那日她跟师父表露凡人的志向，只想早点儿下山侍奉爹娘外加成婚生子过安稳日子，师父看着她的表情便有些不痛快。

薛冉冉觉得，大约是师父之前闭关太久，没有吃到顺口食物的缘故，所以她今日打算做点儿爽口的藕夹。

可惜池边太滑，薛冉冉有几次差点儿滑入池中，吓得不识水性的她连忙后退，只带着两脚湿泥回去。

因为脏了脚，薛冉冉用水冲洗一下后，决定顺便洗个澡。作为丹修之人，最便利的就是一天温热的汤水不断。想要洗热水澡时，丹房里几个熬药的大灶都能用。

洗好澡，薛冉冉看了看二师叔前些日子给自己送回来的那只丹炉，外表黑黝黝的，脏得有些让人看不过眼。

既然自己洗了澡，也让丹炉洗得清爽些，也许自己的诚心打动了丹炉，下次再开炉炼丹的时候，它就不会让自己出糙了。抱持着这样的想法，薛冉冉寻来了抹布，还有去泥垢脏污的碱水，一边哼着绝山小调一边擦拭着丹炉。

擦拭了几下，薛冉冉觉得这丹炉的底子不错，居然还有好看的花纹。于是她擦得更起劲了。

当大半的炉子被擦拭干净之后，她发现这炉子原本是用一种似金非金的材质铸成的，只是后来也许有人烧坏了炉底，便用一种黑色的金属修补。可以看出当时修补得十分仔细，居然连花纹都补上了。

薛冉冉无意中看到了炉子的底肚上居然还有一行篆刻小字。她仔细看了看，轻声读了出来——"九转玄铁"。

读完，薛冉冉静默了一会儿，然后眼睛渐渐瞪大，这个"九转玄铁"难道……就是沐清歌想要走的那个吗？

既然九华派千里迢迢赶来特意要这东西，便说明此物足够金贵、稀罕。可师父就这样随随便便地将这炉子拿来给她这个"菜鸡"用？

薛冉冉有些不安，连忙洗干净手，然后拿起刚才在山下摘的野柿子跑去找师父。

她入了师父的院落，没有找到人，一路找寻，又绕到枝叶干枯的荷塘边。

还没看到人，她便听到了悠扬的古琴声。

古朴的琴弦弹奏着简单的琴音，给人一种绕梁不绝的感觉，薛冉冉不由得放慢脚步，静听那悠扬的曲子。

此时，一个长发披散在肩的男子正盘坐在木栈桥上，对着枯萎的荷池闭眼拨动琴弦。

初时如夜曲低吟，月光半露。琴声渐渐高扬，如战场肃杀，铮声阵阵。恍惚中，薛冉冉似乎到了厮杀喧天的战场，数不清的芒箭朝她疾射而来。可下一瞬间，她被人一把扯到白虎身上，有人在她耳边以无尽的怒意低吼道："你渡世人，为何不先渡己？"

恍惚中，激荡的琴声再次平缓，她这才回过神来，一摸有些发痒的脸，才发现已经泪流满面。

此时琴声将歇，而荷香阵阵。就在苏易水闭眼弹琴的工夫，那已经一片枯败的荷池里居然再次满是绽放的荷花……

瑶池冰莲并非凡品，一朵朵雪白莹亮，仿若冰雪雕琢般剔透……

薛冉冉甚至来不及擦拭眼泪，她一脸惊喜地来到荷塘边，看着绽放的花儿道："师父，您可真有神通，这花……"

说到这里，她微微顿了一下。

就在方才，沐清歌说希望他们照顾好她的荷塘。之后，师父便用音律散功，催生出满池娇艳稀罕的冰莲。这曾经的师徒二人，还真是心有灵犀！

人都道苏易水和沐清歌之间纠缠不清，如今看来，果真不假！

师父虽然嘴巴上冷硬得很，可是方才那古琴里分明夹杂着红尘柔情，万分不舍啊。

薛冉冉听多了三师姐演绎的各种师徒恩仇录，脑子灵光得很，一下子便推敲出苏易水对沐清歌嘴硬心软。若是他还顾念着曾经的情谊，之前为何不肯让沐清歌上山？如果能让沐清歌看到这满池心爱的荷花，他们解不开的仇怨也就可以烟消云散了啊！

第八章 夜半歌声

不知何时苏易水已经起身走到薛冉冉面前,这时从怀里掏出一方巾帕递给了她。

薛冉冉不好意思地赶紧接过巾帕擦拭眼泪,释然地微笑道:"师父的琴艺真是高妙,弟子听得入迷动情,不知怎的,就哭了出来。"

苏易水看着她湿答答的小脸,表情似乎微微紧绷,然后低头问:"你听着琴声,可曾想起什么?"

薛冉冉半张着嘴巴,她想说出方才脑中的臆想,可是话涌到嘴边自动变成了:"就是听着挺感动的,另外荷花又开了,真好,摘下荷叶可以做叫花鸡……"说完,她便发现师父的脸骤然起了寒霜。

想起不可花痴一般久看师父,薛冉冉连忙低头,突然想起自己来寻师父的缘由,于是问道:"师父,您给我用的丹炉……可是九转玄铁炉?"

然后她便说起自己方才擦炉子后的发现。末了,她怯怯地说:"会不会是师父您一不小心将它当成旧炉子给我用了?"

苏易水板着脸,似乎在消化那只"荷叶叫花鸡",嘴上倒是平和地说道:"闲放着无用,你别辜负那炉便好。"

薛冉冉看师父变相承认他的用意,突然心里涌起一团如赤火般的热意:她如此"菜鸡",可师父将顶好的炉子给她用!她若是不炼出千把个还魂神通丹,岂不是辜负了师父的爱重?

原本随波逐流、不思上进的她,这一刻,真有洗心革面的冲动!

薛冉冉郑重地跟师父保证,这次炼丹她肯定会心无旁骛,努力炼出像样的丹丸。

苏易水这次连看都不看她,只是默默伫立在池塘边,看着满池子莹白的冰莲,不知在想什么,他的背影总有些落寞之意……

薛冉冉不敢打扰师父冥想,行礼之后,便脚步雀跃地走了。现在三师姐已经开始炼制更高一阶的洗髓丸了,她也要日夜苦练,不能再偷懒了。

面对擦得锃光瓦亮的丹炉,薛冉冉默默回想着师父教给她的平心静气的要诀,盘腿而坐,气沉丹田。

起初,她耳旁还有炉火的噼啪声,可是渐渐地,当气息与脉动调和均匀时,外界的杂声便渐渐被屏蔽了。

一旁刚刚打了个盹儿的丘喜儿睁开蒙眬的睡眼，无意瞟向身边的薛冉冉时，不由得愣住了。

也不知是不是被炉火映衬的，小师妹的脸上泛着微微的光亮，整个人看着……就是跟平时不太一样。

具体有什么不同，丘喜儿也说不好，总之让人隐隐生出敬畏之心！

丘喜儿感慨，打坐果然能提升人的气质。所以她也不好摸鱼偷懒，赶紧也闭上眼，对着炉火平心静气，指望自己能像师父那样，早日炼成绝世美人。

也许是丹炉感受到了薛冉冉的诚心，这次开炉的时候，总算不是包子香味四溢。薛冉冉赶紧捧着清心丸去找大师兄。

上次她没炼好，这次一定要补偿大师兄，让他好好平心静气。

但是大师兄高仓手晃得跟摇扇般，忙不迭说自己最近心静得很，不必服用丹药。

薛冉冉递给二师兄时，二师兄勉强笑着说自己最近拉肚子，不好乱吃东西。

薛冉冉知道，自己的丹丸名头算是臭了，上次差点儿撑死大师兄，这次自然无人敢服用。她不好麻烦别人，只能自己亲自尝试。入口时，她发现这次的丹丸居然带着荷花的清甜味道。

薛冉冉自己心里也有些忐忑，嘱咐丘喜儿将她屋子里的零嘴儿都捧走，免得她夜里失控，吃得撑死在屋里无人知。

不过这次清心丸炼制得很好，一天过去了，薛冉冉愣是什么都不想吃。就连给大家做饭的时候闻着笋干钵鸡的味道，她都无动于衷。

这不禁让以吃为乐的薛冉冉有些哀愁。

这鸡是师父医好的病患送来的，是山下村子的短腿乡土芦花鸡，腿粗，屁股敦实，看着就鲜美。薛冉冉原本是很期待吃到这鸡肉的，还特意让二师叔买了笋干来配。

吃饭的时候，满桌子人吃得香甜，就连苏易水都连喝了三碗鸡汤，只有薛冉冉索然无味地看着那些菜肴，一点儿都不想吃。

高仓见薛冉冉可怜兮兮的样子，有些心疼，便说："这清心丸虽然可以平复心境，但也不会这么霸道，让人立刻辟谷吧？"

白柏山接着说："依我看，小师妹虽然根基差了些，但真是个炼丹奇才，每次开炉都能练出邪门儿的丹丸来。不过，师妹，下次你别乱试药了，若是吃出好歹来，真是让人心疼。"

苏易水倒是没有说什么，只是将那钵鸡吃了大半，看起来这道菜很对他的胃口。不过看二徒弟又向小师妹乱献殷勤，他开口道："总是心疼，是气血不畅，你还要多加修行，明日练腿脚时——"

白柏山还算机灵，此刻突然顿悟师父大约不喜欢看膝下的徒儿们打情骂俏。他还没待师父布置完"功课"，立刻接过师父的碗，利落地给师父添汤，笑着道："师父，我就那么一说，小师妹功力不到家，若是吃坏了，也让她长些记性……小师妹，你可得用心些，别老让师父跟你操心。"

这种墙头飘摇的姿态，连丘喜儿都看不下去了，她狠狠瞪了二师兄一眼。起初她觉得二师兄文质彬彬，耐看些，可相处久了，又觉得像大师兄那样憨憨的少年郎才可靠。

吃完饭，苏易水叫住了准备收拾碗筷的薛冉冉，让她跟着自己去了后山，又到了荷池边。

他指了指那荷池中间开得最盛的一朵，对薛冉冉说道："去，将那一朵摘下来。"

薛冉冉"哦"了一声，便四处寻找入水的小船。那荷塘的中央很深，若没小船，是过不去的。

可是苏易水说："不必用船，你径直走过去。"

薛冉冉难以置信地看看荷塘，小声问："我踩着什么走过去？"

苏易水背着手，平静地说："踩着包叫花鸡的荷叶，就能过去了。"

嗯……薛冉冉有些不能确定师父是在嘲讽她，还是真的希望她这么做。虽然池里的荷花名贵，但是那荷叶并无出奇之处，若一脚踩踏下去，她肯定会跌进池水里。

薛冉冉从小体弱，她娘不让她跟村里的孩子在河里玩水，所以她不会游泳。听了师父的话，她愣住了。

苏易水见她像看杀人犯似的瞪着自己，嘴角轻勾了下，然后说："修真辟谷，是为了洁净自身，让真气可以顺畅地流过全身经脉。你这几天没有吃东西，正是修炼提气的最佳时机，只要掌握窍门，脚踏荷叶并非难事。"

薛冉冉这才恍然，原来如此。不过，她看大师兄和二师兄苦练了这么久，也不过下山提货物时脚步轻盈了一点点，她这个毫无根基的"菜鸡"真的可以修炼这么玄妙的轻身术吗？

"好好练。你也知道西山与赤门结仇，若是魏纠缓过来，必定前来报复，门下弟子无一能幸免，总不能次次见了魏纠都冲着他甜笑脱困吧？"说这话时，苏易水的语气里带着淡淡的不屑。

薛冉冉想起，上次在林中，她的确对魏魔头笑得有些谄媚，失了正道风骨，不禁暗自羞愧，同时隐隐后怕。她这位总是提醒徒弟入师门就即将小命不保的师父，让人不得不振奋。

见师父说得如此在理，薛冉冉顿时有了动力。

她先回自己的屋子里裹了厚实些的围胸，又换了厚裤子，免得万一落水走光。然后，她回到荷塘边记下轻身术的口诀，便跟着苏易水一起在池边打坐片刻。

运转调和气息之后，她便壮着胆子跳上了荷叶……

结果，扑通一声，她纤细的身子直直遁入水中。

当被师父施术从水里拉拽上来时，浑身湿答答的薛冉冉趴在岸边吐水，然后一边咳嗽一边问师父："不练这个，行不行？"

师父半蹲在她面前，沉默了一下，然后温和而有力地说："不行。"

天气虽然十分寒冷，可是这池水是温的，总算是不幸中唯一值得欣慰的。

总之，薛冉冉在这荷池里扑腾了足足五日，每天回去休息时，都是浑身湿答答的。再加上她这几日一直辟谷，连嚼麦芽糖痛快嘴巴的心思都没有，整个人简直了无生趣。

一日早晨，苏易水又折腾完薛冉冉后，难得有心情，带着人下山访友去了。

丘喜儿有些看不下去，一边替小师妹擦头发一边感慨道："冉冉，你到底怎么得罪师父，他怎么独独折腾你啊？"

薛冉冉呆呆地看着铜镜里的自己，然后挺了挺腰板，努力让自己振作起来，自己给自己打气道："师父不会这么想的，他是想教我些本事！"

丘喜儿才不信呢，她挑眉问："那你学到了什么？"

薛冉冉略感欣慰道："起码我学会了游泳。"

落水的次数太多，她闭气屏息越发娴熟。有时候掉进去时，她还会扑腾几下，渐渐无师自通，狗刨大法游起来也很欢实。

不过，正在给她擦头的丘喜儿"咦"了一声，低头细看小师妹的脸，然后说道："冉冉，我怎么发现你最近的皮肤越来越好了，眉眼也明秀了很多。"

虽然薛冉冉一向都比她漂亮，可充其量算小家碧玉。但是最近的薛冉冉就好似蒙尘明珠被擦拭通透了一般，虽然眉眼未变，却从内而外散发出一种说不出的气韵，皮肤莹白得发光，越看越让人移不开眼。

◙◙◙◙◙◙◙

听丘喜儿这么说，薛冉冉也凑到铜镜前，发现自己的皮肤真的好了很多。

她想到二师叔说过，那荷池里的冰莲原本就是调和人灵力根基的灵物，当年沐清歌用这个为苏易水调和过气息。

是不是因为泡了这荷池的水，她的皮肤才这么好？

丘喜儿听了薛冉冉的猜测，不由得跃跃欲试，当下就准备跟她一起，也去那荷塘泡一泡。若是能将她脸上的雀斑泡没了，也不枉修仙一回啊！

正好今天师父要带着大师叔和两个师兄下山访友。山中没有男人，若是去泡个露天润肤浴也不错！

等到了池边，薛冉冉先换好衣服，裹上厚实的围胸下水游了一圈。

丘喜儿原本担心水凉，要知道，现在可是要入冬了。可看冉冉游得那么欢实，她便试探着用手试了试水温，果真不是那么寒凉。于是她迫不及待地脱了外衣，裹好围胸之后便往水里跳。

可是在水里游了一会儿，丘喜儿突然觉得有一股说不出的寒意从身体的每个毛孔往里钻。没过多久，丘喜儿便哇哇惨叫，大声喊道："快快……我……我要冻僵了！"

她一边手忙脚乱地往岸边游一边问冉冉："水怎么变得这么冰？"

薛冉冉一愣，因为她一点儿也没有觉得水冰凉啊！她还觉得这水暖得四肢百骸有着说不出的畅快呢！

可是丘喜儿并不像在夸大其词，泡在水中的她浑身抖个不停，身体上开始冒出寒气，皮肤上也开始起白霜，眼看着就要冻成冰人了！她来不及游上岸，就已经四肢僵硬，半张着嘴，惊恐地看着薛冉冉，想要喊"救命"，舌根却已经冻僵了。

薛冉冉连忙游过去，想要推着丘喜儿上岸，可是她那两下狗刨怎能救人？

血色一点点地从丘喜儿的脸上褪去，眼看着她马上要被冻死了，薛冉冉真的发急了，她恨不得自己能抱着丘喜儿飞上岸去。

就在这时，池中的水暗流涌动，尤其是薛冉冉周围的水好像沸腾了一般，一股说不出的热意在她丹田处运转开来。

当那股热意难以抑制的时候，薛冉冉一下子从水池里跃起，纤足轻点，落在荷叶之上。她呆愣了一下，来不及多想，伸手便去拉拽水中渐渐僵硬的丘喜儿。可是丘喜儿颇重，她压根儿就拽不上来。

就在这时，薛冉冉只见眼前白影一闪，苏易水突然出现，他挥动了一下长指，水流涌起，稳稳将丘喜儿推到了岸上。

二师叔羽童连忙伸掌贴在丘喜儿的后背上，运功将侵入她体内的寒气逼出。然后大师叔羽臣帮忙抱起不省人事的丘喜儿，将她送回去卧床休息。

刚刚随着师父回来的两个师兄被这突然的一幕惊呆了。

尤其是那轻盈立于荷叶之上的薛冉冉，一身素白湿裙，露出纤美的玉肩，微湿的头发贴在脸颊、脖颈上，晶莹的水珠从她纤细的脚踝上不断滴落，又在碧绿的荷叶上打着旋儿……看上去是那么……诱人。

薛冉冉还来不及反应，便看见铁青着脸的师父突然脱下了他身上的斗篷，然后飞身而起，将斗篷卷在她身上后，将她带回岸上。

那两个男徒弟拥着脖子还要看，只见苏易水挡在她身前，堪堪遮住两个男徒弟的视线。当看到师父冰冷得刺人的目光时，他们才惊觉自己失态了。

苏易水冷冷地开口道："这里无事，你们都各自练功去吧！"

高仓和白柏山原本是要跟随师父前往草堂练气筑基的，没想到经过荷塘时见到这样的意外，他们俩也是丈二和尚摸不着头脑。

不过，他们该说不说，小师妹的身段怎么这么好？

印象里瘦弱的小姑娘，长裙湿答答贴身的时候，还……真是凹凸有致。只可惜匆匆一瞥后，师父便横挡在了他们眼前。两个人只好意犹未尽地走开了。

　　"为何要脱衣游泳？难道不知这里会有人经过吗？"

　　待人都散去后，苏易水寒着脸，又拿起地上的衣裳，将薛冉冉裹成粽子，开始训人。

　　薛冉冉以为他们下山了，一时半会儿都回不来，可没想到师父他们在这个节骨眼儿回来了。方才差点儿酿成惨祸，她自知理亏，只好低头听着师父训斥。

　　不过，她还是忍不住打断了师父没完没了的训话，迫不及待地问："喜儿她怎么了，为什么会差点儿冻僵？"

　　苏易水显然没说尽兴，不过他看薛冉冉急切的样子，还是板着脸解释道："荷塘里种的是冰莲，乃至寒之物。它们在这荷塘里生长经年，早就改变了这里的水质，并不是每个人都可以下去戏水的。你五行属木，内虚空荡，这冰莲对你大有裨益。可若不适合的人下去，很容易吸收太多的寒气冻僵而死。"

　　听到这儿，薛冉冉不禁倒吸一口冷气。也就是说，方才若不是师父及时回来，也许喜儿就要被活活冻死了！

　　看着她一脸内疚的样子，苏易水倒是缓和了语气："是我没有跟你们交代清楚，以后让他们离这冰莲池远些。羽童已经给丘喜儿服下了暖融丹，她又被发现得及时，缓一缓就没事了。"

　　薛冉冉用力点了点头，以后她可再不敢带喜儿来戏水了。不过刚才她……是不是站到了荷叶上？如今放下心来，她总想到方才她情急之下跃上荷叶的事情了。

　　而苏易水看着她，若有所思道："你天生有些怠懒，原来须得些压力才会有所长进……"

　　这一场意外也给师父开启了灵窍。授业解惑者如同厨子，得看肉下刀。像薛冉冉这样不思长进、只一门心思下山嫁人的，就得给她些上进的压力才行。

　　于是，接下来的功课不光是在荷叶上走动。苏易水还寻来了一木桶的小石子，用它们来打立在荷叶上的薛冉冉。

　　师父虽然没动真力，但是被打中的话也很疼，为了闪避，薛冉冉只好努力跳跃，犹如兔子附身。

　　薛冉冉这样的修真废材居然能一日千里，掌握了"水上漂"的轻身之术，真是让其他同门很是羡慕。

　　白柏山前些日子有些动摇的求道之心变得坚定起来。他原本疑心师父不肯教他们真本事，每日只叫他们拎着沙包山上山下地跑，可是如今看来，苏易水的确有真本事，既能收拾得了魔修第一人魏纠，还能将小师妹这样的废材教导得如此出类拔萃。这般仙师真是万金难求！只是仙师是不是有些偏心，为何小师妹进展飞速，而师父却迟迟不教他真本事呢？

两天之后，白柏山实在忍不住，问苏易水为何不教他更高一层的仙术。

苏易水瞟了他一眼，淡然说道："修真入门，从根基开始，修为越高，根基越难改变。你若后悔拜师西山，此时更改还来得及，若是修为再精深些，想要离开，就得散尽根基，难免伤筋动骨。晚些学，也是希望你们能别后悔。"

薛冉冉在一旁听着，倒是想起了先前九华派来人要东西时，白柏山的确围前围后殷勤得很，有些向沐清歌攀关系、认祖归宗的意思。师父显然觉察到了二师兄的小心思，这才出言提点。

白柏山没想到自己之前的小九九都被师父看在眼里，还当着众位师兄妹的面如此坦诚地说出来。他顿时有些羞愧难当，连忙辩解自己并无改投师门的心思。

苏易水看着他，淡淡道："当初来西山投拜的弟子甚多，我为何会选你们几个？只因为你们几个的祖上都与西山有些渊源，有人曾经欠了你们长辈的人情，我不过兑现故人的承诺。不过，师徒之缘深浅，本就不由人控。此时后悔，随时可以下山。"说完，他便站起身，走出了饭堂。

很显然，这也是对白柏山的问题的回答——既然入了苏易水的山门，就该听他的章程，让你每日拎沙包，你就乖乖拎，若是不耐，觉得没有学到本事，现在山门也是随意敞开，自可离去。可是后悔了，想要走，就别怪做师父的要收回教出的根基本事了！

薛冉冉咬着筷子，觉得师父也是在敲打自己。在永城西山，修真之路一旦踏上，并非自己想要放弃便能放弃的。她微微叹了口气，觉得若是不嫁人，只在西山潜心修真，不知爹娘该如何失望，也不知他俩以后能不能生出弟弟妹妹来，不然他俩膝下无人尽孝，她如何静心修真？

不过，丘喜儿对薛冉冉的忧虑不以为然："谁说修真就不能嫁人？若是你到了一定的境界，寻个仙侣，那才叫道遥快活呢！再说了，所谓'一人得道，鸡犬升天'，你若真得大道，还担心你爹娘无依无靠吗？"

薛冉冉也不是个忧思满肠的人，听了三师姐这么说，觉得很有道理，是她以前自觉是个修仙的废材，见识短浅了。既然如今她窥到了门路，入了门，自然要心无旁骛，先学会自保再说。

自从丘喜儿落水，刺激得薛冉冉无师自通，熟练掌握了轻身术，苏易水似乎找到了授业大法，不断给薛冉冉加码，连带着几个师兄妹也跟着受了"恩惠"。

一日，师父郑重宣布，要带着他们下山研学修行！

这事儿，还要从苏易水上次下山访友说起。

那次师父去见的，据说是一位二十年前的故人。

那位叫秦玄酒的故人如今是大齐驻守西北重镇望乡关的守城将军，他这次来到西山下，气势汹汹地要见苏易水。

苏易水倒是一改往日的冷淡做派，亲自下山相见，还跟他在山下长亭里痛饮了一番。

那位秦将军原本不屑于跟苏易水同饮，但是先前好像受了什么刺激，巴不得借酒消愁，一时间喝得有些上头。

两位师兄负责买菜、沽酒、跑腿，并不知师父与故人的谈话。

最后，那位秦将军喝得眼泪、鼻涕直流，再也没有冲苏易水吹胡子瞪眼，大约是酒饮得到位，一醉泯恩仇了！

❁❁❁❁❁❁❁

待丘喜儿身体恢复后，苏易水便提出要带着他们跟随秦将军一同前往望乡关，顺便沿路修行。

这次路程可就遥远些了。苏易水开口吩咐，羽童一脸心疼地下了血本，买了一辆马车，套着一匹马，供人歇脚，外加三匹骏马骑行。西山弟子们一路上不必拿脚丈量，赶路也轻省些。

那位秦将军带着几个亲兵跟他们一路同行。

等到薛冉冉他们跟秦将军说上话了，才知这位秦将军居然也是西山弟子。

别人都以为苏易水是沐清歌的关门弟子。其实不对，沐清歌当年伏诛前，还曾破例收了一位弟子。

这位年过四十、满脸麻子的秦将军，就是沐清歌的关门弟子。

秦玄酒能成为沐清歌的关门徒弟，完全是误打误撞。

当年沐清歌协助大齐守军驻守樊爻关，与平亲王的叛军进行了一场生死大战。就是在那时，她救下了生命垂危的秦玄酒，又收他为徒。

跟其他水葱鲜嫩的徒儿不同，秦将军这满面胡楂外加麻子的模样，可完全不符合女魔沐清歌的收徒标准。

丘喜儿有些好奇地问大师叔，是不是这位秦将军二十年前样貌英俊些呢？

羽臣用力摇了摇头。二十年前的秦将军没有现在的魁梧样子，看着还要再瘦小、猥琐、丑陋一些。

秦将军正好催马路过，听了这话，冲着羽臣瞪眼道："我师父都没嫌弃我丑，你个鸟人叽歪做甚？"

秦将军其实跟苏易水和他的两个随从很不对付。

薛冉冉也是后来才知，原来师父苏易水是曾经作乱叛逆的平亲王的私生儿子。也就是说，当年要不是沐清歌从中作梗，平亲王很有可能兵变成功，从此临朝为皇。到那时，苏易水若被正名，可就是堂堂皇子了。

也正是因为这一点，作为大齐武将的秦玄酒对造反王爷的私生子和随从都不怎么待见。再加上师父被苏易水背叛的事情，更是新仇旧恨难平！

秦将军骂人，羽臣也不干了，三言两语间，两个人在马背上吵了起来。

羽臣破口大骂："也不撒尿照照，就你那个鬼样子，沐清歌当年是喝醉酒花了眼睛，一时口误才收了你吧？"

因为刚入师门，恩师便被害死，秦玄酒一直为自己不能在师门正名、认祖归宗而懊丧。现在听羽臣提他短处，他顿时火大，从马背行囊旁掏出一对紫金锤便要跟羽臣决一死战。

薛冉冉坐在马车边看了半天热闹，眼见他们无法收场，连忙赔笑着劝道："秦将军，我大师叔就是跟您开玩笑，闹着玩呢。您一看就根骨奇佳，是个修仙的奇才。而且西山派五行从木，您名字里带个'酒'字，就跟我师父的名字带'水'一样，最是有益木命。沐仙长一定是觉得您五行旺她，才收您为徒的。"

这本是和稀泥的话，可是秦玄酒听了，愣愣地看着她，豹眼含着点点泪花道："……我师父当年就是这么说的，小姑娘，你怎么知道？"

嗯……薛冉冉只能干笑地表示，她也是胡乱说的，若是这话跟先人相似，纯属巧合。

可惜这无心之言又勾起了秦将军对恩师的思念之情，于是那晚他又找苏易水去宿营的江边饮酒，喝得酩酊大醉。

薛冉冉觉得这看似生死两立的同门师兄弟间微妙的相处十分玄妙。要知道，他们对前师尊沐清歌的态度截然相反，却还能如此平和地一路前行，真是让人匪夷所思。只是不知道什么原因才将这两个人联系在一起，共赴西北望乡关。

不过，很快她就知道原因了。

任由几个徒弟清闲一路的苏易水，在临近望乡关时，看着漫天堆积不散的阴云，问几个徒儿道："你们可知'望乡'这个名字有何玄机？"

白柏山从不放过任何抖搂修真书袋子的机会，立刻接口卖弄道："三界，分为天、地、人三界，其中这地界就是死域忘境。据说，死灵入地府前，要在望乡谷徘徊三年，等待了却人界残念，忘记了牵挂，才可入地府转生。"

苏易水点了点头，表示二徒弟所言无误，然后他接口道："望乡谷本来与人界不重叠，但是二十年前樊爻大战，死伤的人太多，再加上当年魔界私开，搅乱阴阳平衡，所以望乡谷的阴气宣泄，与地表重叠，从此望乡关变成了阴气甚重之地。加之这里是边关重镇，总有战事，阴气得到怨气滋养，倒养出了不少阴魔。你们此番来到这里，就是要协助秦将军降妖除魔。"

高仓这个热血少年听了，激动得握拳拍手，一副急不可耐的样子。可是其余三个徒弟都吓得直了眼。

白柏山小心翼翼地问道："师父，我们除了打坐、修炼、筑基，再就是拎沙包上下山，可什么都没学啊！现在到了这么凶险的地方，拿什么本事降妖除魔？"

薛冉冉也在旁边拼命点头。她除了炼丹，就是练习在荷叶上弹跳。若是师父弄来个小魔让他们摆弄，练练手还行，可现在到了这阴魔成堆之地，他们只怕是给那些阴魔塞牙缝的吧？

秦玄酒在一旁有些恨铁不成钢："西山派的弟子什么时候贪生怕死过？想我师尊以前是何等英姿，怎么弄出你们这帮胆小的徒子徒孙？真是不给她老人家长脸！"

羽臣冷哼一声，道："主人的徒弟，跟那女魔头何干？"

打嘴仗显然无助于长本事。苏易水的几个徒弟毫无底气，对给西山灵犀宫长脸没一点儿把握。

苏易水倒是开解了一下徒弟们，拿薛冉冉练就轻身术的经历类比："若想修为一日千里，必定要置之死地而后生。如此死地，正是你们提升的契机，尔等要加倍珍惜。"

薛冉冉有点儿无法确定，师父是要他们珍惜这提升的机会，还是珍惜所剩不多的人生时光。

看苏易水一本正经的样子，绝非玩笑。一路吃喝玩乐的徒儿们开始齐刷刷地苦背降魔诀，练习贴符身法。

丘喜儿背着背着就会哭一会儿，然后抹着眼泪再背。

薛冉冉也很想跟她一起哭，但又怕耽误时间，只能拍着哽咽的师姐的后背道："乖，跟我将降魔十三式再默一遍。"

总之，被迫赶上架子的几只"鸭子"在入望乡关的关门前，总算是将要用的身法要领学了个大概。他们也知道了望乡关两个月前发生的诡异事情。

原来，两个月前，秦玄酒一个营的官兵在前去望乡河边巡营的时候突然失踪，不见回来。

边关已经安定了一阵子，并无战事发生，秦玄酒立即派人前去搜寻那些官兵的下落。可回来的兵卒一个个吓得脸色煞白，说话都有些语无伦次，只说那个营的官兵都在河里。

待秦玄酒领人去看时，只见三十六名官兵的尸体白花花的，在河面上浮起，而他们的头盔、铠甲、内衣，还有鞋子，则叠放整齐，呈"一"字形排开，铺摆在河岸上，看上去就好像他们一起想不开，自己投了河。

可是秦玄酒压根儿不相信真相是这样。这三十六名官兵里，有几个是他一手带出来的，个个都是爽直的铮铮汉子，有两个家眷也在望乡关，他们甚至马上就要当爹了。而且临出发前，他们还嬉笑着一起饮酒分肉，说着回来时要续饮，怎么会做出这等毫无缘由的傻事？

这投河的疑案还没有调查明白，随后又发生了几起相似的诡异事件，都是在望乡关里闹出的乱子。于是渐渐谣言四起，开始有人说秦玄酒太过苛待自己的手下，以致兵卒耐受不得屈辱，含冤投河而死。

秦玄酒百口莫辩，于是带人去河边值守三夜，并未发现异样。这下似乎坐实了秦玄酒苛待兵卒的事情。

就在他莫名被污蔑时，突然想起了什么，连忙从自己供奉的沐清歌画像后取出一只八卦罗盘。

这么一看，只见罗盘上阴阳颠倒，完全乱了章法。

秦玄酒想起恩师送给他这只罗盘时的嘱托，说罗盘出现异象时一定要找苏易水。他这才暂时放下跟姓苏的恩怨，前去西山找寻，让他前来解决望乡关的危机，外带痛骂他几句，宣泄一下积压多年的对苏易水的愤恨。

若不是当年师父她老人家让他发了毒誓，以后绝对不可以为难苏易水，他真想手起刀落，一刀劈死这个喂不熟的白眼狼！

可是秦玄酒也没想到，苏易水当徒弟的时候浑蛋，当师父时更浑蛋，居然就这么将几个刚入门的徒弟推出来祭邪魔。

在西北漫天的黄沙里，看着几个穿着借来的军服裹成粽子的少年如同弃儿般可怜兮兮地立在望乡河边，秦玄酒不确定地问："把他们几个……留在这里一宿，真的没问题？"

两个月下来，已经接连发生三起兵卒莫名投河的诡异事件了。现在留下四个修真"菜鸡"在黑乎乎的河旁，真的好吗？

苏易水点了点头，从怀里掏出一摞东西递给薛冉冉。

薛冉冉接过一看，竟然是一摞用绿油纸剪成的荷叶……

苏易水说道："若是觉得情形不对，就将这些扔进河里。"

"师父，这些是霹雳灵符，能降妖除魔吗？"薛冉冉满怀希望问道。

苏易水却摇了摇头："这里太冷，河里不长荷叶，有了这些，方便你施展轻身术，免得淹死……"

这番回答让薛冉冉的小脸一垮——就怕她到时候被邪魔迷得失了心智，压根儿想不起来用轻身术脚踏荷叶。再说，给她这些用绿油纸剪成的荷叶，师父也太敷衍了吧？师徒一场，好歹给些真的荷叶啊！

苏易水吩咐完便挥一挥衣袖，不带走一个徒弟，翩然入城去了。

秦玄酒虽然同情这些少年，但是他劝不动苏易水，便也摇头带着兵卒走了。

朝中的钦差已经入关，秦玄酒还得应付那些恼人的官司。不过，让他稍感宽慰的是，若是苏易水的徒弟也淹死了，那么至少可以证明并非他苛待兵卒而害得人投河自尽。这些日子，附近镇子的棺材紧俏，也不知他们的师父肯不肯花大价钱给他们预备些好寿材……

羽童心疼徒侄儿，给他们留了两顶避寒的军帐、一些火折子和一捆柴，让他们可以留着夜里生火取暖。临走时,她无奈地叹了一口气,让他们都好好保重,争取第二日能吃个团圆早饭。

待人都散去,四个同门互相对望。

丘喜儿丧着脸道:"我娘说送我上山修仙,可没说要喂邪魔呀!大师兄、二师兄,我们要不要自己想想办法?"

高仓当啷一声,抽出自己身上的家传佩剑,中气十足道:"三师妹,别怕,若真有邪魔外道,我一定会拼死保护你们!"

薛冉冉比较务实。她向大师兄借了剑,先把那捆柴解开,生火取暖,打算烤几个她自带的番薯和鸡腿吃,好打发西北漫长的夜。

当柴火烧透,薛冉冉将番薯丢进去。过一会儿,香甜的味道便四溢了。等到用粗盐和烧酒腌制好的鸡腿上了烤架,四个不识愁滋味的少男少女便暂且将恐惧丢到一旁,不停地吞咽口水。

待鸡腿烤好后,薛冉冉神秘兮兮地从怀里掏出一个酒袋子:"你们可有口福了,我还从西山带来了这个……"

高仓接过一闻,酒香扑鼻。他喝了一口,顿时瞪大了眼睛:"怎么这么香?这是什么酒?"

薛冉冉笑着说:"是我自己酿的酒,好喝的话,你们多喝几口,能暖和些。"

这酒是她依着《玩经》自酿的"误天仙"。因为怕被师父喝了尝出来,她一直没敢拿出。现在只剩下几个同门,这酒正好可以驱寒、壮胆。

西北的夜里很冷,不过薛冉冉穿得厚实。她厚厚的棉军袄里还穿着娘亲给她做的那件小花袄子,虽然看起来浑圆得像不倒翁,但是将脖子缩进羊毛围兜里时暖和极了。

等美酒配上烤熟的番薯和鸡肉入肚,他们连丹田都是暖暖的。

白柏山适时讲了些笑话,逗得大家哈哈大笑。这哪里像驱魔?倒像是来郊游了。薛冉冉开口唱起了绝山小调,她优美清亮的声音在郊野回荡,听得人心中一片酥软。再加上喝了甘醇异常的美酒,让人忘了什么是恐惧,他们全然沉浸在少年才有的兴奋、嬉闹里了。

高仓出自军旅之家,又喝了一口误天仙后,还不忘往河里倒一杯来祭奠军中亡灵。

那些骨埋青山的英灵都是为国捐躯了,他怎么好独饮呢?

天色太黑,高仓并没有注意到,当他把那一杯酒倒入河中时,原本平缓流淌的河面突然开始冒出一股股水泡。

薛冉冉他们吃完了,便各自回到军帐里和衣而眠。

但是眼前这样的光景,任谁都睡不着,所以他们干脆在军帐里打坐,调息养神。

薛冉冉自从前一阵子吃了自己炼制的清心丸，辟谷十多日后，突然开窍了一些。打坐的时候，她不再觉得背痛难忍，当呼吸与周身运转的气息达到一致时，甚至有一种连通天地之感。而且她的听觉变得更灵敏了，能听到很远的山上的狼嚎，还能听到不远处灌木丛里地鼠钻洞、用小爪子扒拉泥土的声响。总之，万物之声被无尽放大，而她在这嘈杂的声音里渐渐归于平静……

突然，薛冉冉猛地睁开眼，轻声说道："河里有声音……"

准确地说，是一阵细微得几乎不可闻的歌声。隐约中，那歌词好像是什么"归去来兮……"

当望向一旁的丘喜儿时，她才发现丘喜儿已经睁开眼，正呆愣愣地望着军帐外的河面。

薛冉冉见她不应声，又接连叫了她几声，可她依旧呆愣愣的，完全不予理会。

就在这时，薛冉冉听到河面的水泡咕噜声似乎越来越响了。丘喜儿也突然站起来，走出了帐篷。

薛冉冉连忙起身，跟着她一起出来，发现另一顶小军帐里的两位师兄也出来了。他俩目光呆滞，跟丘喜儿一样，也直愣愣地朝着望乡河走去。

薛冉冉跟在他们身后连声呼唤，可他们依旧不回头。

到了河边，三个人齐刷刷地开始脱衣服，然后将自己的衣服码放在岸边。那整齐划一的动作让人不寒而栗，汗毛都竖立起来。

这情形跟秦玄酒将军之前描述的一模一样！

薛冉冉知道，若再不做些什么，等脱好衣服，再脱掉鞋子，他们就要往河里跳了。

想到这儿，薛冉冉回身捡起一根新柴，从还没熄灭的柴堆里引火做火把，然后跑到河边。

当火光照亮的时候，她发现河面正冒出大量的水泡，不知水里有什么东西。她回头看了看那三个入魔的人，咬了咬嘴唇，然后像突然想起了什么，从怀里掏出自己炼制的清心丸。她将三颗清心丸一股脑儿倒入嘴里，咬碎后吐出，塞入他们嘴里。

薛冉冉也不确定这样做管不管用，但是她记得师父说过，丹丸的效用越简单，药力就越纯。譬如入门的清心丸，不但可以帮助修仙者筑基辟谷，更是丹如其名，修仙者屏息凝气，便可抵御心魔的烦扰。

虽然师父从来没有解释过缘由，但是薛冉冉自己胡乱猜测，她用的是沐清歌之前用过的丹炉，这丹炉本身就是凝聚法力的神物，对使用炉具之人更有要求，使用炉具之人万万不可有杂念，不然炼制的丹丸的药力就完全不可控了。也许正是因为这样，先前她掺入杂念的丹丸才会那么"霸道"，毁了师父三年的辟谷成果。

而现在的这些丹丸都是她静坐冥思时炼制的，杂念相对少些。如今，她只能病急乱投医，给他们吃些试试。

咬碎的丹丸入口即化，就算不吞咽也能一路流经喉咙，进入体内。就在三人正要脱去内衣再脱掉鞋子的时候，清心丸的药力总算发挥了作用。

白柏山最先清醒过来，在凛冽的寒风里打了个寒战，然后低头看着自己码放整齐的一摞衣服，不禁有些傻眼。

紧接着，丘喜儿恢复了意识。她先是看到两位衣衫不整的师兄，又低头看了看自己只穿着贴身衣服的样子，立刻羞愤得发出震天动地的尖叫声，然后连忙蹲下，拿起外衣重新披好。

大师兄被三师妹这么一叫，也醒转过来，傻兮兮地看着三位同门，有些结巴道："这……这是怎么回事？"

薛冉冉来不及解释，指了指河面，道："水里有异样，赶紧离河面远些。"

这时，刚刚醒转过来的三人也看到了水面上沸腾的水泡，赶紧拿起外衣和鞋子后撤。

也许是三个被控制的人都抵御了邪力，及时清醒过来的缘故，那河水沸腾得更厉害了，甚至激起水花，渐渐变成无数条升起的水流朝着岸边袭来，似乎要拖这三个少年入水。

"快布阵起势！"薛冉冉连忙大喊一声。

其他三人连忙摆出师父所教授的降魔阵势，双手在胸前画符作势，四人摆出"品"字阵。

据师父说，一旦阵势排开，他们便可以互为后盾，彼此增援，御敌更加从容。所谓的"魔"，也不过是吸附阴气的异种罢了，只要沉着应对、仔细观察，发现它们的命门所在，他们便可挥剑降魔，匡扶正气。

可惜这四个"菜鸡"都是初次使用这招式，有的快，有的慢。

丘喜儿心里发慌，笨手笨脚的，最后没有跑到指定位置，还将自己绊倒在地。当她"哎哟"一声跌倒的时候，好好的降魔阵露出了缺口。那水流似乎看出了破绽，突然朝着薛冉冉袭去。

那水流方才施用了蛊惑人心的法术，其他三个人都中招了，只有这个小姑娘丝毫不受影响，甚至有法子唤醒那三人。于是它决定先解决这个刺儿头，再收拾余下的那三人。

第九章 初试身手

薛冉冉一下子被水流卷了起来。大师兄虽然抽出宝剑去砍那水流，可是抽刀断水水更流，根本无法截住被快速卷走的薛冉冉。

就在快被水流拉入水里那一刻，薛冉冉从怀里掏出了那厚厚一摞绿油纸荷叶，天女散花般撒到河面上。

看似普通的绿油纸在碰触到水的那一刻突然发出万道金光，很快金光连成一片，无数片绿油纸发出的光竟然如细密织成的渔网，将一大片河面兜得严严实实。

当金光编织成网时，河中突然传出凄厉的声音。钳制住薛冉冉的水流突然松开她，眼看薛冉冉就要跌进水中了。命悬一线的时刻，她开始念平日背得烂熟的心法口诀，施展轻身术，安稳地落在那些用绿油纸剪成的荷叶上。

水中的那股神秘力量还在奋力挣扎，伸出如触须一般的水流。薛冉冉曾经被师父用石子训练过躲闪之法，现在如小兔般灵巧地来回跳跃，闪避得很及时。

得空隙时，她冲着在河岸上看傻眼的三人高声喊道："快！组阵攻击！"

那三人被薛冉冉异常灵巧的身手惊呆了——平日里除了做饭、吃饭积极，其他时候都偷懒耍滑的小师妹，居然有如此轻盈的身手！听到小师妹提醒，他们才反应过来，赶紧继续组阵。

可惜他们反应太慢，河水里的力量已经重新集聚，冲破了金网，要再度卷住薛冉冉。

就在这千钧一发之际，一只白猫从一旁的灌木丛里直蹿出来，跃起的瞬间化作一只庚金白虎，伴着一阵吼叫扑向那怪流。

薛冉冉借势翻身跃上庚金白虎的背。那只庚金白虎四脚踏着绿油纸荷叶，猛一抬头，朝着水面咬去。

因荷叶金光的照耀，薛冉冉注意到白虎咬住的是河面泡沫翻腾甚盛之处。伴着一声凄厉的哀号，那里冒出一股股黑水。

薛冉冉明白，那些冒着白泡的地方就是这水魔的七寸。她再次高喊大师兄，让他扔剑过来。这次，高仓终于机灵了些，赶紧将他手里的长剑扔给了薛冉冉。

薛冉冉接住长剑后，骑在虎背上，双腿夹住虎腰，随白虎来回移动。只要见到冒白泡的河面，她就狠狠地朝着里面插一剑。果然如她猜测的那般，剑刺入水中似遇到阻力，真的刺中了什么东西！

很快，水里的异动越来越无力，那不知名的水魔虽然在水中四处躲闪，却快不过白虎，很快就被薛冉冉的长剑刺得遍体鳞伤，咕咚一声冒出个大水花，便潜入河底逃之夭夭了。

当白虎载着薛冉冉跳回到岸上时，丘喜儿冲到最前面，抱着她激动地说："小师妹，你也太厉害了！"

两个师兄也围拢过来，赞叹小师妹"神勇"。

不过薛冉冉有些汗颜。她清楚自己的斤两，若没有那铺满河面的纸荷叶和白虎加持，她早就掉入河里了。她虽然在白虎的帮助下刺伤了那水魔，但是它遁逃得那么快，不知会不会卷土重来，继续为乱。

就在四个人惊魂未定的时候，水面突然再起波澜，声势更加浩大，水流一下子直冲云霄。显然是那水魔又卷土重来，而且更加狂暴了。河面的那些纸荷叶很快便被卷得踪迹全无。

薛冉冉仰头看着巨浪，心里一紧，她觉得就算白虎再厉害，也无法在这样的巨浪中入河。

就在巨浪如大掌般直直拍向河面时，突然似被狂风吹卷，一下子就被顶住了。

在席卷而来的龙卷风里，一个身着白袍的身影突然出现。

几个小的定睛一看，齐声高喊："师父！"

苏易水及时出现，念了个卷风咒，顶住了巨浪。他手中拿着一根不知从何处捡来的树枝，冲着巨浪中央看似随意地一刺，便又响起震天动地的哀号声。

河面上的水流收缩，像又想要逃跑的样子。苏易水拎着一张不知从哪里弄来的渔网，往河面一抛，再往回拽，竟然从水中拽出了一个长着鱼鳞和鳃的人形东西。手腕翻转间，苏易水将它狠狠地摔在岸上。巨浪也应声落下，重重地摔回水中。

薛冉冉双手持剑，紧张地对着那个被师父摔上岸的怪物。仔细看上去时，她发现它太像人了，而且是个长相颇为美丽的女人。只是除了脸，它全身都是鳞片，手指之间也有蹼，脸颊两侧还有像鱼鳃一样的东西。它胸口有一个明显的血窟窿，正汩汩冒着黑血，两鳃也是伤痕累累。

薛冉冉猜测，方才水里冒泡的地方有怪物的鳃，那两鳃应该是她刺伤的，而它胸口的致命伤应该是师父所为。

想到师父根本没有抛下他们远走，而是默默地在附近守护，薛冉冉心头一热，看向师父时也是眼含热切。

可惜苏易水似乎并没有感受到徒儿热切的眼神，反倒冷着脸过来，语气不善地对她说道："'降魔九式'里说过，'立于危境时，当先自保，穷寇莫追'，为何方才搏命一般骑着白虎跟它斗？"

这……薛冉冉有点儿不知从哪里开始反驳了。要是从头说起来，明明就是师父先将他们扔在这里的啊！

不过，西山新门规有言："师父说的一切都是对的。"薛冉冉只能虚心受教，表示以后降魔的时候一定能逃就逃。

看徒弟还算受教，苏易水总算不再板着脸，转头看向那个受伤的怪物。

"师父，这是什么异兽？"白柏山认不出来，开口问道。

"她不是怪物，只是一个修习驭兽术走火入魔的女人。"

驭兽术？薛冉冉听二师叔讲法术要义的时候听过这个法术，这是一种将自己与兽身融合的法术，可以以此改变自己平庸的凡胎资质。比如，与虎豹融合可生利爪，还有迅猛的行动速度。这个女人显然是跟鱼一类的水中生物融合，具有了鱼的特征，才可在水中兴风作浪。

此时苏易水冷着脸，低头问这个怪女人："你为何要诱引兵卒投河？"

这个女人此时嘴里已经冒出血，她只惊恐地伸手，似乎在求救："我……我也是迫不得已，救救……我……"

丘喜儿看她甚是可怜，有些于心不忍，便从怀里掏出止血的伤药粉，想要给她敷上。

可是当丘喜儿刚蹲下时，那女人突然目露凶光，带蹼的手指突然长出尖刺，狠狠刺向丘喜儿的脖颈。很显然，这女人也知自己活不长了，所以能带走一个便带走一个。

幸好苏易水伸出长腿，一脚将丘喜儿踹到了一边，她才堪堪避开那尖刺。

这个女人诡计落空，只狞笑着瞪着薛冉冉，声音变得低沉可怖，完全不再是原来的女声："为何……你不受控？你究竟——"

她话还没有说完，便脖子一歪，气绝而亡，瞳仁的红色渐渐消散，变得灰蒙蒙的。

天色微亮，秦玄酒带着人马，一路策马扬鞭赶来。

看到那个长相怪异的女鱼人时，秦玄酒眉头紧皱："望乡河里怎么会出现这样的怪物？"

苏易水指了指她脖子上一个类似符咒的图案，道："有人在背后操控她，所以她在受伤之后还能卷土重来，如此不要命地搏击，其实也有些身不由己……"

薛冉冉小心地蹲下，仔细看那图案。它跟师父平日教授的不同，花样子繁复得很，好像还有晦涩难懂的古文。

秦玄酒眉头紧皱："有人操控？就是为了谋害人命？这有什么好处？"

苏易水看着秦玄酒，淡淡道："以你这样的脑子，为何能为官到现在？"

秦玄酒没想到苏易水抽冷子嘴毒攻击人，气得肚子一鼓一鼓的。他正要反驳，薛冉冉在一旁若有所思道："对啊，有什么好处？自然是让秦将军的官位坐得不稳当了。不是说已经有钦差下来查办秦将军了吗？"

这下秦玄酒闭嘴了。因为事实正是如此，若是苛待兵卒，害得兵卒自尽的罪名落实，他肯定是要落罪、官位不保的。

可是谁会这么大费周章，用计陷害他呢？要知道，一个小小的守城将军并非光鲜耀眼的职位，镇守在这样的穷乡僻壤，是许多武将避之唯恐不及的差事呀！

苏易水望着绵延、望不到尽头的望乡河，对秦玄酒道："师父当初嘱咐过你，一定要守在望乡关，因为这里是阴阳交界、晦暗不明之地，若有异动，必定要从这里起。有人处心积虑地想要弄走你，肯定是觉得你妨碍了他们。"

秦玄酒想起恩师沐清歌曾经对他的嘱托，顿时心头一热，握拳道："我绝对不会离开望乡关半步！"

话音未落，苏易水突然伸出手，拽着秦玄酒的衣领子，将他摔入河中。

秦玄酒挣扎着站起，已然成了"落汤鸡"。他抹着脸上的水，暴怒道："姓苏的，你要做什么？"

苏易水依旧是一副云淡风轻的高人做派，轻轻道："帮你解决眼下的官司。"

当秦玄酒命人将那鱼人尸体抬入城中时，天色已经大亮。入关的道路上客商不断，一路上围观的百姓震惊不已。

先前关于秦玄酒苛待兵卒的谣言也不攻自破——原来有这等怪物蛊惑兵卒投河！幸亏秦将军神勇，竟然能入河杀掉怪物，真不愧是"神勇将军"啊！有这样的威猛将军驻守这里，是百姓的福气！秦玄酒满身湿淋淋地回城，俨然是亲自入水与水魔恶斗过。

百姓们争相呼喊着"秦将军"，场面甚是热烈，若不是有亲兵护着，差点儿将立在前面的钦差李大人挤倒在地。

西山师徒们则深藏身与名，顺着人流悄然进城，入了一家粥铺，开始吃早饭。

不过，高仓心里有些失落。他怅然看着远处呼喊的人群，觉得那些"鲜花""簇拥"本该是他们的。

薛冉冉安慰师兄："要不是师父来，我们现在都漂在河面上了，差不多也要被众人围观着抬入城。所以，能像现在这般坐在一起吃早饭，比被人围着看要好。"

听小师妹这么说，高仓想到昨夜的凶险，连忙大口喝粥压惊，感受这来之不易的幸福。

薛冉冉还很贴心地给大师兄夹了小菜配粥。

薛冉冉夹完菜，突然发现师父正瞪眼看着她，眼神里透着不悦。她不明所以，只好连忙又夹了一筷子菜放入师父碗中。

苏易水平时不太喜欢吃街边酒楼里的外食。不过，看着小徒弟夹的一筷子小菜，他还是慢吞吞地吃了下去。

薛冉冉心里默默记下：师父不喜欢徒儿们互相夹菜，饭桌上只能孝敬他老人家一个人！虽然师父没有明说，但是西山奇奇怪怪的宫规算是又添了一条。

秦玄酒接受英雄凯旋的巡礼之后，便跟钦差云山雾罩地讲了讲昨夜斗法的情形。钦差李大人看到半人半鱼样的怪物时，也吓得不轻。此次前来，他是立意要给秦玄酒治罪的。上面有人授意，希望秦将军挪挪位置。本来一切都水到渠成，虽然军营里并无兵卒检举秦玄酒暴虐治军，但是两个月里死了那么多兵卒，就是铁证。可谁想到，一夜的工夫，秦玄酒突然从望乡河里抓来个水怪。这下子，兵卒无故投河便有了解释——是因为这水怪善于蛊惑人心，诱引着兵卒失了神志，自己投河。

秦玄酒说，他已经写好了奏折，快马送出，报呈陛下，而这女水怪的尸体也会用石灰包裹，防止腐烂，一路送到京城。至于有人陷害他，说他虐待兵卒，他表示不服，而且已经奏请他的老上司——当朝兵部尚书周道将军，为自己主持公道。

李大人知道，现在将秦将军革职查办，之前的理由有些站不住脚。发生这种诡异的乱事，必定会惊动陛下，引得圣上深问。所以他不好再如原计划那样立刻将秦玄酒定罪，只能先回去呈报，再做打算。

秦玄酒总算送走了钦差。手下的部将匆匆来报，说是临近村子的保长在看那水怪尸体游街的时候，认出她好像是他们村子里失踪的寡妇月娥。

这寡妇先前承揽了给附近调军台修筑工事的官兵送饭的差事，每日早、中、晚都在调军台的大灶旁带着三个村里的婆娘做饭。

可就在三个月前，她突然失踪了，再没回来。当时这事儿闹得沸沸扬扬，她的哥哥还说是军营里的兵卒看中了他妹妹的美色，掳走、囚禁了她妹妹呢。没想到再见她时，她不但死了，还成了那副鬼样子，真的是吓死人了！保长觉得此事挺大，不敢隐瞒，这才命人呈报给秦将军。

苏易水听了，问那保长是否认错了。

保长想了想，很肯定地说："那女妖的脸颊上有颗黑痣，跟月娥一模一样，也太巧了。"

苏易水又询问保长那个月娥平日是个什么样的人。

保长不以为然道："年纪轻轻的，本可以嫁给年轻的后生，可她偏偏看中了村里八十岁的老财主，嫁进去给人家续弦。结果成婚不到一年，那财主就死了，她联合兄长想要独霸财主的家产。不料那财主的独生女儿厉害得很，硬是以无所出为由，将她轰撵出来。她偷鸡不成反蚀把米，成了村里的笑话，这才跑到调军台那里找营生。"

这水怪居然在三个月前是个普通的村妇，这事儿就显得更加蹊跷了。

听到这儿，苏易水对保长道："能不能麻烦先生将那些给月娥帮工的妇人都叫来？"

保长连忙点头，将月娥招揽做工的那三个妇人都叫到将军府等待问话。

那三个妇人起初还有些畏首畏尾，待看到苏易水时，一个个的眼睛都发直了——

竟然有男子长得如画中仙人一般，怎么这么俊帅啊！

薛冉冉一见，生怕她们盯得久了惹恼了师父，于是站在她们面前晃了晃手，问道："请问，你们认识王月娥吗？"

三个妇人回过神来，一看眼前的小姑娘——这姑娘怎么长得也这般俊俏？

其中一个妇人老实说道："认得，不过不知她被谁拐走，已经许久不见了。"

薛冉冉又问："那你们可还记得最后一次见月娥是什么时候？"

三个妇人想了想，互相帮忙提醒着，总算想了起来。那是三个月前月初时，月娥静心梳洗打扮了一番，穿上了新做的裙子，说是去镇上买东西，便骑着一头毛驴走了。

听那三位妇人的意思，月娥倒不像是买东西，而是去私会男人。所以，她久久不回来，她们私下里都猜测月娥其实是跟男人私奔了。可是说来也怪，那些日子，她们都忙着在调军台打转，每日要做五十多个工匠的三餐，哪里有时间私会男人？难不成月娥认识了兵营里的男人？可她每日都打扮一番，穿着好看的裙子，一副心情很好的样子，还时不时站在望乡河边痴痴地笑。

薛冉冉问了一遭，从妇人的嘴里再问不出什么。而且依月娥的日常生活，实在跟阴魔、灵符一类的事情扯不上关系。为何她会突然异变，成为杀人无数的邪魔呢？

至于她背后的主使是谁，还是要细查清楚，不然，若再有类似的事件，又会有无辜的兵卒遇害。若要细查起来也十分简单，只须查验她脖子上符咒的来历即可。

苏易水老早就让羽童将那女怪身上的符咒拓印下来，翻阅古籍查找。可羽童遍查一番，还是找寻不到相类的符咒。

薛冉冉还有一件事想不明白：水魔若是想陷害秦将军，为何他值守的那三夜却平安无事呢？

对此，苏易水倒是能解释："他的八字好，属猫的，能逃九难。他值守的那三日正好赶上寒流，望乡河结冰，那水魔吸收水气才能生成真力，水面结出厚冰的时候，她就会蛰伏不出。"

薛冉冉听了这话，再望向秦将军时满含敬意。像他这等福旺的命格，真是千金难寻。只是秦将军之前在战场上出生入死，也不知这九命还剩下几条。

沐清歌当初破例收了这么丑的徒弟，该不会是因为看了他奇特的命格吧？

至于这难懂的符咒，看来得找高人破解。

苏易水倒是想起了一个人，那人恰好在离望乡河不远的翠微山隐居，走一天就能到那里。那人是个符咒的行家，问询他，说不定会有些头绪。

于是，苏易水带着随从和徒儿们前去拜访，秦玄酒也跟着苏易水他们前往。

一行人走了一天，到了翠微山的山脚下。那里有一片开辟出来的良田。极目望去，满眼都是翠绿的麦苗，还有大片的地瓜苗。

白柏山震惊地看着田地自言自语道:"现在……现在不是快入冬了吗,怎么这些秧苗长得这么好?"

　　此处并非江南水乡,临近冬日,田地光秃秃的才是常态,禾苗哪里会这般鲜嫩?

　　高仓看到有个头戴斗笠的农夫在田地里锄草,便走过去问他。

　　谁知无论他怎么喊,那人都不搭言。高仓有些生气,便伸手去拉那人。

　　没想到,那人如纸糊的一般,高仓稍微用些力气,那人竟然直直倒下了。高仓吓得跳起来,连忙蹲下去扶那人,结果将那人翻了个面。高仓见了惨叫一声,再次吓得跳起。

　　原来那人……竟然是用稻草扎成的,它穿着衣服,戴着帽子,脸上却没有眼睛、鼻子,森然躺卧在地。

　　薛冉冉也吓了一跳。她定睛再看向田里劳作的人,发现他们动作僵硬,透着诡异。

　　就在这时,一阵大风袭来,有几个人竟然随风飘了起来,在半空中打着旋儿。待风停了,那些人纷纷落地,然后捡拾起锄头,继续一板一眼地劳作。

　　看来这些人都是用稻草扎成的。薛冉冉看到它们背后都贴着符,显然是有人驱使它们在田间干活。

　　突然,其中一个稻草人的身上落了一只乌鸦。乌鸦歪着头,仔细打量着苏易水他们一行人,突然张开又尖又长的嘴,"嘎嘎"地问道:"来者何人?"

　　苏易水瞟了一眼那乌鸦脚上缠着的符,显然有人正操控着鸟儿前来探听他们的身份。于是他开口说道:"西山苏易水,前来拜访酒老仙。"

　　那乌鸦听了苏易水的名头,突然跳脚,拍打着翅膀道:"混账苏易水,不见不见!"

　　秦玄酒在一旁听了,顿时对这位素未谋面的酒老仙添了十分的欣赏。起码他们"英雄所见略同",都不怎么待见这个姓苏的。

　　苏易水倒也不恼,他快速伸手,一把掐住了那乌鸦的脖子,然后拿出拓印下来的水魔符,放到那乌鸦的眼前问道:"这是我在一个修习御兽术的女人身上所得,想问问先生,您可知它的来历?"

　　那乌鸦看见符,眼睛猛然睁大好几圈,它奋力挣开苏易水的手,尖厉着嗓子问:"怎么可能?居然有人会这个……"

　　可以看出,操控乌鸦的人很纠结。那乌鸦又落到稻草人背上,焦躁地来回踱步,最后下定决心道:"好吧,你们到山上的草堂来。"

　　于是苏易水等人在那乌鸦的带领下,一路爬上山来。

　　这翠微山的山路实在陡峭,可以看出并没有什么人。若是从前,薛冉冉肯定是上不来的。幸好她的轻身术越发熟练,脚尖轻点,便像鹿儿一般在峭壁斜坡上跳跃着前行。

　　高仓和白柏山时不时就被师父罚、被沙袋练就的腿脚也很轻便。只苦了丘喜儿，爬到一小半就不行了，早早留在山脚下等他们下来。

　　越往上山越发陡峭，秦玄酒、羽臣、高仓和白柏山也上不去了，只能留在原地。

　　最后，爬上山的只有苏易水和薛冉冉。

　　其实薛冉冉老早就不想爬了，倒不是因为累，而是因为她觉得跟师兄、师姐待在半山腰，喝些自带的酒水，再吃些自带的肉干和烙饼、看看风景就很好。奈何师父不准她停下，最后竟然揽住了她的腰，带着她一路御风而行，他们很快就到了山顶。

　　这翠微山的山顶也是一片郁郁葱葱，简陋的草堂旁有几个谷仓，好像堆满了地瓜和麦子。

　　空气里弥漫着地瓜酒的清香，一个个子矮小的老头儿正在一处酒池前翻着酿酒的酒料。

　　看到来人，老头儿顶着酒糟鼻哼了一声，道："我说今天怎么又酿坏了一坛酒，原来是丧门星来了！"

　　苏易水倒不介意这老头儿阴阳怪气，只立在庭中，等他过来说话。

　　那酒老仙似乎并不认识苏易水，气呼呼地将酿坏酒的酒缸砸碎，拐着罗圈腿走了过来，上上下下地打量起苏易水："长得还真挺人模狗样的！怪不得将沐丫头迷得失了魂，害得那么惨！"

　　看来老者是沐清歌的故交，对苏易水这个"逆徒"抱有很大的敌意。然后他毫不客气地打量了薛冉冉一下，冷声道："你又是什么人？"

　　薛冉冉施了施礼，细声细语地说自己是苏易水的徒儿。

　　酒老仙听后翻起了白眼："跟个欺师灭祖的东西能学到什么？小丫头，你年纪轻轻就误入歧途了啊！"

　　薛冉冉不好接话，只能假装打量屋舍，径直溜到一边去了。

　　苏易水似乎清楚这老者古怪的秉性，并没有跟他打言语官司，只是掏出了那份拓印的符文，问道："老先生似乎认得这符，可否告知我它的来历？"

　　酒老仙围着他转了几圈才伸手接过那符，仔细看了又看，脸上说不出是紧张还是兴奋，只笑得快要岔气一般："当年沐丫头几乎拼尽全力才算封住阴界灵泉撕开的口子，可是这事儿到了那些正道之人嘴里，却成了她引祸人间！一个屎盆子扣得死死的。真是'采得百花成蜜后，为谁辛苦为谁甜'啊！不过你们的报应来得真快！你们不是自诩正道吗？我看，这次阴界开口，还有谁像沐丫头那么傻，为你们奋力一搏！哈哈哈哈……"

　　他笑得甚是畅快，可是一旁的薛冉冉听傻了。

　　按照这位老者的意思，难道沐清歌以前还是个好人？当年她私闯灵泉、放出魔子的事情，其实另有蹊跷？不过看他这么嘲讽师父，身为徒儿，她不能不替师父挡刀："老先生，您这话就不对了。若是真像您说得那般，阴阳大乱时，谁能独善其身？您又岂能安稳地隐居在这山里酿酒？再说……您这酒酿得也不对啊！真是白白糟践了这么多粮食！"

酒老仙乃是老早飞升的大能药老仙的弟弟，只因为贪恋杯中酒，耽搁了修真的进程，一直到现在活了二百岁，却总差那"临门一脚"，迟迟不能修成正果。

酒老仙对这个小丫头说的前半部分毫无兴致，但是她最后说的"酒酿得不对"碰到了酒老仙的逆鳞。他自诩饮尽天下名酒，不但会品酒，还会酿酒，这个黄毛丫头居然说他酿得不对？

酒老仙顿时跳起，翘着白胡子气哼哼地问："哪里不对？你若说不出个章法，看我不一棍子将你赶下山去！"

薛冉冉刚才无聊，闻到了地上碎酒坛子里的酒味，便捡拾起一个碎片啜饮了一小口。她一尝，便立刻尝出这酒是极力模仿那本《玩经》里的烈酒"误天仙"酿的，只是酿造时加入原料的时机不对，发酵的温度也不对，所以味道就偏离正宗了。

其实这酒并不难喝，只是薛冉冉喝过自己用那配方酿造的"误天仙"，所以觉得他酿的难喝无比。

薛冉冉偷看了师父一眼，权衡利弊，觉得此时还是解决水魔的事情要紧。于是她小声地问酒老仙是不是想要酿造"误天仙"。

老头子惊讶地瞪大了眼睛，上上下下打量她，问道："怎么？难道你听说过这酒？"

薛冉冉点了点头，低头解下自己的酒葫芦，把它递给了酒老仙。这是她带来的最后一点儿"误天仙"，之前的都被两位师兄在望乡河边守夜的时候喝了。

酒老仙刚开始半信半疑，可一打开酒壶盖，一股浓郁的酒香扑鼻而来，一下子就将他的酒虫勾出来了。酒老仙也顾不得这酒有没有毒，上来就喝了一口。细品之后，他那堆在褶子里的眼睛射出亮光，然后又赶紧仰起脖子连喝了好几大口。

就这么几口，他竟然将那点儿酒饮尽了。他意犹未尽地咂巴嘴，问："小丫头，你怎么会有这么正宗的'误天仙'？"

薛冉冉老实回答道："是我酿的，若是您喜欢，我可以帮您酿些。"

酒老仙听了这话，又原地跳起来了："胡说！胡说！只有沐清歌会酿这酒。你一个小丫头片子怎么会酿？"

薛冉冉觉得他有些醉了，谨慎地往师父身后躲，半露小脸，小声道："又不是什么长生金丹，不过是酒，我怎么就不会酿？"

这话再次让酒老仙跳脚。就是这酒，让他饮过一次便念念不忘，可他花了二十年的工夫苦心研究，就是酿不出那个味道。现在，一个黄毛丫头居然用这么轻蔑的口吻跟他说话，仿佛这酒是寻常的井水。她岂不是嘲笑他蠢笨？

可跳了一会儿，那销魂的酒味仍在酒老仙的舌尖萦绕。区区几口怎么能够解馋？酒老仙不跳了，伸着脖子对苏易水身后的薛冉冉殷勤地说："小姑娘，方才我没品出味道的真假，你再给我一壶尝尝。"

薛冉冉躲在师父背后不肯出来，闷声道："没有了。不过，你若告诉我师父那符的来历，我便给你酿一缸。"

酒老仙吊着眉梢看着苏易水，语气不善道："听说当初你救了沐清歌，将她引魂到树上？"

苏易水点了点头，淡淡道："她已经平安落地转生。"

酒老仙听了，欣慰地松了一口气，立刻就相信了。这人好像隐居太久，忘了人会尔虞我诈似的，透着孩童的天真。

酒老仙在心里盘算，他跟沐清歌是以酒相会的故交酒友，若沐清歌死在这小子手上，他宁可馋死，也不跟这小子做交易。既然沐清歌还活着，他跟苏易水做个小小的交易也不算出卖酒友。

想到这儿，他的酒虫再难遏制。他中气十足道："只要你教会我酿酒，那我就知无不言，告诉你们这符咒的事情。"

不过，酿酒并非一朝一夕的事情，就算温度和湿度都合适，最短也要七日。

薛冉冉表示酿酒要耗时很久，可师父的事情耽误不得，需要酒老仙先说出符咒来历。酒老仙得意地哈哈大笑，献宝般推出了一口酒缸，上面画满了神秘的符咒。

据酒老仙说，天上一日，地下一年，他这个酒缸已超越了时间，缸外一日，缸内一年。只是这般扭曲时间的神力最损耗灵力，那满缸的符咒也凝聚了酒老仙半生的灵力。

这般荒诞地走旁门左道，难怪他的哥哥药老仙早早飞升，他却还窝在翠微山里种地瓜酿酒。

薛冉冉想，酒老仙如此不务正业……倒真的跟她的那位前师尊臭味相投啊！

第十章 守关秘密

有这口宝缸加持，酒也酿得快。薛冉冉按照《玩经》里的步骤逐一配料勾兑，动作行云流水，一气呵成。

那宝缸也真是神奇，不到片刻的工夫，酒香就从封闭的缸里隐隐飘了出来。

酒老仙迫不及待地尝了一口，果真就是那个味道。这下子，他看宝贝似的看着薛冉冉，觉得这小丫头片子还真是有两下子。

薛冉冉怕他喝醉，连忙让他兑现诺言。

酒老仙又拼命饮了几大口，这才眯着眼道："这符乃是七邪化形咒，施用此符，可以化人形为兽身，自身的灵力也将大大增强，施咒者还可以驱使中咒者极限魔化，威力极大……这符太霸道，也太邪行了，据说压根儿不是人界之物，只是用来蛊惑人心、放大贪念之物……你们看，这两个字是什么？"

薛冉冉只上过三年私塾，哪里看得懂？

苏易水看了一眼，开口说道："这是梵文。"

酒老仙点了点头："万年中，据说阴界灵泉曾经外泄三次，上一次它祸乱人间的时候，一群天竺人以灵泉为神明，创立了一个魔教，叫梵天教。这些符文便是教众用来增强自身灵力的法宝。不必修真筑基，也不必练气，只需要符文加持，便可像你们遇到的那只水妖一般，拥有超出常人的神力。所以，还有人猜测这符其实是由灵泉的力量化形，以引诱人供它差遣……"

薛冉冉听到这儿，立刻想起了那个月娥，她也是个贪心之人，说不定就是受了诱惑才变成那副不人不鬼的样子。

说到这里，酒老仙一边喝着酒一边感慨："一个个的，都是太贪心，好好的人不做啊……不过梵天教早在一百年前的正邪大战中就被消灭，怎么还有这样的东西流传？"

薛冉冉也有些纳闷，若是早就失传的符咒，为何会出现在望乡河里？难道是灵泉再次外泄，化出符咒来蛊惑世人？

如果那水魔是有心之人刻意制造出来的，目的又是支走镇守望乡关的秦玄酒，那么那人很有可能是要打开阴阳两界的口子，做出什么凶险乱事。

想到师父曾经给魏纠阴界灵泉的密钥，薛冉冉心想，此事该不会和魏纠有关吧？

就在这时，酒老仙转身进了屋子，从屋子里取出一个小木匣子。他打开后，匣子里面有绒布包着的一只食指长的小瓶子。

那瓶子倒是精美，上面精细的花纹好像也是什么符文，似玉非玉的材质流转着淡淡的光彩。

"当初沐丫头被灵泉吸附，好不容易才摆脱它，但是苦于无法将它送回阴界。我只能寻来寄魂石，暂且封印它，也不知道她将寄魂石藏在了何处。可是灵泉的力量会随着时间不断增长，就算被封印也封印不了太久。一旦寄魂石出现裂缝，灵泉就会召唤出许多邪魔……当初沐丫头请求我找寻补天通玉。那是万年寒冰凝聚成的灵玉，只有这么一点儿。我用它做了这个小瓶子，只可惜瓶子做成时，她已经不在了……如果你有机会找到寄魂石，就用它来装灵泉，总比寄魂石结实些。"

说着，酒老仙将这小玉瓶子递给了薛冉冉。显然他不甚待见苏易水，但是看到他带来的邪符，便知当年被沐丫头封印的灵泉恐怕又要生变。若是置之不理，恐怕他也不能安乐地隐居，每日逍遥地饮酒了。而且灵泉一事是沐清歌的遗憾，所以他想了想，决定将这瓶子给这个有眼缘的小丫头。

既然再问不出什么，苏易水便要带着薛冉冉下山。

酒老仙觉得自己跟这个小丫头特别投缘，于是趁着她快要下山时，给了她一个小布包："我生平除了会品酒，还会画符。这布包里有些防身的符咒，也许你能用上。毕竟跟了个倒霉催的师父，难免会跟着他吃挂落。若是时机不对，你可要机灵点儿先逃。若是跟姓苏的不痛快，你就投奔我翠微山，我的本事可比苏易水大多了！"

酒老仙做小人做得光明正大，当着苏易水的面挖墙脚。

薛冉冉看着酒老仙红通通的酒糟鼻呵呵干笑。她也不看苏易水的脸色，赶紧跟着他下山。

下山的时候，她说出了心里的疑问："师父，您当初将密钥给魏纠，不怕他得了灵泉之后卷土重来，报复您吗？"

苏易水看了她一眼，道："灵泉早已经不在阴界，他去了，也不过看看阴界的风景。他送了大半的修为给我，让他去散散心也是应该的。"

薛冉冉虽然早就料到密钥一事一定另有蹊跷，但没有想到师父这么损。魏纠损耗了大半的结丹去寻觅灵泉时，若只看到枯竭的水坑，那张雌雄莫辨的脸一定会气得发紫吧？

"不过，百年前就被灭门的梵天教连个徒子徒孙都没剩下，如果真的是灵泉外泄，再次用邪符蛊惑世人，又该怎么查出被沐仙长藏匿的灵泉在何处呢？"

苏易水听了，不答反问："你觉得沐清歌会将它藏在何处？"

这个……薛冉冉虽然觉得师父问沐仙长应该更直接，但她认真想了想，说道："当初沐仙长特意嘱咐秦将军镇守望乡关，而那水魔也出现在此处，也就是说，寄魂石应该在此处。"

到了山下，苏易水将事情简单地跟秦玄酒说了一遍，问道："当年沐清歌让你守在望乡关，也一定告知过你要守护什么吧？"

秦玄酒将眼睛向上翻起，像是在努力回想，又像在编瞎话："当时师父因为在樊爻一战中与魔子独斗，受了很重的内伤。她在此将养多时，看到许多子弟埋葬在此却无亲人守护，于是吩咐我以后万万不可离开此地，要按时给他们扫墓。所以我多次放弃周大人要保举我、把我调到京城的机会，一直镇守此处。"

苏易水听了，淡淡地问："那你驻守在此处需要做些什么？"

秦玄酒迟疑了一下，说道："除了清明时节扫墓，每逢初一、十五，我都会按照东、西、南、北的顺序在师父当初命我修筑的土地庙里换灯油，保证这些庙宇的灯火不灭，以慰藉战死的亡灵……"

这真是毫无诚意的敷衍之词。看来秦玄酒还是有些防备苏易水，不想告诉他实情。所以不管苏易水接下来怎么问，秦玄酒掩在络腮胡子里的嘴都闭得紧紧的。

见秦玄酒不想说，苏易水就没有再问。不过，当苏易水要带走徒弟时，秦玄酒倒急了："这幕后黑手还没有揪出来，你怎么就急着走？若是他们卷土重来，攻破了……可该如何是好？"

薛冉冉在一旁听了，觉得秦将军好笑，细声细语道："秦将军，你若想要我师父帮忙，就得知无不言。而且你师父不也曾嘱托过你，此地有异象的话，可以找苏易水帮忙吗？"

秦玄酒抓了抓胡子，终于说道："当初她将魔子降服，同时夺了它的阴界灵泉。可惜师父差点儿被灵泉控制，为了摆脱它，费了很大的功夫。后来，师父说将它封印在望乡关的某一处。为了避免灵泉再祸乱人间，必须有人悉心看守灵泉。当初师父收我为徒时，已经有走火入魔的迹象。那移魂大法乃是令乾坤颠倒、地转星移之术，若是控制不好，体内的魔性便会暴增。当初，她为了钳制魔子，利用此法移走了他的魔性和大半的灵泉法力，可是那灵泉魔性太强，师父也难以抑制。最后她想了个法子，在中元七月十五那日，利用鼎盛的阴气，在望乡关某一处将魔性与功力尽数转移到一块寄魂石上，然后把这石头封印。师父让我守护的便是这块寄魂石。不过，我真的不知它藏在何处。师父只是吩咐我要勤看那八卦罗盘，若有异状便去寻你……"

羽童听到这儿，不由得感慨。以前她认定女魔头沐清歌是因为贪图精深的法力，才会修炼邪术。现在听秦将军这么一说，她才知沐清歌被世人误会至深。可若她是为了钳制魔子，完全可以找正道帮忙，为何她从不肯跟别人解释自己的所作所为呢？她让秦玄酒找苏易水解决灵泉外泄的问题，又是出于什么目的？

说到这里，秦玄酒已经长泪纵横："可她老人家因为当时身子虚弱，被天杀的正道们埋伏偷袭，就此香消玉殒……就是你这浑蛋！明明在场却不制止他们，任由他们欺负我师父！"

秦玄酒说到恼恨处，止不住悲愤，拿脚去踹苏易水。羽臣赶紧阻挡，可是一时也不知说什么才好。

薛冉冉看了看一直面无表情的师父，总觉得他平静的表面下并非无动于衷。不过眼下她这个做徒弟的只能做和事佬："秦将军，当时人那么多，我师父也是独力难支啊！而且他已经尽力保全师尊的魂魄，让她在转生树上重生了。现在沐仙长已经重生，而且过得不错……对了，你为何不去九华山找她？"

听到薛冉冉这么说，秦玄酒哭音更浓，他跷着湿答答的胡子道："我怎么没去找！可师父在树上寄生了二十年，难免记忆混乱，她说她不大记得我了！"

❀❀❀❀❀❀❀

秦玄酒在听闻沐清歌已经转生时，雀跃得好几宿没睡觉。在找寻苏易水前，他就一路打听着去了九华山。

可是转生的沐清歌似乎很忙，没有空见他。

后来，秦玄酒好不容易在山下等到了从西山归来的沐清歌。她却诧异地看着他满脸的麻坑，然后笑着说她不记得他了，会不会是他当时将自己的戏言当真，自认为是她的关门弟子。毕竟世人都知道沐清歌只收容貌姣好的徒弟，把太丑的放在身边，会硌到眼睛的。

秦玄酒还想再多说点儿，以勾起师父的回忆，却被不耐烦的九华派弟子撵出了山门。

所以秦玄酒后来去西山找苏易水时才会借酒消愁，哭得稀里哗啦的。连姓苏的都记得他，为何师父却忘了他呢？

看着秦将军"长河决堤"，男儿落泪，薛冉冉心生不忍，贡献出自己的小手帕让秦将军拭泪，并且宽慰道："沐仙长贵人多忘事，虽然可能不小心忘了你，但是绝对不会忘了寄魂石附魔这等大事。只要你守住望乡关，击退起歹念之人，等她老人家想起，一定会觉得自己当初没有看错人，收了你这一等一的好徒弟！"

薛冉冉说这话时，眼睛亮晶晶的，看着秦玄酒，显得诚恳极了。

不知怎的，秦玄酒心里一松，觉得正是此理。毕竟师父挂在树上二十年，怎么能指望她全须全尾地回来？眼下最要紧的就是守住寄魂石，不可办砸了师父交代的差事。

知道了那些幕后黑手的目的，师徒五人一时不能回西山了，但是寄魂石藏匿在何处，还得慢慢探寻。于是，他们在秦玄酒的安排下，在关内镇子里寻了一处宅子安置下来。

望乡河的一场历险让几个小辈都知道了自己的短板。以后说不定要迎来怎样的恶战，不能每次都指望着老虎和师父来解围。于是，每天天不亮，几个小的就会晨起舞剑打坐，调息筑基。

自从薛冉冉摸索出了炼丹的门道，丘喜儿的丹炉就没再生过火。因为无论她怎么炼，出炉的丹丸都没有薛冉冉的丹丸药力强盛。而薛冉冉又不是藏私的人，于是丘喜儿干脆偷懒，每次都是服用薛冉冉炼出的丹丸练气固基。虽然是基础的清心丸，但是补益甚强，甚至她的心疾都许久没有再犯了。于是……师父一视同仁地操练着两个女徒弟，让她们清晨起来时跟着两位师兄一起跑圈。

用二师叔的话说，腿上没劲儿，下次组阵的时候还会摔跤。这种降魔时自己绊倒自己的蠢事简直是修真之耻！为了一雪前耻，每天早晨绕着河边跑十圈是逃不掉的。

薛冉冉并不觉得很辛苦，就像师父所言，一旦掌握了筑基的诀窍，在丹田气池中养气调息，就会感受到身体很轻盈，一日千里也不是神话。

看着在队伍最前面像小兔一般蹦蹦跳跳的小师妹，后面三个人跑得有些气喘，只能大喊："小师妹，等等我们！"

薛冉冉转头微笑道："你们跑得也太慢了，厨房的炉灶上我还蒸着香菇肉包呢！我已经跑完十圈，就先回去了，你们继续跑啊！"说完，她便一个人先往望乡关口跑去。

正值清晨，关口已开，做生意的商人早早地驱赶马车，排队等着临检入关。

有一队华丽的车马特别扎眼，由官兵护送，也不排队，长驱直入，来到关底。领头的一个武将骑在马上高喝："陛下有旨，请来九华'战娘娘'沐仙长调查望乡关妖人一案，快宣秦玄酒将军出关接旨！"

喊话那人穿的是京城禁军的官服，腰间挂着宫牌，手里举着明晃晃的圣旨。

守城的官兵不敢耽搁，一路小跑着去关内寻找秦将军。

薛冉冉挤在围观的人群里，好奇地看着那辆用香木雕刻的华丽的马车。就在这时，一阵清风吹起，掀动了车帘，正好露出沐清歌姣好的脸。

围观的百姓又是一阵哗然，纷纷交头接耳道："天哪，居然有这么俊的姑娘，莫不是九天玄女下凡了吧？"

马车里的沐清歌自然也听到了，她似乎很受用这种朴实无华的夸赞，伸手撩起帘子，表情清冷地往外探看。

人群爆出来"哇"的一声，议论的声音更加沸腾了，人们直嚷嚷："快来看仙女啊！"

这时，沐清歌才嘴角挂笑，准备放下车帘。目光流转间，她突然看到了站在人群中的薛冉冉，她目光一顿，起身下了马车。

因为有官兵开道驱散了围观的百姓，沐清歌便挥手示意薛冉冉到她近前说话。

"你……是易水的小徒弟，叫薛冉冉，是吧？"

因为从秦玄酒嘴里了解到了沐清歌不为人知的另一面，薛冉冉对这位遭世人误会的女魔修很是同情。

薛冉冉规矩地施礼道："正是。不知沐仙长怎么来这里了？"

沐清歌用一副看小辈的姿态看着薛冉冉，慈祥地一笑："你来了……是不是你的师父也来了呢?"

薛冉冉觉得不能随便暴露师父的行踪，毕竟他俩恩怨不明，旧账不清，所以她只傻笑，不说话。

沐清歌见她这滚刀肉一般的样子，也没有恼，只是拉着她的手微笑道："我曾有过一个妹妹叫沐冉舞，跟你一样，名字里都带个'冉'字，只可惜她如今不在了，可看到你时，仿佛又能看到她像小跟屁虫一样绕着我转的样子……"

说这话时，沐清歌的表情带着一丝说不出的怅然，似乎是自言自语："她总是不离我半步，什么都要靠着我……"

然后她将目光落到冉冉身上，笑着说："虽跟你只见过两面，却总觉得亲切，我很喜欢你这孩子。算起来，你也算是我的徒孙，称'师祖'又显得老了，叫声'师尊'便可以了……"

薛冉冉从秦玄酒嘴里知道了当年的隐秘，也知道这位师尊并不像正道所传的那么坏。不过她一见面就拉自己的手，有些刻意拉近关系的举动让自己有一丝丝不适。薛冉冉并非跟谁都自来熟，被不怎么熟悉的人这么拉手，有些不适应。所以她不动声色地挣脱开，又微微后退了一步："沐仙师，锅里我还蒸着包子，先走一步了！"说完，她撒丫子开跑，回去先给师父送信。

看着小丫头不顾礼节，突然跑开了，沐清歌新收的富贵徒弟——林丞相之子林烨庭蹙眉道："苏易水的徒弟怎么这么没规矩！话没说完就跑！不过，苏易水向来猖狂，教出这等粗鄙的徒儿也不足为奇。"

林烨庭因为患有严重的风湿痛，曾经去西山求医，却吃了闭门羹。苏易水的随从毫不留情地奚落、嘲讽他父亲为官不正，害得他当时丢尽了脸面，可又碍着当时人多，不好发作，所以他对苏易水的怨气很重。幸好沐仙师重生，他的爹爹身为丞相，受了皇帝的嘱托，亲自去拜访沐仙长，顺便恳请她为他消除病痛。

沐清歌虽然挂在树上二十年，却熟谙人情世故，很给面子，不光用咒移除将他的风湿痛转移到了他的仆人身上，还欣然收他为徒，让他修习些轻身健体的仙术。

林丞相一直挂心儿子体弱多病，如此这般，自然皆大欢喜。林烨庭知道这位沐仙长是皇帝看中的故人，自然也放下身段，在沐清歌座下修习本事。他倒不是为了修仙，而是皇帝指示，要在沐仙长身边留个可靠的人，无论沐仙长有任何需要，都要及时安排，方显陛下的隆宠。

不过他方才那一番马屁显然是拍在马蹄子上了。听到林烨庭嘲讽苏易水，沐清歌目光转冷，瞥了他一眼后，出言申斥："西山是我一手创建，易水也是我的弟子，算起来，他还是你的师兄，你怎可出言无理，嘲讽前辈？"

林烨庭一听，连忙拱手赔不是。

不过，沐清歌的心思已经不在他这儿，她眯眼看向那个快步走出城门、满脸麻子的武将。

这人……她见过啊！他曾自称是沐情歌的关门弟子，在九华山下跟她认亲……难道他就是望乡关的守将秦玄酒？

想到这儿，沐清歌挂上了笑脸，朝着泪眼模糊的"麻子脸"走去……

且不说城门口将是一场泪如泉涌的师徒认亲场面。薛冉冉一路跑回寄居的小院子，准备给师父报信。

结果在院子里找了一圈，她才发现她那高洁傲岸的师父居然在厨房，正挽着长袖用竹夹子从热气腾腾的铁锅里盛包子呢！

嗯……师父如此接地气，就是徒儿侍奉不周。薛冉冉连忙跑过去，绕着苏易水道："哎呀，师父，您饿了吗？让我来盛包子吧！"

可是苏易水说自己并不饿，只是听她说过，包子蒸熟后，在锅里焖半炷香的时辰即可，不可少也不可多。

他看时辰到了，她还没回来，便想着先将包子取出，免得火候不对，影响口感。

薛冉冉听了一阵感动，师父真是细心，记得她说的每一句话！于是，她赶紧挑出几个上面点了红印子的包子，吹了吹热气，递给苏易水："师父，您不爱吃葱花，这几个点了红点的，是我另外调的馅儿，您趁热尝尝，看合不合口味。"

说完，她也迫不及待地拿起一个包子掰开，冒出热气后，她咬了一大口，然后眼巴巴地看着师父，示意他趁热吃。

苏易水勾了勾嘴角，似笑非笑，只学着她的样子，掰开包子后慢慢吃。

待包子进肚，师徒俩才算没有辜负刚出锅的香气。薛冉冉忽然想起正事，连忙说了沐清歌带着圣旨造访望乡关的事情。

虽然她猜测师父跟沐清歌纠缠不清，可是师父此时一副平静无波的样子，看起来一点儿也不激动。他只是用筷子又夹起一个包子，让薛冉冉给他调酱汁，蘸着继续吃。

薛冉冉便一丝不苟地按照《玩经》里的比例调配了油醋汁给师父吃。

这次似乎对了师父的胃口，他慢条斯理地蘸着酱汁又吃了一个，突然开口问道："你怎么知道我不喜欢吃葱花？"

嗯……这个……薛冉冉才醒悟师父从来没有特别嘱咐过她做饭的时候去掉葱花。虽然《玩经》上标注得详细，但是平日里就算她做了加葱花的菜，师父也照吃不误。

"还有，你怎么会酿造'误天仙'呢？那可是沐清歌自创的佳酿。"

自从下了翠微山，师父一直没提这茬儿，没想到他现在抽冷子提出，让她猝不及防。这下子，她不好说是自己猜测的了，踌躇了一会儿，只能忐忑地说出自己在书斋里不小心发现暗格子的事情。

苏易水垂眸，一边吃着包子一边听小徒弟艰难地措辞，说着《玩经》里的《凶兽篇》。

当然，这种师父被女魔头逗弄的陈年丑事，薛冉冉也不好说得太透，免得师父立刻恼了。具体的内容还得等师父回到西山后自己去看。

可师父不依，面皮板平，让她一字不差地将关于他的描述背出来。薛冉冉困窘极了，被师父步步紧逼，只能一五一十地说出来。

她一字不差地背完，有些不敢抬头看师父的脸。

师父一直不说话，她便试探性地抬头，只见师父那张俊美的脸上并无想象中的滔天怒火。

他看她抬头，才淡淡开口道："以后做饭，不必特意去掉葱花，我现在不挑剔那些。用海盐腌渍龙眼，是因为舍不得用糖，迫不得已想出的储存果子的法子，我不爱吃。"

薛冉冉有些诧异，前师尊煞费苦心总结的居然都是错的？想想也是，师父可是王爷之子，又怎么会爱吃穷人的零嘴儿呢？

就在这时，羽童走了进来："主人，沐清歌和九华派的门人来望乡关了，现在被秦玄酒迎到了将军府，秦玄酒派人来请您过去。"

听到这儿，薛冉冉长长地舒了口气，坑人的前师尊总算是有些用处，替她解围了。

羽童方才听到了几句，看着薛冉冉被训得有些发蔫，便开口安慰道："你不知你师父小时的境遇，自然对他有些误会……他虽然是王爷之子，却是到了十岁才被王爷认回。此前他与夫人的日子……过得甚是清贫……主人有一次跟我哥哥说，夫人有一次外出得了些稀罕的龙眼，舍不得吃，想带回去给他，可又怕路上坏掉，便用海盐腌渍。拿回来的时候，主人吃一口就觉得怪味冲鼻。可是他怕夫人伤心，就一声不吭，全都吃掉了……"

薛冉冉听得睁大了眼睛，没想到师父小时竟然有这般境遇。不过细想也是，他不过是王爷的外室子，不被王爷承认，若是以前王爷对他不管不问，那他过得岂不是连穷苦人家的孩子都不如？

"那……为何沐清歌说，以前他每次生气，吃了海盐龙眼干，心情就会变得好些？"

羽童摇了摇头，表示自己也不知道。

薛冉冉细想了想，心里却咯噔一下。她知道师父以前是被迫投到沐清歌门下的。少年正是脾气倔的时候，可他又要在性子乖戾的沐清歌门下讨生活，难免要忍辱负重。所以他每次被沐清歌惹生气，吃起代表辛酸日子的咸味龙眼时，就跟越王勾践在屋内吊尝苦胆、睡干柴一样啊！这般卧薪尝胆……再滔天的怒火也会被酸涩的味道扑灭，提醒少年学会忍耐、蛰伏，犹如春日行将开裂的冰江，表面平静，内里暗流涌动……

可是沐清歌误会了，以为他爱吃，所以每次撩拨得徒儿火大时，还会拿这个来哄徒儿……

　　薛冉冉被自己突然的想法吓着了，同时又有些莫名的哀伤。也许沐仙师当时的举止言谈不过是玩闹而已，却让一个敏感、阴郁的少年备感屈辱。这种落差感十足、背道而行的师徒关系，真是让人有些感伤……

　　她想到师父每次在沐清歌面前慢慢吞下难吃的龙眼干时，心里想的大约都是如何将沐清歌大卸八块吧？如此，他最后任由沐清歌被围攻，看着她魂飞魄散，似乎也有了解释。

　　薛冉冉再次叹了口气。《玩经》的《凶兽篇》里全是谬误，满篇大约只有"睚眦必报"那一项是对的……

　　也许正是因为对沐清歌的压榨难以释怀，现在师父对沐清歌冷淡得很。

　　苏易水带着吃过包子的徒儿来到将军府时，已经到中午了。

　　卫放陪着沐清歌等苏易水，已经等得不耐烦了！看苏易水姗姗来迟，他立刻吊着眉梢冷哼一声，道："苏易水，让我们这么多人等你，你好大的架子！"

　　苏易水压根儿没搭理他，看了看围着沐清歌殷勤地递水端茶的秦玄酒，径直问道："秦将军，你找我有何事？"

　　这次，秦玄酒总算被恩师正眼看了几次。待问清当初他拜师的经过，她老人家尘封的记忆似乎也被勾起，想起了一点点。不过，那些前尘模模糊糊的，恩师还是记不大清楚，大部分都是听他说的。

　　碍着周围的人太多，其中还有九华派的弟子，秦玄酒藏了心眼，并没有将藏着魔子魔力的寄魂石说出来。总要等到左右无人时，他才好跟沐清歌说这等隐秘。

　　他虽然没说，但是有魔物觊觎此地的事情也足以勾起人的好奇心。沐清歌是受皇帝苏域的嘱托，前来调查水魔一事的。原本她并不怎么上心，可是看到自称是她关门弟子的秦玄酒，又从他的嘴里知道苏易水也在此地后，她倒越发上心了。

　　连苏易水都探查不出背后的主使，她初来乍到，自然也一头雾水，只能等着那幕后黑手再次作案，她好探查究竟。

　　秦玄酒安顿好师父，刚转过花园，便看到薛冉冉立在花园门口。她拿着一壶酒说道："秦将军，这是我从翠微山带回来的新酿的'误天仙'，我记得您爱喝，所以特意给您带了一壶来。"

　　秦玄酒听了这话，眼睛发亮，笑着夸赞薛丫头"有心"，然后接过酒袋，迫不及待地拧开饮下一口。

　　可这一口下去，秦玄酒的眼神渐渐发直，铁塔一般的身子摇摇欲坠，最后竟然往后一栽，昏了过去。

　　就在这时，从墙角蹿出来的羽臣及时接住了秦玄酒，将他拖拽到一旁的厢房里。

苏易水正安稳地坐在厢房里等着呢！只见他随手画了个符，然后搓指引火，将那符焚烧成灰，再溶进一碗清水里，让羽臣将它灌入躺在地上的秦玄酒嘴里，再让羽臣脱掉秦玄酒的鞋子，在他的脚底又画了一道符。

薛冉冉在一旁看得胆战心惊，疑心自己是不是无意中帮师父犯了谋害朝廷命官的大案。刚才师父只是让她递酒，并没说要迷倒秦将军啊！

苏易水看她大眼睛转个不停，便猜出了她的不安。他画完符，便告诉薛冉冉，他不过是给秦玄酒施了个忘咒，给他脚底板画的也是个驱邪保命的符咒罢了。

现在皇帝让九华派来到望乡关，九华派搅和其中，必定要生乱。所以苏易水干脆给秦玄酒的嘴巴加了一道"锁"，让他暂时忘掉寄魂石的事情，不跟九华派的人多舌。虽然这符的效力只有三日，但是应该足够了。

等羽臣给秦玄酒穿好鞋子，又把他扶到方才晕倒的园子月门边时，秦玄酒手里捏着酒袋子刚好醒来。他迷迷糊糊地晃了晃脑袋，嘟囔着："这酒劲儿怎么这么大……"

他话还没说完，立在他对面的薛冉冉便一把夺过他的酒袋子："应该是没有酿好，我以后再给将军您送来一袋。"

小丫头跑得真是快。秦玄酒还没有反应过来，她已经跑得没影了。

第十一章 探访地穴

　　晚饭时，沐清歌特意让皇帝赐给她的御厨做了几样精致的菜肴，备了美酒，私下款待爱徒秦玄酒。

　　秦玄酒就等着这无人的机会呢！

　　对饮时，沐清歌试探性地问他，当初自己派他来此地究竟为何时，秦玄酒迫不及待道："师父，我正要跟您详细说说此事呢。您忘了吗？当初您让我来……"

　　沐清歌递给他一杯酒，身子微微前倾，微笑道："对啊，我让你来是……"

　　她耐心递话，可面前的这个大胡子麻脸男像被人点了穴，圆瞪着眼睛，拉着长音道："是呀，你让我来是——"

　　如此往复，就算沐清歌一向耐得住性子、脾气顶好，也被秦玄酒气着了。她忍不住重重放下酒杯，厉声道："秦将军，你是在戏耍我吗？"

　　秦玄酒的脑袋狠狠地撞着桌面，他又扑通一声跪地哭诉："师父，我哪里敢戏耍您老人家？只是不知是不是最近喝多了酒，记性不大好了，跟您一般，隐约记得一些事，却怎么都想不起来了……"

　　他这样说，沐清歌也无言以对。毕竟大家忘性都大，一脉相承，师徒不相伯仲。

　　不过，沐清歌疑心他是故意隐瞒，吊着自己。一气之下，刚刚升温的师徒之情骤然变冷，秦玄酒连一口皇家御菜都没吃到，就被沐清歌毫不客气地撵了出去。

　　秦玄酒心里郁闷，便想去寻苏易水问问，因为他记得自己好像跟姓苏的提起过什么，看看姓苏的能不能提醒他。

　　可是他去了西山师徒寄居的小院子，发现小院无人，只有灶上炖煮着费功夫的五香酱猪蹄……

　　再说苏易水等人，在白日与沐清歌他们见面之后，便回到院中准备。

　　这两日，羽臣遵奉苏易水之命，抱来了许多干稻草，带着几个小辈扎起了稻草人。

　　将稻草人扎好以后，苏易水将薛冉冉从酒老仙那儿得来的催动符贴在稻草人的胸前，那些稻草人便像翠微山下种田的稻草人一般，可以听从差遣了。

　　一切准备就绪时，已经入夜。

　　为了方便降魔，秦玄酒给过苏易水出城的腰牌。苏易水让羽臣驱赶马车，带着一车的稻草人还有徒弟出城去了。

他们前往的是月娥之前做差事的调军台方向。那里刚刚夯实地面，又重新修筑了瞭望的高台，不过还没有启用，加上最近一段时间巡兵都被安排在望乡河附近，他们进出倒也方便。

薛冉冉小声问师父如何确定这调军台有蹊跷时，苏易水淡淡道："灵泉能蛊惑人心，知晓人心里最深的渴望。月娥天天来此做饭，却渐渐开始穿衣打扮，全然不怕灶台的炉灰弄脏新衣服。而且她经常一个人冲着望乡河痴笑，就说明她产生了幻觉，以为自己跟一个富家公子一类的人在打情骂俏。灵泉被封印，能力有限，只能影响方圆十丈的距离。月娥差不多是在那儿中招的，所以去调军台总会有些收获。"

听了师父的分析，薛冉冉觉得在理。不过她还有些不解，小声问："东西是沐清歌藏的，若是细细问她，总能有些收获吧？我们何必晚上偷偷摸摸地找？"

苏易水低头看了看她，说道："她不是想不起来吗？不过，当初她被那东西害得不轻，不记得更好。"

他缓了缓，又解释道："寄魂石封印的魔力会随着时间的推移而慢慢增强，最后寄魂石封印不住魔力，会自行碎裂。秦玄酒所拿的罗盘生出异象就是这个原因，它隐隐外泄的魔力引来了觊觎之人，我们要做的就是在寄魂石完全碎裂之前找到它。不过，它的力量如同海潮随月盈、月亏有所涨落一般，我原本想等到月末它的力量衰减时再行动，但是现在九华派的人也来了，只能冒险在月中动手。"

薛冉冉小声接话："月中时，它的力量也会衰减吗？"

苏易水摇了摇头："月中灵泉高涨，是灵力最强之时……"

四个徒弟顿时傻眼，面面相觑。连一个被灵泉魅惑、变异的普通村妇都那般难缠、可怖，现如今，他们要去对付灵泉本尊，这简直难如登天！

丘喜儿又要哭出来。

不过，师父又开口说道："不必担心，它被封印甚久，能力有限，又没有形体，你们只要稳住心神，不被它蛊惑就好。你们要做的是四处分散，找寻灵泉的位置，等确定下来后，我一个人去对付它。"

这话说完，徒弟们纷纷长出一口气。

一行人在黑夜里摸索前行了一会儿，来到了距离望乡关五十里地的调军台。

苏易水拿出类似风水先生用的罗盘分给了他们，教会他们如何看后，便让他们分散开来。

据说，大齐的先帝曾经在这里调兵遣将，平定西北，所以这处调军台除了实际的作用，还有格外神圣的意义。当今皇帝还是皇子的时候，也曾亲自来此地犒军。

多年来，这里一直有人定期修缮，就算西北黄沙漫天，台上木漆的成色也很新。

这里能容纳千军万马，场地颇大。除了阅兵的高台，还有一座供武官休息的阁楼。再旁边，就是月娥那些妇人帮厨的小厨房了。

薛冉冉拿着罗盘，不由自主地朝着那座阁楼走去。

那阁楼修建得甚是伟岸，精致的样子跟西北苍茫、粗犷的建筑风格迥然不同，看来当初是为了突显陛下御驾亲征的隆重而建造的。

薛冉冉一时看得入迷。看着那建筑，她歪着脖子道："师父，这座阁楼的风格和雕花倒是跟我们西山上的屋堂很像啊！"

苏易水冷冷地瞟了她一眼，不知为何，他的眼神有些凌厉。

薛冉冉突然想到她曾经听二师叔说过，西山的那些屋舍好像是当年身为小皇子的苏域趁着沐清歌外出云游，花费了不少金银替她修建的。而这里……据说是当年沐清歌跟小皇子亲自点兵的地方……沐清歌喜欢享乐，难道这座高楼也是小皇子为有奢靡爱好的沐仙师特意建造的？薛冉冉想到师父痛恨奢靡、浪费，便不再言语。这么看来，皇帝当真是爱才啊！如此礼遇，也难怪沐清歌肯帮他。

苏易水带她走到调军台右侧时突然闭眼，同时一手狠狠抓住薛冉冉纤细的胳膊。

薛冉冉方才无意中瞟了师父，他闭眼前，眼底似乎有红光闪过。所以就算被师父狠狠抓住胳膊，她也不敢挣扎，只小声问："师父……您怎么了？是不是哪里不舒服？"

过了一会儿，苏易水终于睁开了眼，眼底是如往昔一般的清明。他松手，看着薛冉冉有些发红的手腕，蹙了蹙眉，问道："疼吗？"

薛冉冉怕师父内疚，即便手腕有些火辣辣的，她也摇头笑着说"没事"。

其他人都在搬稻草人下马车时，苏易水将一道用丹砂金线描摹的符递给了薛冉冉。

"一会儿我若有异样，情形不可控时，你要将这符贴在我的眉间——不，贴在你自己身上。"

薛冉冉半张着嘴，有些不懂："这符能逼退邪灵吗？"

苏易水点了点头，简短地说道："万一我被控，你们就赶紧离开。"

薛冉冉小声说："我才不会撇下师父呢……若是您被控，我会寻机给您贴符的。"

苏易水没有说话，只是深深地看了她一眼。

她又不放心道："师父，若是您也被迷得失了心智，那我们这些道行浅的，岂不是自顾不暇？我怕我——"

还没等薛冉冉说完，苏易水就打断了她的疑虑："魔由心生，会无限放大寄主的贪欲。至纯之境，魔就无处遁形。你心思单纯、明净，没有什么可怕的。"不知为何，苏易水很笃定。

虽然被师父夸赞，但薛冉冉总觉得哪里不对。既然她不用怕，那修为更高、常年离群索居、清心寡欲的师父岂不是更不用怕？

她总觉得师父很忌惮那寄魂石。不过，师父忌惮它也有原因。既然魔修魏纠千方百计想要得到灵泉的魔力，当年沐清歌也被它吸附，那么这个灵泉应该很厉害。

就在这时，苏易水又递给她一根精致的短棍。短棍的中央有个弹扣，苏易水示意她按一下，短棍两端立刻弹出两节，就如同孙猴子的金箍棒一般骤然变长。

"这棍子是当年我的一个故人所制，棍身是由上古青铁制成的，你拿着防身。"

薛冉冉接过短棍，正待说话，师父已经绕到调军台的正面。

此处气息波动最盛，灵泉应该就在这里。

苏易水绕着调军台走了几圈，很快就发现其中的破绽。

这调军台是用石头垒砌的，上面铺着宽大的木板。不过，用火把照明，仔细看的话，就会发现调军台西边的一角有几块石头的颜色跟周围的石头不太一样，很明显是后来垒砌、填补上的。

羽臣从马车上拿出镐头，对准那几块石头砸下去。他天生力大，没几下就将那几块石头砸碎了。

那几块石头下面果然是空心的，有碎石掉落其下的洞中，竟然过一会儿才可听到落地的声音，也不知这洞有多深。

待洞口扩大，浊气散尽，灌入冷风，洞里传来呜咽呼啸之声，令人头皮阵阵发麻。

丘喜儿有些害怕，幸好师父说不用他们下去。那黑黢黢的洞可真吓人。

苏易水举着火把，也没有用拴在洞口的绳梯，径直跳了下去。

余下的人便坐在调军台的高台上静候佳音。

自从苏易水进去以后，那洞里的呼啸声似乎小了些。羽臣、羽童两兄妹蹲在洞口，紧张地等待着主人的消息。

过了一炷香的时间，羽臣实在忍不住，探头问道："主人，您平安落地了吗？"

回应他的只有呼呼的风声。就在羽臣又要喊时，洞里传来悠悠的声音："落地了，你们下来吧！"

羽臣又问："主人，您是让我和羽童下去吗？"

洞里的声音说道："都下来！"

就这样，苏易水一声令下，余下之人便顺着拴在洞口木桩上的绳梯爬了下去。先是羽臣、高仓还有白柏山。

白柏山下去时，冲着脚下喊："师父，下面安全吗？"

不一会儿，洞里传来苏易水的声音："快些，别磨蹭！"

听到主人的声音，羽臣加快了速度，很快第一个落地。等高仓和白柏山也落地的时候，他们却愣住了。

借助手里的火把，他们往四周照了一圈。这里只是一个空荡荡的地洞，连个人影都没有。苏易水不知为何不见了踪迹……

地面上的薛冉冉正跟三师姐在调军台的高台台阶旁坐着。西北夜里的寒风很冷，薛冉冉有了在望乡河边守夜的经历，所以提前在镇子里买了个小手炉子。她烧好木炭，装入扁圆的铜盒子，再套上厚实的棉袋子，揣在怀里暖暖的。

毕竟有个爱抽冷子开考的师父，就要有十足的准备。若是师父哪天将他们扔到坟圈子里练胆，她也不会觉得意外……

就在她天马行空、胡思乱想之际，山洞里突然传来师父的喊声，让他们都下去。而大师叔跟两位师兄已经先下去了。

丘喜儿听了师父的喊话，脸一垮，带着哭腔道："师父，我有些不舒服，能不能在这儿等你们？"

"不行！赶快下来！"苏易水的声音突然变得严厉，显得很不耐烦。

羽童赶紧走过来，对两个徒侄说："主人让我们下去，肯定是人手不够了，我们还是快些，莫要耽误了大事。"

二师叔这么说，丘喜儿也没有办法，只能磨磨蹭蹭走到洞口，然后对薛冉冉说："你要跟在我身后，我夹在你和二师叔中间也能心安些。"

薛冉冉点了点头，最后一个下洞。

因为手里拿着一个小火把，薛冉冉下得有些慢。落地时，她举着火把向四周照去，却不见其他人。

薛冉冉试探着叫道："师父，二师叔！"可她喊了几声，根本无人回应。这洞里空寂得很，似乎并没有人来过。

薛冉冉深吸了一口气，努力让自己镇定下来，用火把照亮，仔细查看这个洞。

洞四周的墙壁湿答答的，再往前走，有条暗道，里面也只有滴滴答答的水声。薛冉冉想了一下，便转身抓着绳梯准备上去。就在这时，她身后再次传来苏易水的声音。

"过来，走到这边来。"很显然，他希望薛冉冉走进那黑漆漆的暗道。

可是这次薛冉冉并没有立刻走过去。她顿了一下，然后对师父说道："师父，我怎么看不到你们？二师叔他们去哪儿了？"

就在这时，暗道里又传来羽童和丘喜儿的声音："快过来吧，就差你了……怎么这么慢？"

薛冉冉迟疑地往前迈了一步，然后问丘喜儿："三师姐，那么黑，我有点儿怕……"

丘喜儿不耐烦道："这有什么可怕的？快些进来吧！"

薛冉冉听了这话，说了一声"好"，转身抓着绳梯就开始拼命往上爬——方才入洞的时候，丘喜儿吓得都快尿裤子了，怎么这么快就若无其事地催促起她了？

薛冉冉看不见其他人，觉得有诈，便想着先爬上去叫秦玄酒带亲兵来救人。若她也折在洞里，就要全军覆没了。

可是当爬上绳梯的时候,她突然觉得身子开始直直地往下坠,似乎有什么无形的力量在拉拽她入那条暗道。

被扯下来的瞬间,薛冉冉从怀里掏出师父给她的符,不管三七二十一,一个转身直直往身后拍去。

她的轻身术练得炉火纯青,身体轻盈得很,半空中扭身、拍符,一气呵成。

当那符贴过去时,只听啪的一声,竟然有火星迸溅,似乎有什么东西被那符击退,凄厉地惨叫着,带着一阵腥风消失了。

薛冉冉惊魂未定,从地上捡起那道被风卷掉的符,正准备继续爬绳梯时,她的脚再次被缠上,这次力道与速度比之前更迅猛,压根儿不给她反应的机会,再次卷着她入那条暗道。

薛冉冉觉得,若进暗道,情况会十分不妙,于是赶紧扔下手里的火把,掏出师父给她的那根短棍。她一按中间的弹扣,短棍两头立刻弹出两节,如孙悟空的金箍棒一般自动延长,若是再摁,还会弹出钩子,正好卡在暗道洞口。

那股拉拽薛冉冉的力量顿了一下又开始不断增强。

就在这千钧一发之际,薛冉冉决定冒险试一试师父教的降魔诀。她闭眼张嘴,凝聚精神,大声诵念,同时双手紧握棍子。清亮的声音在暗道里回荡,渐渐生出金色的暗光。薛冉冉终于挣脱了那股力量,双脚一蹬洞壁,堪堪从暗道里逃脱。

可她爬出暗道洞口后,那洞口突然落下碎土,完全被掩埋了。

就在这时,暗道里再次传来声音,是薛冉冉的娘亲巧莲在叫:"快来救我,啊!救命!"

那声音完全是她娘亲巧莲的。薛冉冉手心冒汗,艰难地抉择。

最后,她将那金符缠绕在棍头,紧紧握住短棍,然后盘腿坐下,就如在西山草堂时那样开始打坐。师父说过,魔由心生。她既然笃定这些声音有诈,就万万不可被它们扰乱了心神,反正也逃不出去,便只好打坐。

薛冉冉现在打坐的功力与踩荷叶一样,都是升堂入室的技艺。片刻的工夫,她便入了天地归元之境。她虽然闭眼,却已与天地通感,身上每一个毛孔都能感知到空气中细微的变化。

当一股疾风袭来时,贴了符文的棍头便顺着她的手腕翻转,精准地砸了过去。当疾风从四面八方袭来时,薛冉冉的手腕继续翻转,带动棍子飞舞。

这棍子也不知是哪位高人所制,两个棍头还会随着风的力道改变方向,一时间在薛冉冉周身形成密网护盾,竟能达到泼水不入。

就在这时,那不时变换音色呼喊薛冉冉的声音突然又变了,这次竟然如猛兽怒吼:"为什么你如此不受控,我竟然诱惑不了你!"

这次的声音粗哑,跟月娥临死前突然变换腔调开口说话的声音如出一辙。

薛冉冉依旧不说话,只双手握棍,俨然入定。

那声音越来越狂躁，犹如暴怒的男人破口大骂。可不知为什么，当暗道里传来涉水的脚步声时，那声音戛然而止。

薛冉冉依旧紧闭着眼，感觉到有人接近的时候，用棍头砸去。

可是这一次，她的棍子被人精准地握住，接下来，对方一个巧劲儿就将她扯入怀中。

薛冉冉低叫了一声，只能睁开眼睛。她定睛一看，发现将自己扯入怀中的居然是师父苏易水。不过，他先前好像落入了水中，浑身上下湿答答的。此时水顺着他挺直的鼻梁蜿蜒下淌，正落在薛冉冉的脸上。

虽然师父沾水后俊美如昔，可薛冉冉看到他瞳孔里的红色……跟那个入魔的村妇月娥是一样的。她想挣开他的怀抱，却发现她被铁臂紧箍着，根本无法挣脱。她只能警惕地问："你……是谁？"

可是苏易水不说话，看着她的眼神透着说不出的可怕。薛冉冉现在总算能体会到丘喜儿为什么说师父眼神可怕了。盯着他的眼，真让人冷到心底地战栗。

那道金符还缠在棍头，薛冉冉尽力把两只手背到后面，悄悄将金符解下，拿在手中，以备不时之需。

苏易水突然低头，朝着薛冉冉的脸挨近，看样子，也不知是想一口吃了她还是要做什么。

薛冉冉努力将头一偏，嘴唇却不小心蹭到了苏易水的面颊。她明显感觉到他身子一僵，有种被冒犯的不适……

当师父偏头看她时，她真的有些泪目，说道："师父，我不是有意的……"不过，被她亲这么一下，苏易水抓着她的手臂似乎有所松动。薛冉冉趁机突然伸手，将金符贴在苏易水的额头上。随后，苏易水眼底的红色似乎慢慢消散了。

❋❋❋❋❋❋❋

薛冉冉不敢喘大气，试探着从苏易水的怀中挣开。苏易水眼底的红色虽消，他却并没有松开手臂，依旧将她箍得紧紧的。

薛冉冉疑惑地抬头看时，苏易水才慢慢松开手，可是两个人的脸依旧挨得很近。

薛冉冉只能微微侧头，试探道："你是——"她想问他是不是师父，可又觉得对着师父的脸这么问有些怪怪的，便拖着长音等他的回答。

苏易水也歪着头看她，就是不说话。直到看到小徒弟仿若被点穴，连眼睛都不敢眨一下时，他才不紧不慢地扯下额头的金符，开口道："我是苏易水。寄魂石上的魔能模仿人声，你若听到什么声音，万万不可轻易相信，它只是窃取了你记忆里比较深刻的声音并模仿罢了，并不会辨识人的身份。"

他说得很有条理。先前她听到的那些声音的确从来没叫过她的名字。

薛冉冉依旧警惕，谁知道那魔石是不是已经成精化形，变成师父的模样来骗人！她决定试探一下苏易水，于是小声说："你长得真好看……"

苏易水向来忌讳别人谈论他的容貌，更不喜欢别人盯着他看，这么试探，真假立知。

谁知她面前的这个苏易水竟然一点儿怒意都没有，只是平静地说："喜欢看，可以出去后慢慢看，现在跟紧我。"

薛冉冉乖巧地点头，就在苏易水转身的工夫，她撒丫子就往另一侧跑。

妖孽！变得还挺像！岂知她火眼金睛，一下子就看出了破绽！

不料，她的衣领子被扯住，身子一下子又被苏易水拽到怀里："跑什么？洞口已经被堵住，我们暂时出不去。"

薛冉冉心惊胆战地转头看他的眼睛："你不是我师父……"

苏易水面无表情地想了一下，立刻明白，她定然是想到了《玩经》里关于他不喜别人谈论他容貌的语句，才断定他是假的。

于是他问道："带龙眼干了吗？"

薛冉冉点了点头，掏出她随身带着的零食袋子。

这是她娘亲给她缝的，袋子分了好几个小格子，可以一次带三四种零食。其中一个格子里就装着一直没怎么吃的海盐龙眼干。这是她以前装的，以备紧急之用。不过，听了二师叔的话，她觉得自己白带了。只是最近总有意外的事情，她忙得来不及吃零嘴儿，一时忘了扔掉。

苏易水接过龙眼干，用力咀嚼后一口吞下，然后冷冷地道："现在可以跟我走了吗？"

关于这龙眼干的复杂典故，只有她、苏易水还有沐清歌知道。苏易水这般举动，让薛冉冉长出了一口气。他的确是师父无疑……只是其他人都去哪里了？

据苏易水解释，他从洞口下来时，落入了魔石巧设的灵泉中。

当年这股魔性就寄生在阴界灵泉中，善于控水。后来它摆脱了阴界，又被困入寄魂石多年。好不容易等到有人下来，它立刻急不可耐地设下陷阱。

苏易水方才开启了暗道的暗门，但一时不察，稍微被魔性影响，后来便在这里碰到了薛冉冉。

至于其他人，显然是被伪装的声音迷惑，诱引到暗道里去了。

"它想要拿他们做什么？"薛冉冉有些担心师叔他们，便问苏易水。

苏易水想了想，说："灵泉的魔性被寄魂石束缚，它是出不去的，只能诱惑着想要借助它的力量的人来砸碎寄魂石，好彻底自由。"

说着，他便捡起火把，带着薛冉冉入了暗道。那魔石似乎很忌惮苏易水，当他领着薛冉冉走进暗道时，就听不见它兴风作浪的魅惑声音了。

不过那暗道越来越潮湿，到了最里面，积水已经没过薛冉冉的脚踝了。轻身术似乎也不管用，薛冉冉的脚步越发沉重，有种气力散尽之感。

这时，苏易水蹲了下来，示意薛冉冉趴在他背上，他背着她前行。因为那水有魔性，薛冉冉修行尚浅，被浸得太久，很有可能出现异状。

听师父这么说，她只能压住心里的一点点羞涩，趴到师父宽阔的后背上。

师父平日穿着长衫，看着高瘦，可当薛冉冉趴上去伸手揽住他的脖颈时，手却不小心碰到了他厚实的胸肌。师父看着温雅，可真的很强壮……她刚才还不小心亲了他的脸……

"搂紧些，别掉下去！"似乎察觉到薛冉冉想撤回手，苏易水突然转头开口说道。

他转得突然，薛冉冉的嘴差点儿又碰到他的脸。若不是苏易水背得稳，她几乎要仰头栽下去。她顾不得脸红，赶紧环住师父的脖颈，稳稳趴在他的背上。

虽然背负一人，但苏易水脚下健步如飞，那使人脚步沉重的灵水似乎对他并没有什么影响。

也不知方才他下去时究竟发生了什么，让他一时迷了心智。

很快，他们就到了暗道的尽头，入了一间密室。苏易水挥动手里的火把，马上看到墙壁上有照明的油槽。

点亮之后，薛冉冉忍不住低叫了一声，原来两位师叔还有师兄、师姐他们都围坐在正中的一块巨石旁。那巨石上结满了寒霜，他们紧贴着冰石，在用自己的真气和体温"孵化"那块巨石。

根基还算深厚的二师叔还好，虽然失了神志，但身体自动反应，运转真气，化解了袭人的寒气。

可是两位师兄根基浅薄，寒气入体，嘴唇冻得发紫，已经结出了寒冰。他们身下蜿蜒流淌着如小溪般的水流，一路流淌入暗道。

显然方才师父蹚的水便是由这冰石融化、汇聚成的。若是石头上的寒冰完全融化，那么寄魂石的封印就要完全解开了。

苏易水沉声道："你在后面摆阵，护住自己的心智。"

薛冉冉立刻起势，选了一个石墩子坐下，为师父瞭阵护法。

苏易水飞身而起，不知什么时候手里捏着几根行医用的银针，以真气将针弹射到那几个人的通天穴上。

银针入穴，羽童第一个清醒过来。她发现自己的处境后急忙后撤，却发现自己的身体似乎被那巨石牢牢吸住，动弹不得。

这时，羽臣他们也清醒过来，高仓被冻得打了个寒战，开始哇哇大叫。不过，最糟糕的要数丘喜儿，她的身子原本就不好，迟迟醒不过来。

那魔石魔性甚强，苏易水似乎也忌惮得很，知道不能随便靠拢过去。他把两指放入口中，突然发出长啸。

不一会儿，暗道里涌出了一群摇摇摆摆的人，正是他们这几天辛苦扎成的稻草人。这些稻草人先前一直在上面用工具挖凿，挖开了洞口，依次跳了下来。

只见那些稻草人摇摇摆摆地走了过去，三五成群，分别去拉拽被那巨石吸附的羽臣他们。

别看这些稻草人没有血肉，它们可是有酒老仙的灵符助力，力大无比，没几下就将这几个人从冰石上扯下来了。不过，他们紧贴着冰石的手掌已经变得血肉模糊，显然是在皮肤被冻住后，被稻草人活生生地撕了下来。

在他们被扯下来的瞬间，苏易水立刻念诵冰诀，再度将快要融化的寄魂石冻上，而暗道里的水也不断倒流，将那巨石裹上一层厚厚的冰。

这时，薛冉冉也起身扶住被稻草人扛回来的丘喜儿。

"给她吃一粒清心丸。"苏易水吩咐道。

薛冉冉连忙掏出自己炼制的丹药，掰碎后塞入丘喜儿的嘴里。丘喜儿这才悠悠醒转过来，一边打着寒战，一边迷迷糊糊问道："我又踹被子了吗？怎么这么冷？"

薛冉冉来不及回答，因为那块被重新封住的寄魂石里突然发出愤怒的嘶叫，像许多人开口说话，一会儿像苏易水的声音高喊"放我出去！我会让你们变得更强！"一会儿又像羽臣的咆哮，接着又变成丘喜儿的呜呜哭泣声，刺得人耳朵疼。

苏易水不为所动，依旧念着冰诀，引暗道里的水回流，让冰层慢慢加厚。

突然，回流的水似乎有了意识，竭力挣脱苏易水的操控，凝聚在一处，化成了一个女人的形状。

渐渐地，在火光的照耀下，那女人生出了眉眼还有肌肤的颜色。一个仿佛刚刚出浴、不断滴水的美人出现在众人面前。

薛冉冉惊讶地瞪大了眼睛，因为她看出来了，这个美人……不正是沐清歌吗？

不对，她甚至比刚刚从转生树上重生的沐清歌更美艳迷人。那种美不在于皮骨，而是她眼角眉梢的灵动之气。

以前她觉得从转生树上重生的沐清歌应该跟画像很像，现在看到这美人，她才发现沐清歌重生以后似乎……长得不如从前。

而此时出现在众人面前的这个女子倒是跟灵犀宫画像上那个骑虎的红衣美人有几分相似。

那美人眼睛水汪汪的，衣衫半解，贝齿轻轻咬着红唇，轻声说道："你好狠的心，难道还要继续封印我吗？放我出来吧，我什么都答应你……"

苏易水看着眼前惟妙惟肖的沐清歌，身体陡然变得僵硬，任凭她慢慢靠过来。

薛冉冉在惊讶之余却很清醒，见她靠过来，立刻高声提醒道："师父，小心！"

显然，她的担心是多余的，就在她张嘴的同时，苏易水已经出手。他以手里的火把为剑，直直扎向那美人的胸口。

当被火把穿透的时候，那美人圆瞪着眼，有些不可思议地看着苏易水的眼睛。

苏易水的那双俊眸里没有挣扎和不忍，只有遮掩不住的厌恶……

121

"怎么会？你心里不是明明——"

苏易水没有让她再说下去，他催动灵力，一下子就让凝聚成形的灵水击溃。

看师父没有被蛊惑，薛冉冉长舒了一口气。她忍不住又想，当初师父带着三大门派围剿沐清歌时，是不是也像现在这般，对沐清歌手起刀落，一剑穿心呢？她倒是想知道那个能蛊惑人心的魔物究竟想说什么，因为她总觉得师父对沐清歌的感情爱恨不清。

不过，修仙证道，原本就是要学会放弃。挥剑斩断俗情，方能大彻大悟。

所以，苏易水当初为了证道，一刀劈了他入魔的师父也无可厚非⋯⋯

在这危急时刻，薛冉冉却忍不住分神。回神时，她幽幽地叹了一口气，转眼看见苏易水冰冷的双眸正瞪着自己，那眼神⋯⋯就如用冰锥捅人一般。

薛冉冉微微缩了缩脖子，免得师父挥剑证道上瘾，看上她这么个"菜鸡"，准备继续杀徒证道。

再说那灵水被打散之后，再次回流到那冰石上，结了一层厚厚的冰。整个密室的温度也骤然降低许多。

在寄魂石完全被封住后，苏易水举步走到跟前。众人也跟在他身后，小心翼翼地打量这块魔石。

很明显，这块魔石异变并非他们入洞引起的，因为石头上已经出现了许多裂痕，看起来被碰触一下便要开裂，所以才有灵水汩汩冒出。

现在苏易水将灵水冻结，再次封印了寄魂石，一旦冰融化，此物便又不可控⋯⋯

白柏山惊魂未定，小声问师兄："方才被这魔物控制的时候，你看到了什么？"

高仓的眼里蓄着泪珠："我看见我过世的娘亲在家里的桃树下抱着我哼歌⋯⋯我以前每次听到她唱，都会很快睡着，所以我怎么也睁不开眼⋯⋯你呢？"

白柏山擦了擦自己后脖颈上的冷汗，心有余悸道："我⋯⋯看见自己成了修真大能，三大门派都在我脚下顶礼膜拜⋯⋯"

等问到丘喜儿时，她红着脸不说话，眼睛却偷瞟苏易水。薛冉冉知道她的心思，觉得她可能在梦里做了不尊重师长的事情，便识趣地没有问。

从他们的说辞来看，这魔真的很懂人心，并会放大人心里最深的渴望，让人沉溺其中，难以自拔。

因为苏易水太强悍，所以寄魂石没能蛊惑他，最后功亏一篑。

突然，薛冉冉发现密室的石壁上有刻的字，而苏易水举着火把正在看那些字。

几个同门正运气打坐，恢复气力，薛冉冉便自己走过去看那石壁。

那上面的刻字应该是沐清歌的手笔，字如其人，龙飞凤舞，洒脱得很。

"吾乖徒水儿，见字如面。待你看此信时，应该已经放下对吾之怨念。如能这般，甚好。相信你亦能收控灵泉，将它送回阴界。此物沾染俗尘太久，学足了人之贪欲恶嗜，只怕再耽搁下去，魔性越坚……西山山坳的溪瀑之后有一处洞穴，四季温度绝佳，内有一坛藏酒'误天仙'，只怕吾来不及去饮了，待你找到时，应该已经成酿。酒老仙虽有一日十年之法，但真正的佳酿岂可一日促成？唯有岁月荏苒，醉在芳华流年。待此地事了，你若能代为师品此酒，也算没有辜负坛香经年……"

按照秦玄酒的叙述，沐清歌在这里藏匿了灵泉不久就在绝山遭人围攻，最后魂飞魄散。所以这满壁之言也算是前世沐清歌的遗愿。

除了嘱咐苏易水送灵泉回阴界，最让沐清歌放不下的竟然是一坛藏在后山石洞里的美酒。这样的写意洒脱之人，又怎么会处心积虑地私放魔子，想要祸乱三界呢？

薛冉冉偷眼看了看身旁的苏易水，不由得吓了一跳。因为一向以冷漠示人的师父此时的表情好似冰河崩裂，那一双眼眸里透着说不出的悲凉、愤恨……

他突然运功，伸手抹掉了墙壁上的字，然后慢慢转头看薛冉冉。他瞪眼看她，大有下一刻便将她撕碎之意。

薛冉冉以为他不喜自己偷窥沐清歌的留言，连忙识趣地想要往后退，却被苏易水一把握住手腕，不许她走。

"一个人没心没肺到什么地步，明知一死，挂在心间的……却只是一坛酒？"他突然冲着薛冉冉问道。

薛冉冉偷偷看了看寄魂石，见它没有异状，确定师父并不是被邪魔附身，才认真回答这个问题："嗯……'误天仙'虽然年头越久越香，但是的确在二十年左右最佳。师父，您回去后可别忘了喝，到时候我给您做香葱牛柳和椒盐花生佐酒，可好？"

"误天仙"后劲儿很大，甘醇和辛辣在喉间翻滚，用嫩牛肉和花生配最佳！

可是薛冉冉一本正经的回答让苏易水眼里的怒意更盛，他握着她腕子的手也越发用力。

薛冉冉猛然醒悟，自己显然是入了吃货巷子，钻不出来了。她连忙清了清嗓子，试探道："我看沐仙师也是关心师父您。有了好酒，让您先喝……当然，沐仙师让您以身犯险去护送灵泉也有些不妥，若是太危险，您可不能去……徒儿舍不得您冒险……"

少女清亮柔细的声音总算抚平了苏易水头上几根暴起的青筋。他阴沉地看着薛冉冉，直到丘喜儿打坐完毕起身喊她，他才深吸一口气，然后慢慢松开了手。

薛冉冉赶紧后退几步，溜到打坐的师兄旁边，只剩师父面壁怅惘。

其他几个人也调息完毕，恢复了气力，可以出洞了。可是方才的一幕太惊魂，大家难免七嘴八舌地问苏易水这到底是怎么一回事。

苏易水简单地解释说，因为这块石头封印着邪灵，灵力又老早外泄，所以引诱那个心智不坚、最好引诱的村妇，驱使她在她自己的脖子上画上了咒，又利用化成水魔的她谋害兵卒，好引诱秦玄酒上钩。

薛冉冉一听，也想明白了。毕竟调军台有人把守，不是月娥一个村妇能搞定的。若秦玄酒被掌控，邪灵就可以驱使他，让他命人刨开暗道，解除灵泉禁锢了。

可是秦玄酒的命太好，赶上了寒流，河面结冰，他就此逃过一劫。至于被人弹劾的事情，只能说秦将军不会做人，应该是在官场上得罪人了。

现在寄魂石不堪重负，必须将灵泉转移到酒老仙特制的玉瓶里。只是这灵泉的魔性很强，虽然被封印甚久，力量衰减了不少，可想想方才的情形，此举还是透着十足的危险。

"你们先上去吧。"苏易水吩咐他们道。

于是，羽童、羽臣带他们先上去，可是薛冉冉没有动："师父，还是我陪着您吧！"她举了举手里的金符说道。若师父再迷了心智，她可以给师父贴到脑门上。

可不知为何，苏易水笃定地说不用了，他不会有事情的。也许方才他毫不犹豫地劈开沐清歌的幻影，便解了心魔梦魇？

薛冉冉只好顺着绳梯上到地面，然后去马车那儿取了药箱子里的药粉和白布，给其他人血淋淋的手掌上药。

不一会儿，苏易水也上来了。

薛冉冉注意到酒老仙送的玉瓶上拴着一条金色的绳子，此刻它正挂在师父的脖子上。只是这玉瓶原来是白玉材质的，现如今却变成了血一般的红色，里面似乎注入了什么东西。

苏易水瞟了她一眼，将玉瓶塞入衣领里，旁人便再看不见了。

薛冉冉想，师父应该是将灵泉封印在了玉瓶里，那阴界灵泉如此重要，似乎没有比随身带着更安全的了。

这玉瓶的奥秘只有苏易水和薛冉冉知道。当初登上翠微山时，也只有他俩见到了酒老仙。

所以，除了两位师叔，其余的徒弟只知道他们来找寻的是个邪门、迷惑人心智的东西，并不知方才巨石里封着的是修真之人梦寐以求的阴界灵泉，更不知道苏易水已经将灵泉转移到自己脖子上的玉瓶里。

薛冉冉向来看破不说破。师父既然不想告知其他徒弟实情，自然有他的道理。不过，这掘开的大洞该如何掩埋又成了问题。

其他人都没跟着他们上翠微山，更不知秦玄酒守在此地多年的原因，自然不知道阴界灵泉的奥秘，只是以为本地出了邪物，而那邪门儿的石头还在洞里。

白柏山不放心地问苏易水："这里就这么敞开着，若有人闯进去该怎么办？"

听了白柏山的问话，苏易水从容地说："会有人补的。"

他说这话时，从洞里鱼贯而出的稻草人从马车上拿起一袋袋泥沙，还有抹子等，开始一板一眼地搬石头、补漏洞了。

用灵符驱动的稻草人个个手巧得很，看样子能在天亮前将这大洞补好。这下，大家终于放下心来，赶着马车回去补觉了。

因为望乡河死人的事情闹得军营人心惶惶，调军台这些日子无人用，所以补洞的泥沙干了也无人察觉。

第二天夜里时，苏易水又在新铺的泥沙上贴了从酒老仙那里得来的一日十年的酿酒符，那些泥沙立刻风干，再看不出被刨开过的痕迹。

✿✿✿✿✿✿✿

秦玄酒这几日陪恩师沐清歌几乎走遍了整个望乡关都没有发现什么异象。

林烨庭便跟沐清歌说道："师父，这秦玄酒之前得罪了来此历练的将军之子，所以这次水魔之事才会闹得如此沸沸扬扬。上面有人想要整治他，不过寻了现成的借口。说不定是谁从哪里弄出个畸形之人吓唬人罢了。您又何必在此耽搁？陛下可一直盼着您早些入京呢。"

沐清歌半路上看过那水魔的尸体。因为死亡的时间太长，那水魔的人样子已经恢复了大半。虽然有石灰包裹，可是那鱼腥的味道太浓烈，沐清歌没看出所以然。

听了林烨庭的话，再想想苏易水对待自己冷冷的态度，沐清歌清冷一笑。吩咐林烨庭出去后，她忍不住对着镜子照了照，镜子里的女子明眸皓齿，让人惊艳。

苏域就是对这张脸念念不忘吧？坐拥万里江山，却不能揽美人入怀，的确是让人不能释怀的遗憾呢……

沐清歌看着看着，却猛地将手里的茶杯砸向铜镜——还是不像！虽然眉眼有着五分相似，可是她总是学不来"她"那笑看红尘、睥睨权贵的洒脱！会不会就是因为这样，苏易水才一直无视她呢？

想到这儿，铜镜里那张美艳的脸突然显露出一丝丝的不自信。她慢慢伸出手，洁白的手臂上有一条血色的线，犹如蜿蜒小蛇，绕着手臂盘旋而上——这是魏纠造的孽！他居然想到用怨水浇灌转生树的法子！如此一来，吸足了怨水的她一落地便灵力充沛。可是如此催发的结果便是她每次使用灵力后都会有真气接续不上之感，而且她手臂上的这条红线一看就是邪门之物。

这应该是魏纠用来掌控落地转生的沐清歌的命门一类的邪物，所以他当初才轻易地答应跟苏易水立魂誓。因为怨水是在立魂誓之前浇灌的，所以就算她因此死了，魏纠也不算违约。

起初，这条红线并不明显，最近几日却疯长起来。

沐清歌不敢将自己的短处告知九华派开元真人那个老狐狸，只能等赤门魏纠前来要挟她，再看看如何跟魏纠周旋。

想到这里，沐清歌又一阵心烦，忍不住想，如果"她"现在陷入这种困境，又会如何做呢？

大约是浑不在意，依旧对月饮酒，与友纵情高歌吧？天地间，又有什么能让

"她"愁肠百转呢？

想到这儿，她咬了咬牙，深吸了一口气，又慢慢放下了衣袖子。

再洒脱又如何？现在立于人前的她才是被许多人念念不忘的沐清歌。

就在这时，秦玄酒突然又来拜访。

原来今晚秦玄酒洗漱的时候，不知怎的，一拍脑子，后知后觉想起沐清歌曾经交代的事情，赶紧一五一十地讲了。

沐清歌听到"阴界灵泉"时，瞳孔微微紧缩。这东西实在要紧，秦玄酒却说自己刚刚想起来，这种话未免有糊弄的嫌疑。

不过，当务之急是将阴界灵泉牢牢握在手中。只要拥有灵泉之力，化解体内的怨水应该轻而易举。

如今九华派的开元真人拿她做"台阶"，方便够陛下的"高枝"，虽然表面客气，但还是提防着她。

当初被另一颗灵果分的灵力虽然不多，但是她还是大受影响，若循规蹈矩地筑基提升，只怕得二三十年才能恢复。

这些日子，沐清歌命人打听过十六年前早早掉落的灵果的下落。魏纠没有打听到，她自然也无所收获。这些天来，沐清歌一直心神不宁，总是担心会另起变数。若得了阴界灵泉补益，那就是另外一番光景。就算"她"还在，她也没什么可畏惧的。

想到那灵泉的威力，沐清歌十分心动，就算知道灵泉的魔性甚强，若掌控不好，很容易被它反噬，她也忽略不计了。

只是这事要瞒着九华派的人。想到这里，沐清歌的目光转向跟在她身后亦步亦趋的秦玄酒……

他是这里的守军，若是能协助自己，找到灵泉自然轻而易举。果然，在她的试探之下，秦玄酒想都未想就一口应下。

在秦玄酒看来，那东西就是师父寄存在这儿的，现在她若要拿走，也是应当的。

只是灵泉在哪儿，秦玄酒还真不知道，沐清歌只是交代他勤看罗盘，并没有告知他东西的位置。

沐清歌又问："这几天苏易水有没有出城？"

秦玄酒突然想起他被沐清歌撵走后找不到苏易水师徒，便叫来守城的官兵，问了才知他们三天前的夜里出过城。

第二天一大早，沐清歌便去拜访苏易水。

她推开大门时，发现满地摆着晾晒的蘑菇干还有山货一类的东西。

那个叫薛冉冉的丫头系着围裙来开门，一看是沐清歌，立刻转头喊"师父"。

沐清歌却定定地看着薛冉冉。

这个小姑娘长得还算秀气，是个伶俐可人的姑娘，但是若无青春的加持，也不过是个寻常姿色的女子罢了。但是沐清歌发现自己每次见她，都觉得她似乎又美了几分。也不是眉眼、鼻梁的变化，而是……一股说不出的气韵，引得人不由自主地盯着她看。

被沐仙师这么紧盯着，薛冉冉羞涩一笑，摸了摸自己的脸颊，问道："仙师，我脸上有脏东西吗？"

沐清歌回过神来，微微一笑："没有，只是总觉得姑娘你看着眼熟，又一时想不起肖似何人……"

薛冉冉点了点头："我长得俗了些，爱跟人碰脸，自然跟很多人肖似。"

沐清歌正要说话，却看见苏易水已经站在薛冉冉身后。

"你来此有何贵干？"苏易水开口问道。

沐清歌看着苏易水的脸，慢慢地说："我有些话要私下问你，不知可否随我去望乡河边走一走？"

似乎怕苏易水又要回绝，她急急地补充道："事关灵泉，并非你我私事。"

苏易水眉眼未动，想了一下，转头对薛冉冉道："饭菜若好了，你们先吃，不必等我。"

一向尊师重道的薛冉冉连忙道："那我给您留饭。过一会儿，锅里的腊肉芙蓉水蛋才能好，我也给您留着。"

苏易水点了点头，薛冉冉赶紧跑去屋里给他拿披风并替他披上——望乡河边风大寒凉，虽然师父已经是半仙之体，但是穿暖和些总没有错。而且师父身材高大，配这件加了狐皮镶边的斗篷，仙气飘飘，帅得一塌糊涂。薛冉冉觉得，师父既然要跟沐仙师一起走走，说不定要再续前缘，聊一聊溪瀑佳酿一类的往事，自然要穿得好一些。

沐清歌在一旁看着这师徒二人，心里总有一种挥之不去的不舒服。眼前的这一对儿看着年纪相当，男的高大英俊，女的小巧依人，哪里像师徒？倒像新婚的小媳妇在送夫君出门……

这个薛冉冉年纪尚小，一副没有完全长开的样子，迷恋俊美的师父也合乎常理……不过，她太了解苏易水了，他是一个眼高于顶的人，爱慕他的女子甚多，最后也都是落花有意，流水无情……

不过，眼下，灵泉的下落最要紧。

出了院门，沐清歌默默地跟在苏易水身后。二人皆有根基，脚下生风，不一会儿便来到水声阵阵的望乡河边。

沐清歌试探着问道："你应该知道我以前在这里藏匿了封印灵泉的寄魂石吧？"

苏易水只是淡淡道："既然是你藏匿的，我如何知道？"

他也不回答，只是将问题抛回去。

沐清歌干脆挑明道："秦玄酒已经跟我说了，还说你也一直在找。你先到此地，应该了解得更多。我从树上转生后忘了许多事情，所以我希望你帮我找回灵泉，免得再次酿成人间惨剧。"

苏易水抬眼看着沐清歌，略带嘲讽道："阁下不是有当今圣上撑腰吗？而且九华派的弟子也尽数供你差遣，何必寻我这个山野之人？再说，阁下的事情与我何干？"

听了他这话，沐清歌忍不住一笑："你不高兴了？其实我跟苏域不过是合作罢了。他虽然是人间帝王，但是在我等修真之人看来，也不过酒肉皮囊而已。在我心里，他如何能和你相比？"

说到这里，沐清歌忍不住低头看向水面。水中倒映的女子面容姣美……上一辈子，正是这张与之肖似的脸迷得许多男人为之倾倒，不惜赴汤蹈火。这是让多少女人艳羡、嫉妒的脸啊！而且这也是苏易水喜欢的……

"此间无人，你也不必强装冷漠。别人不知，可我知道你对我是有情的……只是那时身边仰慕我的人太多，一时忽略了你，也伤了你的心……"

说话时，她又往前走了几步，差点儿就直直倒入他怀中。她半扬起头，眼中含泪道："只有身逢低谷，才知人心真假，我魂飞魄散时，只有你愿意舍弃一切换我转生，我便是不成仙，也绝不再辜负君意……"

说完，她便倾身想献上一吻，却被苏易水猛地用力推开了。

气力之大，害得沐清歌差点儿跌落望乡河里。

苏易水后退了两步，看着望乡河，语气平平道："我想你是误会什么了。你也说是上辈子，既然你能侥幸重生，便要好好珍惜，毕竟也曾有人盼着你好，甚至不惜用命来救赎你的罪过。"

苏易水这话说得不假。当初沐清歌魂飞魄散之际，她收的那些草包弟子一个个哭得肝肠寸断，宛如死了至亲爹娘，甚至有人当场剜肉流血，就是为给沐清歌续命重生。苏易水更是献祭了自己大半的修为，才堪堪换回沐清歌没有散尽的游魂。正是他如此牺牲，才让沐清歌笃定，他心里有她。

但是如今苏易水的意思似乎是旧账两清，从此以后，两人恩断义绝，再无干系。

沐清歌猝不及防地被他推开，一时狼狈得很。她有些难以置信地看着一脸冷淡的他，深吸了一口气，突然换了轻快的语气道："你如果这般想，那也不错，不过……其实你已经知道灵泉的下落了吧？"

苏易水师徒曾经夜里出城，朝着城外前行，又在天亮时回来。

秦玄酒笃定地说，他从来没有跟人说过这个秘密，先前也只有苏易水问起过。依苏易水的聪慧，从那莽夫的嘴里得到蛛丝马迹之后，自行推测出灵泉藏匿之处也不无可能。秦玄酒也说，当初他去寻苏易水是上辈子的沐清歌再三嘱咐的。

想到这儿，沐清歌放柔了声音道："易水，你也知道这灵泉反噬得厉害，它本就不该在人界出现，当初你不也身受其害？就连我都没有十足的把握掌控它，所以你还是将它交给我来处置吧。不然，若正道知晓你私藏灵泉，我先前的遭遇，你应该最清楚。"

这话看似关心，但是若细细品味，语带威胁之意，大有"你若不帮我找到灵泉，我便说出去"的意味。

苏易水听了这话，突然嘴角含笑，转头看向她。

平日里表情冷淡的男人一旦笑开，往往带着让人难以招架的魅力，犹如冰河解冻，雅莲吐蕊。

沐清歌从来没见过苏易水冲她这般笑，不由得晃神，愣了一下。

就在这时，苏易水俯身靠过来，在她的耳边低语道："你胳膊上的红线应该快要缠绕上肩了吧？若是再耽搁些日子，你就要变成行尸走肉，只能任由魏纠折磨了。"

沐清歌原本绯红的脸一下就变得无比苍白，她惊疑不定地瞪着苏易水："你……怎么知道？"

苏易水脸上依旧带笑，眼神里却带着让人从心底发冷的寒意："你以为在转生树上挂了二十年就能无后顾之忧，安然享受前世留下的福荫了？那怨水乃是天地至阴之物在沉渊发酵千年而成，就连魏纠也不完全了解此物。我要是你，就不会想着什么灵泉、灵河，它于你全无用途，只会催发你体内的毒性，变得越发不可控制。你还是快想一想如何续命自保吧。"

沐清歌咬着牙，深吸一口气，轻声道："易水，你必不会忍心看着我落入魏纠之手吧？以前你可是连我冲着别的男人笑一笑都能负气几天，不跟我说话的……"

苏易水的表情更冷了，他望着滔滔河水，不过语气倒是回缓道："我会替你配些压制怨水的丹丸。不过，魏纠应该很快会过来找你，你若能跟魏纠要来阴界密钥，我自然有法子替你解了怨水。"

当初他将密钥给了魏纠，只是不知魏纠发现被耍后有没有一怒之下毁了密钥。若密钥还在，将灵泉送回老家也简便些。

沐清歌听了，瞪圆眼睛："我如何跟他要，他怎么会给我呢？"

苏易水半合着眼，似乎话里有话："你一向厉害，无所不用其极，想要的东西都能弄到手里。事关你的性命，相信你会有法子的，我便静候佳音了。"

说完，他便不再搭理她，转身迈步，准备回去吃饭。小徒弟蒸的芙蓉水蛋很嫩，耽误太久，就不是原本那个味道了。

沐清歌恨恨地看着他的背影，指甲将手心都抠破了。方才有那么一刻，她不能确定苏易水究竟是在跟沐清歌说话，还是在跟……

该死的魏纠，竟然对转生树做这么龌龊的事情，害得她未落地时就身染怨水之毒。这么看来，当初另一个灵果早早落地，倒是避开了怨水。若是它还活着，还真是因祸得福了……

一时间，她心里流转过千百个念头，她只能慢慢地深吸一口气，让自己冷静下来。既然苏易水肯替她压制毒性，减缓毒性发作的事情就好解决了。别人可能不知，她却清楚当初被沐清歌的美色迷惑的男人又岂止苏易水一个？就连魔修魏纠也是因为爱而不得，才因爱生恨吧？

这么多本事大的男人围绕在身边，是多少人求之不得的？只要勾魂魅惑，就能将他们玩弄于股掌之间，可惜有人竟然不懂利用，闲暇时只喜欢游山玩水，找些老态龙钟的老叟喝酒……

不过，今世不同，她才是拥有颠倒众生容貌的人，只要她稍微用些手段，局面立刻不同。

苏易水不知自己的斤两，明明修为折半，却还想将灵泉据为己有？沐清歌并不知道苏易水算计了魏纠，采了他结丹的事情，冷笑了一下，然后转身回去。

沐清歌回到住处的时候，卫放正吩咐下人从车上抬下一鼎丹炉。看见她回来，卫放便拱手说道："我师父写了帖子，向飞云山的掌门借了一鼎紫火丹炉，其火力虽略逊于您以前的丹炉，但也能用。此处离飞云山不远，我就先派人将丹炉运过来了。您看，要不要抓紧时间，现在就炼制，毕竟陛下那边耽误不得……"

沐清歌垂着眼眸，打量了一下那丹炉，满意地点了点头，然后吩咐道："且放在厅堂里，此处凶险，回去后再说吧。"

众人散去后，沐清歌的表情彻底垮了下来。上次去西山索要九转玄铁炉失败后，她也试用过其他丹炉，可是几次开炉都以失败告终。皇帝要的可不是清心丸一类入门的丹丸。修真之人都知道，丹分金银，银丹易炼，炼金丹却往往需要极高的天赋和心性。

只有不沾尘埃之心，才可凝聚全神，炼就金丹。她这沾染了两世风尘的心显然不够静，就算拿到那九转玄铁炉，恐怕也难以成丹。这不禁让她有些焦虑。毕竟人人都知道魔修沐清歌在炼丹方面天赋异禀，先前她还能以炉子不称手为借口，可现在开元真人那个老狐狸借来了名贵的紫火丹炉，她岂不是找不到借口了？

想到从树上掉落下来以后连连碰壁，她心里不禁有些躁怒。这一切似乎又都可以归咎到苏易水头上！

苏易水……就是煨不热的冰块！她真不该动凡心，爱上这个铁石心肠的男人！

再说薛冉冉，她以为师父与沐清歌叙旧，要谈上许久，怕腊肉芙蓉水蛋放久了会老，所以想了想，还是先吃了再说。等过一会儿，她再重新蒸一碗，这样师父回来吃正好。可是没想到，她刚吃了两口，师父就回来了。

苏易水一入厨房就看见坐着小板凳吃他那份饭的徒儿。他的表情略微深沉，走过去拿过薛冉冉手里的碗和调羹。

薛冉冉咕咚一口吞下嘴里的腊肉，急急喊道："师父！您听我解释！"

苏易水连碗都没换，直接用了薛冉冉的碗，不急不慢地吃着剩下的水蛋。

薛冉冉觉得师父一定是在河边吹着冷风，饿坏了，所以赶紧给他盛了米饭放在小桌子上，又端出预留的半只陈皮鸭配饭。

"师父，您怎么回来得这么快，我还在想您会不会跟沐仙师去附近镇子的饭馆吃呢！"

苏易水吃了两口鸭肉，抬眼看着她问："我为何要跟她吃饭？"

第十二章 欺师灭祖

薛冉冉不敢说自己猜出他跟沐清歌爱恨两难，去饭馆吃，自然是因为两个人独处好说话。她不好说破，免得师父要面子，转不过脸，于是只能干笑。

苏易水吃得斯文，可速度很快，几口就吃完了一碗米饭。他放下碗筷后道："这里的事情已了结，我们下午便收拾东西准备回去。"

大家一听，都露出了笑意，他们早就想离开这个鬼地方了！若再跳出个什么邪魔来，依他们现在的本事也招架不住。

不过，也算因祸得福，这一趟也不是全无收获。

当初在调军台的地下暗道里，高仓他们被吸附在寄魂石上多时，手上的皮肉都被冻掉了，但是运气调息时，他们发现灵力精进了一层。甚至连丘喜儿这样胖乎乎的小丫头，现在轻轻一跳就跃上马车了。

他们只知道跟随师父寻找害得月娥妖化的魔物，并不太清楚地下的那大石头里究竟有什么，但是隐约猜到自己灵力的精进似乎跟那大石头有关。

不过，师父说，邪物赠予的东西要全都还回去。这几日，他们不但不可运用灵力，还要调息静气，化散功力，同时每日要抄写五十遍静心咒。

按照师父的说辞，那东西邪行得很，若是意志不坚者，很容易被蛊惑，修行就此走火入魔，所以连抄一个月的静心咒能帮助他们把持心智。

不过，苏易水似乎并不急着回西山喝沐清歌的陈年老酒。几个徒弟被冻得够呛，刚刚提升了功力，又空欢喜一场，甚是落寞，苏易水便说要带他们去泡一泡温泉，以驱散寒冰之气。

他们要去的地方，名唤"茶茗山"，地处气候温润的江南。若不御剑而行，一路走去，又要花费许久。

路上，几个人还要见缝插针，在马背、马车上抄写师父留的功课。

白柏山心思活络，抄写功课之余来套薛冉冉的话："当初你跟师父一起上了翠微山，应该知道那水魔符咒的来历。另外，在洞里时也是你跟师父一同来救我们的，师父有没有告诉你那石头里究竟是什么？"

薛冉冉摇了摇头，打岔道："二师兄，你这明明只抄了四十遍，还有十遍没有抄呢！小心被师父发现，又要加倍罚你。"

其实，苏易水布置功课后并不检查，全靠徒弟自觉。白柏山故意将字写大，用的纸也多，显得厚厚一摞。可惜他卖弄小聪明之举被小师妹一眼识破，白柏山连忙伸出手指，小声喊"嘘"。

"小姑奶奶，你可别声张，你看看我这手腕，都快肿了。你若告诉师父，他再罚我，我的手可就要没了……"

白柏山怕薛冉冉说出来，一个劲儿地哄小师妹。

薛冉冉看他紧张兮兮的样子，扑哧一声笑了出来："你赶紧把剩下的十遍补完，我就不告诉师父了。"

白柏山瞪了她一眼："这么不通情理，你现在可真是不向着我们了，难怪师父总是偏爱你！"

打从调军台地穴出来，白柏山的功力提升得最多。那种真气运转、身轻如燕的感觉让他痴迷。若有一日，他的功力能像苏易水那般深厚，又是何等光景？可惜这几日，因为师父刻意让他们散尽在洞里提升的功力，白柏山一直不敢运功。这种感觉就好似空得了万两金银，只摸了摸就要还回去，让人心痒难耐啊！所以他难免要拿话刺一刺小师妹，解解心里的郁闷。

薛冉冉没有理睬二师兄的酸话。就像师父说的，"师父领进门，修行在个人"，二师兄若想偷懒，总是有法子的。她这个当小师妹的督促一下，也算仁至义尽了。西山的师父向来放养徒弟，教了徒弟本事，苏易水也不会实时监管。

不过薛冉冉还是把功课一点儿不差地写完了。

丘喜儿现在凡事都跟薛冉冉学，看薛冉冉一丝不苟，她也老老实实地写完了。

至于大师兄高仓，从来都是拿师父的话当圣旨，更是写得一丝不苟。

白柏山被他们衬得有些像异类，于是又不情不愿地补了几页了事。

不过，这一路走过去，他们也不全是懊丧。此番出游，他们原本以为是游山玩水，谁想到却是九死一生。赶往茶茗山时，渐渐接触到了江南的繁华，他们才真正有了研学游玩的轻松、惬意。

江南的冬日虽然也冷，但是比西北那种苍凉、寒冷要好很多。薛冉冉终于可以脱掉茧蛹一般的棉衣，换上轻便的裙子了。

这一年里，她长高了很多，但还是很纤瘦，所以不好买太大的裙子，可腰身合适的又有些短。所以买裙子时，她需要将成衣的裙摆往下放一放，裙摆才能悬在鞋面上。

看到薛冉冉换上松花色的罗裙配白色内衫时，丘喜儿拍手说"好看"，不过又说薛冉冉挑的裙子颜色素了些，不够鲜亮。

薛冉冉现在有些受苏易水影响，觉得以前穿的太艳的衣服的确有些闹眼睛，这般柔和的颜色穿在身上，心也变得平静不少。

丘喜儿可不这么觉得，小姑娘不穿鲜艳的颜色，岂不辜负了花期？因为是师父掏银子，丘喜儿便挑了颜色鲜亮的藕荷色，做成了大摆长裙，远远一看，犹如盛开的饱满的喇叭花。

两个小姑娘叽叽喳喳挑衣服的时候，高仓去鞋铺给布鞋加牛皮底子，这样鞋子也耐磨好走些。

白柏山原本跟着她们挑衣服，后来实在觉得没意思，便想出去走一走。可刚走出门，他就觉得有水滴在脸上，甚至渗到眼睛里……他纳闷地抬头看了看屋檐，水似乎是从那里滴落下来的，然后他便钻入一旁的书铺子买书了。

薛冉冉拉着三师姐买完衣服便去找二师兄，转过街角时，正好看见二师兄背着竹书筐冲着巷子口又笑又点头。因为角度的关系，她看不见巷子里的情况，也不知道二师兄对面站的是什么人。

薛冉冉径直走了过去，白柏山恰好转身，他们俩差点儿撞上。

"小师妹，你怎么毛手毛脚的，这么突然冲过来，撞到了人可怎么好！"白柏山回过神来，立刻拍着胸口道。

薛冉冉越过他的肩头看，他身后是个死胡同，压根儿没有人……她看不出究竟，干脆问："二师兄，方才你跟谁说话呢？"

白柏山不耐烦地说："不过是有人问路，人不就在——"说着他回身指去，却发现身后空无一人，他也愣住了。

就在这时，丘喜儿跑过来喊道："你们快过去，那边有猴戏杂耍，大师兄给我们占了个条凳，可以坐着看呢！"

于是两个人应声跑去。

少年总是贪玩的，而那条空巷子里，似乎还有水珠不停地滴落……

看过猴戏，他们便跟二师叔羽童会合，一路上了茶茗山。而苏易水早他们一步，上山访故人了。

原本他们以为师父不过是带他们在野山坳里泡一泡，可他们万万没想到，茶茗山上居然有一片修建得甚是雅致的茶屋汤池。也许是见他们在望乡关出生入死，实在艰难，师父居然如此贴心，带他来这种有钱人才能来的别墅品茶、泡温泉。

这座山以盛产茶叶闻名，这里的温泉也是用茶汤加上各种草药调和的，对调养身体甚好。

在此处经营汤池的老板年过四十，身材中等。

羽童说，这位老板也曾是沐清歌的徒弟，姓曾，全名曾易。当初沐清歌魂散后，正道们遣散了灵犀宫弟子，他也就此被撵下山，辗转来到此处经营泡澡的热汤池。

薛冉冉看到这个斯斯文文、一脸书生气的中年人时，从他略带皱纹的眉眼间依稀还能看出他曾经是个美少年。

曾易见到来访的苏易水，并没有像秦玄酒一般横眉冷对，倒是很热情地接待了他们。曾易没有将他们安排在客房，而让他们住到显然是他自己居住的后院中。

看到薛冉冉和丘喜儿两位女弟子时，曾易来回打量，最后将目光落到苏易水身上，似乎在询问什么。

苏易水并没有回答。让晚辈们见过曾易后，苏易水便寻了借口，遣走了三人，只留下薛冉冉，对她道："这是你十四师叔，你要对他道一声谢，因为你用的棍子就是他做的。"

曾易直直地看着薛冉冉，半晌不说话。直到薛冉冉乖巧地举着茶杯奉茶给他喝，他才恍惚回神，连忙接过茶杯，略显激动道："你……不必这么客气，你喜欢吃什么？我马上让厨房给你做！"

薛冉冉觉得这位十四师叔可真是个亲切的长辈，但她也不好随便点吃的，只腼腆一笑。抬头时，她却看见这位斯文的师叔眼里滚出了泪花。

看到薛冉冉错愕的表情，他连忙用衣袖擦拭眼角，强忍激动的心情，说道："今日风有些大，眯了眼睛……你快些坐，我这就去给你端些瓜果来吃。"

薛冉冉抬头看看窗外阳光和煦的天气，也不知厅堂里什么时候刮起的风，眯了十四师叔的眼睛。

他抬手拭泪的时候，薛冉冉再次吃了一惊。因为他从宽大衣袖里露出的手……只有手掌，却一根手指都没有！

曾易出去后，薛冉冉在厅堂的香木茶案前服侍师父饮茶。她一边烧水烫杯一边好奇地问："师父，曾师叔的手是怎么回事？"

苏易水看了她一眼，缓缓讲述起曾易的事迹。

据说，曾易曾经是个制造兵械的高手，制造的兵器千金难求。不过，当年因为他父亲得罪了权贵，祸累全家，他的家人便将他送到西山修真避难。

当时，沐清歌觉得曾易白净斯文，怪招人稀罕的，于是慷慨收留了他，甚至寻来上古神兵谱让他研修。

他虽然没有筑基、辟谷，但是制造的兵器巧夺天工。只是沐清歌死后，他被有权势的坏人抓住，迫着制造兵器。可是他宁死不肯，就被人一根根地斩断手指。幸好苏易水及时赶到，才救下了他。

匹夫无罪，怀璧其罪。他没了手指，做不了兵器，反而断了世人的妄念，只在这里经营汤池维持生计，过得也算平静。

薛冉冉听了心有戚戚，低声道："所以，那根机关棍，是曾师叔被迫害前所制的？这般心灵手巧，现在却不能再做兵器，岂不可惜？"

听薛冉冉低语，苏易水轻笑了一下，说："你看看那棍子上的铭文。"

薛冉冉低头细看，发现那铭文上居然有两个如花朵形状的"冉"字！这棍子若是曾师叔早前做的成品,他怎么知道以后用这棍子的人叫冉冉呢?

很快,薛冉冉就知道了答案。当她陪苏易水去后院屋舍里找曾易时,正好看见曾易在一个工坊里做物件。

不过,他并非用手,而是脱了鞋袜后,将腿架在桌子上,用十根细瘦的脚趾灵巧地拼接各种打磨好的零部件……工坊里到处都是精美的鸣钟、妆匣一类的器物,应该都是他做出来的。

曾易看薛冉冉和苏易水来了,连忙放下脚上的活计,穿好鞋子起身相迎。

他见薛冉冉好奇地打量一个妆匣子,便微笑着用没了手指的残掌打开它,里面居然传来悦耳的丝竹声,一个个惟妙惟肖的小瓷人端着耳环、指环从盒子里纷纷站起,仿佛随着丝乐翩然起舞。

"这是我新做的,你喜欢,便拿去玩吧。"说着,他把妆匣推到薛冉冉面前。

薛冉冉虽然不识货,但也能猜到这种巧工的价值一定不菲,她怎么好意思收?连忙摆手说"不用"。

可是苏易水淡淡道:"你师叔一番诚心相送,不必回绝,收下吧。"

师父发话,薛冉冉这才收下,好奇地反复打开盖子,两只大眼睛亮晶晶的,琢磨着匣子里的机关。

苏易水谈起在望乡关的经历,顺便代徒儿感谢他送出的兵器很好用。

曾易认真问道:"用得顺手吗?我跟易水先前通信时,大致问了你的身高,便按照信里的身高做了那棍。可现在看,你似乎长高了很多,看来那棍子还要稍微做些调整,用起来才更称手。"

薛冉冉上西山快一年了,的确长高了不少。她想到自己的棍子原来是十四师叔给自己特制的,心里不由得一热。知道他用双脚代手,制造出这么多精巧的玩意儿,薛冉冉心里更是佩服极了。

天才就算身处逆境,也照样可以逆转乾坤,当然这需有如磐石般的毅力才可做到。

只是她还有师兄、师姐,为何只有她一个人得了师叔的爱垂,有这么精巧的兵器?

当薛冉冉问起时,曾师叔愣了一下,然后说道:"我也给他们做了兵器,只是还没来得及送你师父……"

薛冉冉听了,这才安心地点了点头。她又像想起什么似的,一本正经地对曾易说道:"请师叔放心,我绝不跟人说这棍子从何而来。不过,师叔,您以后也别做这个了,依我看,只做些妆匣、自鸣钟一类的就很好。"

毕竟师叔已经没了十根手指,若因为恢复了神技,又招惹来居心不良者的觊觎,岂不是又要噩梦重演?

曾易听到薛冉冉人小鬼大地说这些,赶紧正襟危坐,恭谨说道:"这么多年来,我再未制过一件兵器……只是自己闲不住,做些小物消磨时光。不过,您说得对,我以后一定学会藏拙,不会再卖弄、招摇……"

薛冉冉一听师叔都用上敬语了,连忙也正襟危坐道:"师叔,您是生气了,在嘲讽徒侄多嘴、不懂事吗?"

曾易一脸怅惘,在被苏易水不留痕迹地瞟了一眼后,他勉强笑道:"你说得在理,我只是想到师父生前也曾几次训斥我太过卖弄,不懂得收敛锋芒。她常说,她若在时,自然会庇护我们这些弟子平安,可若她不在,岂不是覆巢之下无完卵?可惜我当时年轻气盛,听不进去,只一心想造出让世人侧目的神兵利器,光宗耀祖。没想到最后,她老人家的话一一应验。我总算是尝到了教训,只是没想到代价竟然如此之大……她一定对我……失望极了!"

曾易是薛冉冉见到的沐清歌的第三个徒弟。

人都道沐清歌贪财好色、以貌取人,可她怎么觉得沐情歌收的徒儿都是极好的?

就曾易所述,沐清歌可以这般语重心长地教育徒弟,便知她虽然没有教出什么像样的神仙大能,可最起码收的徒弟都善良、耿直,足以做君子。

秦玄酒只因为师父的嘱托就可以放弃前程,固守西北二十年;曾易宁可十指尽断,也不愿助纣为虐。至于师父苏易水,为人更不必说,在西山行医数载,虽然药费贵了点儿,为人也怠懒了些,一年里只收治那么几个病人,但是治病救人、悬壶济世的美名绝对货真价实!

如此看来,沐清歌虽然坏了名头,晚节不保,死得有些不光彩,可有这些堂堂正正做人的弟子,倒比那些看似衣冠楚楚、实则乌烟瘴气的名门正派强许多。

想到这儿,薛冉冉出言安慰道:"若沐仙师知道了您的事情,也一定会为您骄傲的!"

听了薛冉冉这话,曾师叔收起了悲切,一脸惊喜道:"真的?"

薛冉冉用力点了点头,总算哄得曾师叔破涕而笑。

晚上,她跟丘喜儿一起泡温泉汤池的时候,看到了丘喜儿新得的兵器——一把寻常的戒刀。虽然刀柄上有精致的花纹,刀身也算精巧,但是完全没有薛冉冉用的机关棍那般惊艳出尘。

曾师叔也许是因为经常做妆匣子,很懂得迎合女子的心思,光是那把戒刀刀柄上挂着的两个精致的玉兰花吊铃,就让丘喜儿很满意。她一边靠在池边泡温泉一边摆弄着刀,直言这刀柄的花纹颜色很好配裙子……

高仓和白柏山得到的是双刀,还有一把佩剑。除了刀柄精美,并无出奇之处。

曾师叔似乎在给另外三位徒侄做东西时灵感耗尽,不怎么上心。

不过,这三个人并不知曾师叔以前的事迹,更不知道薛冉冉的兵器也是曾师叔赠的，所以大家一起谢过曾师叔的慷慨相赠后，倒也其乐融融。

薛冉冉觉得曾师叔对沐清歌很恭敬。他居然没有像酒老仙和秦玄酒那般，对苏易水横眉冷对，也是让人百思不得其解。同门之中，关系有好有坏是常态。也许当初曾师叔跟师父相处得甚好，所以才结下了如此长久的友谊。

不过，最近她跟二师兄白柏山相处得就不是那么融洽了。白柏山最近似乎心事重重，在汤池养伤的这段时间里，经常一个人不知影踪。回来的时候，他又哼着小曲，一副春风得意的神色。

因为这里挨着一座繁华小镇，所以薛冉冉跟丘喜儿偷偷猜测，二师兄应该是一个人跑下山玩去了。也不知是什么好玩的事情引得他连连下山，居然不跟她们说一声。

薛冉冉义愤填膺。

苏易水对徒弟一向放养，不太管他们的功课。来到此地后，他又经常跟曾易待在后院工坊里久久不出，所以更加懒得管徒弟。

羽臣和羽童又奉命出去办事了。白柏山现在是解了围套的狗，总是往外跑。

❀❀❀❀❀❀❀

一天，吃过早饭之后，白柏山又借口腹痛，离开打坐练气的三个同门，一个人回去休息了。

他一走，丘喜儿就一骨碌爬起来，对薛冉冉和高仓说道："走，咱们偷偷跟着二师兄，看看他是不是下山玩去了。"

高仓耿直道："这样不好吧，万一师父来检查我们的功课，那该如何是好？"

丘喜儿不以为然："师父什么时候来查过我们的功课？我们快去快回，自然不会被他发现。"

薛冉冉倒是无所谓，她也正是年纪小、贪玩的时候，而且师父也没说过不让他们下山。二师兄应该是去镇上了，镇上离这里很近，若去逛逛，正好可以给爹娘买些礼物。

毕竟这是她生下来之后第一次出远门，上次去逛街时，她看到一匹适合娘亲的布料子，可惜那匹布料只剩下半匹，不够扯来做裙子。老板跟她说"过几天还上货"，她正好可以去看看。出去游学一番，若是空手回了西山，她实在有些无颜见爹娘。

想到这儿，薛冉冉收拾一番。三个人各自拿了兵器，戴了遮面的帷帽，就结伴下山了。

这般少侠做派很是潇洒，三个小的如今腿脚轻捷，一路飞驰跳跃下山，好不欢乐。

因为此处的茶叶和温泉都很有名气，来往的多是富贵人家，所以镇上热闹极了。

在镇口时，他们远远看到了白柏山的身影，原本打算偷偷跟着他，可是白柏山步履匆匆，拐过一条长街后就不知去向。他们寻不到白柏山，便干脆逛街，买起东西来。

除了给爹娘买东西，薛冉冉还打算给曾师叔买些回礼。毕竟接受了师叔做的那么精巧的棍子，总该表达下谢意。

薛冉冉打算给师叔买一双鞋底厚实的鞋子，再买块柔软的白棉布，亲自给曾师叔做几双合脚、透气的布袜子，再绣上劲松花纹。师叔的这一双脚堪比工匠的双手，自然得精细呵护着。

就在挑选透气的白棉布时，薛冉冉无意中抬头看见白柏山在前面的一座院落前又痴痴地笑，然后径直入了那院子。

薛冉冉回身想喊高仓和丘喜儿，却不知道他们俩逛到哪个摊子前看东西了。所以她干脆撂下棉布，朝着那院落走去，想看看二师兄究竟在干什么。

那院子旁有一棵高树，薛冉冉轻轻一跃便跳了上去，自然看到了屋院里的情形。

只见白柏山立在院子里，对一个彪形大汉一脸宠溺地笑道："柔儿，不过一日不见，你怎么又想我想得不行了？乖，快把眼泪擦擦……"

说着，他从怀里掏出汗巾帕子，揽着那大汉粗壮的腰，在他满是胡楂的脸上擦拭。末了，他还在那黑黝黝的面皮上狠狠亲了一口……

薛冉冉修为不够，震惊得差点儿从树上掉落！

二师兄，原来你是这样的人！口味实在是太重了！

想到自己无意窥见了二师兄不欲为人知的不伦之恋，薛冉冉在震惊之余还是很抱歉的。

可是很快，她就发觉不对劲。那个被白柏山亲的大汉一脸愠怒之色，咬牙切齿的样子跟二师兄嘴里梨花带雨的模样相去甚远，仿佛下一刻就能撕碎白柏山。

不过，他嘴里干巴巴念戏本子般道："柏郎，没有你在身边，奴家都睡不安稳，我已经给你准备好了洗澡水，你要不要先洗洗？"

白柏山听了，半挑眉毛，动作潇洒地伸手挑起大汉的下巴，语调暧昧道："这般急不可耐，可是昨天没喂饱你？别急，待我洗好澡，一定好好……"

听到这儿，薛冉冉忍了忍翻涌的酸水，咬着手指，不确定自己还要不要继续偷窥下去。虽然她觉得二师兄也有爱男人的自由，可是看着他跟个多毛的莽汉温存，真的是尴尬得全身都起鸡皮疙瘩。

就在这时，她发现那个叫柔儿的大汉竟然将白柏山引到一个装满赤红色水的浴桶旁边。

白柏山似乎对浴桶的异样视而不见，自顾自地解衣，一边嬉笑着与"柔儿"说话，一边入浴桶。顷刻间，浴桶里血红的水争先恐后地钻入了白柏山的身体，白柏山突然两眼一翻，昏迷在浴桶里。

薛冉冉大吃一惊，想要下去救白柏山时，一个女子从屋内走出，对那大汉道：

"他吸收了角鬼的血，一时醒不过来。去，往他的眼睛里再滴入些'一叶障目'，免得他醒来发现破绽。"

那大汉走过去，粗鲁地翻开白柏山的眼皮，往他的眼里滴了些药水。不知那药水是干什么用的。

就在这时，那叫"柔儿"的大汉忍不住对那女子道："屠长老，您能不能叫个女子来做这勾引男人的事情？这小子每次都像发情的狗一般冲着我动手动脚，我他妈真想活劈了他！"

那个美艳女子听了，冲他狠狠瞪眼道："赤门中只我一个女子，你不去做，难道是要我与这蠢货周旋？"

那大汉连忙垂首跪下，直呼"不敢"。

那女子便是屠九鸢。这时她放缓语气道："他中了'一叶障目'，只要用言语暗示一下他，便可眼出幻象，耳生幻音。现在他的眼里，你就是他梦里才会出现的绝色佳人，而且他以为他已经跟你数度销魂。如此绝佳机会，得好好利用。苏易水正在茶茗山上，这小子的身体已经吸饱了角鬼之血，只要是他泡过的池子，便有角鬼之毒，下毒于无形中，让人难以觉察。苏易水一旦身中此毒，内息紊乱，正可助尊上夺回结丹修为。若真能如此，你便立下了头功……又不是黄花闺女，让这小子占些许便宜又有何妨？"

那"柔儿"一听，立刻抱拳粗声道："为了尊长，属下赴汤蹈火，在所不辞！"

若是平日，薛冉冉倒有闲心感慨一下身为魔教的教徒不易，堂堂七尺男儿，还要充作女人行诱惑之事。可现在中招的是她的二师兄，而且听那意思，他们要谋害之人是师父苏易水！

那女魔头交代完毕，转身出了院子，朝着另一条街走去。

薛冉冉看了看泡在浴桶里睡得不省人事的二师兄，笃定他现在被人利用了，应该暂时无碍，便在房上灵巧地跳跃，一路跟踪屠九鸢。

那个女魔头一路疾走到一座装潢富丽的茶楼前，径直走了进去。

就在这时，又有茶客想要入内，却被守在门口的两个彪形大汉拦住，表明茶楼已经被人包下，请他们另寻茶楼。

薛冉冉心知这茶楼里定是有什么机密，可她一时不能进去。她左右看了看，突然看到街巷里有棵高大的杨树。

她走过去，绕到树后，趁周围人不注意，脚尖轻点，一下子就跃上了高高的大树，然后跳到邻近的屋顶，接着便如在荷塘里踩荷叶一般，在各个屋顶轻巧跳跃，很快就到了那座茶楼的屋顶。

她寻了处屋檐阴角盘腿坐下，闭眼静心，不一会儿便入定了。摒弃街市上的嘈杂声，她可以清晰地听到茶楼里的人语声。

一个尖细的男声道:"魏纠,陛下的意思很简单,以一个无用的密钥,去换得灵泉的下落,这不是两全其美的事情吗?"

就在这时,薛冉冉听到一阵熟悉、刺耳的笑声:"沐清歌重生了一回,胆子怎么变得这么小?她想跟我要东西,自己来要就是了,怎么还托皇帝来吓唬人?难道她以为我魏纠是皇帝宫里的阉货,被吓一吓就会漏尿服软不成?"

他言语讽刺,意有所指。那个像宫里太监一般的人听了魏纠带刺的话,尴尬地一笑:"魏门主怎么可能像咱家这种奴才贱命呢?您修为高深,教众甚广,乃魔修中的第一人啊!陛下从来不管修真仙务,只不过他现在需要沐仙长为他炼制丹药。而沐仙长跟您又有些误会,陛下愿意代为说和,若能化干戈为玉帛,岂不是两全其美?陛下愿意代沐仙长交付酬劳,您看这黄金万两,能否让门主满意?"

魏纠笑了笑,说道:"沐清歌说她知道灵泉的下落,我信。可她对我避而不见,反而求告其他男人,那就不太好了。告诉她,马上就要举行洗髓池会了,这次我赤门的弟子也要参加,到时候,我会备下宴席款待她,顺便替她看看她中的怨水之毒要不要紧。当然,她若忍耐不了,我赤门也随时欢迎她来。不过,若是这般找其他男人跟我谈条件,就算是皇帝,我也当他是个屁!"

敢当着大内太监的面这般嘲讽皇帝的,满天下这个魔头算独一个。

老太监听了,抽了一口气,似乎气得有些难以接续。不过,他可能也知道这魏纠杀人如麻的性情,只干笑了两声,说道:"当初您暗中协助陛下成事,陛下一直感念在心,此事不成,也不会损了陛下对您的爱重。"

魏纠又一阵冷笑:"他若真的领情,为何只给沐清歌修庙烧香,不见给我塑造金身啊?这种四处平衡、到处买好的伎俩,让他留着给他的臣子们用吧。"

等那太监走了,屠九鸢走过来,低声说了苏易水的徒弟又来小院私会"柔儿"的事情。说到最后,屠九鸢道:"教主英明,在镇子里发现苏易水的徒弟时,便想出这等妙计。那个白柏山果然好骗得很。"

这次魏纠真心实意地笑开了:"本座在镇子里看到苏易水的几个徒弟时,便一眼看中这个根基浅薄、眼神游移不定的家伙……不过,也是奇怪,他身上竟然有些魔物的气息,若不是他身上的阴气未散,这'一叶障目'可没这么好的效用,这步暗棋要用好了。"

说完这些,茶楼里一直安静无声,只有茶盖碰撞茶杯、饮茶的声音。

接着,屠九鸢又迟疑地说道:"尊上,您才失了大半的修为,正是要闭关调息之时,何必叫那沐清歌亲自前来,如有什么事情,属下也可代为转达——"

薛冉冉听到那魏纠的声音骤然变冷,缓缓开口:"九鸢,本座做事还需要先跟你商量吗?"

那个叫屠九鸢的女人扑通一声跪倒在地:"尊上雄韬伟略,高瞻远瞩,无论做什么,必定有其深意。属下多舌,实在该打!"

接下来就是噼里啪啦掌掴脸颊的声音，如此一会儿后，薛冉冉才听到魏纠悠悠道："行了，起来吧。我知你的小心思，你不愿让我见沐清歌。不过，你不必担忧，我说过，谁也替不了你……"

盘坐在屋顶的薛冉冉听到这儿时，缓缓睁开眼睛，街市嘈杂的声音再次灌入双耳。她刚开始不确定这女子的身份。当初绝山的灵果降生的时候，绝山混战不止，她没有注意到赤门的教众。可万万没有想到，这个女人偷偷来见的……居然是魔修魏纠！

虽然她没有看到，可魏纠独特的嗓音让人不容错辨。

二师兄究竟是何时中了魔教的阴招？想到他们要借用二师兄谋害师父，薛冉冉不由得心里发急。她起身想要先回去给师父报信。

就在薛冉冉起身的时候，她的布兜里掉落了一串铃铛——这铃铛是方才丘喜儿买的，她们俩一人一串。

就在她弯腰去捡铃铛的时候，她脚下的瓦片突然爆裂开来，一条长鞭如灵蛇一般将她的脚踝缠住，将她直直拉扯下来。

在被拉下的瞬间，薛冉冉的身体自然做出反应。一个巧力翻转，她便挣脱了鞭子的缠绕，堪堪稳住身体，轻巧地落到地面上。

这时，她看到了依然稳坐在高椅之上端着茶杯啜饮的男子。

这男子果真就是魏纠。跟师父的那种脱尘如仙的气质不同，这个男人眉眼透着一种带煞气的阴柔秀美。只是跟上次在绝山上耀武扬威的霸气不同，失了大半结丹的魏纠如今看起来阴郁了许多。他望向薛冉冉时，虽然嘴角挂笑，可满眼都是腾腾的杀气。

难怪他当初投拜沐清歌却没被纳入西山师门，这个男人美则美矣，就是让人看了感到阴冷、不适。

不过，眼下不是对一个大魔头评头论足的时候。她掉落下来以后，也不知从哪里一下出来许多拿着刀剑的赤门教众。他们将她团团围住，只待魏纠一声令下，就将她剁为肉泥。

薛冉冉也没想到，顷刻之间，自己便落入此等险境。如今她只能祈祷那日林子阴暗，魏纠又贵人多忘事，早忘掉她的模样了。想到这儿，她只好强装镇定地从容抱拳赔笑："在下在屋顶练习腿脚，路过此地，不小心踩踏屋顶，愿意赔偿银两，敢问掌柜是否在楼下？"

说着，她便解下钱袋子，要去楼下跟掌柜聊聊。

可是围着她的人丝毫没有放她走的意思，他们把刀剑震得直响，直直朝着她纤细的脖子砍过去。

他们都是修真高手，腿脚功夫也不差。如今有人偷听尊上说话，自然不必留活口，所以他们落下的刀剑都没有留后劲儿，直直砍了过去。

奈何薛冉冉跟滑溜溜的泥鳅一样，小腰扭着，在刀刃间滑行，几下就跳到了桌面上，兔子一般蹦来蹦去。

就在这时，扯她下来的长鞭夹裹着灵力又甩了过来。

冉冉瞥眼一看，原来是那个立在魏纠身边的艳美女子正在甩动长鞭，她应该就是魏纠的左膀右臂——魔女屠九鸢！

方才被这鞭子缠住的脚踝现在还火辣辣地疼。屠九鸢身材火辣，用鞭子也透着火辣辣的狠劲儿。若再被这鞭子缠上，薛冉冉只怕浑身上下就没有一处好地方了。

就在鞭子袭来时，薛冉冉身体比脑子更快做出反应，快速从腰上拽出十四师叔所制的机关棍，按动中间的弹簧，棍子的两头便弹出一对钩子。钩住那鞭子后，钩子还会自动夹紧，然后薛冉冉快速缠绕鞭子将它拉紧，让它再不能作怪。

一套动作下来行云流水，完全效仿了苏易水当初与魏纠对战时用粗长的擀面杖缠绕兵器的套路，就连姿势也一模一样。

就在这时，一直举杯饮茶的男人盯着这眼熟的招式，慢慢放下茶杯，咬牙切齿道："小丫头，原来是你！"

方才屠九鸢虽然将这丫头扯了下来，可正如薛冉冉所想，魏纠一时并没有认出她是谁，只是觉得这小姑娘的样子怪眼熟的。直到她摆出缠绕鞭子的架势，勾起了魏纠一段屈辱的回忆，他才猛然想起她不就是在林中摆阵时坐在树上冲他笑的那个小丫头吗？

他没记错的话，她是苏易水的徒弟，而且目睹了他被苏易水当猴子耍的全过程……虽然这丫头似乎长开了不少，在白日的光线下显得莹白娇媚，但是刚才含笑开口的样子就如那时一般，着实可恨！

魏纠此来，并不欲人知。可是没想到，他不过听到屋顶有动静，竟然拽下了苏易水的一个徒弟。魏纠不由得缓缓笑开，欣赏着小丫头瞳孔放大、惊恐不已的样子。

既然她是苏易水的徒弟，那还真不能一刀将她砍杀了。一时不能弄死姓苏的泄愤，玩玩这个小丫头片子也聊胜于无。他该怎么慢慢弄死她，才可稍微宣泄这段日子以来的愤恨？

薛冉冉听了魏纠的话，心道："糟糕！"

她今日出门没看皇历，竟然遇到惹不起的人物！魏纠跟师父是死敌，现在他认出了她，落入他手里，她恐怕要生不如死。

不过，师父说过遇到妖魔不可慌张，如今她被围住，唯有"拖"字诀自救。心念流转间，薛冉冉只能尬笑着缓和僵持的气氛，对魏纠轻快地说道："师父一直在外等候，命我来请魏仙师，不知尊下能否下楼与师父相见？"

魏纠听了，脸色微变。他自认为行踪隐秘，而且用摄魂的"一叶障目"拿捏了苏易水的二徒弟，让他为己所用。没想到苏易水竟然一早就察觉了，还派弟子在屋顶偷听。这样一来，绝好的计策岂不是要落空？他也没想到眼前这个看起来青涩的小丫头撒起谎来连眼睛都不眨，一时真有些拿不定苏易水究竟在不在楼下。

薛冉冉不慌不忙地翻转棍子，松开了鞭子，然后指了指楼梯的方向道："师父此来，还请了沐仙师，您不是要见她吗？现在他们就在下面等着您呢！"

这"钩子"下得甚妙，魏纠对沐清歌一直有说不得的心思。当听到沐清歌居然跟苏易水在一起时，他立刻有些动容。

一旁的屠九鸢妒意略显，脸色一紧，忍不住朝着楼梯走去，准备探看究竟。

她这一侧身，便是包围圈露出缺口之时。薛冉冉抓住这千载难逢的机会，默念了个闪诀，以迅雷不及掩耳之势弹跳起来，跃过那些大汉，从窗口跳跃下楼。

她的身手快极了。屠九鸢虽然手疾眼快，再次出手用鞭子去卷，可是落鞭位置不对，卷回来的不过是一只绣着点点梅花的粉红色小鞋。

屠九鸢跃下楼的时候，只看见吓得四下散开的人群，再不见那小丫头的身影。

她恨恨地一甩鞭子："臭丫头，下次再见，便是你的死期！"

她转身的工夫，魏纠已经立在她身后，冷冷道："朝着茶茗山的方向追击。"

屠九鸢迟疑道："可是……若苏易水也来了——"

她话还没有说完，魏纠一把捏住她的下巴，微笑道："看看我养出的废物，都不如个黄毛丫头狡诈。若她师父在此，她还用跑得像兔子一样吗？给我快些追击，白柏山这枚棋子安插不易，不能让他就此废掉！"

说完，他将屠九鸢狠狠推开。

屠九鸢被魏纠奚落，一脸尴尬，挥手招来了属下，快速跃上屋顶，朝着茶茗山的方向追去。

魏纠捏起冉冉掉落的那一只绣鞋看了看。这上面应该是小姑娘自己绣的花纹，鞋面倒没有出奇的地方，可鞋垫上好像绣着字。魏纠眯眼打量，只见上面绣着四个大字——逢考必过。四个大字的周围则是一圈诚信祈愿咒。

看来西山的师考很严，当徒弟的竟然想出这等祈愿的招式。

人人都知道，魔修魏纠一笑便是要杀人。他看着绣鞋，阴恻恻地笑开了："狡诈滑头的丫头，且等将她抓回来，必定要她好看！"

✿✿✿✿✿✿✿

薛冉冉用一个闪诀翻下楼后，立刻钻入人群，过了两条街，在糕点铺子遇到了正在试吃点心的高仓和丘喜儿。

薛冉冉只说了"魏纠在此"后，那两个人立刻吓得变了脸色，然后三人一路疾驰跑出了镇子。他们正要往茶茗山上跑的时候，薛冉冉闭眼细听，轻声道："不好！有人追过来了！"

那些人既然暗算了二师兄白柏山，那么一定知道她师父的藏身之处。方才她虽然出镇子了，但是魏纠只要派人朝着茶茗山的方向追，就一定会追到他们。

薛冉冉心知师父身上藏有阴界灵泉，若是被魏纠察觉，必定拼死相争。而他们若落到赤门手里，只怕师父会被这魔头要挟……眼下只能赶快通知师父来解救他们。

想到这儿，她抬眼看了一下一只停在树枝上的喜鹊，然后飞身跳起，快速抓住了那只鸟，再从酒老仙送给她的符包里掏出一张控禽符，将它缠在喜鹊的细脚上放飞。这鸟儿为符所控，就像翠微山的乌鸦一般，可以寻人传话。

放飞喜鹊之后，她简短地对两个同门道："听声音，后面那些人追来的速度很快，我们是跑不过他们的，眼下唯有拖延时间，等着师父和师叔他们来救我们。"

说完，她便四处察看，看到了一处山坳，树荫浓密，正好可以遮身。于是她说道："快，去那里躲避。我们要快速打坐，减慢呼吸，这样才可以躲避来人的耳目。"

方才她在茶楼偷听的时候打坐静听，就连魏纠都没有察觉，后来起身的时候才被人发现。所以，现在唯有先藏匿起来，同时放慢呼吸，看看能不能躲开追兵。

丘喜儿和高仓也算在望乡关里历练出来了。虽然想着魏纠把人开膛破肚的样子有些慌张，但是听了薛冉冉的话，他们俩还是快速做出反应，跟着她一起躲到山坳里。

三人盘腿坐下，默念被罚写了一路的静心咒，很快入定，进入忘我的境界，不光呼吸变得轻缓，心跳也渐渐放慢，恍如假死一般。

赤门的门徒很快就追击到了这里，可是他们察觉不到追击目标的踪迹，不由得顿下脚步，互相看了一眼。

此处树林茂密，到处都适合藏身。

其中一个人抽出利箭，朝着树林几处隐秘的地方射去几十支。除了扑棱棱飞出的惊鸟，并无什么人。于是几个门徒抓紧时间，继续往茶茗山的方向追去。

追兵离去后，丘喜儿睁开眼，倒吸了一口冷气，因为她发现薛冉冉的胳膊上居然中了一箭，正在汩汩冒血，也不知方才中箭的时候她是如何忍住的，居然一声不吭，还能藏起自己的呼吸声。

此时，薛冉冉从入定的状态清醒过来，胳膊抽痛不已。她从小到大都没受过这样的苦，眼泪在眼眶里打转。

"小师妹，我们赶紧走吧，不然没等得救，你的血就要流干了！"

薛冉冉摇了摇头，道："不行，我们现在哪儿也不能去，只能在原地等，你用布条将我的胳膊勒紧，这样血流得会慢些，然后你们先走。不然……我只会拖累你们。"

丘喜儿和高仓互相看了一眼，高仓率先道："我们不走，就在这儿陪你，若丢下你，我们自己走，我们有何颜面见你的爹娘？"

丘喜儿原本还拿不定主意，听了大师兄的话，顿觉有理。她从袖子里掏出一条手帕，将它折成条状，然后将薛冉冉的胳膊勒紧。

薛冉冉深吸了一口气，努力调整自己的气息，让自己的血脉、呼吸呈现如打坐一般迟缓的状态。

那只鸟飞得再快，也需要一盏茶的工夫才能寻到师父，顺利传达消息。而师父得到消息寻来也需要些时间。所以现在她唯一能做的就是等，祈求在师父来前，她不会因血流干而死。

可是老天连这一点儿时间都不愿给她。

丘喜儿刚替薛冉冉处理好伤口时，薛冉冉的小耳朵突然动了动，她低声道："又来人了，快打坐！"

西山的徒弟本事不济，但是打坐的基本功过硬，瞬间盘坐入定。

这次来的不是别人，正是赤门长老屠九鸢。她不放心，便带着两个门徒前来探看。

魏纠如今正在养伤，不可动真气，所以这类追人灭口的事情自然要她这个得力的"左膀右臂"前来料理。

走到这里时，屠九鸢并没有觉察到什么，可是她肩头的一只红眼隼突然动了动嘴，发出刺耳的鸣声，然后扑动翅膀，如扑兔子一般朝着薛冉冉他们的藏身之处袭去。

赤门的红眼隼是从小食用人的血肉长大的，所以第一时间便觉察到了人血的味道，直直朝着受伤的薛冉冉伸出利爪。

在红眼隼袭来时，高仓和丘喜儿连忙抽出各自的武器，挥剑驱赶那有尖爪的猛禽。

这时屠九鸢看清了躲在山坳里的三人，不由得冷笑道："苏易水怎么教出这么一群窝囊废，惯会躲着，竟然不敢迎战？"

高仓是典型的热血少年，听了这女魔头的讥讽，如何能忍？他"哇呀呀"跳起来，抽出宝剑就要跟她拼命。

可他还没有近身，就被屠九鸢一鞭子抽得飞起，直直撞到一旁的树干上。

屠九鸢手腕翻转，另一条鞭子直直袭向那傻愣愣的胖丫头丘喜儿的脖子。

她在这几个"窝囊废"身上耽搁太久了，一鞭子就要勒断丘喜儿的脖子，再了结另外两个人的性命。

丘喜儿被吓傻了，根本不会躲避。就在千钧一发之际，她突然被薛冉冉撞开。只见薛冉冉已经折断胳膊上的长箭，再次拿起机关棍缠住了屠九鸢的鞭子。

可惜这一招已经用过，屠九鸢早就有所防备，她及时甩动鞭子，竟然一下子将薛冉冉扯了起来，将她朝着粗壮的树干甩去。

被师父扔石头练就的反应再次发挥作用，薛冉冉在被甩向大树时，扯了一把树叶扔向半空，然后让机关棍松开鞭子，整个人轻盈跃起，脚尖轻点落叶，犹如翩然惊鸿一般，在半空中跳跃飞舞。

屠九鸢甩动几次长鞭都不能挨近这小丫头的身子，不由得心里一恼，干脆扔掉长鞭，抽出腰间的双刺，准备跟这属泥鳅的小丫头近身搏杀。

可是当她举刺袭去的时候，薛冉冉竟扭转身子，双腿劈开，两手作势，使出了魏纠独门的霹雳空斩。

赤门的弟子都知道这招式的厉害，被击中者非死即伤。屠九鸢来不及思索，下意识地往旁边一躲。

薛冉冉抓住这空当儿，高声猛喝："摆阵！"

这次高仓和丘喜儿没有拉垮，迅速就位，摆出了降魔阵法。虽然没有白柏山，但是三人也可摆成"品"字。他们默念口诀之后，立地生根。

薛冉冉方才急中生智，学的是魏纠当初在林子里与苏易水搏斗时使用的招式，空有其形，并无什么威力。但是她天生记性好，只看了一眼，竟然学得惟妙惟肖，足可以狐假虎威。

屠九鸢也是闪避了之后才猛然领悟到这一点。她两次被这丫头诓骗，一时间恼羞成怒，挥动鞭子再次袭去时，已经痛下杀手。

不过，苏易水亲自布的阵法虽看着平淡无奇，却攻守兼备。这三个"菜鸡"在望乡河历险之后，一门心思地钻研阵法，小有成就，如今实战，竟然可以从容应对。

屠九鸢再次甩起鞭子，可就算鞭子密如雨点也泼洒不进来。

薛冉冉心知自己受伤的胳膊支撑不了太久，一旦她倒下，这阵就破了，到时候他们三个一个都活不成，所以……她绝对不能倒下！

屠九鸢也注意到她胳膊上面积逐渐扩大的血渍，知道她是最弱的一环，所以集中攻向她，立意要将这小丫头击溃。

那条胳膊伤得很重，薛冉冉年纪又小，按理说，她应该一脸惊慌。可是屠九鸢在疯狂攻击的同时，发现这小丫头脸上的表情竟然逐渐变得刚毅，尤其是那一双眼，透着一股说不出的冷意……

盯久了，竟然勾起屠九鸢有些不太愿意想起的记忆……她好像曾经跟拥有同样眼神的人如此鏖战过，而她败得溃不成军，匍匐着求饶……

想到积郁难耐之处，真令人发狂，屠九鸢突然咬破舌尖，使出魔修魏纠也不会轻易使用的魔体散功大法，自损一层功力来激发身体所有潜质，短时间内，功力暴涨一倍，便可速战速决！

这一次，西山的三个虾兵蟹将再也抵挡不住。薛冉冉被屠九鸢的一口魔血眯了眼，一时睁不开眼，立刻被屠九鸢一鞭子甩飞了。

屠九鸢发出一声狂笑，再次举刺朝着小丫头的心脏扎去……

就在她快要挨近薛冉冉之际，一股迅猛的力量突然袭来，震得屠九鸢飞身而起，重重落在地上，嘴里冒出汩汩鲜血。

她定睛一看，才发现苏易水一脸暴怒，犹如天神突然到来。

此时薛冉冉体力不支，再也支撑不住，颓然从半空落下，正好稳稳落入苏易水怀里。

屠九鸢甚至来不及反应，就看见苏易水一掌劈来，刚刚损耗了一层功力的她来不及招架，再次被震飞。当一口口鲜血喷涌而出时，屠九鸢心知灭口的任务功亏一篑了，她受了重伤，也不敢恋战，赶紧带着随从疾驰而去。

丘喜儿定睛一看，原来是师父面色铁青地抱着小师妹，她顿时带着哭腔道："师父，您总算来了！"

苏易水没有搭理她，伸手给薛冉冉点了止血的穴位。

薛冉冉失血过多，她费力地睁开眼睛，喘息着对师父说："师父……二师兄被赤门下了阴招，正在镇子里的槐树胡同第二个院子里——"

听到薛冉冉费力说话，苏易水的语气十分不友善："闭嘴，还不赶快调息止痛！"

薛冉冉很听话，干脆连呼吸也不调整了，直接脖子一歪，疼昏了过去。

昏过去倒也省事。薛冉冉醒来的时候，躺在热汤馆房间温暖的被窝里，受伤的胳膊也已经包扎妥当。虽然还有一丝丝痛，但是看来并没有什么大碍。最起码，她还可以伸胳膊去摸枕头边装着地瓜干的布袋子。

这些地瓜是她从翠微山上拿下来的，乃是酒老仙的赠品。那些用符调过气候的土地长出来的地瓜特别甘甜，不但适合酿酒，还特别适合晾晒地瓜干，咬一口，既有嚼劲儿又唇齿甘香……

就在这时，端着稀粥的丘喜儿进来，看到她醒了，顿时一脸惊喜地放下稀粥："小姑奶奶，你可总算醒了，你可知你睡了多久？"

薛冉冉想了想道："昏睡了能有三四天吧？"

丘喜儿没想到她居然能猜出来，佩服地说："正好三天呢，你怎么猜出来的？"

薛冉冉指了指嘴里的地瓜干："没有上次吃的那么温润了，估算变硬的时间，差不多就是三四天……快些拿粥过来，我感觉好饿！"

这种吃货估算时辰的本事真是无人能及。

丘喜儿一边扶起她喂粥一边说："你这一睡，都赶上天上一日了。这人间已经翻天覆地了！"

薛冉冉真的饿了，一边吃一边示意师姐别再卖关子了，赶紧说说都发生了什么事情。

丘喜儿便从头说起。

第一件就是那日苏易水真是吓人，抱着负伤的薛冉冉一路疾驰，而且是弑神附体，无论是佛还是魔，挡路者皆杀。

后来，那几个寻不到踪迹的赤门追踪者又折返，正撞在"火山口"上。

丘喜儿回忆说，当时的场面十分惨烈，师父大开杀戒的时候，魏纠那种开膛破肚的残暴都算是小场面。

"手撕活人啊！而且还没落地就被烧成了灰烬！就么一眨眼的工夫，十几个赤门的门徒连渣都不剩……"

丘喜儿忍不住又连打了两个冷战，接着说起另一件事情："二师兄一直泡在水缸里受刑，师父说要散尽他的筑基，将他撵出师门……"

薛冉冉抬头，微微瞪大了眼睛。

原来，她昏迷以后，苏易水立即带着她折返茶茗山。羽童则带着高仓和丘喜儿去寻找白柏山。

也许因为知道白柏山是废棋了，又或者怕被苏易水逮到，屠九鸾似乎并没有回那小院子喊人撤退。

当羽童一脚踹开门时，白柏山正一脸痴迷地抱着个大汉在床上躺着，他的嘴还在大汉长着黑毛的大脸上拱呢……

用丘喜儿的话讲，看到那情景，真恨不得挖掉自己的眼珠子，立刻忘掉自己看到的辣眼睛画面。

那大汉看到有人闯进来，立刻要起身，却被羽童手疾眼快地点了穴位。

白柏山居然还维护那大汉，将他护在怀里，直嚷嚷莫要吓到他的柔儿。

羽童气哼哼地给他的嘴里塞了一颗清心丸。

等白柏山清醒过来，看清他的"柔儿"那连鬓胡须后，吓得惨叫一声，一脚就将"柔儿"踹倒在地。可能是想到这些天他跟"柔儿"耳鬓厮磨，白柏山恶心得大吐特吐。

据丘喜儿回忆，他连隔夜的茶饭都要吐出来了。

虽然被二师叔羽童及时救回，可白柏山到了山上就被捆起来了，他还一个劲儿地喊"冤枉"，只说自己是中了魔教的阴招才一时色迷心窍。

据他说，起初他在街上被风吹得眯了眼睛，突然有人用湿手帕替他擦眼。等他睁开眼时，发现对方是个美丽至极的姑娘，顿觉惊为天人。那姑娘又跟他问路，就此相识。后来，他下山帮二师叔买东西，又跟这姑娘相遇，只因为那姑娘实在生得貌美，他一时忍不住，动了凡心。可他如此与佳人约会，若师父知道了，必定会谴责他修真之心不定，所以他才偷偷下山与之私会。就是跟佳人约会甚是耗费气力，每次他都会打瞌睡，但真的没有做过出卖师父的事情。

白柏山说得振振有词，直言等小师妹醒了，跟她当面对质也不怕！

苏易水懒得审他，只是命人暂时将他捆起来扔到水缸里，让他泡了足足三日。

苏易水则每日亲自煎药让薛冉冉服下。

现在薛冉冉醒了，倒是可以跟白柏山对质了。

看着小师妹拖着手臂前来，白柏山即使被捆，也迫不及待地从水缸里站起来嚷道："小师妹，你快跟师父说说，我真的没有出卖师父，倒是被魔教中人劫色，我才是受害者啊！"

薛冉冉谨慎地后退，对苏易水道："师父，他应该是中了角鬼之毒，还请莫要沾染他……"

羽童在一旁冷声说道："主人也发现了他体内有毒，所以这几日将他扔在加了黄牛胆和香炉灰的水缸里，如今这毒应该也清除得差不多了。"

听二师叔这么说，白柏山才恍然大悟，原来这几日师父让他泡水缸，并不是在惩罚他，而是在替他解毒。想到这几日他在水缸里指天骂地，大呼委屈，白柏山不禁羞愧得抬不起头。

不过，师父既然肯管自己，是不是意味着师父不会将自己逐出师门？

苏易水淡淡道："你浸泡角鬼之水数日，筑基已经受损，就算解了毒，也不可逆转。所以我也不必给你散去功力了，你我师徒缘尽，你自可下山娶妻生子去了。"

这种角鬼之毒邪门得很，会让筑基聚集不了真气，碾压成粉用来泡澡，毒性更加霸道。幸好苏易水有洁癖，从来没泡过温泉，不然老早就中招了。

很显然，魏纠想要通过控制白柏山，让苏易水中毒，然后趁机来个"马踏连营"，一举端了西山，夺回结丹，报仇雪恨！

白柏山一直怀有称霸三大门派、成为一代大能的宏愿，可是听到自己如今成了废人，顿时坐回缸里，哇的一声哭了出来。他一边流泪一边说自己不是故意的，若不是为邪灵驱使，绝不敢背叛师父。师父神通广大，而且医术高超，一定能想出解角鬼之毒的法子。

一个还算斯文的少年哭得如三岁满地打滚的孩子，就连高仓和丘喜儿也忍不住替他求情。

苏易水似乎一直无动于衷，直到后来才缓缓地说："你白家的人曾经舍身护一位西山前辈，为此受了重伤。这份人情，我一直记得，所以才收你为徒。你身上的毒性至深，就算留你在西山，也是废人一个，更何况你此番色迷心窍，连累同门遇险受伤，原本该以死谢罪，现在只是将你逐出师门，也算成全师徒一场的情谊……你自去吧，下山前可以去羽童那里支些银子，回家做个小生意，也富富有余。"

说完，他懒得再跟白柏山废话，径直起身离去。

白柏山好不容易止住了悲戚，忍不住凝聚真气，却发现自己的丹田真的是一片空荡荡，什么都没有了。

当初入门的这几个小徒弟里，他自认为天赋最高，谁想到被人暗算，一年多的修为全都没了。他熟谙修真界不成文的规则——一旦成为弃徒，背负欺师灭祖的名声，那就再难以翻身,恐怕其他名门正派也不肯收他。

当年苏易水背叛了沐清歌,大义灭亲,虽然得到正道口头的赞誉,可其实他们背后也不齿苏易水的行径。

最后,苏易水连见都不肯见白柏山,给了银子,便让他下山。

白柏山不肯离去,便跪在山下,就连下大雨也不肯起来。

苏易水也不管山下赖着不走的白柏山,问明之前是丘喜儿提议下山的,罚她和高仓挨了竹板子,打得他们俩一天不能下地,只能垫着软垫子坐。

薛冉冉觉得自己这次也闯了大祸,只是先前受伤昏迷,逃过了一劫,也不知现在师父要如何罚她。

第十三章 李代桃僵

苏易水迟迟没有给冉冉定罚,这种等待的滋味竟然比挨罚还要难受。

晚上,薛冉冉央求大师叔羽臣给跪在山下的白柏山送两张烙饼,免得他饿得昏倒。而她尽量缩在屋子里,不敢见师父。

可之前她已经睡了三天,实在不好赖在床上。第二天,薛冉冉穿好衣服,走到汤馆旁的竹林散步时,正好看见从山上打猎归来的师父。小白虎跟在他身后,叼着两只兔子雄赳赳地走着。

苏易水看到她,说道:"你该换药了。"

薛冉冉看他表情如常,并不像昨日轰撵二师兄时那般生气,于是乖乖跟着他回屋子。

小白虎放下兔子后,很懂事地叼来苏易水看病的药箱子,然后趴在一旁看苏易水给薛冉冉换药。

薛冉冉白莹莹的胳膊上那个血淋淋的伤口很醒目。按理说,几天过去,伤口也该结痂了,可是薛冉冉的胳膊依然冒血,全靠涂抹止血药粉才勉强止住血。

看着师父娴熟的动作,薛冉冉想,难道这几日她的伤口一直是师父亲自包扎的?

她有些不好意思道:"我从小就是这样的体质,一旦受伤,总也止不住血。以前爹娘都吓坏了,找了好多郎中看,也不管用。所以,久而久之,爹娘都不放心我出院子,就怕我在外面跌倒受伤。"

苏易水没有说话,只是快速地给她涂抹药粉,再慢慢地用干净的布带包扎。神医的手法就是高妙。薛冉冉看着师父的侧脸,一不小心看呆了,连疼都不觉得了。

包扎好伤口,苏易水总算张嘴说话了:"我昨日赶走白柏山,独独你没有替他求情,这是为何?"

薛冉冉小声道:"我求情有用吗?"

当时二师叔都忍不住求情,师父不也没有理会?

苏易水听了徒弟的问话,面无表情。薛冉冉一时不知他是喜还是怒。

薛冉冉不好打马虎眼,只能老实作答:"您让我们每日抄写静心咒的时候,便说了这是修真的基础,让人清明、刚正。每日抄写,除了摒除邪气,对抵抗迷心咒一类的旁门左道也有功效。可二师兄除了起初做做样子,余下的时间里,三天打鱼,两天晒网。到了茶茗山上,他基本上就不再写了。若他坚持做功课,不要滑,就算一时大意被赤门暗算,也不至于被迷心咒迷得神魂颠倒,犯下如此过错。所以,他虽然并不想犯错，可平日里给犯错埋下了祸根。师父不想教他也是有缘由的，我何必让师父为难？"

她说完这些，抬头看着苏易水，发现苏易水看她的眼神有些复杂。

"我还以为你跟他同门一年，必定不忍心呢……原来的你可是心软得很……"

薛冉冉虽然不知道师父为何会说出她以前心软这类话，但她知道二师兄犯错的确有他自己的原因。

"小恶不惩，必成大恶。修真一道，原本就让人有超越常人的本事，若教出个恶人来，岂不是贻害千年？二师兄若没有明确自己为何修真，下山也好。他喜欢的无非是站在顶端受人仰慕，如此这般，还不如下山考取功名来得快些……不过——"

这个"不过"的音拉得略长，薛冉冉又小声说道："二师兄固然有他的不对，可是师父您也有不对之处……"

苏易水平静地问道："哪里不对？"

"我们这些弟子都是心智不稳的少年……原本善恶就在一念间。师父，您明知道那灵泉贻害不浅，却从不督促、检查我们弟子的功课。若您严厉些，二师兄也不至于闯下这般祸事……"

苏易水面无表情地听着，突然说道："所以，是我这个师父做得不对了？"

薛冉冉有些后悔自己一时多言，连忙说："弟子不敢，师父无论怎么做，都自有一番理由。"

苏易水依旧面无表情道："我也是人，为何不能犯错？若有一天，你发现我是一个十恶不赦之人，你当如何？"

喜欢考试的师父又突然考她，让她有些措手不及。

这个考题可真刁钻。若说自己会"助纣为虐"，显然不能过关。可若说自己会大义灭亲，杀师证道，又怕步二师兄的后尘。

用脚趾用力抓了抓只剩下一个的"逢考必过"鞋垫子，薛冉冉诚恳地答道："师父，您有如此孤高的品行，怎么可能为恶？若真有这一日，也必定有不得已的苦衷。弟子不才，愿陪在师父左右，承受天诛地灭之苦，与师父同生死、共进退！"

也许是鞋垫子显灵，听了这般马屁味十足的答案，苏易水冷漠的脸上竟然显出一抹……痛苦的神色，似乎她的回答勾起了他不甚愉快的回忆。

薛冉冉提心吊胆之际，就听苏易水道："记住了，以后不准远离我半步！"

薛冉冉半抬起眼，觉得这条门规有些怪怪的，她试着辩解道："……师父，这条门规有些不严谨，就算是成婚的夫妻，也没终日黏在一处的。这半步如何算？睡觉、沐浴什么的，都不可能在一起啊！"

苏易水看着小徒弟调皮的样子，眸光一盛，突然低头挨近道："你要是做不到，我会帮你做到的……"

薛冉冉的脸被苏易水猝不及防贴近的气息笼罩。两人鼻尖对着鼻尖，薛冉冉呆呆地看着苏易水的眼。

他的眸光深幽，满是她看不懂的深意。

就在这时，羽童正好捧着特制的臂托走进来。薛冉冉的胳膊不能乱动，所以曾易做了个轻巧的臂托，正好可以固定她的手臂，免得伤口裂开。

她没想到，一撩门帘子，看见的却是如此暧昧的情形。那薛丫头的脸快和主人的脸挨在一起了……

若是她晚进来一步……羽童吓了一跳，有点儿不敢往下想这样的情形，二十年前倒是常见的。

吊儿郎当的沐清歌经常把表情木讷、年少的苏易水堵在水榭长廊上，逼他挨着墙站立，单手放在他的耳旁，言语暧昧地挑逗他……完全是市井浪荡公子哥逗弄民女的架势！

每次看到主人身侧紧握的双拳松了又紧时，她总是义愤填膺，觉得沐清歌太欺负人了！可如今，情形颠倒过来了……

看薛冉冉局促地用手指捏着裙子的样子，羽童想，主人对徒弟也太严苛了！就算训人也不必挨得这么近，看把这丫头都吓成什么样子了。

秉持着"主人做的一切都是对的"理念，羽童自发化解了眼前这一幕的深意，连忙笑着道："主人，她已经知道错了。如今白柏山被赶出师门，高仓和喜儿两个孩子也挨了板子。至于冉冉，她已经受伤，自然也知道错了。你说是不是啊，冉冉……"

说着，羽童冲薛冉冉挤一挤眼睛，示意她赶紧跟师父承认错误。

薛冉冉闷闷地点了点头，稍微检讨了下自己，承认方才她的确是跟师父顶嘴了。

她晃了晃头，忘掉方才暧昧的那一幕。她更加不放心的是，魏纠使用如此下三烂的招式，真是让人防不胜防。另外，他与沐清歌约好三天后在华阳山相见，不知又要对沐仙长使用什么伎俩。

听薛冉冉说起，苏易水却不以为意道："沐仙长的事情，何必我们这些外人操心？对了，你私自下山，还没受罚，既然受了伤，便免了板子吧。去！再将御风诀抄写四百遍！"

薛冉冉表情微微一垮。该死的赤门爪牙为何偏偏射她的左胳膊？若射的是右胳膊，岂不是能免罚？

不知道为什么，白柏山跪在山下摇摇晃晃的第三日，苏易水突然开口让羽臣将他带回来。

苏易水跟白柏山说，他若想重回师门也行，便要留在曾易师叔身边，跟着他学习以脚代手。吃足了疾苦，才可重思做人的真谛。

如果有一天，白柏山能用自己的双脚组装出一只自鸣钟，足可见其毅力坚定，那么苏易水便会收回前言，重新将他收回西山门下。

白柏山听了一阵狂喜，当即便跟苏易水表示，不管这考题多难，他都会竭力完成。

薛冉冉听了这件事，试探性地问苏易水，是不是那日她的冒犯之言让他改了主意。

不过，苏易水一边调试琴弦一边淡淡道："收些逆徒，才可懂为师的辛苦。我之前教你们不上心，少不得自罚一下，给自己寻些苦头吃。"

薛冉冉有些不确定他口里的"逆徒"指的是二师兄还是不知天高地厚的她，但是师父肯原谅二师兄，再给他一次机会，还是值得高兴的。

丘喜儿他们也是一阵后怕。白柏山的事情算是给怠懒的几个人敲响了警钟。虽然师父看起来像放羊归山，但是若他们真做错事情，他罚起来也是毫不留情的。

所以，茶茗山虽然风景依然秀美，汤池子也舒适，山下的镇子更是热闹、繁华，高仓和喜儿却不敢再怠懒下去，每天晨起打坐筑基，默背各种心法口诀。

薛冉冉受了伤，虽然有很好的理由偷懒，但也不敢用，抄写口诀之余，她总捧着师叔带来的书认认真真地修习。

白柏山认真地剪了脚指甲，又用白醋泡脚以后，开始跟曾师叔一起练习以脚代手，每日吃饭也要用脚夹着调羹吃。只不过他暂时不能跟大家一起打坐筑基，而是搬到曾师叔汤池的工人房里去住。平日里，他还要在汤池做些粗活抵饭钱。

曾师叔给薛冉冉做的臂托很好用。闲暇的时候，她去花园里采花，攒上一瓶，摆在曾易的作坊案子上。

这日，她又来花园散步，看到一处池子边有大片盛开的栀子花，便决定在此处打坐。于是她找来垫子，坐在池边看着游鱼，然后慢慢入定。

这处池子离曾易的作坊很近。她隐在花丛里，一旦入定，便可以听见曾师叔用小锉子磨零件的声音。

她昨天听师叔说，他要给她打造个轻便的软银甲——刀枪不入的那种。据说，这甲是用南方一种韧性很强的藤条缠绕上软银抽拉的细线钩织而成，很费功夫。

当时，她看了一会儿，便跟师叔说不必这么麻烦，反正她以后跟在师父身边，不敢再随便下山，也不会再遇到什么危险了。

可曾易不依从，执拗地非要做。

就在这时，薛冉冉又听到了熟悉的脚步声，应该是她师父苏易水的。

曾易开口说道："我之前跟你提过的事情，你考虑好了吗？将她留在我这里才是最好的选择，若跟着你，迟早有天会重蹈覆辙——"

他还没有说完，苏易水便冷冷地打断："不必，她必须留在我身边。"

接下来便是曾易的一声长叹："于她而言，那都是上辈子的事情了，她已经放下一切，你为何还放不下？既然许了她平凡，为何不坚持到底，再给她一份岁月静好的安逸呢？"

接下来便是长久的沉默。

过了好一会儿，只听苏易水低沉的声音幽幽道："我从未拿起过，又如何放得下？"

说完这句，苏易水就大步离开了。

这段话没头没尾的，薛冉冉听得有些云山雾罩。她也不是有意偷听，实在是因为打坐后的耳朵太灵，总是听到些别人的隐私。

这次她并没有急着起身，而是等苏易水走远了，她才从花丛里站起来。回到屋子里时，她还在思索他们说的是谁。也许师父与曾师叔的故人，她不认识也很正常。但是能让师父拿不起、放不下的会是谁，是男还是女呢？可师父笃定地说，要将她留在身边……

薛冉冉撑着下巴想了一会儿，也想不出个所以然。看来以后有机会，她倒要问问二师叔，师父修真这么久，有没有动过心思找位仙侣做伴呢？

突然，她灵光一闪，他们说的该不会是……二师叔羽童吧？

长久留在师父身边的女人不只有羽童吗？她从小跟着师父一起长大，两人也算得上青梅竹马、两小无猜了吧？

薛冉冉一下子恍然，想到师父平日里对羽童也不是话很多的样子，还真是将爱意藏得很深呢！看来以后她得提醒三师姐在二师叔面前谨言慎行，因为二师叔将来很有可能成为她们的师娘呢！

可若真是这般，沐仙师岂不是白白相思两世，而不能如愿跟意中人双宿双飞？

在茶茗山休整一番之后，几个受了重伤的人都得以将养，过些日子就该回西山了。

魏纠损兵折将之后，似乎又消停了一阵，并没有急切地来找苏易水算账。但是最近天色异常，频频有雷雨，而且多集中在修真聚集的名山。

看来许多大能飞升在即，这等违背天道轮回的事情自然引得天生异象。

此时，转生树上的"人参果"就显得大有用途了，可沐清歌老早就想出了应对之策。她离开望乡关之后，以给皇帝炼丹为借口，躲进了大齐皇宫。

大齐的开国皇帝也是位半路回归的大能，修仙不成，一路高歌做了皇帝。当初修建皇宫的时候，他请了位高人指点，按照伏羲八卦阵法排布，于宫殿地基里铺了无数吸灵石。所以，入了皇宫的奇人不管有多么通天的本事，灵力都会受到干扰，不会对大齐的皇嗣构成威胁。

沐清歌躲避到这里，虽然用不上灵力，却也不怕有人来抓她。任凭各个山头电闪雷鸣，她只管躲在皇宫里安然享受着皇帝的礼遇。而且她虽然得了新炉，却借口中了魏纠的怨水之毒，灵力受损，不能开炉，倒是很顺利地不必露怯了。

苏域很宠沐清歌。为了方便她居住，苏域将西宫一隅全都拨给了她，还有专门的宫门供她进出。他不仅给她调配了服侍她的宫女，还赐给她锦衣玉食，甚至连各类珍宝也不在话下。就连宫内最受宠的娘娘也不及沐清歌这般享受。这等堪比国师的礼遇是让别人羡慕不来的。

一天，宫外递来拜帖，说是空山派的温红扇要来拜见"战娘娘"。

听到温红扇要来见她，沐清歌不以为然地挑了挑眉毛，大约这位温仙姑要对她说些让她将功折罪，贡献修为替空山派的温师太顶天雷一类的话。

原本她是不想见的，不过想到自己可以从温红扇的嘴里掏些空山派的近况，便命人带温红扇进来。

曾经花容月貌的空山红扇何等风光。当初她因为替苏易水的母亲求灵药，就此成为苏母的救命恩人。苏易水还在九华派时，两个人差点儿在苏母的主持下成婚，结为修行伴侣。

只是后来沐清歌设计，让苏易水立下魂誓。跟她打赌失败后，苏易水离开了九华派，被迫投到西山门下，两个人的婚事也就此作罢。

再后来，沐清歌因为嫉妒划破了温红扇的脸。温红扇向苏易水哭诉，苏易水怒不可遏，痛斥沐清歌乖戾、残暴，两个人甚至大打出手，苏易水更是离开了西山。

可惜，曾经将苏易水迷得神魂颠倒的温姑娘，现在脸上的疤痕狰狞，青春褪去的脸蛋上满是疲惫不堪。沐清歌很愿意近距离欣赏温红扇的这种落败不堪。

当沐清歌一身金线彩衣出现在温红扇面前时，温红扇的颓态被衬托得一览无余。

沐清歌很满意这种被人仰视的感觉，微笑着问道："不知温姑娘来此有何贵干？"

温红扇冷冷地说道："有些私事要跟你说，还请你屏退左右，免得入了别人的耳朵。"

沐清歌觉得温红扇在故弄玄虚，勾起嘴角笑了笑，起身便想离开。她不过是想看看昔日苏易水迷恋的女人如今多狼狈罢了，对她要说什么并不感兴趣。

可就在她错身的工夫，温红扇低低地问道："你……到底是谁？"

这话让沐清歌的身形一顿，瞳孔也微微放大。不过，她很镇定地屏退了左右。待只剩下她俩时，她才微笑着问："温姑娘，你这问题太怪了，什么叫'我是谁'？我当然是沐清歌了。"

温红扇直直地看着她的眼睛，冷笑一声："你在绝山上时，曾经跟我道歉，说是对当初入魔划伤了我的脸而感到抱歉。"

沐清歌微笑地看着她，试探着问道："难道你不肯原谅我，便来找我的晦气？"

温红扇突然哈哈笑开，脸颊上的疤痕也因为笑得太用力而略显狰狞。她好不容易才止住笑，复又冷冷说道："别人都以为我脸上的伤是沐清歌所致，可是只有她跟我知道并非如此。当初，我设计想要苏易水误会她，所以故意挨着她的剑划伤了自己的脸，只是我并不知沐清歌的那把剑刚刚杀了毒蛇，血毒未清，以致小小的伤口溃烂得不成样子，才留下了这道疤。当初沐清歌因为我故意构陷她，此后连正眼都不看我，你却因为我的脸而跟我道歉！"

温红扇的话让沐清歌表情微微一僵，她强笑道："我不知道你在说什么。"

温红扇看她的眼神充满了鄙夷："你顶着这张脸，就以为自己是沐清歌了？殊不知，了解她的人一眼就能看出你是个假货！"

这话让沐清歌脸色一紧，她突然出招，袭向温红扇。

温红扇其实是在试探她，没想到一试，便试出了假货的底子。她乃空山派温师太的义女，自然身手了得。虽然沐清歌攻势凌厉，但她应付得从容有余，嘴里还在笑："我早就听赤门的人说，那树上结了两个果子，原本还半信半疑，没想到，还真是如此……"

沐清歌听了这话，心里一紧，急急收势，道："你说什么？你知道那树上结了两个果子？那另一个灵果在哪里？"

温红扇闪身跳到一旁，看着这个假货的反应，不禁玩味道："怎么，你竟然不知道另一个灵果的下落？"

她原本以为这又是沐清歌的狡诈计策，弄出个假货李代桃僵，自己躲起来逍遥快乐。没想到这个假货好似不知另一个灵果的事情，可真有趣。

◙◙◙◙◙◙◙

在绝山上时，温红扇看见从灵果里降生的沐清歌张嘴就跟她道歉，不禁心中生疑。

至于两个灵果的事情，则是那日他们空山派抓到了一个赤门的喽啰，从他的嘴里拷问出来的。

因为先前魏纠在山下搜村，到处寻找一个庆庚年降生的女孩儿，所以温红扇辗转打听一番，推敲出了事情的原委。

她此番前来就是探探这假货的底子，顺便再看看能不能套出真正的沐清歌的下落。没想到这个假货竟然也不知，还真是……有些意思。

此时不用怨水之毒发作，沐清歌也感觉到自己浑身的血液发冷——她最担心的事情还是发生了，居然有人发现了转生树上结了两果的事情。也就是说，本该早夭的果子也许到现在还活着。

沐清歌的手在颤抖，一时间心里乱得很。

在以为"她"没了的时候，沐清歌的心里也难过了一下，只是想着自己连同"她"的那份活下来便好，如此一来，就变得心安理得许多。可现在惊闻"她"也许还在，一时间，她心里的惊恐多过惊喜。

苏易水一直对自己异常冷淡……难道他也知悉转生树上长了两个灵果的秘密？

想到他心知肚明却冷眼看着自己演戏，那种羞愤感简直从天灵盖直直劈下来。

沐清歌深吸了一口气，恢复镇定："你特意来此，不会就是要说这些我听不懂的话吧？你说转生树还结了一果，那它现在在何处？"

温红扇看这个假货还在强撑，倒也不恼，只是冷笑了两声，道："让我猜猜你是谁。当初沐清歌之所以会陷入三大门派设下的包围圈，全是因为她急着要去解救落入'困境'的妹妹沐冉舞。却不知，这是她的亲妹妹与外人联合给她设下的死局。啧啧，沐冉舞虽然是沐清歌的妹妹，却根骨平庸，修真全无建树，让人过目即忘，全然不会给人留下印象。可就是这个无害般的存在，却心思歹毒，坑害起亲姐来毫不犹豫。"

"闭嘴！你若再敢乱说，绝对走不出这大齐的皇宫！"沐清歌的眼睛渐渐冒出血丝，突然声嘶力竭起来，显然是动了真气，再也装不了镇定的假象。

听到她的威胁之言，温红扇不以为意地又冷笑一声："看来你还真是沐冉舞……你可真厉害，想当初，谁能想到一个不起眼的丫头竟然有这等通天本事。既然是这样，我们倒是可以合作。"

沐清歌或者说是沐冉舞，眯起了眼睛："你说的'合作'是什么意思？"

温红扇冷冰冰地说道："沐清歌与我三大门派有不共戴天之仇，绝对不能让她逃之夭夭，慢慢壮大羽翼！"

沐冉舞也冷冷地回看着她，思索了片刻，终于缓缓笑开了："你要如何跟我合作，说来听听。"

温红扇握紧了拳头，一字一句道："当然是先把她给找出来！"

沐冉舞笑了，她的脑子快速思索了一番，终于说："好啊，希望我们此番能够合作愉快。不过，在此之前，得劳烦温姑娘帮我做一件事情。"

说完，她低声对温红扇耳语。

温红扇的眼睛却越瞪越大："你怎么敢——"

沐冉舞将手指轻轻摆在唇边"嘘"了一声："温姑娘，想成大事，你就得敢冒天下之大不韪，难道你不觉得空山派的掌门该换一换人了吗？"

且不说宫中沉瀣一气，再说薛冉冉跟随苏易水一路游山玩水，回到西山之后，第一件事就是拿着自己给爹娘买的礼物准备下山看看他们。

但是新门规有云"不能离开师父半步"。她想要下山，自然得跟苏易水请示一下，看他能不能破例让她回去探亲。

虽然修真之人要隔断红尘，但苏易水很体谅半吊子的徒弟，听她说完，便点了点头道："我陪你去。"

薛冉冉听了很高兴："我娘做的豆花很好吃，配油炸红豆饼更好！到时候我让娘做给师父您吃！"

下山的时候，她拎着大包小包。高仓因为上次接薛冉冉上山时，帮她拿东西被师父罚过，所以再不敢乱献殷勤，薛冉冉只能自己拎着东西，沿着崎岖的山路往下走。

可她没走几步，苏易水便伸手接过她拎的东西："你手伤还未全好，得静养。"说完，他便迈开长腿走在前面。

谪仙般的男子可以手持拂尘长剑，可以执笛弄箫，但拎着大包小包的土特产还有花花绿绿的布料子，显然就不那么协调了。这等陪着新过门的媳妇回娘家的架势……真是折损了他俊逸脱俗的气质！

薛冉冉走在后面，实在是又感动又抱歉。

"师父！您这般疼爱徒儿，徒儿唯有扇枕温衾、卧冰求鲤才能报答您老的恩情……"薛冉冉握了握拳，暗暗许愿后，便快步跟在苏易水后面，一路蹦蹦跳跳，哼着小调前行。

苏易水虽然腿长，可走得并不快。慢慢地，他便走到了薛冉冉的后面，看着晨曦泼洒在林间，将他前面的那个女孩儿镀上了分外耀眼的光芒……

突然，她转过头来，露出一口洁白的牙，笑着喊道："师父，您快些啊！您看，前面还有松鼠在打架呢！"

不知不觉中，他冰冷惯了的表情似乎被女孩儿温润晴朗的笑容融化了几分……

此时，山下的镇子已经升起炊烟，乡民间开始走动。

因为经营早餐摊子，巧莲夫妇起得很早。当薛冉冉带着苏易水来到早餐摊子前时，三张泛着油渍的小桌子旁已经坐满了人。

生意虽好，可巧莲的脸上不带笑，满是愁容。直到抬头收钱时，巧莲瞥见女儿蹦到了她的眼前，这才一脸惊喜地迎了过来。

"乖小囡，什么时候回来的？娘都不知道！哎呀，苏仙长，您怎么也来了？快，快上屋里去坐！"

师徒的到来让在摊子上吃饭的人都有些看呆了。

哪里来的一对俊男美女？竟让人的目光来回游弋，不知看哪一个才好。

巧莲嘴里招呼着薛冉冉和苏仙长，眼睛却直勾勾地盯着女儿看。这是她的女儿啊……可怎么月余不见，变得这么好看？虽然眉眼依稀还是她养大的乖小囡模样，可巧莲就是觉得女儿的气质、神韵都透出一种难以形容的美。

做娘亲的看到自己的女儿女大十八变，真是从内而外地自豪，稍微吃惊一下，满溢出的就是欣慰和得意了。

巧莲微笑着接受街坊邻居的恭维，然后恭恭敬敬地将苏仙长请到后面的屋子里，又拿抹布把小院子里的小木桌擦了又擦，再让女儿端着盛好的豆花来给苏仙长品尝。

巧莲卖的豆花浇头是薛冉冉的配方，有甜有咸。问清师父想吃甜味的，薛冉冉便调了一碗花生红豆味的给师父。

巧莲忙完前面，便赶紧回来招呼苏仙长。看着女儿问她喜不喜欢买来的布料子，巧莲笑着摸女儿的脸道："我家小囡买的，都是顶好看的。"

以前几次，她跟自家男人都是在山下的草亭里跟女儿匆匆见面，这次能见到苏仙长，自然要问一问女儿何时才能圆满出师。

当听闻女儿居然要在西山修行很久时，巧莲脸上露出了难色："那她岂不是……不能嫁人生子了？"

薛连贵生怕妻子的问话惹得苏仙长不快，若是苏仙长不收女儿了，女儿岂不是性命堪忧？他连忙打断了巧莲的话，又忙给她使眼色。

"嫁不嫁人有那么重要吗？你我都是平头百姓，冉冉要是现在嫁，也寻不到好的，到时候岂不是耽误了终身？"

巧莲听了薛连贵的话，不知怎的，居然背起身来捂住嘴，没忍住哭了起来。

薛冉冉吓了一跳，连忙过去问娘亲怎么了。

可巧莲看了看苏易水，欲言又止。

苏易水放下了豆花，对薛冉冉道："我去街口转转，你不要乱走，我一会儿来接你。"说完，苏易水便起身出去，给薛家三口留下独处的时间。

苏易水长得高大，为人清冷，又不是平易近人的长相。他坐在院子里时，薛家夫妻颇有坐立都不适之感。现在苏易水走了，夫妻俩长出了一口气。薛冉冉心细，早发现娘亲有心事，方才也不知爹爹说的哪句话勾出了娘的愁肠，惹得娘哭。于是她问巧莲，家里到底发生了什么事。

巧莲这几日坐卧不宁，此时看到薛冉冉，也心知瞒不住，终于下决心告知薛冉冉她身世的真相。

"冉冉，其实……其实你不是我和你爹爹亲生的孩子……"说完这话，巧莲连呼吸都屏住了，静等女儿的反应。

可薛冉冉眨了眨眼，倒松了口气："就是这事儿害得娘心烦吗？我早就知道了，娘是在绝山上捡的我。"

这下子，换成薛连贵和巧莲面面相觑、大吃一惊了。

"你……早就知道？这怎么可能？谁告诉你的？"

薛冉冉笑了笑："娘，我六岁时，有一次你跟外祖母说话，我正躺着睡觉，其实还醒着，便将你俩的话都听进去了。"

那时，她病得太勤，家里的银子用得太多，知道她身世的外祖母不忍心看她女儿和女婿日子清苦，便劝她俩将薛冉冉卖了。

穷苦人家卖儿卖女算不得什么新鲜事，更何况薛冉冉还是个捡来的孩子。

可是巧莲死活不干，干脆进了里屋，用被子包裹正在睡觉的薛冉冉，赶着夜路回家了。

巧莲听了女儿细声细语的讲述惊呆了。女儿说的这事儿，她依稀有印象，当时女儿也不过六岁大，她居然心里全都明白！

巧莲突然想到冉冉在那之后似乎少了孩子的贪玩性子，虽然身体不好，但总是竭力帮她洗衣服、打水还有做饭……另外，就是她再去求医问药的时候，冉冉总是哭闹，直说不爱吃药，不准她花钱买药。她当时还以为小孩子嫌药苦……原来竟然是这般原因……

巧莲心里一酸，又哭了出来。

这孩子这么懂事，是怕爹娘不要她了吗？当时她那么小，听了那些话，得多彷徨啊！

看巧莲又哭了，薛冉冉连忙给她拭泪，然后说道："我当时小，不敢跟娘亲说自己知道了，不过后来又觉得没必要说，毕竟我身体太弱，就连隔壁的黄婆婆也说，像我这样的卖不了几个钱，也没法改善家境。"

那时候，薛冉冉其实还动过卖身改善家境的心思，为此还特意问了隔壁黄婆子，黄婆子有亲戚在县城里做人牙子，最清楚行市。

结果黄婆子看了看瘦小鸡崽子样的薛冉冉，告诉她，像她这样的，谁买了还得倒赔汤药、草席子钱，应该卖不出去。

薛冉冉这才死了这念头，老老实实地帮着巧莲做些力所能及的家事。

不过，出身的事情，她们娘俩心有灵犀，谁也不提，为何巧莲在这节骨眼儿又提起来呢？

巧莲其实也不愿意提，只是半个月前，她娘家人突然寻上门来，说是府衙派人来问巧莲当初托人给孩子补上户籍册子的事情。而且巧莲的娘家人还说是上面有贵人寻子，若找到抚养的人家，愿意给黄金百两作为报酬。

这样的报酬都够买整村的地了！谁听了不眼馋，恨不得自家的孩子当初都是抱来的。

巧莲的娘家人听得心动，便去了府衙，说她家闺女当初抱了孩子回来。

于是，府衙的人一路去了绝峰村。幸好当时巧莲走得急，没来得及通知娘家人，所以他们还没追查到这里。

只是薛连贵前些日子到临县承接木匠活，无意中碰到以前的乡人，听他说起这些事，吓得薛连贵连忙让他别说出在这里遇到过他，又回来跟巧莲报了信。

没想到，那人口风不严，巧莲娘家人先寻过来了。

这一次来寻孩子的可是官府中人，跟之前那些黑衣衫的凶神恶煞不同，这说明薛冉冉其实是富贵人家的孩子。如今人家愿意拿出黄金百两来认亲，若他们再不说出来，岂不是让薛冉冉继续窝在他们这个清贫人家里。

就像薛连贵所说的那般，就算将来冉冉修真学成，下山归来，可能也只是找个工匠、农夫嫁了。巧莲思来想去，虽然一百个不愿意，可觉得孩子大了，这事儿还是要告知冉冉，让她自己决定回不回去认亲。

薛冉冉安静地听完爹娘的讲述，丝毫没有犹豫地摇了摇头："娘，我只有你和爹爹这一对父母，不管谁来，我都不认。"

听完女儿这话，巧莲觉得多年的疼爱果然没有错付，她抱住了女儿，母女俩又是一阵抽泣，惹得薛木匠也忍不住红了眼角。

薛冉冉从小院里出来时，一抬头便见到苏易水正站在街口不远处一棵繁茂的树下。

此时已经入春，树上开满了醉人的梨花，雪白的花朵衬得树下高大的男子格外出尘。

清风拂来，吹动他的长衫，让人的目光也如阵阵徐风，舍不得离开他……

苏易水正在用从薛家拿来的一块饼喂蹲坐在墙头的一只猫，看见薛冉冉过来，这才起身迎向她。

他看出薛冉冉眼角红润，似乎是刚哭过的样子，却并没有开口问，而是走了一会儿，才开口道："明日我会安排羽臣护送你的爹娘离开镇子。你十四师叔在别处也有产业，他们会去那里，能得到很好的照顾。"

薛冉冉没想到师父居然开口让她的父母离开，不禁有些诧异，问道："为什么？"

苏易水转头看着她，淡淡道："来寻你的人，绝对不是你的亲生父母，他们恐怕居心叵测。趁那些人还没有寻来前，你得赶快让他们走，不然的话，凶险难测，你又要哭一场。"

薛冉冉并不意外师父听到她和她爹娘的对话，所谓"围墙"，对真正有修为的人来说，并不算是阻碍。只是师父为何笃定地说那悬赏黄金百两的人肯定不是她的父母呢？

她想再问苏易水，苏易水却快步向前，一副并不太想回答的样子。薛冉冉有些气闷，觉得卖关子的师父实在……可恶！

突然，薛冉冉脑子灵光一闪，表情怪异地看着苏易水，迟疑地问："师父，二师叔说您当年为了让沐仙师重生，曾经几次去绝山，而那绝山上又是闲杂人等进不去的，我却偏偏在绝山上被娘捡到……您这般倜傥、英俊，一定有很多女子倾慕，您当年是不是跟哪位女仙长有了……孩儿……"

薛冉冉其实最想问的是："我……是您的女儿吗？"

受丘喜儿杜撰"仙修儿女恩怨录"的启发，薛冉冉一时不由得想到，苏易水这么笃定，难道他一早就知道她被扔在那儿？想到师父平日里对自己严中有爱的关切，这不正是老父亲的做派吗？难道当初他跟哪位女仙侠私下定情，生下了她，苦于不能公示于人，便将她丢在绝山上，直到她爹娘将她抱回？

苏易水似乎没想到她会有如此一问。慈父般的他听了这话，脸上的表情却不甚慈祥了。他目光冷凝地瞪着她，半晌说不出话来，最后从牙缝里挤出一句："听好了，我不是你爹！"

薛冉冉看苏易水的样子并不像在诓她，不由得缓缓吐了一口气。虽然苏易水若是她的亲生父亲也很好，但是她总觉得哪里怪怪的。

既然没有亲情的牵绊，师徒相处才自然。

不过，苏易水显然知道她的身世，而且他从来不会说些无聊的话来折腾人。薛冉冉虽然跟薛家夫妻说不会认亲，但是若能知道内情，就更能从容应对。

苏易水被她旁敲侧击了好半天才悠悠说道，他既然笃定寻找当年弃婴下落之人居心叵测，那就要尽早做些安排。

让薛家夫妻走的法子也很简单，薛冉冉只说她师叔那儿有个看护院子的肥美差事，一年给的酬金是五十两白银，他们到那里是管事的，看着一些伙计做事而已，差事体面又不会很辛苦，比卖早点轻松很多。

这样月例多的差事，薛家夫妻当然爱干。薛冉冉也委婉地提醒他们暂时不要跟外祖母那边联系。那家给的黄金太多，说不定外祖母家的哪位舅舅说漏了嘴，便又有是非一场。能拿得出黄金百两的人家，何至于将个刚出生的婴孩扔在山上？这内里必然有隐情，戏文里多的是奸臣追杀重臣遗孤的故事。若有人想要害她，那岂不是要全家遭殃？

薛冉冉没说这些话之前，巧莲还真没有往那处去想。被女儿这么一分析，巧莲不由得吓出一身的冷汗。

细细交代薛冉冉在山上注意身体之后，薛家夫妻连夜收拾东西，跟着羽臣前往曾易在林阳的园子去了。

不过，他们租的院子并没有退租。苏易水说，要靠这里引蛇出洞，看看究竟是什么人在寻找薛冉冉。

羽臣和羽童用泛黄的油膏涂脸，又做了褶子，戴上假胡子和泛着白发的假发套，假装成薛家夫妻，暂住在这院子里。

苏易水似乎被薛冉冉冒失认亲气到了，回到西山后，整整一天都没有跟她说话。后来，还是因为薛冉冉特意做了他爱吃的龙井甜虾，苏易水才松缓冰冻的脸色。

薛冉冉觉得先前自己误会师父有孩子，实在是犯错了。

撇开苏易水高超的本事和出尘的容貌，其实他那种阴晴难定的性格很难吸引女孩子。

跟苏易水相处久了，薛冉冉才慢慢领悟到沐清歌编撰《凶兽篇》的真意——苏易水有时候生气的原因莫名其妙，如何让人琢磨他的喜怒呢？跟薛冉冉说话，又不肯一次性说透，真是犹如牛筋一般的人，怎么啃都啃不动……

羽臣和羽童做不来薛家夫妻做早点的差事，干脆在摊子前挂上"身有不适，停业几日"的告示牌。

他们兄妹俩就在小院里吃吃喝喝，安心等待人来敲门。

不过等了两日，果真有人上门。据说是州衙来人，黑着脸说薛家夫妻拐带他人儿女，让他们赶紧交出女儿。

羽童眼尖，一眼就看出两个官差后面的人都是修真之人，假意寒暄了几句，苏易水突然出现，点了这几个人的穴位，又给他们下了真言咒，一下子就问出是宫里那位"战娘娘"命人寻访到此的。

❀❀❀❀❀❀❀

苏易水知道是沐清歌寻人来访时，倒也没有为难这些人，让羽童将他们都放了。

若是别人探听灵果的下落，他可能要花些心思。但是若是冒名顶替的假货，只怕比他还要上心，生怕有人泄露正主的蛛丝马迹，害得她现出原形。

于是，那一月，本该按时送往皇宫的克制怨水之毒的丹丸，却被苏易水一不小心"忘掉"了。

当沐冉舞在西宫里压制不住体内的怨水之毒、痛苦哀号时，那声音吓得宫女、太监们也不敢靠近。

直到终于收到温红扇命人送来的木盒子时，她才缓松了一口气。她写下书信，将木盒送与苏易水，同时承认了错误，说自己已经知道有两个灵果，那个先落地的灵果必然是自己的妹妹。她担忧妹妹，这才命人寻访。而那木盒里，正是温红扇从魏纠那里讨要来的阴界密钥。

温红扇到底还是按照她的计划行事，前去说动了魏纠，跟他谈妥了条件，换来了阴界密钥。

苏易水拿起木盒里那用乌木做的密钥，将它翻转之后对着阳光的方向看。方正的密钥上雕刻着细密的花纹，掉转方向，可以看到侧面有一个细微、看不清的刻痕——"水儿"。

看来这密钥是他当初给魏纠的那一把，因为这刻痕很难被人发现。

普天之下，只有一人这样叫他。每次叫他时，那人嘴里仿佛含着一口水，舌尖荡漾……瞥他的眼神似笑非笑……

"水儿……"

他放下了木牌，拨着手边的古琴琴弦，正在走神之际，耳边再次传来软糯甜亮的声音。他猛地抬头看向那个调戏他的少女。

薛冉冉穿着一身素白长衫，扎着两团抓髻，正皱眉托着手里的小紫砂茶壶，咂巴着嘴道："水儿调得也太甜了，我明明跟大师兄说不要放太多甜瓜汁，看来下次还得自己调……"

薛冉冉今日有打坐的功课，丘喜儿和羽童去采买物品了，所以午饭便交给大师兄高仓打理。现在天热，来杯甜饮最消暑，薛冉冉打坐一会儿，偷偷喝了一口高仓送来的那壶甜饮。

不过，这壶甜瓜茶真是甜得太腻了。她刚抱怨完，就看到原本坐在草堂主位调试琴弦的苏易水目光深沉地瞪了过来。

她赶紧正襟危坐，想了想，又赶紧举起壶，问苏易水是不是也要喝。

自从发现《凶兽篇》满篇都是谬误后，薛冉冉很自觉地修正了几项，其中一项就是，师父最爱食甜。

她做的小糖饼基本每次都会被师父清盘，有时候连她自己都抢不到。也许师父爱喝这甜腻的一壶茶。

苏易水听了薛冉冉那一句充满歧义的话，定了定神，将古琴装入袋子，拎了起来，对她道："今日的功课做完了，带你喝些不腻的。"

薛冉冉起身跟着苏易水朝外走，心里很是雀跃，歪着头问："师父，我们是去喝沐仙师留下的那坛子酒吗？"

看苏易水点了点头，薛冉冉拎起裙摆，飞也似的冲到厨房，抓了一些自己炸的花生还有小鱼干包在一起，追撵着苏易水一起品尝佳酿。

苏易水带薛冉冉去后山的溪瀑洞里取出了那坛被灰尘盖住的陈年佳酿。

敲碎封泥之后，醉人的酒香阵阵飘出。薛冉冉提鼻子闻了闻，突然领悟何为"误天仙"。陈酿的滋味，真的不是用灵符催熟的酒能媲美的。她迫不及待地从怀里掏出一对自带的京瓷小酒杯，还有用油纸包着的花生米和鱼干，准备让苏易水先尝尝。

可苏易水接过酒杯，将它斟满美酒后递到了她的嘴边。

薛冉冉有些不好意思，可架不住酒香的撩拨，于是赶紧抿了一小口，这酒果真醇香浓郁，后劲儿十足，得赶紧吃两颗花生米压一压。

师徒两个人就这么盘坐在溪瀑旁的大石上，一人一杯地喝了起来。

饮酒最让人松弛。喝了几杯，平日师徒恭敬严谨的氛围似乎松散了很多。

薛冉冉借着酒劲儿，好奇地问苏易水她一直想问的问题："师父，世人都说你恨沐仙师，这是真的吗？"

苏易水几杯酒入肚，平日紧束的长衫衣领微松，长腿支在大石上，半束的长发在背后披散，一派慵懒的姿态。听了薛冉冉的话，他举了举酒杯，竟然如春江解冻一般笑开了："你为何不问，人都道沐清歌对我痴迷极了，这是真的吗？"

薛冉冉看了看苏易水，他有一种跟平时的清冷迥然不同的慵懒。这样勾唇微微含笑的他，竟然比魔修魏纠更邪气……

她正愣神的工夫，苏易水突然挨近她，脸上不再带笑，只是冷冷地问："你说，沐清歌痴迷我吗？"

薛冉冉不自觉地往后一靠，脑袋撞到了后面的大石。她尽量避开苏易水的鼻尖，小声道："沐仙师每次都主动来见您，跟您说话，自然对您很眷恋……"

苏易水并不满足，依旧不肯后退，只专注地看着她的眼。他那双被酒意熏染的眼里竟然带着一丝邪行的玩世不恭："有的女人，她如我这般看着你，冲你笑，说你是最好看的，你说这就是痴迷……其实呢，都是狗屁！"

他的嘴角勾笑，眼睛定定地看着她，可是眼里分明不是笑，而是说不出的苍凉和满满的她看不懂的东西……

薛冉冉有些慌乱，总觉得气氛似乎哪里不对。师父这是在告诫她，以后不要被人以花言巧语、深情的眸光欺骗感情吗？

慌乱间，她抓起一旁苏易水带来的那把古琴，塞到两人中间，讨好地说道："师父，好久没听您奏琴了，要不要趁此酒兴弹奏一首？"

苏易水终于坐直了身子，又倒了一杯酒一饮而尽，然后接过那把琴，盘腿将琴架好。他静默了一会儿，长指慢慢拨动琴弦，那雅乐如溪流宣泄，流淌在山谷之间。

薛冉冉最是抵不住师父的琴技，那雅乐竟然比醇酒还醉人。

听着雅乐流淌，她忘了方才的尴尬，在崖边随性地踢拉着绣鞋，纤细的足尖钩住鞋晃啊晃。最后她忍不住伴着乐曲对着山谷荒野哼唱起来。

虽然并无填词，可是清丽婉转的声音在涧中回荡，飞瀑如碎玉落石，崖边生花，一阵风吹来，灵动少女的长发拂面。恍惚中，那洒脱的笑容竟然与灵犀宫红衣女子的画像重叠在一起了……

苏易水默默看着陶醉的小徒弟，终于停住抚琴，伸手拿起了酒坛，仰头一口饮下，浓烈的酒香在唇齿舌尖弥漫开来。

沐清歌酿的酒就如其人一般，初时浓烈得让人不适，待不想饮时，却发现酒香入喉已让人上瘾，割舍不下。

恍惚中，苏易水搞不清楚能让自己沉醉不醒的，究竟是杯中之酒，还是眼中之人……

薛冉冉唱歌唱得正起劲，脸上的笑意还未褪去，便看着她的谪仙师父直直栽了下去，扑通一声掉入了崖下深潭……

事后，薛冉冉很自责，若她老早知道自己的师父原来是这般易醉的体质，那她绝对会拦着他，不让他喝酒。

沐仙师当初编撰的《凶兽篇》果真狗屁不通，为何记了一堆谬误，还遗漏了苏易水是不擅饮酒的体质这一点呢？

薛冉冉庆幸自己学会了游泳，能够在醉酒的苏易水掉入深潭后，独自一人将他从深潭里打捞上来。

当然，其中的狼狈不能一一描述。薛冉冉甚至要给苏易水按压肚子，压出呛进去的水，然后往苏易水的嘴里吹气，让他快些恢复呼吸。

可苏易水就跟死了一般，鼻下甚至没了呼吸。薛冉冉半张着嘴，急得直落泪……没想到弑师竟然这般简单。

最后，她无计可施，只能起身去寻人。

她离开时，躺在地上的苏易水终于半睁开了眼。他转头看着薛冉冉匆匆离去的背影，伸手摸了摸自己的唇。方才似乎有带着酒香的花瓣落在他的唇上，是那么柔软、清甜……

薛冉冉跑到前厅却找不到人。当她再回去的时候，发现苏易水已经脱了湿漉漉的外衫，正坐在河边的大石旁拧衣服。

薛冉冉长出了一口气，念一声"无量寿佛"，然后小心翼翼地问："师父，您要不要再喝些醒酒汤……"

苏易水瞪了她一眼，摸了摸脸上的水，然后丢下一句"要是敢对别人提我醉酒之事，按门规处置"后，就湿答答地离去了。

薛冉冉拎着剩下的半坛子老酒，灰溜溜地回了自己的房间。

若师父是这般易醉的体质，跟他的师父还真是志趣不相投啊！难怪沐清歌空有满门俊秀弟子，却要去翠微山找酒老仙畅饮美酒。

不过，她也是后知后觉，想到自己为了救师父，居然与他嘴碰了嘴。薛冉冉顿时有些心跳过快，最后吃了一颗清心丸，赶紧打坐以把持心智。

色即是心魔，她要时刻保持警惕，也许这也是师父对她修为的考验呢！她一定要把持住。

天劫终于在一个月后，如期来到名山大川间，到处天雷滚滚。

西山还算安静，毕竟当年苏易水将修为贡献出去之后，一直没有恢复，直到他吸收了魏纠的修为，也不过才恢复大半而已。

诸位大能应付天劫的方法不同，但是大都需要道行高深的弟子帮衬。

沐清歌躲入了皇宫，压根儿利用不上她，而最近几年三大门派的弟子里并无出众之辈。所以，最后的时刻，三大门派的大能中，空山派的温师太竟然被天雷劈死了，而另外几个大能修为不够，所以遭受的天劫不是太重，幸免于难。如此一来，补充"新血"就变得尤为重要，不培养出趁手的弟子，下次天劫还是过不去。

所以，天劫之后，苏易水接到了三大门派联合发出的洗髓池会的帖子。

这个洗髓池会可以说是修真小字辈们一次非常重要的聚会。

洗髓池，顾名思义，就是洗掉俗筋、去掉庸髓之意。这处洗髓池地处天脉山，据说是上古大能盾天坐化之地。他厌倦了仙般长生，自愿坐化为山，眼化成池。这池对修真之人来说，有洗髓、重塑根骨之用，尤其对刚刚筑基或者根基修炼到中级之人效用最佳。

作为仙修一派的弟子，不能指望阴界灵泉那等邪物，就只能盼着洗髓池十年一开池的时候。

每当洗髓池开池，天脉山都会地动山摇，山口喷发岩浆。待岩浆凝固，山口便呈现碧蓝的水池。入池打坐的人，筑基会一日千里。

只是若入池的人太多，难免分散池的灵力，所以名门正派的人想出了个公平折中的法子，那就是各大门派派得力弟子进行比试。

洗髓池灵力珍贵，且一个人只能前往一次，岂可给了凡夫俗子？自然是小字辈里优异者才可得此良机，修为因此精进一层。

不过，这法子看似公平，实则阻断了其他小门派的弟子入池的可能。毕竟谁都知道三大门派的门槛难进，修仙的好苗子都被三大门派挑走了。

所以，三大门派的掌门人和大能当年都是在洗髓池里修行过的，而最近几百年里，其他别门小派里除非有天赋异禀者，否则投错了门派，很难出头。

这类挑选顶尖徒儿的美事，无论怎样也轮不到西山的草包弟子们头上。

所以，当羽童念那封洗髓池会的帖子时，丘喜儿也不过羡慕地点了点头，薛冉冉则好奇地问天脉山那一带有什么名吃、土特产。

高仓落寞地摇了摇头："可惜我等入门时日太短，不能去跟三大门派的弟子拼一下，不然的话，我们必定能为师父争一争脸面！"

苏易水泰然道："这等际遇难得，你们自然也要争取，既然接了帖子，你们自然也要去。"

薛冉冉瞪大了眼睛，问一旁的二师叔羽童："那洗髓池会的考验难吗？"

羽童想了想，说："我没有进过天脉山。据说，三百年来，洗髓池会被三大门派弟子包揽，也仅有那么两次是别的门派弟子拔得头筹，入了池子。"

高仓立刻瞪圆了眼睛，问："都有谁？"

羽童很是得意道："一个自然是我的主人，另一个……则是当年的沐清歌。"

薛冉冉佩服地点了点头。西山竟然如此有潜力，短短几十年，便出了两位奇才。沐清歌和苏易水都是百年一遇的奇才，可不是他们这些"小虾米"能比的。若前往天脉山，他们恐怕也给师父争不到脸面，但是能去玩一玩总是好的。但是丘喜儿和高仓显然不这么想，所谓"名师出高徒"，保不齐今年西山会再出个奇才。所以他们央求薛冉冉给他们缝制两副"逢考必过"的鞋垫子，争取沾一沾福气，取得好名次。

这几天，薛冉冉的丹炉一直燃着。从茶茗山回来之后，苏易水便让她开始炼制精进功力的巩髓丹。不过这丹药可不是给人吃的，而是给灵兽服用，可以助长灵兽的功力，对受了陈年伤害的灵兽来说更有裨益。

薛冉冉知道这是给小老虎吃的。据说，当年绝山一战十分惨烈，在危急关头，庚金白虎舍身准备救下沐清歌。可是沐清歌不忍心心爱的灵兽舍身救自己，便将它震落绝山之下。那一战之后，白虎的灵力便大为折损。虽然后来苏易水也用灵芝仙药对它救治了一番，但是裨益不大。它之所以大部分的时候变成猫一般的形态，其实也是因为灵力接续不上，省力调息的法子罢了。而这巩髓丹对治疗白虎的伤势很有裨益。若薛冉冉能炼制出合格的巩髓丹，也许白虎疗伤的进度能再快些。

因为大部分时间里庚金白虎都是像猫一般昏昏欲睡，尤其是上次在望乡河上大显神威后，更是不见踪影，所以苏易水希望它能变得精神一些。

但是薛冉冉这次炼丹，进展得不那么顺利。

炼制丹药，除了药方比例要精准，还要拿捏炉火的火候，更需要人的意志力对丹炉进行加持。

当然，顶好的丹炉会更好地接受精神力，让所有潜质得到极致的发挥。

薛冉冉用的是沐清歌曾经用过的九转玄铁丹炉，丹炉自然不差，但是炼制更高层次的丹药时总会差一点点。

她不解地问她的师父，是不是自己哪里做得不够好。

苏易水解释道："低层次的丹药，人人都可以炼制，但是更高一层的丹药，需要炼丹者的筑基灵气加持。所以，走丹修一道者，要不断提升自己的内息。许多丹修者不能打堂入室，也跟灵力得不到提升有干系。"

因为灵力不够，所以最后一炉丹药是苏易水领着薛冉冉一同炼制的。

只是炼制前，苏易水同她说，开炉之后，他要再次闭关，天脉山之行，他就不能陪她去了。

上次薛冉冉受伤以后，无论她走到哪儿，苏易水都会盯着，这次他居然肯痛快地放手，让她跟着她的师叔一同出行，真是让薛冉冉大喜过望。

丹药出炉以后，薛冉冉便再没有看到过师父苏易水。

而她的这一炉丹药显然又炼废了。小老虎不甚情愿地吃了一颗，冲着薛冉冉龇牙，似乎不满意味道。它的身形也毫无变化，较之以往，甚至更加懒惰了，整日往薛冉冉的怀里钻，连天打瞌睡。

他们前往天脉山时，还得带上这只懒老虎。

薛冉冉倒没有太指望这个洗髓池会。虽然洗髓池会是各大门派众多弟子一次"鲤鱼跳龙门"的机会，但是西山派的机会少之又少，不必抱有很大希望。

他们前去，不过是给师父苏易水撑一撑面子，应付一下罢了。

还没到天脉山前，西山的懒散弟子们就感受到了别的门派如磐石般坚定的心思。

离天脉山还有一段路时，各条道路上已经满是各大门派的车马队伍。

当然，还少不得各大门派的大能守卫。据说，百年以来，除了沐清歌，从无魔修弟子能靠近天脉山。这是天下所有修仙正道的共识，绝不能再让魔修出一个魔种。

薛冉冉的马车等待验明身份时，排在车队的后面。她探头看的工夫，居然看到了二师兄白柏山。

白柏山奉曾易师叔之命来给薛冉冉送那件防身的软银甲。看到这般浩荡队伍的场景，已经失了根基的白柏山又羡慕又有些落寞。

天脉山口有一块谢客石。

这里是山谷的入口，狭窄的通道中间夹着一块类似闸门的扁石。想要从此处经过，就要用灵力将扁石向上推举起来。灵力不够者自然不得进山。

当高仓他们好不容易验了身到达此处的时候，这里又排起了长队。

高仓性子急，先带着他们跑到前面看了看。只见那块扁石厚重无比，就算用手臂举都很吃力，单用灵力，如何能托举起来？

此时，正好有个准备闯关的壮硕男子跟高仓有一样的心思，他大大咧咧道："谁规定的必须用灵力才能过，老子偏偏不走这里！"

说着，他飞身跃起，想要从那块扁石上方跃过去。可是他刚到那扁石的上方，只见一道霹雳闪过，咔嚓一声，竟然一下子将他劈倒在地。

一旁悠闲等待的空山派女弟子们不禁哈哈大笑："洗髓池乃上古大能盾天留下的灵力宝地，岂容庸才玷污？整个天脉山都被大能的灵盾笼罩，只有开洗髓池会这一天才能从这试炼石门经过。真是蠢材，竟然妄想跃门而过！"

那个被霹雳劈倒的男子也算长得结实，迷糊了一会儿后，他晃着脑袋再次爬起来，瞪着眼走过去，盘腿坐在那扁石前，运气凝神。可是那扁石只是微微晃动了一下，便再无动静。

于是嘲笑声再起，那男子失了脸面，再次跃起，准备用手使力，搬起那块试炼石。可是当他双手碰触那石门的时候，闪亮刺眼的霹雳再起，直直击向他。这一次，他惨叫着摔倒在地，抽搐了一阵子，便一动不动了。

第十四章 世外仙源

羽童在一旁看着那人瘫软得身体极其不协调的样子，叹了一口气，道："他的筋骨被震碎了，整个人都废了……"

四个小的面面相觑，他们真没想到第一道关卡就这么邪行，那石头竟然碰都不能碰一下，真是可怕。

不过，接下来，随着来到石门前的人渐渐变多，薛冉冉才发现那个男子的遭遇竟然还算好的。

大部分的人只是轻微撼动了试炼石，但是他们也不敢触碰它，做些违规的事情，只能扫兴而归。

终于轮到九华派了。第一个上场的倒不是首席大弟子卫放，而是一个看上去扬扬自得的胖子。听众人的议论，除了卫放，这个姓郭的弟子是这几年提升最快的人。

而九华派小字辈里希望入洗髓池的，除了卫放，就剩下这个郭姓弟子。

只见他盘腿坐下，调息运气，很快头顶便生起了蒸腾的水汽。那一直不甚动的试炼石突然剧烈摇晃，然后一点点地升起来了。

就在众人的惊叹声里，那胖子得意地站起身来，举步就要过那道石门。

可就在这时，也许是因为他起身时控制不好气息，本已被抬起的扁石突然轰然落下，正砸在走到石头下的男子头顶……

丘喜儿跟薛冉冉他们排好队，跟前后的人打了招呼留好位置后，就跑到一旁的树下支着摊子，吃着自带的午饭。结果猝不及防地看到这般血肉横飞的场面，丘喜儿吓得"哇"的一声钻入高仓怀里。

白柏山正在练习用脚指头夹筷子往嘴里喂饭，结果也吓得用力过猛，咬到了自己的大脚趾。

薛冉冉默默咽下嘴里的爆汁鱼丸，然后闭眼屏息，争取早点儿忘掉方才那血腥的一幕。

这一次，三大门派的新晋弟子都闭了嘴巴，谁也没有再发出嘲笑的声音。

卫放似乎早就料到会有这样的事情发生，冷冷地对其余的师弟说道："洗髓池是上古大能留下的天赐福气，福薄或者意志不坚者，是过不去这道门槛的。郭师弟也算尽力了，只可惜还是修为不够，功败垂成……"

说到这里，他倒是眼睛微微湿润，擦拭了一下眼角的泪花。

原本九华派还有三个弟子要闯关，他们的实力也不逊于那位郭姓师兄。只是扁石下还有郭姓师兄模糊的血肉,他们如何定得下心神去抬石过关?搞不好,下一个被砸得稀巴烂的人就是他们自己。

剩下的三个弟子中虽然有两个将试炼石升起了一半,但是都因为胆怯而迟迟不敢过去,最后气息衰竭,铩羽而归。

丘喜儿这时也后怕,拉着薛冉冉的手小声道:"我的妈呀,这里的试炼竟然比我们师父的试炼更要人命,就连九华派出色的弟子都过不去,我们估计连边都挨不上了。还是早点儿回去,省得在这里晒着。"

可是,薛冉冉摇了摇头,蹙眉看了看那个眼角泛泪的卫放。

她想了想,道:"听说这个卫放已经来此处两次了,他应该早就预见会有这样的事情,若肯提点师兄们,石门抬起的那一刻才是要命的环节,也许那位郭道友本不必送死。可你们看,九华派弟子过关的顺序是卫放安排的,他偏偏让能力与他不相上下的郭道友先过,而且丝毫不提醒他。依我看,这块试炼石倒是试炼出了人心的险恶……"

原本高仓和丘喜儿都没有往这个方向想过,听了薛冉冉的分析,这才恍然大悟。

洗髓池会最后拔得头筹者,只能有一个。就算是同门,最后也都会成为竞争者。

上一次卫放没能过去,这一次他抱着必过的决心而来,既然如此,又怎么可能让同门中的后起之秀过关呢?

果然,九华派最后一个过关之人是卫放。虽然面对着同门满地的鲜血,卫放却丝毫没有受影响,运气抬石,再闪身而过,那动作一气呵成,似乎苦练了许久。

最后,九华派唯一过关的弟子,只有卫放。

等到空山派时,情形倒没有九华派那般惨烈。

因为温师太没能度过天劫,刚刚坐化。空山派的新掌门人还未正式确定,代理掌事的是温师太的义女温红扇。

温红扇以前来过天脉山,可惜她当年没有争过苏易水,没能进入洗髓池。

天脉山的规矩是,所有人此生只能来一次。"一次"的意思是过了石门,便再无重来的机会。

当年,温红扇过了第一关,所以她悉心告知门下弟子注意事项,总算是有惊无险地过去了三个人。

这三个人中有一对双胞胎姐妹,分别叫温冰清和温玉洁。据说,她们是温师太遍访民间,亲自寻来的修仙神童,小小年纪已经筑基五重天了,假以时日,未来可期。

剩下的那个是个头很高的少年,一张脸也不知在哪儿晒的,黝黑得看不清五官。他好像是新入门的弟子,空山派的弟子对他都不怎么熟悉。据说,他是温红扇的亲戚,走了后门,径直来参加洗髓池会。他虽然刚入空山派,实力却不容小觑,打坐了一会儿,也托举起了那块试炼石。

如此一天过去，长长的数百人的队伍，只过去了十多个人。

西山派的几个厌包不争不抢，躲在树荫下吃吃喝喝，一直厌到了最后。依丘喜儿的意思，这什么汤池子，不泡也罢。再舒服，能有曾师叔家的药池子舒服吗？

就在这时，一支长长的车队突然从半山腰转了出来，一直躲在皇宫里不见人的沐清歌翩然而至。

她虽然活了两世，但是这个新生的身体并不曾入过天脉山，所以她的确也有资格。

她下车时，原本要散了的人群顿时定住。发现她也准备争取入天脉山的名额时，有人立刻不忿道："沐清歌，你可是老早就入过洗髓池的，羞也不羞，居然跟小字辈争抢这等机缘？"

沐清歌听闻这话，甚至懒得回答。她迈步走向试炼石，也不打坐，只是伸手轻轻一挥，那巨石便如羽毛般被轻盈举起。待她走过，巨石轰然落下，整个用时不过眨眼之间。

这种实力悬殊让原本因为过了试炼石关卡而得意的十几个年轻后辈全都哑了嗓子。

这时，沐清歌才轻笑道："我重活一次，这身体可没有入过洗髓池，有没有资格，试炼石说了才算。若还有不服气的，也不用心急，以后的关卡，我们慢慢来。"

就在这时，她转头看向在树下吃吃喝喝的西山弟子，环视一圈后，将目光定在正在咬苹果的薛冉冉身上。

这深深的一眼，复杂极了。若不是听派出去的人回报，沐清歌打死都想不到，她此前遇到的苏易水的那个小徒弟居然就是早早掉落的灵果……难道苏易水早就认出来了？所以早早地将她养在身边。可是这个少女哪里有半点儿前世的风采，无论是根骨还是本事，样样都不出挑，像极了前世泯于众人的沐冉舞……想到这儿，沐冉舞笑了，她跟沐清歌同归于尽时，正是利用移魂大法，改变了两个人的命格。

上辈子，姐姐沐清歌出生的时辰好，一生修真顺风顺水，不像她是从娘胎里掉落的早产儿，资质平庸，毫无出众的地方。

现在，她们俩真的彻彻底底地调换了命格。

她倒要看看，就算有苏易水倾心相守，一个庸才又能有什么建树？

想到这儿，她立在石门一侧，冲着薛冉冉别有深意地一笑："冉冉，我们又见面了。怎么，你们西山还没有过这试炼石吗？"

因为沐冉舞派人打扰薛冉冉的爹娘，薛冉冉对她的好感骤然下降。所以沐冉舞跟她说话，她也不想搭理。

不过，天色不早了，他们几个的确不能再拖延下去。若是第一关都过不去，西山灵犀宫的脸真要丢到姥姥家了。

想到这儿，薛冉冉对身边的师兄、师姐道："走吧，我们去试试。"

白柏山一脸落寞，穿好鞋袜道："你们去试吧，如今我腹内无半点儿修为真气，就不去给西山派丢人了。"

于是，剩下的三人来到试炼石前。

高仓是几个弟子里修为较高的，只见他盘腿调息，开始运气搬石。可是那巨石也只是微微晃动了一下。换成丘喜儿时，那巨石干脆连晃都不晃了。

沐冉舞压根儿不在意这两个人的表现，她一心要看的是薛冉冉。虽然总觉得薛冉冉构不成威胁，可是沐冉舞有些不放心。当年薛冉冉被绝峰村薛木匠夫妻收养，离开了转生树的她，到底是怎么活下来的？转生树早已经被摧毁，为何薛冉冉却变得越发娇嫩，如今一点儿看不出先天不足的迹象。

想到苏易水因为她追查薛冉冉的身世，竟然用不给她解毒的丹药来惩戒，害她过了足足一个月生不如死的日子，她的心里便生出化解不开的怨恨。

如今顶着天仙模样的明明是她，拥有天生灵力的也是她，为何苏易水还是不肯正眼看她，反而将这个内虚空空的废物养在身边呢？

想到这儿，沐冉舞深吸了一口气，微笑地对薛冉冉高声道："薛姑娘，轮到你了。"

薛冉冉立在试炼石前一直发呆，直到沐冉舞喊话，她才回过神来。于是她也走过去，坐下运气。

不出所料，那巨石一动也没动。

沐冉舞脸上的笑意逐渐扩大，高悬的心也慢慢放下："姐姐，只要你不碍事，如此碌碌无为地活几十年也不错……"

其他人见西山派不顶事，倒也不意外，正准备举步离开时，薛冉冉转身问二师叔羽童："这过试炼石的规矩里，有没有规定每次只能一人独行？"

羽童被问得愣住了。因为薛冉冉所提的情形从来没有出现过。毕竟洗髓池的诱惑不下于灵泉，这是许多修真的小字辈梦寐以求的机会。这等众人过独木桥、彰显个人实力的事情，怎么会有人成团而过呢？

如此露怯、丢脸的事情，别的门派既想不出，也干不出。

所以羽童老实道："我也不知道。不过，好像没有这样的规定。"

薛冉冉回头对高仓和丘喜儿道："你们还记得我们的降魔阵法要义吗？"

听了她的问话，高仓和丘喜儿互相看了看，两个人一起说道："阵内众人合而为一，同进同退，同生共死！"

薛冉冉一拍手："对了！既然降魔阵可以将我们的功力合而为一，为何我们不摆阵试一试能不能一起举起试炼石呢？"

听了这话，高仓和丘喜儿一起拍手道："对啊！冉冉，你好聪明，我们怎么没有想到？"

薛冉冉虽然是年纪最小的，但是望乡河还有茶茗山下的历险让她在师兄、师姐面前树立起了无法逾越的威信。薛冉冉提出的想法，他们俩照做就好。

于是在一众修真道友的讪笑、围观中，试炼石前史无前例地挤了三个人。

三人摆阵凝神，听着薛冉冉的口令运气抬起石头。

所谓"三个臭皮匠，顶个诸葛亮"，三只西山"菜鸡"合在一起的灵力也不容小觑，阵法本身就有加成功力的作用，所以虽然一个人举不起来那巨石，但是三个人运气，愣是将那巨石托举起来了。

薛冉冉单手伸指逼出功力，同时凝神对两个同门道："绷住了，别泄气，用莲花移行步分次入门！"

听了薛冉冉的话，两人脚踏莲花移行步，如转动的莲花一般，依次闪入门内。

当薛冉冉最后一个入门之后，试炼石才轰然落下，西山三位弟子就这么一起过关了。

伴着巨石的轰隆落地声，三个小的尖叫着击掌，兴奋得直跺脚。

薛冉冉这般提议的时候，围观的众人先是鄙夷、嗤笑，然后慢慢看得瞠目结舌。

沐冉舞死死盯着那少女灵动的笑容，只觉得咯噔一下，心一下子被狠狠捏住，她竟然屏息了半天。

三个人过关之后，卫放首先回过神来，高声叫道："这不算！你们三个明明就是作弊！"

他这么一喊，其他人也纷纷高喝，表示这三个人没有资格继续参与下一关。

薛冉冉扭头看着他们，疑惑道："奇怪，难不成你们是考官？明明试炼石旁的铭碑上写着'抬石者可过关'的，它可没说每次抬石必须是一个人啊！我们都过来了，就是过关！"

高仓也理直气壮道："我们西山师兄弟和睦，愿意一起过关，哪像你们，一个个藏私耍滑，眼看着没有经验的同门送死，都不肯提前提点一下！"

这话明显意有所指，众人纷纷看向卫放。卫放的面皮一紧，冲上去便要教训高仓。

奈何西山派练的居然是"猴儿功"，一个个轻功不凡，纷纷跳上树灵巧地躲闪，还冲着卫放做鬼脸。

最后还是沐冉舞发声打了圆场："行了，既然他们过了试炼石，自然就算过关，通往洗髓池还有关卡，这不过才第一关，真金不怕火炼，诸位也不必太心急。"

她这话说得很有门道，既解了薛冉冉他们的围，卖了人情，又暗示他们不过是用了些投机取巧的法子，并没有真正的实力，就算这关过了，剩下的几关也足以淘汰他们。

现在大家也都急着赶赴下一关，所以懒得跟西山的几个"菜鸡"废话。毕竟他们心里真正忌惮的人是卫放、沐清歌，还有空山派那个不知名的黑脸小子。这些人才是真正有实力，能构成威胁的高手！

　　因为有了薛冉冉他们的先例，原先没通过的人也试着组队一起抬石。他们的根基比西山派好，可是那等需要众人齐心的阵法不是几日就能练成的，所以效果还不如一人运气去抬石头。这下子，剩下的人服气了。虽然西山派弟子都是草包，但是抬起巨石也真是靠苦练的本事。

　　所以，过关的十多个人总算不再围攻他们三个，只是瞪了他们一眼，便纷纷朝着下一关走去。

　　空山派的那个黑脸小子似乎跟其他同门都不熟，并没有跟他们走在一起，而是一个人慢悠悠地走在后面。

　　薛冉冉走着走着便走到了他的旁边。那小子突然扭头看向她，眼神有些晦暗不明，带着很不友善的神色。

　　薛冉冉正在吃地瓜干，见那小子瞪她，还以为他饿了，于是将零食袋子递了过去："喏，你要吃就自己抓！"

　　那个小子一愣，看见她递过来地瓜干，很有深意地打量了一下袋子，似乎怕薛冉冉在里面下了老鼠夹。

　　薛冉冉看他防备，干脆抓了一把递给他："吃吧，都是我自己做的，你在别处可买不到这样甜的地瓜干。"

　　这时，那黑脸小子倒是慢慢伸手接过了地瓜干。不过，他没有吃，而是随手放到了自己的衣袋子里。

　　薛冉冉趁机套话："敢问兄台贵姓，在空山派排行多少？"

　　那个黑脸小子终于笑了笑，探究着看了她一眼才开口说话。不过，他的声音很低，仿佛是从嗓子眼儿里倒出一般，含混不清道："我姓鬼，名八千。"

　　鬼八千好像刚刚入空山派。刚入门的弟子就有这样的实力独过试炼石，难怪空山派其他同门都不太待见他，排挤、冷落之意明显。

　　薛冉冉也是有些同情八千兄，才主动给了他一把地瓜干。

　　天脉山甚是雄壮。爬北方的山，走个两三天也是有的。何况天脉山以地势陡峭闻名，所以众人过了第一道关卡，爬了一小段山路，天色便渐渐漆黑。

　　这些能过第一道关卡的人中，大部分已经开始辟谷，修行更高一层了，所以短短几日不吃不喝也没有问题。他们按照门派，各自在半山的一处空地安歇，等着第二日天明继续上山。

　　山内一片漆黑静寂，西山派三个小的却开始生火烤肉。

　　薛冉冉无论走到哪儿，都是先将"吃"这一块安排得明明白白。

　　切成块的鸡腿早就腌制好了，装在猪肚袋子里，填满汤汁的猪肚也不需要解开，裹上湿泥,直接埋在炭火堆里。不一会儿,肉香就阵阵飘出。丘喜儿随身的袋子里还有五香芝麻烤饼,搭配鸡肉,没的挑剔!

到了吃饭的时候,小白老虎突然出现。原来,它竟然一路跟来了。天脉山虽然对入山的人挑挑拣拣,可是对飞禽走兽并无限制。

薛冉冉摘了片大树叶,用随身的水袋子冲净以后,放上去些放凉的肉块,让小老虎吃。

小老虎最近有了洁癖,不怎么爱吃生食了,而且似乎也进入了辟谷期,吃得不多。不过,看薛冉冉吃东西的时候,它也要跟着吃上一口。

三人一虎吃得香甜,只是那香味搅了道友们的清修。

原本打坐的众人并不是很饿,但闻着那鸡肉的香味,只觉得肚肠突然开始快速蠕动。也不知这些西山的"饭桶"做的是什么,那香料味独特得很,让人口齿生津,拼命咽口水。

这下子,空山派的那一对双胞胎不干了。温冰清和温玉洁走过来,一脚就踹灭了他们的火堆,同时骂道:"你们弄的什么鬼东西,存心要搅了我们的清修是不是?要吃,回家吃去!"

薛冉冉手疾眼快,端着自己的鸡腿和大饼,一下子就躲开了。

这对双胞胎的名字倒是挺"冰清玉洁"的,没想到为人这么跋扈,居然不让别人吃晚饭。高仓的大饼正好被踹掉了,他忍不住立刻开骂:"空山派怎么净出泼妇?你不吃,还不让别人吃吗?"

丘喜儿也气得不行,冲上去要扯那对姐妹的脸,不过薛冉冉拦住了她。毕竟他们三个的实力比不过空山派这些杰出的弟子,真打起来,吃亏的只会是他们。

不过,那小老虎的脾气可不是人能拦住的,只见它后腿一蹬,闷声不响地袭向了那温氏姐妹。

两姐妹猝不及防,脖子一下被挠出了血痕,气得她们抽出宝剑,要宰了那畜生。

卫放曾经陪着沐冉舞去西山要过宝物,自然认得这只庚金白虎。

当他提醒这个看起来像猫的动物是沐清歌当年的坐骑时,温氏姐妹谨慎地后退了几步。

庚金白虎的凶残无人不知,虽然它现在缩得跟毛球一般,可下一刻暴起时,若被它弄伤就不好了。

小白老虎挠完人,摇了摇尾巴走开了。

温氏姐妹只能向沐冉舞撒气:"看看你养的畜生!"

沐冉舞盘坐在一旁调息,听了这话,不以为意地挑了挑眉毛,道:"我已经与白虎解契了,它做的事情与我无关……"

沐冉舞的仙女气质虽足，可话音刚落，她的肚子也鸣响起来，显然也是被西山派晚餐的香味催得肠鸣了。

就在这时，鬼八千走了过去，将薛冉冉先前给他的地瓜干掏出来，递给了沐冉舞。

温氏姐妹看到，气得骂鬼八千"乱献殷勤"，丢了空山派的脸面。

沐冉舞看了看那黑脸少年，倒是微笑地接了过来。不过，她并没有吃，只是有礼地谢了鬼八千。

鬼八千干脆不走了，径直坐在沐冉舞身边，直勾勾地盯着她，无礼得很。沐冉舞则歪头笑看着他，有一搭没一搭地与他聊天，眼角、眉梢都是动人的风情。

丘喜儿见了，小声道："我们这位前师尊，模样长得好，到处都有倾慕者啊！可那小子拿你的东西献殷勤，可真不地道！"

薛冉冉微微一笑，丝毫不介意这些鸡毛蒜皮的小事。这天脉山乃是当年盾天坐化而成，到处都有微妙的气息涌动，薛冉冉现在有些好奇下一道关卡会是什么。不过，沐仙师一定最有底气，毕竟她以前来过，还拔得头筹，看来这次的机会应该也是她的才对。

秉持着来见世面的心思，薛冉冉毫无心理负担，愉快地吃完了手里的肉和饼。

火堆被踹灭以后，高仓和丘喜儿把手里的东西吃完，寻了一个离其他门派远些的地方，开始打坐调息，等待天亮。

第二道关卡是什么，师父苏易水也没有明示，只是简短地说，除了第一道关卡，其他关卡都是由天脉山上古大能遗留的灵力幻化而成，会根据每次前来试炼者的实力做出调整。到时候，他们只需要静心应对即可。

薛冉冉对洗髓池的兴趣不大，其实她私心希望二师兄白柏山能得到这个名额，恢复灵力。可惜白柏山在曾师叔的身边，心性似乎改变了不少，竟然不愿意一同前来。

此番入围的有十几个人，西山的三人都是垫底的，因为秉持着历练一番就好的心思，三个人倒是所有人里最放松的。

等到天放亮的时候，其他人都开始快步前行，薛冉冉他们则走走停停，在山上摘野果子充饥。

薛冉冉注意到鬼八千走得也不是很快，似乎有意在等他们。

所以跟鬼八千在小路上再次相逢的时候，她忍不住径直问道："八千兄，你怎么走得这么慢？你的两位同门可走得老远了。"

鬼八千勾起嘴角笑了笑，黝黑的皮肤衬得牙齿白得晃眼，他慢慢说道："看你们似乎并不急着往前走，难道是苏仙长嘱咐过你们什么吗？"

薛冉冉明白了，原来这位兄台是疑心他们有什么作弊的诀窍，特意套话来了。

她笑着摇了摇头："师父参加洗髓池会是二十多年前的事情，不是说洗髓池的考题几乎每次都不甚相同吗？再说你们空山师太不也曾通过试炼吗？若有什么诀窍，她老早就著书立传，告知徒子徒孙了。不过，我也可以告诉你些秘诀，就是爬山若走得太快，会很累的！"

听到这儿，鬼八千的笑意似乎更深了，不过说话显得阴冷："你是在故意戏耍我？"

一旁的丘喜儿对空山派的人讨厌透了，听到这儿，她毫不客气道："冉冉，别跟空山派的疯狗多言，人家不顺心，会来踹火堆的。"

就在这时，前方突然传来了尖叫声。

她们顾不得吵，也跟着队伍上前去了。

原来，前方是一座深深的峡谷，两侧通着一座用几根藤麻的绳子缠绑着简陋的木板子做的索桥。若想过去，就得攀着绳子，踩着咯吱作响的简陋木板过去。对修真达到一定层次的人来说，这原本不算什么难事，就算没有木板，攀着绳子也可以很轻松地过桥。

可是问题就在于绳子上爬满了藤蔓植物。这些墨绿色的植物看起来似乎有些诡异，仔细看的话，会发现它们在蠕动。

薛冉冉定睛一看，倒吸了一口冷气。

这哪里是藤蔓？分明是一堆纠缠、盘绕在桥上的墨绿色毒蛇，而且每条蛇的个头都不小，一条条露出獠牙，吐着芯子，腹部撑起，看起来可怕极了。

方才尖叫的是双胞胎温冰清、温玉洁。两位仙友似乎很怕蛇，加上她们走在前面，甚至踩到了软软的蛇，所以才叫得歇斯底里。

这种冰冷毒物聚集的场景，就算是不怕蛇的人，也会看得头皮发麻。

十几个人互相看了看，心里隐约明白，这也许就是试炼的第二关。

丘喜儿紧紧握住薛冉冉的手，小声道："越往前，关卡越难，我们不如就到这里，打道回府吧。他们都太厉害了，我们又比不过他们。"

薛冉冉没有说话，因为这时，三大门派里，飞云山的弟子们已经准备先上桥了。

飞云派五行主金，擅长使用各种金针暗器。当看到桥上布满了毒蛇，他们立刻掏出了怀里的金针暗器筒对准那些毒蛇，成百上千根金针立刻闪着寒芒射向那些毒蛇。

这些暗器筒里都加装了特殊的弹簧，加上持筒人灵力加持，根根扎入骨肉，那些毒蛇立刻扭曲身子，纷纷落下了谷底。

就在众人松了一口气，准备趁机过桥的时候，只听桥头另一侧一个硕大的木雕像突然发出号角般的呜咽。

伴着那声音，桥头另一侧又涌来无数条墨绿色毒蛇，再次占据了整座索桥。

可是飞云山弟子的金针已经用了大半，接续不上了。

就在这时，又有人不耐，仗着自己的轻身术了得，想要飞身脚踏蛇身，纵行而过。敢这样做的人都有两把刷子，这峡谷间距离很长，就算轻身术再怎么了得，也得落下两三次，再借力跃起，继续前行。

起初那人还像样子，看准了落脚点后，踩踏蛇身立刻跃起，矫健的身子看得剩下的人信心大振。

可是到了最后一下子，眼看那人就要过桥，突然有数十条大蛇蹿起缠住了那人，又将他直直扯落了。那人连忙用手里的宝剑挥斩，可惜百密一疏，到底被蛇咬了几口。只见蛇毒迅速扩散，很快那人的脸就变成了绿色，身子僵硬，直直掉落。

峡谷似乎很深，那人的惨叫声回荡了一会儿，众人才听到云雾缭绕的谷底发出那人砸在地上的扑通声。这下子，众人面面相觑，谁都不敢轻举妄动了。

一般的蛇毒是侵袭不了修真之人的，所谓养气调息，就是要自行控制血脉的缓急。

那人既然能独自通过第一关，便说明他根基不错。可他中了蛇毒，都来不及调息，便僵硬得不能动，可见这蛇毒是多么霸道。

就在这时，鬼八千突然走到桥边，随手拿起一根木棍，将真气注入棍上，顷刻间棍上便蹿起了火苗。然后他将点燃的木棍扔上了桥，那火苗蹿起老高，墨绿蛇在火中扭曲着身子，眼看着就要烧成灰。

可就在这时，薛冉冉低叫道："不好，桥也要被烧断了！"

原来，火势太旺，一下子将索桥的绳子也烧了。眼看着几根绳子被烧断，五行主水的九华派立刻引水去救火，可是那火怎么也浇不灭。

结果是鬼八千看桥抵不住这火，才主动将火收了回来。

这等超群的控火能力一时看呆众人，就连跟他同门的那两个双胞胎也一脸吃惊地看着他，显然她们也不了解这个新入门师弟的本领。

这时，九华派的弟子灵机一动，以水结冰，想要冻住那些蛇，以便安稳过去。可是桥身刚结上冰，那桥似乎不堪骤然增加的重量，两根绳子再次断裂，好几块木板子也落了下去。

那座桥已经摇摇欲坠，只剩下一根绳子了。

卫放气急败坏道："看看你们干的这些好事！没有桥，我们是跃不到对面去的！"

鬼八千无所谓地一笑，那牙白得有些刺眼。

只是现在众人尝试几轮之后，唯一能过去的通路似乎也断了。卫放懊丧道："这下好了，我们谁也过不去，看来这一年的洗髓池又要轮空了。"

毕竟有众人实力良莠不齐的年头，若某一年里没有杰出的弟子，也有轮空的先例。

就在这时，鬼八千突然出手，一刀劈断了那索桥，然后在众人的惊呼声里，他突然纵身一跃，脚未落地，就御风飞过去了。

这等御风而行的功力，也不过各大门派的大能掌门能娴熟地掌握。众人万万没有想到这个空山派的新晋弟子竟然有这等功力。但他也太缺德了，明明他能跃过去，偏要等众人黔驴技穷的时候，才突然斩桥而过，断了别人前进的路。

现在想想，用火烧桥恐怕也是他故意为之，因为他根本不在意过桥的方法，只想将这桥毁掉。

鬼八千过桥之后，也不理众人在峡谷另一头跳脚唾骂，冷笑了两声，便一路继续前进。

没有人与他竞争了，再加上他的实力深不可测，看来这次洗髓池会的赢家非他莫属。

待鬼八千走后，温冰清、温玉洁两姐妹就成了众人围攻的对象。

卫放气得红了眼睛，满头青筋暴起，问道："你们空山派招来的是什么邪魔外道，怎么行事如此不地道？"

两姐妹也被这个新晋师弟坑惨了，她俩过不去峡谷，又得替那小子背黑锅，一时也气得眼泪汪汪。

有人此时已经泄气，开始组队，准备下山了。一时间，十几个人里走了四个。

丘喜儿对薛冉冉和高仓说道："我们也走吧，等会儿天黑了，夜路就不好走了，若毒蛇再钻出来，可真要人命了。"

不过，薛冉冉立在原地，一动不动。突然，她一拍手，叫住了骂完人准备离开的卫放他们："我想出了个法子，不知道你们肯不肯跟我们合作？"

卫放诧异地看着西山的这几个虾兵蟹将，半信半疑道："你有什么法子？"

薛冉冉说道："你们九华派五行属水，而我们西山派属木，还有空山派属土，我们三派联合，倒是能成一番事。"

那两个双胞胎凑过来问："如何成事？"

薛冉冉让大师兄高仓拿随身带着的药铲子——他们作为神医苏易水的弟子，入山时总会随手去挖看到的好草药，所以这药铲子常带在身上。

等高仓拿出铲子，薛冉冉在繁茂的树丛里走了几圈，终于挖出了一棵藤蔓植物的幼苗。

众人定睛一看，那植物居然是寻常可见的藤蔓"飞龙掌血"。这种藤蔓一般依附大树生长，一旦长成，就会变得十分粗壮。

不过她找来一棵未长成的幼苗做什么？难不成她指望片刻的工夫，这藤蔓就变成一座藤桥吗？

卫放都懒得翻白眼了，只冷冷道："你这丫头是在消遣我们吗？"

薛冉冉可不是在开玩笑。她将这藤蔓种在峡谷的边缘，朝着峡谷对面横插了一根木棍，然后虔诚地闭眼，嘴里念念有词。若挨得近，便可听到她嘟囔着什么"小宝贝，快长大"一类的话。

卫放觉得自己陪傻子说得够多了，西山派似乎从沐清歌那代开始，总是出行事癫狂之辈。

就在这时，薛冉冉掏出了酒老仙赠予她的"一日十年"的符，贴在藤蔓上。

转瞬的工夫，原本只有手指粗壮的藤蔓突然快速生长，很快就顺着木棍延伸向前。只是藤蔓生长得太快，土里的养分和水分都不够，它的叶子开始微微发黄。

那对双胞胎总算没有辜负她们的名字，立刻"玲珑心"地明白了薛冉冉的主意，默念运土诀，将四面八方的肥沃土壤源源不断地运送过来。

薛冉冉冲着卫放扬了扬下巴："麻烦道友给它浇些水，这样也能长得快些。"

如此，卫放也明白了，立刻默念水诀，浇灌藤蔓。

薛冉冉又拿十几根木棍还有自己随身带着的渔线，使用轻身术，快速上了藤桥，沿着那木棍续接，指引藤蔓不断向前。

众人都惊讶地看着薛冉冉轻巧若彩蝶般的身手。似乎没有几十年的功力，也练就不了这样的轻身术……

沐冉舞一直在旁边看着，虽然脸上带着叹服的微笑，可是放在身侧的手开始握紧，胳膊甚至在微微颤抖。前世始终被优秀的姐姐笼罩着的阴霾，再次浮上了她的心头……

很快，这藤蔓便沿着薛冉冉续接的棍子延伸到了峡谷对岸，藤身也开始变得粗壮起来。

薛冉冉在鬼八千之后，第二个到达了峡谷对岸。

沐冉舞则是轻松地跳跃过去的第三个人。

众人见状，生怕西山派的丫头学那鬼八千斩断藤桥，一个个争前恐后地跃上藤桥，飞驰着过桥。

薛冉冉直喊："都慢慢来，人太多是会掉下去的！哎，说你呢！别推人，行不行！"

不过，也有轻身术不过关的人，比如丘喜儿。她只走了几步就感觉藤蔓往下坠，吓得她立刻倒退。那藤蔓也因为生长得太快，终于掉了下去。

丘喜儿哭丧着脸，冲着薛冉冉和高仓喊："你们继续往前吧，我过不去了，我到山下等你们回来！"

薛冉冉知道丘喜儿胆小，倒也不勉强她，跟着大师兄高仓继续往前走。

这次蛇桥关卡，最后过关的只有七个人。

第一个过桥的鬼八千走得没了踪迹。剩下的就是温冰清、温玉洁两姐妹，薛冉冉和高仓，九华派的卫放，还有就是沐冉舞。

卫放还在恼恨鬼八千算计大家，不断跟空山派两姐妹抱怨。

温冰清不耐烦了，瞪眼道："他是我们温红扇师叔的表亲，不过是走了门路插进来的，谁知道他是什么底细？你有本事，待会儿看见他，跟他骂去，冲我们叽叽歪歪做甚？"

卫放听了，羞恼地又瞪了她一眼，快步朝着前面走去。

天脉山的地势极高，越往上走就越冷。薛冉冉打开白柏山给她的小包裹，发现里面除了曾易师叔给她做的软银甲，还有御寒的小袄子，另外还有一对可以套在手上的拳钩。

跟寻常可见的拳钩不同，这副拳钩是可以隐藏的。平时戴着，像爱美小姑娘的手链，可一按下机关，拳钩便可弹出尖刺。

薛冉冉躲在树丛后面，穿好了小袄子和软银甲，又把拳钩戴上，然后深吸了一口气，出来对高仓说："大师兄，我们走慢些，待会儿看到了鬼八千，记得离他远一些。"

高仓憨直地点了点头，问道："小师妹，你觉得这鬼八千会做什么坏事？"

薛冉冉轻轻地皱起了眉头，小声道："我总觉得他……像……"

还没等她说完，远处突然传来群鸟鸣叫的声音。

走在前面的另外四个人也纷纷停了下来。只见一只浑身通红的火鸟引着群山上的鸟群从密林里腾空而起，盘旋着鸣叫。

卫放看到，忍不住狂喜道："这……是陵光神君！"

所谓"陵光神君"，便是民间常说的朱雀，与庚金白虎一样都是拥有无上灵力的异兽。只是朱雀本性孤高，而且歇宿北海，几无踪迹可寻，能亲眼看到朱雀的人更是凤毛麟角。

若能驯服朱雀，让它成为自己的坐骑，对修道之人来说是极具诱惑力的事。就好比世俗之人的香车宝马、金榜题名，是无上荣誉的象征。

若不能驯服，只要弄伤它，得到些朱雀灵血也不错。据说，这灵血是炼制九转还魂丹的药引，世间万金难求。

碰到朱雀，若不弄些灵血，简直辜负了这等奇遇。

而且那朱雀体形甚小，说明它还是幼崽，是最好驯服的时候。一时间，几个小字辈都有些跃跃欲试，想去驯服那朱雀。

沐冉舞眼前一亮。修真者挑选坐骑是很讲究的，若能弄到有益自己的灵兽，以后定下魂誓时，对自己的功力也有提升。

沐清歌那时有庚金白虎，看上去威风凛凛，让人妒忌。如果她也能拥有不逊色于白虎的坐骑，也不枉重生一回……想到这儿，她身形一闪，冲了过去。

薛冉冉可不想这么做，她现在每日照顾小白老虎就很费时间了，若再弄只鸟，恐怕无法雨露均沾。至于弄灵鸟的血什么的，她更不感兴趣。师父曾经说过，入了天脉山，不光考验人的筑基灵力，还考验人的心性。苏易水吩咐她来此洗个澡而已，她可不想节外生枝。

此山的一草一木皆是由上古大能的灵力灌溉而成的。她没有什么本事，还是不要太贪婪，吃着碗里的望着锅里的了。

所以，趁着卫放他们跳上枝头查看朱雀位置的工夫，薛冉冉和高仓反而走到了最前面。

他们只转过一个山坳，整个山林突然变得安静下来，再也听不到百鸟争鸣的声音。

高仓很纳闷，自言自语道："怎么这么快就没声音了，该不会是卫放他们已经捉到朱雀了吧？"

薛冉冉却警惕地看了看四周，小声道："不对，我们似乎闯入了什么灵盾，跟外界隔绝了。"

她一转头的工夫，连高仓也不见了，只留下她一人。薛冉冉大声喊了几声"大师兄"后，慢慢深吸一口气，决定继续往前走。

这里跟天脉山那种苍郁大气的环境截然不同，地上铺的是石板路，前方有篱笆、菊花、杏树、茅屋，俨然是"采菊东篱下，悠然见南山"的田园风情。

也不知是谁隐居在这等凶兽遍布、苍莽寂寥的大山中。

看到这处田园小居，薛冉冉警惕地抽出机关棍。

经历过望乡河诱人投河的水魔事件，谁知道眼前的小屋子是不是妖魔变幻出来的，要害人性命。

薛冉冉参着胆子沿着石板路往前走了走，却发现脚下的石板路是软绵绵的，像湿土。没走几步，她就看见了成片的绿苗。

她常常帮师父晾晒药材，所以一眼就认出这地里种的全都是草药。

就在这时，她听到有人在院子里说道："奇怪，怎么有人这么早就到了这儿？难道是不识货的土包子，不知道那朱雀的金贵吗？"

薛冉冉定睛一看，原来是位须发皆白的老者，他身着道袍，挽着裤脚，正在看地里的几垄青苗。

薛冉冉眨巴着眼睛，有些迟疑……这位须发皆白的老者……不是翠微山上的酒老仙吗？他当初还送了她许多符，那些符都是保命的宝贝啊！

当薛冉冉冲着他微笑着挥手时，那老者却淡漠地上下打量着她，似乎并不认得她。

薛冉冉并没有贸然喊他，只是试探性地问道："老先生，近来可好？"

老者并不搭言，直起身子，上下打量着她，看着看着，突然问道："小姑娘，你是不是食用过蛟蜕？"

薛冉冉用吃货的本能反问："蛟蜕？那是什么味道？"

老者不紧不慢地说:"腥臭得很,喝一口,必定终生难忘。"

经老人家这么一提醒,薛冉冉立刻想到了她师父给她喝过一杯腥臭无比的药汁,当时她恶心得几天吃不下饭。

她问师父她喝的是什么,师父却不肯告诉她,还说她不知道为好。难道……那杯药汁就是这老者所说的"蛟蜕"?

见薛冉冉不说话,老者也不以为意,只是又看了看她,道:"蛟蜕能遮蔽人的慧根灵气,看不出六道轮回,你是什么妖魔,须这般掩饰?"

薛冉冉蹲下身子,看了看他种的幼苗,乖巧地回答:"我就是个普普通通的小丫头,并不知老先生您说的那些,能住在这深山里的必定是神仙,您可有照妖镜给我照一照?"

那老者咧嘴一笑,不再纠结于薛冉冉是人是妖的问题,径直问:"你为何不去争那朱雀?"

薛冉冉笑了:"世间珍贵者,何止朱雀?岂能看见了便都要据为己有?那样的话,岂不是累死人?再说塞翁失马,焉知非福,若不是早些过来,又怎么能遇到老先生您……您这地里种的淮山和当归可真的是好东西,若拿来跟乌鸡炖煮,提鲜固气,美味得很啊!"

那老者听了薛冉冉俏皮的回答,再次哈哈大笑:"我以为你是圣人,原来是个馋嘴的懒丫头!可惜啊,这里不过是幻境,这些草药没法拿来给你炖鸡。"

薛冉冉眨巴了几下眼睛,伸手去碰草药,果然所及之处并无什么东西。

老者十分留恋地看着四周的景象,慢悠悠地说:"当年我认识盾天的时候,只是个十几岁的孩子,他住山上,我住山下,我们亦师亦友,那段日子使人不能忘。后来他飞升,我潜心修行,原以为能在仙界跟老友相会。可谁知我成仙,他却化为虚无,造化啊……"

薛冉冉听着,眨巴着眼睛看这位老者。他看起来已经上百岁了……她想了想,突然问道:"请问您认识酒老仙吗?"

那老者笑着点了点头:"你居然认识我的弟弟?怪不得你过桥的时候用的是小酒的符。"

薛冉冉点了点头,说道:"我跟酒前辈有过一面之缘,喝过一次酒。您长得跟酒老仙前辈实在是太像了,只差一个红红的酒糟鼻子。那符是酒前辈送给我的。"

方才她一见这位老者,还以为是酒老仙从翠微山赶来了。可是看他目光沉稳,气度活似老神仙,跟酒老仙那般顽童气质完全相反,她这才参着胆子猜测,这位老者应该就是酒老仙的那位早已经飞升的大能哥哥药老仙,于是有此一问。

只是不知早已飞升的他为何会出现在天脉山中,而且俨然对这些小字辈过关的情形了解得一清二楚。

药老仙听了薛冉冉的说辞,笑了笑:"我那个弟弟生平知己甚少,竟不知何时结了你这么一位小友。不过，现在看来，你倒是有几分过人之处……"

这么说着的时候，他将腰间别着的拂尘抽出，在半空中一挥，便现出了朱雀那里的情形。

只见原本山鸡般大的朱雀，也不知被喂了什么，体形骤然增大了数倍，张开略微弯曲的长嘴发出让人耳膜震裂的鸣叫，一双巨爪拼命地抓挠着靠近的众人。

卫放被朱雀一口衔起，狠狠地甩向陡峭的崖壁。

剩下的人也狼狈不堪。温冰清、温玉洁两姐妹顾不得其他人，连忙沿着薛冉冉来时的路，拐过了山涧，仓皇而逃。

沐冉舞倒是从容应对，仗着敏捷的身手急急闪避。不过，薛冉冉注意到，沐冉舞趁着众人慌乱的工夫，从怀里掏出了许多泥丸似的小球，将它们扔在山坡的地沟里……

奇怪的是，这些仓皇闪避的人沿着薛冉冉来时的路看到的景象，并非石板小路、茅屋药田，而是茂密林木、溪流山涧。

看来她猜测得不错，她和大师兄高仓果然如武陵渔人一般闯入了世外仙源——此处并非天脉山！

药老仙的拂尘再次挥动，这次换为另一处山谷，出现的人正是早早过了蛇桥的鬼八千。

此时他也在搏杀，不过搏杀的对象并非朱雀，而是一条无角、黑色的蛟龙。

那蛟龙看起来十分凶残，但是已经被鬼八千打得奄奄一息。满身伤痕的他最后一把拧断了黑蛟的脖子，顺利开膛破肚，取出它的胆，一口吞下。

鬼八千吃了龙胆，便将灵兽的尸体随意摔在山谷里，抹了抹嘴，继续前行。

薛冉冉有些好奇："他怎么没有遇到朱雀？"

药老仙笑了笑："这个人修的并非正路，朱雀的血于他无用，倒是黑蛟的胆对他大有裨益。你们来到这儿，遇到的灵兽都是由人的贪欲而生。他们遇到的，不过都是对各自的诱惑罢了。能力不足，德不配位，只会无限放大贪欲。而空有武力，毫无慈悲之心，最后也会被不受控的贪欲反噬……当然，能够诛杀灵兽之人，也算过关，拥有入池的资格……可惜那黑蛟了，上次被人打败的时候，不过舍了一张皮，这次却被人取了龙胆……"

薛冉冉突然想到自己曾经饮过蛟蜕，师父怎么会拥有这么珍贵的东西？这可是千金都买不到的啊！难道上一个打败黑蛟之人是她的师父苏易水？可是药老仙说，只有不修正路之人才会遇到黑蛟啊。

薛冉冉听得糊涂，最后怅然地点了点头道："天脉山的大能盾天以前肯定教出了许多杰出的弟子，跟我的师父一样，就爱抽冷子考验人。只是这些考验是不是太冷血、严苛了？从昨天到现在，已经死了许多人。"

药老仙收回了拂尘，笑意微减道："种种可怖，不也是引得世人更加趋之若鹜？

当年盾天大仙因为寂寥而坐化成山，他的上古神力也凝在眼里，尽数演化成池。想要得到大仙如此纯正的神力，怎么可能不付出代价呢？我的任务就是每十年来此，监督过关的众人。不过，你过关得也太快了，真的出乎我的预料。"

薛冉冉不好意思地挠了挠头，觉得自己就是"瞎猫碰到了死耗子"。她又抱拳问道："我和大师兄都不是这些人里本事最大的，来到这儿纯属巧合。敢问我大师兄身在何方？"

药老仙淡淡道："他并非靠自己的实力过关，而是被你带领到了这里，所以虽然窥见仙境，但也立刻被弹了出去。他只要不去诛杀朱雀，应该无碍。这里是我飞升前遗留的凡尘记忆所化的幻境，你能进来，也算是与我有缘。"

薛冉冉歪着头问："当神仙就得舍弃做凡人时的快乐吗？那么做神仙还有何意义？"

药老仙启唇笑道："没有了俗人的欲念，便没有悲喜，何来的不快乐呢？"

薛冉冉知道高仓应该无恙，暂时松了一口气，又问："那么，请问老先生，我什么时候能走？不然一会儿天黑了，我怕大师兄迷路。"

药老仙笑意加深，看着这个古灵精怪的小丫头，说道："你虽然灵力不够高深，可是聪慧和随机应变是这些人里顶尖的。虽然蛟蜕遮蔽了你的元神根基，但是你绝非俗物，因为表现甚好，而得了可以早早进入洗髓灵池的机会。随我来吧。"

薛冉冉跟在老先生身后，刚走两步便看见草屋里探出个浑圆的胖小子，他正拎着一个水壶，哭唧唧地喊着："哥哥，这里面装的是什么？好辣啊！我不要喝这个，我要喝羊乳！"

薛冉冉一时看呆了。虽然那娃娃很小，但是一看眉眼，尤其是赌气噘嘴的样子，倒是跟那个嗜酒成性的酒老仙相似。

她驻足停留了片刻，发现这个娃娃反复从屋里探身哭诉，说的话也是分毫不差。

薛冉冉猛然醒悟，这些都是药老仙身为凡人时最难割舍的记忆。而他最难割舍的人，应该就是自己的同胞弟弟。

不过，无论那娃娃怎么哭，药老仙都不再回头，只盘腿飘浮在半空中，从这个幻境里离开。他引着薛冉冉过了一片竹林，来到一处水雾弥漫的池边。

待水雾散去，薛冉冉才发现这里居然有两个如湖一般的水池。偌大的水池子四周的山脊上巨石尽显，配着那两个水池子看，像一张苍老、布满褶皱的脸，而两个水池便是脸上的两只眼。

这两处池水不甚相同，一处呈现牛乳般的白，另一处呈现化解不开的浓黑。

药老仙伸手指了指："这里便是洗髓池了，你想要选哪一个，自便吧。"

薛冉冉看着两处池子都透着无尽的深幽之力，不禁好奇地问道："敢问老先生，这两处池子有何区别？"

药老仙淡淡道:"都有修真之人梦寐以求的神力,只不过盾天飞升前曾经入魔,善与恶难以分离。他唯恐难以自控,于是将善、恶灵力分作二池。白色的那个讲究按部就班,灵力提升得略慢些。黑色的那个,可一日千里,飞速提升自己的修为,不过……"

说到这里,他顿了顿,又接着道:"沐浴了黑水,便要断情绝爱,舍弃自己此生挚爱。"

薛冉冉听了,倒吸一口冷气。她想了想,说道:"我师父和沐仙师应该都选了白池子吧?人生虽短,但也不可太过急切,我慢慢提升灵力就好。"

药老仙倒不意外这个随性的丫头选择了白池,不过她既然提到了"沐仙师",莫非指的是沐清歌?

听药老仙问起,薛冉冉老实地点头。

药老仙颇为意外地细细打量了她,笑着道:"原来是沐清歌的徒孙,难怪……"

等他问她的师父是何人时,薛冉冉老实地说道:"自然是西山苏易水了。"

听了这话,药老仙嘴角的笑意顿时烟消云散,他不禁诧异地看着她:"你说,你的师父是苏易水?当年平亲王的那个儿子?"

薛冉冉点点头,有些纳闷道:"老神仙,您认识我师父?"

这下,药老仙脸上的笑意彻底敛了,他表情冰冷,伸出手指算了半响,最后竟似遇到解不开的难题一般,摇头叹息道:"罢了罢了。天命非命也……"说完,他一语不发,甩开拂尘便转身离去,留下薛冉冉一人伫立在池边。

直到消失在水汽迷雾中,他才幽幽传来一句:"当年你的师父跟你选的不一样。"

薛冉冉听得糊涂,有些搞不清药老仙的话是什么意思。

当年她师父选的什么跟她不一样?是选择不泡池子,还是……选择了那阴森可怖的黑池?

不过,药老仙的话里应该是有什么歧义。她师父为人秉正,怎么可能选择灭人伦、绝挚爱的黑池呢?想来这话里应该是有什么误会?

不过,她也要赶紧泡了池子下山去,毕竟师兄、师姐还在等着她呢。

于是,她脱掉鞋子和外衣,慢慢走入了那白色、蕴着流光的池子。待入池内,她立刻感觉到一股说不出的暖意聚集丹田,顺着经脉运至全身。她不由自主地闭上眼睛,漂浮在水面上……

当她再次睁开眼睛的时候,整个人已经悬浮在半空中,身上的灵气有种说不出的厚重。这种丹田盈满的感觉让她的心似乎安定了不少。

而庚金白虎不知什么时候居然蹲坐在池边,看着她的眼神带着说不尽的怅惘,显得高深莫测……

当薛冉冉脚尖轻点、落到地面时,她才发现身上的衣服已经全干。她问白虎:

"你也要去洗一洗吗?"

白虎却慢慢扭头看向另一边的黑池。薛冉冉顺着它的目光望去,一扭头便看到那黑池里似乎有人。

当她走近的时候,黑池里的水花四溅,突然,一个打着赤膊的男人从池子里冒了出来。

那张黝黑的脸不容错认,正是先前以一举之力诛杀黑蛟的鬼八千。

很显然,殊途同归。他虽然顺从贪欲去捕获异兽,但是因为能力太强,还是得到了入池的资格。只不过他选择的是让神功速成的黑池。此刻那池子里的黑色似乎淡了一些,而他的眼底是化解不开的黑。

薛冉冉注意到他的脸跟身上皮肤的色差大得很。他的身上很白,显得那张黑脸更加突兀……

就在这时,鬼八千似乎也注意到了站在白池边的薛冉冉,他略显诧异地挑了挑眉毛道:"你居然也来到了这里?"

历年来获胜者都是一个人,今年却是两人入池,着实让他意外。同时他心里一沉,觉得本该属于自己的灵力被人分了一半。

薛冉冉警惕地后退了几步,并不说话。

就在这时,鬼八千似乎也泡好了,他一下子从水里跃起,直直朝着薛冉冉袭去!

小丫头虽然很厉害,获得了入洗髓池的资格,但是鬼八千觉得此番获胜的只有他一人便足够了。既然天脉山不辨实力,让一个插科打诨的"菜鸡"入了白池,那么他唯有替天抉择,淘汰了这废物!

他一出手便是毫不留情的杀招,直直袭向薛冉冉的咽喉要害。

可是当他快要接近薛冉冉的时候,只听到咣当一声巨响,鬼八千似乎撞到了一道隐形的屏障,一下子被反弹了回去。

原来这黑白两池之间居然有一道灵盾,所以一旦挑选了池子,便不可反悔,更不可同时泡两池。

薛冉冉眼见鬼八千如凶兽般横冲直撞却过不来,便彻底放心了。她慢慢咧开嘴,笑着说道:"魏纠,你要不要脸,居然假扮空山派的弟子来这里骗池子泡!"

鬼八千闻言,倒是稳住了身形,眯着眼看着薛冉冉说:"你是怎么认出我的?"

薛冉冉慢条斯理地穿好鞋子,再穿好外衣,歪着脖子道:"你过蛇桥的时候,使用的身法看着眼熟。我记性好,一下子便想起了你在林子跟师父搏斗的情形。而且……你的名字是鬼八千,若再加个'女'便是'魏'……我想到你长得不男不女的,立刻醒悟,原来你就是魏纠。"

其实"魏纠"这名字不过是他随口说的,哪里有暗示自己天生女相之意?

薛冉冉说其他的还好,可她偏偏触他的逆鳞,当面直言他长得雌雄莫辨,像个女人,将他气得握紧拳头,嘿嘿冷笑。他抬头扯掉了自己的面具,露出那张阴柔的脸……可不正是魔修魏纠嘛!

"臭丫头,你叫什么来着?"他眼露凶光,咬牙切齿地问道。

薛冉冉才不会回答他呢。说完这话,她冲着魏纠做了个鬼脸,带着白虎,转身飞也似的跑了。

魏纠再次挥动拳头,这一次,他居然将隐形的屏障震出了如蛛网一般的裂痕:"臭丫头,下次再见,便是你的死期!"

薛冉冉一路飞也似的逃离了洗髓池畔。不过她再没看到药老仙,也没看到那处茅屋药田,而是径直回到了当初与众人分离的那座山谷。

像个没头苍蝇一样到处寻找薛冉冉的高仓,看到她回来了,喜极而泣:"小师妹,你跑哪里去了,简直要急死我了……"

当看清薛冉冉的时候,高仓的声音越来越小,最后他忍不住问道:"小师妹,你的额头上有什么?"

薛冉冉听了,走到一旁的溪流边,借着水面看自己的倒影。只见倒影里的她额头上居然有个如花钿一般的花纹,看上去仿佛是篆书体的"脉"字。

就在这时,跟朱雀搏斗之后狼狈不堪的沐冉舞和卫放他们也走了过来。

沐冉舞看清了薛冉冉额头上的花纹,立刻惊诧地瞪大了眼睛:"怎么……你居然入过洗髓池了?"

对修真的小字辈来说,能入洗髓池,便意味着以后的修真之路一路坦荡。能入池之人,最后都是各大门派的掌门。修仙也好,修魔也罢,最后的修为都让人望尘莫及。

沐冉舞深知她姐姐当年的成名之路中,入洗髓池是重要的一环。如今她虽然得了沐清歌的大部分灵力,但是这身体是崭新的,如果能入洗髓池洗通经脉,提升修为,将裨益无穷。

最主要的是,她原本指望洗髓池能助她摆脱怨水的控制。谁想到薛冉冉竟然有如神助,绕过了所有关卡,顺利得到了入洗髓池的机会。

听了沐冉舞的话,满身血痕的卫放也发现了那花纹,他懊丧地狂叫了一声,瞪眼道:"你这个废物有什么资格得到入池的机会,定是你在我们跟朱雀搏杀的时候,趁机动了什么手脚!"

说着说着,他自己都当真了,竟然伸手朝着薛冉冉袭去。

若是以前,薛冉冉虽然能躲,但是正面迎战的话,一定打不过卫放。不过这一次,她在灵巧躲避的同时,居然游刃有余,顺手在卫放的额头上弹了一下。

虽然这只是顽童般的举动,可是她这看似轻轻的一弹,居然让卫放直直飞起,被弹飞到树丛里。

第十五章 水下溶洞

这下子，莫说旁人，就连薛冉冉自己都吓了一跳——方才她好像并没有使出多少气力，怎么威力竟然如此之大？

不过这一弹的好处就是，以前鄙视西山"菜鸡"的名门正派弟子都不敢再贸然出言冒犯。这个薛冉冉不过半天的工夫，现在的修为已经远远超过了那些修真几十年的弟子。

当年沐清歌从洗髓池出来之后便名声大噪，着实风光了许久。若不是后来她走错路，私开了阴界的大门，她本可以成为修真界的领袖、万人敬仰的大能。

苏易水也是如此，从洗髓池出来以后功力大增，甚至青出于蓝，可以反叛，击败沐清歌，匡扶正义。

可他们原本就是能力卓越之辈，而现在，这个在仙修弟子里压根儿排不上号的"菜鸡"薛冉冉竟然就这样一跃龙门。可以想象，她以后风光无量，已经不是他们能企及的了。

温冰清、温玉洁两姐妹脑子好些，并没有像卫放那般气急败坏，而是勉强维持体面的微笑朝着薛冉冉拱手道贺。

沐冉舞瞟了一眼心有不甘的卫放他们，轻声慢语地提醒道："恭喜薛姑娘，不过……你可要当心一些，洗髓池灌入的灵力太过强盛，你的血脉也难以立刻吸收，只要额头上的花纹没有消失，你便要当心自己的身子，万万不可流淌鲜血……据说以前有大能入了洗髓池后，被别有用心的同伴伏击，就失了灵力……"

听起来她这话甚是关心薛冉冉，可是话语里充满了危险的暗示——现在的薛冉冉虽然灵力大增，可是还不能完全掌控灵力，而且她的鲜血满是充沛的灵力，简直就是人形朱雀，若是饮了她的血，便相当于在洗髓池里泡过了。

果然，这话一出，包括刚刚站起的卫放，几人全都微微变了脸色，看向薛冉冉的眼神充满了异样。

他们这一路走来，付出的代价甚大，最后却竹篮打水一场空，如何能甘心离去？

如果沐冉舞的话是真的，那么饮了薛冉冉的血，岂不是还有转机？

这么想来，温冰清、温玉洁两姐妹也目光游移，互相交换着只有她们才懂的眼神。

薛冉冉立刻觉察到了这几个人的微妙眼神。沐冉舞的一张嘴真是好厉害，居然几句话就撩拨得剩下的人动了邪念与杀机。

如果他们联手，薛冉冉也不知道自己能不能轻松地打败他们。不过她不怕，从没见过林中失火的猛兽还有闲心捕猎，所以她得转移一下他们的注意力。

就在众人慢慢围拢过来时，薛冉冉好心提醒道："诸位道友，这次还有一个人也入了洗髓池，就是鬼八千，另外……不知诸位有没有发现，鬼八千是魔头魏纠易容假扮而成的！"

这话一出，众人果然变了脸色。

不过薛冉冉眼尖，发现沐冉舞居然一脸镇定，似乎一点儿也不意外。

薛冉冉更进一步，接着说道："所以趁着魏纠追来前，我们还是赶紧下山去吧！"说完，她便拉着高仓准备先走一步。

可是那空山派的双胞胎起了土遁，一下子绊住了她的脚。

温冰清微笑道："天脉山这么大，若真像你说的，那鬼八千是魏纠，他若立意要追撵，我们如何逃脱？唯有众人齐心，才可击退魔头……不如这样，薛姑娘，你舍一些灵血分给我们，这样我们也可以成为姑娘你的左膀右臂，共同击退魔头魏纠啊！"

在温冰清看来，薛冉冉出些血，又不伤及性命，还可惠及众人，何乐而不为呢？

其他人听了，眼睛一亮，觉得十分在理。

薛冉冉哑然，算是又明白了些人生哲理——虽然动物在仓皇逃窜的时候，不会再互相残杀，可是她现在面对的是……人啊！有些人连牲畜都不如，危难关头也会做出匪夷所思、令人不齿的事情……

高仓被温冰清的狗屁之言气到了，立刻瞪眼道："你他妈的放屁！把你的厚脸皮分一分吧！我小师妹凭本事入了洗髓池，好不容易得来的灵力，凭什么分给你们？"

可是脸皮厚的人比比皆是。薛冉冉注意到这几个人的站位已经发生了改变，对她和她大师兄形成包围。若他们同时发难，还真有些难以应付。

卫放自诩正道，说话一向冠冕堂皇，他皮笑肉不笑道："温姑娘说得在理，薛姑娘也不会对大家见死不救吧？你不过舍些血，能救这么多的人，相信你师父听了，也会感到欣慰的。"

薛冉冉懒得跟这个道貌岸然的家伙废话，拉着高仓飞身便走。

可是这时温家两姐妹一起跃起阻拦，卫放更是抽出了宝剑，想要划破薛冉冉的手腕。他们还没有挨近，只见薛冉冉在灵巧躲避的同时抽出机关棍，只来了一个"横扫千军"，便将欺身过来的温家两姐妹直直击飞了。

看着她们像断线风筝一般飞出去，薛冉冉其实也傻眼了。她以前与人相斗，都是靠脚底抹油，坑蒙拐骗，从来没有硬碰硬过。没想到，从洗髓池里出来后的身手竟有这等杀伤力。

以前苏易水教导她的招数因为没有灵力支撑，全都不能用，而现在竟然尽数涌上她心头，随后的阵仗可以说是一边倒。没几个回合，温家姐妹和卫放他们就被打得起不了身。

高仓没想到自己都没动手，小师妹便轻松获胜。他忍不住哈哈大笑："就你们这群草包，给你们灵血也救不了你们！"

这时，薛冉冉抬眼看向方才出言挑唆其他人的沐冉舞。她一直没有动手，只是冷眼看着他们相搏。

直到薛冉冉大获全胜，她才微微一笑："恭喜薛姑娘，入了洗髓池，果真如脱胎换骨。"

以前薛冉冉对这位沐仙师还是有一些好感的，虽然她名声不佳，却是个随性至情之人，很合薛冉冉的胃口。但是最近几次与她打交道，冉冉觉得自己有些……讨厌她了，觉得她倒是跟九华派那些伪君子很像。

想到这儿，薛冉冉江湖气十足地抱了抱拳："沐仙师，眼下也没有可用的人了，您是准备与我文斗还是武斗啊？"

沐冉舞方才一直在旁边默默估算薛冉冉现在的实力。

薛冉冉原先是颗没有长成的果子，先天实力匮乏，所以沐冉舞弄清了她的身份之后，并没有太急切。毕竟现在顶着沐清歌身份的是她，继承了大部分前世灵力的也是她，得到皇帝隆宠的人还是她。

怨水之毒未解，她又何必惹苏易水不快，去掐弄薛冉冉这么一个废人呢？

可万万没有想到，薛冉冉的命也太好了吧，竟然凭借着平庸的根骨灵力，一路连闯数关，最后得了入洗髓池的机会。

沐冉舞步步算计，还是少算了薛冉冉的好运气。方才她默默估算了一下，薛冉冉如今的灵力并不逊色于她，若与薛冉冉硬搏，又是一场恶战。

不过，薛冉冉说她没有可用之人？那倒不一定！

想到这儿，沐冉舞微微一笑，朗声道："魏纠，出来吧，你昨晚不是问我，愿不愿意跟你共度春宵一宿，如今你的机会来了，就看你能不能把握住了！"

随着她的话音落下，一旁的高树上传来了猖狂的笑声："沐清歌，人家小姑娘说得对，你现在怎么惯会指使别人，自己却不上前呢？"

说话间，魏纠从树上跳下来，目光炯炯地盯着沐冉舞。

算一算，他有二十年没有看到这女人了。所以，昨晚他得了机会，便有些迫不及待地坐在她的身边，跟她叙一叙旧。

当初温红扇找到魏纠，直言是受了沐清歌的请托，想要回那把密钥。

魏纠觉得温红扇倒是一个可以利用的好棋子，便提出让温红扇想办法，帮助自己混入天脉山的洗髓池会。

这洗髓池会一直被正道把持，所以像魏纠这样的魔修自然不能入内。天脉山又在正道的地盘之内，很难杀进去。

以前魏纠不屑于那点儿灵力，可是他现在失了大半的结丹，自然要想法子补救，这才打起了洗髓池的主意。

什么正道弟子，不过是一群裹着人皮的伪君子罢了。

那温红扇也不是个什么正经的女人，魏纠倒是投其所好，提出趁着天劫的时机，帮她除掉她的恩师，以方便她掌权。

每个门派都有得天独厚的道场法器，若不是掌门，很难利用这些法器进一步提升自己的修为。温师太若再不能飞升，又要占据掌门的位子几十年。眼看着大把的法器不能为自己所用，想来温红扇的心里也发急。

温红扇犹豫了很久，终于答应了。

于是这桩交易达成，魏纠使了些手段，让温师太在天劫中顺理成章地圆寂。他则在温红扇的帮助下，顶着空山派弟子的名头，顺利蒙混入了天脉山。

不过，以魏纠苛刻的眼光来看，沐清歌重生一回，怎么长得有些逊色了？虽然眉眼与以前肖似，却少了以前那种吊儿郎当的野性。

其实，前世的沐清歌最勾人的就是那种掌握不住的洒脱，魏纠每次想象彻底将这女人压在自己的身下，都会血脉贲张，恍如入魔。

不过，如今她毕竟重生为少女，样貌自然也会有些改变。

昨夜，他拿话撩拨她，她却只笑而不答，倒是比前世总是对他不理不睬的样子可人一些。

她现在居然重提他昨夜的调戏之言，魏纠倒是意外地挑了挑眉毛。

听到魏纠的嘲讽之言，沐冉舞微微一笑，优雅地抬起了下巴，丝毫没有回避魏纠略显放肆的目光。她轻声道："你给我下了怨水之毒，不就是猜到我迟早得找你解毒？你现在虽然入了洗髓池，可终究被人分了洗髓池的灵力，我就算想指望你，恐怕你也没有能力解我的毒了……"

她那煽风点火的法子倒也不怕越用越不足。只要人心里有贪欲，就会心知肚明地落入圈套。

薛冉冉心道：不好！

果然，魏纠将目光转向了薛冉冉，笑吟吟道："你师尊说得在理。我也不忍她多受苦，若多了灵力，说不定能助她快些解毒。你看，你要不要主动一些？我保证拧断你脖子的时候干净利落，绝不让你疼。"

高仓气得哇哇大叫："我师妹又不是补汤，岂能让你们随意分了？"

说完，他便准备扑上去跟他们拼命。可他还没有过去，薛冉冉便抢先一步将高仓甩到了断掉的蛇桥另一边。

魏纠刚刚入了黑池，神功速成，高仓贸然扑过去，只能以卵击石。

"大师兄，你快下山，告知二师叔他们，魏纠在此，让他们赶紧准备！"

高仓明白魏纠在这里，也许赤门的教众也在这儿，那么山下之人就很危险。想到这儿，他也知自己帮不上忙，连忙飞奔下山去通风报信。

只是他走到半山腰时，一回头，发现卫放他们也都下山了。他不由得一瞪眼，急喊：“你们怎么都下来了，只留我师妹一个人跟那魔头缠斗？”

原来方才薛冉冉将高仓扔过去后，卫放他们让薛冉冉想办法将他们也送过去。

薛冉冉正跟魏纠对峙，也懒得扔他们，便将怀里钓鱼的渔线缠缚在一枚铜钱上，只轻轻一甩，就将铜钱射入了对面的崖壁上。

于是卫放他们纷纷使用轻身术，踩着渔线过了峡谷，一路追撵上了高仓。

听到高仓的质问，卫放脸不红、心不跳道：“我们又没入洗髓池，哪里是魏纠的对手，当然要下来搬救兵了！”

"哎呀！"高仓急得一跺脚，转身又要往山上跑。可他的轻身术不到家，压根儿没法踩着渔线过峡谷，只能眼看着小师妹一人跟魏纠单打独斗。

再说薛冉冉，在众人走后，她挥动着机关棍与魏纠缠斗在一处。

魏魔头方才被这丫头奚落"不男不女"，着实恼了。想到自己跟个猴子一般三番五次被她戏耍，就算"沐清歌"不挑唆，他也绝对要弄死这丫头片子！

不过，看到那些方才还嚷嚷着要分她灵血的正道弟子一个个脚底抹油，走得飞快，魏纠一边打一边笑岔了气。

"臭丫头，只剩下你一个了。看看那些所谓的正道，压根儿不管你，就算你死了，都没人给你收尸，只能曝尸荒野，变成累累白骨。我可是个惜才的，你若愿意，我不计前嫌，收你在我门下，如何？"

薛冉冉才不干呢！听说魏纠门下女弟子寥寥，好像那个屠九鸢也是他床帐里的人，若落到这等色魔手里，女子的清白堪忧！

如今，薛冉冉跟他堪堪打成平手，招架从容，顿时信心大增，所以她一边打一边做鬼脸："想做我师父，得容貌赛天仙！看看你那德行，有我师父俊帅吗？"

这是魏纠第二次听到有人说他长得不如苏易水，这可是魏纠的又一处逆鳞，气得他凤眼圆睁，表情狰狞得很。

"丑八怪，居然敢嫌弃我丑？看我怎么将你这丫头扯成碎渣，看看你师父还认不认得你！"

说完这话，魏纠不再留有后手，开始痛下杀手，立意几招之内弄死这牙尖嘴利的丫头片子。

薛冉冉几次差点儿被他击到，刚刚建立的自信顿时大打折扣。她对付卫放之流虽然易如反掌，可是面对魏纠这样的高深魔修，还是有些力不从心。

试着抵挡几招之后，薛冉冉被震得虎口发麻，再不敢硬抗，只凭借敏捷的身手在魏纠的身边游弋。

眼下只剩下她一个人，也不知能支撑多久。若落到魏纠手里，只怕不是被喝几口血那么简单。依着魏纠的残暴，他说的很有可能是真的……想到这儿，薛冉冉不敢懈息，唯有全神贯注地应付魏纠。

就在这时，一道冷芒飞过，直直刺向薛冉冉的胸口。

薛冉冉低头一看，倒吸一口冷气，原来一支筷子粗的短箭正好扎在她胸口，她疼得皱起了眉毛。

薛冉冉往后闪跳了几步，利落地拔下那暗箭，愤怒地冲着偷射短箭的沐冉舞嚷道："干吗啊？你还暗箭伤人？"

幸好薛冉冉穿了曾易师叔给她制作的软银甲，所以这支夹裹灵力的暗箭只是震得她有些疼痛，不过并没伤及肌肤。

薛冉冉曾经听苏易水说过，曾易师叔并非全无道行，只是他走的是巧匠一路。当凝神制作兵器时，他制造的兵器本身凝聚了工匠之魂，便成了不凡的魂器。大抵干将、莫邪也是如此，算是另外一种修真。所以一件小小的软银甲，足以抵御裹着灵力的暗箭。

沐冉舞也没想到她把握十足的偷袭居然没有成功，那小丫头也不知道穿了什么，竟然刀枪不入。

魏纠虽然难缠，可是沐冉舞觉得这个薛冉冉对她的威胁更大。当下没有其他人在场，她也不必再伪装和善。见偷袭失手，她便准备冲上去与魏纠联手，先将薛冉冉这个不可预测的漏网之鱼除掉再说。

谁知当她挨过去时，却被魏纠一掌震开了。

沐冉舞有些愕然，魏纠却冷笑道："你这是在讥讽我连一个小丫头都收拾不了，得你来帮衬吗？"

有时候男人的自尊心是很奇怪的，大致可以总结为：不容许人嘲讽他不行。这种"不行"的嘲讽能让男人暴怒！

沐冉舞显然没有考量魏尊上的自尊心，无意中衬得他不济事了。看魏纠不肯让她上手，她冷哼一声，只能后退，看着魏纠对个小丫头片子逞威风。

就在薛冉冉再次被魏纠逼得节节败退时，一旁的树林开始晃动，小白老虎突然从林中跳出来，径直抓向魏纠的脸。

它的动作实在太快了，魏纠躲闪不及时，被它的小爪子一下子抓出了深深的血痕。

顷刻之间，小白老虎的身体骤然变大，它发出惊天动地的虎啸声。

庚金白虎似乎恢复了些元气，终于可以显出原形了。

薛冉冉大喜过望，连忙变换位置，跟庚金白虎配合，共同对抗魏纠。

那白虎平日似乎看多了薛冉冉他们摆阵，竟然能精准踩位。虽然第一次与薛冉冉组阵，它却仿佛每次都能预判她的后移闪位，及时给她腾出位置。这样一来，它便与薛冉冉配合得天衣无缝。

虽然只有一人一虎，组不成"品"字阵，但是因为白虎走位迅速，竟然比她跟高仓和丘喜儿配合的效果好很多！

薛冉冉知道当下最要紧的是打乱魏纠进攻的节奏，所以她定下心神，用长棍远攻，用手上的拳钩近搏，与白虎一起弹跳换位与魏纠搏杀，好几次都给魏纠添了新伤。

白虎每次出招也凶狠极了，甚至有几次两脚着地，直直立起，尖牙和虎爪几乎没有扑空过。

几个回合下来，魏纠优势全无，满身血痕，渐渐落了下风。

他在黑池浸泡过，走的是急功近利的路子，灵力是有了，可弊端是灵力来得太汹涌，若不经过一番调息，一时间难以全力发挥骤然增加的灵力。

要知道苏易水当初吸收了魏纠大半的结丹之后，闭关调养了月余。

眼看着被薛冉冉和白虎围攻，发挥不出最大的实力，渐渐落了下风，魏纠忍不住冲着在一旁闲着看热闹的沐冉舞命令道："你不是想要她的灵血吗，怎么还不过来帮忙？难道让我送到你的嘴边去？"

沐冉舞一声冷笑，她已经看出魏纠有些支撑不住了。

不过，她并没有如魏纠所愿，入阵与他共同御敌。那白虎太凶猛了，似乎比前世为沐清歌冲锋陷阵时灵力更加强盛。沐冉舞很珍惜好不容易重生的机会，更不容许自己无瑕的肌肤留下疤痕。

这种两边争斗，最好是两败俱伤，无论死的是谁，她都乐见其成！她费心拉拢温红扇，摸透了魏纠的心思，让他一路来到这里，就是要一举弄死魏纠，免得自己再受他的钳制！

◼◼◼◼◼◼◼

沐冉舞原来预想的是自己先取得入洗髓池的资格，再借着天脉山隔绝众人的特性算计魏纠。可她万万没有想到，薛冉冉出乎意料地也入了天脉山，最后瞎猫碰上了死耗子，拔得头筹。

不过，这样更好，魏纠若能和薛冉冉同归于尽，那么她再无后患！

苏易水以为只有他自己知道解毒的法子吗？

想到自己也许马上就能解了怨水之毒，沐冉舞的脸上露出欣喜的微笑……

就在魏纠再次出声呼唤她时，沐冉舞冷冷地哼了一声，将怀里最后一颗神秘的泥丸扔在一旁的沟壑里，突然闭眼，默默念咒催化泥丸，然后飞身下山去了。

魏纠出现在天脉山的事情万万不可泄露出去，不然她和温红扇的阴谋难免会露馅儿。所以沐冉舞要趁着高仓和卫放他们还没下山的时候拦住他们。

想到这儿，沐冉舞动作快极了，她弹跳几下过了线桥，朝着卫放他们追去。

薛冉冉余光扫到了沐冉舞扔泥丸，想起她在药老仙的幻境里也看到过沐冉舞类似的举动，心内顿起疑惑："沐仙师扔了这么多的泥丸，不会只是嫌弃自带的东西累费、碍事吧？"

就在这时，她余光又扫到泥丸掉落的地方突然冒出红雾。

正与魏纠缠斗的白虎突然发出"嗷呜"一声，同时用身子拱薛冉冉，似乎在示意她赶快离开，它要替她断后。

薛冉冉直觉情况不妙，可是想下山已经来不及了。那红雾扩散得很快，而且散落在各处的泥丸似乎都爆裂开了。

等听到嗡嗡声响时，薛冉冉这才醒悟，那"红雾"其实是密密麻麻的红飞虫。

这时魏纠也向后跳，不再缠斗。他迅速环视四周，立刻暗叫一声"不好"！

这些虫子起初如芝麻一般，但似乎迎风便快速生长，很快长成了黄豆般大小，一眨眼的工夫，已经漫山遍野。

魏纠认出了这些虫子，气得白净的脸上开始泛黑："嗜仙虫！沐清歌疯了吗，居然弄出这些东西！"

这些虫子似乎目标一致，齐齐朝着魏纠和薛冉冉还有白虎袭来。

薛冉冉连忙挥舞手中的机关棍形成旋涡气流格挡虫子，可是依然有一两只落到她的胳膊和脖子上。

可是依然有一两只落到了她的胳膊和脖子上。

被虫子叮咬的瞬间，薛冉冉只觉得手臂和脖子发麻，同时刚刚充盈的丹田突然有种灵气被抽的不适感。

就在这时，白虎迅速扑向了薛冉冉，用自己的身体将她围住，抵挡住那些红虫子的第一波攻击。

薛冉冉的脸埋在白虎柔软的毛里，耳旁听到的却是白虎痛苦的呜咽声，很显然那些红虫叮咬起异兽来也十分厉害。

嗜仙虫并非人界之物，以啃食灵力为生，尖利的长嘴可以刺入骨肉。一旦被叮，灵力便源源不断地被其吸取。

就在白虎护住薛冉冉的那一刻，它身上立刻覆盖了一层红虫。幸好它有厚厚的皮毛，可以抵挡片刻。

趁着这工夫，白虎半站起身来，突然在薛冉冉的耳旁低低地说起人语："抓住我，我要入水了！"

薛冉冉被白虎挨着她耳边说的这话吓了一跳，因为这低沉的声音……分明是师父苏易水的啊！

来不及多想，薛冉冉赶紧抓住它肚皮上的毛，然后白虎带着她飞也似的跳入了蛇桥之下的深谷。

在跳下之前，薛冉冉一眼扫到魏纠正引出真火灼烧那些虫子。起初这么做还是很有效果的，可是魏纠的真火也是灵力所引，对付这些食髓知味的怪虫子，显然是饮鸩止渴。那些虫子虽然被烧死了许多，可是更多虫子前仆后继地赶来，竟然硬生生压住了魏纠手掌的火苗。魏纠的身上很快就覆盖了一层红虫子，看上去瘆人极了！

接下来的情形，薛冉冉就不知道了，因为她和白虎一起跌落深谷了。那山谷很深，也不知落了多久，他们才重重掉入了水中。

紧接着被叮咬得大叫的魏纠也跳了下来，巨大的入水冲击力总算暂时冲散了他满身的嗜仙虫。

可是这些嗜仙虫已经尝到了灵力的美味，竟然朝着水里扑来，似乎并不畏水。

魏纠入水以后，发现那白虎引着薛冉冉朝着水潭下的一个洞穴游去，于是他也赶紧跟上。

原来这水潭下的洞穴与另一个洞穴相连，通过一段水道，他们便爬入了另一个洞穴。

薛冉冉是他们中唯一没有被怎么叮咬到的，所以她的气力还算可以，赶紧用灵力搬来一块巨石，堵住那唯一的入口。

她用力将入口堵严，总算暂时隔绝了那些虫子。

在一片漆黑里，魏纠以手掌引火照亮了四周。他们惊奇地发现这里居然是一间卧房似的屋舍，还有床榻、书架。

随着他们走入屋内，不必点灯，四周就变得透亮，甚至有阳光从窗户投射进来。彩蝶在窗前的芍药花前嬉戏飞舞，还有孩童和娘亲嬉闹的声音隐约传来。

薛冉冉的鼻子里还满是洞穴潮湿的气味，身体也感受不到阳光的温暖。她眨了眨眼就明白了："这里……都是幻象吗？"

就跟当初她误闯药老仙的药田农舍一样，这里应该也是一段记忆结成的幻境。只是不知是哪一位神仙将他的记忆遗忘在了这里。

此时魏纠瘫坐在地上。方才他全凭一己之力抵挡虫子，被叮咬得全身上下都是口子。此时他感觉身体使不上力气，警惕地看着薛冉冉有没有要偷袭他的意思。

见薛冉冉并没有过来，他才开口道："这里应该是大能盾天封存的一段记忆。据说，大能飞升时，要舍弃对人间的不舍，所以会将记忆封存起来，以后还可以偶尔来看看。"

听他这么一说，薛冉冉也觉得有道理。这盾天的记忆里似乎有女人和孩子，看来他在成仙之前应该已经成家生子了……

就在这时，窗外传来了一声呼喊："夫君，吃饭了！"

然后是孩子的一串咯咯笑声："爹，再不来，宝儿将鸡腿都吃光！"

可是始终没人推开那扇房门，而这样的呼喊声，重复了一遍又一遍……

不一会儿，一只脖子上带着月牙形白绒毛的红色鸟儿飞来了，在窗口蹦来蹦去。

这时，那女子哄着孩子睡觉的歌声传来，声音温柔得若蜿蜒静淌的水……那小鸟似乎也陶醉在歌声里，缩成个小绒球，安静地歪脖听着。

也许盾天成仙前最割舍不下的便是自己的妻儿，可是在他刻意封存的这段记忆里，只闻其声，不见其人，始终都没有看到那女子和孩童的脸。

是什么让他连回忆里都不敢看妻儿的脸呢？

薛冉冉来不及多想，赶紧蹲下检查白虎的伤势。方才入水的时候，白虎身上的虫子都被震开了，它身上只剩下密密麻麻的伤口，流出的血将它的皮毛都染红了。

薛冉冉心疼地抱着它，摸了摸它的头，然后从怀里拿出随身的小药包。里面的药虽然都浸湿了，但是也能凑合用。她替白虎涂抹上，指望这药能稍微止痛，让它舒服些。

她确定方才不是幻听，白虎的确说过人话，而且用的是她师父的声音。这到底是怎么回事？难道她师父是老虎精？

苏易水的样貌的确有些不同凡人，若是妖怪变的，也很有可能……毕竟狐狸精一类的妖怪都是很魅惑的……

白虎此时半抬起眼，冷冷地看她的眼神跟她师父真是一模一样！

薛冉冉这才猛然醒悟，怪不得她这两天看白虎总是觉得怪怪的，原来是因为小小的白虎总是莫名很有威严。她想到这几日自己抱着白虎蹭脸摸毛，还挠它的肚子……顿时感到无措！

"师父！请相信徒儿！我并非觊觎你的美色而故意非礼你！"

就在这时，她的耳旁再次响起苏易水清冷的声音："你的口袋里有我给你的金符，给魏纠贴上。想要离开这里，还得用他，暂时不能杀他。"

薛冉冉眨眨眼，发现一旁的魏纠似乎并没有听到白虎说话。她明白了，师父用的是传音入密，只有她一人听得见。

魏纠靠坐在一旁打坐调息。先前跟薛冉冉和白虎缠斗的时候，他就受了伤，后来又被嗜仙虫狠狠叮咬，必须好好调养。幸好被吸去的灵力并不多，而那白虎又因为护着小丫头受了重伤，折损了灵力，所以只剩薛冉冉，不足为惧！

至于沐清歌……也不必等什么黑池反噬之力断了他的情爱，他现在就恨不得逮到她，一把拧断她的脖子……反正他已归还密钥，解了跟苏易水先前立下的魂誓，杀了她应该也无碍……

他正想着，突然觉得有人过来。可没等反应过来，他的脸颊上便被贴上了一道金符。

薛冉冉没想到这道符竟然贴得这么顺利，她不过顺手一试，没想到魏纠连躲都没躲，就这么贴上了。

魏纠圆瞪凤眼，咬牙切齿地说："将符拿开，如此偷袭，算什么正道？"

薛冉冉长舒了一口气，半蹲着跟魏纠大眼瞪小眼。她腼腆一笑："我是真打不过你，不如给你贴道符，我们都冷静一下，想想如何脱困。"

魏纠此时最后悔的就是方才拒绝了沐清歌，没跟她一起弄死这小丫头。不过，眼下他处于劣势，虽然入过能够让神功速成的黑池，却被嗜仙虫吸去了不少灵力，现在丹田有些空荡荡，需要聚气养身。

想到这儿，他也不想激得这小丫头下黑手，于是冷声道："那嗜仙虫该如何破解，只有我知道，你若想要脱困，还得借助我的帮衬！"

他这话的意思就是告知薛冉冉，别想趁此机会对他不利，若杀了他，她也得困死在山洞里。

薛冉冉诚恳地表示魔尊多虑了，只是若他能跟她立个魂誓，保证不伤及她和白虎的性命，她很乐意马上替他揭了符。

魏纠冷哼一声，并没有答应薛冉冉，而是闭目开始调息。

薛冉冉暂时搞定了这个大魔头，也可以放松一下。只是这里是幻境，并无真的床榻，所以她让白虎躺在自己的腿上，这样它也能舒服一点儿。

现在的庚金白虎并非原来的小猫，大大的脑袋搭在腿上，她感觉很沉。偏偏它还因为受伤有点儿撒娇，薛冉冉喊它的时候，它半耷拉着眼皮，不声不响地继续往她的怀里钻。

想到它有可能是苏易水变的，薛冉冉顿时有些手足无措。就在这时，苏易水的声音又在她的耳边响起："我用了驭兽术，让自己的精神与白虎相连。不过现在白虎的灵力流逝得太快，我也不知还能不能继续操控它，你抓紧时间调息，让刚刚吸收的灵力能更好地为你所用。那些嗜仙虫虽然霸道，但是也有弱点，每当夕阳落下时，它们少了阳气接续，活力会衰减很多，到时候，你让魏纠以真火开路，应该可以冲下山去……"

苏易水说这话时，声音有一丝虚弱。薛冉冉明白，所谓驭兽术，是将自己与灵兽合体，现在白虎遍体鳞伤，那就意味着操控白虎的师父也受了不轻的伤。

魏纠终于利用调息，缓过了一口闷气，那张贴符的俊脸皮笑肉不笑，他说道："小丫头，你居然能降服沐清歌的坐骑，还真有两把刷子。不过，你师父有没有告诉你，这种野兽性情多变，这一刻跟你撒娇，下一刻可能一口就咬掉你的脑袋？"

薛冉冉想了想，老实回道："师父没说过，只是让我们防着你们赤门的人。不过我看你也不像师父说得那么不堪，最起码有本事，决斗时也很有男人的样子，比九华派的弟子们要好很多……"

因为一会儿要用他，薛冉冉决定说点儿好听的，拍拍这个魔头的马屁。

魏纠听了很受用，凤眼微挑道："他们那些道貌岸然的家伙怎么跟我比？"

薛冉冉怀里的白虎似乎不爱听她说的言不由衷的鬼话，它微微抬起头，一双大虎眼直勾勾地瞪着她。

薛冉冉吐了吐舌头，一时习惯使然，伸手挠了挠白虎的下巴。白虎控制不住本能，翻转身子，让她继续挠下巴。

师父，徒儿真不是有意的……

不过，此时眯眼看着她的，也不知是白虎还是她师父，似乎很执着地等待着舒服的搔痒。薛冉冉没有办法，只好继续挠老虎的下巴。

她还得继续跟魏纠扯闲话，缓和之前你死我活的气氛："魏尊上，现在外面都是嗜仙虫，我们也不能一直困在这里，不知你有什么办法？"

魏纠冷哼一声，道："沐清歌这是有意算计我，不过她从哪里弄来这么多嗜仙虫。这些虫子寄生在魔山腐尸上，成虫往往需要二十年的工夫，若无人精心饲养，是无法在阳光下如此快速繁衍的……"

薛冉冉明白魏纠话里的意思。沐清歌从树上落下不到一年的时间，她哪有工夫去找寻这些稀罕的毒虫？更不可能亲自培养出来。那么，是谁给沐清歌这些虫子的呢？这恐怕要见到她才能搞清楚。

薛冉冉更担心的是，这些虫子会不会从天脉山扩散出去，波及山下的二师叔他们。

这时，魏纠慢慢睁开眼，细看着眼前抿嘴沉思的小丫头。

平心而论，她虽然不是沐清歌那般明艳动人的美人，但是眉眼清秀，尤其是眸光灵动，看得久了，倒是越看越顺眼。

突然，白虎警惕地抬起头，阻挡他放肆打量的目光。

魏纠冷哼一声，心道，不识趣的畜生，难道还以为他看上了这丑丫头不成？

虽然被贴了符，但是他心里并不着急，因为他知道，只要自己恢复了真气，自然能解除符的禁锢。先让那小丫头得意一会儿也无妨……

魏纠心里正想着，突然又有一道金符啪的一下贴在他的脑门上。

薛冉冉收回手，腼腆一笑："魏尊上，您的功力太高深了，不介意我再贴一个吧？"

魏纠好不容易聚集的真气一下子被拍散了，他缓缓咧嘴，咬牙切齿地笑开了："薛……冉冉是吧？你都贴上了再问，是不是有些多此一举？"

薛冉冉还想再说话，可是白虎在后面用嘴扯她的衣摆，示意她离魏纠远一些。

"不用跟他废话，他活命，势必要与你联手……给我挠挠后背，伤口有些难受……"

苏易水传音入密，薛冉冉赶紧继续给白虎挠后背。然后她老老实实地听话，不再和魏纠多言，也开始打坐凝神。

从洗髓池出来以后，她便觉得丹田的气息涌动得厉害，每过一会儿就得调息。她看魏纠之前闭目不说话，应该也是如此。

就这样又过了一会儿，薛冉冉到了清明的境界，就算隔着石壁、潭水，也可以清晰地听到外界的声音。

那红虫子嗡嗡嗡的声音依旧没有断，也不知大师兄有没有及时下山，避开这场虫劫……

突然魏纠又说话了："小丫头，我愿意立魂誓。不过，你也得起誓，会给我揭了金符。"

方才魏纠连试了几次都无法凭借自己的真力冲开这符。也不知她是从哪里得来的符，似乎出自制符高人之手。既然冲不开，魏纠只能接受薛冉冉的提议。只是他留了心眼儿，他只说在天脉山上不伤害她，准备出了天脉山再找她的麻烦。

薛冉冉点头说"好"。两人约定好以后，薛冉冉便过去揭了魏纠脸上的符。

当符揭开的那一刻，魏纠突然伸手抓住了薛冉冉的手腕，一下子将她扯入了自己怀里。

薛冉冉并不慌张，眨巴着大眼睛提醒魏纠："那个……违背魂誓的下场很凄惨……"

魏纠却握着薛冉冉的手腕，微微晃神："这丫头的皮肤可够细腻的，只这么一握，便觉得如软玉凝脂……"

还没等他挪动手指，再好好把玩一下，那白虎突然发出震天的怒吼，朝着他飞扑过来。

魏纠赶紧松手躲避。他倒是忘了，他立誓不伤这畜生，可畜生并不会起誓，若招惹了它，又得耗费真气了。

"不过是握一下你的手腕，怎么算违背魂誓？小姑娘该不会是还没有情郎，情窦未开，有些害羞了吧？"

魏纠还是忍不住言语调戏一下薛冉冉。她长得还算清秀，细看又是一副很可人的样子，又有那么细腻的一身皮肤……也不知那个道貌岸然的苏易水有没有尝鲜，品酌一下这个美味的小甜果。

薛冉冉没工夫搭理他，而是哭笑不得地看着正在舔她腕子的白虎。似乎嫌弃被魏纠握脏了，白虎干脆用嘴轻轻咬住她的手腕，嘴里发出呼噜噜的声音，似乎很不高兴。

嗯……苏易水虽然跟白虎合体了，但是显然还驾驭不了白虎的一些日常习惯，这类咬手指的游戏，的确是小白虎平日里最爱做的。

安抚白虎后，薛冉冉抬头认真地说道："我情窦开没开不重要，可是魏尊上您的肚子可叫开锅了，再不出去，我怕您会饿晕在这里。"

之所以这么说，是因为薛冉冉自己觉得很饿。突然充沛的真气加上气息的调动，似乎很开胃，辟谷都不管用了。

果然，她刚说完，就听见魏纠的肚子也在咕噜咕噜地叫。薛冉冉掏出自己的零食袋子，虽然地瓜干有些受潮，但是还可以充饥。

看魏纠瞪着她，薛冉冉便给他递些。这次魏纠毫不客气，几口就吃掉了——这丫头的零嘴儿倒真是挺好吃的……

方才薛冉冉入洞时便掏出了之前曾易师叔送给她计算时辰的水滴漏斗摆在一旁，一直计算着他们入洞的时辰。

现在算一算，他们在这洞里停留太久了。

于是薛冉冉说道："我们入水的时候正当晌午，阳光热烈，是嗜仙虫精力最旺盛的时候。现在已经到了傍晚，没有阳光，那些嗜仙虫也就不那么厉害了，我们可以趁这个机会突围。"

魏纠没想到她年纪轻轻，居然知道嗜仙虫的短处，还真是出乎他意料。她说得对，现在正是突围的好时机。

魏纠吃完地瓜干，略微缓解了饿意。他一边挪动堵着洞口的石头一边说："一会儿跃出水面时，我会用真火开路，驱赶嗜仙虫。不过，如果九华派和空山派的弟子没有来得及下山，应该将那些嗜仙虫养得数目更多了。引动真火很耗费真气，一会儿我的真气接续不上的时候，你以手掌抵住我的后背，替我接续真气！"

薛冉冉点头表示明白，然后他们便顺着暗道再次入了水潭底，游了上去。

他们还没游到水面，就听见那嗡嗡声变得越来越大。待他们跃出水面，只见那些原本黄豆粒大小的虫子居然变得如扁豆那么大了。

看来就像魏纠所说，没来得及下山的人用他们的灵力滋养了这些红虫子，而天脉山又是蕴含灵气之地，万物生长繁茂，这些红虫子的攻势越发凶猛。

恢复真气的魏纠一跃出水面便生出了腾腾烈火灼烧这些红虫子。他泄露的真气引得那些红虫子更加癫狂，如飞蛾扑火一般前仆后继。

幸好此时已经是黑夜，红虫子的速度明显减慢，力量也明显减弱。薛冉冉将机关棍挥动如桨，将那些红虫子打得稀巴烂。

魏纠一路引火疾奔，薛冉冉和白虎跟在他的身后。最后，二人干脆跃上白虎背，让白虎驮着他们前行。薛冉冉把手掌贴在魏纠的后背上，为他接续真气，免得断了真火。

就这样，二人一虎一路飞跃，终于跑到了半山腰。如同苏易水所说，夜里那些红虫子的攻势不是那么凶猛了。

可是嗅到灵气之后，周围的嗜仙虫还是铺天盖地袭来，有几只翅膀还带着火，落到薛冉冉的脖子上，张嘴便咬。也许是薛冉冉疼得走神了，魏纠的火势顿时转弱。

魏纠咬牙道："你倒是别泄气啊！"

不过薛冉冉还真不是因为疼痛走神，她拍着魏纠的肩膀道："你有没有看到那棵树上并没有嗜仙虫聚集？"

魏纠顺着她手指的方向望去，果然发现，一棵高树的四周半点儿嗜仙虫的影子都没有。

那棵树上正停着一只火红的大鸟，在夜色里散发着橘红色的光——它分明就是之前卫放他们想要捕捉的那只朱雀。此时，它正悠哉地立在树上，歪头看着两人一虎在夜色里被嗜仙虫追得抱头鼠窜。而他们身下的白虎正驮着他们，朝着这棵树疾驰而来。

薛冉冉想起自己在师父的书斋里翻仙界逸趣的闲书看时，曾经见过关于朱雀的描述。书上说它是圣洁的禽类，腐虫避而远之。

魏纠也说这些红虫子是从魔山腐尸里长出来的，它们自然畏惧朱雀……

想到这儿，薛冉冉一阵狂喜，低声道："我们有救了！"

他们来到树下，那些红虫子果真很忌惮那朱雀，不敢靠近，只是在那棵树的五丈之外围成红云，嗡嗡作响。这下子，二人一虎总算能松一口气，好好喘息一下了。

那朱雀立在高树上，低头瞥着他们，一副很不屑的样子。它扇着翅膀，似乎下一刻就要飞驰而去。

魏纠也想到朱雀是克制嗜仙虫的法宝，低声道："这种灵兽不易驯服，不如将它的脖子拧断，将它的血涂抹在身上，说不定能逼退这些该死的虫子！"

说这话时，魏纠已经动了杀机，准备突然跃起，擒住朱雀。

这跟薛冉冉先前看到的他斩杀黑蛟的光景一模一样。

就在魏纠动了杀机的同时，那朱雀的身形如被吹了气，骤然增长了一倍。它张嘴啼叫时，满口尖牙，甚是可怖。

薛冉冉拉住魏纠的衣袖："不可动杀机，它若飞走了，我们就又要跟虫子肉搏了。"

她见魏纠依然斜眼看着那只鸟，就知他邪念未除，只能赶紧转移他的注意力道："你看那鸟是不是似曾相识？"

魏纠听她这么一说，便定睛看向那只朱雀，突然看到它的脖子上有月牙形的白色绒毛，便想起了在幻境里看到的那只趴在窗边撒娇的小红鸟……

只不过那时毛绒可爱的雏鸟，现在已经如此硕大，他一时竟不能将它们联系在一起。

就在这时，薛冉冉清了清嗓子，对那朱雀道："神君，我们落难到此，须得你相助。您是不是喜欢听歌，我唱歌给您听，可好？"

说完，薛冉冉闭眼回想在幻境里听到的歌曲，慢慢开口，轻声吟唱出来，曲调竟然和水中暗洞里的一模一样。

她的嗓音婉转，记性又好，所以模仿得惟妙惟肖。

魏纠哑然看着正闭眼哼唱的少女。阵阵夜风袭来，月光倾洒在她的身上时，他莫名发觉她美得让人有些移不开眼……

只见那只本来已经起飞的鸟在空中盘旋一圈，又慢慢落下，伸着脖子略显惊讶地看着薛冉冉。在曼妙的歌声里，它似乎回想起了旧日的主人，伴着歌声在枝头旋转、跳跃，看起来十分快活。

在薛冉冉悠扬的歌声里，它振动翅膀在树上方盘旋，速度越来越快，最后突然一声高鸣，飞向高空。这次，它的身体由红色转变成耀目的金色，犹如利箭直冲长空。当它击向云层时，黑夜化为白昼，最后云层竟然幻化成金雨砸向地面。

满山满谷的红虫子被金雨砸中时，身体纷纷爆裂，化成了星星点点的血浆落向地面。

当薛冉冉收住歌声时，金雨也停歇了。

恶斗了一夜，晨曦的微光普照，那些肆虐的红虫子尽数化作满地的血泥，一只都没有留下。

当红血慢慢渗入地下时，天脉山的大地微微晃动起来。

魏纠大叫道："不好，这些虫血玷污了圣地灵脉，天脉山要塌陷了！"

薛冉冉翻身想要爬上虎背，可是这庚金白虎因为方才替薛冉冉抵挡了太多嗜仙虫，灵力损耗殆尽，再次化作了猫一般大小。在大地颤动的时候，它脚下不稳，差点儿落到一旁的深渊里。

魏纠回身想要拉着薛冉冉一起走，可是薛冉冉要去扑救马上要跌落深渊的白虎。

虽然她身手矫健，但是地面摇得太厉害，她还是没稳住，也跌了下去。

魏纠想也未想，伸手就要拽住她，可是差了一步，并未拽住她。魏纠一愣，纳闷自己为何要伸手救那死丫头。只是看她掉落下去的时候，他心里略微咯噔了一下，来不及想就那么做了。

想到那丫头说不定就这么死掉……他竟然略微有些……不舍？

就在这时，无数巨石碎块砸落下来，魏纠迅速收起不该有的怜香惜玉之情，飞身快速朝着山下跃去……

薛冉冉在跌落的时候及时抱住了白虎。不过，等她抽出机关棍，想要插在崖壁上稳住身形时，已经来不及了。

眼看薛冉冉和白虎将要落下高高的山崖、摔成肉饼的时候，伴着一声尖厉的鸣叫，那只变成金色的朱雀再次出现，一个闪身，稳稳接住了薛冉冉和白虎，然后一路高叫着闪避飞石，朝着山下飞去。

当年盾天大能坐化，这只朱雀也就此困在山中。现在嗜仙虫瓦解了天脉山的灵气气场，朱雀也终于可以冲出天脉山，感受一下浩瀚天地了。

薛冉冉稳稳地坐在鸟背上，心疼地抱着怀里的白虎，忍不住掉下了眼泪。

白虎有气无力地半抬起头，伸舌舔了舔薛冉冉娇嫩脸颊上挂着的泪滴，然后一歪脖子，似乎再无意识了……

薛冉冉脱下外衣，将小老虎包裹好，又嚼烂一颗养气丹，塞入它的嘴里。她想，师父用的是驭兽术，跟那个望乡河里的水魔相仿。只不过他附身得更加彻底，与小老虎处于同生共死的状态，这意味着小老虎本体受损的话，师父也必定被波及。希望师父和小老虎都挺住，千万不要有什么闪失。

就在这时，薛冉冉无意中往下望，突然发现山脚下的小溪里似乎有什么东西……

且不说山上的一场虫灾浩劫，此时，山下的众人已经结阵，准备抵挡从山上侵袭而下的嗜仙虫，沐冉舞站在队列的最前方。

那些带着弟子前来参加洗髓池会的长老已纷纷赶来。

沐冉舞就在等着这样的机会，这正好是她稳固威信、洗刷前世"魔头"骂名的好时机。一会儿这些名门正派被嗜仙虫击得溃不成军时，她若及时出手，正好可以扬名立万，顺便卖给这些正道一个人情。这次计划实施得简直天衣无缝！

昨天她飞速下山，拦住了卫放和温冰清、温玉洁两姐妹，以迅雷不及掩耳之势将他们撂倒在地。她没有看到那个叫高仓的小子，也不知他是不是笨手笨脚，跌下山崖了。不过，他肯定没有出山。她并没有杀了卫放他们，只是点晕了他们。一会儿嗜仙虫出来时，这些人都是最好的滋养补品。

等那些虫子吸饱了灵力，变成手掌一般大时，它们又会自相残杀，最后只剩下最强的那一只。只要她作为控虫人，可以操控这只王虫进入她的炼丹炉，一点点炼化成丹，这些灵力就能为她所用，解她体内的怨水之毒。

想到这番做局能一举消灭魏纠和薛冉冉这两个眼中钉，同时解了她体内的怨水之毒，沐冉舞舒心极了。就算薛冉冉和魏纠赢得了洗髓池的机会又有何用？他们被虫子吸得形容枯槁而死时，一定后悔来到天脉山上吧？

当然，表面上的功夫还是要做的。

当嗜仙虫席卷整座天脉山时，山下的人也都感应到了。

幸好那些嗜仙虫触发了天脉山的灵盾。这些邪虫并非寻常人间之物，灵盾自动就将它们隔在山里了。不然，一旦这些嗜仙虫铺天盖地，山下的人也都要遭殃。

天脉山地处三大门派围拢的中间地带，各大门派昨夜就纷纷示警。一夜的工夫，山下已经聚集了各大门派的高手。

温红扇看着这阵仗，其实心里有些发虚。可是她偷眼看向沐冉舞的时候，发现沐冉舞倒是镇定自若得很。前世里她怎么没有发现沐清歌的这个妹妹是个心思深沉的人，难怪沐清歌不是这个妹妹的对手，最后被算计得一败涂地……

足足一夜的工夫，所有人都看着山上的"红云"越来越多，更是眼见着卫放他们堪堪爬到半山腰时，被红虫活活吸干的惨状，他们却无能为力。

这等虫祸出乎人们的意料，想来所有上山的人都不能活着下来了。

到了深夜，沐冉舞半悬着的心终于能够放下了，等过一会儿天亮了，山上的虫子就该开始进行王者之决了。她终于可以高枕无忧了……

就在沐冉舞心里得意的时候，突然天脉山上有什么金色的东西直冲云霄。之后，便是一场金雨降落，地动山摇也接踵而至。

这场场变故，让人应接不暇。

丘喜儿看着倒塌的天脉山，发出一声凄厉的哭喊："冉冉！你倒是快点儿下来呀！"

羽童他们更是趁着灵盾松动时，快步往山上冲去，想看看能不能接应薛冉冉。

他们冲上去时，却遇见一道飞速下山的黑影。那黑影快如闪电，直直冲向沐冉舞。

原来，这正是魏纠。他杀意腾腾，准备擒拿沐冉舞，问她为何这般歹毒，暗算自己。反正密钥已经归还苏易水了，魂誓自动解除，这该死的女人现在居然变得这么歹毒，他又何必怜香惜玉？

沐冉舞岂能让他捉住？她灵巧闪避，同时喝道："那些嗜仙虫就是这魔头所放！他为了得到入池的机会，竟然想出了如此歹毒的计策！啊！"

她躲闪不及，被魏纠狠狠抽了一嘴巴。

这一巴掌可没有半点儿怜香惜玉，魏纠的黑长指甲甚至在沐冉舞细腻白皙的脸上留下了五道血痕！

沐冉舞被打得晃了神。与其说疼，倒不如说是被滚滚而来的羞辱惊到了。

两辈子加起来，她都没有被人掌掴的屈辱。前世，她虽然能力不济，但惯会做人，加上有她姐姐维护着，她向来都是养尊处优的。而现在，一直觊觎她的魏纠居然出手这么不留情面，着实让她生恼！

一旁的温红扇看到魏纠下山的时候，心里就一阵发急。当初她与沐冉舞密谋的时候，笃定魏纠和所有上山之人都不能再下山。不然若是有人泄露她私开后门的晚辈鬼八千其实就是魔修魏纠，那她岂不是名誉扫地，将要到手的掌门之位也就不复存在了？

如今温红扇已经青春不再，前半生竟然有大半的时间都陷入无谓的情爱纠葛。现在她终于顿悟，准备在修为上有所长进，只有坐上掌门之位，才可尽享空山派的法器优势，早日成为一代大能。如果魏纠说破她与沐冉舞密谋的天机，那么整个修仙界便再无她这个欺师灭祖、陷害同道之人的立足之地！所以，当沐冉舞倒打一耙，向魏纠泼脏水的时候，温红扇第一个回应，率领座下的弟子冲上去迎战魏纠。

余下的那些长老眼看天脉山一代代传承的洗髓池就此毁于一旦，心里是又气又恼。魔头魏纠原本就该被诛杀，现在他入了洗髓池，更是如虎添翼，绝不能让他活着离开！于是众人轮番上阵迎战魏纠。

魏纠心里已经骂开了花，他丹田里的修为就好比穷人家的米缸，有点儿余粮就瞬间见底。好好的一个魔修，日子却过得苦哈哈的。

起初他被苏易水打劫了大半的结丹，好不容易养得差不多了，这才乔装入了天脉山，一路过关斩将，入了洗髓池，结果得到的灵力又被那些虫子吸了大半。

如今刚刚死里逃生，准备找沐冉舞那婆娘算账，又要接受正道们的车轮战，魏尊上心内的愤恨简直要冲破天灵盖了。

唯有拼死一搏，先杀出去再说……

他眼角的余光瞥到了被他抓伤脸的沐清歌。她煽动众人与他大战之后，又捂着伤脸躲到了一边，看那意思，她又要抽冷子放箭，掐尖儿邀功……前世那么特立独行的女子，重生一遭后，居然比他还坏！也是活见鬼了！

温红扇看出了魏纠的灵力有些接续不上，顿时惊喜，转头冲着沐冉舞一瞪眼："快点儿上，杀了他！"

沐冉舞向来不打无把握之仗，眼看着魏纠的确已是强弩之末，她这才放心，拔剑迎战，准备屠了魔修，从此一战成名。

可就在这时，突然天上传来一阵高亢的鸟鸣，那声音划破长空，引得人不由自主地望了过去。

只见一只金色的大鸟拖着长尾从倒塌的天脉山方向振翅而来。众人纷纷惊呼："朱雀！"

待朱雀飞到了近处，他们才看清它的背上居然还坐着一个人。

丘喜儿最先认出鸟背上的人是她的小师妹薛冉冉，顿时惊喜万分地叫道："冉冉！"

就在这时，众人也看清了鸟背上那个抱猫的女孩儿居然是当初蒙混过关的西山派女弟子。

温红扇惊慌失措地望向沐冉舞。若只活了个魏纠倒也好办，只一股脑将屎盆子扣在他的头上便好了，反正他是邪道，就算他说出实情，她们只说他栽赃便好。可是现在又出来了个薛冉冉，如此一来，谎话就不好圆了。温红扇只能望向沐冉舞，指望她赶紧想出应对之策。

就在这时，朱雀盘旋而下，薛冉冉从鸟背上跳了下来。在天脉山上的冒险让她的衣衫有些褴褛，沾满了污泥，绑头发的束带也散开了，乌瀑般的长发飞泻而下，披散在腰间。

她抱着小老虎从朱雀背上跃下来时，犹如山神之女一般散发着野性的灵韵。

当她足尖落地的时候，羽童赶紧迎了过去，关切地问道："冉冉，你没事吧？"

薛冉冉摇摇头，转身看向沐冉舞，瞪大眼睛问道："沐仙长，你为何在天脉山投下嗜仙虫？难道你不知道这山上还有没撤下的同道吗？你这般做法可是将他们置于死地！"

此话一出，众人哗然，纷纷瞪眼看向沐冉舞。

沐冉舞没有料到薛冉冉的眼睛这么尖，居然看到了她偷偷扔出泥丸小球的举动。不过，她方才已经想好了对策，抖动着嘴唇不知所措道："薛冉冉，我和你无冤无仇，你为何含血喷人，说我做出这等勾当？世人都知孕育那毒虫至少需要十五年的光景，可是我二十年前就被你师父打得魂飞魄散，此后一直寄生在树上，如何能孕育出这毒物？"

魏纠听了，发出一阵怪笑声："沐清歌，你怎么没有从前敢作敢当的洒脱劲儿了？既然敢做，承认了又如何？"

沐冉舞看了他一眼，撩动着长发，冰冷地说道："你都说了，我向来敢作敢当。我虽与你一向不和，可是那嗜仙虫的确不是我放的。你不会也是听信了这个丫头的污蔑之言，非要往我的头上泼脏水吧？"

"沐清歌！你还不承认！不就是你在山上拦住卫放还有我们姐妹，故意将我们放倒，然后喂那虫子吗？"

那朱雀的金光太耀眼，直到一个虚弱的女人出声，人们才发现朱雀的两只爪子还抓着两个人，一个是高仓，另一个是个形容枯槁的女人。众人费力辨认，才发现这个老太婆般的女人应该是温冰清、温玉洁两姐妹里的温玉洁。

原来方才薛冉冉在下山的时候，突然发现山脚下的水坑里似乎躺着两个人。她让朱雀飞得低些，才看出那是大师兄高仓还有双胞胎姐妹中的一个。

只是温玉洁已经被嗜仙虫吸去了大半灵力，看上去萎靡不振。

原来，高仓折返后，过不去桥，便往旁边走去，想看看能不能沿着谷底再走回去救他的小师妹。他这一走，倒是跟后来下山的沐冉舞完美错过。再后来，他眼看着过不去，只能懊丧地下山，恰好看到了被放倒的三个人。

这时，嗜仙虫扑面而来，慌乱中，高仓只背起了离他最近的温玉洁便往树洞里跑。

高仓的修为很浅，也是因祸得福，在被嗜仙虫叮咬的时候，倒没有经受太多灵力被剥离的痛苦。

第十六章 灵泉附身

高仓也是傻人有傻福，他和温玉洁无意中绊倒在一个水坑里时，他腰间的酒葫芦盖子被摔开了。那里面是他的小师妹送给他的二十年美酒"误天仙"，他一直舍不得喝，现在全洒在水坑里，一时酒香四溢。

没想到那些虫子似乎不喜酒味，而且那异常浓郁的酒即使混入水中，酒味也不散，遮蔽了两人身上的灵力，所以他们俩就这么一动不动地躺在小水坑里，居然有惊无险地熬到薛冉冉骑朱雀而来，终于脱险，得以下山。

现在温玉洁还在，虽然只剩下一口气，也足以揭露真相，含恨指认沐冉舞和温红扇的歹毒用心。

温红扇真想活活劈碎沐冉舞，亏得她还夸耀嗜仙虫万无一失，怎么从山上活生生下来了四个人！若只是西山派的弟子还有魏纠活着下来，那还好办，只咬定他们与沐清歌前世结仇，串通起来诬陷他们就行了。可温玉洁的证词是最要命的！当下温红扇决定弃车保帅，只咬定魏纠冒名顶替、乔扮成自己的表亲晚辈，蒙骗了自己，其余的一概不知就好了！至于嗜仙虫，薛冉冉也说过了，是沐冉舞放的，更与她无关！

可惜她算盘打得响，却独独忘了魏纠这个变数。

魏纠也不知道自己为什么看着想了几十年的沐清歌却连半点儿旖旎的念头都没有了。看来那黑池断情绝爱的反噬是真的，他现在看着脸被划破、狼狈不堪的沐清歌，丝毫没有二十年来求而不得的心思了。他看着沐清歌和温红扇两个女人故作清白的样子，甚至觉得有些可笑。

薛冉冉可能不明白沐清歌为什么这么做，可是他一下子全都想通了。沐清歌可真是打得一手好算盘，打的是一石三鸟的主意。

她这般设计，一来可以从他手里换走密钥，二来又可以将自己引诱到天脉山，三来嘛，这里的灵气可以让嗜仙虫迅速壮大，扩散族群，吸收入山的那些杰出弟子的灵力。操控嗜仙虫者，只要收回虫子放入鼎炉，就可以将别人的灵力化成自己的。到时候，就算不入洗髓池，她也可以坐享其成。如此周密的计谋，他可不相信温红扇那个蠢货想得出来。既然如此，那她也别怪他不怜香惜玉，将她们的秘密全都抖出来了。

就在温玉洁虚弱地指出魏纠假扮成空山派弟子入了天脉山时，魏纠不紧不慢道："对了，还没有谢过沐清歌和温仙长二位呢！若不是你们费心，将我安排到空山派，扮作温仙长的晚生后辈，我这样一个邪魔外道，怎么能如此轻松地蒙混入山？"

这话一出，众人皆哗然。因为魏纠身上穿的确是空山派弟子的衣袍。

就在这时，魏纠还不嫌事大地从怀里掏出易容面皮，套上了鬼八千的脸。

当黑黝黝的面皮一戴，大家这才认出他就是先前那个一路过关的空山派后辈！大家记得很清楚，这个后辈是温红扇一路保举上来的，说是她的什么表亲外甥。

温红扇强作镇定，脸上那道狰狞的疤也越发狰狞："魏纠，你含血喷人，定然是你谋害了我的外甥，假扮成他的模样混进来的。"

薛冉冉这时不慌不忙道："是真是假，也好分辨，只要即刻派人去温前辈的老家查访，就能立刻知道温前辈有没有一个叫鬼八千的黑脸表亲了。若没有这人，温前辈，你又该做何解释？"

温红扇又被说得语塞。

今天的意外实在太多了，有些超出她的预料。她本是孤儿，早早被温师太收养，哪儿来的什么表亲？若细细追究，必定露馅儿。原本她强硬安插鬼八千入天脉山就招致本门派弟子不满，现在这个鬼八千露出真容，她更是百口莫辩。

此时温红扇真想抽自己耳光，为何当初被沐冉舞忽悠得鬼迷心窍，答应了这冒险之举？现在看来，那计划满是漏洞，个个漏洞都会将她推入万劫不复之境。

想到沐冉舞跟她说，这个薛冉冉才有可能是真正的沐清歌转生，温红扇愤恨地咬了咬牙。现在只有咬定这两人污蔑自己，再杀了他们灭口……

"你们血口喷人！放嗜仙虫的明明是沐清歌，你们不知道吧？她其实不是——"

还没等她说完，魏纠似乎不嫌事大，不慌不忙地抛下另一个"炸雷"："温仙长，有什么不敢承认的？毕竟你可是敢谋害自己师父的人。可怜温师太引狼入室，养出你这么个狼心狗肺的东西……啧啧，其实你比我更适合修习魔道啊！"

这话一出，众人再次哗然。

温红扇气急败坏道："一派胡言！我师父明明是应对天劫失败，坐化而去的，干我何事！"

可惜她不了解魏纠。他帮别人做坏事，虽然可以不留名，但是一定要留有把柄，所以当初他帮温红扇出手时，自然也留了证据。

"温师太应对天劫那日，应该服用补益灵力的回气丹。那丹是你炼制的，也是你在里面放了让人剧痛、聚集不起灵力的怨水。若诸位有心，可以去看看温师太的遗体，那怨水之毒深入骨髓，我想，温师太的焦尸上应该能查出蛛丝马迹……对了，这么好用的怨水，她一定舍不得都用光，诸位现在就可以搜她的身，说不定会有意外的发现！"

魏纠善用怨水，用鼻子一闻就知道此时温红扇身上正有他给的怨水。这女人又蠢又毒，想来是带在身边准备补刀害人的，却不承想他侥幸地活着出来，将她的事给抖搂出来。

魏纠话音刚落，空山派的几个长老已经迅速赶过来，将温红扇腰间的袋子一把扯落，从中抖搂出一个瓶子。当那瓶子掉落在地时，怨水立刻流淌出来。

这下子空山派的弟子们都沸腾了。他们原先就纳闷，按理说以掌门温师太的修为，就算渡不过天劫，也不至于落得性命不保的下场！如今桩桩事件都指向温红扇，原本就不服温红扇逾越辈分夺权的师叔们顿时不乐意，一起围攻擒拿温红扇。

沐冉舞默默调整自己的袖箭，在混乱中照着温红扇的胸口射去一箭。此时山下全都是人，当温红扇的胸口被裹着灵力的袖箭穿透时，她圆瞪着眼，来不及说话便倒地身亡。

沐冉舞心内冷笑，不可靠的女人，居然还想抖搂出她的真正身份？如今她能顺利摆脱三大门派的钳制，完全仰仗皇帝苏域，这是她暂时离不得的靠山。而想拥有一代君王的扶持，势必需要皇帝的恩人沐清歌的身份做掩护！她可不能让温红扇这个蠢女人毁了这一切。虽然没有弄死魏纠和薛冉冉，不过弄死了知道她真正身份的温红扇也不错。

"来日方长，姐姐……我们以后再见。"想到这儿，趁着一片狗咬狗的混乱，沐冉舞便在随从的掩护下，捂着伤脸，悄悄逃走了。

余下的人一直看着空山派清理门户，可看完热闹回神时，才发现，不光是那个有释放嗜仙虫嫌疑的沐清歌跑了，就连挑起争端的魏纠也趁机闪人，不知去向了。

就在这时，有人惊呼："快看她的额头，她入过洗髓池！"

这时，众人闪目一看，薛冉冉的额头果然有个"脉"字符纹，这是入过洗髓池的标志。其实魏纠原本也是有的，只不过被虫子叮咬几次后，他额头上的纹路已经变浅，几乎消失不见了。

山下的众人知道这个平平无奇的小丫头居然是本次洗髓池会的入选者后，又是一阵哗然。天脉山在被嗜仙虫的毒血污染之后已经轰然倒塌，想来以后再无洗髓池会。这个西山的草包弟子竟然是最后一次洗髓池会的受益者，真是让那些彻底断了念想的后辈又气又妒。

但是他们想到这次魏纠居然也入了洗髓池，能有正道弟子与他抗衡，也算是值得欣慰的事情。

按照约定俗成的规矩，各门派都要恭喜西山派出了杰出的后辈，按照常理，各门派还要送去贺礼以示嘉勉。

往日三大门派也算互通有无，出手毫不吝啬，仙丹补药、神兵利器都很上得了台面。可是他们以前跟西山派并无什么人情往来，现在各门派损兵折将，却要给西山派一个不知道怎么作弊拔得头筹的"菜鸟"随礼，心里别提有多气了。于是，他们送出去的东西也不怎么走心。

在回程的路上，丘喜儿在休息时替薛冉冉整理收到的贺礼，除了寻常的刀剑，居然翻出一盒清心丸这样寒酸的东西。

"什么破玩意儿！冉冉炼制的清心丸都比这好用一百倍。拿这样的东西糊弄人，三大门派这是过不起日子，要山门倒闭了？"

薛冉冉正在给小老虎上药。她上过药，又将昏睡不起的小老虎挪到树荫旁的阳光下晒着。

听丘喜儿这么说，薛冉冉浑不在意道："能给就很不错了，毕竟都是人情往来。那空山派不但没给，我们还顺了份人情礼金，算是给空山派的温师太出的白包了。你没看二师叔掏银子时心疼的样子，就快别提什么吃亏不吃亏了，我们这次能全身而退，就是最好的褒奖。"

丘喜儿点了点头，喜滋滋道："反正现在各大门派都知道我们西山派的弟子最有长进。冉冉，你如今也算名扬天下，以后定然能让西山派超越各大门派！"

那嗜血虫的事情，后来似乎也一并归到了温红扇头上。毕竟那种毒物需要经年培养，沐清歌刚刚转生，怎么会有那种东西？而温红扇与沐清歌有毁容、抢夺男人之仇，就算她生前辩称是沐清歌谋划了一切，她不过是跟沐清歌联手，也不足以让人相信。

这次空山派的名誉也算尽毁了，折损了门下的杰出弟子不说，又毁了天脉山，闹出这等弑师的家丑。人们都传，三大门派就此要改头换面，说不定西山派要顶替空山派呢！

丘喜儿喜滋滋地想象这一切时，看见薛冉冉正跪在小老虎面前，姿势恭谨地给晒太阳的小老虎按摩四肢，简直像在照顾瘫痪在床的老父亲。她有些傻眼，问薛冉冉在做什么。

从天脉山下来后，小老虎就没睁开过眼睛。现在薛冉冉也不确定她师父有没有跟小老虎合体。但是想到师父为了给自己保驾护航，殚精竭虑，她心里的感激之情难以言表。她怕他困在虎态里一动不动会影响血脉流通，自然要在赶路之余，早、中、晚给小老虎按摩三遍。

不过，变成老虎实在影响谪仙的气韵，而且师父使用的法子似乎跟望乡关那个与兽契合的魔教禁咒类似。薛冉冉觉得不能将此事说出去，免得损了她师父的清誉，便只偷偷告知了羽童，然后他们便日夜兼程，争取尽快赶回去。

至于那只朱雀，当初在天脉山下时，有人提议将它瓜分了。薛冉冉微笑着抽出了机关棍，一棍将原本立在山下的那块试炼石砸得粉碎，直言想要分朱雀，得先过了她这一关。

毕竟大家是名门正派，还是要脸面的，薛冉冉这一棍子彰显实力后，便没人再提这茬。

可是这么一只金灿灿的鸟，若老跟在身边，在拉风之余也会增加很多麻烦。薛冉冉在路途中时不时拿着食物逗弄朱雀，几次之后，发现它很爱吃她的零嘴儿花生米。

每当它身体变小些，薛冉冉便奖励它几颗花生米。慢慢地，它竟然缩成了她在水下溶洞里看到的麻雀般大小，身体也变成了淡红色，在她的肩头蹦来蹦去，偶尔钻入零食袋里找食吃，乍一看，就像是小家雀。

不过，薛冉冉并没有跟这只朱雀定下什么魂誓，它喜欢在她身边，她就顺带照顾一下它，若哪天它想走了，也来去自由，这样大家也都轻省。

薛冉冉现在是把更多的精力放在小老虎身上。另外，她迫切想要回到西山，看看她师父的肉身是否无恙。

过了三日，薛冉冉额头的"脉"字终于消失了，这意味着她彻底吸收了洗髓池的灵力。

回到西山的时候，薛冉冉首先去山顶苏易水经常闭关之处查看。

紧闭的石门需要灵力催动才可打开，羽臣和羽童都不能打开，而现在薛冉冉能轻易地做到。

她打开石门的时候，一眼便看到苏易水瘫躺在地上，也不知他如此熬了多久。

薛冉冉一直希望自己的担心是多余的，没想到师父的状况比她想的还要糟糕。她连忙飞扑过去，跟两位师叔手忙脚乱地扶着师父出山洞。在扶起他时，薛冉冉瞥见他挂在脖子上的那个封印着灵泉的符瓶似乎微微闪着红光，不过转瞬又看不见了。

她来不及在意，回想着师父陪她炼制完给小老虎吃的丹药就闭关入定，应该从那时起就跟小老虎合为一体了。

天脉山上与嗜仙虫的那场恶斗损耗太大，小老虎一直没有醒，苏易水似乎也有伤，无论怎么叫也叫不醒。

无奈之下，薛冉冉想起了冰莲池，那里是疗伤的极佳之所。苏易水的内伤太重，需要有人引导灵力注入他体内，能陪着他入池的唯有薛冉冉。

于是薛冉冉替苏易水去了外袍，与他一起入了冰莲池。这池塘里的冰莲自从上次开放，似乎一直没有衰败过。

两人入池之后，羽臣和羽童不想打扰薛冉冉运功替他们的主人疗伤，就退到池塘一旁的屋舍里等待。

薛冉冉拉着苏易水在水中静静漂浮，感受着池里的盈盈灵气来回运转，她引着灵气一点点导入苏易水体内。

助人运功疗伤最耗费心神，当感觉到师父的淤堵之处尽被打通时，薛冉冉几日来拼命赶路的困顿，在舒服的冰莲池里也渐渐荡漾开来。

薛冉冉不知自己何时一不小心睡着了。当她睁开眼睛时，发现师父已经醒了。迷迷糊糊中，她不由得高兴地弯着眼冲着他笑。可笑着笑着，她便发觉不对劲，她怎么像小婴儿般被师父抱在怀里？

忽然，天空中下起了太阳雨，点点碎珠入水，激起阵阵涟漪，晶莹的水珠顺着他直挺的鼻梁慢慢下滑，落到他宽阔的胸膛上……

就算情窦未开，在一场梦醒以后，骤然看到这幅美男湿身的美景，薛冉冉也觉得口舌焦干，突然想喝一杯冰凉的甜瓜汁解一解焦渴……

苏易水伸出长指摩挲着她纤细脖颈上被嗜仙虫咬破还没有愈合的伤口，然后低下头，皱眉道："除了这里，还伤到了哪儿？"

薛冉冉有点儿理解小老虎为何被挠下巴就一动不动了。此时此刻，她被俊帅的师父这般碰触，也是有种酥麻之感……她呆呆地看着师父凝视的眼，讷讷道："胳膊上还有些……师父……你为何抱着我？"

"你睡得太香，若不抱着，水就要入了你的口鼻。"苏易水俊眸微垂，淡淡开口解释。

他这么说，岂不是她睡着时，他便一直这般抱着她，看着她？

此时，薛冉冉已经醒了，苏易水的手臂却并没有松开，依旧抱着她。

这种治人却将自己治睡着的情景，着实让人尴尬。可是被师父这般环抱着，让她恍惚又想起被嗜仙虫包围的时候化为白虎的师父舍命将她紧紧裹住的安实、温暖。

除了爹和娘，师父便是对她最好的人，所以她并没有觉得师父在轻薄她，那种不洁的想法，光是想一想，就是玷污师父这么好的人！

薛冉冉小声道："师父，我睡好了，天还在下雨，要不要去岸上亭中避一避？"

苏易水这才松开抱住她的手，但依旧拉着她的手腕，带着她去池边的亭子。苏易水弯腰捡起他的外袍，并没有自己穿，而是转身给薛冉冉披上了。

细雨渐渐转大，羽臣临窗而望，看到主人醒来时，不由得高兴地想要走过去，却被妹妹羽童一把拉住了。

羽童的心思比哥哥细腻得多，她老早就察觉到主人对薛冉冉这个小徒弟的态度很不对劲。如今顺着轩窗望去，主人高大的身形一直护着亭子里的少女，不让飞溅的雨珠落到她身上。

俊男美女在珠玉飞溅的雨声中，显得是那般登对。

这可不是恩师爱护徒儿的样子……自从沐清歌死了，本就冰冷的主人变得更加寂寞。可是自从薛冉冉来到西山，如谪仙般的主人倒是越来越……像个有血有肉的人。

想到这儿，羽童可不希望粗枝大叶的哥哥打扰了亭中的暧昧气氛，便捂着哥哥的嘴，拉着他走开了。

◎◎◎◎◎◎◎

长亭里，苏易水拿起放在石桌上的布替薛冉冉擦拭长发。

薛冉冉不敢劳烦师父，连忙接过来，站起来替师父擦他的长发："师父，您为何要与白虎共体？这实在是太危险了！"

薛冉冉以前看过一些修习奇术的书，这等驭兽术稍有偏差，就要终身为兽。师父居然冒了这么大的风险，她想想就后怕。

苏易水淡然说道："你从小体弱，虽喝了我给你的水，但是丹田空虚太久，还是会损伤根本，所以我要确保你入得洗髓池。"

他言下之意，不光是为了给徒弟保驾护航，若她"考试"不合格，他还要亲自下场帮徒弟作弊。

薛冉冉瞪圆了眼睛，有些惊讶地看苏易水，小声说："若我没有过关，师父，您当如何？"

苏易水闻言，微微一笑，勾着薄唇露出皓齿，寒芒点点，又透出几分邪气。

他没有回答，可薛冉冉总觉得他要干的必定不是什么好事。

突然，她想起当时药老仙说了一半的话，于是问道："师父，您当年参加洗髓池会，入的是哪个池子？"

苏易水的笑意稍微淡了些，他低头道："你说呢？"

薛冉冉其实不太愿意相信自己隐约的猜测，难道他当年的选择跟魏纠是一样的？她忍不住仰头看着苏易水，盯着他的眼问："您……选了黑池？"

苏易水没有说话，那表情并不像在否认。

薛冉冉忍不住屏住了呼吸，看着他良久，怯怯地问："那……您付出了代价吗？"

这次苏易水慢慢地点了点头。就在薛冉冉要问他付出的到底是什么代价，又是如何断情绝爱时，他却突然伸手抱住了她，双臂勒得她有些喘不上气。隔着湿漉漉的衣服，她甚至能感觉到他剧烈的心跳。

苏易水用下巴顶着她的头顶，低沉说道："有个人不经过我的同意，就用她自己抵偿了我的罪……这般自以为是的人，你说我该不该放过？"

薛冉冉现在压根儿来不及思考那个自以为是的人是谁，她要被勒得喘不上气了："师父……我喘不过气了……您是哪里不舒服？"

说这话时，她眼尖，发现师父脖颈上的那个符文瓶子再次发出了红光，可是还没来得及惊呼，她就再次被师父的举止吓到了。

师父现在不光抱着她，下巴似乎也忍不住在她的耳边磨蹭，就跟……撒娇的小老虎一个模样。

苏易水似乎也感觉到自己的情绪有些不受控。他好不容易控制住异动才勉强松手，又后撤了一点儿，缓了缓气力才道："施用驭兽术后，会在月余的时间里有些后遗症……待时间久了就好，你这几天不要靠近我。"

薛冉冉眨巴着眼，想起了书中关于驭兽术的描述。这种将灵魂寄托在灵兽身上的奇术，会在很长的时间里让施术之人保持灵兽的习惯……所以，这类奇术，很少有人亲自使用。

庚金白虎喜欢扑到她怀里撒娇，顺便让她挠挠下巴、顺一顺皮毛……师父方才是当老虎的瘾犯了，想让她给他挠挠下巴、顺一顺毛吗？

看着师父似乎很难过的样子，薛冉冉鬼使神差地伸手摸了摸他的长发。

苏易水似乎没有料到薛冉冉会这么做，他的眼睛圆瞪着，身子却不由自主地又靠了过来。

驭兽术的后遗症还是很明显的，就算他现在转为人形，也暂时不能戒掉灵兽的习惯。一向严肃的师父现在如此……可爱，薛冉冉忍不住扑哧一声笑开了。只是面对这样俊帅的人形大猫，她一时间也有些无从下手。

苏易水瞪眼看着她笑得俏皮可爱的样子，突然眼睛微微变红，就跟在调军台里因灵泉入魔的时候一模一样！

"不好！"薛冉冉心中惊呼了一下。可她还没来得及看他脖子上小瓶里的灵泉是否泄漏出去时，他便伸手扳住了她的脖颈。她抬头的一瞬间，苏易水微微湿润的唇便与她的贴在一起……

当然，薛冉冉事后表示十分理解师父，这是附身白虎的后遗症而已。小老虎平日里的确也喜欢这么跟她贴脸厮磨……师父为了保护她而化身白虎，留下这样戒不掉的后遗症也是不受控的！

她想要镇定地化解这突如其来的状况，告诉自己，就当被小老虎亲了。但是被小老虎亲，绝不会让她身体酥麻，不能动……这……压根儿就不一样啊！

那日，她呆愣愣地被苏易水亲吻了半响，终于回过神来，一把推开了他，一路狂奔跑下山去……她这一跑，便跑到曾易师叔的别庄里去了。

巧莲眼见女儿突然跑来已经三天了，也不见她有想回去的意思。

女儿能来看爹娘，当然是好事，可是看着女儿每日心不在焉的样子……会不会是得罪了苏仙长而被逐出师门了？

巧莲和薛木匠如今在曾易的别庄里谋差事，吃穿用度堪比镇里的老爷们，甚至还有小丫鬟和粗使听差使唤。这些都得益于苏仙长，所以巧莲自然要问清楚薛冉冉到底是怎么了。若女儿不想回去了，他们夫妻俩也不好意思占人家苏仙长的便宜，自然要去跟苏仙长赔礼道歉。可若女儿在山上受了委屈，他们也得给女儿撑腰，再带女儿一起走。

"娘……也没什么，就是想你们了，便来看看。"

巧莲不信，忍不住提醒女儿："这里距离西山可是三五日的路程呢！你是怎么来的？"

薛冉冉从洗髓池出来以后，身体轻盈，对平常人来说三五日的路程，她跑了半天就到了。

当巧莲听女儿说是跑来的，可真吓了一跳，同时也深深佩服苏仙长是活神仙，竟然将体弱的女儿教出这般神通。

女儿变得如此强健，做娘亲的自然欣慰。在问清她并没有受什么委屈后，她便殷殷劝告女儿不可怠懒，既然已经在这儿歇息很久了，就赶紧回去继续修身养性吧。

薛冉冉敷衍地答应后，转身便瘫软在花园里的躺椅上了。

跑下山倒是容易，可怎么自然地回去是门学问。

薛冉冉现在深深地后悔，自己为什么一冲动跑得这么远。不就是被师父亲一下嘛，又不是没被老虎亲过。其实细细想，二者也没有什么太大的差别。师父想必也不愿意如此，他平日里那么清冷孤高，若不是为了保护她，何至于沦落到这般境遇？

这么想来，也许那日尴尬的不光她一个人，师父应该也是备觉难堪，尤其她这么一跑了之，师父得有多么下不来台？而且师父的眼睛变红了，是不是他的身子太虚弱了，以致受了灵泉魔气的影响……

薛冉冉越想越难受，担心得不行，她一骨碌爬起来，顾不得拿巧莲给她准备的咸菜炒肉，便准备折返西山。

可没想到一开门，她就撞见了二师叔羽童。

羽童看见她，没好气道："我说，冉冉，你怎么不声不响就跑了？可知道这几日你让我们一顿好找啊！"

其实羽童不知那日薛冉冉为何突然下山。

那日主人随后也追赶出去了。不过，到了晚上，他便回来了，整个人仿佛沉入冰窖。原本恢复些人气的主人再次被冰霜罩体。

丘喜儿他们担心薛冉冉，还下山去镇子里找了一圈。直到昨晚，主人才吩咐她来此寻找薛冉冉，并将她一直喝的树根水送来。

薛冉冉接过树根水的时候，再次感到羞愧难当。都到这个时候了，师父还怕她犯旧疾，让人来给她送药水。她却不顾师父没有痊愈的身体，自己跑出去，如此想想，她是有多么不应该！

师父！徒儿不孝，就这么一跑了之，没有在您的病榻前衣不解带尽心侍奉！

这么想来，薛冉冉一口喝干了药水，抹了抹嘴，便要跟羽童一起回去。

可羽童拦住了她："主人说，你想爹娘了，可以在这里多住些日子。我已经将泡制药水的树根拿来了，你可以泡着喝，想待多久都成……"

薛冉冉听了，半张嘴巴，有些不确定师父是不是要将她逐出师门。

其实羽童也很好奇，那天她和她哥哥走后，这两个人到底发生了什么，能让薛冉冉一路狂奔到这里躲起来不肯见人。

听羽童问，一向爽快的薛冉冉却支吾起来，她总不好将师父犯病的事情说给别人听。若被人误会师父的品德有瑕疵，那就是她这个当弟子的罪过。而且她先前还觉得二师叔陪在师父身边这么多年，也许两个人有些仙侣情愫也说不定。她更不好乱说，破坏了师父跟二师叔的情谊……

　　师父不让她回去，她反而不放心，担心这段时间里师父的身体又有什么状况。如今在西山，她的修为仅次于师父，如果师父真出了意外，只有她能为师父运气护体……

　　想到这儿，她再也待不下去，径直便要跟二师叔回去。

　　羽童也不懂薛冉冉在想什么，看她这么执拗，便只能带着她一起回去。

　　回到西山后，薛冉冉并没有见到苏易水，听说他已经闭关，饭食也都停了。

　　可是他刚刚受了很重的内伤，正是需要将养的时候，这时候辟谷显然并不适宜。

　　薛冉冉到镇子里买了上好的牛腩肉，又想到师父喜欢食甜，所以买了甜栗子来煮肥鸭。饭后的小甜点也要来些，羊酪子杏仁酥用来配甘醇的二泉银毫绿茶正好。

　　薛冉冉做好后摆了满满一托盘，然后托举着它，一路轻巧地跳上了山顶。

　　小老虎正在洞口懒洋洋地晒太阳，看到薛冉冉，立刻晃脑摇尾巴。

　　薛冉冉将准备好的肉骨头还有切成块的鸡肉递到它的面前。缩小的老虎食量不大，但是对食材搭配挑剔，骨头须带三两肉，鸡身上带脆骨的部分是它的最爱。

　　喂完小老虎，薛冉冉在洞口踌躇了一会儿，才举着托盘入洞。

　　还没见到苏易水，她便闻到了一股浓烈的酒味。

　　进去后，她才发现地上的小酒坛子。

　　此刻，苏易水一醉不起，歪倒在石台子上。

　　一向自律的人，总有强大的意志力。薛冉冉默默地看着码放整齐的酒坛子，还有一旁折叠整齐的半旧衣服，真的是很佩服师父，就算喝醉了酒，也不容许自己的身边脏乱不堪……

　　若不是看他躺得四仰八叉，还真会以为他不是醉酒，而是小憩呢。师父……该不会以为她记恨他，借酒消愁吧？

　　想到这儿，薛冉冉慢慢蹲下身子，伸手轻轻摸着苏易水的头。很明显，驭兽术的后遗症还在，当她纤细的手指摸着他的长发的时候，他忍不住像小老虎一样将头往她手边靠了靠。

　　薛冉冉发现自己对这类有猫一般属性的人或物全无抵抗力。虽然师父比庚金白虎还要傲娇、孤高些，但是……顺起毛来，都很好摸。

　　就在这时，酒醉的苏易水似乎感觉到身边有人，猛然睁开眼睛。

　　当他和薛冉冉四目相对的时候，他猛地坐起身，直勾勾地看着瞪着大眼睛的她。

　　薛冉冉没想到师父这么快醒来，顺毛的手没来得及收。她清了清嗓子，指了指放在一旁的托盘道："师父，我给您做了饭菜……您趁热吃些吧……"

　　苏易水看了看热气腾腾的饭菜，又看了看出走归来的少女，什么也没说，只默默穿好了外衣，然后端碗拿筷，大口吃了起来。

师徒俩很有默契地不去提雨天亭中的意外。

薛冉冉将那些小酒坛清理出去后，忍不住问道："师父……您喜欢二师叔吗？"

苏易水刚刚吃完，放下筷子后饮了一口绿茶清口，抬头看向她，沉默了一会儿才说："我以为，你会问我是不是喜欢你……"

薛冉冉不好意思地笑了："那还用问？师父您对我们几个徒弟都是爱护有加的。"

试问世间，舍命救徒弟的师父能有几个？

苏易水的眉眼似乎暗淡了，他冷冷说道："不是走了吗，又回来干什么？"

薛冉冉咬了咬嘴唇，小声道："担心师父您，就回来了……"

苏易水看了她一眼，这次倒是回答了她上一个问题："你二师叔有意中人，甚至生了个孩子，就养在西山的镇子上。我对她的喜欢，跟喜欢羽臣、丘喜儿还有高仓他们是一样的。"

薛冉冉来西山这么久，万万没想到，二师叔竟然生过孩子，她不由得大吃一惊："什么？我怎么不知道？"

她震惊于这个八卦，以至于忽略了师父的"喜欢"里唯独没有她自己。

事实证明，她这个西山小"菜鸡"不知道的事情还多着呢！

羽童的确有个六岁的儿子。因为羽童负责下山采买，所以时不时就可以回山下的家中看看，与孩子和情郎团聚。怪不得薛冉冉偶尔会看到二师叔买些木偶玩具呢！

羽童的情郎是山下镇子上的一个教书先生，姓常，今年三十有四。据说，羽童是十六岁时认识他的，当时两个人年龄正相当，便有了私情。不过，羽童并没有同他成婚，只是生下孩子，断了哺乳之后，就让那位姓常的教书先生抱下山去了。

后来薛冉冉好奇地问二师叔为何不嫁人时，羽童叹了一口气："我既然已决定跟随主人修真，迟早有一日要抛弃尘俗。我要跟随哥哥侍奉主人，而他也有自己的尘俗日子要过。我不嫁他，他来日若遇到心仪的女子要成婚，便可不必背上负心的骂名，这样岂不是两全其美？"

薛冉冉听了羽童这话，不由得想起在天脉山看到的两段尘封的记忆。修仙虽然令人向往，可若要割舍人间的种种美好，那就让人不那么向往了。

给小老虎上药的时候，薛冉冉问坐在一旁饮茶的苏易水："盾天的妻儿后来怎么样了？"

苏易水放下茶杯，看着远处苍茫的山脊，淡淡地说道："盾天当年与地魔殊死一战，他的妻儿为地魔所掳，地魔以此要挟盾天。为了降伏地魔，盾天必须证道，达到无欲无求的境界。所以他没有去救妻儿，一举降伏了地魔后，就此飞升。"

薛冉冉听得倒吸了一口冷气，突然想起盾天的记忆里始终看不到那娇妻幼儿的脸。盾天飞升之际，是不是对自己的妻儿满怀愧疚，所以记忆里连想都不敢想他们的模样呢？

想到这儿，薛冉冉的心里有些难受，她小声地问苏易水："师父，若有一天，您也面对这样的抉择，您会像盾天一般，牺牲自己的至爱，以证其道吗？"

苏易水听了她的提问，并没有回答，而是问她："你呢，你会如何？"

薛冉冉认真想了想，她此生至爱，除了爹娘和师父，还有师叔和师兄、师姐，若用他们去换那狗屁的长生不老，那她宁可自己立刻变成满脸皱纹的老婆婆！

可是听了她的话，苏易水拧起了眉毛，一把搂住她的脖颈，挨近她说道："记住，为了谁都不可以牺牲自己！你是我拿命换回来的，这一生，你只为自己而活！"

薛冉冉听不懂他的意思，以为他说的"拿命换"指的是之前附身白虎救她的事情。

不过他这么说也没错，若没有他，她老早就体弱病死了呢！

知道师父跟二师叔并非仙侣，薛冉冉就此放下心来。不过，被师父拉得这么近，她忍不住想起了上次师父跟她亲吻的情形……难道师父又因为附身白虎的后遗症，想要像老虎那般跟她撒娇？

师父能以命相换，此情何以为报？就算肝脑涂地都不过分！这般想着，薛冉冉便伸手在苏易水的下巴上抓挠了几下。

苏易水被她突如其来的动作弄得一愣。

薛冉冉一边伸手挠他的下巴一边问："怎么样，有没有觉得很舒服？"

无论是这般的话语还是行为，都是满满的调戏意味，二十几年前苏易水就遇到过。只不过那时那个明艳动人的女子满眼都是吊儿郎当的随性，虽然撩拨他，他却并未入她的心。而现在他面前的少女，虽然举止有些……孟浪，却满眼都是天真烂漫，单纯得很。无论哪一种，都会让男人如饮陈年甘醇，只愿溺死其中，不愿醒来……

就在薛冉冉想要松手转身之际，她的纤腰被苏易水一把搂住，带着淡淡酒香的薄唇再次附上她的唇，只是这次并未像前一次那般蜻蜓点水，苏易水放肆着自己，凶猛而炽烈地加深了这一吻。

薛冉冉再次被苏易水吓到了……这哪是老虎在撒娇，分明是逮到了猎物，想要连着皮肉囫囵吞下啊！

当苏易水有些不知餍足地终于抬起头时，怀里的薛冉冉已经被吻成了一摊水。

薛冉冉想赶紧跑出洞去，可是这次苏易水有了经验，紧紧箍住她的细腰："还要往哪儿跑？不是说会一直照顾我到好了为止吗？"

不用照铜镜，薛冉冉就觉得自己的脸颊微微发烫，已经红透了。所谓天劫时天雷勾地火会不会就是方才的感觉？

这次薛冉冉再次脚底抹油，狠狠推开苏易水后，一路跑回自己的房间，钻入被窝不肯出来……

丘喜儿发现探亲回来后的小师妹好像丢了魂，总是有些心不在焉。就连在她最喜欢的做面点时光，都可以走神。眼看着薛冉冉将一瓶老抽倒入面粉里，丘喜儿实在忍不住了，俯在她耳边大声问："小师妹！你这是要做咸味的杏仁酥吗？"

薛冉冉这才回神，看着手里酱色的面团，"哎呀"一声叫了出来。

丘喜儿善解人意地接过她手里的面团，扔到一旁装烂菜的竹筐里，然后语重心长道："幸好二师叔没在这里，不然定要心疼你浪费的面粉……冉冉，你这两天精神恍惚，还总是在师父授课的时候翘课，不是拉肚子，就是脑袋疼的……难道你在天脉山入的不是洗髓池，而是染病池？"

丘喜儿说得一点儿也不夸张。

自从上次白柏山出事，苏易水似乎打通了作为良师的灵窍，对他们的功课都看顾得很紧，完全改掉了以前放养，任他们爱学不学的态度。

可是以前一向功课认真的小师妹仿佛二师兄附体，偷奸耍滑，总是装病翘课。

偏偏严师到了小师妹那里又开始放养。小师妹说有病，师父就全信了，从来不催促她来上课。

丘喜儿因为当初在天脉山没能过蛇桥，被苏易水罚练轻身术，每天都要在拴在两棵树间的麻绳上走来走去。若掉下去，她就要减掉一顿晚饭。没几日的工夫，她已经瘦了两圈，尖下巴都出来了。所以她今天早上也试着效仿了一下小师妹，跟苏易水说她脚后跟疼，不能久站。

结果到了她这里，师父的恩慈全然不剩。苏易水面无表情地听完她哭诉，吩咐她来回上下山取山泉水，直到脚后跟不疼了才能停。

丘喜儿的脚后跟不药而愈，同时她特别想知道小师妹装病的秘诀是什么。

薛冉冉悠悠地长叹了一口气，风马牛不相及地问丘喜儿："师姐，师父有没有跟你特别亲近过？"

丘喜儿想了想，说："最亲近的一次是，我默写错了御风诀，被师父用戒尺打了手板。现在师父只要看看我，我就浑身冒冷汗……怎么，你也被师父罚了？"

薛冉冉想着被苏易水拥在怀中热吻时的情形，从耳根处扩散出了一片红。

丘喜儿不明所以，看小师妹脸红，还以为她真的发烧了，不放心地伸手去试探她的体温。

就在这时，高仓从山下跑了上来，大声喊道："小师妹，山下的谢客石上有个写着你名字的包裹。"

薛冉冉从厨房的窗户伸出头，看到师兄的手里果然有个精致的包裹。

看到师兄正迫不及待要撕开那包裹上的油纸，薛冉冉急忙大喊："且慢！"

她快步从窗里跃了出去："这包裹不知是谁送来的，不可贸然打开，万一里面是嗜仙虫，可就糟糕了！"

听薛冉冉这么一提醒，高仓吓得将那包裹远远扔到了地上。他可是亲身经历过天脉山嗜仙虫铺天盖地的一幕，现在看见红头苍蝇都会忍不住一个激灵。

薛冉冉小心翼翼地走过去，仔细打量着那个包裹，发现上面居然还有一行字——薛冉冉亲启。她并不认得那字迹，而且她刚跟她爹娘分开，她爹娘也不可能这么快托人送东西来。

于是他们三个人围在包裹前打量了半天，最后决定拿到山下再打开看看是什么。

就在薛冉冉拿着包裹准备下山的时候，正好迎面撞见了白衫宽袖、长发半束的苏易水，顿时有种老鼠遇见猫的手足无措之感。她的嘴唇也开始隐隐发麻，似乎又自动回忆起那种被狂风海浪席卷的躁动。

不过，苏易水恍如全忘了前几日发生的事情，也不看薛冉冉，径自拿起她手上的包裹。

这包裹上的字迹，苏易水倒是认得。他抬头冷然对薛冉冉道："这是魏纠的字迹。"薛冉冉有些惊讶，不知道魏纠为何会突然给她送来包裹。

苏易水将那包裹放在手里掂了掂，确定里面并无邪物之后，便将油纸包打开了。里面是用细绒布包裹的一个碧玉做的小匣子。这类巧物很奢靡，是将上好碧玉挖空，雕琢而成的。拉动匣子上那只小小的圆环，小匣子便打开了，里面除了喷香扑鼻的药丸、外用的油膏，还有一封魏纠亲笔写的书信。

苏易水打开看时，薛冉冉一时压制不住自己的好奇心，忍不住也凑过去看。

该说不说，不去谈魏纠的节操和人品，他的文采着实不错。

信里写了与薛冉冉分开后，他每次回想天脉山与她同生共死的经历，便是明月窗前，辗转反侧之时。他甚至想到冉冉姑娘亲手赠给他的地瓜干都备生感念之情。因为担忧那虫咬之伤会在冉冉姑娘的雪肌嫩肤上留下什么疤痕，所以特意送来灵丹妙药，为冉冉姑娘疗伤。接下来的大段文字，就是风花雪月、暮夜长思一类。

男人若想卖弄文采时，那种文思喷涌，便如裹脚布一般又臭又长。

薛冉冉还没有来得及看完，苏易水已经大掌微搓，让几张信纸灰飞烟灭了。

薛冉冉小声道："我还没有看完呢……"

苏易水微微侧头，连高挺的鼻尖都泛着冷芒："要不要给他回封信，让魏尊上再写一封来，让你看过瘾？"

薛冉冉抿了抿嘴，不好再言语。只见苏易水一扬手，便将那价值不菲的碧玉匣子抛到了山下，咣当一声脆响，砸得稀巴烂了。

然后，苏易水便头也不回地走了。

薛冉冉对师父的粗鲁很不认同。虽然他们西山与赤门不共戴天，但是与钱财无仇，那么名贵的东西要么退回去，要么典当了卖钱，都好过扔到山下听响啊！

魏纠能给薛冉冉送药，再次激发了丘喜儿的无尽好奇心。冉冉竟然有这么大的魅力，让魏纠那等魔头亲自送礼物道谢！难道那魔头喜欢上了冉冉，意欲诱拐西山的弟子不成？

像这类事情，在修真界也是时有发生的，比如当年沐清歌拐走了苏易水。

魏纠要是看重冉冉的资质，想要靠他阴柔的美色将西山杰出的弟子诱哄走也有可能。丘喜儿想到魏纠的模样其实很不错，可惜一言不合便开人肚肠，也不是什么仙侣良配，不由得摇头替小师妹惋惜。

不过，从这里看，薛冉冉还是很招大能待见的。

根据二师叔羽童的前车之鉴，走上修仙之路，若跟普通人结合，短短数十载就会有劳燕分飞的一日，若能找个同道中人一起飞升才是修真正道。所以修真之人的伴侣大都无关情爱，只是长久地互相扶持、共同提升的人罢了。小师妹最近行情看涨，年纪轻轻就已经修为高涨，想来也不必熬得满脸褶皱才能有所成就，看来找个神仙伴侣也是指日可待啊！

薛冉冉可没心思想这些。她先前的确是故意躲着苏易水的，毕竟山洞里的那一吻不容错辨。当然，这也跟苏易水用驭兽术的后遗症有关。她有自知之明，不敢认为师父对自己有什么异样的心思，所以这几日她尽量避开师父。待过些日子，师父的后遗症好了，自然又可以恢复师慈徒孝的和美状态了。

可是魏纠偏偏写了封献殷勤的书信，又偏偏被师父看到了。若师父误会她心志不坚，被魔修诱惑，故意躲着他，准备叛离师门，那……岂不是麻烦了？

所以，接连躲避苏易水多日后，薛冉冉终于主动给他送去了刚烤好的杏仁酥饼。

苏易水正在池边打坐调息。他生得高大，四肢修长，虽然只是白衫舒袖，随意地盘腿而坐，但宽肩窄腰很养眼。所谓"龙章凤姿"，不过如此。远远看去，在满池冰莲的衬托下，浓眉长发的男人竟然看着比花还要圣雅几分。

薛冉冉慢吞吞地踩着碎步走过去，却并没有靠得太近。她隔着亭子的护栏问："师父，您要不要吃些杏仁酥饼？"

苏易水没有看她，嘴里淡淡道："今日的身子这般康健，居然能下地做酥饼了？"

薛冉冉也知道这几天自己装病的手段低劣，谎言不堪一击。师父明明知道原因，却没说她。她想到自己此行的目的是表明心迹，于是低声道："请师父放心，无论魔修如何诱惑，我都不会叛离师门的……"

这时苏易水倒是抬眼看了看她，依旧淡淡道："话不必说得那么满，说不定有一日你发现我不配为你师父，便会自请出师门。"

薛冉冉听了这话，觉得师父也太孩子气了。难道她这几日躲着他，他就以为她厌弃了他不成？于是她连忙端着糕饼跪在他的身边："师父，您在说什么？徒儿怎么会舍弃了师父？徒儿这些日子，是怕师父总像白虎那般……日后您想起来，自己又不自在了。"

苏易水并没有看她，只是重新合上眼睛，清冷地说道："你放心，我不过是受了灵泉外泄的影响，一时不能自控，以后不会了……"

薛冉冉知道他的意思，师父是说他的后遗症已经消散了，自然不再像小老虎那般对她亲亲抱抱了。

有了师父的保证，薛冉冉原本该是安心的。可是看到他冰冷更甚从前的样子，不知为何，她心中竟然有些难过，总觉得她和师父的关系……好像回不到从前了。不过，她也没有太多时间伤春悲秋，因为师父脖子上那只锁着阴界灵泉的玉瓶颜色越来越红了。

苏易水曾经说过，灵泉不可在粗俗尘世里停留太久，不然此物会变得越来越邪行。

当年沐清歌得了此物不久就被打得魂飞魄散，所以灵泉在尘世间也停留了足有二十年。虽然酒老仙提供了玉符瓶来锁住它，但终非长久之计。

在洗髓池会前，这灵泉的状态还算稳定，苏易水的灵力还可以压制它。可是因为苏易水化为白虎守护冉冉，受了很重的内伤，灵泉似乎感受到了他气息的衰弱，便再次躁动起来，妄图趁着这个机会挣脱束缚，逃离出去。

后来，薛冉冉他们及时赶回，苏易水醒得也算及时，可是原本无瑕的玉瓶上已经添了两道细细的裂纹。

这可不是什么好兆头。既然魏纠已经归还了密钥，那么奔赴阴界送回灵泉就是迫在眉睫的事情。

只是入阴界的时间与地点都是有讲究的，得在天地至阴之时位于天地至阴之地才可开启阴界。

可是天地气息涌动本就瞬息万变，四季寒暑温度又不同，开启阴界的时间和地点也飘忽不定，所以密钥上的图纹会在每次使用后五年左右变换一次。

上一次最佳的时机，已经被魏纠用了。可惜魏纠扑了个空，只看到空空如也的枯竭泉池。下次该是何时，又要费一番周折去找。

最近西山谢客石前有些热闹。魏纠在第一次送药之后，也许是看谢客石前没有退回的东西，还以为小姑娘眼皮子浅，被他的文采和东西打动了芳心，所以又陆续送了几次。

眼看着师父面皮越绷越紧，薛冉冉不得不写封义正词严的书信表明自己的态度。

写完信，薛冉冉还特意递给苏易水看，问他这般回复是否合适。

苏易水看着薛冉冉写的几行娟秀小字，略显不屑地把信扔到了一边，然后提笔在宣纸上写了一个大大的"滚"字，交给薛冉冉道："誊抄一遍，送出去。"

薛冉冉孺子可教，立刻领悟师父是嫌弃她给魔修写的字太多，没有表达出决绝之意。

苏易水这一字回信甚妙，正道之气凛然扑面。于是她毕恭毕敬地写了个炸裂的"滚"，连同魏纠这几次送来的东西，一起放在谢客石上。

这一字果然有些效力，自那以后，谢客石前总算是清静了。

魏纠消停了，长守望乡关的将军秦玄酒又来了。

上次水魔事件之后，朝廷几次派人去望乡关，想要搜寻有无新的水魔出现。但望乡关再没有邪魔事情发生，秦玄酒手里的罗盘也彻底没了动静，仿若废铁。

秦玄酒从来没遇到过这样的情形，去京城接受皇帝问询时，顺便请教自己的恩师该如何处理。

可是沐冉舞冷冷地说她不知道，让他去问苏易水。再然后，他师父好像将他这个关门弟子全然忘记了，他几次写信送去京城，却从不见他师父回信。后来他才知师父已经离开京城，去参加洗髓池会了。

这一次，天脉山的阵仗闹得太大，就连远在西北的秦玄酒也听到了风声，说是沐清歌积习未改，又闯了大祸，放了什么嗜仙虫，毁了洗髓池的灵脉。

恩师好不容易重生，短短时日内，正道中人的恶评却如洪水一般滔滔涌出。秦玄酒虽然没有到场，却认定自己的师父是好的，一定是有人构陷了她。当年要不是恩师封住了灵泉，天下岂不是要大乱？可恨世人都是睁眼瞎，总是诬赖他师父！

秦玄酒认定是三大门派编排、抹黑他师父的清誉，便寻到西山，想找苏易水问个究竟，顺便看看苏易水有没有办法为师父正名，洗刷冤屈。

苏易水跟他话不投机，也懒得见他。

于是薛冉冉下山替师父接待一位秦师叔。

秦玄酒看苏易水连面都不露，很是气愤："师父当年若养只老鼠、蟑螂，都比苏易水强！现在各大门派的人都在唾骂我师父，他居然袖手旁观，不肯说出师父当年为天下人做的好事，为师父正一正名，真是个狼心狗肺的东西！"

秦将军若说些别的还好，可是他当着薛冉冉的面这么骂苏易水，薛冉冉不高兴了！她师父才是世间顶好的，那位沐仙师又是什么狗东西？

于是薛冉冉也毫不客气，说出了当日天脉山的情形："若不是我命大，就要被你师父害死在山上了。就算她以前是个顶好的人，可是重生以来，我看她就没做过什么好事！我师父说了，你师父前世也吩咐过你，若罗盘再无声息，便表示望乡关的事情已经结束了，你可以自由离去，不必再为她的吩咐所累。既然现在的沐清歌全忘了嘱咐你的事情，那你记得你师父对你的嘱托就好了！"

前世，沐清歌的确是这般吩咐秦玄酒的。可是此刻秦玄酒被薛冉冉刚才说的话震惊得眼睛瞪老大。

"这……这怎么可能？我师父不是这样的人……你这死丫头也在胡说八道！看我

不撕烂你的嘴！"说着，他竟然真扑过来，准备教训薛冉冉。

可是薛冉冉今非昔比，秦玄酒张牙舞爪地扑过来，被她一下子点倒在地。

昂扬大汉倒在地上不动，竟然哇哇痛哭起来，然后鼻涕、眼泪齐流道："就算世人都唾骂我师父，我也绝不背叛恩师！我师父是顶好的！"

薛冉冉感觉自己面对的是个满脸胡子的三岁孩童，完全没法跟他讲理。

随后，秦玄酒哽咽着叫住了她，支支吾吾道："以前你曾说过，你师父配的伤药膏子能去腐生肌……你能不能给我弄一盒？不然我就天天在西山下哭丧，哭得西山风水全倒，个个都没法安心修仙！"

薛冉冉可不怕他威胁，对他这样的无赖举动感到又气又好笑，问他是要给谁求药。

秦玄酒直愣愣地说，听说恩师的脸被魏纠抓伤，一直溃烂，所以他此来本是想将苏易水骂到愧疚，再问他要神药给师父治脸。

薛冉冉看着胡搅蛮缠的秦将军也是脑壳发疼，她觉得当初沐清歌将灵泉托付给秦玄酒，还真不是因为觉得他福大命大，而是看他那一条路跑到黑的死脑筋，不容易背叛誓言吧？薛冉冉并不想给沐清歌疗伤，可留着这么个大汉在山下哭丧也不是办法。最后她去了苏易水的药房，翻弄瓶瓶罐罐，总算找到一瓶苏易水以前配的药膏交给秦玄酒，将他劝走了。

秦玄酒说的有一点没错，沐冉舞脸上的伤势的确是越发严重了。

虽然当初她将嗜仙虫的事情赖在温红扇身上，可是她的名声还是连带被搞臭了。毕竟她拦截卫放和温冰清、温玉洁两姐妹是不争的事实。

因此，九华派的开元真人也彻底与她翻脸，放言出去，若再看见她这个恩将仇报的东西，必定再次将她打得魂飞魄散。

不过，沐冉舞并不将九华派的威胁之言放在心上。如今她依靠的也不是那些所谓的名门正派，就算招致骂名又如何？这世间人都是敬畏强者的，她现在又不是资质平庸的女子，那些叫嚣着的正道人士迟早有一日得仰望她……

只是眼下，看着铜镜里被毁容的女人，沐冉舞发现有些无法直视自己了！

费了两世心力才得到的花容月貌竟然被魏纠的指甲毁了大半。想到这儿，她真是愤恨满胸！

沐冉舞恶狠狠地将手里的梳子击向铜镜，将它砸出了凹凸不平的大坑，以至于照出的人影更加扭曲、丑陋了。

就在这时，宫殿门口有太监前来送药，一份是当今皇帝吩咐御医亲自配的药，还有一份是望乡关秦将军送来的，据说是从苏易水处求来的灵药。

沐冉舞吩咐宫女将皇帝送来的药膏收好。至于秦玄酒那个蠢货送来的东西，她连看都没看，就吩咐宫女扔出去了。

秦玄酒可真是个废物，也不知姐姐前世为何收他为徒，跟谁求药不好，偏偏求到了西山。苏易水和薛冉冉对她能有什么好心思，怎么可能会送来疗伤的真药？依她看，抹上去毁容还差不多！

想到这儿，她吩咐宫女将苏域送来的药瓶拿过来。当她打开镶嵌着碧玺珍珠的圆盖药瓶后，一股淡淡的药香扑鼻而来。

沐冉舞让宫女试了药，才放心地给自己涂抹上。

这些年来，苏域因为身体不好，遍请了许多能人异士，这类去腐生肌的伤药也收集了不少。

当涂抹上药膏后，沐冉舞觉得一直火辣辣的伤口变得舒服多了。

就在这时，那太监又低声说道："陛下垂怜战娘娘的身子骨，特意为您求得了可以暂时克制怨水的蚀心草。不过，这类仙草只能暂时缓解疼痛……具体的法子，还得娘娘您自己多费心思量……怨水也是阴界衍生的邪物，也许灵泉才是解除怨水之毒的法子啊……"

沐冉舞含笑谢过了这个太监，便吩咐人送他出西宫去了。

这蚀心草是苏域请来的丹药高手从苏易水之前给沐冉舞的药丸里分离出来的。有了这二十年一生的灵草，就算苏易水翻脸，不给她克制怨水的解药，她也不怕。

服用蚀心草后，沐冉舞果然感觉身体轻盈了许多。她屏退了侍从、宫女，盘腿坐在香草席子上安心打坐，调养精神。

修真之人万万不可三天打鱼、两天晒网，她从她姐姐那里继承的绵厚真气被怨水钳制，实力已经大打折扣。如今再不巩固，只怕她的修为反而不如刚刚从洗髓池里出来的薛冉冉。

上辈子，她暗中跟她姐姐比较，落后一辈子，心结难解。

这辈子，她的起步明明比姐姐好上数倍，岂能眼睁睁地看着那个平庸之物再次超越她？她绝对不可以莫名其妙地再次落败！

上次用嗜仙虫的计谋虽然失败了，可是她依然有法子。

她知道阴界灵泉就在苏易水手里。以前苏易水用克制怨水的丹药要挟她，她自然不敢多言。可现在她跟西山的师徒也算是扯破脸了，自然也不用顾忌这些。一旦苏易水手里有阴界灵泉的消息传出去……西山以后的日子，应该比当初的天脉山还要热闹……希望转生后的姐姐能够静下心来，好好修炼……

想到这儿，正在打坐的沐冉舞脸上露出得意的微笑，那还未愈合的殷红色伤疤越发狰狞……

天脉山事件的余波回荡甚久，三大门派的杰出弟子都有损伤，尤其是九华派和空山派两大门派更是损失惨重。

进洗髓池的人选居然从三大门派里落空，落到了这些年来名不见经传的西山派头上！这足以给尚未投拜山门的修真者们一些启示。

所以，西山虽然好不容易送走了号丧的秦玄酒，却又扎堆来了一批想要投拜山门的年轻人。

丘喜儿拉着薛冉冉往山下看，这次来投拜的可不是平庸子弟，一个个天庭饱满、地阁方圆的样子，一看就非池中俗物，还有几个都是本身带着修为来投奔的。

一旦收入一批杰出的弟子，就意味着西山灵犀宫把握住了这次良机，有机会一举越过三大门派，成为正道领袖。

可惜苏易水现在虽然对教徒弟认真了许多，但对桃李满天下并没有什么兴趣。

第十七章 伤感离愁

就算青年才俊不断，西山的山门也紧紧关闭着。

前来送东西的白柏山对师父的宁缺毋滥之风十分欣赏。

白柏山现在全无修为，等同废人，好不容易才能娴熟地用脚吃饭，可距离用脚制作精巧玩意儿的匠神境界还远呢。若师父此时找到了资质优等的新徒，岂不会喜新厌旧，将他这个"冷宫"里的徒弟抛在脑后？

关于收不收新徒的事情，苏易水其实问过薛冉冉的意思。

薛冉冉正在给小老虎上药，听了师父的话有些诧异："师父，这等收徒的事情，自然由您说了算。不过，再招人上来，只怕山上的屋舍还要再翻新一部分，稍微麻烦了点儿，不知道二师叔舍不舍得拿钱来修。"

苏易水听了她的话，点了点头，便吩咐羽臣下山撵人了。

薛冉冉觉得师父不像拿不定主意，需要听别人意见的人。不过，有关山上的房屋或者库房里的积货藏书这一类的琐事，师父每次都绕开两位师叔，独独问她的意思，就好像她才是灵犀宫的主人，什么都得经过她点头。

但是师父的怪癖太多，薛冉冉已习以为常了。

自从上次冷战一番，她跟苏易水总算是勉强恢复了师慈徒孝的平和状态。两个人对曾经两次相拥亲吻的事情很有默契，绝口不提。毕竟眼前还有灵泉外泄的危险，解决这件事情刻不容缓。

除了练功打坐，苏易水就带着薛冉冉一头扎进书斋里堆成小山的古籍中。

阴界之门飘忽不定，寻找阴界的路径原本是在密钥的纹路之上。可是魏纠已经用掉了一次机会，那些纹路已经是过期的。若等密钥生出新纹路，起码得几年的时间。但苏易水脖子上的符文瓶子大约撑不了那么久，所以他们只能另辟蹊径，不能空等密钥显示新纹路，他们师徒二人尝试着在古籍里找些蛛丝马迹。

沐清歌上辈子大约是个很爱看书的人，也不知她从哪里收集了许多古籍。薛冉冉现在轻身术了得，也不用木梯，跃上跃下地取书，倒也方便。

她忙着掸灰尘、翻古籍，她的师父却随意地半躺在席子上，单手撑头，拿着沐清歌编撰的那本《玩经》看得津津有味。

薛冉冉身为徒弟，不好申斥师父偷懒耍滑，唯有加倍刻苦翻阅古籍，生怕漏掉一点儿蛛丝马迹。

可是看得久了，累得头晕眼花，就算她现在精力旺盛，不似以前病恹恹的，也须喘一口气。抬头舒缓精神的时候，她正好看到窗外午后的阳光倾洒在苏易水脸上。此时窗外鲜花开得正艳，她看着师父的俊脸，一时忍不住开始走神。经过天脉山的事情，她本以为师父就算跟沐清歌有些情愫，也该被消耗殆尽了。岂知师父居然毫不嫌弃地拿着沐清歌的旧作看个没完。

这算不算藕断丝连，爱恨交织？

若师父心里一直放不下沐仙师，他怎么可以毫无负担地……亲吻她呢？就算如师父所说，是灵泉外泄，他控制不住心绪所致，但是他连着亲了她两回！

难道就像二师叔所说的那般，男人的情爱终究抵不过岁月的考验。曾经的海誓山盟，难以割舍，最后也都成了云中的花、雾中的月，最后模糊成了记忆里描摹不出的一团……

苏易水慢慢抬头看向薛冉冉时，她的一双大眼幽幽地看着他，又好像越过了他，望向远方的山河大海……

小朱雀正在书阁的窗户边啄花生米，待吃了几颗，它调皮地叼着花生皮甩到了薛冉冉的脸上。

薛冉冉这才猛地收回神来，发现自己一不小心竟然跟师父四目相对了许久，脸腾地一下子红了。她急忙解释道："师父，我不是故意盯着您看的……"

苏易水慢慢地将书举到面前，隔绝了小徒弟的视线，压根儿不想听她苍白的解释。不过他慢悠悠的声音从书后传了出来："这书里记载着京城生记的水煎包鲜美得能让人吞舌，你想不想去尝尝这水煎包的滋味？"

提起吃的来，薛冉冉的任督二脉瞬间就被打通了。她一脸惊喜地看着苏易水道："师父，您要去京城？那您再看看《玩经》的第七十二页，城西的百年鸭油饼店里的鸭油膏饼也值得一试，就是不知这记了二十年的吃食会不会变了味道。"

苏易水起身用书敲了敲她的脑门，道："你不是还给这本《玩经》修正了谬误吗？我可以带你吃个遍，若哪里错了，你正好可以修订一番。"

被苏易水这么一说，薛冉冉的脸顿时红白交加，她想起自己顽皮，曾经在《玩经》的《凶兽篇》上修修补补。原本以为师父是绝不会看这种胡说八道的书的，没想到师父今日竟然看了个遍！

苏易水之所以提议前往京城，可不是他腹内的馋虫作怪，而是因为这书斋里的所有古籍都是成套成册的，唯有一套《梵天教志》分为上、下两册，这上册还在，可是下册不见了踪影。

这个梵天教就是酒老仙曾经说过的被灵泉蛊惑成魔之人成立的魔教。他们的记录里一定会有关于阴界的记载，可惜少了至关重要的下册。

沐清歌也是怕自己忘记，在上册的扉页上洋洋洒洒写了一行字——借书于小域，连桃花玉骨酿一壶，下月奉还。

薛冉冉看着苏易水指这行字时，一时搞不清这个"小域"为谁。

这时，苏易水面无表情道："她应该是将书借给了苏域，所以我们要去京城索书还库。"

薛冉冉眨巴了下眼睛，试探性地问："师父，您要私闯皇宫，去管皇帝要东西？"

苏易水站起身来，耐心修正道："是我们。你忘了，我说过，你不可离开我半步。"

🞗🞗🞗🞗🞗🞗🞗

修真与尘俗原本是泾渭分明的两界，彼此奉行的是互不干扰的原则。管人借了东西，就算是皇帝老子也该原物奉还。

薛冉冉觉得师父言之有理，而且能去京城那种繁华之地，对她这种年纪还小、修仙意志未坚之人来说，还是很有诱惑力的。

丘喜儿和高仓也很兴奋，跟着师父去惯了穷乡僻壤降妖除魔，这次总算能去天下最鼎盛之地，感受下十里霓裳、夜市千灯的热闹繁华了。

当他们终于来到京城外，被迫在京城外小树林里歇宿的时候，三个徒弟的美梦有那么一丝丝破灭。

丘喜儿犹不死心地问："师父，我们今晚就歇宿在这儿？往前走一走就入城门了，而且城里应该也有便宜的客店，花不了几个钱的……"

羽童在地上铺了草席软垫，苏易水盘腿坐下，吩咐道："你们几个，自寻细软的树枝睡下，若是掉下来，就罚写一百遍轻身诀。"

这些日子，高仓和丘喜儿的轻身术也进展神速，不过整宿睡在细软树枝上还是很有难度的。

既然师父吩咐了，他们也不敢反驳。薛冉冉带头跳了上去。她选择的是一棵松树，虽然枝繁叶茂，可都是尖尖的针叶，若想睡在上面，无异于睡在砧板之上，比师父要求的更难。

丘喜儿和高仓看冉冉主动给自己加了功课，更不好跟师父讨价还价了。于是他们各自选了棵枝叶还算结实的杨树跳上去。师父吩咐必须睡在细枝上，他们自然要挑着树梢睡。

到了夜里，两个人便发现自己决策失误了。杨树的枝叶固然结实些，可是树也高啊，一不小心摔下去，叫得真是凄惨。

在丘喜儿又一声惨叫声里，薛冉冉猛地睁开眼睛，朝着京城的方向望去。

只见京城上空黑云遍布、电闪雷鸣，似乎要有阵雨来袭。

她低头看向树下时，发现师父也没有睡，正定定地看着她，也不知方才他盯了她多久了。当发现薛冉冉低头看他时，他才掉转清冷的目光看向京城的方向。

想到不知师父看了她多久，薛冉冉的耳根微微有些发烫。为了化解有些尴尬的气氛，她清了清嗓子，小声问道："师父，这雨怎么下得这么蹊跷，偏偏只城中下雨，城外却是月朗星稀？"

苏易水没有说话，只是目光深幽地看着京城的方向，然后对薛冉冉说道："不专心睡觉也该罚，明日写二百遍轻身诀！"

"……"

冉冉只好闭上眼专心睡觉。只过了一会儿，古灵精怪的少女突然又睁开了眼，直直望向苏易水。

师父果然还在看她！这一次，他被抓个正着，眼神躲闪也来不及了！

两个人在月夜松林中，一个树上，一个树下，四目相对，半晌无言。

最后，竟然是薛冉冉先躲开了。她在树梢上慌忙转身，想避开苏易水有些炽热的眼神。结果扑通一声，她也"哎呀呀"地从树上摔了下来……

第二天起身后，在河边洗漱时，丘喜儿还很欣慰。她昨晚掉下来三次，大师兄掉下来四次，而冉冉这么优秀的人也掉下来一次呢。她的修为比上不足，比下还是有余的。

就在这时，苏易水拿出了白柏山上次送来的六只小罗盘，一看就是曾易师叔的手艺。他们每个人都有一只。因为罗盘上串了链子，挂在脖子上就像大吊坠的项链。

薛冉冉发现这只罗盘很像当初在望乡关时秦玄酒拿着的那个，只不过这个小了很多，式样更精致。

苏易水告诉他们，这种罗盘能预测吉凶。罗盘指针乱动的时候，就代表有魔物靠近，须加倍提防。

丘喜儿表示不解："我们去的又不是穷山恶水，而是京城繁华之地，得用这个吗？"

苏易水没有回答，径自朝着京城方向走去。

几个徒弟赶紧跟上，薛冉冉低头看着脖子上挂着的罗盘时，心里顿生淡淡的不安……

苏易水还算残存为师的人性，晨起入城后，请三个一夜没有睡好的徒弟去生记吃了水煎包。

薛冉冉发现，沐仙师在吃喝这方面还是很靠谱的，三十年老摊儿生记的水煎包鲜美得让人想吞舌。

不过，她发现师父并没有吃，只是在一旁默默替她夹着包子，还给她调蘸料汁。

醋是苏易水方才在隔壁百味斋沽的小坛陈醋，只加半勺，辣油三滴，调配精准，完全按照《玩经》调配，堪比配毒。

摊子的老板年近五十，对这种自带一坛醋来蘸包子吃的客人倒是多看了几眼。

等他们吃完了算账的时候，老板还乐呵呵道："以前也有客官带着百味斋的醋来吃包子，我想想……好像是二十多年前，一个美得像画似的大姑娘，啧啧啧……人美不说，出手也阔绰，吃饭时给的打赏就是一片金叶子呢！足金的啊！该说不说，小姑娘，你也长得美甚，又这么会吃，跟那位小姐一样，都是神仙样的人物啊！"

说完这话，老板眼巴巴地看着结账的薛冉冉，指望她也给些赏钱。毕竟百味斋的坛封醋可不便宜，那是专供给京城贵人的，一坛子就要五两银子呢。这么讲究吃喝的，说不定是哪个宅门里跑出来的小姐，肯定是要给赏银的。

结果，薛冉冉伸出空空的手，很抱歉地说道："八盘包子、六碗鸭血鲜汤，我方才给了你半两银子，你还得找我五文钱。"

老板的脸微微一垮，尴笑着找了零钱。

薛冉冉不是不想大方，可是西山灵犀宫的门规就是艰苦朴素，像老板说的那类吃一顿包子就打赏一片金叶子的奢靡行为，简直可以被罚逐出师门。

薛冉冉知道那老板说的是谁，大约就是沐清歌本人。再想想沐清歌本人的歹毒算计，她有时候真是觉得前世的沐清歌和现在的沐清歌完全是两个人。

以前神仙一样的奇女子，现在怎么心思变得如此不堪？

不过，想到沐清歌当初跟现在的皇帝苏域过从甚密，她背靠苏小王爷，自然是有大把的钱财可以挥霍。

他们西山现在的花销可都是师父看诊赚取的辛苦钱，他们几个小辈自然要像二师叔那般精打细算、锱铢必较了！

刚从包子铺里出来，丘喜儿便拉着高仓去买糖人了，羽臣和羽童被苏易水吩咐去什么巷子料理他们要在京城落脚的地方了。

薛冉冉跟在苏易水的身后，正准备再逛逛时，天上又是阴云密布，师徒二人被堵在街市巷子的长檐下。

看着路面上雨珠乱溅，行人匆匆避雨，薛冉冉有些好奇地望着天："京城还真是龙地，雨水怎么这么多啊？"

说完，她转头看向一旁的师父，他正目不转睛地看着自己……就跟昨夜一模一样……

也许是怕雨水溅落到小徒弟身上，苏易水微微侧身而站，正好将她半环在身前，替她遮挡着雨。可他身上的衣衫被淋湿了，衣衫贴在肩背上，勾勒出男人迷人而结实的背部曲线。

薛冉冉稍微一抬头就能碰到苏易水的下巴。她小心翼翼地看了看苏易水的脖子，那符瓶被他放在衣领子里，也看不出颜色有什么变化，现在灵泉的阴气时不时就外泄一点点，影响着苏易水的心绪。

万一师父没有控制住，说不定又要亲吻她了……想到与这个高大的男人炽烈地亲吻，薛冉冉的小耳垂不由得一点点地红了。

可她再抬起头时，发现苏易水并没有看她，而是扭头看着一旁屋檐下一点点落下的雨珠，这种避嫌之举透着几分刻意，似乎他也怕她误会什么，才特意如此……

就在这时，又有人三三两两地跑到屋檐下避雨，总算是冲淡了二人独处的暧昧。

因为人太多了，薛冉冉被挤进了师父怀里。苏易水单手抱住她，免得她跟别人挤。

等雨停的无聊时光中，避雨的人你一言我一语地抱怨着："最近这鬼天气也不知怎么了，几乎每天都要下雨，老子早晨出门时，连一双干爽的布袜都没有！"

"可不是！真想去龙王庙拜拜，能不能将雨水挪挪位置。方圆百里，只京城连绵大雨，也真是太邪门了！"

提起这突如其来的大雨，几个避雨的人一下子打开了话匣子，抱怨起来没完没了。

不过还好，这雨来得快，去得也快，过了一炷香的工夫，雨终于停歇了。只是雨后的天空还是阴沉沉的，似乎没有下透。

雨停歇时，苏易水举步来到京城的内河边上。河道里的水已经涨满了，据说因为这百年不遇的连天大雨，水工部的人已经开始组织挖凿河渠，准备将满溢的河水疏导出去。

听说前些日子那工地发生了命案，连死了三个人，所以这工事只进行一半就暂缓了。

薛冉冉看师父目不转睛地盯着河面看，便也走过去，想看看是什么吸引了师父。

就在她靠近水面的时候，突然觉得眼前一闪，水底似乎有什么游鱼的鳞片亮得有些晃眼。

待她再定睛细看时，河道水色黝黑，什么都看不清楚了。就在这时，她低头看向自己脖子上的罗盘，突然发现上面的齿轮正在疯狂地转动。

薛冉冉吓了一跳，下意识地一把拉住了师父的手，赶紧将他扯离了内河边。

望乡关的经历告诉她，河水里有怪，在搞清楚之前，还是躲得远些为好。

"师父，我脖子上的罗盘方才动得厉害。"

苏易水点了点头，对她道："回去告诉高仓和喜儿，不可随意接近城河。"说完，他又开口说道，"走吧，看看羽童他们有没有料理好落脚的地方。"

苏易水似乎不想探查河底的究竟，举步便离开了内河边。

薛冉冉回望了一眼平静的河面，只能举步跟上。

薛冉冉跟丘喜儿他们会合后，一起跟随苏易水来到京城西巷一座僻静的大宅子。他们打开平平无奇的大门，发现这偌大的庭院里面居然有雕梁画栋的屋舍长廊，看起来奢靡、大气。这里不像小气的羽童能租住的宅子。

当听到师父淡淡地说，这是他在世俗的产业而非租来的时候，没见过世面的三个徒弟再次大吃一惊。

撇开这寸土寸金地界的京城大宅子不说，厅堂里的家具摆设、悬挂的名画、摆放的古董，个个看起来都是价值不菲。他们实在不能想象常年穿着半旧长衫的师父竟然是这等深藏不露的富豪。

不过细细想想，苏易水好歹是曾经的平亲王的儿子，身家阔绰也很正常。

但是当年平亲王造反失败，已经被褫夺了封号、家产，为何苏易水能保留这份京城里的产业呢？

当薛冉冉小心地探问苏易水这个问题时，苏易水则淡淡道："我不在宗府典籍中，这里也不是王府的产业，是我的私产，一直挂在曾易的名下。"

苏易水在修真前是平亲王外室私养的孩子，虽然后来从了苏姓，却并不在苏家的族谱里。他说这不是王府的产业，显然是指这不是平亲王赠予他的家底。

难道说他当初修真拜师的同时，还在山下挣了份庞大的家产，所以才能在平亲王兵败后安然无恙地保留这一份私产？

薛冉冉一时想到曾师叔当初落难的时候也是被她师父扶持着开了温泉汤馆。那汤馆专供达官贵人使用，装潢费用不菲，光是靠着师父一年给仨瓜俩枣看病，可能远远不够，看来师父的家底真的很厚，就算不成仙，王爷老子被杀，他也是个富贵中人。

❀❀❀❀❀❀❀

这座宅子二十年来只有三个老仆在维护，屋舍里难免有不周之处，所以苏易水方才让羽童他们先过来，带着人稍微收拾一下好住人。

因为屋院够大，每个徒弟都分到了一间房。薛冉冉发现自己的屋舍跟在西山的一样，都是临水而居。

苏易水对此的解释是，她五行从木，挨着水，对身体大有裨益。其实他有些多虑了，她不挨着水也不会渴着，因为当天夜里又是电闪雷鸣，瓢泼大雨从天而降。

薛冉冉裹紧了棉被准备赶紧睡觉，可她又忍不住探头看了看窗外的天空。那是一片说不出的浓黑。于是她又起身关窗，可是透过窗，她看到师父撑着一把伞立在屋檐之上，在瓢泼大雨里，抬头看着天际闪电划过的方向……

他因为附身白虎，后遗症还未彻底好，如此淋雨有些不妥。不过，薛冉冉识趣，并没有去打扰师父。她能感觉到师父的心里有一处深潭，外界的风雨惊扰不到那潭底。只不过那一处究竟藏匿着什么样的伤感往事，似乎不是她这个徒儿能探究的。

第二日吃完早饭的时候，薛冉冉替师父煎好了调息内伤的药，端到水廊上，看着他喝药。

天脉山的事情过后，薛冉冉一直在翻看医书，特意给师父调配了这滋补元气、安神养身的汤药。

丹丸一类滋养的都是灵气，想要滋养肉身，这些汤药才更有效力。

苏易水很不耐这些味道苦涩的药汁，一向冷静、老成的人端着碗，瞪着药汁，良久也不能饮下。

薛冉冉没有办法，只能眼睛都不敢眨地盯着苏易水，免得他趁她不注意，将药汁泼到一旁的水池里。

为了转移师父的注意力，薛冉冉干脆直接伸手一边端碗让他快喝，一边跟他说话。

"师父，修真之人不是应该摒弃红尘的享受吗，您置办这么多的产业是为何？"

这法子似乎奏效了，顺着薛冉冉的手劲儿，苏易水终于痛快地喝了这碗药汁，不过他的一对浓眉皱成了疙瘩。

薛冉冉赶紧拿出自己备好的蜜糖梅子，捏了一颗最饱满的塞入师父口中。只不过她塞得太着急了，尖细的指尖不小心也跟着入了口，被那薄唇轻轻吮了一下。

薛冉冉一愣，赶紧收回手，还没来得及羞臊，就听苏易水缓缓说道："因为当时有人喜欢花钱，总是为了享乐，接受不相干之人的金银。那时我就在想，若是我有这些，她就不必花别人的钱，被人非议了嘛……"

薛冉冉没想到师父的回答竟然是这样的。可是那时他身边最能花钱的……就是沐仙师了吧？

薛冉冉一时间表情有些微妙，迟疑道："师父，您不是最恨铺张浪费吗，怎么还如此助长奢靡？"

苏易水用力咬着嘴里的梅子核，看着她，似乎透过她看着另一个人，轻声道："她从小也是富家的小姐，因为家中生变，带着唯一的妹妹入了西山修真。一个魔修的奇才，哪个做师父的得了她都是如获至宝，管教起来也就格外严格。也许因为太严了，她小时候一点儿都没有别的孩童的烂漫时光，心里总有些缺憾吧。终于大成的时候，她喜欢的却是吃喝玩乐，过得如无状的孩子般……从小富养，后来又是常年在山上苦修的人，你能指望她入了红尘会对金银有什么概念吗？"

若他嘴里的"她"指的是沐清歌，倒也合情合理。这就是沐清歌恣意张扬又讲究吃喝的缘故。苏易水的话语并无指责，反而是宠溺满满的语气……而且他这种拼命赚钱让师父花的架势……怎么看都不像是孝敬尊长，倒像是穷小子拼命赚钱养媳妇……

想到苏易水种种拧巴的背后竟然是因为如此喜欢沐仙师，薛冉冉一时心里有些涩涩的。

也不是嫉妒，只是微妙的难过，另外更多的是担心。若沐仙师是好的，师父如何恋慕她都没有问题。如此仙侣，也是般配的一对！

可是沐清歌是什么烂人品啊！简直是心思歹毒、阴沉可怕！若师父还是执迷不悟地喜欢这种蛇蝎女子，岂不是要被她拖累到万劫不复的境地？

想到这儿，薛冉冉有些生闷气道："师父何必如此？人家愿意花别人的钱，说不定是喜欢别人，又不是哪个有钱，她就跟哪个！"

她一时气闷说出这话，可抬起头来时，发现师父的眼神……有点儿可怖，仿若灵泉附身……他直直地瞪着她，似乎她不道歉，这事情便不算完。

薛冉冉难得脾气倔，此时也是倔神附体，坚决不屈从于师父的眼神。所以她说完气话，便一脸坦然地拿起药碗，转身便走。

别的门派，都是为师者担心徒弟们年龄小，贪恋男女之情，耽误了修仙大计。可他们西山灵犀宫倒好，全都反着来，做徒弟的还须操心尊上是否爱错了人。

那天薛冉冉一宿都没睡好，稍微迷糊些，就梦见师父跟沐仙长恩恩爱爱，一起在廊下弹琴、瀑布下饮酒、水中相拥热吻……总之，之前她与苏易水之间的种种亲密画面，全都在梦境里换了沐仙师来演绎……一夜的梦境感受，若非要贴切地形容，就像被喂了一嘴的狗屎。

第二天吃早饭的时候，薛冉冉精神有些恍惚，再多的灵力也抵挡不住被梦恶心到的颓唐心情。

不过，苏易水似乎已经忘了忤逆的小徒弟昨晚气他的事情，大清早，他又亲自出门买了生记的水煎包回来当早点。

丘喜儿吃着吃着，才发现小师妹似乎跟师父较劲呢。明明醋就在师父手边，可是冉冉也不去拿，什么也不蘸，鼓着小脸干吃包子。师父也绷着个脸，整个早晨一句话都不说。

待吃过早饭，丘喜儿偷偷问冉冉跟师父怎么了。

薛冉冉低声叹了一口气，问道："师姐，若是有一天沐清歌成了我们的师娘，你会如何？"

丘喜儿也被这种可能性吓了一跳，她打了个冷战，然后想了想，叹道："还能怎么办？天要下雨，娘要嫁人，师父要娶媳妇，这些都不归我们管啊！自然是攒银子包份子钱了。不过，你想想，前世沐清歌的名声都烂成那样了，师父还是不顾争议，舍了修为去救她，这是多么深厚的感情啊！师父若终于得偿所愿，抱得美人归，就算是毒美人，我们当徒弟的，也只能恭喜恩师了……"

说完这话，丘喜儿又打了个冷战，然后嘻嘻哈哈道："冉冉，你的小脑袋瓜可真有意思，老想这些有的没的。依我看，现在师父得疯了，才会想着跟她再续前缘。"

薛冉冉直眼听着，觉得自己似乎真的想岔了，倒不如三师姐想得开。师父喜欢谁、那人是魔是仙都是他自己的事情，她这个做徒弟的，有什么资格跟师父甩脸子闹别扭呢？丘喜儿说得对，她管得实在是太宽了！

到了下午，薛冉冉也不好再跟苏易水怄气，于是寻了机会，讪讪地跟他搭言几句。

　　幸好苏易水也不是小肚鸡肠的长辈，看徒儿主动示好，他仿佛也等了许久，很努力地接着小徒弟百无聊赖、干巴巴的话题。

　　如此几次之后，师徒关系仿佛又是水过无痕，一番通畅了。

　　薛冉冉虽然脑子总算是转了这道弯，可是心情依旧不甚畅快。一时间，她看着蜘蛛修补着被大雨冲破的蛛网，想替白忙一场的蛛儿叹气；碰见亭廊下残落一地的花瓣，又觉得花红无百日，落泥徒悲伤。

　　这惹得一向爽直的高仓都被小师妹感染得对着屋外的连天大雨叹气。

　　丘喜儿问大师兄怎么了，高仓呆呆地看着外面的雨道："就是觉得像小师妹这样长出一口气，还……挺舒服的。"

　　丘喜儿也觉得有道理，她手托下巴，看着风雨与落花，也长长地叹了一口气。

　　不过，他们此来京城，可是有正经事情要做的，就算少年初识愁滋味，也得先将正事做完，才可以继续伤春悲秋。

　　苏易水要向皇帝要一本陈年旧书，这可不是敲敲皇宫大门就能搞定的。

　　大齐的皇宫地基特殊，暗藏玄阵，所有修为、灵力在入宫的那一刻，都会被消解、克化。总之，想要凭借异能入宫是完全不可能的。而且苏易水头上还顶着"逆王私生子"的名号，他更不可能大大方方地敲皇宫大门，找他的小皇叔攀交情。所以，他只能耐心等待皇帝出巡、拜宗庙、走皇寺的机会，看看能不能跟苏域搭上话。

　　苏易水到京城以后，似乎并不急着要书，这几日一直徘徊在京城的内河水潭之间。

　　薛冉冉脖子上的那个罗盘再也没有动过，内河里似乎也再无什么异状。

　　如此几日之后，苏易水终于有所行动，不过是请宫里的一个老太监在茶楼饮茶。

　　那太监似乎是认得苏易水的。他只摇了摇头，低声说道："不是远远地走了吗？远离俗尘挺好的，怎么又来了这是非之地？夫人若是还在，知道你来了京城，得多担心……"

　　苏易水看起来很尊重这位老太监，亲自给他冲泡了一杯热茶，端送到他的面前："母亲故去后，她的后事都得益于郑管事您，才不至于曝尸荒野。这份恩情，我一直记得。"

　　这位姓郑的太监摆了摆手道："往事不必再提，你过得安好，夫人泉下有知也能安心了。"

　　苏易水接着说道："我有些东西还在宫里，此来是想取它，不知最近几年宫里可曾修缮过？"

　　郑管事听得连眉头都皱起来了："当年先帝养的奇士为宫里重新布置了风水，所有宫宇都是严格按照图纸建造的。如今的陛下至孝，对于先帝修缮的宫殿，除了日常维护，并无什么改动。"

苏易水不动声色地问："可是我听说，宫里的问潭似乎扩建了？"

郑管事这才想起来，点了点头道："你不说，我都忘了这事儿了。那应该是二十年前陛下刚刚即位的时候，许是年少爱玩，喜欢跟妃子们在湖上泛舟，所以便命人深挖了问潭，扩建成了问湖。"

苏易水点了点头："陛下的书斋还是先帝用的那一间吗？"

郑管事点了点头："没有变，还是那间……我记得您那时曾在御书房里得了先帝的召见。原以为认祖归宗在即，没想到平亲王却……往事不可提。如今陛下的书房是不准我们太监入内伺候的，能进去的两个宫女还都是哑巴，他平日也就是召见朝中的重臣，或者召见异人馆的奇士时，才准人入内……"

苏易水听得眯了眯眼睛："异人馆？听说陛下爱才，寻访了许多奇人异事，不知是不是真的。"

郑管事看着茶楼下熙熙攘攘的人群，再转身看看戴着薄纱帷帽的苏易水，小声道："的确如此。皇宫的东边有片园子，人称'异人馆'，里面都是陛下招揽的人才。每次有新人时，若是特别的，偶尔会得入宫的机会，受到陛下的召见……对了，明日会有位高人入京，陛下似乎急着想要见他，昨日还给异人馆送去了入宫的腰牌……"

苏易水得到了这消息，就此谢过这位老太监。薛冉冉看到师父动作优雅地给了这位太监一张百两的银票子。

那太监推辞了两下，将银票子收入袖里，末了又叮嘱一句："战娘娘如今也在宫里住着，我看你还是早些离开的好。"

看来这位老太监也是当年京城宫变的亲历者，跟苏易水的母亲似乎也是旧识。

说完，那位老太监便起身离去了。

异人馆？薛冉冉觉得这词有些熟悉，突然想起昨日在生记吃包子的时候听到邻桌说起过，那异人馆这几日总进马车，似乎又来了不少奇士，不过这些年总是见新人进去，却不见异人馆扩建，也是怪了。当时薛冉冉听了，也没听出个究竟，现在才算明白根由。

这时苏易水起身对薛冉冉说道："走。"

薛冉冉老实地跟在师父后面，又来到城门处的茶馆。

这一喝，又是半天的工夫。

就在薛冉冉吃完两碟子栗子饼时，一个身高八尺的黑脸大汉入城了。他并没有排队，而是冲着城门守军亮了亮手里的腰牌，便带着随从径直入内了。

苏易水带着薛冉冉起身走了出去，不快不慢地跟在那大汉和他的随从后面。

转入街巷的瞬间，薛冉冉感觉到周围气流突然凝固。苏易水立即设起灵盾，然后在那大汉转头时，一个弹指利落地击打，将那大汉放倒在地，而那大汉的随从也被苏易水快如闪电地一一放倒在地。

　　薛冉冉瞪大眼睛，有些不确定师父是不是改行劫道了。

　　苏易水弯腰从那大汉的身上解下了腰牌，还搜到一封异人馆邀约的书信。

　　据这信里所写，此人叫豹鸣，乃是随云山人氏，通晓驭兽异能，所以受了异人馆的邀约，来为皇帝效力。

　　薛冉冉注意到那大汉宽大衣袖子里的右手掌居然是一只兽爪，看上去像个五彩斑斓的花豹子的，他果然不是常人。这种人身出现兽相的样子，让她莫名想起了望乡关那个与鱼合二为一的女人。

　　难道……这个豹鸣也会七邪化形咒这样的禁术吗？

　　"师父……您到底要做什么？"薛冉冉实在忍不住，开口问道。

　　苏易水伸出自己的右手，默默看着它，他那修长的手掌片刻就化为一只豹爪。不过，这不过是寻常的障眼法罢了，跟那大汉所会的奇术有根本的不同。

　　苏易水反复看了看，然后说道："这种障眼法保持不了太久，我们要快些。"

　　薛冉冉有些猜到他的想法，看来师父要李代桃僵，冒充这个豹鸣前往异人馆。

　　这时，苏易水掏出了方才顺路买的一盒油彩，交给薛冉冉，让她将他的脸涂黑，然后剪了昏迷不醒的豹鸣的胡子拿来用用。

　　待贴上胡子，原本风雅如谪仙的男人就变成了黑脸黑胡子的大汉，看起来……很像土匪。

　　薛冉冉从来没有做过这等冒名顶替的事情，她不放心地问："这么做是不是不大好？"

　　苏易水低头看着噘着嘴的小姑娘，淡然问："既然觉得不好，干吗还要帮我做？"

　　薛冉冉垂着眼角，小声说道："我相信师父的为人……"

　　苏易水勾了勾嘴角，语调转冷道："我可从来没说过自己是个好人。"

　　薛冉冉迅速瞥了他一眼，小声嘀咕着："跟着好人学好人，跟着老虎学咬人……师父您多亲近些品德高尚的，自然行事也就方正起来了……"

　　师父既然喜欢沐清歌那样的，就算天生底子好，也得跟着学坏了。薛冉冉见缝插针，想感化自己的师父，总归是希望他老人家不要跟着坏女人学坏了。

　　这次苏易水瞪了她一眼，没有再说话。

　　至于昏昏大睡的那几个人，苏易水没有将他们晾在街头，而是寻了家客栈，挨个扶着他们说他们醉酒了，开了间客房，让他们继续睡下。这样也免了他们被人发现，自己这边穿帮露馅儿。

　　之后，苏易水就带着同样进行过简单易容的薛冉冉他们，摇身变为豹鸣和他的随从们，径直去异人馆了。

皇宫东侧的异人馆乍看并没有什么出奇之处，半旧的大门甚至连匾额都没有。苏易水还是跟路人打听才知道这便是异人馆。

"异人馆"其实也是京城的百姓起的名字。朝廷三司六部里都没有这个衙门口。不过，看看从门里进出的人，顿时就能明白这"异人"二字从何而来了。

方才进去的一个细瘦的老道士，走路的时候，脚尖不挪动，像被风赶着一般，飘飘悠悠地滑入了门里。

还有个女子，头穴饱满，面带淡金，一看也是结丹的能人。

至于其他入门之人，都能看出是有根基修为的。

这大门看似破旧，青苔爬满墙根，据说门里美轮美奂，有玉食美婢。皇帝拿着真金白银供养这些异士奇才，若能住进去，真是从此不思做神仙。

薛冉冉其实有些好奇，皇帝就算爱才若渴，在京城里养着这么多异士，似乎没有什么必要啊！世俗之人，就算对修真敬仰，也无非是图长生不老，在京城多起几只炼丹炉才更靠谱些啊！

苏易水慢慢打量着大门。

羽臣走了过去，伸手叩响了门环。

大门并没有开，有人在门内喊道："来者何人？"

苏易水拱手道："随云山豹鸣，受邀约来此。"

他这一拱手，恰到好处地露出了自己那只幻化出来的豹纹兽爪。

门里的人看到了，过了片刻，就请他和他的随从们进去。

接待苏易水的，正是方才飘入门里的那位老者。待到近处，他们才发现这老者的左右眼睛不一样，右眼仁是黑色的，左眼则呈现淡金色。

老者目光炯炯地看着戴着薄纱帷帽的苏易水，缓缓说道："敢问居士，可否脱帽相见？"

苏易水坦荡地除帽，露出了一张……黑黝黝的毛脸。

老者盯着他的脸，又看了看他幻化出来的豹爪，顿了一下，然后慢慢笑开道："此前望乡关呈上异化成鱼的人尸，老朽还想着，世间是否真有七邪化形咒这等已经失传的奇术。现在见了阁下，这才全信了。相信陛下得了您这等奇才，定然龙心大悦。"

苏易水淡淡开口道："过奖了，敢问尊下是……"

老者回道："我乃这里的主事，您可以称呼我为'老冯'。陛下已经等阁下甚久，待我回禀陛下，您便可入宫面圣。"

说完，他便让侍从将苏易水等人引入西南方的一处院落。

待他们入了房门，羽童刚要说话，苏易水却做了个噤声的动作，然后绕屋子走了一圈，从床下、房梁上等处伸手拽出了几张符。

薛冉冉从酒老仙那儿得了不少灵符，对此道也是有所涉猎，一下子便认出了这些是传声符。屋内人说话的声音都可以丝毫不差地传入贴符者耳中。她明白之后，立刻清嗓说道："师父，您能获得陛下的隆宠，以后必定前途无量。"

苏易水淡淡说道："皇宫不是你们这些乡野出身的人能入的地方，一会儿我入宫后，你们就去街市上给我买些吃的喝的。我怕这里的厨子不知我的口味，我会吃不惯。"

如此安排之后，待老冯领着苏易水入宫觐见的时候，薛冉冉他们就有了合理的理由出异人馆。

想到师父要孤身一人入宫，薛冉冉不免有些担心。师父原本还笃定她必须跟在他身边，深入龙潭虎穴的时候，他却撇下她，一个人独去了。

◎◎◎◎◎◎◎◎

都说皇宫的地基排布大有玄机，异人、大能入宫时，灵力皆不可用。

心思歹毒的沐清歌也在宫里，万一她挑唆皇帝苏域对师父不利……

薛冉冉真是越想越担心。就在这时，小朱雀又跳到她的脑袋上蹦来蹦去，讨要花生吃。

薛冉冉看着这小朱雀，突然眼前一亮，对啊，她先前怎么没有想到呢！

于是她伸手抓出一张符，缠在朱雀的脚上，然后摸了摸它的头，道："乖，你去皇城最大的那个院子看一看。若是我的师父有危险了，你要赶紧回来通知我。切记，万万不可太靠近那些拿着刀剑武器的士兵，我怕你的本事入了皇城也施展不开，若被人抓进笼子里，可就糟糕了。"

一番殷殷嘱托之后，薛冉冉这才放小鸟飞去。她在自己的房间里盘腿坐下，与朱雀通感，借着鸟儿的眼睛看宫里的情形。

小朱雀拍动翅膀，很快越过高屋华脊。薛冉冉借助鸟眼看到了正被宫人引领着朝宫门走去的苏易水。

小朱雀也真是活泼，时不时在空中盘旋，到处乱窜，一会儿就飞到了宫宇的西侧。

薛冉冉可以听到西侧的宫殿里似乎传来发疯一般的唾骂声。

当小朱雀停在窗前的树枝上蹦蹦跳跳的时候，薛冉冉可以清晰地看见一个披头散发的女人正在砸着东西唾骂："什么狗屁的灵丹妙药，为何我脸上的伤疤一直不好？"

薛冉冉定睛一看，顿时吓了一跳。因为那女人正是沐清歌！过了这么久，她脸上的伤痕依旧没有好，虽然勉强结痂，可是颜色深红，破坏了原本姣好的脸蛋，俨然如温红扇一般……

　　薛冉冉想到魏纠的手爪曾经给黑蛟开膛破肚，自然沾染了黑蛟之血，不知是不是灵兽鲜血的缘故，让沐清歌的伤口久久不能愈合。

　　可是她给了秦玄酒药膏，明明问过师父，师父说那药膏是可以中和黑蛟的毒性，让伤口痊愈的啊。

　　薛冉冉努力回想师父炼制的药膏，那药膏明明很管用，她和大师兄身上被嗜仙虫咬了那么多口子，涂抹了之后，半点儿疤痕都没有留下。怎么到了沐清歌那里却不管用了呢？

　　薛冉冉不知沐冉舞将秦玄酒送来的药膏扔掉了，一时还纳闷是不是那药膏有什么问题呢。虽然她十分讨厌沐清歌，但是给秦玄酒的药都是真材实料做的。若沐清歌用了，脸上的伤口最起码不会溃烂成这样……

　　就在这时，屋内有宫女小心翼翼地说道："战娘娘，茴香泉那边已经给您清了明日的场子，都说那茴香泉对愈合伤疤有奇效，您多去温泡，一定对伤口有好处。"

　　沐清歌冷冷说道："我且去试试，若是无效，仔细你一身的皮！"

　　看着窗子里沐清歌披头散发、怒斥宫女的样子，再想着这个女人是师父喜欢的人，薛冉冉的心里有些难受，一眼都不想看了。

　　就在这时，小朱雀再次扑棱着翅膀追撵苏易水而去，最后在书房外的树枝上停了下来，探头往里看去。

　　就如苏易水所预料的那样，皇帝苏域果真在书房接见了他甚看重的异人豹鸣。

　　只不过，苏易水入了书房，便有侍卫前来搜身，同时示意他要在书房的外室等候，不可入内室。

　　就在这时，隔着重重珠帘，温雅的男声缓缓传来："外室候着的，可是豹鸣先生？"

　　苏易水垂眸抱拳道："正是。"

　　见他并不叩首，一旁的太监尖着嗓子说道："大胆，见了陛下，还不跪下行大礼？"

　　苏易水依旧稳稳站着，并没有跪下的意思。

　　一旁的太监还要发难，内室的男人却无所谓道："修真之人，原本就看淡富贵。在先生的眼里，众生皆是平等。朕与旁人并无不同，也无谓那些凡尘礼节……先生肯来，看来是同意朕先前的提议了。"

　　苏易水垂眼道："如今我见了陛下，陛下当面说一下提议，免得以前书信传达有误会的地方。"

　　珠帘后的人笑了一下："先生怕误会什么？你不是在信里很明确地表达，你爱慕着沐清歌多年，渴望一亲芳泽吗？只要你交出七邪化形咒，也许朕会安排你们相见，至于能不能春风一度，就要看先生的本事了。"

在外人眼里，皇帝苏域甚是看重曾经的恩人沐清歌。可是此时珠帘背后的男人谈论起沐清歌，仿佛是提起一件无足轻重的物品，轻飘飘地便可以打赏出去。

苏易水也没想到自己假扮的豹鸣居然还是一直垂涎沐清歌美色的色坯，一时间眉头微微紧缩起来。

虽然沐冉舞是个假货，但是到底顶了沐清歌的名头，她可曾想过，她亲切称呼的"小域"却是如此卑鄙的男人？

苏易水冷冷说道："沐清歌一向自傲不逊，只怕陛下的吩咐，她不会遵从吧？"

内室的男人也冷冷道："你不必担忧，只说可不可以就是了。"

苏易水原本来到这里只是为了跟苏域见面，只是从入京城时，他便察觉到了种种的不对劲，此时见了苏域，更是印证了他心中的种种猜测。

现在这个高居上位的男人如同谈论物品一般，将沐清歌赏赐给这么个粗鄙的男人，苏易水只觉得心中怒火难抑，他语调越发清冷道："陛下可真是大方，就是不知沐清歌当年帮助你上位的时候，有没有想到她帮的是个猪狗不如的东西！"

说完这话，苏易水突然身形一动，以迅雷不及掩耳之势冲进了内室，一把擒住了珠帘后那个男人的脖子。

这皇宫的地基的确能克制灵力异能。可是苏易水七岁便开始习武，十四岁时拜大侠燕飞为师，本身的武功了得。所以在四周人还来不及反应的时候，他已经迅速弹跳飞身，擒住了苏域。

擒贼先擒王，只要拿捏住苏域，其他的就都好办了。

可是当苏易水定睛看向在自己手里瑟瑟发抖的苏域时，不由得愣了一下。

他这个豹鸣是假的，可没想到这个稳坐珠帘后的皇帝……也是假的！这个小子虽然眉眼像极了苏域，可是苏易水还是一眼认出，他只不过是个与苏域七八分像的替身。

此刻，书房四周的门窗突然齐刷刷地紧闭，屋子的四角浓烟顿起，而屋外一驾龙辇轻纱里传来一阵轻笑声："朕好歹是你的小皇叔，你如此忤逆，一言不合便动手，可真随了你父亲啊……"

苏易水的声音从书房里传来："你是何时发现我的破绽的？"

龙辇里的人笑着道："你见过的老冯，便是天眼仙师冯十三。那障眼法变出的豹爪子，可瞒不住他的眼睛。"

苏易水冷冷道："所以你一早就识破了我，却引着我来此处？"

"经年不见，甚是想念，我也该坐下叙叙旧了。不过，你野性难改，不介意朕给你去去火吧？"

说话间，书房的金符顿起一缕缕青烟，仿佛有意识，争先恐后地往书房的缝隙里钻……

就在这一刻，苏易水突然从屋顶破檐而出，沿着屋脊使用轻功奔驰、跳跃，朝着宫里的一座高楼而去。

此时此刻,停在御书房外树枝上的朱雀眨巴着黑豆样的眼睛,将御书房的这一变故如实呈现给了薛冉冉。

小朱雀还想继续看,可是那个有阴阳眼的冯十三无意中扫过朱雀,复又迅速转过头,眼里爆出惊喜的金光。他突然走到树下,一跃而起,准备抓朱雀。

朱雀却早早飞起,躲开听冯十三吩咐射来的许多乱箭,快速飞出了皇宫。

就在发现御书房被封的时候,薛冉冉急得跳起来。这些人动作娴熟,很明显是已经排布好圈套。

那个有阴阳眼的老者果然有些能耐,不光早早识破了师父,居然还能识破小朱雀的伪装。师父孤身一人身陷皇宫险境,此时的他又是灵力全无,岂不是任人宰割?

当她将宫内的情况讲给羽臣和羽童听时,两个人也急得不行。

羽臣立刻瞪眼说道:"就算闯入皇宫,我也要将主人救出来!"

羽童比她哥哥冷静一些,只沉声道:"主人之前吩咐过我,若他明早卯时还没有回来,我就得带你们几个小的离开京城。将你们送出去后,我会跟哥哥一起入皇宫救主人。"

高仓瓮声说道:"我不走,要留下来跟你们一起救师父!"

一时间,大家都是满腔热血,可是薛冉冉知道,现在光有满腔热血,压根儿解决不了问题。

这里并非普通的世俗皇宫,而是专门针对修真者的龙潭虎穴。

异人馆养的那一群散仙,恐怕只是冰山一角,不知苏域养了多少爪牙。

若连师父都落入了险境,那么他们这群毫无准备的"虾米"一旦入宫,就只会是飞蛾扑火,被人一锅端,断了师父获救的希望。

只是她压根儿没见过苏域,更不了解他这个人,如何去救师父?

羽童在某些方面跟秦玄酒一样,也是死脑筋。既然主人让她清晨送薛冉冉他们出去,便不能打一丝一毫的折扣。

只不过昨日他们回来的时候似乎也被人盯上了,此时院外也被人围得水泄不通,眼看着西山灭门在即。

不过,羽童并未太过惊慌,她带着大家来到宅子里一个废弃许久的小院落,推开屋内的一个柜子,后面赫然出现了地道暗门。

沿着地道下去的时候,薛冉冉发现此处竟然还有供人休憩的密室。

看着摆放的落满灰尘的器物,冉冉想,也许很多年前,有人在这里躲避风头。当她用火把照时,发现墙壁上有许多利爪划过的痕迹,一道道的,触目惊心,仿佛这里曾经关着的……是一头困兽。

他们顺着这不知什么时候挖凿的暗道走了好一阵子，等再出来的时候，已经到了京城外。

"这是主人二十年前挖凿的避险暗道，没想到今日却用上了……你们先折返西山吧，主人不准你们在路上耽搁。"

羽童交代完，便折返而去。

就在他们出京城不久，城门开了，那个有阴阳眼的老冯正领着人挨个盘查，似乎在寻找苏易水的同党。

薛冉冉觉得师父心思缜密，连她们如何出城都安排得周到，可怎么他自己就如此糊涂，冒冒失失地入了皇宫陷阱？

但是想想老虎还有打盹的时候，也许师父一时糊涂，落入那皇帝的圈套也说不定。

想到她在京城里时感受到的种种异样，眼前这座城充满了说不出的危险和诡异。

虽然师父交代清楚，但是她绝不会丢下师父一人，独自逃离的！

高仓和丘喜儿也不愿意。不过丘喜儿想到城里风声鹤唳，便说："现在城里到处抓捕人，我们回去是自投罗网……不知能不能找到师父的朋友，看看有谁能帮助我们救出师父。"

说完这话，他们互相望了望。除了茶茗山的曾易，师父几乎没朋友，哪里能寻到人来帮他？

薛冉冉其实一早就有主意了。她沉稳地说道："为今之计，只有我们中有人再次潜入皇宫，查明师父的下落才可做进一步的打算。"

高仓皱眉道："那皇宫固若金汤，就连小朱雀飞进去都差一点儿被捉，现在师父被皇帝算计进去，只怕想再闯入，也是难如登天！"

薛冉冉在地道里走这一路，其实已经想好了法子："招数不怕用老，我们将师父的李代桃僵再用一次就好了。"

丘喜儿眨巴了下眼睛："你难道还要扮成豹鸣的女弟子？"

薛冉冉摇了摇头："我要扮成沐清歌！"

皇帝的行踪并不好查探，可是客居在西宫的沐清歌行踪倒是很稳定。

昨日朱雀偷窥时，薛冉冉无意中听见沐清歌要去城外泡温泉。现在唯有死马当作活马医，去找沐清歌看看能不能找到突破口。沐清歌脸上伤口的血虽然已经凝住，但是眼看着要落下一道红痕，她心里自然着急。

据说，京城南边的茴香泉有凝脂生肌的效用。薛冉冉借助朱雀知道了沐清歌的行程，在茴香泉守株待兔就可以一劳永逸。

最不济，若能逮到沐清歌，也可以用她谈条件，看看能不能用她来跟皇帝交换师父。

想到这儿，薛冉冉带着师兄、师姐马不停蹄地赶往城南的茴香泉。

高仓和丘喜儿现在都听小师妹的，即使小师妹让他们捅马蜂窝，他们也不带犹豫的。薛冉冉的脑瓜子不同于常人，他们跟着照做就是了。

❀❀❀❀❀❀❀

苏域重视人才，对"战娘娘"也是给足了该有的排面。香车为驾，长长的车队开道，甚至有三个异人为她保驾护航。

但这个京城贵人沐浴的地方并非皇宫，无论怎么戒防，都会有暗洞死角。

羽童原本想要她使用轻身术飞身过墙，可是薛冉冉说不可行。

苏域手下的异人甚多，陪护沐清歌的三个异人里说不定也有如冯十三那样的火眼金睛之辈。他们潜入这里，能不动用灵力，最好不要用。

眼看着汤馆每日运进成车的柴草，薛冉冉仗着身形小，钻入柴草堆混了进去。高仓和丘喜儿则在外面把风。

这汤馆的外馆容易混入，可沐清歌所在的内馆西侧就不好靠近了。

薛冉冉发现这汤馆里来回走动递送巾帕的都是年轻漂亮的小姑娘，于是她晃动身形，轻飘飘入了下人房。换上侍女服之后，她便端着巾默默潜入浴室蒸房的内侧。

如今她的轻身术已经到了出神入化的阶段。就算不提灵气，她也能步履轻盈，只借助巧妙走位，便可如一片羽毛一般灵巧、飘忽不定。她避开了守卫，潜入了沐清歌正在浸泡的露天浴池里。

沐仙师似乎不喜人打扰，正在闭目养神。薛冉冉进来的一瞬间，她立刻有所察觉。她挥手调动放置在一旁的宝剑，让宝剑御风而行，直直朝着薛冉冉袭来。

若是以前，薛冉冉绝对躲避不了这剑，当时就会被它刺穿。

可是现在她看向那疾驰而来的剑时，仿佛在看缓行飘来的鹅毛，来不及想便伸手用两根长指将剑身夹住了。

她稳稳接住剑身时，连她自己都愣了一下："沐仙师怎么比在天脉山上时还要弱一些呢？"

当薛冉冉弹开宝剑，用自己的小匕首抵上沐冉舞的喉咙时，沐冉舞圆瞪的大眼睛里满是不可思议。

虽然薛冉冉入过洗髓池，但是她的修为也不可能超越她这么多啊！

"你是怎么潜进来的？"

薛冉冉小声道："仙师好，我这刀刃上嚼着毒，若您动作大些，不小心割破了皮，只怕您脸上的伤又要增添几道了。"

沐冉舞瞪着薛冉冉，勉强微笑道："你想做什么？"

薛冉冉取出一道金符，拍在沐冉舞的额头上，让她不能轻易动弹，径直切入主题："皇帝老儿将我师父关在了何处？"

沐冉舞听得一愣："你在说什么？苏易水被陛下抓起来了？"

显然，她之前并不知道这事，愣神之后，她便释然一笑："我的天，苏易水居然会如此犯蠢，往苏域的刀口上撞！"

薛冉冉眨巴着眼睛看着她，小声道："笑得太大，脸也会撞到刀口……"

沐冉舞总算不笑了，挑眉说道："抓你师父的是苏域，你拿刀要挟我做甚？当初在天脉山上时，我也是迫不得已。为了解魏纠给我下的怨水的毒，我必须得到洗髓池的助力，若有对不住你的地方，你还要体谅担待些啊！"

薛冉冉可不是来听她说这些虚伪之言的，她轻声道："我此来，是想请仙师助我救出师父。"

沐冉舞嗤笑了一声，言不由衷道："好啊，我答应你，你先给我解开再说。"

薛冉冉却又掏出一道真言符，将它也贴到了沐冉舞脸上："实在对不住，你惯会说谎，我贴了这个再问你，也安心些。"

说完，她便问："你真的不知我师父被抓的事情？"

沐冉舞铁青着脸，老实说："真的不知，只听到昨日皇宫似乎进了什么刺客，闹腾了一阵子而已……"

薛冉冉又问："你可知那被抓的刺客被关押在何处？"

沐冉舞虽然不想说，但是碍着真言符在身，又一五一十道："若昨夜真的抓了苏易水，我想，苏域依然会将他押解在皇宫之中，毕竟只有皇宫特殊的风水才能镇住他的灵力。"

薛冉冉又问："你会帮我救师父吗？"

沐冉舞脸颊上的疤痕微微跳动："我才不会救，他心里压根儿没有我，只一心想着你！我巴不得他跟你一起死掉算了！"

这样的回答大大出乎薛冉冉的预料，她有些傻眼。沐仙师怎么知道她跟师父发生过那些事呢？而且沐仙师的话语里满是醋意。难道当初沐仙师就是误会师父与女徒弟之间发生了什么，所以才会醋意大发，用毒虫谋害她吗？要真是这般，她岂不成了师父恋情的绊脚石？沐仙师就要因为她这个小徒弟搅局而变得彻底绝望了？

不过，眼下不是儿女情长的时候，薛冉冉原也没有指望能说动沐清歌救师父，她抱歉地摇了摇头，又问："你跟皇帝经常见面吗？"

沐冉舞已经恼了，这样句句说实话，简直像剥掉了她的保护壳，可是她的嘴巴又不受控，只咬牙切齿道："苏域那个浑蛋不过是利用我，怎么会天天见我呢？该死！"

别人都以为皇帝高看沐清歌，所以对待"战娘娘"如再生的父母。沐冉舞也喜欢被别人这么看，满是虚荣心被满足的骄傲。可是现在她亲自揭露自己不过是别人的一枚棋子，尤其是当着薛冉冉的面，这种丢光脸的羞耻感，简直要从脸皮上没有愈合的疤痕里喷涌而出了。

第十八章 潭底秘密

薛冉冉却点头欣慰道："原来仙师您也知道苏域不是好人，您一定纳闷我怎么比您强上这么多吧？其实，我觉得，是您在那个邪门皇宫里待得太久，灵力大打折扣的缘故！身为女子，还是要小心些……不如我替您解脱了，免得您再入那龙潭虎穴。"

说着，她无视沐冉舞圆睁的眼睛，彻底封住了她的嘴，然后贴好昏睡符，将她捆好，塞入一旁的柜子。

沐冉舞被贴了金符，一时半刻也醒不来。这柜子是空的，摆在这里作为摆设，一时应该也不会有人翻动。一会儿等宫里的人马撤了，高仓和丘喜儿会过来处置她，免得她醒来回宫。

薛冉冉的身形跟沐冉舞相仿。因为沐冉舞脸上有伤，进出头上都是戴着帷帽的。所以薛冉冉也省了易容的麻烦，戴好帷帽就可以遮住自己的脸。

她穿上沐冉舞的衣服，又试着清了清嗓子，降低音量，学着沐冉舞说话。她天生也是个"鹦鹉"，学人唱歌学得像，学人说话也惟妙惟肖，居然一路蒙混着回到了车里，回了皇宫。

虽然她模仿声音甚像，但也只是简单地说"出发""出去"一类简单的命令，剩余时间里闷声不说话，就这么异常顺利地回到了西边的宫殿。

毕竟"战娘娘"喜欢坐高盖华车，每日进出几次。侍卫和腰牌俱在，便可顺利入宫，守宫门的卫兵已经见怪不怪了。

至于"战娘娘"意志消沉，不怎么愿意说话，身边服侍的宫女和太监也并不感到奇怪。

这几日，沐冉舞因为脸蛋破相，脾气反复无常。她突然不说话，下面的侍者都感到如释重负，也没有人冲上去献殷勤。

当薛冉冉到了西宫，挥手遣退了随从，先在屋子里转了一圈。这屋子里华贵得很，贵重的珠宝堆在桌子上，屏风上还挂着几件华美的服饰。

她知道沐仙师爱好奢靡之物，如今在屋子里转了一圈，现实果然不假。

那个苏域虽然在利用沐仙师，但出手也真是大方。像这样的女人，师父光靠看病的诊费养……应该会有些吃力。

薛冉冉分神想了一下，便坐在床榻上，试着调动自己的真气。果然如师父所言，自己丹田盈满的真气在入宫的那一刻便消散得不见踪影，怎么都聚拢不起来。

当然，盘坐调息的时候，薛冉冉还是可以运转经脉，安身健体。

薛冉冉觉得沐仙师为了躲避三大门派，可真豁出去了。在这样的气场待久了，再高的修为也会折损很多。

按理说，沐仙师有不逊于师父的本事，完全可以自立门户。可是不知为何，这位沐仙师总是习惯依赖别人，拿别人当刀子用，或者自己被人当刀子使……难道这才是她真正的性格？

薛冉冉完全想象不出以前那个恣意饮酒、纵情天地的女子如今为何过得这般畏首畏尾。

想到这儿，她更加好奇苏域这个人，他到底有多么深沉的心机，才能把两世的沐清歌骗得团团转，一直为他所用。

不过当务之急是要找出师父所在的位置。沐仙师说师父应该还在宫里，薛冉冉觉得这话很有道理。就算找不到师父，她也能找到师父脖子上的灵泉。

想到这儿，她掏出了曾易师叔做的小罗盘。这个罗盘跟秦玄酒当初拿的罗盘一样，可以在靠近魔物的时候捕捉到微弱的气流涌动。

薛冉冉不打算入夜再行动。大齐的皇宫太大，她不能动用真气，在夜里行动反而会惹人注意。

于是，趁着今日难得的晴天，她戴好帷帽，落落大方地领着几个宫女走到御花园里散步。

那些三三两两的妃嫔看到了"战娘娘"的身影，都是远远地打量，眉眼中带着淡淡的不屑。

毕竟"沐清歌"这么一个妃不妃、嫔不嫔的女人，却占据了宫里最好的一切，分享着皇帝的荣宠，的确让人妒恨。薛冉冉将脸藏在帷帽里，看似随意地走动，实际上一直在查看自己脖子上挂着的小罗盘。

师父的身上有灵泉，小罗盘应该能感知到些许魔物之气。她反复走了几次，发现每次朝着宫门东北方向时，那罗盘都会颤动几下。她看了看东北方向，那里有一座高高的楼，据说是先帝供奉开国功臣的所在，建在问潭的中央。

问潭在二十年前经过扩建，已经是一片区域不小的湖。

当她准备朝问潭也就是现在的问湖走去时，却被人拦住，告知她那里是皇宫的禁区，不许人靠近。

薛冉冉只好装作好奇心强，问这里为何是禁地。

那守军互相看了一眼，其中一个赔着笑脸道："您也清楚，前天来了刺客，他一路逃窜到了问湖，最后一不小心，脚滑掉了下去，这尸首还没打捞上来呢。这么晦气的地方，您还是莫要靠近了。"

薛冉冉知道自己现在无法靠近，可是听了守军的话心里一紧。

她只能先离开，同时心里默默安慰自己：就算师父暂时在皇宫失了灵力，也绝不可能就这么窝囊地被淹死。这里面一定有糊弄人的话，她须赶快查明这问湖里的异状……

就在她想得入神的时候，突然一个气乎乎的女声在她的身后响起："你怎么还留在这里，难道是被富贵冲昏了头吗？"

薛冉冉竟然没有觉察到有人靠近。她警惕地回身一看，原来是个气质明艳、一身红衣、浓眉大眼的娘娘怒目立在她身后。

那位娘娘毫不客气地抓着她的手腕，把她拉到一旁的亭子里。

"你们都下去，我要跟战娘娘说一会儿话。"那位红衣英眉的娘娘吩咐下人道。

鉴于沐仙师欠揍的品性，薛冉冉不确定沐仙师有没有得罪过这位娘娘，只沉默不说话，让这位娘娘自己先说个够。

这位红衣娘娘见她不说话，似乎急切得有些咬牙切齿，低声道："你是怎么了？为何非要在皇宫里长住？若没有安身之处，我父亲在西北安城有别院，你去那里安心休养。至于怨水之毒，我也会想办法给你弄来缓解的草药。你若再停留在这里，只怕被人卖了都不知是怎么回事！"

说这话时，红衣娘娘一副恨不得将她立刻扔出宫的样子。不过她看上去并非出于嫉妒，而是……发自内心的关切。

听这位红衣娘娘话里的意思，她应该是沐清歌二十年前的旧识，并且不太赞成沐清歌待在苏域身边。看样子，她对那位皇帝的城府算计也有很深的了解，似乎很怕沐仙师吃亏。

看薛冉冉只呆愣愣地站在那儿不搭言，红衣娘娘有些急了："先前我看你出宫，还以为劝动你了，可你怎么在天脉山走了一遭，又回来了？"

薛冉冉试探着低声道："……苏易水被抓，你可知道？"

红衣娘娘一愣，然后冷声笑开："这不是很好？你已经是死了一遭之人，万万莫要再鬼迷心窍。像苏易水那等邪魔之人，你管他做甚？难不成他真的会随了你的心愿，变成好的？他那是根上烂了，没有救的。就让他跟陛下狗咬狗去，你远远离开这一切，才是正经。"

薛冉冉没想到这位红衣娘娘对自己师父人品的评价如此低。就算她是苏域的小老婆，也不能如此诋毁她的师父啊！而且这个"狗咬狗"……似乎她对皇帝的评价也不甚好。

就在这时，有个太监走了过来，皮笑肉不笑地对那红衣娘娘道："静妃娘娘，您怎么跑到这儿来了？您的父亲周大人刚刚面圣，顺便准备来跟娘娘请安，正在您的宫门外候着呢。"

静妃娘娘听了，冷冷瞪了那太监一眼，转身便大步离去了。她的步态可不像其他宫嫔那般脚踏莲花碎步，而是大步流星，走得利落、潇洒，像有习武的底子。

薛冉冉准备往回走的时候，便看见沐仙师的爱徒、那个林丞相的儿子林烨庭正在太监的引领下前来找寻。

林烨庭方才应该也看到了静妃娘娘凑过来跟薛冉冉说话的情形，在向恩师拘礼问安后，便熟稔地说道："静妃娘娘的父亲虽然高居兵部尚书，可父女俩是一对榆木脑袋。听说，最近周道大人被陛下申斥多次，看来是失了圣心……静妃娘娘还未入宫的时候，好像跟师父您的关系甚好，所以徒儿斗胆说一说，师父，您还是要避一避嫌，免得被他们父女拖累了……"

薛冉冉一听，立刻听明白了，这个静妃娘娘的父亲周道正是望乡关秦玄酒将军的老上司。之前有人借着望乡关兵卒投河的事情参奏秦玄酒时，是这位周道大人一力保举秦将军。

不过，周道跟奸臣林丞相一向是死对头，现在林烨庭这小子见缝插针来进谗言，显然是替他老子使劲。

薛冉冉对林氏父子有种天然的反感，虽然不曾与其共事，但嗅闻其腐臭之气甚久。而且林烨庭这小子若一直跟在她身后，她就没法行事了。

于是，薛冉冉模仿沐仙师的声音，冷冷地说了苏易水的一字真言："滚！"说完，她便头也不回地朝着自己的宫殿走去。

林烨庭虽然知道自己的恩师这两日脾气暴躁，但万万没想到她今日竟然如此毫不客气地申斥自己，不禁一时呆愣在那里。

不过，随后他想到静妃娘娘周飞花曾经算是沐清歌的挚友，顿时明白自己方才的话语太不周全，可能惹得恩师不快了。

虽然惹得恩师不高兴，可是林烨庭也并没有太惶恐。

那女人还真以为自己是神仙一般的人物？陛下供奉她虽然隆重，可恩宠撤回去那日，也会让人措手不及。他虽然叫那女人为"师父"，却是父亲授意的，以便留在她身边监视耳目。难不成她还真以为自己一个堂堂丞相之子是招之即来、挥之即去的毛头小子？

林烨庭忍不住冷哼一声，也转身离开了。

薛冉冉回到西宫之后，屏退左右，准备换一身利落的衣服，静等黑夜的来临。

闲来无事，她便盘腿调息，希望自己能静心，以便在宫殿远近的嘈杂声里辨析苏易水的声音。可是无论她如何静心细听，都听不到苏易水丝毫的声响。

其他不相干的声音，她倒是多少听到了些。

她那位"爱徒"林烨庭似乎正在离西宫不远处跟人低语："周道那老家伙不识抬举，不肯主动挪挪位置，少不得要给他些教训……听说陛下最近又是接连几夜翻静妃的牌子，静妃娘娘这是盛宠不断啊……如此一来，周道还能凭借女儿翻身啊！"

一个太监一般尖细的声音道："丞相大人若是担忧这个，也很好办。最近静妃娘娘的表哥也入了禁军,听说他们可是青梅竹马,一起长大的……公子若是有心,今晚禁军在休憩的厢房里有酒局,倒是个机会……"

接下来,两个人咬着耳朵,薛冉冉使劲听,也不过是嘀嘀咕咕,听得不甚仔细。

现在她一心想的是救师父,至于宫内钩心斗角的事情,全不在她的考量之内,所以听过了也没有放在心上。

很快,夜色终于来临,薛冉冉默默算着西宫守卫换防的时间,终于趁着深夜换防的时候,从窗子里一个轻跳跃上了房檐,然后沿着高高低低的屋顶,朝着东北高楼的方向快速前进。

苏易水平日严厉,她就算不用真气,脚上也能轻盈弹跳。当她距那问湖的高楼处越来越近的时候,脖子上挂着的小罗盘也动得厉害。薛冉冉心中一阵狂喜,也许师父就被关押在那里。

她停在最近的一处屋檐上时,发现前面是大片的空地,而那高楼建在问湖的正中央,环岛四周都是浓绿深幽的水。而四周的禁军似乎很忌惮问湖,全都远远避开,似乎湖里有什么吃人的洪水猛兽。

薛冉冉当初借助朱雀的眼睛,看到师父正是朝着那座高楼一路奔去,再结合白日里守军们的话,难道师父失足跌进了湖里,一直没有出来过?

在夜色的掩护下,薛冉冉像小蝙蝠一样趴在屋脊上,免得远处的人看到她。她闭上眼,努力静心倾听,很快便听到湖的深处似乎有咕噜咕噜的异响。

在咕噜咕噜的异响里,似乎又传来一丝痛苦的呜咽声,那声音……像极了师父!

薛冉冉听到这里,猛然瞪大了眼睛,难道……师父被囚在水下?

就在这时,似乎有换防的守卫在说话。一个像头目的人问道:"有翼仙君今日可有异动?"

那个被问的人回答:"跟昨日比,可强太多了。昨日那个刺客不是自己掉入湖里了嘛!仙君似乎吃饱了,今日老实得很,都没有升出水面,您看今日也没有下雨。"

那个问话的头目低声说道:"你们万万不可大意。若是仙君彻底觉醒,会将整个京城地皮都掀翻,一定要按时投喂,时时查看湖中的震塔有无异状……"

薛冉冉听了有些愣神。她突然想起内河里的东西,还有京城最近接连不断的大雨。难道这皇宫的湖底下藏匿着什么要命的邪物吗?

若真是如此,苏域疯了不成?如此繁华所在,他藏了这么个邪物在宫里,若真生出什么意外,岂不是满京城的百姓都要遭殃?而且他们说将抓来的人投喂有翼仙君是什么意思?难道他们说的人……是师父?师父已经被他们抓来喂了潭底的邪物?

若苏域真私养了什么邪物,那邪物应该跟嗜仙虫一样,都需要灵力深厚的人做补品。从某些方面而言,师父苏易水正是美味的大补之物啊!想到师父可能已经被喂了邪物,薛冉冉觉得心肝都要裂开了。

师父，难道你就这样被昏君害死了吗？

静默了一会儿，薛冉冉知道自己现在还有机会偷偷溜出宫去，若真的接近那深潭，很有可能被里面不知是什么的邪物吞噬殆尽。

可是师父方才那一声呜咽，她听得真真切切，说不定他现在就在水下痛苦挣扎呢！按照守军的说法，师父昨日一路逃出来，跳入湖里，而且一直没出来，那么他一定还在水下。

想到这儿，薛冉冉竟然没有害怕，她向来决定了做什么便不会回头去看。若师父真的葬身水中，她拼死也得捞回师父的一块骨头⋯⋯

想到这儿，她深吸一口气，准备往下跳，可是没想到身子还没有跃起来，她忽然感觉身后传来一股森然的气息。

薛冉冉慢慢转头一看⋯⋯苏易水一身湿淋淋地出现在她身边，正用一双好看的眼睛瞪着她。

薛冉冉屏息凝神上下打量苏易水——全须全尾，并没有缺胳膊断腿，可是就是有种说不出的诡异。

她正想开口说话，苏易水却钩着手指，示意她从房檐上下来，然后引着她沿着房脊快速跳下，闪身进入附近一处宫宇里。

相较之前的几位皇帝，苏域宫里的妃嫔并不多，这座靠近问湖的宫殿似乎闲置了许久，到处落满灰尘。

当二人闪入屋内时，薛冉冉想拉住师父的手腕替他把脉——这是苏易水教给她分辨人的法子。

人的外貌可以通过障眼法改变，但是脉息大致不变，尤其是苏易水的脉息跳动与旁人不同，不会错辨。

可当她伸手的时候，那手却越过苏易水的身体，从他的腰间穿过。

原来眼前的人压根儿不是师父，只是幻影罢了⋯⋯这就跟当初灵泉在调军台变出了前世沐清歌的影子是一样的道理。

苏易水的幻影铁青着脸道："怎么这么不听话！不是让羽童送你们出去了吗？为何你偷偷跑到这里来？"

若是邪魔所变的幻影，它为何会知道师父之前对二师叔的盼咐？薛冉冉呆愣愣地看着眼前的影子，最后颤抖着嘴唇道："师父⋯⋯您死了吗？"

莫不是师父死得太凄惨，所以阴魂不散，在她的面前显灵了？

似乎为了配合小徒弟的臆想，面前的幻影阴森森道："就算不死，也快要被你气死了。"

薛冉冉此时快要哽咽了，小声道："师父⋯⋯"

苏易水似乎也不想在这种时候吓疯了小徒弟，只低声道："我现在还不能离开皇宫,但是暂时没有性命之忧,只是身体受限,只能以脱离元神的方式化形来见你。你是如何进宫的?"

薛冉冉小声道:"我在朱雀的脚上绑了符,亲眼看见您中了皇帝的圈套,被他捉了……这让我如何安心回去?我就算死也要救出师父……"

苏易水听了这话,不但没有感受到徒弟的孝顺,反而伸手想要捏住她的肩膀,可惜他的手此时根本抓不住薛冉冉。

他平复了气息,一字一句地说:"我不准,你敢死?"

薛冉冉被他眼神里说不出的狠意怔住了,眨巴着大眼看着他的元神,不说话。她好像又触犯了师父的逆鳞,这个时候发脾气的师父,她有些不敢认。

苏易水也知道自己吓到了薛冉冉。看着小姑娘微微缩起脖子的样子,他努力深呼吸,平复心里的躁意。

当初他献出大半的结丹给转生树,所以他对薛冉冉这个小仙果特殊的气息敏感得很,正因为如此,当初他在绝峰村一见到她,便感觉到了她的存在。

方才他在水下时,突然感觉到薛冉冉的气息出现,立刻惊醒过来,同时化出元神,前来找寻她。只是这等分离元神的法子比驭兽术更加损耗元气,他维持不了太久。

他低声说道:"明日一早,你便找机会出宫,赶紧回西山去……是我不好,若是早知道京城这么凶险,我绝对不会带你来此。另外,要格外小心苏域……他——"

苏易水还没有说完,元气似乎快要耗尽,他的身影逐渐变得模糊,话音也颤抖得难以辨析,最后他话音未落,便嘭的一下消失不见了。

◎◎◎◎◎◎◎◎

薛冉冉默默等了一会儿,四周依然安静,再看不见师父的影子。看来师父的元气不太够,维持不住幻影便消失了。她小心地移到一边,顺着窗户往下看。月光下,问湖的水面波光粼粼,师父应该就在那片水下……

薛冉冉轻轻地吐了一口气,最起码现在能明确的是,师父暂时没有性命之忧。而且师父方才非常生气,她若不听话,很有可能比二师兄更早被逐出师门。现在她只能先原路折返西宫,待到天亮时再做打算。

就在折返的时候,她路过一片宫殿,听到了熟悉的尖细声音:"快,将他抬到静妃的床上去。静妃习惯睡前打拳,现在不在寝宫,待会儿送牌子的大内总管来时,你们知道该如何行事了吧?"

这说话的声音赫然是白日里跟林烨庭窃窃私语的那个太监的声音。

听到这儿,屋檐上的薛冉冉不由得顿住了脚步。

她虽然不谙宫斗,但此时也听明白了。大约就是林烨庭串通了那个死太监,将静妃娘娘的禁军表哥酒里下了药,将他弄晕送来,准备摆在静妃的床榻上。静妃宫殿里的太监和宫女事先都被买通了。静妃此时正在武场练武,他们正好可以布置一切。一

258

会儿静妃回来，皇帝寝宫来送牌子的太监也该到了。那时，自然会有人不小心撞破静妃的寝宫里有男人的事情。到时候，有人牵引出静妃跟她表哥的陈年旧事，"红杏出墙"也就坐实了。

这原也不关薛冉冉的事情，总归是深宫里又多了一抹屈死的冤魂。

她举步继续快速朝着西宫赶回去。

她往前走了不久，正好听见静妃在宫殿一隅的练武场上同一个太监低声说话："我父亲说，内河与宫里的问湖是通着的，若真有蹊跷，这问湖也得查看一下。你说前日有人落湖，可看到尸体漂上来？"

那太监低头小声道："问湖四周一直有人看守，小的接近不了……周大人查了这么久都没有什么线索，也许那河里有怪物的事情真的只是传闻。"

静妃却摇了摇头："这事儿干系重大，不查个水落石出，让人放心不下。你且去备置我让你准备的东西吧……"

她命那太监离开后，便开始在宫灯照耀下舞起长剑。

这位周娘娘可不是寻常人那样的花拳绣腿，而是身体腾飞跳跃，出招时带着呼呼的啸声，挽起的剑花在矫健的身体四周不断晃动……这样的剑术俨然马上就要入"道"的境界，自带着一股凛然正气，不知需要花费多少功夫才能达到这么高深的造诣。

薛冉冉先是偷听他们说问湖的事情，然后又被她的身手吸引，忍不住停下来看，越看越上瘾。

她一时又想到秦玄酒当初含冤受屈，是兵部尚书周道为秦将军鸣冤。这位静妃娘娘是周道将军最小的女儿，看着为人爽利，若是被冤枉了清白，恐怕在奸人陷害下难以自证。

薛冉冉虽然没有跟静妃深交，可白日被她莫名其妙抓到亭子里骂时，便对她有莫名的好感。她想起自己无意中听到的那个阴谋，犹豫了一下，决定多管闲事，帮帮这位马上要含冤的静妃娘娘。

她快速移步到练武场一旁的房脊上，看着那位利落舞剑的女子，割破指尖，快速扯下一小块内衣衣襟并写了字："你床上有男人，请快些处理了。"写完，她检查了一下，觉得言简意赅，正中问题要害，于是她将布条裹在一颗石子上，朝着静妃娘娘扔去。

薛冉冉扔完便打算闪身离去。可惜她太低估这位深宫娘娘的身手了，她刚刚扔完石头，静妃已经瞬间判断出石子飞出的位置，一个"闪身折花"，便将薛冉冉拦截在屋檐边上。

薛冉冉的反应也够快的，她顺势翻身落下，快速躲过周飞花刺过来的剑尖。

可她躲了一个，更多剑花接踵而来。

薛冉冉有些傻眼，先前的一关三卡，她都有惊无险地过来了，没想到自己一时心善，却在静妃娘娘这里落了下风。若是有灵力，她有一百个法子弄倒这位静妃娘娘，但是现在她在皇宫，与常人无异，单从武力来看——她瞟了一眼静妃娘娘露出的结实肌肉——嗯，她毫无胜算可言。

周飞花瞪眼看着面前这个穿着一身黑衣的小姑娘，她现在被剑尖抵住了脖子，动弹不得。

周飞花掂了掂手里那颗石子，借着宫灯抖开裹在石子上的布条，越看眼睛瞪得越大，冷声问道："你是何人？这布条是什么意思？"

薛冉冉将事情分了轻重缓急，小心翼翼嘟嘴说了声"嘘"，示意她小声些，然后轻声道："我是秦玄酒将军的晚辈，见有奸人要来陷害娘娘，特意来报信。"

她这可不算撒谎，从沐清歌那边论，她是秦玄酒的徒侄儿、正宗的晚辈。

果然，听了秦玄酒的名头，周飞花架在薛冉冉脖子上的短剑稍微松了松，她又冷声问："是何人要陷害我？"

于是薛冉冉简短说了一下林烨庭买通宫里太监的事情。

至于她说得对不对，周飞花很快就有了定论。接着她给出了一个眼神，她身边两个侍女就带着心腹太监快速回了寝宫。

他们先是将今夜留守寝宫的几个当值的小宫女全都捆了，然后在床上发现了昏睡不醒的静妃表哥，一看就是被人下了药。紧接着，那个心腹太监迅速地将那位昏迷不醒的表哥挪了地方。

在薛冉冉的提醒下，这次总算是有惊无险，在皇帝派人到来前，寝宫的异状被清理干净了。

周飞花也是个胆子奇大的女子，面对皇帝亲信递来的牌子，她面不改色，直言自己身体不适，不宜陪王伴驾，还请陛下重新翻牌子。

那太监听了，倒也不介意，似乎静妃娘娘给皇帝吃闭门羹也不是一次两次了。他举了举手里的一串花花绿绿的风铃，道："陛下听闻娘娘最近心绪不佳，睡眠也不好，特意命内侍监挑了西域进贡的一串风铃，挂在窗边，娘娘也能睡得安稳些。"

说完，那太监便走过去，将风铃挂在窗边。

周飞花打发走皇帝派来的太监后，伸手拨弄了几下风铃。

皇帝的恩宠就如这风铃一般，华而不实，好看却并不中用，倒是在宫里为她树了无数明里暗里的敌人。那些被嫉妒冲昏了头的女人也不细想想，什么样的受宠十几年的妃子能膝下一直无所出呢？

周飞花命人处置了被人收买的宫女、太监后，回了自己的寝宫，打量薛冉冉。薛冉冉此时刚被松绑，揉着手腕跪在静妃娘娘面前。

周飞花看着她，突然开口道："你究竟是谁？若不说实话，我便叫内监总管来认人，看看你到底是不是宫里的。"

薛冉冉明白，一定是自己不太规范的行礼姿势让静妃看出了破绽，认出自己绝非经过训练入宫的宫女。

她看静妃是个爽直的人，便不绕弯子了，抱拳道："看在我一番好心，救了娘娘一次的情分上，娘娘能不能高抬贵手，饶我一回？"说完，她便亮明自己的身份。

当听到这个小姑娘是苏易水的徒弟时，周飞花脸色一变，不过她还是耐着性子，听薛冉冉说自己此来是为了救师父的事情。

薛冉冉留了心眼，可没敢说自己顶替了沐清歌，将她塞入浴室柜子的事情。这位静妃娘娘跟沐清歌交情甚笃，若她说了，可能周飞花立刻就会宰了自己。

周飞花先前也不知道苏易水被抓的事情，在她看来，这真值得喝上几杯庆祝一下。不过，这个大眼睛的小姑娘心地不错，明明自己冒险入宫，却肯在听到别人的阴谋时出手帮衬她。

至于苏易水在望乡关帮助秦玄酒降伏水魔的事情，她也听父亲提起过。沐清歌死后，那个苏易水倒是支撑起了灵犀宫的门面，还招了新徒，做了些像人的事情。就事论事，这小姑娘冒着被抓的风险救了自己，这份情谊，她周飞花记下了。

所以周飞花道："你师父被抓是他咎由自取，他是逆王之后，难逃一死。你一心想救你师父也是情有可原。我欠你一份人情，自然得还。明日一早，我会派人送你出宫，你莫要再回来了。不然下次再见你，我只能拿你当刺客处置了。"

薛冉冉知道周道大人为官清正，他女儿的人品也不会差。周飞花这么说，便会这么做。只是她不明白静妃娘娘为何会这般憎恶师父，难道就是因为师父当年对沐清歌被围攻的事情袖手旁观，还起了推波助澜的作用吗？

周飞花听了薛冉冉的疑问，嘲讽地笑了一下："若单单只是人品的问题就好了，你这么个心善的小姑娘，怎么拜了那么一个邪物为师……"说到这里，她便不肯再说，只挥手准备派人安排薛冉冉天亮出宫的事情。

可是师父还在宫里，薛冉冉怎么可能走？方才师父是以元神出窍的方式来见她，那就是说明他被什么东西困住了。很有可能师父怕她有危险，所以诓她先出宫。若是静妃娘娘将自己送出去，想再入宫就难如登天了。

薛冉冉的脑子飞快地转，突然想到静妃娘娘先前吩咐心腹调查问湖的事情，当下有了主意。她开口说道："其实我师父此次前来，是察觉到京城地界有些诡异，根源就在这皇宫之中，可惜他还没来得及细查，就身陷囹圄。若是我就此离开，岂不是半途而废？"

这话果然吸引了周飞花的注意，她微微瞪眼："苏易水也察觉到了？那他查到了什么？"

薛冉冉想起自己的小罗盘，又想起苏域在二十年前将问潭扩建成了问湖，再想想师父掉入湖中一直未出来，所有的谜题显然指向了问湖。也许只有入湖，才能解开一切谜题。所以薛冉冉参着胆子道："问湖里有妖，娘娘若是想要查明究竟，我愿意入湖一探究竟。"

她方才正要跳湖的时候，师父及时闪出幻影拦住了她，不准她入湖。越是这样，她越想一探究竟。就算被师父逐出师门，她也绝不会留师父一人在冰冷的湖底。

周飞花看她说得笃定，想了一下，这才缓缓说出自己知道的一些事。

原来，周飞花一直在暗中查访京城的异状。就在一个月前，她父亲的一个老部下从夜宴归来，差点儿栽进内城河。当时他说看见个庞然大物从水里探出头来，一口将扶着他的小厮给拽下了河。当时那个老部下吓得酒意全化作冷汗涌了出来。周道的府邸离出事的地方不远，所以那老部下连滚带爬地敲开了尚书府的宅门。

周道听了他语无伦次的讲述，立刻派人去河里寻人，尽管惊动了城尹，调动了衙门和大量的渔船，却始终一无所获。

若内河里真有那老部下所说的庞然大物，如此大的阵仗，早就被发现了。

而衙门那边也以那老部下喝醉了酒、说了酒话结案。至于那个失踪的小厮，从此以后再无踪影，也以逃奴处置。

可是周道相信那老部下的话。当时他在河道边捡起一个贝壳一样的硬物，看着流光溢彩，不像凡物。

似乎有人不想他细查此案，就在三日后，那个老部下又一次酒醉，满身酒气，摔进阴沟里，脖骨断裂而死。他的妻子跟周道哭诉，那天是夫君亡母忌日，为人至孝的他从来不会在母亲的忌日饮酒作乐，而且刚刚受了惊吓的夫君怎么会又一次喝得酩酊大醉呢？

至此，周道觉得此事透着蹊跷，所以他暗中请了些人，想查找些蛛丝马迹。可是最近他似乎失了圣宠，皇帝的话语里暗示让他告老还乡。他若是辞官而去，就要返回老家，这件事情便要不了了之。

现在周飞花听到薛冉冉笃定问湖有蹊跷，不禁心念一动。因为她知道，问湖的水正是从内河引进来的。难道……那个吃人的怪物就在皇宫的问湖里吗？

薛冉冉说她想要去问湖一探究竟的时候，周飞花迟疑道："那里是宫中禁地，陛下的一个爱妃曾经不小心跌进问湖，让陛下伤心欲绝，自此以后，便禁止宫人靠近。"

薛冉冉以为她心有顾虑，便歪着头道："我又不是什么宫人，就算真的被陛下追究，也绝对不会牵连到娘娘您。"

周飞花看了看她，突然自嘲一笑："没想到我在宫里熬了这么多年，荒废了满身的本事，做事情也变得瞻前顾后了。想要探明究竟的是我，我干吗拿你这个小姑娘以身试险？你叫薛冉冉，是吧？我听说了，你是这次洗髓池会的优胜者，能通过盾天大能的考验，便跟清歌当年一样，是可塑的奇才，若真折在皇宫深湖里，岂不可惜？"

看来这位静妃娘娘也是个惜才之人。

薛冉冉抱拳道:"我师父是对我最好的人,如今他孤身一人,全无指望,除了我,还有谁能救他?就算是龙潭虎穴,我也要闯一闯!"

说这话时,薛冉冉目光坚毅,小脸上散发着说不出的风采。

不知为什么,周飞花恍惚间似乎从这小姑娘的身上看到了另外一个人。

那时的"她"坐在高高的塔顶,看着远处的晨曦,微笑着道:"他孤身一人,全无指望,除了我能拉他一把,还有谁愿意救他?"那一次,周飞花与"她"在高塔之上饮了一夜的酒。诀别之时,周飞花万万没有想到,那竟然是二人最后一次相见……

当初听闻沐清歌重生的时候,周飞花狂喜万分。后来好不容易盼到沐清歌入宫,二人再次相见时,昔日可以彻夜共饮的好友却变得生疏得很。

"沐清歌"客气地告诉她,她在树上寄生了二十年,许多旧日的事情都想不起来了。

如此反复,旧日一段刻骨的友情似乎并没有随着转生树开花结果。

周飞花微微叹了一口气,结束了莫名的伤感。从这个愣头愣脑的小姑娘身上,她倒是重新拾起了万丈的豪气。

她笑着说:"既然你是个不怕死的,那么不妨跟我走一遭,一起看看那问湖水里究竟有什么门道。"

二人商定好以后,薛冉冉好奇地问道:"听说大齐的皇宫建造时有高人指点,所以地基下埋着东西,能够禁锢人的灵力,也许正是这个原因,那怪物才没出来兴风作浪吧?"她说这话时,手指缠绕着脖颈上的小罗盘若有所思,转头又看了看窗外正在鸣叫的鸟儿。

周飞花一个转身的工夫,那个立在窗边的小姑娘已经消失了,只是窗边飘来一句清亮的话:"静妃娘娘,我先走一步。你若信我,我们今夜子时问湖边再见……"

薛冉冉的轻功了得,她抓住时机,趁着天色未亮,终于跑回了西宫。

她换好沐清歌的衣服,然后拿起纸笔,迅速在纸上画了好一会儿。待渐有雏形时,她缓缓吐了一口气,将纸条折好,又用蜡封住,看什么时候能送到宫外。

白日时,她还得乔扮成沐清歌,只有等到晚上,才能入问湖一探究竟。

其实,薛冉冉还是心存疑虑的,她也担心静妃娘娘会出卖自己。

不过,子时,她趴在屋檐上,看着一身黑色劲装的周飞花出现在约定之地时,便知道这位娘娘的信用跟她的剑法一般可靠。

有周飞花出手相助,薛冉冉第二次接近问湖就变得容易得多。

周飞花知道问湖四周的守卫换岗的时间。在下半夜换岗之后,她看准了风向,取出心腹弄来的迷魂散,一包下去,就放倒了四周的守卫。

然后她俩换上了潜水的衣服,互相看了一眼后,扑通一声跳入了水中。

周飞花的水性甚好，只是此时是黑夜，入了水也看不见。她从怀里掏出一颗夜明珠，用来照明。

据说，这珠子是陛下赏给静妃娘娘的，静妃娘娘所受的隆宠可见一斑。

借着珠子的光亮，她俩不断下沉，薛冉冉的思绪也越来越沉重。

因为这偌大的湖里……居然一条鱼都没有！皇宫里的河湖排布都要遵循风水，里面肯定会蓄养锦鲤一类的吉祥物。

可是她们下沉了这么久，手里还拿着容易吸引鱼类的夜明珠，这水里依然静寂得如死水一般。

薛冉冉直觉不妙。她看四周并无异状，正想向周飞花做手势让她赶紧上去的时候，却看到周飞花似乎受了什么惊吓，圆瞪着眼睛，咕嘟嘟吐着水泡，呛进大口的水。

薛冉冉顺着她的视线扭头一看，瞳孔猛地紧缩，她一时忍不住闭气，也差点儿呛入大口的水。

因为顺着夜明珠暗淡的光看去，水潭的底下赫然盘踞着一个巨鳞大物——一条须发漂浮、龙角齐全的……龙！此巨兽起初看不清身影，不过在夜明珠的折射下，它的身体似乎也淡淡地泛着粼光，渐渐呈现出全貌。

万幸的是，它似乎陷入了沉睡，盘卧在水底，一动不动。

而这条龙的身体似乎圈着什么。薛冉冉仔细看时，才发现那竟然是个人——那人长发散开，在水中如乌色水藻一般漂浮不定，脸也被龙鳞上的光映照着，正是她师父苏易水！

只是苏易水并没有睁开眼睛，似乎陷入了昏睡。

方才周飞花连呛了几口水，已经忍不住游上去了。

就在这时，那条龙慢慢睁开了眼睛，狭长的眼缝里露出了一丝让薛冉冉莫名觉得有些熟悉的金光。

薛冉冉被它盯着看时，身体莫名不能动了，只能眼睁睁地看着硕大的龙头慢慢朝着自己移来，它那漂动的长须甚至已经碰触到了她的身体。

❀❀❀❀❀❀❀

薛冉冉拼命让自己镇定下来，同时想要抽出腰里别着的机关棍，防备这条龙突然发动袭击。

可就在这时，熟悉的声音在薛冉冉的耳旁响起："还知道害怕？像你这么不听话的徒弟，我真该立刻就逐出师门……"

这声音……是师父的！

这种灌入耳朵的声音跟师父以前通过白虎与自己传音入密一样，薛冉冉笃定是这条龙在与自己传音入密。

而这条龙似乎对薛冉冉并无恶意，它小心翼翼地收起了龙爪上的利刺，托起了薛冉冉，仿佛怕割伤了她。只是它的身上缠绕着锁链，稍微一动，锁链便哗啦啦地响。

看着龙尾圈住的师父的身体，薛冉冉似乎明白，师父是用驭兽术控制了这条龙，并将自己的精神附在这条龙身上，所以此时师父的身体便是离了元神的空壳。

这条龙说话的时候，用自己的大爪轻轻托着薛冉冉，同时吐出了个水泡，包裹住了她。有了大水泡的包裹，薛冉冉终于可以在水下自由呼吸了。

"师父，你……怎么变成了龙？"

这条龙用手爪托着水泡，继续传音入密道："这条小龙成年在即，它先前食了太多结丹的修真之士，却一直被镇压在问潭之下，灵力不得消化，性情变得越发暴躁。若是再不控制，皇宫的地基八卦也镇不住它，它会掀翻整个京城，方圆村庄无一能幸免。现在我用驭兽术暂时控制住它，再看看能不能彻底降伏它，让它腾空跃回深海里。"

听到这儿，薛冉冉明白了。师父看到京城的大雨，又在内河边上察觉到异状时，便明白了症结所在。那日师父是假装上当，然后一路主动奔逃进了问湖，就是为了控制住这条蛰伏的龙。

可是……为何皇宫里有这等庞然巨兽？苏域在宫里养龙究竟意欲何为？

"苏域的阳寿不长了，他养龙是为了接续自己的阳寿。"苏易水解释道。

苏域当年因为夺嫡，受了平亲王的暗算，身染毒物，虽然当时得了沐清歌的救助，却已经折损了身体。后来他成功为帝，却得不来康健的身体。据说，这些年来，他一直求医问药，后来更是到处寻访仙丹灵药，大约也是因为身体越来越糟糕，便剑走偏锋。

薛冉冉一下子全都想明白了。怪不得苏域对望乡关的那具水魔尸体异常感兴趣，前后派了不少人去望乡关寻找线索，还到处收罗像豹鸣这般能异化身体的奇人异士。因为苏域的身体已经残破不堪，那些所谓的炼丹修真，也是远水解不了近渴。

皇帝一向以真龙天子自居，而苏域更加自恃甚高，他就是想将自己的身体与真的龙合二为一，从而获得龙一般千年的寿命。

薛冉冉曾经听师父找来的那个老太监说过，这问湖是二十年前扩建的，那么也就是说，那时苏域便得了这条龙。

只是这条龙是从何而来的？当初苏域是如何将它转入问湖的？

苏易水倒是知道这条龙的来历。他淡淡道："当年有人曾经为东海龙岛的青龙孟章所救。可惜孟章却被……阴界而出的魔子杀掉。青龙临死前产下龙蛋，这枚龙蛋后来应该是落入了苏域手中。"

若是苏域一开始得到的是条刚孵化的小龙，那么一切就好解释了。只是这条龙被刻意催熟，本应该绵延数百年的生长期一下子压缩到了二十年。这条小龙食了太多的灵力，身体长得太快，也许问湖快要藏不住它了。所以苏域才急着寻找能够吸收龙体的七邪化形咒，想要获得龙的灵力，以绵延自己的寿命。

也正是因为这条龙，京城里才会雨水不断，差一点儿成洪涝之灾。

想明白这些后，薛冉冉试着推动裹着自己的水泡，在这条龙的身体周围上下漂动——能亲眼见到龙的机会可不多，趁着师父降伏它前，她得好好看清楚。

苏易水无奈地看着像跳豆一般兴奋的徒弟。

这就是个心性还没有成熟的少女，贪玩些很正常……而且他知道，她就算长大些，心性恐怕更加不成熟，一辈子都贪玩、随性的人，不能指望她行事沉稳……

"可是，师父，它吃了那么多的人，您为何要冒着这么大的风险救它？难道没有法子消灭它吗？"

那条龙听了这话，深沉地看着面前的"小跳豆"，淡淡说道："它的确该死。不过有人曾经跟它快要死掉的母亲许下承诺，一定会送龙蛋回故里龙岛。可惜……她后来也发生了意外，没法兑现诺言。我想替她完成诺言，送这条龙回去。至于龙的本性，本无善恶，脱离诱它为恶之人，远离尘世后，何须人来评判它的善恶？"

薛冉冉这时漂浮在龙角上，觉得师父说得真好。不过，那位故人是何人？大约就是沐仙师吧？

秦玄酒以前就说过，沐清歌曾经独自镇压了魔子，免了人世的一场浩劫。就连那灵泉也是从魔子的身上剥下来的。

现在想想，魔子居然能杀了一条成年的龙，这是多么可怕的能力！

"师父，您的肉身一直在水潭下，到底有没有危险？"

薛冉冉看到苏易水的身体同样被一个巨大的水泡包裹着，若是一旦湖上之人发现水下的异状，又采取什么措施，师父岂不是要顾此失彼？

这条龙的身上还缠绕着无数玄铁打造的长链，看上去行动也并不自由。

"我不敢完全催动这条龙的力量，不然它一旦暴怒，就很难控制了。只能寻找契机，看看能不能趁着端午正阳，它的魔性降到最低时，再让它挣脱锁链。"

端午正阳，就是第二日。

苏易水原先打算冒险一试，趁着正午阳气足的时候催动这条巨龙自己挣开锁链，再操控它升天入海。

他当初发现京城的端倪之后，便要入宫探看究竟。看到内河水下的鳞片时，他便隐隐猜到了事情的原委。

就在落湖之前，他跟苏域阐明了其中的利害。不过苏域一意孤行，执意要用这条龙续命。所以苏易水干脆跳入湖中，暂时控制住了这条龙。

苏域自然也知道不能再养龙为患，他虽然有许多法子弄死水下的龙，可是苏域实在舍不得这样续命的机会，自然投鼠忌器，暂时拿苏易水没有办法。

而苏易水唯一少算了薛冉冉的古灵精怪，没想到她竟然操控着朱雀看到了自己被抓的一幕，最后竟然不顾危险，闯入了皇宫。她若不在，他自然能放开手脚。可是她就在大齐皇宫里，他之前的打算就全都不能用了。万一他到时候控制不住这条龙，她岂不是跟着一起遭殃？

薛冉冉倒是觉得，师父的肉身万万不可再留在水潭里，趁着现在警戒松懈，正好先将他的肉身送出水面，免得师父顾此失彼。她想起自己先前跑遍皇宫时发现的地磁消减的关节，便又给师父细细说了一遍。

二人简单商定以后，薛冉冉推着师父的肉身，一路向上，从水面冒出来。

周飞花正等在岸边，可是看薛冉冉不光自己上来，还推出个男人时，不由得一愣。

她看清这个沉睡不醒的男人是苏易水，立刻抽出匕首准备将这男人抹了脖子。薛冉冉连忙拦住，冲着周飞花瞪眼道："你要干吗？弄死了我师父，水下的龙就控制不住了！"

说完，她便简单说了水下的情形。

周飞花也知换防的时间马上就要到了，那些迷药药效也该过了，所以她恨恨瞪了苏易水一眼，然后帮着薛冉冉将他抬入轿子，一路回转到了自己的宫殿。

等入了静妃的宫殿，薛冉冉便将前因后果和情形详细地讲给周飞花听。

周飞花听到水里的那条龙那居然是苏域养来续命的时候，半天没动，只是努力消化这件事情。

她在宫里待得久了，虽然早就察觉到不对劲，但还是有些不相信宫里居然有这种魔兽。能隐藏一条小龙而让满宫人不知情的，自然只有皇帝苏域才能做到。

苏域自即位以来，一直勤勤恳恳，爱民如子，不出意外，百年之后也会得到"一代贤君"的称号。可是他居然做出如此惊世之事，这简直是拿满京城百姓的生命开玩笑。

但是她想到，苏域这些年身体的确大不如前，自己是少数几个能见到他的。隔着纱帐听着他咳嗽的声音，的确撕心裂肺，仿佛气若游丝。

不过，最近他似乎回光返照，精神、气色都好了不少。若真如苏易水所言，是这条小龙跟苏域续命的缘故，倒全都对上了。

想到这儿，周飞花陷入了沉思，低着头，不知在想什么。

薛冉冉其实没指望周飞花能帮上什么。若不是他们周家父女在朝廷里处境微妙，恐怕周飞花首要的就是替夫君考量，想着如何帮陛下益寿延年吧？

就在这时，周飞花自嘲一笑，道："我当初之所以入宫，是因为沐清歌嘱托我周家父女要勤王、督护。当时她说她私改了天子天命，难逃天谴，只是临时救急扶持的天子苏域年龄还小，本性难定，需要有人在他身边好好地扶持他，才不算辜负了天下百姓。我寻思着再没有比宫里更便利之处，这才入宫做了妃子。只是后来，我到底怠懒了，一心只想躲避宫里的嫉妒与争斗，也以为陛下是个勤政爱民的好皇帝。可是……现在陛下居然做出这样的事情，是我没有做好故人嘱托的事情，若是再任由事态发展下去，君不责我，我唯有以死谢罪……"

她话里的意思很明白，她跟苏域虽有夫妻之名，但是在她看来，她还承受着沐清歌的殷殷嘱托，现在苏域行差走错，居然为了续命而做邪魔之事，她也难辞其咎，唯有竭力让苏域重回正轨。

薛冉冉觉得她这话有些深意。什么叫私改天命？难道天命的皇帝不该是苏域吗？那会是谁？是那个造反的平亲王？她不了解大齐皇家的恩怨，一时有些不明白。

不过，比起苏域，更叫周飞花意外的是，苏易水居然主动被抓，只是为了降伏那条蠢蠢欲动的龙。

"他什么时候变得这么心怀天下？"说这话时，周飞花还是有意无意地转着手里的那一把匕首，似乎在找寻机会绕过薛冉冉，准备一刀捅死那个躺在床上失去意识的男人。

薛冉冉不得不防着她，直接坐在师父身前护着他，很是骄傲道："我师父一直都是这么好的人，不但悬壶济世，还关心徒儿，更是四处降魔，就算没有修为，也能靠积善做神仙！"

周飞花有些不确定这个小姑娘说的苏易水跟她认识的苏易水是同一个人。她印象里的苏易水一直是个冷到骨头里的薄凉少年。所以，听了薛冉冉不谙世事小姑娘一般的话语之后，她都懒得笑了，冷声道："也就是你这种涉世未深的小姑娘勘不破他的真面目……不过，他说明日正午能成事可是真的？"

薛冉冉点了点头，沉声道："不过，若是能找出解开锁的方法，才能更保险些。后宫的娘娘们可都说，皇帝翻你牌子的时候最多。都说枕头风管用，你能不能吹一吹，看看能不能找到法子。"

周飞花闻言倒是苦笑了一下："他翻我的牌子？无非就是看我穿着红衣舞剑，在那儿追思故人。我跟他可一宿没睡过，想吹都吹不着。"

说这话时，周飞花的脸色上透着一些怅惘、遗憾，却并无后宫弃妃幽怨的表情。只是这话听着让人心酸。如此说来，这二十年来她岂不是一直在宫里过着活寡妇一般的生活？

不过，周飞花说，还好，她这些年怡情字画，还可以精钻刀枪剑戟，剑术可比做普通姑娘的时候还要高超，倒也怡然自乐。

薛冉冉点了点头。周飞花这是将后宫妃嫔的苦熬岁月过成了内阁大佬告老还乡、颐养天年的退休生涯。这位静妃，还真是岁月静好的高手。

周飞花听了薛冉冉的艳羡之词，却笑了一声，道："若是有机会，我一定走出这皇宫，纵情山水，无拘无束，那才是人过的日子……"

薛冉冉也觉得周飞花这样的人待在皇宫里伺候个病皇帝有些可惜，她很认真地接道："一定会有机会的，到时候好好地玩，定补回这么多年的亏欠！"

这样撺掇妃子出逃的话，当真大逆不道，周飞花听了却哈哈大笑，很是江湖气地抱拳说道："那就借你吉言了！"

她俩的年龄相差甚大，却能相谈甚欢，也是令人不可思议。

既然如此，两个人便可以继续往下谈。周飞花允诺，明日会想办法替苏易水打掩护，直到让那条龙飞离皇宫为止。

薛冉冉说了，那个七邪化形咒不过是灵泉用来魅惑人心的邪术，一旦施用，就会迷失本我。周飞花虽然希望苏域恢复健康，却万万不能以失去心智为代价。

一个帝王，若是失了大仁大善之心，这样的后果，是天下人无法承担的。

二人如此商定一番，天色也微微亮了。此时宫婢们还没有起床，薛冉冉却觉得肚子饿了。

好在静妃在宫里是关门过自己的日子，所以有个小厨房，里面只有一个温水热饭的小炉灶，用来热粥吃刚刚好。

薛冉冉看见小厨房里有鸡肉和干贝，便想起《玩经》里说的秘制鸡蓉粥的做法，学着烹饪了绵密的一锅。里面的米汤正好喂给昏迷的师父喝。虽然他处于辟谷状态，并不需要吃喝，但是想想上次他附身白虎后的憔悴，还是要补补。

周飞花看着薛冉冉忙着给昏迷的男人喂粥擦脸，那细心的样子，与其说是孝敬师父，倒不如说像是照顾心爱的郎君。

她一边吃着薛冉冉煮的粥一边道："小丫头，可别看你师父长得好看，就被他骗了。他这个人是没有心的，喜欢上他，注定没有好结果……你这粥可真好吃！不如你以后就留在我宫里，跟我做伴得了……"

就在这时，突然宫外有人通禀："陛下驾到，静妃接驾！"

原来，皇帝苏域听闻静妃身有不适，一大清早，特意前来探看。

薛冉冉听了，身子微微一僵，觉得事情又回到了原点。静妃娘娘这次要被皇帝亲自抓到，而她的床上依旧有个男人，而且是苏易水，还不如躺着她那个禁军表哥呢！

周飞花倒是很镇定，她将衣箱子里的衣服抱到屏风后面，又跟薛冉冉一起将苏易水放入衣箱子。

做完这一切，她又在脸上和嘴唇上拍了些粉，特意将面容扮得憔悴些，再去见皇帝。

薛冉冉不能露面，便躲在静妃的卧房里守着自己的师父。

不过，静妃还没走出去，皇帝就推开了她的房门。

静妃连忙朝着皇帝问安。

隔着锦帐，只听浑厚的男声温言道："爱妃免礼，听闻你身有不适，所以朕特意来看看……"

说完，皇帝似乎坐在静妃外室的桌子旁。

那桌子上摆着薛冉冉刚刚熬好的鸡蓉粥，还散发着热气。

静妃少不得让让，对皇帝说道："我让小厨房刚刚熬的粥，陛下若是饿了，可以垫垫胃。"

　　薛冉冉跟两个小宫女跪在内室里，透过那锦帐的缝隙，好奇地打量那个只闻其名、不见其人的皇帝苏域。

　　那个坐在桌旁，脸上一派温和的男人跟那个替身倒有五分相像。不过，再精心教出的替身，也无法带有王孙贵族的那种典雅之气。这个皇帝，一看气质就与众不同，自有帝王风范。

　　而且，冉冉发现，这个苏域跟他的皇侄苏易水眉眼间竟然有几分相似，果然都是帝王苏家的子孙。

　　可惜的是，苏域没法像苏易水一样，保持着少年郎君的青春容貌，所以他的眼角眉梢已经刻染了岁月的痕迹，而且那白得如纸般的肤色还有瘦削的高大身材也表明他病入膏肓。

　　此时，苏域看着那散发香气的粥，似乎真饿了，便笑着道："静妃的小厨房似乎比朕的御膳房还会做吃的，粥的味道很是特别啊。"

　　一旁的太监早皇帝一步，用小碗在砂锅里舀了些粥，然后喝了一口。看来苏域的警惕性很高，就算是宠妃的食物，也需要太监试吃。

　　只不过往日里，太监都是试吃一口，试下有无毒性即可。可是今日，那试吃的太监吃了一口，竟然忍不住又端起碗喝了一大口，吃相……可以说是狼吞虎咽。

　　在皇帝跟前伺候的太监们，临上差事前，除了一碗清粥，压根儿不敢饱食，不然在陛下面前放屁、打嗝都是要挨打板子的。

　　这试吃的太监也是真的饿了，冷不丁吃到这么入口即化、美味至极的鸡蓉粥，便忍不住将碗里的都喝干净了……

　　他将碗里的粥喝干净时才惊觉自己失态，吓得馋虫不翼而飞，扑通一声跪在地上等着责罚。

　　苏域笑了笑，倒是好奇这粥是什么味道，居然让试吃的太监全忘了规矩与场合。

　　他接过静妃给他盛出的一碗，用调羹搅了搅，然后喝了一口……只见他清俊脸上的笑容凝固了一下，然后他慢慢咀嚼，一点点吞下了细粥，也像那太监一般，将碗里的粥喝得一干二净……

　　"爱妃，这粥是谁做的？"他吃着吃着，突然冲着周飞花开口问道。

　　周飞花被问住了。她心不在焉道："就是小厨房的下人做的。"

　　苏域抬眼笑着看她："你把人叫来，让她口述做法，朕正好誊写个方子，交给御膳房的人，免得那些蠢材总是做些不对心意的食物来糊弄朕。"

　　周飞花压根儿没想到话题会转向这里，还真是有些猝不及防。

　　薛冉冉没想到皇帝也是好吃之人，居然在看望爱妃的节骨眼问粥的做法。就在这时，皇帝身边的那个管事太监已经将小厨房的宫女叫来了。

第十九章 不老之身

那宫女也被吓了一跳,以为是粥不对胃口,所以陛下寻人来问罪。这粥压根儿就不是她煮的,若是她贸然认了,陛下降罪,可是要砍头的。

她瞟了一眼内室,正好看见了锦帐后的薛冉冉,立刻磕头道:"启禀陛下,这粥是那个小宫女熬煮的,奴婢实在不知这粥的做法!"

苏域微笑着,然后不经意瞟向锦帐后一直低垂着脑袋的小丫头。

周飞花狠狠瞪了那多嘴的厨娘一眼,然后径直问:"陛下执意问这粥,可是有什么不妥之处?若是做得不好,臣妾一定会严惩宫婢。来人,将她带下去打板子!"

薛冉冉并非宫里的人,周飞花担心她身份被人看破,所以想先声夺人,借着打板子的由头,将她先带下去。

可是就在这时,那个有阴阳眼的冯十三突然出现在门口。苏域挥了挥手指头,冯十三带着杀气朝着内室走去。

周飞花腾地站起身来,拦住冯十三,同时冷声道:"陛下,您让宫外的男人入臣妾的内室,恐怕不妥吧?"

冯十三却不甚客气,挥手便想推开周飞花。周飞花岂是娇柳般的人物?在冯十三出手的时候,她也迅速反击,狠狠就给了冯十三一巴掌,打得他连连后退。

苏域看着,脸上笑意不变,只是温声道:"爱妃,你这是在做什么?难道内室里有什么怕朕知道的事情?"

周飞花正待回话,可就是这片刻的工夫,冯十三伸手弹出了一只飞虫。那飞虫扑棱一下飞了过来,叮了周飞花的脖子一下。

只这一下,周飞花竟然身子发软,一下子倒在地上。

薛冉冉眼尖,看着那虫子,顿时心里一紧。那飞虫……怎么跟天脉山上的嗜仙虫那么像?

就在周飞花倒下的瞬间,薛冉冉迅速瞟了一眼窗户和门的位置,估算自己逃跑的可能性。

冯十三冲着她皮笑肉不笑道:"姑娘,你应该知道这虫子的威力,你若不老实,老朽这里还有大把的虫子,若是拿捏不好,吸光了你的灵力,你可别介意啊!"

估算逃跑的可能性几乎为零后,薛冉冉倒是坦然些了,她起身走了出来,老实回答道:"是奴婢做的,陛下若觉得不合口,奴婢重新做便是了,何必这般兴师动众?"

而这时冯十三也看清了薛冉冉，对苏域小声道："陛下，我见过这小姑娘，她曾跟假扮成豹鸣的苏易水来过异人馆，看来是苏易水的徒弟。"

虽然当时薛冉冉戴着帷帽，可是冯十三的阴阳眼太毒，透过薄纱就看清了她的脸。

苏域紧紧盯着她，笑意似乎淡了些，缓了好半天才道："朕已经好多年没有吃过这么好吃的鸡蓉粥了。记得上次吃还是在二十多年前……你是苏易水的徒弟薛冉冉吧？"

薛冉冉万万没想到这皇帝居然分毫不差地说出了自己的名字，她不由得一愣："陛下是如何知道我的名字的？"

苏域看着眼前这个清丽的小姑娘，淡淡说道："我还知道你母亲是在绝峰仙台捡到的你，后来便一直将你养在身边，直到苏易水收你做了徒弟。"

薛冉冉想到"沐清歌"曾经派人调查自己，甚至动用了官府的力量，所以苏域知道这些也不足为奇。可是为何他们一个两个都这么好奇自己的身世，难道她真是哪个权贵滔天的人的女儿？

她看了看苏域，他三十多岁的年纪，应该也可以做自己的父亲，便径直问道："陛下这么好奇我的身世？我该不会是陛下流落在外的私生女吧？"

苏域听了这话，反应倒是跟苏易水一样，都有些不受用。他身子往后微微一仰，脸上露出了一丝苦笑，道："我已经老得能做你父亲了？你以前都是叫我'小域'的。"

薛冉冉听得一愣，这个"小域"的称呼她并不陌生，沐清歌似乎就这么称呼他。可是她什么时候对着皇帝称呼过"小域"？皇帝该不会是病得糊涂，说胡话了吧？

苏域看薛冉冉疑惑不解的样子，挥手让太监给她挪来一把舒服的椅子，让她坐着说话。

看薛冉冉客气地谢绝了太监递来的茶杯，他也只是微微一笑："看来苏易水还没有告诉过你，你其实是转生树上另一颗灵果。"

薛冉冉听得一愣，她从来没有想过，自己居然跟"沐清歌"一样，是从仙树上掉落下来的。

转生树结果，都是仙修转生，"沐清歌"是风华绝代的魔修，那么她呢？她是谁？她想到了当初跟沐清歌同归于尽的沐冉舞，再想到她娘说过，她出生的时候，手心上有个"冉"字，顿时联想到一处。难道她就是当初那个害死沐仙师的沐冉舞转生？若是这般，难道她以前见过这皇帝？

不知为什么，薛冉冉并不想知道关于自己身世的事情。她这辈子十分满足，有疼爱自己的爹娘，还有个同样疼她的师父，师兄、师姐也很好。若不来京城，她此生无憾。她一点儿都不想跟那个沐清歌扯上关系，不然，碍着前世的她欠了沐清歌的一条命，这辈子还得认个歹毒的姐姐，偿还前世的欠债……

看薛冉冉不说话，苏域倒是确定了苏易水似乎从来没有跟她说过她的身世。

他不由得了然一笑："造化弄人，我也没想到。花非花，雾非雾，你可想知道自己是谁？"

薛冉冉摇了摇头，看着苏域道："既然是转生，便是自树上掉落下来就开始重新做人的意思。我以前是谁不重要。我现在活了这么大，一直都是薛冉冉，这样很好，干吗要知道自己上辈子是谁？"

苏域没有想到，她居然这么干脆地堵住了自己接下来的话。不过，这才是她，一向拿得起、放得下，像风一般让人抓握不住。相较起来，西宫那个挂着沐清歌的名头却做些蝇营狗苟事情的假货，显得多么可笑。

想到西宫居住的那个女人一直极力伪装成沐清歌的样子，苏域的嘴角也噙着冷笑。他当初还真以为沐清歌回来找他了。可惜相见的第一面，那女人便露出了马脚。苏域当时说不出自己是松了一口气，还是被失望填满。

方才他吃了那碗粥，回想起了以前的味道，又觉得沐清歌活着却忘了所有其实也不错。

虽然薛冉冉想要结束这个话题，可惜此刻在皇宫里，他才是主导话题的上位者。既然她一时不想面对事实，他也不逼迫她，只是淡淡道："夜里闯入问湖，迷晕卫兵的人，是你和静妃吧？"

薛冉冉心知，一定是她和周飞花留下了什么蛛丝马迹，才将皇帝引到这里来。此刻，他应该还不知道师父的身体就在屋内的衣箱里。可是周飞花和她已经暴露，若是皇帝搜查静妃宫殿，师父的身体很快就会暴露。苏域绝对不会对师父手下留情的……

此时已经天亮，她唯有拖延时间，看看能不能熬到正午师父操纵那条龙升天的时候，那时候宫内一定大乱，她们也就有可以逃跑的机会了。

想到这儿，她点了点头，直接问苏域："敢问陛下，为何要在宫里养龙？"

苏域并不意外她发现了问湖的秘密。他又让人盛了一碗粥，一边喝一边看着她，说起了陈年往事："想当年，樊爻大战后，我曾经问沐清歌可否跟她一起修仙问道。可是她看着我的脸说，鱼与熊掌不可兼得，人不能既有滔天的权势又有无上的灵力，不然会遭到天的妒恨。能够掌控天下，为一方百姓造福，其实也是一种修为，只是这修为甚苦，对一个人来说，几十年也就足够了。若是哪日朕能放下权势，再去找她也来得及。"

薛冉冉听了，点了点头："虽然沐仙师现在变得有些不着调，但是她这番话也没错，当皇帝的确很累人……"

苏域笑了笑，指了指自己的头发："我比你师父还要小两岁，可是现在头发已经大半花白，身体也日渐垮了下来。她说的几十年的权势，于我来说，原来只有二十几年的光阴。我这个'小域'，如今在你看来，居然可以做你的父亲了。这样的滔天权势真不如长生来得有诱惑力。"

薛冉冉听着他的话，摇了摇头："可是，你所谓的长生法子，是不是太过儿戏了？你没想过万一失败，满京城的百姓都要葬身龙腹了？"

苏域微微一笑："朕想做的事情，从来没有失败过，若不是苏易水从中作梗，朕此时已经掌握了七邪化形咒，只要朕与那条龙合二为一，再无病魔的困扰，便可以千秋万代，造福百姓……"

薛冉冉却觉得这话有问题："陛下，你统治大齐的二十年来的确是个好皇帝。可是你有没有想过，在蓄养那条龙的时候，你害死多少异士？而那条龙原本应该是畅游于海的灵物，却被你养得性情暴虐，困在一方小小深潭里，以食人为生。你真的确定，与这样的龙合体后，你还是那个心怀天下的仁慈君王？天下的百姓……需要你这样的人千秋万代吗？"

这话问得甚是无状，冯十三在一旁厉声道："大胆，你怎么敢跟陛下如此说话！"

苏域却朗声笑了出来："你一点儿也没有变，就算模样变得稍有不同，可依旧不会说违心的话。不过，也不怪你，你全忘了过往，现在不过是未满十八岁的小姑娘。成大事者，原本就该不拘小节。当年的樊爻大战，你协助朕平定了平亲王的叛乱，又死了多少人？若只斤斤计较少数人的生死，而不从长计议，那么现在坐在龙位上的人，就是阴界魔子，天下早就生灵涂炭了！"

薛冉冉听不懂，也来不及想他话里的深意。她现在只担心箱子里的师父，还有被放倒在地的周飞花。她需要尽量拖延时间，于是又轻声问道："沐仙师在天脉山所用的嗜仙虫是陛下给她的吧？"

如果她没猜错，培育出那些魔虫的，便是有阴阳眼的冯十三。

苏域似乎并不想再隐瞒，爽快地点头道："是朕给的，只是没想到你当时居然也上了天脉山，若是知道你在，朕绝对不会给她。幸好你没事，不然的话……朕绝不会放过她。"

身居上位者，除了不能斤斤计较人命，似乎还得有一手甩锅的奇技。

三言两语间，这害得薛冉冉差点儿死在天脉山上的罪责就全落在沐冉舞身上了。

不过，听苏域话里的意思，好像他上辈子对薛冉冉也还不错。

想到沐仙师之前好像也承受了苏域的隆宠，师父还叮嘱自己要小心苏域，薛冉冉决定还是提防着这位皇帝一些。她又不解地问："陛下若只是为求长生，为何要帮助沐清歌做这些事情？陛下可知，天脉山盾天大能留下的灵脉就此毁于一旦，再也不能启用了。"

苏域平静地看着薛冉冉："若能成仙者，跳出人界，自然不归朕管。可是天脉山还在人界。若是有心怀叵测者侥幸通过试炼，从那处本不该存在的洗髓池获得灵力，便是生灵涂炭。盾天大能对人界毫无眷恋，又何必留下这种考验人性的东西？"

薛冉冉这次听明白了。她本以为苏域给"沐清歌"嗜仙虫是为了帮助她提升修为，可也许天脉山灵脉被毁的结果才是苏域真正想要的。

当时若朱雀没有发威，那些不受控的虫子势必要冲破天脉山，将山下三大门派的修真仙士一网打尽……

大齐的王土不需要魏纠、苏易水一类的修真界强者，毁掉那些修筑结丹的圣地，不让修真者再有灵秀之辈冒头，才是苏域真正的目的。

此时薛冉冉总算明白师父让她提防什么。这种身居高位者，如神一般决定人生死的铁腕钢肠，真是让人不寒而栗。薛冉冉叹了一口气，然后起身看了看院子里的日晷，快要接近正午时分，师父应该有所行动了。

日晷上的光影移动着，正好到了正午，薛冉冉眯眼看着绚烂的阳光倾斜而下，转头对着苏域怒目而视道："狗皇帝，真正的强者，岂是可以压制就能压垮得了的？"

她话音未落，问湖的方向传来轰鸣炸裂的声响，一条发着淡金光晕的龙从问湖之底直冲云霄，缠绕在它身上的锁链因为强力的拉扯而发出剧烈的声响。

薛冉冉激动地拍手，她方才那义正辞严地转头，正好卡着时间，绝对会让那狗皇帝心头一震！

接下来就是师父大展神威，猛打这狗皇帝脸的伟岸时刻了！

巨龙飞天的一瞬间，似乎撞上了晴空万里中一张无形的大网，整个天空隐约浮现了一张淡金色的结网。而那条龙撞上大网之后，似乎感受到了无尽的痛苦，发出震天的龙啸，再次重重摔落进湖中。

这离薛冉冉怒骂一声"狗皇帝"还不到眨眼的工夫。大地震动的余波未平，薛冉冉的处境很是艰难。她方才真是被苏域激怒了，以致口不择言，骂出了"狗皇帝"这样的话。

谁知道师父如昙花一现，仿佛鲤鱼打挺，便被拍回了水中。只盼师父争气，再次跃出水面，不然她和周飞花的下场似乎都好不到哪里去。

这时，苏域站了起来，平静地问道："你是在等苏易水冲出水面吗？不必再等了，他方才损耗了太多的灵力，应该已经被龙的魔力反噬，永远被困在龙的身体里了。"

薛冉冉听了这话，猛地转身看向苏域。

他是怎么知道师父利用驭兽术，元神在龙的身体里的？师父当时只是跳下问湖，苏域应该并不知水下的情形啊！

苏域微笑道："你一定很好奇是谁告诉我的吧？"

说着，他走到窗边，伸手拨动他之前赏赐给周飞花的那串风铃，微笑着道："要不是你与静妃，朕可能还真不太清楚苏易水的打算呢！"

薛冉冉定睛细看，终于看到了包裹风铃的花纸上的纹路——是传音符！

她不由得看向被虫子咬得起不来的静妃，难以置信地睁大了眼睛。原来这个屋子里发生的一切，苏域一直通过风铃上的传音符听在耳里，却不动声色，还假装通过一碗粥认出了她。可他为什么不阻止她们潜入问湖，还让她顺利取回苏易水的身体呢？

此时，问湖那边依旧余波不断，那条巨龙在水下痛苦地翻腾，却因为挣脱不了锁链，无法再次跃出水面。

苏域听着远处湖水翻腾的声音，仿佛听着沁人的雅乐，感觉心旷神怡："以前，朕的确存着与龙合体的心思。但是这条龙实在不受控，而且魔性越发强大……看到望乡关送来的水魔之后，朕实在难以想象，自己以后将要鳞片附体，一副半魔半鬼的样子。所以，天脉山事件过后，朕听说苏易水附身在白虎之上，倒是有了新的主意……"

听到这时，薛冉冉的血都冷了，她已经隐约猜到苏域的想法。不过，师父附身白虎，只有西山的弟子才知，为何这皇帝也知情？

就在这时，冯十三带着人打开了装着苏易水的衣箱。

苏域踱步来到衣箱近前，低头端详着苏易水陷入昏迷的样子，满意地说道："看看，他明明比我大，却还是十八岁少年的样子，寻常人奢求的青春永驻，对他来说就是这么唾手可得……"

薛冉冉想要飞身去夺师父的身体，却被几个包围上来的奇士摁住了。她大声道："你……是想夺舍不成？"

苏域想要长生，却不想变成半魔半鬼的样子，莫不是他真正的目标，是……师父的这具身体？

苏域听了哈哈大笑："夺舍？也要这屋舍里有人才行！他既然已经空出了位置，朕怎么算是夺舍呢？"

天脉山事件过后，苏域便一直在精心布局，当苏易水启程前往京城时，所有计划便都开始了。

包括京城最近异常连绵的大雨、内河里突然闪现的龙影，都是苏域故意让苏易水察觉的。他太了解苏易水了，天生的奇才，心思深沉，同时……也过于自信。

当初，这条龙的母亲为了保护沐清歌，在樊爻大战中，被九云斩龙箭刺死，在临死前诞下了龙蛋。沐清歌含泪向母龙承诺，一定会将它的孩子孵化出来，送回东海龙岛。可惜沐清歌没有完成，便被三大门派围剿。

而苏易水一直觉得亏欠沐清歌，他一定会完成沐清歌的许诺，想办法解救这条被困在宫里的龙。

就算苏易水不想完成承诺，也绝对不会任由苏域与龙合体的……

如今，一切都按他的计划进行。苏易水的元神被困在龙身中，而这具青春正当时的身体完好无损地到了他手中。

苏域的笑意加深了，略显贪婪地看着一动不动的苏易水——这具没有元神而且跟他有血脉关系的健康身体，是天赐良机！

薛冉冉咬牙说道："你难道为了长生，便不要皇位了吗？"

苏域顶着苏易水的脸，如何再继续做皇帝？

苏域显然早就想好了，轻声说："朕年轻时长得跟苏易水很像，那时你可是经常看着我的脸出神……所以朕若说自己服用了修士炼制的仙丹，不但药到病除，而且重新变得年轻，也是很自然的事情。朕已经许久没有在朝臣的面前露脸了，你以为，他们跪在朝堂上望向龙椅的时候，真的会注意到朕的容貌发生了变化吗？"

他的意思很明显，只要他说自己口服金丹，返老还童，再一点点地露出真容，慢慢地，人们都会忘记他原来的脸，而记住他现在的模样。

就在这时，不能动的周飞花终于能说话了，她瞪眼道："陛下！你怎么变成了这样？请三思！你明知他是……怎可用这邪物的身体？"

苏域微笑地看着他的爱妃，语调清冷道："爱妃，你也变得让朕认不出了。你明知道朕需要那条龙续命，却依然要帮助别人放了那条龙，看来，你也并非你所说的那般对朕忠心啊……"

周飞花听了这话，急切地唤了一声："陛下！"

不过，苏域不想再听她说话了。

冯十三已经命人将苏易水的身体抬走，然后转头道："陛下，赶紧去准备吧。现在苏易水刚刚损耗了元气，元神不畅，正是您移位的最佳时机！"

苏域也不想耽搁，这具破败多病的身体已经不堪重负，他当然希望能早些得到强健的身体。于是他命人将薛冉冉和静妃扣在宫中，然后便出了静妃的宫殿。

此时的静妃穴位被解，不过她跟薛冉冉一样，已经被捆了起来。看来苏域想待换了康健的身子后，再来处置她们。

周飞花虽然被解了穴位，可是表情是木木的。她还沉浸在苏域方才袒露的实情里。

在她的印象里，苏域一直是个温和而宽厚的人。只是近些年来，他被病痛折磨，性情才变得有些怪异，不太喜欢见人。可是她万万没想到，他为了换取健康，居然私自养着恶龙，还处心积虑要换别人的身体……这般做法，与入魔又有何区别？

当周飞花好不容易回过神来的时候，却发现身边的薛冉冉以一种很怪异的姿势趴伏在地上。她虽然被捆着，行动不甚方便，却将耳朵紧紧贴在地上。

周飞花小声道："你在做什么？"

薛冉冉抬头，看着她道："一会儿若是大乱，烦请你寻机入苏域的书房帮我寻一本书，这本书干系天下苍生的安危，请你务必帮这个忙……"

就在周飞花想开口说话的时候，突然不远处的问湖方向再次传来山崩地裂般的声响，只是这一次不是巨龙跃起，而是如地震一般的闷响。

薛冉冉的眼睛瞪得溜圆，就在声音将至的那一刻，她突然冲周飞花低声喊道：

"快些闪开！"

下一瞬间，宫殿再次颤抖了起来，青石地板也纷纷裂开。

薛冉冉在石板裂开的瞬间，脚尖轻轻点地，也不知怎的，灵力竟然恢复了。她挣开身上捆绑的绳索，同时伸手拽起周飞花，一起闪出了行将倒塌的宫殿。

薛冉冉将周飞花放到开阔的地界之后，取出刚才顺手从侍卫身上抽下的刀，替周飞花将绳子斩断，迅速移位，击倒了追过来的几个侍卫。然后，她与周飞花分路行动。周飞花朝着御书房而去，她则默念御风诀，快速朝着苏域的寝宫而去。

方才地板开裂的一瞬间，薛冉冉立刻感到身体变得轻盈许多，自入皇宫以来就变得空荡荡的丹田再次充盈着灵力。看来，师父御龙冲天失败以后，便按照他们俩在水下商议的第二个法子行事了。

薛冉冉在夜探问湖之前绕着宫殿跑了一圈，她按照自己感知到的灵力禁锢的强弱，画了大致的地图，并用蜡封住，带在身上。

她原本打算将地图送出宫去，让二师叔他们看看能不能从宫外挖掘地道，毁了宫殿下的地基。这个工程虽然浩大，但若是用符驱动稻草人，并且找准方向，几夜的工夫就能完成。只要地基毁了，二师叔他们也可以进宫帮忙了。

不过在水中看到附身在龙身上的师父后，薛冉冉便改了主意。如果师父不能借助端午正阳之气上天，那不妨试着入地，彻底毁掉皇宫地基的八卦阵法，让它再不能禁锢灵力。

现在看来，这个法子奏效了。

苏易水在上天失败之后，便试着从问湖的湖底软泥遁入地下。

虽然将龙当泥鳅有些折损龙的尊严，但是这等关头，顾不得许多，只有解了禁锢才可以逃出去。

他们的原计划里可没有将苏易水的身子给苏域这一环节。所以薛冉冉冲开了禁锢后，便顾不得周飞花，只一个人快速地朝着苏域离去的方向前行。

她赶到苏域宫殿的门前时，门前的那些侍卫甚至没有看清人影，只觉得一道白光从面前一闪而过。薛冉冉飞身跃入了宫殿。

此时宫殿里已经布置好法坛。

苏易水和苏域分别躺在铺在地上的太极阴阳鱼的黑白两处。他们的手腕上缠绕着相连的红绳。

冯十三则坐在阵法的阵眼处念念有词。就算宫内四周发生崩裂，也没有阻止他。

薛冉冉注意到师父和苏域的头顶各有一盏油灯。此时师父头顶那盏灯似乎快要油尽灯枯了，灯火在微弱地跳动。

薛冉冉抽出机关棍，只一个飞身就将冯十三打下法坛，同时抽出匕首，一下子斩断了二人手上的红绳。

她的行动很快，可是冯十三骤然睁眼，哈哈大笑："臭丫头，你迟了一步！"

就在她砍断红绳的那一瞬间，苏易水头上的灯彻底熄灭。

随着灯火熄灭，苏易水猛然睁开了眼睛。

薛冉冉急切地过去拉他："师父，您感觉怎么样？"

苏易水抬眼，慢慢转头看着她，又转头看向他身旁躺着的苏域，嘴角慢慢地笑开了……他突然伸手反握住了薛冉冉的手腕，以迅雷不及掩耳之势去点她的灵穴。

一旦灵穴被点，再澎湃的灵力也很难使出来。

薛冉冉平日的修行就是跟师父练习推手过招。西山的三个徒弟里，只有她是苏易水手把手教出来的，所以苏易水动手的一瞬间，她很自然抬手格挡，见招拆招。

但此时的苏易水全然没有留余地，招式凌厉。薛冉冉心道不好，连忙后撤，跳出阴阳鱼。

此时她后脊梁都生出了冷意，看着这个俊美如昔、冲着她微笑的男人道："你……不是我师父！"

男人慢慢站起，有些狂喜地看着自己的身体与双手："虽然不是朕的身体，可是自动保留了原主的神技，朕很满意……"

说着，他顺手作势，做了个定身诀，快速朝着薛冉冉袭去。虽然苏域没有修真，但是这具刚刚得到的身体是个修真的奇才，起诀做法，都是身体的自动记忆。

苏域心念流转间，便可以大展神威！

薛冉冉的瞳孔一缩，她害怕的事情已然成真，师父的身体居然已经被苏域窃取了！好在她跟师父日常的攻防演练也成了身体的自动记忆，她很自然地躲开了他的定身诀并闪到了一旁。

就在这时，窗外再次传来龙吟。原来皇宫的地基被毁以后，绑缚在龙身上的锁链也失了神效，所以那条龙终于可以一飞冲天，腾入云雾之中。它飞得极快，腾入云霄里便不见了踪影，应该是朝着它的故乡龙岛而去了。

薛冉冉知道，这条龙被养得残暴，一旦挣脱束缚，便不可在京城停留。师父应该是准备依照计划将它送回故里，算是完成了对故人的承诺。可是他想回来的时候，身体已经被人夺走，只怕要永远困在龙身里了！

"你不必害怕，我不会为难你的，甚至可以比你的师父对你还要好。"苏域微笑着对薛冉冉道，"冉冉，你知道吗？你前世其实就是——"

还没等他说完，突然他脸色一变，低头摸向自己的脖子。

此时他脖子上的那条链子上似乎有什么灼烫的东西，他一把拽下来时，才发现那是一个快要裂开的符瓶。

这东西烫得让人抓握不住。苏域被烫得一缩手，便将它扔了出去。

薛冉冉暗叫"不好"，闪身过去要接，却已经来不及了。

那符瓶咣当一声碎裂开来，大股的水也漫延开来，很快就淹到了苏域的脚下，同时仿佛有无数的怨灵在水中沉浮，发出嗜嗜怪笑："自由啦！终于出来啦！"

灵泉被囚禁了甚久，方才苏易水的身体易主的时候，禁锢灵泉的力量也松懈下来。与此同时，皇宫的地基被毁，也让它的力量觉醒，而苏域方才那一摔彻底将它放了出来。

灵泉苦等这个机会很久了，那大股的水仿佛妖魔的爪，立刻快速爬上苏易水的身体，并将他缠绕包裹住，想要彻底掌控他，同时发出怪笑声："还是魔子的身体与我最契合……不对，这身体里的元神怎么换人了？也好也好！只要是贪心的人，我都爱！"

很显然，螳螂捕蝉，黄雀在后。

苏域原以为胜券在握，却万万没有想到苏易水的脖子上挂着阴界灵泉。灵泉后来居上，要成为这身体的新主人了！

灵泉在坏笑的同时，迅速掌控了苏易水的身体，他的双眼开始变得爆红！

苏域感觉自己的脑袋似乎要被挤炸，不禁抱头发出痛苦的哀号，而他的声音也变得越来越怪异，刺得人耳膜生疼。

此时此刻，似乎所有的坏事都同时发生，薛冉冉迅速冷静下来，伸手掏出怀里的金符。她不知道这金符还能不能彻底镇住被灵泉附身的人，只能冒险一试。不然灵泉若是掌控了苏域，那么便掌控了天下，不知要做出什么样的大恶。

就在这时，有人闪到了她的身旁。薛冉冉一看，居然是周飞花去而复返！

她看着双眼赤红的苏易水，身体微微发抖："怎么回事？魔子现世了？"

她嘴里的"魔子"是什么意思？薛冉冉顾不得细问，掏出了两道金符，将其中一道递给了周飞花："将这个贴在他的额头上，不然的话，灵泉迷人心窍，不知他能做出什么来！"

这两个女子虽然认识时间不长，但是异常默契，互相递送眼神之后，便分左右夹击。

被灵泉附身的苏域灵力暴涨，更加难以应对。周飞花虽然剑法高超，却难以招架如潮水般的灵力，很快就被震飞了，整个身子撞在殿柱上。

薛冉冉也是苦苦支撑，试图接近他，可惜一直没有机会。

就在这时，他怪笑着挥手朝着薛冉冉袭去。

苏域现在完全失了理智，招招都不留情，每一下都能拍得人元神残破。

薛冉冉其实可以躲避开的。可是她咬了咬嘴唇，突然做出了一个大胆的决定。当苏域又一记狂风暴雨般的灵掌袭来时，薛冉冉并没有躲，而是生生承受了后背上的这一掌，在喷出一口鲜血的同时，顺势一个翻身将金符贴在他的脑门上。

没有办法，只有生挨这一下，她才近得了他的身。薛冉冉方才迅速做了决定，冒死换得这千钧一发的机会。

只是这次金符不那么好用了。虽然苏域稍微停顿了一下，可是接下来，他径自一震，竟然将那金符震开，然后再次袭向薛冉冉。

就在这时，一阵龙吟突然在天空中炸裂，宫殿的屋顶被狠狠撞破，那条龙去而复返，发着龙吟，朝着苏域席卷而来，一下子就将他卷到半空中，之后再次呼啸而去。

薛冉冉忍着剧痛，试着舒缓一口气，朝天空吹口哨唤来朱雀。当朱雀舒展巨翅恢复体型的时候，她跳上了朱雀的背，朝着那条龙消失的地方急急追撵而去。

只是方才她承受那一掌时毫无保留，就算穿了软银甲也无法抵挡，此时她衣服里的软银甲尽碎，身体也忍不住发冷。

薛冉冉清楚这是受了极重灵力内伤的表现，丹田的气田也如被打漏的水缸一般，迅速变得空荡荡。她也不知道自己能支撑多久。

那条龙飞得极快，恢复体型的朱雀也疾飞如箭，很快便冲到那条龙的身边。

被灵泉附身的苏域一直在跟那条龙扭打，最后双双从空中跌落。虽然他们没有到东海，可此刻已经到了近东海的海面。

他们跌落下去的时候，薛冉冉也驾着朱雀俯冲。

薛冉冉趴在朱雀的头边，痛苦地小声道："小朱朱，你帮帮我，你的血可以净化魔物，可不可以……让我取一些？"

朱雀在天空回旋，高声鸣叫。薛冉冉试探性地咬住了它的后背，朱雀也没有太大的反应，似乎是默许了。于是她用力一咬，朱雀疼得又高声鸣叫，却并没抖落身上的薛冉冉。

薛冉冉嘴里吸了一口朱雀灵血之后，朱雀已经飞到那条龙身边。薛冉冉趁机跳下，一下子抓住了苏域，然后勒住他的脖子，扳着他的头，将自己嘴里的朱雀灵血灌入他的口中……

朱雀本身就是辟邪的圣物，当初那些在魔域生长的嗜仙虫都不敢靠近它。

现在朱雀的灵血被薛冉冉灌入苏域嘴里，然后薛冉冉便筋疲力尽地跌落，若不是龙爪及时将她接住，她差一点儿掉入海中。

而苏域急切地想要呕出朱雀灵血，却来不及了。灵泉耐受不住，发出刺耳的尖叫声，然后如汗、如血，争先恐后地从苏域的毛孔、眼睛里钻了出来，被那条龙一口吸入口中……

薛冉冉还想支撑下去，可是受的内伤太重了，她实在支撑不住，就此两眼一黑，昏迷了过去。

当她再次醒来的时候，发现自己躺在一个潮湿的山洞里，身下垫着的是一堆干草……

薛冉冉的胸口依旧很疼，她借一旁的篝火看向四周，正好看见披散着长发、光着膀子的男子正在篝火旁打坐……

　　看着苏易水的侧脸，薛冉冉一愣，猛地想起师父的身子如今被苏域占用了！她开始摸索身子，想找找自己的身上还有没有金符。可是这一摸，她才发现自己身上穿的……是师父的内衫！

　　这内衫是她去山下的裁缝铺子挑布做的，她自然一眼便能认出。再抬头看，她的衣服已经用木棍撑起，正在篝火的旁边烘烤着。

　　"狗皇帝！谁让你脱我衣服！"薛冉冉想要起身，却发现自己的后背被绑上了木板子，想起身都很费劲。

　　就在这时，正在调息的男人缓缓睁开了眼睛。

　　薛冉冉发现他的眼底显出一抹淡红色，顿时心里一跳。糟糕！灵泉还没有被驱散？

　　就在这时，男人走了过来，一把按住想要动的薛冉冉，冷冷地说："再动，你骨头就要断成几截了！恐怕以后就要瘫在床上了。"

　　这个男人沉着脸的样子，并不像笑面虎苏域，反而更像她那个清冷的师父。

　　薛冉冉保持静止不动，可是眼底已经积蓄了泪水："苏域，你若想要长生，我把我的身体给你可好，你将身体还给我的师父吧。"

　　那男人闻言冷笑了一下："怎么给？"

　　薛冉冉其实也不抱希望，因为苏域似乎不怎么想当女人。对他来说，她的身体应该也没有什么诱惑力……

　　就在这时，男人俯身，长发垂落在她的脸侧，他用一双带着淡淡血红色的眼紧盯着她道："你跟对你心怀不轨的男人说出给身子这样的话，也不想想后果？"

　　薛冉冉觉得狗皇帝倒打一耙，她还没痛斥他他馋她师父的身子呢！

　　不过……他瞪着她的眼神……怎么越看越觉得像师父？

　　就在这时，男人似乎在努力压制心里的怒火，也压制着眼底渐渐升起的红色。他拎起了篝火上的烤鱼，说道："你前些日子不是嚷着要吃新鲜的海鱼吗，今天倒是如愿了，可惜这里没有酸果配鱼，你就凑合吃吧。"

　　薛冉冉听得屏息……这馋海鱼的话，还是她没到京城时跟三师姐说的。当时师父就在旁边，自然也听到了。

　　狗皇帝万万不会知道她这话……这是不是意味着师父回来了！

　　薛冉冉抓住他的胳膊，小心翼翼地问："我们之前在西山的瀑布上做了什么？"

　　男人再次低下了头："你问哪件事？喝酒、听琴，还是你嘴对嘴地救我？"

　　嗯……他说得倒是分毫不差，可是他的言语和表情怎么那么孟浪？看着可一点儿都不像沉稳的师父……

　　他问这话时，脸挨得薛冉冉越来越近，看上去，好像要嘴对嘴地救一救不知道怎么呼吸的小徒弟……

薛冉冉身上固定着板子，动也动不得，眼看着他快附上来了，只能大喊："师父！您都吓死我了，居然还在戏弄人！您可知……我以为您再也回不来了！"

说这话时，薛冉冉的眼圈都红了。

可是苏易水丝毫不觉得自己做得有何不妥，只挑眉冷声道："我挨得近些就不行了？你不是还主动吻了苏域吗？"

"什么吻不吻的！我明明是为了逼出灵泉，才迫不得已将朱雀血……灌到……不对啊，那嘴不也是你的嘴，怎么可以说我主动吻苏域呢？"

被苏易水那双俊美又诡异的眼睛盯着，薛冉冉方才差点儿说不出话来，总算在最后关头才想起自己的迫不得已。

那是驱魔！而且她吻的也是师父的嘴……嗯，现在想起来，她这才后知后觉自己似乎应该害羞一下子，顺便跟师父诚恳地道歉，毕竟，她也算轻薄了师父。

可是苏易水低下头，吻住了她。

这次的吻带着一丝急切，仿若确定易碎的珍宝又重新回到了自己的怀抱。

薛冉冉受了伤，动弹不得，只能任由苏易水将她亲吻得快要窒息……

待二人的唇总算分开的时候，薛冉冉看着他的眼睛，似乎红色消散了一些。

"师父……您说话不算话……"

师父明明说过以后二人恪守师徒本分，谁也不能越雷池半步！怎么现在他倒亲起来没完？好吧，虽然是她"轻薄"师父在先，但有光明正大的理由。师父这般，又是为了什么？

苏易水还真有正当的理由。

当时薛冉冉喂他的那一口朱雀血很管用，禁锢了灵泉的魔性。而苏域的元神刚刚依附他的身体，而且苏域之前靠那条龙来续命，已经吸了不少龙气，自然带着些魔性。苏域刚刚夺舍，根基还没有稳固，结果朱雀血首先将苏域的元神当作邪物，驱散了去。而灵泉也被吸到龙嘴里，与苏易水的元神融合。

苏易水借助灵泉的力量，趁此机会，终于从那条龙的身上转移回了自己的身体里。只是他还不能将灵泉逼离身体。因为符玉瓶被毁，若是逼退灵泉，它随便依附在别人身上，势必又是一场血雨腥风。

苏易水唯有将自己的身体作为符瓶，暂时封印灵泉。

只是如此一来，他的心性难免受到灵泉的影响。就好比与恶虎同笼，需要时刻警惕，要么与虎共处，要么为恶虎吞噬。而他眼里红色的深浅便是魔性强弱的征象。刚才苏易水吻薛冉冉的时候，眼睛转红，显然是因为魔性转强，有些不受控了。

薛冉冉了解到这些时，再也不好责备师父孟浪。原来灵泉不但极致邪恶，还是个色坯，害得师父总是失控，做出不能自抑的事情！

她与师父的师徒之情固若金汤，岂能因为小小灵泉作恶就崩溃？

不过，方才被师父凶狠地亲吻时，薛冉冉其实内心是很动摇的，觉得师徒之情如逝去的东流水，以后好像很难再回到原点了……

不过，苏易水心里清楚，他方才失控是因为亲眼看着这该死的丫头居然舍命故意挨了一掌去贴金符。

每当想起那一幕，他都控制不住体内想要毁天灭地的冲动……想到这儿，他的眼睛又开始转红，同时手不受控地狠狠一把钳住她的小下巴。结果劲儿有些大，薛冉冉跟着一动，顿时牵动了后背，疼得她的大眼睛像奔涌的泪泉一般："师父，疼……"

这么一喊，苏易水眼底的红意终于消散，他小心翼翼地放开她，同时赶紧催动灵力帮助她缓解疼痛。

方才因为灵泉失控，苏易水的那一掌丝毫没有留情，换作旁人，恐怕要当场毙命。幸好薛冉冉泡过洗髓池，灵力提升了不少，而且在那之后，她又含了一口朱雀血，勉强维持元神不散，才熬到苏易水元神归位，救治及时。只是她的脊骨都被震断了，须调和灵气，静养生长。起居饮食全靠苏易水一人照顾。

薛冉冉对成魔的师父并没有太大的把握。那灵泉魔性甚强，足以改变人的心性。师父以身体为符瓶，本身就是极大的变数。

不过，她发现，师父有些门道，似乎老早就学会了如何与灵泉共处。虽然性格变得有些阴郁、暴躁，但是无论是给她烤鱼还是喂水疗伤，他都照顾得甚是细致。

一来二去，薛冉冉倒是掌控了窍门。甭管师父的眼底多红，她赶紧装哭喊疼就是了，每当这时，师父眼底的红色都会消减不少。

他们现在所处的位置是海中的一座无人小岛。当时他们打斗得厉害，最后掉落到这座小岛上。

薛冉冉因为内伤，喷了血，所以衣服都脏了，才被苏易水脱下放到海水里洗，然后用火烤干。薛冉冉尽量不去想师父给她换衣的细节，幸好自己脏的只是外面的衣服……

苏域的元神被逼退之后，便不见了踪影。按照苏易水的说法，如果宫里的那个冯十三有些门道，应该会用苏域的身体招魂，将苏域的元神引导回去。

薛冉冉这次算是见识了那位"小域"如海般的城府。这次他眼看就要成功，却棋差一招，漏算了灵泉，就此功亏一篑。想来，这位皇帝应该不会善罢甘休。想到还在宫里的周飞花，薛冉冉十分担忧她的处境。

至于那条龙，它就在小岛四周的海里潜游，苏易水用曾易打造的一只能伸缩的乾坤环卡住了它的脖子。它想要吞咽东西的时候，只能来找苏易水帮它松松环，才可顺利吞咽，所以它并没有离开太远。

它从小就被囚禁在一方小小的水潭里，现在骤然来到浩瀚无边的大海，那种兴奋足以抵消脖子被束缚的不快。

从薛冉冉醒来，小岛四周的海浪似乎就没有停歇过。那条龙不断追撵鱼群，甩尾拍岸，几乎没有一刻安静的时候，完全是个放养的调皮孩童。

第二天，薛冉冉的伤势在苏易水的灵力疏导下痊愈了三成，最起码可以卸下板子，坐起来了。

所以，白日里，当师父在海岛山洞里静心打坐，抵御灵泉魔性的时候，她喜欢靠在一块礁石上闻着湿漉漉的海风。

这种一边用匕首挖着礁石上的贻贝准备煮着吃，一边看着小龙追逐鱼群的日子，若是不带伤，真比游学还要惬意。

起初那条小龙还会偷偷潜游，靠近薛冉冉，再慢慢露头，一副不怀好意的样子。

它是吃过人的，看见这么灵力充沛的可口小姑娘，难免想吃正餐。但是它几次偷袭，差点儿被薛冉冉用匕首划破一只眼以后，总算老实了些。

而且有一次，这个凶巴巴的小姑娘不知往它的嘴里扔了什么泥丸子，它吃了以后变得食欲不振，吃条鱼都能恶心得吐半天。自此之后，它连着几天没有进食，看着她也不大想吃了。

薛冉冉给它吃的自然是自己炼制的清心丸。这种药丸的效力也真霸道，连龙都能辟谷。

就像苏易水所说，这条龙从小落入别有用心之人手里，不曾教给它善恶，只一味催熟它的灵力。

如今，苏易水要带它回龙岛履行对故人的承诺，自然要先消减它的魔性，不然它以后积习难改，总是偷袭过往船只，变成寻人吃的怪兽，可就糟糕了。

不过，跟这条龙相比，苏易水的问题更棘手一些，并非几颗丹丸就能解决。

虽然大部分时间里苏易水都能依靠强大的意志力克制住身体里灵泉的魔性，但是日落夜深时，也是灵泉魔性活跃的时候，他偶尔也会克制不住……

薛冉冉年纪小，见识少，有些不明白灵泉的怪异属性。为何师父每次发作的时候都要亲人，而且总是亲得她喘不过气来呢？

在海岛上的第三夜，夜深时，海风冷意逼人。苏易水用衣服将怀里的小姑娘裹得紧紧的，然后摸着她红意未消的脸道："怎么，还很冷？"

薛冉冉最近很嗜睡，毕竟受了灵力内伤，睡觉是修补身体的最佳方式。可是想睡却冷得不能入睡的滋味也很难熬。因为受了内伤，她暂时不能自行催动灵气御寒，所以每到深夜的时候，就算点一堆篝火也会觉得有些冷。

苏易水会默默催动灵力，抱着她，为她御寒升温。只是抱着抱着，看着怀里喷香娇软的小姑娘，他就会忍不住想要亲她。

就在方才，他又忍不住含住了她的红唇。刚才冻得脸色发白的小姑娘，被苏易水"熨烫"一遍之后，脸蛋又像发烧一样红了。

刚开始时，她被苏易水这么抱着，还会羞涩，不好意思。可习惯真的很可怕，也不过第三夜而已，她居然已经习惯了师父温暖舒服的怀抱。

听到苏易水问话时，她摇了摇头。

入夜后，她体内的真气便会自动流转，开始治疗体内的伤势。她实在困得不行，任由思绪被包裹在棉花里，懒懒闭着眼，脸又往师父的怀里钻了钻，然后酣然入睡，修补残破的身体。

如果她此刻睁开眼睛，就会看见苏易水的眼又红了许多，仿佛滴血一般……

苏易水慢慢合上眼睛，努力地深呼吸，压制住体内想做些什么的暴虐冲动。

灵泉一旦侵入，便会无尽放大人的各种贪欲。

苏易水很清楚自己的执念是什么。此刻，他两辈子可望而不可即的人，就在自己的怀中睡得香甜。但是他要努力克制。在海岛上的三夜，他从来都没有合眼过，生怕自己失控，伤害了他好不容易跟上苍求来的这颗小果子。

现在夜已深，唯有海浪呼啸。苏易水却不能成眠，只看着怀里睡得深沉的女孩儿。静谧的山洞里，似乎传出细不可闻的一声叹息："清歌……"

这些天里，朱雀带着苏易水的布条传信给羽童他们，告知他们宫里的那一场乱局。

虽然那条龙飞来飞去只是转瞬之间的事情，但是它在地底翻腾的阵仗极大，满京城的人都被震动了。

那日那条龙飞升、朱雀展翅，这等异状简直是旷古奇闻，震惊了满城的百姓。加之那日又是端午佳节。一时间，有人往宫中湖里洒雄黄酒，结果激起护宫神龙，然后神龙显灵、凤凰齐飞一类的说辞不胫而走。

除了这些愚昧之言，还有人传宫里一直养着龙，皇帝为了益寿延年，不惜蓄养魔物，以人来投喂，所以天神震怒，惩罚了皇帝，损毁了皇宫，连带着折损了皇帝的阳寿。那皇帝应该熬不住，快要驾崩了！

了解些内情的人都知道，第二个才是真相。

那条龙在地底翻腾的时候，宫宇损毁了大半。而自那以后，皇帝陷入了昏迷。据说，后来他醒了，也一直隐着不见人。

不过朝廷下了指示，极力封锁京城里关于龙的那些传言，只说天降吉兆，保佑大齐一类的吉祥话。

现在京城人心惶惶，苏域几个生了儿子的妃子也是各怀心事，八仙过海，各显神通。毕竟苏域一直没有立太子，若是他真有个三长两短……这几个儿子背后的势力蓄势待发，将来免不了一场争夺之战。

羽童传来的字条里说了几件要紧的事情。

第一件就是沐冉舞趁着京城大乱，在他们几个急着去皇宫的时候，偷偷去了定身符，逃跑了。

第二件是薛冉冉问的周氏父女的后续。周家全家都被抓了，据说是静妃在宫里大搞巫蛊之术，咒怨皇帝，所以害得周尚书一家子吃了挂落。据说，他们父女俩现在都被押解着，具体的情况不明。

薛冉冉很担心周飞花。苏域处心积虑这么久，却落得失败的下场，他势必迁怒周家父女。想到周飞花当初若是交出自己，或者不帮她潜入问湖，也许就不会落得这般下场，薛冉冉不禁内疚，想着一定要救出周家父女。

之前三日，她因为伤重，不能移动，现在能动了，她便想要尽快回去。

苏易水披散着长发坐在海岩边，对她说："周家父女二人不会有事，我会想办法救他们。"

薛冉冉却坚定地摇了摇头："不行，师父，您刚刚脱离危险，若是再落入苏域的圈套，可如何是好？我的人情，我自己还！"

听了这话，苏易水又红了眼睛，邪魅十足地勾唇冷笑："你是说我不如苏域？"

薛冉冉发觉灵泉上身的师父是顺毛的毛驴，稍微不顺就会勾起魔性。她小心翼翼地用手指代替木梳，替师父梳着头发道："他哪里能跟您比？那个老头子坏得很！"

苏易水对"小域"变成糟老头儿的境遇满意得很，这才稍微淡了眼底的红色，将薛冉冉拉到跟前，伸手替她梳头发。

"师父，我们什么时候回去？我的身体已经没有大碍了。"

苏易水捏了捏她的脸，道："再过两日就回去，你随身带着的药水早就没了，若是再拖延，你会没有精神的。"

听到这儿，薛冉冉抿了抿嘴。她也是听了苏域的话才醒悟，原来自己喝的水真的就是树根泡的水。不过，那树根应该是转生树的树根吧？难道她真的是树上结的果子？她是沐清歌的妹妹沐冉舞？

苏易水好像看出了她的心事，只淡淡道："我在湖里时，听到了你跟苏域的对话。就像你说的，上辈子的事情与你无关，你现在只是薛冉冉，无牵无挂，至于你以前的人情债，我来替你还就是了。"

他说这话时，眼底的红色淡了不少，眼睛如秋湖一般明澈。薛冉冉抬头看着他，心里突然涌起一股暖流。就算别人都说师父是"魔子"又如何？她的师父就算邪泉上身，也还是疼她的那个师父！

以至于当苏易水再次低头亲吻她的时候，她忍不住伸手揽住他的脖子，很自然地加深了这一吻。

她也不清楚自己的心，只是看着苏易水那双好看的眼睛满映着她，有些异样的甜蜜。而且被他亲吻的时候，她自己的心也怦怦乱跳，耳朵里也全是血液流动的汹涌声……

她甚至来不及想，师父将灵泉送回阴界之后，不再被魔性驱动时，他们这对师徒的关系又该如何。

至少在这座岛上，没有外界的纷扰，只有甜蜜的相拥。

海风轻拂，细浪拍岸，当水中的小龙捉鱼甩尾之时，掀起的成片水珠在天空映出了一道绚烂彩虹……

与海岛上的甜蜜相比，此时大齐皇宫却暗淡得很。

苏域的元神离开自己的身体，却被朱雀血驱离，如此折腾，甚是折损元神。当冯十三发现苏域的元神油灯快要熄灭的时候，心知不妙，催动招魂灵，引着苏域的元神回归本体。

虽然苏域的元神最后勉强回了他自己的身体，但是他刚刚醒来就吐了一大口鲜血，这是元神损耗的迹象。

冯十三知道苏域已油尽灯枯，维持不了太久。苏域自己也知道，他的思绪清明，可恨却被身体拖累。

如今边关告急，若是他驾崩，他的那几个儿子里没有能撑住大局的。满心的雄韬伟略，却要含恨撒手，他怎么能甘心！

就在这时，赤门魏纠亲自造访异人馆，要求见一见皇帝。先前苏域为了那个假货的解药，曾经派人去求魏纠，那太监却被魏纠口下无德地骂了回来。苏域心知，这个魔头无事不登三宝殿，不过他此时也想见一见魏纠。

于是，魏纠在宫人的引领下，绕着宫殿的断壁残垣，一路来到皇帝寝宫。

魏纠的眼睛甚毒，一眼便看出苏域曾经元神离体。再根据赤门在京城眼线的线报，他忍不住笑了起来。

"陛下，本尊以前倒是小看你了，居然连苏易水那个老狐狸都能被你算计，这般谋略，难怪沐清歌当初那么看重你。"

苏域此时气若游丝，不过还是笑了一下："魏尊上向来事忙，如此……如此千里迢迢前来相见，不会只是要看朕的笑话吧？"

说完这句，苏域又是一阵猛烈地咳嗽，声声带着血腥味。

魏纠坐在太监搬来的椅子上，阴笑着看着快要油尽灯枯的苏域："陛下若是肯回答我一个百思不得其解的问题，我说不定会有法子为陛下续命。"

苏域慢慢转头看着他："你要问……问什么？"

魏纠将椅子往前拉了拉，一旁立刻有太监阻止。

不过，苏域挥退了左右。他是个快死的人，如今还怕有人行刺吗？

于是魏纠探身入了床帏，挨着苏域的耳朵问："你宫里的那个沐清歌……究竟是不是真的？"

苏域面无血色的脸上慢慢呈现出笑意："你说呢？"

魏纠琢磨着苏域的微妙表情，似乎理出了头绪，他慢慢说道："我感觉……她不像个真的。当初转生树上结了两个果子，只不过有一颗长得不好，早早就掉落了，我一直没有查询到它的踪迹……现在想来，还真是蹊跷。"

苏域微笑着说道："你若想知道另一颗灵果的下落，不妨先跟朕说说如何续命的事情，毕竟朕随时都会咽气，相信尊上也不希望朕将这个秘密带入地下吧？"

魏纠笑开了，挑眉道："既然陛下有心对付苏易水，那便是魏某的朋友。请陛下放心，我是不会任由你这么得力的朋友驾崩的……"

苏域也加深了笑意："已经许久没有能跟朕做朋友的人了，朕甚是欣慰。既然是朋友，待魏尊上为朕续命后，我们也许还可以细聊一下关于灵泉的事情……"

魏纠的眼皮微微一跳，他此来不过是想知道真正的沐清歌的下落，却不想竟然有灵泉这样的意外收获！他诚恳地拉起了苏域枯瘦的手："陛下，有我在，阎王爷暂时还收不了你……"

且不提大齐皇宫里刚刚孕育出的一段诚挚友谊，再说那只有二人的小岛上，薛冉冉总算是收回了迈入鬼门关的那一条腿。

在她受重伤之后，洗髓池的灵力反而激发了更深的潜能。薛冉冉因为先天不足，灵脉也较一般的修仙者纤细了些。而这次重伤之后，苏易水仿佛是在一片筋骨废墟里重新替她搭建了灵脉，让她可以更好地发挥自己的灵力。从某种角度来说，她也算是因祸得福。

当薛冉冉能够运转灵力上下跳跃的时候，她感觉，较之以往，自己的灵力运转得更加通畅了。

也正是因为灵力的提升，她能感受到苏易水的灵力浑厚、奔放，可是他时刻压抑着被灵泉急促催发的灵力。这就好比有人一直在压制心底的猛虎，时刻不能松懈，否则猛兽破笼而出，便再难捕回去了。

这种半刻也松懈不得的辛苦，让薛冉冉心疼。

接下来，他们便先启程前往龙岛，准备将这条龙送到岛上去。

那龙岛在东海深处，四周遍布着龙族结界，就算是苏易水也不能轻易过去。

不过，这条龙并不受此限制。当送到龙岛边界时，薛冉冉殷殷嘱托着这条龙："你过去之后，要与同伴好好相处，多学学该如何做龙，不要再随便跑出来，免得再落入坏人手中。"

这条龙对薛冉冉婆婆妈妈的嘱托似乎很不耐烦，不住地摇着龙头，甩着尾巴。

当薛冉冉他们要走的时候，这条龙却从水里露出头，有些可怜兮兮地看着薛冉冉。

薛冉冉笑了，对它道："以后有时间，我会再来看你的，你要多吃鱼，长得再威风一些啊！"

这条龙听了，晃了晃自己头顶威风的小龙角，再次引颈龙啸。

远处水雾弥漫的龙岛上立刻有龙吟回应，似乎在催促着离家太久的小龙赶快归乡。

于是，薛冉冉挥手与这条龙告别后，便与苏易水坐在朱雀的背上匆匆返回。

他们这次并没有直接回京城，而是与羽童到约好的京城附近的山上相见。

当薛冉冉从朱雀背上下来时，却看见了让她意外的一个人——周飞花，她正跟羽臣和羽童他们烤火。

薛冉冉顿时惊喜道："静妃娘娘，你怎么逃出宫的？"

此时的周飞花已经不是穿着绫罗绸缎、满头凤钗的妃子样子。她穿着一身利落的男装，头发也绾成了男人的发式，看上去像女扮男装行走江湖的镖师。

第二十章 公之于众

原来，苏域想要惩治周家父女的时候，边关起了战火，朝中能堪大用的干将都是周道的老部下。

听闻周道被捕，他的老部下们集体向皇帝请命，恳请皇帝从轻发落周将军。

苏域虽然在长生的事情上执着入魔，但是涉及自家祖宗江山的时候可从来不犯糊涂。在这个节骨眼，他自然不能做寒将帅之心的事情。

可是他忌惮周道也不是一两日了。他可以就此顺着这个由头，解了周道的官职，让他告老还乡。

周飞花是宫妃，自然要按照宫规处置。死罪免了，活罪难逃，她就此被打入冷宫。

羽童收到主人的回信后，依着主人的吩咐，带着哥哥夜里潜入冷宫，扔进去一具从乱坟岗里刨出的无名女尸，又点了一把火，将周飞花的屋舍点着了。

等宫里人救火之后，自然会发现一具烧焦的尸体，从此以后世间便再无静妃娘娘。

薛冉冉这才知道师父私下里的安排，她忍不住看向周飞花。

虽然苏域可恨，但是薛冉冉觉得周飞花并非她表现出来的这般洒脱，她应该是对苏域有着君臣以外的男女之情。不然当初她若只是为了就近监督皇帝而入宫为妃，牺牲也太大了！也许周飞花是因为喜欢苏域才入宫，明知道他心里有着其他女人，她也甘愿穿着红衣彻夜为他舞剑……现在周飞花固然逃出来了，可她会不会埋怨苏易水，让她再不能与苏域相见？

周飞花跟薛冉冉在后山野径散步时，听薛冉冉问她对宫内可有留恋，只是怅惘着说："他变了，已经不再是我曾认识的那个少年天子了。就连他喜欢的沐清歌，他都能巧妙利用，我又算得了什么？父亲希望我能出宫，更何况我原本就厌倦了那里的生活，能诈死出宫，也算是上天对我的眷顾……"

说到这里，她转头问薛冉冉："你到底是谁？苏域说你也是转生树上的果子，难道……你真是害死了清歌的沐冉舞？"

说到这里时，周飞花看着薛冉冉的眼神有些犀利。

薛冉冉倒是了解这位直肠子的性情，她有些无奈地抓了抓自己的两只发髻，道："我既然死了一回，上辈子的事情自然全不记得了。你若肯既往不咎，我便就此谢过，不然岂不是白白在树上挂了那么多年？我现在就是薛冉冉，谁也不是！"

　　看着薛冉冉委屈的样子，周飞花满肚子恶毒的咒骂都没法说出口了。小姑娘真的什么都不记得了，若是拎着她记不得的事情骂，显得有些过分。而且她实在喜欢这个性格爽利的小姑娘。也许转生树比孟婆汤还要厉害，前世那个默默跟在沐清歌后面的妹妹、惯会下黑手的丫头，现在竟变得如此勇敢而爽利。

　　当然，周飞花并不会认为是苏易水教导有方，教导出这么优秀的女弟子。

　　晚上在火堆旁烧烤的时候，她可看见苏易水跟薛冉冉黏腻的样子了。两个人很自然地分吃一个烤鸡腿的样子，绝非师徒关系那么简单。

　　沐清歌当年为他牺牲了那么多，可他呢，依旧安然度日，还收了貌美年轻的女徒弟。什么样的浑蛋连自己的徒弟都能下手？苏易水可是真从根上烂掉了！

　　周飞花想到这儿，倒是殷殷嘱托了薛冉冉很多，比如女孩子太小时难免会被男人的花言巧语蒙骗，老男人都是成了精的，坏得自然，让人不易察觉。

　　薛冉冉知道她在拐弯骂师父，自然要替师父辩解一下："师父为了救我……有些走火入魔，才会失控，他一直都是个谦谦君子，不许你这么污蔑我师父！"

　　周飞花失笑一声："他还用人污蔑？你以为当年害得沐清歌被正道人士口诛笔伐的魔子是谁？不就是他苏易水吗？"

　　薛冉冉瞪着眼不说话。可是周飞花看出这小姑娘是真的生气了。可就算小姑娘生气了，她也得把实话说出来："当年苏易水假装受重伤快要死了，利用他的师父，骗她打开了阴界之门，而他引着灵泉上身，获得了灵泉的灵力，然后又煽动他的父亲造反夺位，这桩桩件件，哪一件是好人能做出来的？"

　　薛冉冉直接反驳："你骗人……是不是有什么误会？"

　　周飞花冷笑道："有什么误会？可恨他向来是会骗女人的，将沐清歌迷得神魂颠倒，为他所用。她居然为了他，背负私引魔子灵泉的骂名！最后他可倒好，摇身变成了大义灭亲、诛讨邪魔的正义之士！沐清歌被他害死时还背负着骂名！这是好人能做出的事情吗？"

　　薛冉冉听得哑口无言。这般说来，师父的确有失厚道。难道他真的刻意陷害过沐仙师？

　　就在二人说话的时候，周飞花突然越过薛冉冉的肩膀看立在树下的苏易水，立刻问道："你倒是惯会在徒弟面前装好人，你倒是说说，当年是怎么害惨了清歌的——"

　　原来不知什么时候，苏易水跟了过来，正好站在她们身后，也将周飞花的话尽数听了。

　　她的话还没有说完，整个人就腾空，仿佛被看不见的吸力牵引，一下子被苏易水捏住了脖子。

薛冉冉看到师父赤红的眼，立刻明白周飞花的话激得师父涨了魔性。她赶紧飞身过去，捏着苏易水的手腕急切道："师父！你克制一下，快些松手，这么捏她，可会要了她的性命！"

眼看着苏易水不但不松，反而手劲儿越来越大，薛冉冉无奈，只能上前一口咬住他的胳膊。

苏易水看到她咬他，眼里的红慢慢消散了些，捏着周飞花脖子的手也渐渐松开。

周飞花方才真是差点儿被他掐得背过气，待挣脱了束缚，便连连后退，瞪眼问道："怎么？你现在……咳咳……才想起杀人灭口？"

薛冉冉怕周飞花再煽风点火，连忙转头冲着她道："你又不是不知道，我师父现在是非常时期，心性不比平时，你还是少说几句，不要刺激我师父了。"

可是她还没有说完，苏易水便冷冷开口道："她说的都是真的，我不是你以为的什么好人！"

说完，他甚至不去看薛冉冉的表情，径直沉默了一会儿，便转身离开了。

不知为何，薛冉冉看着他挺直而去的背影，却觉得透着无尽的痛苦、寥落……

周飞花这时总算缓过劲儿来，只不过她脖颈上的伤痕触目惊心，可见方才苏易水的手劲有多大。

薛冉冉取了活血的药膏给周飞花涂上，小声问："你说我师父是魔子，那……当初的沐清歌知不知道？"

周飞花伸着脖子让她抹药。听到这儿，她叹了口气，哑着嗓子道："她当然清楚，可她偏偏说苏易水是因为幼时清苦，后来母亲受到不公，才心中生怨，以致思想越发偏激。她是他的师父，不能眼看着他坠入深渊而袖手不管。既然她没有教好徒儿，替徒儿背负骂名也是应该的……"

薛冉冉知道，师父苏易水起初对沐清歌的误会甚深。那《玩经》的《凶兽篇》就是一例。苏易水默默吃着海盐龙眼的时候，心中想的是不是卧薪尝胆，将来一举报复所有欺辱他之人，其中也包括当时不甚了解他的沐清歌呢？若是这般，那么他随后报复沐清歌也就情有可原了。

想到这儿，薛冉冉又幽幽叹了一口气。

周飞花看着她道："小小年纪，总叹什么气？若是他缠着你，你便跟我走，可别被他给骗——"

还没说完，她的嘴就被薛冉冉一把堵住了，薛冉冉小声道："我的娘娘，你就别再惹我师父生气了。再说了，你说过，他最不好的时候，他师父都没有抛弃过他。我这个做徒弟的，怎么能在师父最艰难的时候离开他呢？"

周飞花翻了个白眼，不再说话。在某些方面，这小姑娘跟她曾经的挚友真像！

关于苏易水被灵泉附身这件事，羽童和高仓他们也是过后才发现的。苏易水整个人的气质都变了，变得有些不像苏易水了……

人总是如此，失去时才懂得珍惜。

丘喜儿现在无比怀念那个以前放羊吃草、言语不多的师父。

以前的师父若是见他们做得不好，顶多是目光清冷，干净利索地罚他们写功课，让他们来回上下山跑圈而已。

可是现在的师父……似乎附着龙身的后遗症没有消散，随时随地都会阴恻恻地喷出毒汁。

比如他们下山后，寻了家客栈住下，终于可以吃些可口的饭菜。晚饭时，丘喜儿跟薛冉冉抢鸡腿肉吃。像这类饭桌上的叽叽喳喳，都是西山师兄妹间的日常，大家见惯不怪。

以前苏易水见了，顶多默默扫两眼，然后将自己碗里的夹给薛冉冉吃。

现在的苏易水却冷着脸对丘喜儿道："胖得衣服都快撑开了，还这么贪吃？难怪你的轻身术总是练习不到位，没见过母猪能上树！"

就在路边的客栈里，当着满桌人的面，被师父如此挖苦，丘喜儿实在绷不住泪眼，哇的一声哭了出来。她一路奔回客房，干脆连一顿晚饭都省了。

苏易水说完，目光阴冷地扫视一圈。大家都不敢夹菜，默默将碗里的饭三下五除二塞进嘴里，然后灰溜溜地离去了。

薛冉冉也想下桌，但是苏易水拉住她，将盘子里的两个大鸡腿都放在她的碗里。

"师父，这么多，我哪里吃得完？再说吃得这么多……我也该胖得上不了树了……"

苏易水漫不经心地继续给她夹菜："那就吃得胖些，抱起来也软得舒服。"

嗯……幸好三师姐不在这儿，若是听到师父偏心眼偏成这样，很容易立刻原地大哭。

薛冉冉实在看不下去师父这么"堕落"，她干脆拉起师父走出客栈，来到一旁的密林里。

"师父，您就算被灵泉附身，心绪不佳，也要努力克制一下，三师姐脸皮薄，被您这么说，她会受不住的。"

苏易水倒不觉得自己很过分。他其实也知道自己现在言语比以前犀利很多，但也不过是因为灵泉，让他不再掩饰自己，恣意说出心里话罢了。

他也知道，灵泉若是附身太久，他的心性迟早会不受控。别的都还好，他最担心的是自己伤害冉冉。每次看到她，他心里的贪念都不受控制般涌起，她若知道他心里想对她做什么，必定会吓得落荒而逃，从此不敢再见他……

看师父又红着眼不说话，薛冉冉只能赶紧给"毛驴"顺毛，掏出一颗蜂蜜榛果塞入他的嘴里。

苏易水顺势将她拉入怀里，努力平复心绪，然后道："我会尽量……"

薛冉冉知道他说的是不再毒舌。不过，她身为徒弟，教导师父如何做人，实在有些不像话。

西山的门规对这等越矩的行为是如何处罚的？

薛冉冉还没来得及想清楚，她的思绪就再次被苏易水的吻席卷得不知影踪了……

不过，缠绵之后，薛冉冉倒是想起了正事。

当初在皇宫里发生的一系列事件中，最让人百思不得其解的就是苏域知道苏易水曾经附身白虎的事情。这事儿只有西山的弟子才知，就连下山的白柏山都不知道。可是苏域知道得一清二楚，必然是有人外泄。

薛冉冉不愿意猜测两位师叔或者是高仓和丘喜儿他们中出了内奸，所以只能先防备着些。事关灵泉，她不得不防。

此时在林中只有她和师父两人，她从怀里掏出一个布包，里面正好放着一本书，是他们此番入京想要得到的那本《梵天教志》。

这本书是昨日周飞花与她辞行的时候给她的。只因为她曾说过他们入宫是为了找回一本西山存档的书籍。

端午正午那日，宫里到处坍塌，后来苏域又被龙席卷上天，所有人都慌了。

周飞花想起薛冉冉的提醒，便趁着冯十三他们不备，偷偷溜进苏域的书房，在苏域常看的书架上一眼就扫到了这本异常破旧的书。她拿到之后，就递给了那个当禁军的表哥，让他趁乱带到了宫外。

随后，她被抓，周家也被抄家。幸好她表哥机灵，将那本书藏在周家外院的一棵老树下。

后来，经过了诈死的一系列事件，这本书终于辗转到了薛冉冉手里。

周飞花的意思表达得很清楚："苏易水原本就是心思鬼道之人，现在被灵泉附体，就是一个邪物。你以为什么是魔子？那是万里挑一的人，能到达阴界、带走灵泉的，必须背负极大的怨念，才会成为承载灵泉的魔子。沐清歌当年就是为这人所误……若是真像你所说，苏易水愿意将灵泉送回阴界，那么便是天下之福。不然的话……"

周飞花并没说下去，她不由自主地摸了摸自己瘀痕未消的脖子。她要即刻启程去寻找告老还乡的父亲，还要着手安排前往外海的事情，就算放心不下这小姑娘，她也只能殷切嘱咐一番，便告辞离去了。

苏域现在还没有彻底恢复，可等他缓过神来，必定不会放过她父亲。只有远走高飞，他们才可暂避眼前的祸患。

现在薛冉冉将这本书交给苏易水，想看看在里面能不能寻找到通往阴界的途径。

苏易水看着这本书，突然问薛冉冉："我说过，周飞花所言都是真的，你难道一点儿都不怕我吗？"

薛冉冉靠着树干，抬头看着他，轻声道："为何要怕？你曾说过那小龙因为天生地长，无人管顾，而走上了歪路。师父您是人，必定也会犯错。可您现在不是一直在默默行动，弥补之前的过错吗？我想，沐仙师若知道你做的这一切，必定不会太怪你……"

说到这里，薛冉冉有些说不下去了。照着"沐清歌"偷偷往天脉山放嗜仙虫的架势，这师徒二人的梁子结大了。

沐仙师好像并没有原谅苏易水的架势。苏易水瞟了她一眼，只是用长指默默翻着那本旧书。

两本旧书凑齐了，接下来就是要详细查找里面的蛛丝马迹。借入皇宫的那本，看起来比留在西山的要旧很多，看来这些年来苏域没少翻看。

其中关于七邪化形咒的那一篇，似乎被人看了又看，苏域这些年应该没少研究。

不过，关于阴界灵泉的描述，他们翻遍全书只翻到一行轻描淡写的字——"落水崖下便是灵泉"。

薛冉冉不确定这是不是关于阴界方位的描述，便问师父何处是落水崖。

苏易水淡淡道："传说中天水降落之处，砸下深坑，如无底之渊。"

薛冉冉皱眉想了一会儿，天地之大，从没见过何处有天水降落。不过诗人有云："黄河之水天上来。"难道这天水指的是黄河之源吗？

苏易水点了点头，又摇了摇头。他想着自己之前去阴界时虽然是向北而行，但是距离黄河甚远，更谈不上去了黄河源头。

阴界的入口每次都有位移，实在说不好在什么位置。但是这行字的旁边，配着一幅插画，画上画的是一株红色如鹰嘴一般的花。

苏易水眯眼看了一下，倒是想起上次他入阴界的时候入口处满是这种奇异的花。

而这幅插画的下面写着一行注释："鹰嘴魔花，逐血而开。"

看到这儿，薛冉冉若有所思，突然有所领悟——天水，也可以理解为天劫。人间每隔数十年，边关总有战乱发生，生灵涂炭之际，也是天劫降临之时。

当初樊爻大战时，在战场上，苏易水也曾经见过这花。

所以这标志阴界入口的魔花也许就生在杀戮最多的土地上。

现在大齐与邻国高坎又生战乱，也许那里便是魔花将要盛开的地方。

不管怎么样，在没有其他线索之前，他们只能这般一试，看看能不能找到线索。

因为她的师父实在是等不得了。

他们离开客栈时，豪横的客人嫌弃西山师徒的马车挡刀，挥动鞭子就去抽打他们的马匹。

若是以前，苏易水只会不动声色，暗中出手化符设咒，教训那些欺软怕硬的豪横之人。可是昨日，他竟然抬脚就将人踹到了树上，没将那人踹死，还是因为薛冉冉死命抓住了他的胳膊。

若不是被抓了胳膊，苏易水原本是要当场大撕活人的，那人的胳膊都被他扯得脱臼了。

苏易水他们从离开客栈起走了不到两个城镇，便发现他们这一行人的画像贴得满大街都是。

画匠的画工不错，又或者冯十三认人的本事过人，将他们一个个都画得惟妙惟肖。

只有丘喜儿因为最近瘦得厉害，跟画像有些不符，她在绝望中又生出莫名的沾沾自喜。

不过，他们如今都沦为大齐通缉犯了，若是再闹出当众行凶的事情，西山的名头真的要彻底臭了。

碍着师父现在阴晴不定，杀意太盛，他们实在不敢再住客栈了，只能风餐露宿，一路朝着边境前行。

✿✿✿✿✿✿✿

其间，他们还去了酒老仙隐居的翠微山，想问酒老仙再要个符瓶救急。

当他们到达山下时，却发现曾经翠绿的田地一片荒芜，到处杂草丛生，一副许久不曾有人侍弄的样子。而曾经在田间劳作的稻草人也散落一地，只剩下一些枯草和散落的衣服。

待他们上了翠微山，那几间屋子已经被烧毁，到处都是焦黑的木桩子还有打碎的酒缸。

薛冉冉低头检查了还有半缸"误天仙"的酒缸。

对嗜酒如命的人来说，绝对没有酒还没有喝完就自己将酒缸打碎的道理。酒老仙究竟遭遇了什么，竟然舍弃了这个隐居之所？

薛冉冉不由得担心起那个老顽童。酒老仙与世无争，按理说不应该跟人有什么利害冲突。究竟是什么人前来寻仇？而他现在又在何处？这些都不得而知。

她反复查看山上那杂乱的物品，终于在院外的一块石头底下看到了仿佛用指甲抓挠出来的潦草几行字："梵天教死灰复燃，小心……"

在"小心"后面那个字并没有写完，只是匆忙刮了几笔，让人辨认不出字迹。

薛冉冉是趴在地上才发现这些字的。

当初酒老仙应该也是趴伏在这里用指甲在石头底部运力写下的。

她慢慢地起身，这才发现自己趴下的地方有一道拖拽的痕迹，地面上甚至有人指甲抓挠过的痕迹。似乎有什么人趴伏在这里之后，又被人拖拽走了……

薛冉冉看得后背冒冷汗。酒老仙并非手无缚鸡之力的寻常老者，能这般无法抵抗地被人拖拽,很明显是中了什么阴招。而拖拽酒老仙的人因为角度的问题,并没有发现酒老仙在大石底部留下的字迹。酒老仙这是在给苏易水和她警示吗?

袭击这里的人是梵天教的余党?

就在薛冉冉低头查看地面的时候,苏易水走了过来。他蹲下之后看到了那些字,眉头紧紧皱起。

梵天教是几百年前的魔教,是灵泉私闯人间的时候纠集操控的一群满是贪欲之人。

当初他们听到这个名字的时候,也是因为追查水魔,一路来到翠微山上才从酒老仙的嘴里听到的。

不过,当初梵天教早已经被大能盾天灭教,不复存世,怎么会突然又冒出个梵天教呢?

薛冉冉他们找寻不到太多的线索,只能从翠微山上下来。她抬头时,无意中看见了枝头的乌鸦。

当初酒老仙就是操控着它跟山下的人通话的。只不过现在这只乌鸦脚上再无灵符,只歪着头傻乎乎地嘎嘎叫着。

薛冉冉有些伤感,暗下决心一定要找到酒老仙的下落。他的哥哥药老仙已经飞升,再不理俗尘事务。所以只有她这个与他一面之缘的小友牵挂着那个老顽童的下落了。

他们来山上找寻踪迹的时候,羽童并没有上山。这两日她胃口不甚好,吃得也不多,基本都是他们吃饭闲聊,她端着一杯清茶去溜弯透气。

丘喜儿偷偷跟薛冉冉嘀咕,猜测二师叔是不是跟西山下的那个书生又喜添贵子了。

薛冉冉可不好问这件事,不过师父大约也是这么想的。二师叔说有些疲累,他便没有让她跟他们一起登山。

此时羽童等得无聊,正坐在一块大石上望着不远处村庄的炊烟发呆。

薛冉冉顺着她的目光望去,心里倒是有了主意。

于是他们借口去村里买些干粮,顺便在翠微山下的村民嘴里问些线索。

十日前,有一群外乡人来过这里。不过,当时正好是晚上,有人看见那些人走路都是飘着的,脚跟没有沾地。这可吓坏了夜里去水渠捕泥鳅的几个村民。据说,有个胆小的,回到家吓得苦胆汁都吐了出来,直嚷嚷自己见了索命的冤魂。

薛冉冉听了,却觉得他们看到的是一群修炼御风术的异士。那御风术用起来时,脚不沾地,仿佛御风前行。

走到村民们说的那条乡路上时,薛冉冉居然在地上嗅到了细微的"误天仙"的味道。她应时想到，酒老仙的身上随时带着酒葫芦，若是被人掳走时，那酒葫芦的塞子没有塞严，这么一路漏着酒味也有可能。

"误天仙"的酒味特别，而这十多天里也没有下雨，依然有余味残留，也幸好薛冉冉有个"狗鼻子"，嗅觉比一般人灵敏许多。于是她顺着淡淡的酒味，一路寻到了河埠。

此时河埠上的船只都很繁忙。

边境起了战火，而此处是重要的物资转运处，来往的船工一个个都忙着扛运货物。

羽臣很快便打听到二十天前这个河埠的船只都是发往五马镇的。那里正有大兵集结，急需物资调运，至于要去往别处的客商，一律只能走陆路，不准挤占水路。

难道那些人也将酒老仙带上了船，去了五马镇？

苏易水听了之后，说道："既然如此，我们便前往五马镇吧。毕竟我们原本也是要去前线探查的。"

当初曾易替苏易水代管的产业很多，而在那个五马镇，也有一家千里马行，他们总算有了落脚地。

这几日一直风餐露宿，丘喜儿又不敢在师父面前多吃，煎熬得又瘦了一圈，现在倒是显露出几分少女的窈窕样子。她如今就盼着能有个柔软的床铺好好睡一觉，再背着师父吃一大碗红烧肉。所以眼看快要到五马镇时，丘喜儿有些激动。

可是到了马行，他们发现这家当地最大的马行招牌被人砸烂了，掌柜的和伙计都不在，只有一个夜里打更的七旬老者，用当地有些难懂的方言，连比带画地告诉他们，马行里的人都被官兵抓走了。

羽臣和高仓互相看了看，迅速查看周围有无动静。

毕竟现在西山一派师徒都是新出炉的通缉犯，据说，通往西山的路上贴满了告示。当然，这并不是为了方便官兵抓捕他们。毕竟他们都是修仙之人，寻常的官兵连近他们身都不能，又何谈抓捕？不过用来搞臭西山派的名头，通缉令的效果就十足了。

据说，在如此造势之下，三大门派已经坐在一起开会，商议着要将西山派定为魔教。在那个开元真人搬弄是非的话语里，俨然是西山一派不知悔改，勾结沐清歌弄了条龙掀翻了皇宫，惹下滔天大祸。

之前天脉山的洗髓池会，西山派拔得头筹，就惹来三大门派的不满。

所以开元真人的话虽有漏洞，却没有人深究，倒是一起声讨西山派的不是。据说，有门派集结，准备找寻苏易水兴师问罪。毕竟苏易水这般做法完全破坏了修真界与世俗之间的平衡，连累诸位道友，罪无可恕！

现在马行出事,会不会有人察觉了这家马行跟西山之间的联系?

草木皆兵地巡视一圈后,薛冉冉在镇口卖芝麻糊的摊子上打听到了事情的原委。

马行这次出事,跟西山的弟子们并无什么太大的关联。

此处盛产塞外名马,所以来往的马商也有很多。最近因为边关战事吃紧,正是急需马匹的时候,所以各处的马匹都被征用,这里的马匹也是如此。

边关危急,征用的马匹自然也不能按照市价来算,只是给些基本的补偿而已。大部分马商也不会说什么,毕竟大家都知道唇亡齿寒的道理。

可是就在昨日,来了一批官兵,将马行里所有掌柜和伙计都抓走了,而且上面传话说,让马行东家尽快去军营接受问讯。

据说,马行交上去的马出了事,就在上交马匹之后的第二日,这些马便被派去寻营。结果其他地方交上来的马都好好的,只有千里马行的马在跑到雁行山时,突然变得狂躁无比,纷纷尥蹶子嘶鸣,让骑乘的将士苦不堪言,最要命的是,还摔伤了一位将军。

所以军营认定,是千里马行的人给这些被征用的马匹做了手脚,坑害将士,所以才将掌柜的抓去审问。

丘喜儿盼了许久的热被窝、红烧肉就这么灰飞烟灭了。

上了通缉令的几个人又不得不钻回林子里住。

羽臣有过从军的经历,是个搭建帐子的好手。所以他从镇子里买来牛皮毡帐之后,带着高仓支起帐子。之后,几个人在山上安营扎寨,总算不用风餐露宿了。

高仓跟着师叔下山的时候,还带回一块上好的五花肉,外加油、糖、酱油一类的调料,还有一口铁锅。

薛冉冉在溪边洗肉的时候,还打趣丘喜儿道:"大师兄可真疼你,你看,你说想吃红烧肉了,他便买来给你解馋。"

丘喜儿这段时间的确跟大师兄要好得很。不过她觉得自己可没法跟冉冉比。现在她也看出冉冉跟师父之间的不寻常了,便小声问:"师父现在这么吓人,你居然还敢跟他亲近,我昨日可看着你俩坐在山顶的石头上看月亮了。你难道真的要与师父结成仙侣?"

薛冉冉没有想那么远,她现在只希望平安将灵泉送回阴界。等到师父恢复了正常……自然是水过无痕,还谈什么仙侣不仙侣的?

丘喜儿熟知修真典故,听薛冉冉说没想那么远,便有些急:"你如今可也是有些修为功底的了。可一定想清楚。听说,若结成仙侣,修真成仙便要再难上一步。"

薛冉冉明白丘喜儿的意思。

二人修为不同,飞升的时日也不同。往往一人飞升之后,便斩断了人间俗念,他日就算两人重逢,也不过相敬如宾,恍如陌路人。更有甚者,另一个迟迟不能修成正果，两人便变成了后羿和嫦娥，分隔两界，空留遗憾。

薛冉冉觉得丘喜儿的话有道理。不过师父似乎对筑基飞升一类的事情并不是很感兴趣。依着他的天分，现如今修为应该远远超过三大门派里准备飞升的大能。

可在这之前，师父的修为表现较之二十年前似乎并没太大的长进，上次大能飞升接受天劫考验的时候，也没有他的份。可是两次的驭兽经历，还有用自己的身体封印灵泉，都证明师父的修为远比他表现出来的更加深厚。毕竟能凌驾于灵泉之上而不被它操纵，须强大的意志力和灵力支撑。

这般能耐的师父，为何止步不前，困守在小小西山？

薛冉冉有自知之明，就算她真的有幸跟师父结为仙侣，她现在的修为也远远追不上师父。就像丘喜儿所说，相伴修真，有时候也许只是为了打发无聊的岁月，若是以后注定不能在一起，还是一开始就不当真为好。

师父最近每日夜间拉着她看月夜美景，就好像他们以前来过这里一般。

哪里有怡人的风景，他都知道。比如昨日，她被他拉到一个开满紫色小花的山坳里。夜色降临时，不消片刻就会看到花丛间飞舞的萤火虫。

薛冉冉从来没有看过这么多萤火虫，它们映照着紫色的小花，恍如星光垂落，美丽极了。

师父还拿出一张小网，让她捉着玩。薛冉冉玩得很尽兴，最后意犹未尽道，若是有个装萤火虫的灯笼就好了。

没想到，她刚说完，苏易水就拿出了一盏纸糊的灯笼。白日里，她看到师父劈了木枝，还用随身带着的白纸做什么东西，却没想到他是在给她糊灯笼。

捉了萤火虫放进去时，薛冉冉才发现灯笼的四面纸上还有用简单线条勾勒的图画。上面是一对男女坐在月下的树枝上看一片花海。当萤火虫一明一暗地飞舞时，那灯笼上的花海里也现出点点萤火虫飞舞……

此情此景，有些让人分不清究竟是在画里还是画外。而苏易水画的究竟是现在还是他的回忆？

薛冉冉看着师父周全的准备，越发笃定他来过这里，而这些巧思很明显不是性格粗放的男子能想到的。

所以她试探地问道："师父，您曾经来过这里？"

苏易水沉默了一下，说道："来过……"

薛冉冉微微晃动着精致的纸灯笼，又问："师父也曾给别人做过？"

这次苏易水倒是摇了摇头，看着眼前的夜色与荧光，淡淡道："这是第一次做。不过，以前有人曾经为了哄我开心，为我做了灯笼……"

薛冉冉听了，心里突然有种说不出的难受。她默默吸了一口气，小声道："那师父一定像我现在这般开心吧？"

苏易水半扬起头，半晌没有说话，然后才低沉说道："我那时心绪不佳，将那灯笼撕得粉碎……"

薛冉冉没想到师父对这片美景的回忆竟然是这样的，她一时哑然，突然猜到那个做灯笼哄师父开心的人应该就是沐仙师。那么现在他做这只灯笼给自己，是何寓意？难道也是希望她撕碎了，然后扔到他的脸上，以此补偿对沐仙师的愧疚？

想到这儿，薛冉冉失了赏景的兴致。现在想来，前些天一起在月下溪钓，还有白日跟师父一起掏鸟蛋，种种愉快的经历，也许都是师父曾经跟沐仙师做过的。现在虽然沐仙师变了，可是师父依旧怀念往昔，便拉着她充数，将往事重演一遍。

苏易水说完，似乎依旧沉浸在往事里。待他转头的时候，却发现薛冉冉用一根手指头将那只灯笼戳成了筛子，里面的萤火虫全都跑了。

薛冉冉将破灯笼交回苏易水怀里，垂眼说道："我困了，要回去睡了。"然后她脚尖轻点，径自下山去了。

薛冉冉回到帐篷的时候，丘喜儿他们已经睡下了。她进了自己的小帐篷，突然觉得自己今晚好像吃撑了，不知道为什么，胸口堵堵的。

就在这时，苏易水好像也回来了，停在她的帐子外。

薛冉冉不想跟他说话，闷在被子里道："师父，我累了，想早些睡。"

她这么说，以为苏易水会离开。谁知苏易水一伸手，愣是将她从帐子里拽了出来。薛冉冉吓了一跳，以为师父的魔性又增强了。

谁知苏易水拉着她，闭眼侧耳道："你听到了什么？"

薛冉冉赶紧也跟着闭眼，调息凝神，这么一细听，居然听到了如雷鸣滚过的声音。

"这……这是什么？"

苏易水皱眉道："是马群奔跑的声音。"

这群马应该离他们还远，只不过两人的听力都优于常人，所以早早便听到了。

苏易水干脆伏地细听，然后抬头道："这群马的数量应该在五六百左右，正朝着这边奔来。"

为了躲避官府耳目，他们这次躲在靠近边境的山上。越过这座山，就是高坎国境。

如今正值深夜，难道是大齐的官兵准备夜袭高坎大营，所以在夜里狂奔吗？

过了一炷香，在山下大片开阔的原野上，果真有大批的马在月下狂奔。

薛冉冉和苏易水立在山顶最高的大树上，看得十分清楚。只是跟薛冉冉原来的猜想不同，这些马都是光溜着后背，并没有配备马鞍与缰绳，更无人骑乘。

若是放马的话，哪有夜里放马的？而且这些马看上去无人驱赶，为何大半夜不睡觉，却一路奔跑呢？

就在她百思不得其解的时候，苏易水却突然说道："走，去山下看一看。"
于是二人一前一后，御风而行，迅速来到山下。

等到了马群边上，借着天上的明月，薛冉冉很快便发现了这些马的蹊跷。
这些马的后背上似乎贴着一样东西。
薛冉冉加快速度与马同向而行，快速伸手从一匹马的背上撕下了一张纸。
就在那张字条被撕下的瞬间，那匹马好像瞬间被抽干了力气，嘶鸣着抽搐倒地，随即口吐白沫，看起来非常痛苦。
薛冉冉连忙掏出护元气的丹丸，塞入那匹马的嘴里，为它护住心脉，然后低头看着手上的字条。她一下子认出，这是个出自酒老仙之手的驭兽灵符。
她抬眼一看，此时奔跑的马匹后背上都贴着灵符。
很显然，是有人驱使它们一路狂奔。而这些马如此不要命地前行，估计到达目的地时也会累得半死。
苏易水低声道："这些马应该都是大齐军营里征用的马，有人让它们奔到高坎境内，这样一来，大齐军队就无马可用了。"
薛冉冉听了，倒吸一口冷气。先不管皇位上坐着的那个浑蛋，如今的战事可是关系到两国边境百姓的安危，并非苏域一人的国事。
高坎新王是个残暴的国君。听说，他当初还是太子时，曾经因为吃了败仗，便将沿途大齐村落的百姓屠杀殆尽，简直令人发指。如果大齐这次失败，恐怕边关的百姓都不能幸免。酒老仙就算天性再顽劣，也不会帮助这么残暴的人。
而且……酒老仙从来不关心时事。不知高坎有什么高人，这么有门路，居然前往翠微山抓了酒老仙，还能逼迫他用灵符助纣为虐。
薛冉冉心里这么想着时，抬眼看看师父。两个人眼神交会的时候，立刻就明白了彼此的意思。于是他们二人各自选了一匹马，抓着马的鬃毛翻身而上，随着马群一起前行。

马群很快越过边境，到了高坎的境内。
眼看着前方有军营的篝火，他们二人又早早翻身下马，一路辗转，潜入了军营。
当他们跃到大树上时，薛冉冉隔着军帐，听到里面有人说话："这些灵符还真管用。过两天，大齐的将军们阵前打仗，只能骑着毛驴、耕牛了……"
说到这儿，里面的人都哄堂大笑。
接下来又有人道："既然有仙人助阵，我们高坎这次赢定了！何必出兵打仗，只要施用仙术，简直撒豆成兵啊！"
就在这时，有个清冷的女声道："别忘了帮你们做这些可是有代价的。你们要对外散布，是西山的苏仙长助你们得了灵符，弄来这成群的马匹的。"

那人笑了："女仙长放心，我们明白。叫苏易水，是吧？他和他的徒弟们因为得罪了大齐的皇帝，所以畏罪潜逃，来到了高坎，已经被我们的王奉为国师了。"

那个女人哼了一声，道："你们做好这些，以后还有天大的好处等着你们。一会儿别忘了给那些马喝上我给你们的灵水，不然它们这般长途奔跑，不及时补充些灵力，会立刻倒地身亡的。"

说完这话，那个女人大步走出了营帐。

借着月光，薛冉冉看着那女人眼熟，仔细一看，她不正是魏纠座下的女长老屠九鸢嘛！她一下子明白酒老仙应该是被赤门派出去的人抓走了。而魏纠指示屠九鸢勾结高坎的官兵，立意要栽赃陷害西山派！

修真界不成文的规矩向来是不要与红尘俗世有太多牵连。先前他们擅闯皇宫，已经是犯了大忌，引起了仙修们的反感。

现在若是苏易水帮着暴虐的高坎王打了胜仗，这等流言传出，不光是修真界，就是在大齐的国土内，西山派也都会变成臭鱼烂虾，人人得而诛之！

魏纠的这一招可真够缺德的。到时候，西山派会被天下人踏平，就连几位师兄弟的家人都会被堵门泼粪水，西山派将彻底沦落成魔道，再无翻身之日。

薛冉冉想到这儿，气得不行，起身抽出了自己的小匕首。

苏易水用传音入密问道："你想干吗？"

薛冉冉在海岛上被重新接续灵脉之后，内气充沛，也在苏易水的指导下学会了传音入密。她瞪眼看着苏易水，默默传音道："当然是弄死那女人。师父，你听了不生气吗？怎么眼睛都没变红？"

苏易水瞟了她一眼，道："你不是让我控制一下脾气吗？"

自从那日她说完苏易水，苏易水的确再没有毒舌训人过，只不过因为怒气无处宣泄，总是夜里找她看月亮、捉萤火虫……

此时薛冉冉顾不得夸赞师父的养气功夫。在屠九鸢带领属下离开后，她和苏易水在后面远远跟着，想看看这个屠九鸢准备前往何处。

屠九鸢一路急行，来到另一顶营帐里。她刚站稳，帐子里就传出清亮的声音："屠长老回来了？事情安排得如何？"

躲在树丛里的薛冉冉狐疑地瞪大眼睛，这声音……若是没有听错，不正是"沐清歌"吗？

当初她和师父进入皇宫时，"沐清歌"交给了羽臣和羽童二人看管。只不过后来她寻机逃跑了。没想到她居然来了高坎，还跟屠九鸢有了牵扯。

听了"沐清歌"的问话，屠九鸢冷冷说道："不过是弄些马匹来高坎，也不是什么难如登天的事情，会有什么纰漏？"

"沐清歌"的声音接道："那些马匹身上的符文，跟薛冉冉平时常用的符文是一样的。三大门派里去天脉山的不少弟子都见过，我的徒儿秦玄酒也能做证。所以，这些马能不能过来不重要，重要的是这些马被驱离的时候有没有几张符文落到大齐守军手中。"

屠九鸢干巴巴地笑了几声："自然是落了几张，不过我真是佩服沐仙长您的脑子，竟然能想出这么陷害人的法子。这下子西山一派的名头彻底臭了，就是不知您能得到什么好处。"

听了这话，帐子里的沐冉舞微微一笑。她知道屠九鸢对自己没有什么好感，生怕她抢了魏纠。她也懒得和这个小肚鸡肠的女人一般见识。

陷害西山有什么好处？好处大着呢！她重生一回，原本是指望借着苏易水对沐清歌的亏欠之情重回西山。

西山的冰莲池、炼丹炉，还有西山养人的气场，都对她的修为大有裨益。可她万万没想到，苏易水似乎老早就识破了她的身份，断然不肯让她回去，自此以后，她便犹如丧家之犬般居无定所。

天脉山一事，更让她成为众矢之的。不得已，她只能暂避皇宫，却又被苏域那个阴人设计，白白被他利用不说，还因为皇宫地基风水，害得她的灵力折损。

警觉自己竟然被薛冉冉这样根基不足的人轻易控制时，沐冉舞这才恍然如梦中惊醒。她好不容易才重生，可不是为了给别人当棋子！她如今可是沐清歌啊！若是不能充分利用姐姐留下来的资源，她真的是白白重活一回。

所以，痛定思痛，她决定不再回大齐皇宫。想到苏域应该也活不长久了，她得重新找一个能够有益自己的人。

最近因为沐清歌的名头，她昔日的弟子有不少前来投奔自己。当年别人都觉得沐清歌收徒太过随便，只以颜值来取舍。殊不知，这些徒弟里尽是卧虎藏龙者。如今，她的弟子里有钱庄遍天下的商贾王遂枝，还有拜入其他门派重新修行、立志要为师父报仇的弟子若干。

现在沐冉舞虽然在三大门派里臭名昭著，可是那些徒弟像秦玄酒一般，像羊羔子一样扑向她。

沐冉舞以前不甚愿意搭理他们，主要也是担心自己在言语间露馅儿。现在她之前的算计都落空了，唯有依靠这些弟子。幸好前世她常常跟随在姐姐身后，关于弟子们的日常也都清楚，只要言语谨慎一些就不会出错。

背靠着王遂枝这样的钱垛子，沐冉舞离开皇宫后的日子也算逍遥。

可惜王遂枝只有钱财，而无左右天下的通天权势。于是，她想到了高坎的新王夷陵王。他还是太子的时候，曾经跟沐清歌有交集。

当年夷陵王想请沐清歌做国师，由他向父王保举。不过，沐清歌冷淡地拒绝了，直说自己乃修仙之人，不贪慕这些红尘的富贵。

沐冉舞还颇为遗憾，因为夷陵王是高坎最受宠的王子，将来必定会登上王位，何苦得罪这样的人？

　　后来，沐清歌自食其言，卷入了红尘俗务，扶持苏域做了大齐的新皇。为此夷陵王一直耿耿于怀，也更肯定了沐清歌改天换命的本事。

　　这个夷陵王野心甚大，还是王子时，他就五次三番挑起边关战火。现在他成了高坎之王，更是增长了贪欲，一定对大齐这块肥肉垂涎欲滴。

　　沐冉舞决定利用这个夷陵王，狠狠地报复苏域和苏易水这两个可恶的男人！

　　夷陵王虽然残暴，却比苏域那种胸有城府之人好利用多了。她顶着沐清歌的脸出现时，就算脸上带着疤痕，也让夷陵王激动万分。

　　当年樊爻大战时，夷陵王还是王子，曾在远处观战。沐清歌骑着巨龙指挥白虎驰骋沙场的样子当真让人不能忘。这样的"战娘娘"来投奔他，就算他恼她当初拒绝了自己，也不会表露出来。有了沐清歌，他踏平大齐山河成为天下独尊的日子就不远了！

　　至于苏域，沐冉舞也绝不会放过。他最看重的不就是万里江山吗？丢了江山，他就是个半死不活的病痨鬼，丢在大街上都没人可怜！

　　不过，要想在高坎立稳脚跟，就得拿出些本事。正在这时，赤门的屠九鸢突然找到她，还奉上治疗脸伤的灵药，直言他们尊上要与她合作。

　　沐冉舞觉得自己跟魏纠没有合作的必要，自然一口回绝了。她有些忌惮那个魏魔头，他也是洗髓池会的获胜者，又修炼魔道，稍有不慎，被他算计的话，灵力就会被吸得一干二净。

　　可是魏纠倒是很会拿捏她的心思，只说抓了替薛冉冉画符的酒老仙，又说了他的计划，沐冉舞不由得动心了。

　　几番商讨后，两人终于达成合作，她便做了中间人，给魏纠和夷陵王牵线搭桥。然后就是发动高坎安插在大齐军营里的暗线，给军营里的马贴上符咒，由沐冉舞操纵马匹。先前他们小试了一下，贴了符咒的战马果然听话得很，竟然将一个将军摔成了重伤。

　　若是阵前打仗，沐冉舞突然对齐军的马匹进行操纵，战果必然惊人。可惜听说大齐的军队里这几日来了不少异人馆的能人，沐冉舞担心此招被人看破，索性今夜里一股脑将大齐的战马尽数召来，以此动摇大齐军心。

　　至于魏纠，应该是在齐国和高坎间左右逢源，也不知他在苏域那边许了什么。沐冉舞心知肚明，大家不过互相利用、各取所需罢了，就看谁的心眼子更多，能玩得更明白。

　　薛冉冉在帐子外听得明白，不由得转头看向苏易水。她万万没有想到沐仙师竟然到了如此是非不分、胆大妄为的地步。沐仙师这可不光是搅入红尘俗务，更是助纣为虐啊！

她不敢在此处停留太久，倒不是因为害怕。只是现在师父是人形符瓶，性情阴晴不定。若是一会儿真动起手来，她怕引起杀戮，灵泉魔性激发，反而控制住了师父。于是她又拉着师父离了高坎大营。

等出来时，薛冉冉小声问苏易水的意思。

苏易水说道："人间天命不可违，搅入这些俗务，对仙修的道行都是有折损的。魏纠他们喜欢搅和，就让他们自己去搅和吧。"

薛冉冉觉得师父没有抓住重点："可是他们明明是准备用马匹丢失的事情来陷害西山，让我们背负天下骂名啊！而且酒老仙似乎也在他们的手上，我们岂能见死不救？"

苏易水似乎并不怎么在意别人的眼光，他现在无父无母，无牵无挂，原本就不是在意别人看法的人。至于他一直居住在西山，也完全是因为沐清歌曾住在那儿。若是西山不能回，他自能重新寻得东山、北山、南山来住。修仙讲究离群索居，而他在人界的财物也一直由曾易代为照管，再寻山头修建宫宇不成问题。

不过，既然薛冉冉在意，那么他会帮她的。她跟他的硬冷心肠不同，她是至性重情之人，无论是前世还是今生，这一点从来没有改变。就连当初利用她盗取灵泉的他，沐清歌也从来没有轻言放弃。他可以对不起天下，却亏欠了沐清歌。

当初的他一心只想成为天下最强者，无所不用其极，愿意帮助父亲夺取天下，然后再取而代之。因为灵泉曾经说过，只要灭情绝爱，他就是睥睨天下的一代霸主，超越盾天的九天大能。

当年在洗髓池边，他毫不犹豫地选择了黑池，情爱这种东西，是比鸡肋还无用的东西，他压根儿就不需要。

可是他到底还是动了心，却不自知。直到沐清歌替他背负了偷盗灵泉的恶名，在他面前魂飞魄散那一刻，他才知自己曾经舍弃的东西，是多么让人撕心裂肺……

苏易水到现在都想不起那段时间他是怎么度过的，只是任凭身体驱动，麻木地往返照看那棵不知能否成功挽救残魂的转生树。

每当看到它枯萎的枝干上长出一片新叶，他便会悸动一下。直到它慢慢结出羸弱的小果，那果里蕴着熟悉的灵力，他冰冷许久的心终于在寒冬里一点点缓过来。

当时他就发誓，愿她这一世不必再为任何人背负沉重的枷锁，就算是沐清歌自己的，也不可以！

他虽然对友情一类无感，可是他不愿她这一世有半点儿的忧伤。

既然她放心不下老酒鬼，还担忧自己的爹娘和师兄们受连累，背负叛国的骂名，那他就不会让这些人的奸计得逞。

想到这儿，他淡淡道："你说得对，你要怎么做，说来听听……"

再说大齐的军营，半夜的时候就乱成一片了。

那些关在马棚里的战马毫无预警地集体暴走，不断地冲撞栅栏。也不知从哪里生出的气力，它们竟然将粗大的木栅栏都撞断了，然后狂奔出军营。

许多阻拦的兵卒躲闪不及，被马撞倒、踏伤。

眼看着这些马匹狂奔，他们却无马可用，连追都追不上。

就在元帅和手下一众将军看着马群奔驰的烟尘急得跺脚叹气的时候，有人捡到了散落在马棚里的符文。

秦玄酒因为军中调配，正好是骑兵营的统领，他看了这符，立刻瞪圆了眼睛。

这种驭兽符，跟苏易水和薛冉冉他们用过的简直一模一样。再想到最近传的苏易水带着徒儿大闹京城皇宫的消息，秦玄酒越想越惊，越惊越气。

苏易水这是想干什么？先是行刺陛下，然后又要背叛大齐，帮助高坎蛮军？按照苏易水的性子，这么做简直顺理成章。毕竟他是叛王的儿子，当年他可是差一点儿就恢复了皇子的身份，若是再扶持平亲王做皇帝，说不定他也有机会继承皇位。

秦玄酒越想越气，径直呈报了元帅。

此时京城异人馆的冯十三也带人前来了，还有三大门派的人。

这次高坎大军来势汹汹，生灵涂炭在即。虽然三大门派乃修真之士，可是九华派的开元真人一向醉心于俗务，和大齐皇室有着深厚的私交。开元真人对止战这样积攒功德的事情更是热心得很。所以这次他是亲自带领弟子前来的。

至于其他两大门派，对这些俗务并不感兴趣，但是碍于开元真人游说、张罗，他们只能派些弟子前来。

原本不过是走一走过场的事情，没想到他们刚来到军营，就碰见有人用灵符操控马群离开军营这样的事情。

开元真人皱眉听着秦玄酒磕磕巴巴的讲述，气得一拍桌子："西山苏易水实在是不像话！原本以为他跟他那入魔的师父不同，为人也算正派，可是现在看来，简直是大有超越女魔头沐清歌之势！高坎新王为人暴虐，他却要助纣为虐，简直是仙修之耻！"

"开元真人，此言差矣，我何德何能，能跟苏易水那等心思深沉之辈比肩。"伴着清亮的声音，沐冉舞带领着前来投奔她的弟子们款款走了进来。

这下子，三大门派的人全都亮出了宝剑，对进来的女人怒目而视。

沐冉舞早有准备，镇定道："那日在天脉山，薛冉冉那丫头混淆视听，颠倒是非黑白，勾结温红扇污蔑我，我百口莫辩，只能先行离开。"

空山派的新任长老温纯慧闻言冷笑："温红扇虽然是空山派的逆徒，可是她若不是受人指使，又怎么会如此行事？如今她被人趁乱杀死，你便可以在这儿满嘴胡言了吗？"

沐冉舞蹙眉道："我当时也不知缘由，可是后来才发现自己的后背被人贴了灵符，再细细回想，定然是在天脉山上时被人操控，这才做出投下嗜仙虫的举动。这件事，秦将军可以为我做证。"

听到师父点名，秦玄酒立刻点头道："对，师父的身上的确贴了灵符……"

其实秦玄酒也不大清楚天脉山的事情。只不过后来他追问沐冉舞外面谣传的事情是不是真的时，沐冉舞就是这般解释的。秦玄酒当然相信师父的话，而且那个该死的苏易水不也在他的脚下画了什么狗屁灵符吗？害得他当时竟然忘了将灵泉的事情讲给师父听。

开元真人心里冷哼了一声，不过面上和颜悦色道："若真是如此，倒是我们误会沐仙长了。只不过他到底曾经是你的徒弟，如今如此胆大妄为，沐仙长是不是该协助我们，降伏西山的妖孽？"

若能拉拢这个婆娘对付西山，那是最好的了。眼看他们师徒恶斗，而他坐收渔翁之利，岂不美哉？所以，听了沐冉舞这种苍白的解释，开元真人竟然很轻易地接受了，只想现在先将矛头对准苏易水他们。

三大门派在上次天脉山洗髓池会损兵折将，元气大伤，唯有西山一派全身而退，受益匪浅。最近更是有许多杰出的修真之人前往西山，前来投靠九华派的数量大为减少，让开元真人心里很不舒服。现在他只想先灭了西山，其他的再从长计议。其他门派对西山派的态度也很是微妙。

人心大抵如此，若是对某人有了成见，自然也就听风便是雨，抓住个由头，便忍不住臆想出全部的罪证。

开元真人起了头，其他门派之人也随声附和，一个个义愤填膺。

就算苏易水的修为再高，也难敌众怒。

当年的沐清歌也算有本事，最后又怎么样呢？不还是在三大门派的围攻里被伏诛了吗？

若是苏易水被定了挑起天下大乱的罪名，他便成了天下正道的公敌，人人得而诛之！西山也就彻底臭了名头，很难东山再起！

沐冉舞早就料到了这帮正道人士的小算盘。所以听了开元真人的话，她便心知自己的算计成了一半。这时，她幽幽叹了一口气，凝眉道："这是自然，说起当年，其实我也是为苏易水背负了许多的骂名……诸位也许都不知道吧？当年那个从阴界出来的魔子，其实就是苏易水！"

什么？

这下，这些修真正道的脸色全都变了！

沐冉舞一副为了逆徒忍辱负重的样子，将当年苏易水偷取灵泉出阴界的事情，又都说了一遍。

"我当年一直觉得他是我的徒儿，我没有教好他，反而让他有了吞噬天下的野心，这全是我的错。所以我索性背负骂名，让诸位误会，最后以死来感化他。可没想到，我做出的种种牺牲全然无用。苏易水胆大妄为，野心不死，居然潜入皇宫行刺皇帝，妄图逆天改命。在他做出更多的错事前，我只能忍痛揭露他的罪行，免得诸位再被蒙在鼓里。"

其他两大门派的长老听了这话，面面相觑，追问道："你这么说，可有证据？"

沐冉舞假装叹了一口气，道："待诸位看见苏易水，便知我所言非虚，因为藏匿人间二十年的灵泉此时就在他身上……"

这话一出，所有人都坐立不安了。

灵泉这等邪物，从古至今，只要在人间露面，必定会生灵涂炭。

再想想，当年沐清歌若真是与魔子狼狈为奸，为何从不见她用过灵泉的力量？倒是那个魔子，每次露面，都脸戴面具，从来不以真面目示人。

所以沐清歌所言很有可能都是真的，苏易水居然欺世盗名，隐瞒了魔子的身份。

就在这时，陪在沐冉舞身旁的王遂枝也开口说道："王某的钱庄遍天下，这些年来一直遵从恩师当年的遗愿，找寻阴界入口，以待送回灵泉。当年师父嘱托秦玄酒将军看护灵泉，可是后来这灵泉似乎也被苏易水带走了。最近魔教梵天教也有死灰复燃的迹象。天下危矣，就要靠诸位扭转乾坤了。"

这个王遂枝虽然没有什么修为，却依靠富可敌国的财力收集了天下的修真古器。而且他当年也甚是明白事理，并没有因为师父的惨死而归罪于三大门派。所以三大门派之人都跟这位王遂枝打过交道，接受过他的财力捐助。现在听他这么一说，当年关于突然消失的魔子的种种疑点，一下子解释得清了。

"苏易水到底还是入了魔道。既然如此，我们也不能姑息养奸，任由他荼毒天下百姓。待天亮时，老朽便替大家草拟征讨邪佞的檄文，天下仙修正道，对苏易水一门得而诛之……大家可有意见？"

开元真人说完，众人点头依从。

只不过这时秦玄酒有些疑虑。在他看来，苏易水的确可恨，可是他收的那些徒弟倒是本性纯良，尤其是薛冉冉，是多么可爱干脆的小姑娘。